Shirley

Shirley

CHARLOTTE
BRONTË

Tradução e notas
SOLANGE PINHEIRO

MARTIN CLARET

PREFÁCIO

Shirley, o romance fora de ordem

Cíntia Schwantes*

Shirley é considerado como um romance que não atualiza o estilo de sua autora, que já era famosa quando de sua publicação. O romance data de 1849, dois anos após a publicação de *Jane Eyre* (1847), que consagraria Charlotte Brontë em um curto espaço de tempo. A estranheza inicial, causada pelo uso de um nome masculino para uma protagonista feminina se perdeu na medida em que o próprio romance estabeleceu o nome como feminino, demonstrando assim, cabalmente, a força da literatura. Os traços estilísticos, no entanto, são outra e totalmente diferente história.

Um passeio rápido pela crítica nos mostra que leituras apontando a estranheza do romance, por vezes entendida como falha, não são raras. Para esse efeito, podemos citar Arnold Shapiro, que faz um levantamento da crítica contemporânea

---

* Cíntia Schwantes leciona Literaturas de Língua Inglesa na UnB; fez doutorado na UFRGS/Indiana University sobre romance de formação feminino, concluído em 1998. Sua área de pesquisa são os estudos de gênero, com ênfase no Bildungsroman feminino e sua evolução desde o Romantismo até a atualidade, tema em que se concentra a maior parte de suas publicações.

que aponta a "falta de unidade" no romance. Jacob Korg, por sua vez, aponta as longas digressões e o fato de que a protagonista só faz sua primeira aparição quando um terço da narrativa já havia transcorrido.

Outra crítica literária, Gisela Argyle, aponta o fato de que o romance é considerado "a detour", um desvio, em parte por adotar um narrador em terceira pessoa, diferentemente do que acontecera no romance anterior, e do que aconteceria no subsequente *Villette*. Susan Zlotnick, por outro lado, mostra que a autora estava ciente do pouco sucesso que o romance fez, até por ser tão dessemelhante do transbordamento de paixão que caracteriza *Jane Eyre*.

Em contraste, o primeiro romance de Charlotte Brontë teve uma recepção muito mais acolhedora. Embora entendido como uma narrativa revolucionária por seu conteúdo (e provocado algumas reações mais hostis por essa razão) suas qualidades, tanto técnicas quanto morais, um aspecto bastante valorizado à época, foram reconhecidas de imediato. Gilbert e Gubar trazem a crítica contemporânea ao romance, que, embora contenha acusações de exagero quanto ao mau tratamento que as governantas recebiam nas casas onde estavam empregadas (algo que se repete em *Shirley*, mas não chega a chamar a atenção, visto como a crítica se centra em outros aspectos do romance) e de falta de espírito cristão, em sua maior parte reconhece as qualidades da narrativa, inclusive a de apresentar a trajetória espiritual de uma personagem de forma bastante próxima. O primeiro romance da autora a consagrou como uma escritora intimista, que procura retratar de forma minuciosa o desenvolvimento de uma personagem, o que irá se repetir em *Villette*.

O que é importante destacar é que os romances das irmãs Brontë tiveram um impacto considerável no cenário literário da época. Tanto as polêmicas que causaram quanto o reconhecimento imediato que obtiveram os coloca como romances que desafiaram a ordem vigente e que ajudaram a estabelecer o Romantismo na literatura inglesa. Dessa forma, eles são considerados revolucionários em grande parte pelos elementos que suscitaram rejeição, que são exatamente aqueles ligados ao Romantismo. O lugar central dado às emoções nessas narrativas, bem como o seu impacto na desobediência a regras sociais e questionamento do *establishment* foram as características que mais chamaram a atenção de seus contemporâneos, e essa percepção de certa forma guiou a recepção posterior de seus romances.

Assim, não pareceria possível que a mais velha das irmãs, a que de certa forma assumiu uma posição de matriarca dentro da família literária, administrando a publicação dos romances de sua irmã mais nova, Anne, tivesse escrito um romance experimental. Mas a estranheza que *Shirley* suscitou a seus contemporâneos se deve exatamente ao fato de que, para a época, ele experimenta com possibilidades ainda não mapeadas do gênero romance.

O primeiro elemento que aponta para a experimentação em *Shirley* é o narrador. Tanto os romances escritos por Charlotte, antes e depois de *Shirley*, quanto os romances escritos pelas irmãs da romancista, adotam narradores protagonistas, muito envolvidos nos enredos que narram. A tarefa de narrar pode ser dividida entre mais de um narrador, mas em todos os casos, os narradores estão inseridos nos fatos narrados. Dessa forma, como tem sido apontado com certa constância, *Shirley* é um romance ímpar dentro da produção da autora, bem como da produção de sua família literária.

Pode-se arguir que um narrador em terceira pessoa dificilmente seria uma inovação: os pais fundadores do romance inglês utilizaram essa instância narrativa com frequência. O que não acontece nas narrativas anteriores a *Shirley* é a fragmentação, apontada reiteradamente pela crítica, e que foi feita possível a partir de um narrador em terceira pessoa. Assim, o narrador incomum no conjunto da obra da autora não é apenas a adoção de outro tipo de instância narrativa já consagrada. Ele responde também por uma tentativa de abranger diversas classes sociais, diversas possíveis histórias de vida dentro de uma sociedade que sofria muitas, e rápidas, modificações.

Esse é um fator muitas vezes apontado: o romance tenta cobrir um grande número de pontos de vista. Tanto os luditas têm seu ponto de vista exposto, quanto os donos de fábricas também, inclusive tendo as suas ideias "antipatrióticas" de fazer a paz com Napoleão Bonaparte para conseguir romper o bloqueio aos produtos ingleses que estava prejudicando seriamente a indústria nacional é mostrado de forma simpática, embora discordante. A classe operária é apresentada não tanto em função da adesão ou não aos luditas mas em função de características individuais. Tanto operários desonestos, que utilizam o movimento mais como uma forma de vingança contra a classe patronal do que como uma maneira de garantir empregos para os trabalhadores, quanto homens honestos levados ao desespero pela miséria e pelo desemprego aparecem no romance — inclusive, o segundo caso recebe mais atenção do narrador. Esse, aliás, é um dos reparos feitos ao romance pela crítica: ele tenta abranger coisas demais, uma vez que tanto aborda os problemas sociais quanto traz duas histórias de amor, um excesso que prejudica o andamento da narrativa, tornando-a monótona.

A fragmentação apontada no romance é resultante do fato de que a narrativa intenta traçar um painel bastante compreensivo, tanto do contexto histórico da Inglaterra durante as Guerras Napoleônicas quanto fazê-lo através de personagens que adotam posições discordantes, e o fazem em virtude de seus pertencimentos de classe e suas convicções. Hiram York, um dos personagens que recebe mais atenção, é um homem de certa fortuna mas que, por suas inclinações pessoais, tende a favorecer a classe operária. Helstone, por sua própria função de cura, alinha-se com a classe patronal, o que os coloca, novamente, em campos opostos (York fora apaixonado pela moça que escolhera casar-se com Helstone, e o considerava culpado pela morte prematura da esposa). No entanto, quando os luditas ameaçam atacar a fábrica de Robert Moore, ambos os velhos antagonistas cerram fileiras com ele e passam a noite na fábrica, à espera de um ataque que visava destruir as máquinas adquiridas pelo industrial. Nem sempre, nos aponta a narrativa, agimos consoante nossas convicções, mas principalmente, as coisas nunca são simples e entender as complicações da vida é vital para que possamos fazer nossas escolhas de acordo com pertencimentos e convicções, que nem sempre são unívocos.

Outro elemento inovador da narrativa é a função de protagonista, que de fato é dividida entre duas personagens. Assim, afirmar que a protagonista só aparecerá quando um terço da narrativa já passou é considerar apenas a personagem título como protagonista. Na verdade, essa função é dividida pelas duas amigas, Caroline Helstone e Shirley Keeldar. (A bem da verdade, é preciso destacar que a própria Caroline, embora não tenha que esperar por um terço do romance para ser apresentada, só o será quando bem adiantado o capítulo 5).

As duas protagonistas ensejam duas histórias de amor muito dessemelhantes. Isso pode ser atribuído a suas personalidades, certamente, tomando-se o contraste entre a tímida Caroline e a altiva Shirley. Por outro lado, ao menos parte da personalidade de cada uma se deveu a suas circunstâncias: ambas órfãs, Caroline é adotada pelo tio cura, enquanto Shirley é criada por primos de seus pais, mas sabendo-se herdeira de um título (que ela faz questão de usar, desafiando as normas, já que ele deveria ser portado por um herdeiro masculino) bem como de considerável fortuna. Podemos também considerar que a entrada tardia de ambas as protagonistas na narrativa se deve à necessidade de bem apresentar o meio social no qual ambas estariam inseridas. Assim, não apenas as personalidades das protagonistas, mas também suas circunstâncias de nascimento e criação, contribuem para suas decisões em sua vida futura.

Enquanto Shirley, a partir do momento em que entra na narrativa, se torna fonte de ações que movem o enredo, mais atenção do narrador é dispensada a Caroline, que até mesmo tem direito a um reencontro bem aos moldes do desprezado romance gótico, quando se revela a verdadeira identidade da governanta de Shirley, a senhora Pryor.

Shirley, por sua vez, empresta dinheiro a juros módicos a Robert Moore, seu inquilino, para que ele possa manter a fábrica funcionando, apesar de não conseguir escoar a produção, e manter um galpão cheio de fardos de tecido não vendido. Ao final do romance, com o final da guerra e portanto do bloqueio, Moore está certo de que o mercado americano, sequioso de bons tecidos, absorverá todo o estoque que ele, em um ato de fé, não deixou de produzir. Esse é o desenlace que ele alcança, após ter se disposto a emigrar para o Canadá e fazer fortuna, abandonando se necessário o negócio da família, que ele herdara, pois seu irmão mais velho não demonstrara inclinação para sua administração. No entanto, esse bom final não vem antes de ele ser repreendido por Shirley por pedi-la em casamento não por amor mas por conveniência. Ele aceita a repreensão de Shirley, admitindo que não era apaixonado por ela (sem no entanto reconhecer, nesse ponto da narrativa, onde estavam situadas suas afeições).

Elas, afinal, residem na outra protagonista, evidentemente, pois um personagem que recebe tanta atenção e move o enredo a ponto de fazer dois velhos inimigos se unirem em um esforço conjunto, certamente não poderia ser deslocado da centralidade da narrativa. Shirley, por sua vez, afirma sua assertividade ao escolher para se casar um homem sem título e sem fortuna, seu antigo preceptor Louis, o irmão de Moore. E o faz desafiando a autoridade do tio que a havia criado, deixando bem claro que atingida a maioridade ela não só administraria seus bens e usaria seu título, mas faria suas próprias decisões de vida de acordo com os mandamentos de seu coração, e não com as conveniências sociais, algo que pode ser reconhecido como um traço decididamente romântico na narrativa. E afinal, nos dois casos de amor, teremos dois casamentos que não obedecem as regras sociais de atender aos interesses dos negócios e propriedades, mas sim, obedecem somente os imperativos do coração. Vale apontar que as polaridades estão trocadas: em um dos casais, a esposa é rica e o eleito de seu coração não é; no outro, a situação se inverte, dando margem a que se conclua que o amor deve ser obedecido na escolha marital em qualquer situação.

Shirley é um romance que apresenta de forma indiscutível o ideário romântico que informa as outras obras de Charlotte Brontë. A estranheza que ele causou em seus leitores não se deve a uma inovação nesse quesito. No entanto, ele é um romance que experimenta com as possibilidades do gênero, e isso foi de difícil entendimento para os seus contemporâneos. À frente de seu tempo em termos de forma, ele atualiza a tentativa de compreensibilidade que se tornaria comum na literatura do século XX. *Shirley* o faz utilizando a mesma ferramenta narrativa que foi largamente utilizada posteriormente na literatura, a fragmentação, tornada possível pelo uso de um narrador de terceira pessoa, além da divisão da função de protagonista em duas personagens distintas, algo que também viria a ser utilizado mais tarde, embora não tão largamente.

Esperemos que *Shirley* tenha o destino dos romances experimentais, que não são entendidos por seus contemporâneos, mas encontram seus leitores em algum momento do futuro.

Bibliografia

ARGYLE, Gisela. Gender and Generic Mixing in Charlotte Brontë's Shirley. *Studies in English Literature*, 1500-1900. Vol. 35, No. 4, Nineteenth Century (Autumn, 1995), pp. 741-756

GILBERT, Sandra e GUBAR, Susan. The Madwoman in the Attic: The woman Writer and the Nineteenth Century Literary Imagination. New Haven: Yale University Press, 1979.

KORG, Jacob. The Problem of Unity in Shirley. *Nineteenth Century Literature*. Vol. 12 No. 2, Sep., 1957.

SHAPIRO, Arnold. Public Themes and Private Lives: Social Criticism in" Shirley". *Papers on Language and Literature*. Vol. 4 No. 1 (Jan 1, 1968).

ZLOTNICK, Susan. Luddism, Medievalism and Women's History in "Shirley": Charlotte Brontë's Revisionist Tactics. NOVEL: *A Forum on Fiction*. Vol. 24, No. 3 (Spring, 1991), pp. 282-295.

NOTA DA TRADUTORA

As três irmãs Brontë escreveram sete romances e, apesar dos diversos fatores que possibilitariam uma grande semelhança entre eles (proximidade de idade, o fato de elas terem escrito histórias juntas desde a infância, o mesmo nível de educação, etc.), a produção literária individual delas tem características pessoais muito marcantes, tanto com relação ao estilo quanto com os temas abordados em cada obra. Um traço em comum as três tinham, entretanto: a presença do dialeto de Yorkshire — com maior ou menor destaque — em seus romances. Segundo estudos realizados no século XX, Emily tinha maior sensibilidade para perceber as nuanças da fala dos habitantes da região onde morava, bem como era mais consistente que Charlotte e Anne na introdução do dialeto no texto literário. Esse fato é percebido em *Shirley*: várias personagens não falam o inglês padrão; porém, em algumas ocasiões, Charlotte coloca uma palavra do dialeto e, entre colchetes, a "tradução" em inglês padrão, para facilitar a leitura; ou o uso se limita a uma ou duas palavras do dialeto misturadas a um léxico *standard* em uma frase relativamente grande. Chamam igualmente a atenção as falas do Sr. Yorke, um cavalheiro, uma pessoa culta que, mesmo pertencendo à classe mais privilegiada da cidadezinha onde se situa a ação do romance, faz uso constante do dialeto, misturando-o ao inglês padrão de forma que aparenta ser inconsistente para o leitor — e o tradutor. Esses tipos de estratégia adotados por Charlotte Brontë acarretam algumas dificuldades para a tradução do romance. As possibilidades são basicamente duas: pensando na inconsistência do uso, padronizar tudo, usando somente a norma considerada culta do português e eliminando uma característica do texto original; por outro lado, optar por introduzir desvios da norma culta no texto (a opção utilizada para esta tradução), mesmo tendo a consciência de que algumas falas possam parecer pouco consistentes para o leitor brasileiro. A escolha pela segunda opção tendo sido tomada, algumas regras sociais do uso do dialeto foram observadas nas traduções das falas de todas as personagens, sobretudo as relacionadas às formas de tratamento, assim como foi feito na tradução de *O Morro dos Ventos Uivantes*.

Charlotte Brontë faz inúmeras citações de textos bíblicos ao longo de toda a narrativa; na Inglaterra do século XIX, a Bíblia do Rei James era a edição de uso corrente para grande parte da população, o que talvez facilitasse bastante a identificação das citações por parte do público leitor. No Brasil do começo do século XXI a situação é diferente; houve uma tentativa de manter o máximo possível as citações bíblicas, mesmo que elas não sejam reconhecidas pelos leitores contemporâneos ou a tradução final possa soar um pouco estranha para pessoas desacostumadas com o texto bíblico. As fontes de consulta para a tradução foram a *Bíblia — Versão ecumênica*, publicada sob a coordenação de Gabriel C. Galache, e uma versão online (disponível em https:/bibliaonline.com.br). E assim como foi observado na tradução de *Villette*, as edições em língua inglesa de *Shirley* apresentam ligeiras diferenças (léxico, a divisão de parágrafos, etc.); a edição usada como base para esta tradução foi a da Oxford University Press, editada por Herbert Rosengarten e Margaret Smith.

As citações de *Coriolano* foram tiradas de SHAKESPEARE, W. *Coriolano*, trad. Barbara Heliodora. Rio de Janeiro: Nova Fronteira, 1995. A citação de *Paraíso perdido* foi tirada de MILTON, *Paraíso perdido*, trad. António José de Lima Leitão.

São Paulo: Martin Claret, 2002. A tradução do poema de Chénier, encontrada nas notas, na página 144, é do Prof. Dr. Almiro Pisetta, da USP.

Shirley

I. Levítico

Nos últimos anos, uma abundante chuva de coadjutores caiu sobre o norte da Inglaterra: eles se acumulam nas colinas; cada paróquia tem um ou mais deles; eles são jovens o suficiente para ser muito ativos e deveriam estar praticando muitas boas ações. Mas não é dos últimos anos que vamos falar; vamos retroceder ao início deste século: os últimos anos... Os tempos atuais são poeirentos, batidos de sol, quentes, áridos; vamos fugir do meio-dia, esquecer-nos dele na sesta, passar a tarde cochilando e sonhar com o amanhecer.

Se você pensa que, com este prelúdio, algo parecido com um romance está sendo preparado para você, leitor, seu engano nunca foi tão grande. Você antecipa sentimento, poesia e devaneio? Espera paixão, estímulo e melodrama? Acalme suas expectativas; reduza-as a um nível baixo. Algo real, frio e denso está diante de você; algo tão pouco romântico quanto uma manhã de segunda-feira, quando todos os que precisam labutar acordam com a consciência de que devem se levantar e rumar para o trabalho. Não se afirma definitivamente que você não terá um sabor de emoção, talvez lá pela metade ou pelo final da refeição, mas está decidido que o primeiro prato posto à mesa será um prato que um católico — sim, até mesmo um anglocatólico — pode comer na Sexta-Feira Santa: lentilhas frias com vinagre e sem azeite; pão ázimo com ervas amargas, e nada de cordeiro assado.

Nos últimos anos, dizia eu, uma abundante chuva de coadjutores caiu no norte da Inglaterra; mas em 1811 e 1812 esse aguaceiro ainda não tinha caído. Os coadjutores eram escassos então: não havia Assistência Pastoral — nenhuma Nova Sociedade de Coadjutores para estender a mão a fim de ajudar os extenuados párocos e encarregados e lhes proporcionar os recursos para pagar um colega jovem e vigoroso saído de Oxford ou Cambridge. Os atuais sucessores dos apóstolos, discípulos do Dr. Pusey e instrumentos da Propaganda, estavam nessa época sendo chocados debaixo de cobertores nos berços, ou sendo submetidos à regeneração batismal em bacias de lavar as mãos. Não se poderia adivinhar, olhando para qualquer um deles, que os duplos babadinhos frisados da sua touca circundavam as sobrancelhas de um sucessor de São Paulo, São Pedro ou São João predestinado e especialmente santificado; tampouco se poderia prever nas dobras da sua camisola comprida a sobrepeliz branca com que ele iria depois adestrar cruelmente a alma dos seus paroquianos e confundir curiosamente seu pároco antiquado sacudindo bem alto num púlpito a espécie de camisa que nunca antes havia sido agitada mais alto que no púlpito.

Mas mesmo naquele tempo de escassez havia coadjutores: essa planta preciosa era rara, mas podia ser encontrada. Um distrito favorecido no West Riding de Yorkshire podia se vangloriar de ter três bastões de Aarão florescendo em um raio de trinta e dois quilômetros. Você os verá, leitor. Entre nesse agradável caramanchão nos arredores de Whinbury, caminhe até a pequena sala — lá eles estão jantando. Permita-me apresentá-los para você, leitor: o Sr. Donne, coadjutor de Whinbury; o Sr. Malone, coadjutor de Briarfield; e o Sr. Sweeting, coadjutor de Nunnely. É ali que mora o Sr. Donne, na casa de certo John Gale, pequeno comerciante de tecidos. O Sr. Donne convidou amavelmente seus irmãos para se regalarem com ele. Você e eu vamos nos juntar ao grupo, ver o que há para ser visto e ouvir o que há para ser ouvido. Agora, no entanto, estão apenas comendo; e enquanto eles comem ficaremos de lado conversando.

Esses senhores estão no auge da juventude; têm toda a energia dessa idade interessante — uma energia que de bom grado seus velhos e apáticos vigários canalizariam para os deveres pastorais, expressando muitas vezes um desejo de vê-la gasta em uma diligente superintendência de escolas e em visitas frequentes aos doentes das suas respectivas paróquias. Mas os joviais levitas acham que esse trabalho é maçante; preferem gastar suas energias numa série de atos que, embora outros olhos vejam como mais carregados de ennui,[1] mais amaldiçoados pela monotonia que a faina do tecelão no tear, parecem lhes fornecer um infalível suprimento de diversão e ocupação.

Estou me referindo a uma corrida de um lado para o outro que acontece entre eles, a um entra e sai de suas respectivas casas — não um círculo, mas um triângulo de visitas, que eles fazem durante todo o ano, inverno, primavera, verão e outono. A estação e o clima não têm a menor importância; com zelo incompreensível eles enfrentam a neve e o granizo, o vento e a chuva, a lama e a poeira, para ir jantar, tomar chá ou cear uns com os outros. Seria difícil dizer o que os atrai. Não é a amizade, pois eles brigam sempre que se encontram. Não é a religião; esse tema jamais é mencionado entre eles; teologia eles podem até discutir de vez em quando, mas crença — nunca. Não é o amor à comida e à bebida: todos eles poderiam ter em sua própria casa uma carne assada e um pudim da mesma qualidade, um chá igualmente forte e torradas tão crocantes quanto as que lhes servem na casa do seu irmão. A Sra. Gale, a Sra. Hogg e a Sra. Whipp — as locatárias — afirmam que "num é pra nada mais que dar trabalho pras pessoa". Por "pessoa" as boas senhoras querem evidentemente dizer elas próprias, pois na verdade elas são mantidas em um contínuo "atormentamento" por esse sistema de invasão mútua.

O Sr. Donne e seus convidados, como eu já disse, estão jantando; a Sra. Gale os serve, mas tem no olho uma chispa do fogo abrasador da cozinha. Ela acha que o privilégio de vez por outra convidar um amigo para uma refeição, sem custo adicional (um privilégio incluído nas condições sob as quais ela oferece suas acomodações), ultimamente tem sido desfrutado em demasia. A semana ainda está na quinta-feira e na segunda-feira o Sr. Malone, coadjutor de Briarfield, veio tomar o café da manhã e ficou até o jantar; na terça-feira o Sr. Malone e o Sr. Sweeting, de Nunnely, vieram tomar chá e ficaram para a ceia, ocuparam a cama vaga e na manhã de quarta-feira lhe concederam a honra da sua companhia no café da manhã; agora, na quinta-feira, os dois estão ali para jantar e ela tem quase certeza de que ficarão durante toda a noite. "C'en est trop",[2] diria ela se falasse francês.

O Sr. Sweeting está cortando uma fatia de carne assada no seu prato e queixando-se de que ela está muito dura; o Sr. Donne diz que a cerveja está choca. Ah, isso é o pior de tudo. Se eles pelo menos fossem educados, a Sra. Gale não se importaria tanto; se eles pelo menos parecessem satisfeitos com o que recebem, ela não se importaria; mas "esses pastor mocinho se acha tão superior e são tão petulante. Pra eles, todo mundo está abaixo do que eles acha 'adequado'; eles a tratam sem nenhuma cortesia apenas porque ela não tem empregada e se encarrega de todo o serviço doméstico, como fazia a mãe dela; e eles tão sempre falando mal dos costumes de Yorkshire e do povo de Yorkshire", e por causa disso mesmo a Sra. Gale não acredita que qualquer um deles seja um verdadeiro cavalheiro ou seja bem-nascido. "Os pastor velho vale muito mais que essa rapaziada que fez faculdade; eles sabe o que é boas maneira e trata bem o rico e o pobre."

— Mais pão! — grita o Sr. Malone em um tom que, embora aplicado a apenas duas sílabas, o proclama imediatamente um nativo da terra do trevo e das batatas. A Sra. Gale odeia o Sr. Malone mais que os outros dois; mas também o teme, porque ele é alto e forte, com pernas e braços genuinamente irlandeses e um rosto igualmente nacional; não o rosto milesiano — não no estilo Daniel O'Connell, mas o rosto de traços fortes, como o do índio norte-americano, típico de alguns irlandeses da classe superior, e tem um olhar pétreo e orgulhoso, mais próprio de um proprietário de terras e de escravos que de um patrão de camponeses livres. O pai do Sr. Malone se dizia um cavalheiro: era pobre e endividado, e estupidamente arrogante; o filho era como ele.

A Sra. Gale ofereceu o pão.

— Corte esse pão, mulher — disse seu convidado; e, assim sendo, a "mulher" o cortou. Se tivesse seguido suas inclinações, ela teria cortado igualmente o pastor; sua alma do Yorkshire se revoltava profundamente com o modo como ele dava ordens.

Os coadjutores tinham bom apetite e, embora a carne estivesse "dura", se fartaram de comê-la. Tragaram também uma quota tolerável de cerveja "choca", ao passo que uma travessa de pãezinhos de Yorkshire e duas terrinas de legumes sumiram como folhas diante de gafanhotos. O queijo também recebeu um notável grau de atenção; e um "bolo com especiarias", que fez as vezes de sobremesa, desapareceu como uma miragem e não mais foi visto. Sua elegia foi entoada na cozinha pelo pequeno Abraham, um jovem de seis primaveras filho e herdeiro da Sra. Gale; ele havia contado com a sobra da iguaria, e ergueu a voz e chorou copiosamente quando sua mãe chegou com a travessa vazia.

Os coadjutores, enquanto isso, estavam sentados bebericando vinho de safra despretensiosa, moderadamente apreciado. O Sr. Malone, a bem da verdade, teria preferido que lhe servissem uísque; porém o Sr. Donne, sendo inglês, não tinha a bebida em casa. Enquanto bebericavam, eles discutiam, não política nem filosofia, nem literatura; esses temas eram então, como sempre, totalmente destituídos de interesse para eles; tampouco teologia, prática ou doutrinal, mas questões insignificantes de disciplina eclesiástica, frivolidades que para todos, com exceção deles, pareciam vazias como bolhas. O Sr. Malone, que conseguira garantir duas taças de vinho, quando seus irmãos se contentavam com uma, divertia-se cada vez mais, como era típico dele; ou seja, ficou um pouco insolente, disse coisas rudes em um tom fanfarrão e riu estrondosamente do seu próprio brilho.

Cada um dos companheiros presentes ali se tornou sucessivamente alvo das suas críticas. Malone tinha à disposição deles um estoque de piadas que costumava oferecer nas ocasiões de convívio como aquela, raramente mostrando um humor diferente; o que na verdade ele não precisava fazer, pois nunca parecia se considerar monótono e não se importava com o que os outros pensassem. Presenteava o Sr. Donne com insinuações sobre sua magreza extrema, alusões ao seu nariz arrebitado, cáusticos sarcasmos sobre um surrado sobretudo cor de chocolate que ele usava sempre que chovia ou apenas parecia haver uma promessa de chuva, e críticas sobre um conjunto especial de frases e pronúncia *cockney*, tão próprios do Sr. Donne e que certamente eram dignos de nota pela elegância e remate que davam ao seu estilo.

O Sr. Sweeting ouvia caçoadas sobre a sua estatura — era um homenzinho, um mero garoto em altura e largura, comparado com o atlético Malone —; era ridicularizado por causa de seus feitos musicais: ele tocava flauta e cantava hinos como um serafim (algumas jovens senhoras da sua paróquia assim julgavam); escarnecido por ser "o queridinho das senhoras"; amolado por causa de sua mãe e suas irmãs, a quem o coitado dedicava uma persistente afeição, e de quem ele era tolo o suficiente para ocasionalmente falar na presença do clerical irlandês, de cuja anatomia os órgãos da afeição natural haviam de algum modo sido omitidos.

Cada uma das vítimas reagia de forma particular a esses ataques: o Sr. Donne com uma autocomplacência afetada e uma fleuma um tanto soturna, os únicos sustentáculos da sua precária dignidade; o Sr. Sweeting, com a indiferença de um humor brando e tranquilo, que nunca aparentava ter alguma dignidade para sustentar.

Quando as zombarias de Malone se tornavam ofensivas demais, o que não tardava a acontecer, os coadjutores se uniam em uma tentativa de vencê-lo em seu próprio jogo perguntando-lhe quantos garotos tinham lhe gritado "Peter irlandês!" quando ele vinha pela rua naquele dia (o nome de Malone era Peter — o Rev. Peter Augustus Malone); pedindo-lhe para serem informados se era moda na Irlanda os ministros levarem pistolas carregadas nos bolsos e na mão um *shillelah*, ou porrete, quando faziam visitas pastorais; inquirido sobre o significado de palavras como poltão, fisso, gaufo, nesso (era assim que o Sr. Malone invariavelmente pronunciava portão, fixo, garfo e nexo) e empregando outros métodos de retaliação que o refinamento inato de suas mentes sugeria.

Isso, obviamente, não surtia o resultado desejado. Malone, não sendo de boa índole nem fleumático, logo tinha um acesso de fúria. Ele vociferava, gesticulava; Donne e Sweeting riam. No tom mais agudo da sua potente voz celta ele os detraía, taxando-os de saxões e esnobes; Donne e Sweeting escarneciam dele por ser de uma terra conquistada. Ele ameaçava se rebelar em nome da sua "terra nataliça", manifestava um ódio implacável ao domínio inglês; seus dois colegas falavam de trapos, indigência e pestilência. A salinha ficava em polvorosa; dava para imaginar que aquela vituperação tão virulenta acabaria em duelo; parecia um milagre o fato de o Sr. Gale e sua esposa não se alarmarem com o barulho e não chamarem um policial para restaurar a paz. Mas eles estavam acostumados com aquelas manifestações; sabiam muito bem que os coadjutores nunca jantavam ou tomavam chá juntos sem um pequeno exercício igual àquele, e ficavam bem tranquilos com relação às suas consequências, cientes de que aquelas discussões clericais eram tão inofensivas quanto ruidosas, que não resultavam em nada e que, como quer que estivessem as suas relações quando os coadjutores se despedissem, eles com certeza se encontrariam na manhã seguinte como os melhores amigos do mundo.

Quando o respeitável casal estava sentado ao lado do fogo na cozinha ouvindo o repetido e sonoro contato do punho de Malone com o mogno da mesa da sala e o consequente salto e tilintar de decantadores e taças depois de cada murro, a risada trocista dos dois ingleses aliados e a fala gaguejante do hibérnico isolado — quando eles estavam sentados, ouviu-se um passo no degrau da entrada dos fundos, e quem bateu à porta chamou com uma voz aguda e decidida.

O Sr. Gale foi abrir.

— Quem é que está lá na sala? — indagou uma voz — uma notável voz, nasal no tom e abrupta na pronúncia.

— Ah, Sr. Helstone, é o senhor? Eu quase não enxerguei o senhor por causa da escuridão. Agora está escurecendo muito cedo. O senhor quer entrar?

— Primeiro eu quero saber se vale a pena entrar. Quem é que está aí?

— Os coadjutores, senhor.

— O quê! Todos eles?

— Todos, sim.

— Estavam jantando aqui?

— Sim, senhor.

— Então está certo.

Após essas palavras uma pessoa entrou — um homem de meia-idade vestido de preto. Ele cruzou a cozinha até uma porta interna, abriu-a, esticou a cabeça para além dela e ficou ali de pé, escutando. Havia algo para escutar, porque o barulho lá em cima estava então mais alto que nunca.

— Caramba! — exclamou ele para si mesmo. Depois, virando-se para o Sr. Gale: — O senhor sempre tem esse tipo de alvoroto?

O Sr. Gale tinha sido administrador da igreja e era indulgente com o clero.

— Eles são jovens, o senhor sabe... são jovens — disse ele em tom reprovador.

— Jovens! Eles precisam de uma surra. Maus rapazes... maus rapazes! E se o senhor fosse um Dissidente, John Gale, em vez de ser um bom devoto, eles fariam a mesma coisa... eles se exibiriam; mas eu vou...

Como forma de concluir a frase, ele transpôs a porta interna, fechou-a às suas costas e subiu a escada. Ao chegar à sala de cima ficou novamente à escuta durante uns poucos minutos. Entrando sem avisar, se pôs de pé diante dos coadjutores.

Eles se calaram; ficaram paralisados; assim como o invasor. Ele — uma pessoa de baixa estatura, mas de porte ereto e com a cabeça, o bico e os olhos de um falcão sobre os ombros largos, tudo isso encimado pelo Rehoboam, o chapéu de aba larga dos anglicanos, que ele não achou necessário levantar ou tirar da cabeça na presença daqueles homens — *ele* cruzou os braços sobre o peito e, muito à vontade, examinou seus jovens amigos, se é que se tratava de amigos.

— O quê! — começou ele pronunciando essas palavras com uma voz que já não era nasal e sim profunda, mais que profunda: uma voz que ele propositadamente tornou cavernosa. — O quê! O milagre de Pentecostes foi renovado? As línguas repartidas desceram novamente? Onde estão elas? Agora mesmo o som enchia a casa inteira. Eu ouvi as dezessete línguas em plena ação: partos e medos e elamitas, os habitantes da Mesopotâmia, e da Judeia, e da Capadócia, de Ponto e da Ásia; Frígia e Panfília, do Egito e das partes da Líbia perto de Cirena, estrangeiros de Roma, judeus e prosélitas, cretas e árabes; todos esses devem ter tido seu representante nesta sala dois minutos atrás.

— Peço-lhe perdão, Sr. Helstone — começou o Sr. Donne —, sente-se, por favor, senhor. Uma taça de vinho?

Essas cortesias não tiveram resposta; o falcão de casaco preto prosseguiu:

— O que é que eu estou falando sobre o dom das línguas? Dom, faça-me o favor! Eu errei o capítulo, o livro e o Testamento, Evangelho em vez de Pentateuco, Atos em vez de Gênesis, a cidade de Jerusalém em vez da planície de Shinear. Não foi o dom, e sim a confusão de línguas que tagarelou até eu ficar surdo como uma porta. *Vocês*, apóstolos? Ora!, os senhores? Certamente não; três presunçosos pedreiros babilônicos, nem mais nem menos!

— Eu lhe garanto, senhor, nós só estávamos tendo uma conversinha enquanto tomávamos vinho depois de um jantar amistoso: acalmando os Dissidentes!

— Ah!, acalmando os Dissidentes, é isso? Malone estava acalmando os Dissidentes? A mim me pareceu bem mais que ele estava acalmando os seus coapóstolos. Os senhores estavam brigando, fazendo quase tanto barulho — os três sozinhos — quanto o Moses Barraclough, o alfaiate pregador, e todos os seus ouvintes estão fazendo na Capela Metodista ali pra baixo, onde estão no auge de um Reavivamento. Eu sei de quem é a culpa disso. É sua, Malone.

— Minha, senhor?

— Sua, senhor. Donne e Sweeting estavam tranquilos antes da sua chegada e continuariam tranquilos se o senhor tivesse ido embora. Eu gostaria que o senhor, quando cruzou o Canal de São Jorge, tivesse deixado para trás seus hábitos irlandeses. Os modos do estudante dublinense não dão certo aqui: os comportamentos que podem passar despercebidos em um pântano selvagem e em um distrito montanhoso em Connaught vão trazer, em uma paróquia inglesa decente, desgraça para os que se permitem adotá-los e, o que é bem pior, para a sagrada instituição da qual eles são meros apêndices.

Havia certa dignidade no modo como aquele senhor baixinho repreendia os jovens, embora não fosse talvez a dignidade mais adequada à ocasião. O Sr. Helstone, de pé e empertigado como uma vareta de espingarda, aparentava ter a perspicácia de uma raposa e, apesar do chapéu de clérigo, do paletó preto e das polainas, mais parecia um oficial velho ralhando com seus subalternos que um respeitável sacerdote exortando seus filhos na fé. Aparentemente, a mansidão dos evangelhos e a benignidade apostólica nunca haviam soprado sua influência naquele rosto moreno de expressão penetrante, mas a firmeza fixara os traços e a sagacidade esculpira neles as suas próprias linhas.

— Eu encontrei o Supplehough — prosseguiu ele — chapinhando na lama nesta noite molhada, para ir pregar na loja de oposição de Milldean. Como eu disse para os senhores, ouvi o Barraclough berrando numa reunião secreta como um touro possuído; e encontro *os senhores*, cavalheiros, bebericando interminavelmente um vinho do Porto turvo, resmungando como velhas zangadas. Não é de admirar que o Supplehough tenha mergulhado dezesseis convertidos adultos em um único dia, o que ele fez quinze dias atrás; não é de admirar que Barraclough, sórdido e hipócrita como é, atraia todas as tecelãs cheias de flores e fitas para dar testemunho de que os nós dos seus dedos são mais duros que a borda de madeira do seu púlpito; do mesmo modo que deve causar pouca admiração o fato de *os senhores*, quando ficam sozinhos, sem seus párocos, eu, Hall e Boultby, para lhes dar uma ajuda, muitas vezes realizarem o serviço sagrado da sua igreja para paredes vazias e lerem o seu trecho de discurso seco para o sacristão, o organista e o bedel. Mas agora chega de conversa. Eu vim aqui para ver o Malone. Tenho uma palavra para dizer-te, chefe!

— O que é? — indagou Malone, contrariado. — A esta hora do dia não pode ser um enterro.

— Como está a força dos seus braços?

— Meus braços, senhor? Fortes... e as pernas também — e ele estendeu os poderosos membros.

— Bah! Estou falando de sua capacidade de exercer autoridade.

— Tenho umas pistolas que o senhor mesmo me deu. Nunca me separo delas. Eu as deixo engatilhadas numa cadeira ao lado da minha cama, à noite. E tenho a minha bengala.

— Muito bem. O senhor pode ir até a Tecelagem do Hollow?

— O que está acontecendo na Tecelagem do Hollow?

— Nada, por enquanto, e provavelmente nada vai acontecer; mas Moore está sozinho lá. Ele mandou todos os trabalhadores confiáveis para Stilbro; ficaram lá só duas mulheres: seria uma bela oportunidade para quaisquer de seus simpatizantes o visitarem, se souberem quão direitas as veredas se abrem à sua frente.

— Eu não sou simpatizante dele, senhor; não me importo com ele.

— Ora! Malone, o senhor está com medo.

— O senhor me conhece bem para pensar uma coisa dessas. Se eu realmente achasse que há uma chance de desordem, eu iria: mas o Moore é um homem estranho, retraído, que eu não finjo entender; e só para ter a boa companhia dele eu não vou dar um único passo.

— Mas *há* uma chance de desordem; se não ocorrer nenhum tumulto, de que na verdade não vejo nenhuma indicação, ainda assim não é provável que esta noite vá ser muito tranquila. O senhor sabe que o Moore resolveu adquirir novas máquinas e espera duas carroças vindas de Stilbro' com sarilhos e calandras esta noite. Scott, supervisor da fábrica, e uns poucos homens escolhidos vão lá pegá-los.

— Eles os trarão com bastante segurança e tranquilidade, senhor.

— Moore também pensa assim e diz que não quer ninguém. No entanto, ele precisa de alguém, se não por outra razão, para ser testemunha caso aconteça alguma coisa. Eu acho que ele é muito descuidado. Senta-se no escritório com as persianas abertas; circula por aí depois que escurece, fica perambulando na parte alta do vale, embaixo, na alameda de Fieldhead, entre as plantações, como se fosse o queridinho da vizinhança ou, sendo, como ele é, detestado por ela, levasse uma "vida encantada", como se diz nos livros de histórias. Ele não toma como advertência o destino que tiveram Pearson e Armitage, baleados, um na sua própria casa e o outro na charneca.

— Mas ele devia levar em consideração esses acontecimentos, senhor, e tomar precauções também — interpôs o Sr. Sweeting. — E acho que ele faria isso se ouvisse o que eu ouvi outro dia.

— E o que foi que você ouviu, Davy?

— O senhor conhece o Mike Hartley?

— O tecelão antinomiano? Conheço.

— Quando o Mike bebe durante algumas semanas seguidas, ele geralmente encerra essa temporada com uma visita ao vicariato de Nunnely, para dizer ao Sr. Hall o que pensa dos sermões dele, para denunciar a horrível tendência da sua doutrina de Obras e adverti-lo de que ele e a audiência dele estão mergulhados nas trevas lá fora.

— Bom... isso não tem nada que ver com o Moore.

— Além de ser antinomiano ele é violentamente jacobino e simpatizante do igualitarismo.

— Eu sei. Quando ele está muito bêbado, só fica pensando em regicídio. O Mike conhece história, e é ótimo ouvi-lo percorrer a lista de tiranos dos quais, como diz ele, "o vingador de sangue obteve sua represália". O sujeito exulta estranhamente com o assassinato de cabeças coroadas, ou de qualquer cabeça, por razões políticas. Eu já ouvi insinuações de que ele parece ter uma estranha obstinação pelo Moore. É a isso que você alude, Sweeting?

— O senhor definiu bem. O Sr. Hall acha que o Mike não sente ódio pessoal do Moore; o Mike diz que até gosta de conversar com ele e de procurar a companhia dele, mas a bem da verdade tem uma *obstinação* de que o Moore seja transformado em um exemplo: outro dia, Mike estava louvando-o para o Sr. Hall, dizendo que ele era o proprietário de tecelagem com a melhor cabeça em Yorkshire, e por essa razão ele afirma que o Moore devia ser oferecido como sacrifício, uma oferenda com perfume aplacador. O Mike Hartley está em seu juízo perfeito? — indagou Sweeting com simplicidade.

— Não sei dizer, Davy. Ele pode estar louco ou apenas sendo esperto, ou talvez um pouco de cada coisa.

— Ele diz que tem visões, senhor.

— Ai! No que diz respeito a visões ele é um verdadeiro Ezequiel ou Daniel. Chegou exatamente quando eu estava indo me deitar, na noite de sexta-feira passada, para me falar de uma que lhe tinha sido revelada no Parque de Nunnely naquela tarde mesmo.

— Conte. O que era? — pediu enfaticamente Sweeting.

— Davy, tu tens no crânio um enorme órgão de imaginação; Malone, vocês podem constatar, não tem nenhum; nem assassinatos nem visões lhe interessam: vejam que grande e parvo Saf ele parece neste momento.

— Saf! Quem era Saf, senhor?

— Eu achei que os senhores não saberiam, os senhores podem descobrir, é bíblico. Não sei sobre ele nada além do nome e da raça; mas desde a infância eu sempre atribuí uma personalidade a Saf. Pode ter certeza, Saf era honesto, sério e azarado; morreu em Gob pela mão de Sibekai.

— Mas e a visão, senhor?

— Davy, tu vais ouvir. O Donne está comendo as unhas e o Malone bocejando, por isso vou falar somente para ti. Mike está sem trabalho, como muitos outros, infelizmente; o Sr. Grame, administrador de Sir Philip Nunnely, lhe deu um trabalho perto do priorado. De acordo com o relato dele, Mike estava ocupado aparando uma cerca-viva no fim da tarde, mas antes de escurecer, quando de repente ouviu à distância o que acreditou ser uma banda: cornetas, flautas e um trompete; o som vinha da floresta, e ele ficou espantado com o fato de ter música ali. Ele olhou para cima: por toda parte, viu entre as árvores objetos se mexendo, vermelhos como papoulas ou brancos como flores de pilriteiro, o bosque estava cheio desses objetos; eles transbordavam e enchiam o parque. Então o Mike percebeu que eram soldados, aos milhares e dezenas de milhares; mas eles não faziam mais barulho que uma nuvem de mosquitos em uma noite de verão. Eles se dispunham em ordem, afirmou ele, e marchavam, regimento após regimento, pelo parque; ele os seguiu até o Nunnely Common; a música prosseguia, suave e distante. Lá no Common, ele os observou fazendo uma série de evoluções; um homem vestido de vermelho estava de pé no centro e os dirigia; eles se distribuíam, afirmou ele, por cinquenta acres. Ficaram ali durante meia hora; depois se afastaram marchando muito silenciosamente, durante todo o tempo ele não ouviu vozes nem passos, nada além da débil música tocando uma marcha solene.

— Para onde eles foram, senhor?

— Em direção a Briarfield; Mike os seguiu; eles estavam passando provavelmente por Fieldhead quando uma coluna de fumaça, igual à que poderia ser vomitada por uma artilharia completa, se espalhou sem ruído sobre os campos, a estrada e o Common e veio girando, disse ele, azul e pálida, até os seus pés. Quando ela desapareceu, ele procurou novamente os soldados, mas eles haviam desaparecido; ele não os viu mais. Mike, como o Daniel sábio que ele é, não só narrou a visão como também a interpretou: ela significa, ele declarou, derramamento de sangue e conflito civil.

— O senhor acredita nisso? — indagou Sweeting.

— Você acredita, Davy? Mas diga, Malone, por que você ainda está aí parado?

— Estou surpreso com o fato de o senhor não ficar com o Moore. O senhor gosta desse tipo de coisa.

— É o que eu deveria ter feito, se infelizmente não tivesse convidado o Boultby para jantar comigo antes de ir à reunião da Sociedade Bíblica em Nunnely. Prometi mandar o senhor no meu lugar; e, aliás, ele não me agradeceu por isso. Ele teria preferido contar comigo que com você, Peter. Se houver uma necessidade real de ajuda, eu me juntarei a você. O sino da tecelagem dará o alarme. Enquanto isso, vá... A menos que... (virando-se subitamente para os Srs. Sweeting e Donne) a menos que Davy Sweeting ou Joseph Donne prefiram ir. Qual é sua opinião, senhores? A incumbência é louvável, não lhe falta o tempero de um perigozinho real; pois o país se encontra em uma situação estranha, como todos sabem, e o Moore, sua tecelagem e suas máquinas são bastante odiados. Debaixo desses seus coletes há sentimentos cavaleirescos, há coragem para uma grande surra, não tenho dúvida. Talvez eu seja parcial demais com o meu favorito, Peter; o pequeno Davi deve ser o defensor, ou o imaculado José. Malone, afinal de contas, não passa de um perfeito Saul desajeitado, bom apenas para emprestar sua armadura. Traga suas armas de fogo; pegue o *shillelah*; está ali, no canto.

Com uma careta significativa, Malone apresentou suas pistolas, oferecendo uma para cada irmão: elas não foram imediatamente agarradas. Com um divertido acanhamento cada cavalheiro recuou um passo das armas oferecidas.

— Eu nunca toco em armas. Nunca toquei em nada desse tipo — disse o Sr. Donne.

— Eu sou quase um estranho para o Sr. Moore — murmurou Sweeting.

— Se o senhor nunca tocou em uma pistola, tente experimentá-la agora, grande sátrapa do Egito. Quanto ao pequeno menestrel, ele talvez prefira encontrar os filisteus sem outra arma que a sua flauta. Pegue os chapéus deles, Peter. Eles irão, os dois.

— Não, senhor; não, Sr. Helstone; minha mãe não haveria de gostar disso — implorou Sweeting.

— E eu tenho por norma nunca me meter em questões desse tipo — observou Donne.

Helstone sorriu sardonicamente; Malone soltou uma gargalhada grosseira. Então voltou a pôr as armas no seu lugar, pegou o chapéu e o bastão e, dizendo que "nunca na vida se sentira mais disposto a uma tunda quanto agora, e que queria que vinte tecelões sujos de graxa surpreendessem os domínios de Moore naquela noite", ele saiu, vencendo a escada com um ou dois passos e abalando as estruturas da casa com o estrondo da porta de entrada que bateu atrás de si.

II. As carroças

Era uma noite escura como breu: as estrelas e a lua estavam apagadas em cinzentas nuvens de chuva — cinzentas elas teriam sido durante o dia; à noite pareciam negras. Malone não era um homem dado à observação atenta da natureza; as mudanças dela aconteciam, em sua maior parte, sem que ele as percebesse; ele seria capaz de caminhar quilômetros em um cambiante dia de abril e não chegar a ver o lindo flerte da terra e do céu; nunca notar quando um raio de sol beijava os topos da colina, fazendo-os sorrir luminosos na luz verde, ou quando um aguaceiro chorava sobre elas, ocultando seu cume com os cachos despencados e despenteados de uma nuvem. Portanto, ele não se deu ao trabalho de contrastar o céu tal como ele estava então — uma abóbada encoberta, contínua, toda negra, com exceção de onde, na direção leste, as caldeiras da fundição de Stilbro' lançavam no horizonte um brilho trêmulo e sinistro — com o mesmo céu numa gélida noite sem nuvens. Ele não tinha a preocupação de se perguntar onde as constelações e os planetas tinham ido ou de lamentar a falta da serenidade "negro-azulada" do oceano aéreo que aquelas ilhazinhas brancas pontilham, e sob o qual outro oceano, de elemento mais pesado e mais denso, agora se estendia ocultando-o. Ele apenas seguia obstinadamente seu caminho, inclinando-se um pouco para a frente ao caminhar, e com o chapéu puxado para trás, como era seu costume irlandês. "Poc-poc", ele avançava pelo caminho elevado, onde a estrada se gabava do privilégio de ter uma tal acomodação; "chap-chap", através dos enlameados sulcos de carroça, onde as lajes eram substituídas por barro macio. Ele só procurava alguns pontos de referência: a torre da Igreja de Briarfield; mais adiante, as luzes da Redhouse. Esta era uma estalagem; e quando Malone passou por ali, o brilho do fogo através de uma janela com a cortina entreaberta e uma visão de copos em uma mesa redonda e de folgazões em um escano de carvalho quase tinha desviado do seu curso o pastor. Ele ansiou por um copo de uísque com água: em um lugar estranho seu sonho teria sido imediatamente realizado; mas as pessoas reunidas naquela cozinha eram os paroquianos do próprio Sr. Helstone; todos o conheciam. Ele suspirou e prosseguiu.

Naquele ponto a estrada principal seria deixada, pois a distância restante até a Tecelagem do Hollow podia ser consideravelmente reduzida por um atalho que cortava os campos. Estes eram planos e monótonos; Malone seguiu por eles em uma linha reta, pulando cerca e muro. Passou por apenas um prédio, que parecia grande e com aspecto de um solar, embora irregular: dava para ver um frontão alto, depois uma fachada comprida e depois um frontão mais baixo, e em seguida uma compacta sucessão de chaminés altas; atrás delas havia algumas árvores. Estava escuro; não se via uma vela acesa atrás de nenhuma janela; o silêncio era absoluto; a chuva jorrando nas calhas e o assobio do vento, um tanto selvagem, mas muito fraco, em torno das chaminés e entre os ramos eram os únicos sons nos arredores.

Depois desse prédio os campos, até então planos, faziam uma descida acentuada. Naturalmente, mais abaixo se estendia um vale, pelo qual se ouvia o gorgolejo de um riacho. Uma luz brilhava no fundo. Malone se encaminhou para ela.

Chegou a uma casinha branca — até mesmo naquela escuridão densa se via que ela era branca — e bateu à porta. Uma empregada de aspecto saudável a abriu; a luz da vela que ela segurava revelou uma passagem estreita, que terminava em uma escada estreita. Duas portas cobertas de baeta vermelha e uma tira de tapete vermelho descendo os degraus, em contraste com as paredes de cor clara e o piso branco, davam ao interior acanhado um aspecto limpo e fresco.

— O Sr. Moore está em casa, suponho?

— Está, sim, senhor, mas não está aqui.

— Não está aqui! Então onde ele está?

— Na tecelagem... no escritório.

Nesse momento se abriu uma das portas vermelhas.

— As carroças chegaram, Sarah? — indagou uma voz feminina, e então surgiu uma cabeça de mulher. Podia não ser a cabeça de uma deusa — na verdade, os cabelos enrolados em papelotes na altura das têmporas afastavam totalmente essa suposição — mas não era tampouco a cabeça de uma Górgona; contudo Malone pareceu adotar a última alternativa. Apesar de grandalhão, ele se encolheu com timidez quando a viu e voltou para a chuva, e, dizendo "Vou encontrá-lo", precipitou-se, aparentemente aterrorizado, por uma alameda curta, através de um pátio escuro, em direção a uma tecelagem enorme e negra.

O horário de funcionamento já se encerrara e a "força de trabalho" tinha ido embora; as máquinas estavam em repouso; a tecelagem fechada. Malone andou em torno do prédio; em certo ponto da sua lateral coberta de fuligem ele encontrou outra fresta de luz; bateu em outra porta, usando para isso a extremidade grossa do seu *shillelah*, com a qual fez um ruído ensurdecedor. Uma chave girou; a porta se abriu.

— É o Joe Scott? Que notícia você tem das carroças, Joe?

— Não; sou eu. O Sr. Helstone me mandou aqui.

— Ah! Sr. Malone. — A voz que pronunciou esse nome tinha um quase imperceptível tom de decepção. Depois de um momento de pausa ela prosseguiu polida, mas um pouco formal:

— Por favor, entre, Sr. Malone. Lamento profundamente o Sr. Helstone ter achado necessário incomodá-lo tanto assim.

Não havia necessidade, eu disse isso a ele... e em uma noite como esta... mas venha para dentro.

Malone seguiu seu interlocutor por um cômodo escuro, de aspecto indistinguível, e chegou a uma sala clara e luminosa; na verdade muito clara e luminosa ela pareceu àqueles olhos que há uma hora vinham lutando para penetrar a dupla escuridão da noite e da neblina; mas com exceção do seu fogo excelente e de uma elegante luminária resplandecendo sobre a mesa, o ambiente era muito simples. O chão de tábuas não tinha tapete; as três ou quatro cadeiras com espaldar duro, pintadas de verde, pareciam ter antes mobiliado a cozinha de alguma fazenda; uma escrivaninha de construção forte, sólida, a já mencionada mesa, e algumas folhas de papel emoldurado, com planos de construção, paisagismo, máquinas, etc., nas paredes cor de pedra completavam a decoração do lugar.

Apesar de simples, a sala pareceu satisfazer Malone, que, depois de retirar e dependurar o sobretudo e o chapéu molhados, arrastou até a lareira uma das cadeiras de aparência reumática e pôs os joelhos quase no meio das barras da grade vermelha.

— O senhor tem uma acomodação confortável, Sr. Moore; e tudo como o senhor precisa.

— Tenho, mas a minha irmã ficaria feliz por vê-lo, caso o senhor prefira entrar na casa.

— Ah, não! Melhor deixar as mulheres sozinhas. Eu nunca fui um homem que anda atrás das mulheres. O senhor não está me confundindo com meu amigo Sweeting, está, Sr. Moore?

— Sweeting! Qual deles é ele? O cavalheiro de sobretudo chocolate ou o cavalheiro miúdo?

— O miúdo, o de Nunnely; o cavalheiro das Srtas. Sykes, que está apaixonado por todas as seis, hah! hah!

— Eu creio que, naquela casa, é melhor estar apaixonado por todas que por uma especialmente.

— Mas ele está especialmente apaixonado por uma, porque quando eu e o Donne insistimos com ele para escolher uma naquele belo grupo ele disse... Quem o senhor acha que ele escolheu?

Com um sorriso estranho, tranquilo, o Sr. Moore respondeu:

— Dora, claro, ou Harriet.

— Hah! hah! O senhor adivinha muito bem; mas o que o levou a escolher essas duas?

— Porque elas são as mais altas, as mais bonitas, e Dora, pelo menos, é a mais corpulenta; e como o seu amigo Sr. Sweeting é uma figura um pouco delgada, eu concluí que, de acordo com uma regra frequente nesses casos, ele preferiria alguém que fosse seu oposto.

— O senhor tem razão; é Dora. Mas ele não tem nenhuma chance, tem, Moore?

— O que o Sr. Sweeting tem além do posto de coadjutor?

Essa pergunta pareceu fazer cócegas em Malone. Ele riu durante três minutos inteiros antes de responder.

— O que o Sweeting tem? Ora... David tem a harpa, ou flauta, o que vem a dar na mesma. Tem uma espécie de relógio pechisbeque; um anel idem; óculos idem. É o que ele tem.

— Ele pediria a mão da Srta. Sykes para deixá-la com a roupa do corpo apenas?

— Hah! hah! Excelente! Vou perguntar isso para ele na próxima vez que o encontrar. Vou criticá-lo pela sua presunção. Mas sem dúvida ele espera que o velho Christopher Sykes faça algo simpático. Ele é rico, não é? Eles moram em uma casa grande.

— Sykes administra um grande negócio.

— Então ele deve ser rico, não?

— Então ele deve ter muita coisa para fazer com a sua riqueza; e nos tempos que correm é tão provável que ele pense em tirar dinheiro da firma para o dote das filhas quanto eu pensaria em demolir aquela casinha ali e construir sobre as suas ruínas uma casa tão grande quanto Fieldhead.

— Sabe o que outro dia eu ouvi falar, Moore?

— Não. Talvez que eu *estivesse* prestes a realizar uma mudança desse tipo. As suas mexeriqueiras em Briarfield são capazes de dizer coisas assim ou até mais tolas.

— Que o senhor ia arrendar Fieldhead, aliás, me pareceu um lugar sinistro quando eu passei por lá esta noite, e que era sua intenção pôr lá como dona da casa uma Srta. Sykes; em suma, casar-se, hah! hah! Então, qual delas? Dora, tenho certeza. O senhor disse que ela era a mais bonita.

— Eu me pergunto quantas vezes, desde que cheguei a Briarfield, resolveram que eu ia me casar. Já me designaram todas as mulheres casadouras do distrito, uma após a outra. Ora as duas Srtas. Wynns, primeiro a morena, em seguida a clara; depois a ruiva Srta. Armitage; e então a madura Ann Pearson; agora o senhor atira sobre os meus ombros toda a tribo das Srtas. Sykes. Sabe Deus em que se baseiam esses boatos. Eu não faço nenhuma visita; procuro a companhia feminina quase tão assiduamente quanto o senhor, Sr. Malone; se alguma vez vou a Whinbury, é somente para fazer a Sykes ou a Pearson uma visita no seu escritório, onde nossas conversas versam sobre outros temas que não o casamento, e nossos pensamentos se ocupam com outras coisas além de corte, família, dote. O tecido que não podemos vender, as pessoas que não podemos empregar, as fábricas que não podemos fazer funcionar, o curso desfavorável dos acontecimentos de modo geral, que não podemos alterar, enchem por completo nossos corações no momento, eu lhe garanto, a ponto de excluir totalmente ilusões como namoro, etc.

— Concordo plenamente com o senhor, Moore. Se há uma ideia que eu detesto mais que qualquer outra, é a de casamento; refiro-me ao casamento no corriqueiro sentido frágil, como mera questão de sentimento, dois pobres tolos concordando em unir sua pobreza por meio de algum fantástico laço de sentimento, uma farsa! Mas uma ligação vantajosa, como a que se pode formar em consonância com a dignidade de opiniões e a permanência de interesses sólidos, não é algo tão mau, heim?

— Não — respondeu Moore com uma expressão alheada; o assunto parecia não lhe interessar, e ele não o levou adiante. Depois de se sentar por algum tempo olhando para o fogo com um ar preocupado, subitamente voltou a cabeça.

— Atenção! — disse ele. — O senhor ouviu rodas?

Levantando-se, foi até a janela, abriu-a e ficou atento. Depois a fechou.

— É só o som do vento subindo — comentou ele — e do riacho um pouco cheio, precipitando-se no vale. Eu esperava as carroças às seis; já são quase nove agora.

— Diga a verdade, o senhor acha que a instalação dessas novas máquinas vai ameaçá-lo? — perguntou Malone. — Helstone parece que acha isso.

— Eu só gostaria que as máquinas, as calandras, ficassem seguras aqui e abrigadas dentro das paredes desta tecelagem. Uma vez instaladas, eu desafio os quebradores de máquinas. Que eles simplesmente me façam uma visita e sofram as consequências: minha tecelagem é o meu castelo.

— Esses patifes atrasados são desprezíveis — observou Malone em um profundo estado de reflexão. — Eu até queria que um grupo deles viesse fazer uma visita para o senhor esta noite; mas a estrada parecia extremamente tranquila quando vim. Não vi nenhuma agitação.

— O senhor veio pela Redhouse?

— Vim.

— Nessa estrada não poderia haver nada. É na direção de Stilbro' que está o risco.

— E o senhor acha que há risco?

— Esses tipos podem fazer comigo o que fizeram com outros. Existe uma única diferença: a maioria dos manufatureiros parece paralisada quando é atacada. Sykes, por exemplo, quando a fábrica dele foi incendiada e totalmente destruída, quando arrancaram o tecido dos estendedouros e o deixaram em trapos no campo, ele não tomou nenhuma providência para descobrir ou punir os canalhas: desistiu tão docilmente quanto um coelho entre os maxilares de um furão. Mas eu, se me conheço, seria leal ao meu comércio, à minha tecelagem e às minhas máquinas.

— Helstone diz que esses três são os seus deuses; que para o senhor as "Ordens do Conselho" são outro nome para os sete pecados mortais; que Castlereagh é o seu Anticristo e o partido pró-guerra as legiões dele.

— É isso; eu abomino todas essas coisas porque elas me arruínam; atravessam o meu caminho. Eu não consigo seguir em frente, não posso executar os meus planos por causa delas; eu me vejo frustrado a cada passo pelos seus efeitos inconvenientes.

— Mas o senhor é rico e próspero, Moore?

— Sou muito rico em tecidos que não consigo vender; o senhor deveria passar lá no meu depósito e ver como ele está cheio até o teto com peças empilhadas. Na mesma situação estão Roakes e Pearson; os Estados Unidos eram o mercado deles, mas as Ordens do Conselho acabaram com isso.

Malone não dava mostras de estar disposto a manter uma conversa animada como aquela. Então começou a bater os calcanhares das botas e a bocejar.

— E pensar... — prosseguiu o Sr. Moore, que parecia demasiado absorto no fluxo dos seus próprios pensamentos para observar os sintomas do *ennui* de seu hóspede — pensar que essas mexeriqueiras ridículas de Whinbury e Briarfield vão continuar aborrecendo os outros com essa história de casamento! Como se na vida não houvesse mais nada a fazer senão "cortejar", como dizem elas, alguma jovem, depois ir para a igreja com ela e depois começar a lua de mel e depois fazer uma série de visitas e depois, imagino, "constituir uma família". Ah, que le diable emporte![1] — Ele interrompeu a veemência com que estava se manifestando e acrescentou mais calmo: — Acho que as mulheres só falam e pensam nessas coisas, e evidentemente acham que a mente dos homens tem o mesmo tipo de ocupação.

— Claro... claro — concordou Malone —, mas não se preocupe com elas. — E ele assobiou, olhou em torno impacientemente e pareceu sentir uma grande necessidade de algo. Dessa vez Moore percebeu e aparentemente entendeu as suas demonstrações.

— Sr. Malone — disse ele —, o senhor deve precisar de algo para comer depois da caminhada na chuva. Eu me esqueci da hospitalidade.

— De modo algum — respondeu Malone, mas com o ar de quem achava que finalmente haviam decifrado a charada. Moore se levantou e abriu um armário.

— É um capricho meu — disse ele — ter todo tipo de conforto perto de mim, e não depender das mulheres lá do chalé para todo bocado que for comer e todo gole que for beber. Frequentemente eu passo a noite e janto aqui sozinho, e durmo com o Joe Scott na tecelagem. Às vezes sou o meu próprio vigia; preciso de pouco sono, e me agrada vagar em uma noite bonita durante uma ou duas horas pelo vale com o meu mosquete. Sr. Malone, o senhor sabe cozinhar costeleta de carneiro?

— Faça um teste comigo. Na faculdade eu cozinhei isso centenas de vezes.

— Pois ali está a carne e ali está a grelha. Vire as costeletas rapidamente; o senhor sabe o segredo para elas ficarem suculentas?

— Não receie nada; o senhor verá. Por favor, me dê uma faca e um garfo.

O coadjutor dobrou os punhos do paletó e vigorosamente começou a cozinhar. O manufatureiro pôs na mesa pratos, um pão, uma garrafa preta e dois copos. Depois trouxe uma chaleirinha de cobre — também tirada do mesmo recesso bem provido, seu armário —, encheu-a com a água despejada de uma grande jarra de pedra que estava em um canto, colocou-a no fogo ao lado da grelha que chiava, pegou limões, açúcar e uma pequena poncheira de porcelana; mas enquanto estava preparando o ponche, uma batida na porta o fez se afastar.

— É você, Sarah?

— Sou eu. O senhor pode vir jantar, por favor?

— Não; hoje não vou ficar em casa; vou dormir na tecelagem. Feche as portas e diga à patroa que vá dormir.

Ele voltou.

— Sua casa está em boa ordem — observou Malone em tom de aprovação enquanto, com seu belo rosto tão avermelhado quanto as brasas sobre as quais ele se inclinava, diligentemente virava as costeletas de carneiro. — E não está sob o mando de saias, como o coitado do Sweeting, um homem... nossa!, como a gordura espirra!, queimou a minha mão... destinado a ser governado por mulheres. Mas o senhor e eu, Moore... eis uma bem tostadinha para o senhor, e com muito molho... o senhor e eu não teremos dentro de casa galinhas que pretendem cantar de galo quando nos casarmos.

— Não sei; nunca penso nisso; se a galinha for bonita e dócil, por que não?

— As costeletas estão no ponto. O ponche está pronto?

— Eis um copo cheio; experimente. Quando o Joe Scott e seus subordinados voltarem, vão ganhar um pouco também, desde que tragam as calandras intactas.

Malone exultava com a refeição: ria alto a propósito de tolices, fazia piadas sem graça e as aplaudia; em suma, tornou-se ruidoso sem nenhuma justificativa. Seu anfitrião, pelo contrário, permaneceu tão silencioso quanto antes. Já é hora, leitor, de lhe dar uma ideia da aparência desse anfitrião. Vou me esforçar para traçar um esboço enquanto ele está sentado à mesa.

Ele é o que você provavelmente chamaria, à primeira vista, de um homem de aspecto muito estranho, pois ele é magro, moreno, pálido, com uma aparência bastante estrangeira, com cabelos escuros que caem descuidadamente pela testa: parece que ele gasta apenas um pouquinho de tempo com cuidados pessoais, ou pentearia os cabelos com mais apuro. Ele parece não ter consciência de que seus traços são bonitos, que têm uma simetria, precisão e regularidade meridionais; e quem o observa só percebe essa vantagem quando já o examinou bastante, pois um semblante ansioso e o aspecto geral de um rosto encovado, um pouco abatido, fazem com que a impressão de preocupação estorve a de beleza. Os olhos são grandes, graves e cinzentos; têm uma expressão de concentração e meditação, mais perscrutadores que cordiais, mais pensativos que animados. Quando ele separa os lábios em um sorriso, sua fisionomia é agradável, embora nem mesmo então seja franca e animada, mas você sente a influência de certo encanto tranquilo, indicativo, de forma enganosa ou procedente, de uma natureza atenciosa, talvez generosa, de sentimentos que podem ser muito adequados à vida doméstica; sentimentos pacientes, lenientes, possivelmente fiéis. Ele ainda é jovem — não passou dos trinta; sua estatura é alta, o corpo delgado. Seu modo de falar desagrada; ele tem um sotaque estrangeiro que, apesar de um deliberado cuidado com a pronúncia e a dicção, irrita um ouvido inglês, especialmente o de Yorkshire.

O Sr. Moore, na verdade, era apenas meio britânico, e quase não chegava a ser nem mesmo isso. Do lado materno, era de ascendência estrangeira, e nasceu e foi criado até certa altura em solo estrangeiro. Híbrido por natureza, é provável que tivesse um sentimento híbrido em muitos pontos — patriotismo, por exemplo; é provável que ele fosse incapaz de se ligar a partidos, seitas, até mesmo climas e costumes; não é impossível que ele tivesse uma tendência a distanciar sua pessoa de quaisquer comunidades em que o destino o lançasse temporariamente, e que ele tenha sentido ser mais sensato promover os interesses de Robert Gérard Moore, descartando o respeito filantrópico por interesses gerais, com os quais ele considerava o mencionado Gérard Moore bastante desconectado. O comércio era a vocação hereditária do Sr. Moore. Os Gérards da Antuérpia tinham sido comerciantes nos últimos dois séculos; outrora eles haviam sido comerciantes ricos, mas as incertezas e os envolvimentos do negócio haviam pesado sobre eles; especulações desastrosas tinham comprometido gradualmente o lastro do seu crédito; a firma havia ficado em uma situação periclitante por uns doze anos; e por fim, sob o impacto da Revolução Francesa, se tornara uma ruína total. Sua queda levou de roldão a fábrica inglesa de Moore em Yorkshire, estreitamente ligada à casa da Antuérpia, e de qual um dos sócios, residente em Antuérpia, Robert Moore, se casara com Hortense Gérard na expectativa de sua esposa herdar a parcela do pai, Constantine Gérard, nos negócios. Como vimos, ela herdou apenas a parte dele nas dívidas da firma; e dizem alguns que essas dívidas, embora devidamente revogadas por um acordo com os credores, seu filho Robert, por sua vez, aceitou como herança e esperava um dia se desembaraçar delas e reerguer a casa arruinada de Gérard e Moore em uma escala pelo menos igual à da sua grandeza anterior. Parecia inclusive que ele levava muito a sério as circunstâncias passadas; e, se uma infância ao lado de uma mãe melancólica, sob presságios de um mal iminente, e com a idade adulta encharcada e arruinada pela descida impiedosa da tempestade podia imprimir uma marca dolorosa na mente, na mente *dele* provavelmente os caracteres impressos não eram dourados.

Se, contudo, Robert visava a um objetivo grandioso de restauração, não estava no seu poder empregar meios grandiosos para atingi-lo. Ele foi obrigado a se contentar com o dia dos modestos começos. Quando chegou a Yorkshire, ele — cujos ancestrais haviam sido donos de armazéns em tal porto marítimo e de fábricas naquela cidade do interior, dispondo de casa na cidade e no campo — não viu diante de si outro caminho senão alugar uma fábrica de tecidos em um fim de mundo de um distrito no fim do mundo; alugar um chalé ao lado como residência e acrescentar às suas posses, como pastagem para o cavalo e espaço para os estendedouros de tecido, uns poucos acres da terra escarpada e acidentada que se estendiam pelo vale através do qual bradava o córrego que movia sua tecelagem. De tudo isso ele usufruía pagando um aluguel um tanto caro (pois naqueles difíceis tempos de guerra tudo era caro) aos gestores das terras de Fieldhead, então propriedade de um menor.

Na época em que começa esta história, Robert Moore morava fazia apenas dois anos no distrito, e nesse período havia pelo menos se demonstrado capaz de atividade. O sombrio chalé foi convertido em uma residência bem-arrumada e de bom gosto. Em parte da terra não arável ele fez um jardim, que cultivava com uma exatidão e uma meticulosidade singulares, até mesmo flamengas. Quanto à tecelagem, uma estrutura antiga equipada com máquinas antigas que tinham se tornado ineficientes e antiquadas, ele havia desde o início manifestado o maior desprezo por todas as suas disposições e compromissos: o objetivo dele era fazer uma reforma radical, que executou tão rapidamente quanto seu escasso capital permitiu; e a limitação desse capital e a consequente moderação do avanço conseguido eram um freio que atormentava dolorosamente o seu espírito. "Para a frente" era o lema impresso na sua alma, mas a pobreza o continha; às vezes (figurativamente) sua boca espumava quando as rédeas eram puxadas com muita força.

Nesse estado de espírito não se pode esperar que ele refletisse muito se seu progresso seria prejudicial ou não aos outros. Não sendo do lugar e nem mesmo tendo por algum tempo residido nas vizinhanças, ele não se importou suficientemente quando as invenções novas deixaram desempregados os velhos trabalhadores: nunca se perguntou onde aqueles para quem ele já não pagava salários semanais conseguiam o pão diário; e nessa negligência ele era igual a outros milhares, dos quais os famintos de Yorkshire pareciam ter mais razão para reclamar.

O período sobre o qual escrevo foi um período sombrio da história da Inglaterra, e especialmente da história das províncias do Norte. A guerra estava no auge. Toda a Europa estava envolvida nela. A Inglaterra, se não esgotada, estava desgastada com a longa resistência — sim, e metade da sua população também estava esgotada e clamava pela paz em quaisquer condições. A honra nacional havia se tornado uma simples expressão vazia, sem valor aos olhos de muitas pessoas, porque a fome toldava a sua visão; e por uma porção de carne elas teriam vendido seu direito de primogenitura.

As "Ordens do Conselho", provocadas pelos decretos de Napoleão em Milão e Berlim, e que proibiam os países neutros de comercializar com a França, tinham, ao ofender os Estados Unidos, afastado o principal mercado para o comércio de lã de Yorkshire, consequentemente deixando-o à beira da ruína. Os países importadores menores estavam saturados de lã e não compravam mais. Os Brasis, Portugal, Sicília, todos estavam com estoque em excesso, suficiente para cerca de dois anos de consumo. Durante essa crise, certas modernizações nas máquinas foram introduzidas nas principais fábricas do Norte, as quais, ao reduzir muito a mão de obra necessária para o serviço, tiraram o trabalho de milhares de pessoas e as deixaram sem um meio legítimo de se sustentar. Sobreveio uma colheita ruim. O desespero alcançou seu ponto máximo. A paciência, aguilhoada aos extremos, estendeu para a insubordinação a mão da fraternidade; foram sentidos os espasmos de uma espécie de terremoto moral abalando as colinas dos condados do Norte. Mas, como costuma acontecer nesses casos, ninguém deu a devida atenção a isso. Quando em uma cidade manufatureira irrompia um tumulto por causa de comida, ou um cardador era incendiado, ou a casa de um proprietário de tecelagem era atacada, sua mobília atirada na rua e a família forçada a fugir para escapar da morte, algumas medidas locais eram ou não tomadas pelo magistrado do lugar; quando algum instigador era identificado, o que não acontecia com frequência, parágrafos eram escritos sobre o assunto em jornais, e tudo parava por aí. Quanto aos que estavam sofrendo, cuja única herança era o trabalho, e que tinham perdido essa herança — não conseguindo emprego e consequentemente não recebendo salário, e consequentemente não tendo pão —, esses eram deixados sofrendo, talvez inevitavelmente deixados; não seria possível deter o progresso da invenção, prejudicar a ciência desestimulando o seu avanço; a guerra não podia ser encerrada; não se podia fazer surgir um alívio eficaz; assim, não havia remédio; os desempregados suportavam seu destino — comiam o pão de angústia e bebiam a água da amargura.

A miséria gera o ódio. Esses sofredores odiavam as máquinas por acharem que elas lhes haviam tirado o pão; odiavam os prédios que abrigavam essas máquinas; odiavam os manufatureiros que eram proprietários desses prédios. Na paróquia de Briarfield, da qual nos ocupamos agora, a Tecelagem do Hollow era o lugar mais abominado; Gérard Moore, com seu duplo caráter de meio estrangeiro e rematado progressista, o homem mais abominado. E talvez estivesse mais de acordo com o temperamento de Moore ser odiado de maneira geral, especialmente quando ele achava que a coisa pela qual o odiavam era justa e vantajosa; e foi com um espírito de disposição para a luta que ele, naquela noite, se sentou no escritório esperando a chegada das suas carroças com o carregamento de calandras. A chegada e a companhia de Malone talvez fossem muito inoportunas; ele teria preferido sentar-se sozinho, pois gostava de uma solidão silenciosa, sombria e insegura; o mosquete do vigilante teria sido companhia suficientemente boa para ele; o regato correndo cheio na grota teria feito continuamente um discurso muito agradável para os ouvidos dele.

******

Com o olhar mais estranho do mundo, o fabricante de tecidos tinha olhado fixamente por uns dez minutos para o coadjutor irlandês, enquanto este usava e abusava do ponche, quando subitamente aqueles olhos cinzentos e fixos se alteraram, como se algo se interpusesse entre eles e Malone. Moore ergueu a mão.

— Sht! — disse ele ao seu modo francês quando Malone fez um barulho com o copo. Ele ficou escutando por um momento e depois se levantou, pôs o chapéu e saiu pela porta do escritório.

A noite estava silenciosa, escura e parada; a água continuava correndo vigorosa e veloz; no total silêncio seu fluxo quase parecia uma inundação. No entanto, o ouvido de Moore captou outro som — muito distante e desigual — irregular e vigoroso; em suma, um som de rodas pesadas triturando uma estrada pedregosa. Ele voltou para o escritório e acendeu um lampião, com o qual caminhou pelo pátio da tecelagem e foi abrir os portões. As grandes carroças estavam chegando; ouviam-se as enormes patas dos cavalos de tiro chapinhando na lama e na água. Moore saudou-os.

— Olá, Joe Scott! Está tudo bem?

Joe Scott provavelmente ainda estava muito longe para ouvir a pergunta, pois não a respondeu.

— Tudo bem? Estou perguntando — indagou novamente Moore quando o enorme focinho do cavalo da frente praticamente tocou o seu nariz.

Alguém saltou da primeira carroça para a estrada; uma voz gritou alto:

— Co's diabo; tá tudo bem. Nós acabemo com tudo.

E depois se ouviu o som de corrida. As carroças ficaram paradas; elas haviam sido abandonadas.

— Joe Scott! — Nenhum Joe Scott respondeu. — Murgatroyd! Pighills! Sykes! — Nenhuma resposta. O Sr. Moore levantou o lampião e olhou dentro das carroças; não havia nem homens nem máquinas; as carroças estavam vazias e abandonadas.

O Sr. Moore amava suas máquinas. Arriscara todo o capital de que dispunha na compra dos sarilhos e calandras cuja chegada esperava naquela noite; especulações da maior importância para o seu negócio dependiam dos resultados a serem fabricados pelas máquinas; onde estavam elas?

As palavras "nós acabemo com tudo" soavam nos seus ouvidos. Como a catástrofe o atingira? À luz da lanterna que ele segurava, dava para ver suas feições, que foram relaxando em um sorriso singular, o sorriso que o homem de espírito determinado dá quando chega a um momento crítico da vida em que esse espírito determinado deve reagir a uma exigência sobre a sua força, quando o esforço violento deve ser feito e a inteligência deve suportar ou desmoronar; no entanto, ele permaneceu em silêncio, e até imóvel, pois naquele instante não sabia o que dizer nem o que fazer. Ele colocou o lampião no chão e ficou com os braços cruzados, olhando para baixo e refletindo.

Pisadas impacientes de um dos cavalos o fizeram olhar para cima, seus olhos então perceberam o brilho de algo branco preso a uma parte do arreio. Examinando à luz do lampião, Moore constatou ser um papel dobrado — um billet.[2] Por fora não havia endereço; por dentro havia a subscrição:

"Pro Diabo da Tesselage do Hollow."

Não vamos copiar o resto da ortografia, que era muito singular, mas traduziremos em inglês legível. Dizia o seguinte:

"Suas máquinas infernais ficaram em pedaços na Charneca de Stilbro' e seus homens estão deitados em uma vala à beira da estrada com as mãos e os pés amarrados. Considere isso um aviso dado por homens que estão passando fome, com esposa e filhos passando fome em casa, e para os quais eles vão voltar depois de fazer isso. Se comprar novas máquinas ou continuar fazendo o que fez, vai ter notícias nossas novamente. Cuidado!"

— Ter notícias suas novamente? Sim, eu vou ter notícias suas novamente e vocês vão ter notícias minhas; vou falar diretamente com vocês; daqui a pouco vocês vão ter notícias minhas na Charneca de Stilbro'.

Depois de passar com as carroças pelos portões, ele se precipitou para o chalé. Abrindo a porta, disse umas poucas palavras, com rapidez e serenidade, para as duas mulheres que correram ao seu encontro no corredor. Acalmou o aparente alarme de uma delas com um breve relato tranquilizador do que havia acontecido; para a outra, disse:

— Vá até a tecelagem, Sarah... tome a chave... e toque o sino o mais alto que puder. Depois vá pegar outro lampião e me ajude a iluminar a frente.

Voltando para os cavalos, desarreou-os, alimentou-os e os instalou no estábulo, tudo com igual rapidez e cuidado, parando de vez em quando, durante essa ocupação, como se para prestar atenção ao sino da tecelagem. Este logo começou a repicar com um barulho irregular, mas alto e alarmante; o soar apressado e agitado parecia mais urgente que se a convocação tivesse sido feita de maneira ordenada por mão com muita prática. Naquela noite tranquila, naquela hora incomum, ele foi ouvido a grande distância em toda a volta; os hóspedes na cozinha da Redhouse se sobressaltaram com o clamor e, afirmando que "arguma coisa fora do comum deve de tá conteceno na Tecelage do Hollow", pediram lampiões e se precipitaram em bloco para o local. E mal tinham entrado juntos no pátio com os lampiões acesos quando um tropel de cavalos se fez ouvir e um homenzinho com o chapéu de aba larga dos anglicanos, sentado muito empertigado no lombo de um pônei desgrenhado, entrou "apressurado", seguido por um ajudante de ordens montado em um corcel maior.

Enquanto isso o Sr. Moore, depois de instalar no estábulo os cavalos de tiro, selou seu cavalo e, com a ajuda de Sarah, a criada, iluminou a tecelagem, cuja fachada larga agora brilhava como se por um clarão único, lançando no pátio luz suficiente para afastar o temor de confusão surgido na escuridão. Já se ouvia um rumor de vozes graves: o Sr. Malone tinha afinal saído do escritório, tomando antes a precaução de mergulhar a cabeça e o rosto no jarro de água; e essa precaução, junto com o súbito alarme, quase chegou a lhe restaurar a posse dos sentidos que o ponche tinha dispersado parcialmente. Ele ficou de pé com o chapéu puxado para trás e o *shillelah* seguro no seu punho direito, respondendo de modo um tanto aleatório às perguntas do grupo recém-chegado da Redhouse. Então o Sr. Moore apareceu e foi imediatamente confrontado pelo chapéu de aba larga e o pônei desgrenhado.

— Bem, Moore, qual é o seu assunto conosco? Achei que esta noite o senhor ia nos querer; a mim e ao capitão aqui — dando tapinhas no pescoço do seu pônei — e também ao Tom e o cavalo de batalha dele. Quando ouvi o sino da tecelagem, não consegui mais ficar sentado, por isso deixei Boultby acabar de jantar sozinho. Mas onde está o inimigo? Eu não vejo aqui nenhuma máscara ou rosto sujo; e as suas janelas não têm vidros quebrados. Você sofreu um ataque ou está esperando um?

— Ah, não, de modo algum! Não fui atacado nem espero ser — respondeu friamente Moore. — Só mandei tocar o sino porque quero que dois ou três vizinhos fiquem aqui no Hollow enquanto eu e outros dois ou três vamos até a Charneca de Stilbro'.

— Até a Charneca de Stilbro'! Fazer o quê? Ir encontrar as carroças?

— As carroças chegaram uma hora atrás.

— Então está tudo certo. O que mais o senhor quer?

— Elas chegaram vazias; e o Joe Scott e seus companheiros foram deixados na charneca, assim como as calandras. Leia estes garranchos.

O Sr. Helstone recebeu e examinou o documento cujo conteúdo já foi relatado.

— Hum! Eles simplesmente lhe prestaram os mesmos serviços que prestam aos outros. Mas os pobres coitados que estão na vala devem estar esperando socorro um tanto impacientes: a noite está úmida para uma cama dessas. Eu e Tom vamos com o senhor; Malone pode ficar para trás e cuidar da tecelagem. O que é que está havendo com ele? Parece que os olhos dele estão saindo das órbitas.

— Ele estava comendo costeleta de carneiro.

— Verdade! Peter Augustus, cuidado. Não coma nem mais uma costeleta de carneiro esta noite. O senhor vai ficar aqui tomando conta deste lugar; um posto de honra!

— Alguém vai ficar comigo?

— Quantos o senhor quiser escolher neste grupo. Meus minino, quantos de vocês vão ficar e quantos vão comigo e o Sr. Moore até a estrada de Stilbro', aqui perto, encontrar alguns homens que foram surpreendidos e atacados por destruidores de máquinas?

Um pequeno grupo de três se apresentou para ir; o resto preferiu ficar na fábrica. Enquanto o Sr. Moore montava em seu cavalo, o pároco lhe perguntou em voz baixa se ele havia guardado em segurança as costeletas de carneiro, para que Peter Augustus não pudesse comê-las. O manufatureiro meneou a cabeça afirmativamente e o grupo de socorro se pôs a caminho.

III. O Sr. Yorke

A animação, ao que parece, é algo que depende em igual medida do estado das coisas no nosso íntimo e também fora e em torno de nós. Faço essa observação banal porque por acaso sei que os Srs. Helstone e Moore transpuseram os portões do pátio da tecelagem, à frente do seu grupo muito pequeno, no melhor estado de espírito possível. Quando o facho de luz de um lampião (cada um dos três pedestres do grupo levava um) incidia sobre o rosto do Sr. Moore, se podia ver em seus olhos um brilho incomum, por ser jovial, e uma vivacidade recém-adquirida que cobria sua face morena; e, quando o rosto do pároco era iluminado, seus traços duros se revelavam sorridentes e brilhantes de regozijo. Contudo, uma noite de chuva e uma expedição um tanto perigosa não seriam vistas por você como circunstâncias planejadas para animar os que se expõem à umidade e se envolvem na aventura. Se algum membro do grupo que estivera ativo na Charneca de Stilbro' tivesse visto aquele grupo, teria tido grande prazer em se pôr atrás de um muro e atirar em qualquer um dos seus líderes: e estes sabiam disso; e o fato é que, ambos sendo homens com nervos de aço e coração compassado, seus espíritos exultavam com o que sabiam.

Estou ciente, leitor, e você não precisa me relembrar, de que ser belicoso é algo terrível para um pastor: estou ciente de que ele deve ser um homem da paz. Tenho um débil esboço de ideia de qual é a missão de um clérigo entre os homens, e sei perfeitamente de quem ele é servo, de quem é a mensagem que ele transmite, de quem é o exemplo que ele deve seguir; mas, com tudo isso, se você odeia pastores, não precisa esperar que eu esteja do seu lado em todos os passos dados na sua sombria e escarpada estrada não cristã; não precisa esperar que eu o acompanhe em complicados anátemas, ao mesmo tempo tão estreitos e tão amplos, no seu rancor venenoso, tão intenso e tão absurdo, contra "o clero"; que eu erga os olhos e as mãos com um Supplehough, ou encha meus pulmões com um Barraclough, horrorizado com o diabólico pároco de Briarfield e o denunciando.

Ele não era absolutamente diabólico. O problema era simplesmente — ele tinha errado de vocação: deveria ter sido um soldado, mas circunstâncias fizeram dele um sacerdote. Quanto ao resto, ele era um homenzinho consciencioso, teimoso, despótico, corajoso, firme, implacável e fiel; um homem quase incapaz de sentimentos solidários, descortês, preconceituoso e rígido, mas um homem coerente com seus princípios — digno, sagaz e sincero. Parece-me, leitor, que não se pode sempre talhar os homens para que eles se ajustem à sua profissão, e não se deve amaldiçoá-los porque sua profissão às vezes lhes cai mal — tampouco eu vou amaldiçoar Helstone, cossaco clerical como ele era. No entanto, ele *era* amaldiçoado, e por muitos dos seus paroquianos, do mesmo modo que por outros era adorado, o que é o destino frequente dos homens que mostram parcialidade na amizade e amargura na inimizade; que se ligam aos princípios do mesmo modo que se aferram aos preconceitos.

Estando Helstone e Moore com um excelente estado de espírito, e ligados naquele momento pela mesma causa, era de esperar que, cavalgando lado a lado, eles conversassem amigavelmente. Ah, mas não! Aqueles dois homens, ambos de natureza dura, biliosa, raramente entravam em contato sem que se irritassem reciprocamente: o mais frequente pomo de discórdia entre eles era a guerra. Helstone era um Tory rígido (havia Tories naquela época) e Moore um Whig sanhudo —

um Whig pelo menos no tocante à oposição ao partido pró-guerra, sendo essa a questão que afetava os seus interesses; e apenas sobre essa questão ele abraçava alguma política inglesa. Ele gostava de enfurecer Helstone declarando sua crença na invencibilidade de Bonaparte, zombando da Inglaterra e da Europa pela impotência dos seus esforços para resistir a ele e manifestando friamente a opinião de que tanto fazia ceder a ele mais cedo ou mais tarde, uma vez que no final das contas ele iria esmagar todos os seus antagonistas e reinar supremo.

Helstone não suportava ouvir essas conversas: era somente em consideração ao fato de Moore ser uma espécie de proscrito e forasteiro, além de ter apenas meia porção de sangue inglês para temperar o fel estrangeiro que corroía suas veias, que ele se resignava a ouvi-las sem ceder ao desejo de dar umas bengaladas no seu interlocutor. Mais outra coisa aplacava o seu desagrado, a saber, uma identificação com a tenacidade com que essas opiniões eram externadas e um respeito pela coerência da contumácia ranzinza de Moore.

Ao entrar na estrada de Stilbro' o grupo enfrentou um pouco de vento; a chuva arremetia contra o rosto deles. Moore tinha estado importunando seu companheiro até então, mas agora, fortalecido pela brisa fria e talvez irritado pelo chuvisco picante, começou a aguilhoá-lo.

— As suas notícias peninsulares ainda lhe agradam? — indagou ele.

— O que o senhor está querendo dizer? — perguntou rispidamente o Pároco.

— Quero dizer, o senhor ainda acredita naquele Baal do Lorde Wellington?

— E o que o senhor quer dizer agora?

— O senhor ainda acredita que esse ídolo da Inglaterra, de rosto impassível e coração duro como pedra, é poderoso o suficiente para fazer descer do céu o fogo capaz de consumar o holocausto francês que vocês desejam oferecer em sacrifício?

— Eu acredito que Wellington vai escorraçar os marechais de Bonaparte para o alto-mar no dia em que lhe aprouver erguer o braço.

— Mas, meu caro, o senhor não pode estar falando sério. Os marechais de Bonaparte são homens notáveis, que agem sob as ordens de um onipotente espírito de comando; o seu Wellington é o mais enfadonho dos militares comuns, cujos movimentos lentos, mecânicos, são ainda mais tolhidos por um governo ignorante.

— Wellington é a alma da Inglaterra. Wellington é o defensor certo de uma boa causa, o digno representante de uma nação poderosa, resoluta, sensata e honesta.

— A sua boa causa, até onde eu percebo, é simplesmente a restauração desse sujo e fraco Fernando em um trono que ele desonrou; o seu digno representante de um povo honesto é um vaqueiro parvo agindo em favor de um fazendeiro ainda mais parvo; e contra ambos estão enfileirados a supremacia vitoriosa e o gênio invencível.

— Contra a legitimidade está enfileirada a usurpação; contra a resistência moderada, pura, justa e corajosa à invasão está enfileirada a arrogante, enganadora, egoísta e traiçoeira ambição de possuir. Deus defenda o certo!

— Deus frequentemente defende o poderoso.

— Qual! Suponho que a meia dúzia de israelitas de pés secos no lado asiático do Mar Vermelho tinha mais força que o exército dos egípcios em formação no lado africano? Eles eram mais numerosos? Mais bem aparelhados? Tinham mais força, em suma, hem? Não fale, ou vai dizer uma mentira, Moore; o senhor sabe que vai. Eles eram uns coitados de uns escravos esgotados. Os tiranos os tinham oprimido por quatrocentos anos; uma débil mescla de mulheres e crianças diluía as suas fileiras delgadas; seus senhores, que rugiam para que os seguissem através das águas fendidas, eram um grupo de etíopes mimados, quase tão fortes e brutais quanto os leões da

Líbia. Eles foram armados, receberam cavalos e carruagens; os coitados dos hebreus estavam a pé. É provável que poucos deles tivessem armas melhores que os cajados de seus pastores ou as ferramentas de construção dos seus pedreiros; o próprio líder deles, humilde e poderoso, tinha apenas a sua vara. Mas pense bem, Robert Moore, a justiça estava com eles; o Deus das batalhas estava do lado deles; o crime e o anjo caído comandavam as fileiras do Faraó, e quem venceu? Sabemos muito bem. "Naquele dia o Senhor salvou Israel das mãos dos egípcios e Israel viu os egípcios mortos na orla do mar"; isso mesmo, "as profundezas os cobriram, eles mergulharam até o fundo como uma pedra". A mão destra do Senhor se tornou esplendorosa de poder; a mão destra do Senhor esmagou o inimigo!

— O senhor tem razão; mas se esquece do verdadeiro paralelo. A França é Israel e Napoleão é Moisés. A Europa, com seus antigos impérios empanturrados e dinastias podres, é o Egito corrupto; a valente França são as Doze Tribos e o seu novo e vigoroso Usurpador o Pastor de Horeb.

— Não me dou ao trabalho de responder.

Com isso Moore respondeu para si mesmo, pelo menos acrescentou outra observação ao que acabara de dizer em voz mais baixa:

— Ah, na Itália ele era tão grande quanto qualquer Moisés! Lá ele era a pessoa certa, apta para chefiar e organizar medidas que levassem à regeneração das nações. Até hoje me intriga o fato de o conquistador de Lodi ter condescendido em se tornar imperador, uma impostura vulgar, idiota; e mais ainda me intriga ver um povo que no passado se dissera republicano afundar novamente ao nível de meros escravos. Eu desprezo a França! Se a Inglaterra tivesse chegado tão longe na marcha da civilização quanto a França, dificilmente teria recuado com tamanha pouca-vergonha.

— O senhor não está querendo dizer que a fátua França imperial é pior que a sangrenta França republicana? — perguntou Helstone, firme.

— Não estou querendo dizer nada, mas posso pensar o que me agradar, o senhor sabe, tanto sobre a França quanto sobre a Inglaterra; e sobre revoluções, regicídios e restaurações em geral; e sobre o direito divino dos reis, que o senhor defende obstinadamente nos seus sermões, e o dever de não resistência, e o bom senso da guerra, e...

A frase do senhor Moore foi interrompida pela rápida aproximação de um cabriolé e sua súbita parada no meio da estrada. Ele e o pároco estavam ocupados demais com aquela discussão e só notaram a chegada do veículo quando ele já estava bem perto.

— Então, patrão, as carroça chegaro? — indagou uma voz dentro do veículo.

— É o Joe Scott?

— É, é! — replicou outra voz; pois havia duas pessoas no cabriolé, como dava para ver à luz de sua candeia; os homens com os lampiões tinham ficado para trás, ou melhor, os cavaleiros do grupo de resgate haviam ultrapassado os pedestres.

— Olá, Sr. Moore, é o Joe Scott, sim. Eu estou trazendo o Joe de volta para o senhor num apuro dos diabos; eu s'encontrei com ele no alto da charneca, lá adiante, ele e mais três. O que o senhor vai me dar por eu ter trazido ele de volta?

— Ora, um muito obrigado, acho eu, pois eu teria resistido bem à perda de um homem melhor. Pela voz, suponho que seja o senhor Yorke?

— Olá, minino, sou eu. Eu estava voltando para casa, vindo lá do mercado de Stilbro', e quando cheguei no meio da charneca, mais veloz que o vento (porque, dizem, os tempos andam inseguros, por causa desse governo ruim!), ouvi um gemido. Parei; outro qualquer teria decerto continuado mais rápido; mas eu num tenho nada de que ter medo, qu'eu saiba. Não acredito que algum minino destas banda me fizesse mal, pelo menos eu daria o melhor de mim se alguém tentasse fazer isso. Eu disse, "Tem arguma coisa errada por aqui?" "Tem memo", diz alguém, parecia que a voz vinha do chão. "O que é que eu posso fazer? Fale logo", eu mandei. "É só nós quatro, jogado aqui na vala", disse o Joe em voz baixa. Eu disse pr'eles que aquilo era uma vergonha e mandei eles se levantar e ir embora, senão eles ia sentir o meu chicote; pois eu achava que eles tava um pouco bêbado. "A gente já teria feito isso há uma hora atrás, mas prendero a gente com uma corda", o Joe explicou. Então, em um segundo eu desci e soltei eles com o meu canivete; e o Scott veio comigo, pra me contar como foi que isso tudo aconteceu; os outros devem de chegar logo, tão vindo o mais rápido possível.

— Bem, eu lhe fico muito agradecido, Sr. Yorke.

— Fica mesmo, minino? O senhor sabe que não fica. Seja como for, os outro tão chegando. E aqui, meu Deus, tem mais gente, com luzes nos jarros como o exército de Guideon; e o pastor tá aqui conosco... boa noite, Sr. Helstone... a gente há de se arranjar.

O Sr. Helstone retribuiu a saudação do homem que estava no cabriolé com muita seriedade, na verdade. O homem prosseguiu:

— A gente é onze forçudo e tudo tem cavalo e coche. Se a gente por acaso encontrasse uns desses moleque morto de fome que anda quebrando máquinas por aí, conseguia uma boa vitória; cada um havia de ser um Wellington... o senhor ia gostar disso, Sr. Helstone, e que parágrafos que a gente ia arrumar pros jornais! Briarfield ia ficar famosa. Mas a gente deve de ter uma coluna e meia no *Stilbro' Courier* com essa história, imagino. Eu num havia de esperar menos.

— E eu prometo que não será menos, Sr. Yorke, porque eu mesmo vou escrever esse artigo — replicou o pároco.

— Certo... e como que num ia! E num s'esqueça de arrecomendar muito bem que esse povo que quebrou as calandra e amarrou as perna do Joe Scott com uma corda deve de ser enforcado sem nenhuma ajuda do clero. Esse caso é pr'enforcamento, ou devia de ser. Isso é mais que claro.

— Se eu os fosse julgar, eu os absolveria na hora! — exclamou Moore. — Mas vou deixá-los à vontade por algum tempo, com a certeza de que no final eles próprios vão se enforcar.

— Vai deixar eles ficar à vontade, heim, Moore? O senhor promete isso?

— Prometer! Não. Tudo o que quero dizer é que não vou me dar ao trabalho de procurá-los; mas se um deles aparecer no meu caminho...

— O senhor bota as mãos nele, é claro; só que o senhor preferiria que antes do seu ajuste de contas eles fizessem algo pior que simplesmente parar uma carroça. Bem, não vamos mais falar sobre esse assunto por ora. Estamos na porta da minha casa, senhores, e eu espero que os senhores e os homens entrem nela. Todos devem estar precisando de um trago.

Moore e Helstone disseram que o convite era desnecessário; no entanto, ele foi reiterado com tanta cortesia e, além disso, a noite estava tão inclemente e o brilho por trás das janelas acortinadas com musselina diante das quais tinham parado parecia tão convidativo que eles acabaram por ceder. Depois de ter descido do cabriolé, deixando-o aos cuidados de um homem que saíra de um anexo quando ele chegou, o Sr. Yorke rumou para a casa na frente dos demais.

Deve ter sido observado que a fraseologia do Sr. Yorke variava um pouco. Ora ele falava o puro dialeto do Yorkshire, e no momento seguinte se expressava no inglês mais correto. Seu comportamento estava sujeito às mesmas alterações; ele podia ser educado e afável, mas podia ser áspero e bruto. Assim, não era possível determinar facilmente a sua posição social a partir do modo como ele falava e do seu comportamento; talvez o aspecto da casa possa resolver a questão.

Ele indicou a cozinha para os outros homens, dizendo que iria providenciar para "que dessem pr'eles quarqué coisa de comê agorinha memo". Os cavalheiros foram conduzidos à porta da frente. Eles então se viram em um corredor atapetado, forrado com quadros quase até o teto; por ele chegaram a uma ampla sala de estar com um fogo magnífico na lareira; de modo geral, ela aparentava ser o mais alegre dos cômodos, e quando se examinavam os detalhes o efeito vivificante não diminuía. Não havia esplendor, mas sim bom gosto por toda parte, um bom gosto incomum — o gosto, poderia se dizer, de um homem viajado, um erudito, um cavalheiro. Paisagens italianas decoravam as paredes; cada uma delas era um exemplar da verdadeira arte; um connoisseur[1] as tinha escolhido; elas eram genuínas e valiosas. Até mesmo à luz de velas o céu claro, as extensões suaves, com ar azul tremulando entre o olho e as colinas, as tonalidades vigorosas e as luzes e sombras bem concentradas encantavam a vista. Os temas eram todos pastoris; todas as cenas eram ensolaradas. Em um sofá havia um violão e algumas partituras; viam-se camafeus, belas miniaturas; um conjunto de vasos aparentemente gregos enfeitava o console da lareira; havia livros bem dispostos em duas lindas estantes.

O Sr. Yorke convidou seus hóspedes a se sentarem; tocou uma sineta para pedir vinho; ao criado que o trouxe ordenou hospitaleiramente que servisse bebida para os homens que haviam ficado na cozinha. O Pároco permaneceu de pé; parecia não gostar da casa; não tocou no vinho que o anfitrião lhe ofereceu.

— Faça como que quiser — disse o Sr. Yorke. — Suponho que o senhor esteja pensando nos costume do Leste, Sr. Helstone, e num vai beber nem comer sob o meu teto com medo que nós seja forçado a ser amigo; mas eu não sou tão escrupuloso ou supersticioso. O senhor poderia beber o conteúdo do decantador que está ali e poderia me dar uma garrafa do melhor vinho que tivesse na sua adega; e eu continuaria me sentindo livre para continuar me opondo sempre ao senhor nas reuniões do conselho paroquial e do conselho de justiça em que nós nos já nos enfrentamos.

— É exatamente o que eu esperaria do senhor, Sr. Yorke.

— O senhor gosta, Sr. Helstone, de ir a cavalo percurar desordero numa noite de chuva, na sua idade?

— Eu sempre gosto de cumprir o meu dever; e nesse caso o meu dever é um prazer completo. Caçar a gentalha é uma ocupação nobre, digna de um arcebispo.

— Digna do senhor, de quarqué forma. Mas, que é do coadjutor? Deve de ter ido visitar algum pobre coitado muito doente; ou deve de estar perseguindo a gentalha em outra direção.

— Ele está na Tecelagem do Hollow cumprindo seu dever na guarnição.

— Ocê deixou pr'ele um gole de vinho, Bob (virando-se para o Sr. Moore), pra manter a coragem dele?

Ele não esperou resposta, mas prosseguiu rapidamente, ainda dirigindo-se a Moore, que se deixara cair em uma cadeira antiquada ao lado da lareira.

— Mexa-se, Robert! Levante, meu minino! Esse lugar é meu. Pegue o sofá ou outras três cadeiras, se quiser, mas num fique aí; essa cadeira é minha e de mais ninguém.

— Por que o senhor tem tanto zelo por essa cadeira, Sr. Yorke? — indagou Moore desocupando indolentemente o lugar em obediência à ordem recebida.

— Meu pai era zeloso dela antes de mim, e é só isso que vai ser vossa resposta; e essa é uma razão tão boa quanto a que o Sr. Helstone pode dar pra quase todas as ideia dele.

— Moore, o senhor está pronto para ir embora? — perguntou o pároco.

— Não; o Robert num tá pronto, ou melhor, eu num estou pronto pra qu'ele vá embora. Ele é um rapaz ruim e precisa de ser corrigido.

— Por que, senhor? O que foi que eu fiz?

— Ocê fez inimigos por toda parte.

— E o que é que isso me importa? Que diferença faz para mim se os seus rústicos de Yorkshire me odeiam ou gostam de mim?

— Ah, o poblema é esse. O minino é um estrangeiro entre a gente; o pai dele nunca que teria falado desse jeito. Volte para Antuérpia, onde ocê nasceu e foi criado, mauvaise tête![2]

— Mauvaise tête vous-même; je ne fais que mon devoir; quant à vos lourdauds de paysans, je m'en moque![3]

— En revanche, mon garçon, nos lourdauds de paysans se moqueront de toi; sois en certain[4] — replicou Yorke, falando com uma pronúncia francesa quase tão impecável quanto a de Gérard Moore.

— C'est bon! C'est bon! Et puisque cela m'est égal, que mes amis ne s'en inquiètent pas.[5]

— Tes amis! Où sont-ils, tes amis?[6]

— Je fais écho, où sont-ils? et je suis fort aise que l'écho seul y répond. Au diable les amis! Je me souviens encore du moment où mon père et mes oncles Gérard appellèrent autour d'eux leurs amis, et Dieu sait si les amis se sont empressés d'accourir à leur secours! Tenez, M. Yorke, ce mot, ami, m'irrite trop; ne m'en parlez plus.[7]

— Comme tu voudras.[8]

E nesse ponto o Sr. Yorke se calou; e, enquanto ele está reclinado na cadeira de carvalho entalhado, aproveito a oportunidade para esboçar o retrato desse senhor de Yorkshire que fala francês.

IV. O Sr. Yorke (continuação)

Ele era par excellence[1] um cavalheiro de Yorkshire, em todos os aspectos. Tinha cerca de cinquenta e cinco anos, mas à primeira vista parecia ainda mais velho, pois seu cabelo era branco-prateado. A testa era larga, não alta; o rosto, robusto e vigoroso; suas feições mostravam a aspereza do Norte, que era também ouvida na sua voz; todos os seus traços eram completamente ingleses; não havia uma característica normanda em nenhum lugar; era um rosto deselegante, nem clássico nem aristocrático. As pessoas refinadas talvez o tivessem taxado de vulgar; as pessoas sensíveis o teriam qualificado de característico; as pessoas perspicazes teriam se encantado com a energia, a sagacidade, a inteligência — a originalidade rude, mas real, perceptível em cada traço, latente em cada ruga. Mas era um rosto indócil, desdenhoso e sarcástico; o rosto de um homem difícil de guiar e impossível de comandar. Ele era bastante alto, com um corpo bem proporcionado e forte, e tinha um porte imponente; não se encontrava nele nenhum indício de um palhaço.

Não achei fácil esboçar o tipo do Sr. Yorke, mas é mais difícil descrever a sua mente. Se você espera se deliciar com uma Perfeição, leitor, ou até mesmo com um velho cavalheiro benevolente e filantropo, está enganado. Ele falou ao Sr. Moore com alguma sensatez e com algum bom sentimento, mas isso não permite que você conclua que ele sempre falasse ou pensasse com justiça e bondade.

O Sr. Yorke, em primeiro lugar, não tinha o órgão do Respeito — uma carência notável, que faz o homem tomar uma direção errada sempre que se exige respeito. Em segundo lugar ele não tinha o órgão da Comparação — deficiência que priva da solidariedade um homem; e em terceiro lugar seus órgãos de Benevolência e Idealismo eram reduzidíssimos, o que tirava da sua natureza a glória e a suavidade, e reduzia para ele essas qualidades divinas em todo o universo.

A falta de respeito o tornava intolerante com os que estavam acima dele: reis, nobres e religiosos, dinastias, parlamentos e organizações, com todos os seus feitos, grande parte dos seus decretos, suas formas, seus direitos, suas reivindicações, eram para ele uma abominação — pura tolice; ele não via neles uso ou prazer e acreditava que seria um óbvio proveito, sem nenhum prejuízo para o mundo, se seus lugares elevados fossem destruídos e seus ocupantes esmagados na queda. Além disso, a carência de respeito o deixava insensível para o encanto arrebatador de admirar o que é admirável; secou mil fontes puras de satisfação; murchou mil prazeres vívidos. Ele não era contrário à religião, embora não fosse membro de nenhuma seita; mas a sua religião não podia ser a de alguém que sabe respeitar. Ele acreditava em Deus e no céu; mas o seu Deus e o seu céu eram os de um homem em quem a admiração reverente, a imaginação e a ternura estão ausentes.

A fraqueza da sua capacidade de comparação o tornava inconsistente; embora professasse excelentes doutrinas gerais de tolerância mútua e clemência, ele cultivava com relação a algumas classes uma antipatia exacerbada: ele falava dos "pastores" e de tudo o que se ligava a eles, dos "senhores" e daquilo que cercava os senhores, com uma aspereza, por vezes uma insolência tão injusta quanto difícil de suportar. Ele não conseguia se colocar na situação das pessoas contra as quais vituperava; não conseguia comparar os erros delas com as tentações que elas experimentavam, os defeitos delas com as desvantagens que enfrentavam; não conseguia perceber o efeito desta ou daquela circunstância sobre si mesmo numa situação semelhante, e frequentemente revelava os desejos mais ferozes e tirânicos com relação aos que tinham agido, no seu parecer, feroz e tiranicamente. A julgar pelas suas ameaças, ele teria empregado meios arbitrários e até cruéis para promover a causa da liberdade e da igualdade. Igualdade — sim, o Sr. Yorke falava em igualdade, mas no fundo era um homem orgulhoso; muito amigável com seus trabalhadores, muito bom para todos os que estavam abaixo dele e que tranquilamente se submetiam a ficar abaixo dele, mas arrogante como Belzebu com quem quer que o mundo considerasse superior a ele (pois ele não considerava ninguém superior a ele). A revolta estava no seu sangue: ele não suportava controle; seu pai e seu avô antes dele não suportavam, e depois dele os seus filhos tampouco suportaram.

A falta de benevolência geral o tornou muito impaciente com a imbecilidade e com todas as falhas que irritavam sua natureza forte e sagaz: essa falta não freava o seu sarcasmo cortante. Como ele não era misericordioso, às vezes feria e voltava a ferir, sem perceber o quanto feria nem se importar com quão profundamente ele magoava.

Quanto à escassez de fantasia na sua mente, ela quase não pode ser chamada de falha: um apurado ouvido para a música e uma boa percepção das cores e formas conferiam a ele a qualidade do gosto; e quem se importa com a imaginação? Quem não acha que ela é um atributo muito perigoso, sem sentido — afim com a fraqueza, talvez tendo algo de frenesi —, mais uma doença que um dom da mente?

Provavelmente todos acham, com exceção dos que são dotados dela — ou acreditam ser. A julgar pelo que falam, acreditaríamos que o coração deles seria frio se esse elixir não fluísse nele; que seus olhos se tornariam turvos se essa chama não refinasse a sua visão; que eles ficariam sozinhos se essa estranha companhia os abandonasse. Daria para imaginar que ela comunicasse à primavera uma esperança alegre, um belo encanto ao verão, uma tranquila alegria ao outono, um consolo ao inverno, que não sentimos. Uma ilusão, obviamente; mas os fanáticos se agarram ao seu sonho e não o trocariam nem por ouro.

Como o Sr. Yorke não tinha imaginação poética, ele a considerava uma qualidade extremamente supérflua nas outras pessoas. Pintores e músicos ele tolerava, até mesmo incentivava, porque se deliciava com os resultados da sua arte; podia ver o encanto de um belo quadro e sentir o prazer de uma boa música; mas um poeta tranquilo — qualquer que fosse a força que lutasse ou o fogo que queimasse no seu peito —, se ele não pudesse desempenhar o papel de um homem de negócios, de um comerciante do Mercado de Tecidos, teria vivido desprezado e morrido desdenhado aos olhos de Hiram Yorke.

E como há muitos Hiram Yorkes no mundo, é natural que o verdadeiro poeta, mesmo sendo externamente calmo, tenha quase sempre um espírito truculento sob a sua placidez e seja cheio de astúcia na sua docilidade, e possa medir a estatura dos que o fitam com um olhar superior, e avaliar corretamente o peso e o valor de tudo o que ele não buscou e por isso é desprezado. Por sorte ele pode ter a sua própria bem-aventurança, o convívio com a notável amiga e deusa Natureza, com bastante independência daqueles que não encontram grande prazer na sua companhia e com quem ele não encontra nenhum prazer. É justo que, enquanto o mundo e as circunstâncias muitas vezes voltam para ele um lado escuro e frio — e com toda a razão, aliás, porque ele primeiro lhes volta um lado escuro, frio, desatento —, ele deva ser capaz de manter no peito uma luminosidade festiva e um calor carinhoso, que tornam tudo brilhante e agradável para ele, embora os estranhos talvez julguem a sua existência um inverno polar nunca alegrado por um sol. O verdadeiro poeta não deve inspirar comiseração e é capaz de rir à socapa quando algum admirador equivocado lamenta os seus males. Mesmo quando os utilitaristas se põem a julgá-lo e declaram que ele e a sua arte são inúteis, mesmo então ele ouve a sentença com um escárnio tão duro, com um desprezo tão grande, profundo, abrangente e impiedoso pelos infelizes fariseus que fazem essa declaração, que ele mais provavelmente acabará recebendo desaprovação no lugar de solidariedade. No entanto essas não são as reflexões do Sr. Yorke, e no momento estamos tratando do Sr. Yorke.

Eu lhe falei de alguns dos seus defeitos, leitor: quanto aos aspectos bons, ele era um dos homens mais dignos e capazes de Yorkshire; mesmo quem não simpatizava com ele era forçado a respeitá-lo. Os pobres o adoravam, porque era profundamente bom e muito paternal com eles. Com os seus trabalhadores era atencioso e cordial: quando os dispensava, tentava colocá-los em outro emprego ou, se isso era impossível, ajudá-los a se mudar para outro distrito onde eles possivelmente encontrariam trabalho. Além disso, é preciso ressaltar que se, como às vezes acontecia, algum membro da sua "força de trabalho" dava sinais de revolta, Yorke — que, como muitos dos que detestam ser controlados, sabia controlar com vigor — conhecia o segredo para esmagar essa rebelião na sua origem, para erradicá-la como a uma erva daninha, de modo a impedir que algum dia ela voltasse a se disseminar ou se desenvolver dentro da sua esfera de autoridade. Sendo esse o estado das coisas nos seus negócios, ele se sentia em liberdade para falar com a maior severidade daqueles que estavam em situação diferente; para atribuir qualquer coisa desagradável em sua situação totalmente às falhas dessas pessoas, desligando-se dos patrões e defendendo livremente a causa dos operários.

A família do Sr. Yorke era a primeira e a mais antiga da região; e ele, mesmo não sendo o mais rico, era um dos homens mais influentes. Tinha recebido uma boa educação formal; na juventude, antes da Revolução Francesa, viajara pelo Continente; falava francês e italiano muito bem. Durante uma estadia de dois anos na Itália havia adquirido uma série de boas pinturas e belas raridades, com as quais adornara sua residência. Seus modos, quando ele queria, eram os de um perfeito cavalheiro da velha tradição; sua conversa, quando ele estava disposto a agradar, era singularmente interessante e original; e, se ele no mais das vezes se expressava no dialeto de Yorkshire, era porque optara por isso, preferindo o seu dórico nativo a um vocabulário mais refinado. "Uma pronúncia de Yorkshire, com seu erre arrastado", afirmava ele, "era tão melhor que um ceceio cockney quanto o berro de um touro é melhor que o guincho de um camundongo."

O Sr. Yorke conhecia todo mundo e era conhecido de todos em um raio de quilômetros; mas suas relações próximas eram muito poucas. Sendo uma pessoa absolutamente original, ele não gostava do que era comum: sempre aceitava um caráter vigoroso, rude, independente do meio social de que provinha; já um indivíduo refinado, insípido, era repudiado até mesmo se estivesse no alto da sociedade. Em qualquer ocasião, ele podia passar uma hora conversando livremente com um de seus trabalhadores sagazes ou com alguma velha estranha e astuta, sua arrendatária, e teria resmungado se tivesse de passar um momento com um cavalheiro educado e desinteressante ou com uma senhora fina e elegantíssima, mas frívola. Suas preferências nesses aspectos ele levava ao extremo, esquecendo que pode haver pessoas amáveis e até mesmo admiráveis entre os que não são originais. Mas ele abria exceções à sua própria regra; havia certa espécie de inclinação, um refinamento simples, sem malícia, descuidado, quase destituído de intelectualidade e incapaz de apreciar o que nele havia de intelectual, mas que, ao mesmo tempo, nunca se desgostava com a sua rudeza, não se magoava facilmente com o seu sarcasmo, não analisava acuradamente o que ele dizia, fazia ou opinava, com quem ele ficava singularmente à vontade e que, em consequência, ele preferia singularmente. Entre essas pessoas ele era senhor. Elas, embora se submetendo implicitamente à sua influência, nunca reconheciam isso, porque nunca refletiam sobre a superioridade dele; assim, elas eram muito dóceis, sem correr o menor perigo de serem servis; e sua insensibilidade impensada, confortável, natural, era tão aceitável porque tão conveniente para o Sr. Yorke quanto a da cadeira em que ele se sentava ou do chão que ele pisava.

Terá sido observado que ele não era tão descortês com o Sr. Moore. Ele tinha duas ou três razões para manter uma pequena predileção por esse senhor. Pode parecer estranho, mas a primeira razão era que Moore falava inglês com um sotaque estrangeiro e francês com uma pronúncia perfeita; e que seu rosto moreno, fino, com traços bonitos, embora um tanto emaciados, tinha uma aparência muito anti-inglesa e anti-Yorkshire. Esses aspectos parecem frívolos, com pouca probabilidade de influenciar um caráter como o de Yorke; mas o fato é que eles traziam à memória fatos antigos, talvez agradáveis; traziam de volta as suas viagens, os seus tempos de juventude. Ele havia visto em cidades e em cenários italianos rostos como o de Moore; tinha ouvido, em cafés e teatros parisienses, vozes como a dele. Ele era jovem então e, quando olhava e ouvia o forasteiro, sentia-se jovem outra vez.

Em segundo lugar, o Sr. Yorke havia conhecido o pai de Moore e negociara com ele; essa era uma ligação mais sólida, embora não fosse absolutamente mais agradável; pois, como a sua fábrica fora ligada aos negócios de Moore, ele também tinha sido, até certo ponto, envolvido nos seus prejuízos.

Em terceiro lugar, ele havia achado Robert um atilado negociante. Via motivos para imaginar que Moore iria, no final das contas, de um modo ou de outro, ganhar dinheiro; e respeitava a sua resolução e sagacidade, talvez também a sua dureza. Uma quarta circunstância que os unia era o fato de o Sr. Yorke ser um dos tutores do menor em cuja propriedade estava localizada a Tecelagem do Hollow; consequentemente, Moore, ao fazer alterações e melhorias, tinha frequentes oportunidades de consultá-lo.

Quanto ao outro convidado presente na sala do Sr. Yorke, o Sr. Helstone, entre ele e o seu anfitrião havia uma dupla antipatia; a antipatia da natureza e a das circunstâncias. O livre-pensador odiava o formalista; o amante da liberdade detestava o disciplinador; além disso, se dizia que outrora eles haviam cortejado a mesma dama.

De modo geral, o Sr. Yorke era, quando jovem, notado por sua preferência pelas mulheres espirituosas e animadas: figura e ar vistoso, inteligência vigorosa e comentários ágeis eram o que mais o atraía. No entanto, nunca pediu em casamento nenhuma dessas brilhantes belles[2] cuja companhia buscava; e de repente se apaixonou seriamente e cortejou com empenho uma moça que fazia um total contraste com as que até então ele havia notado: uma moça com o rosto de uma Madonna; uma moça de mármore vivo, a quietude personificada. Não importava que, quando ele lhe dirigia a palavra, ela respondesse apenas com monossílabos; não importava que os suspiros dele aparentemente não fossem ouvidos, que seus olhares não fossem correspondidos, que ela nunca reagisse às opiniões dele, raramente risse das suas brincadeiras, não o levasse em consideração e não lhe desse atenção; não importava que ela parecesse ser o oposto de toda feminilidade que em toda a sua vida ele demonstrara admirar. Para ele, Mary Cave era perfeita, porque de algum modo, por alguma razão — sem dúvida havia uma razão — ele a amava.

O Sr. Helstone, que naquela época era coadjutor de Briarfield, também amava Mary; ou, pelo menos, gostava dela. Muitos outros homens a admiravam, pois era linda como esses anjos de monumentos; mas o sacerdote foi preferido em razão da sua profissão; essa profissão provavelmente conferindo a ele parte da ilusão necessária para que o risco do matrimônio fosse atraente, e que a Srta. Cave não encontrava em nenhum dos seus outros admiradores, todos eles rapazes comerciantes de lã. O Sr. Helstone não tinha nem declarava ter a paixão absorvente que o Sr. Yorke tinha por ela; não manifestava o respeito humilde que parecia dominar a maioria dos pretendentes dela; via-a mais como ela era realmente, ao contrário dos demais; por isso mesmo era mais senhor dela e de si mesmo. Ela o aceitou no primeiro pedido e eles se casaram.

A natureza nunca tencionou que o Sr. Helstone viesse a ser um bom marido, sobretudo para uma mulher tranquila. Ele achava que, enquanto a mulher estivesse quieta, nada a perturbava, e ela não desejava nada. Se ela não se queixava de solidão, a solidão, mesmo contínua, não poderia lhe ser tediosa. Se não falava e não se afirmava, expressando uma preferência por isso, uma aversão por aquilo, ela não tinha preferências nem aversões, e era inútil consultar os seus gostos. Ele não fingia entender as mulheres e não as comparava com os homens: elas eram uma categoria humana diferente, provavelmente um tipo de vida muito inferior; uma esposa não podia ser a companheira do marido, muito menos sua confidente, e menos ainda o seu amparo. A *sua* esposa, depois de um ano ou dois, não tinha para ele grande importância em nenhum aspecto; e quando certo dia, conforme ele pensou, subitamente — pois ele mal percebera o declínio dela —, embora, na opinião de outros, aos poucos, ela tenha se afastado dele e da vida, restando apenas um modelo em argila, imóvel e feito com perfeição, frio e branco, no leito do casal, ele sentiu a sua perda — quem é capaz de dizer quão pouco? Mas talvez tenha sentido mais do que se pôde notar, pois o Sr. Helstone não era um homem de quem a dor facilmente arrancava lágrimas.

Seus olhos secos e o luto sóbrio escandalizaram uma velha empregada e uma acompanhante, que haviam atendido a Sra. Helstone durante a doença e talvez tivessem tido oportunidade de saber mais que o marido sobre a natureza da falecida, sua capacidade de sentir e amar: inclinadas sobre o corpo, elas mexericaram, contaram casos embelezando seu longo declínio e o que real ou supostamente o havia motivado; resumindo, elas desenvolveram reciprocamente certa indignação contra o homenzinho austero, que se sentava no quarto ao lado examinando papéis sem saber que era objeto de um opróbrio.

Mal fora enterrada a Sra. Helstone, começaram a circular nas vizinhanças rumores de que um sofrimento profundo a havia matado; esse boato rapidamente se ampliou, se convertendo em relatos de maus-tratos e finalmente detalhes de um tratamento cruel por parte do marido; relatos grosseiramente falsos, mas nem por isso recebidos com menos avidez. O Sr. Yorke os ouviu e acreditou parcialmente neles. Evidentemente já não tinha sentimentos amistosos com relação ao seu rival bem-sucedido; embora fosse então um homem casado e unido a uma mulher que parecia ser o oposto de Mary Cave, em todos os aspectos, ele não esquecia o grande desapontamento da sua vida; e, quando ouviu dizerem que o que teria sido tão precioso para ele havia sido neglicenciado, talvez até maltratado, por outro, desenvolveu uma amarga animosidade contra aquele indivíduo.

O Sr. Helstone percebia apenas em parte a natureza e a força dessa animosidade: ele não sabia o quanto Yorke amara Mary Cave e o que havia sentido ao perdê-la, tampouco estava ciente das calúnias relativas ao modo como ele a tratara, conhecidas por todos os ouvidos das vizinhanças, mas não pelos seus. Achava que somente diferenças políticas e religiosas o separavam do Sr. Yorke; se soubesse quais eram as reais razões, dificilmente teria sido induzido por qualquer persuasão a transpor a entrada da casa do seu ex-rival.

* * * * * *

O Sr. Yorke não retomou sua reprimenda a Robert Moore; a conversa logo recomeçou, mais genérica, embora ainda em um tom exaltado. O estado intranquilo do país e as diversas depredações cometidas recentemente em tecelagens da região forneceram matéria abundante para discordância, especialmente porque cada um dos três senhores presentes diferia mais ou menos em suas opiniões sobre esses assuntos. O Sr. Helstone achava que os patrões haviam sido maltratados e os trabalhadores eram uma gente desarrazoada; condenava de modo geral o disseminado espírito de hostilidade contra as autoridades constituídas, a crescente indisposição para suportar com paciência os males que ele considerava inevitáveis: os remédios prescritos por ele eram a vigorosa interferência do governo, a estrita vigilância dos magistrados e, quando necessário, a rápida coerção militar.

O Sr. Yorke desejava saber se essa interferência, a vigilância e a coerção alimentariam quem passava fome, dariam trabalho aos que precisavam de trabalho e que ninguém iria contratar. Ele rejeitava como absurda a ideia de males inevitáveis; dizia que a paciência pública era um copo d'água, no qual a última gota que poderia nele caber já havia sido pingada, e que a resistência era agora um dever; na opinião dele, o descontentamento generalizado com as autoridades constituídas era o sinal mais promissor da época; ele admitia que os patrões estavam mesmo padecendo, mas seus maiores sofrimentos tinham sido acumulados sobre eles por um governo "corrupto, abjeto e sanguinário" (esses eram os adjetivos do Sr. Yorke). Loucos como Pitt, demônios como Castlereagh, idiotas malignos como Perceval eram os tiranos, as pragas do país, os destruidores do comércio. Era a perseverança desses homens em uma guerra injustificada, sem esperança e desastrosa que tinha levado a nação à situação em que ela se encontrava. Eram os seus impostos monstruosamente opressivos, as infames "Ordens do Conselho" — cujos responsáveis mereciam ser julgados e enforcados, se isso acontecesse com os homens públicos — que atavam um peso descomunal ao pescoço da Inglaterra.

— Mas de que adiantava falar? — perguntou ele. — Qual era a chance de a razão ser ouvida em uma terra dominada pelo rei, dominada pelos religiosos, dominada pelos pares; onde um maluco era o monarca nominal, um débauché[3] sem escrúpulos o verdadeiro governante; onde se tolerou um insulto tão grande ao bom senso como legisladores hereditários; onde uma farsa tão grande quanto um tribunal de bispos, uma fraude tão arrogante como uma igreja oficial mimada e perseguidora era suportada e venerada; onde se mantinha um exército permanente, e um sem-número de pastores indolentes e suas famílias miseráveis eram alimentados com a fartura da terra?

O Sr. Helstone, levantando-se e pondo o chapéu dos anglicanos, comentou em resposta "que durante a sua vida ele havia encontrado dois ou três exemplos em que sentimentos desse tipo tinham sido mantidos com muita coragem desde que a saúde, a força e a prosperidade mundana tivessem sido aliadas da pessoa que os professasse. Mas chega uma hora", disse ele, "para todos os homens, 'em que os guardas da casa tremem; em que eles temem o que é alto e o medo atravessa o seu caminho'; e essa hora era o teste do defensor da anarquia e da rebelião, do inimigo da religião e da ordem. Algum tempo atrás", ele afirmou, "ele fora convocado para ler as orações que a nossa igreja oferece para os doentes no miserável leito de morte de um dos mais rancorosos inimigos dela; ele vira essa pessoa roída pelo remorso, ansiosa por descobrir um lugar para se arrepender e incapaz de encontrá-lo, embora o procurasse empenhadamente com lágrimas nos olhos. Ele precisava prevenir o Sr. Yorke de que a blasfêmia contra Deus e o rei era um pecado mortal e que havia uma coisa chamada 'juízo vindouro'".

O Sr. Yorke "acreditava plenamente que havia essa coisa chamada juízo vindouro. Caso contrário, seria difícil imaginar como todos os canalhas que pareciam triunfantes neste mundo, que partiam impunemente corações inocentes, abusavam de privilégios imerecidos, eram um escândalo em missões honradas, tiravam o pão da boca dos pobres, intimidavam os humildes e submetiam-se aos ricos e orgulhosos, devessem ser adequadamente tratados assim como eles haviam tratados os demais. Mas", acrescentou ele, "sempre que ficava abatido por causa desses acontecimentos e o aparente sucesso deles neste mundinho sujo, ele só pegava aquele livro véio" (apontando para uma grande Bíblia na estante), "abria ele como se por acaso e tinha certeza de topar com a luz de um versículo brilhando com uma chama azulada que endireitava tudo. Ele sabia", disse ele, "pr'onde argumas pessoa iria, como se um anjo com umas asa branca enorme tivesse pairado sobre a pedra da porta e contado pr'ele."

— Senhor — disse o Sr. Helstone reunindo toda a sua dignidade —, senhor, o notável conhecimento do homem é conhecer a si mesmo e saber para que limites tendem os seus próprios passos.

— Ah, ah! Sr. Helstone, o senhor vai se lembrar de que Ignorância foi expulso das próprias portas do céu, levado pelo ar e arremessado para além de uma porta no declive da colina que ia dar no inferno.

— Tampouco me esqueci, Sr. Yorke, de que o Confiança Vã, não vendo o caminho que se abria diante dele, caiu em um abismo fundo, preparado ali de propósito pelo príncipe do lugar, para pegar tolos arrogantes, e se despedaçou na sua queda.

— Ora — interpôs o Sr. Moore, até então um espectador que se divertia em silêncio com aquele combate mundano, e cuja indiferença com relação à política partidária da época e aos mexericos das redondezas o tornava um juiz imparcial, embora apático, dos méritos daquele embate —, os senhores repudiaram suficientemente um ao outro e provaram quão cordialmente se detestam, e como fazem uma péssima ideia um do outro. De minha parte, meu ódio ainda está correndo com tanto vigor contra os sujeitos que quebraram minhas calandras que não posso dispor de um mínimo dele para os meus conhecidos, e muito menos para uma coisa tão vaga quanto uma seita ou um governo. Mas a bem da verdade, senhores, ambos parecem muito maus pelo que demonstraram, pior do que jamais supus que seriam. Não ouso ficar a noite inteira com um rebelde e blasfemador como o senhor, Yorke; e dificilmente ousaria ir para casa com um religioso tirânico e cruel como o Sr. Helstone.

— Mas eu vou indo de qualquer maneira, Sr. Moore — disse com firmeza o Pároco. — Venha comigo ou fique, como preferir.

— Não, ele num vai ter escolha; ele *vai* com o senhor — respondeu Yorke. — Já passou de meia-noite e ninguém num vai ficar na minha casa a partir de agora. Ocês tudo precisa ir.

Ele tocou a sineta.

— Deb — disse ele para a empregada que veio atendê-lo —, tira aquele pessoar da cozinha, feche as porta e vai drumir. — E, dizendo aos seus convidados: — Por aqui, senhores — iluminou para eles o corredor e então, sem rodeios, os fez sair pela porta da frente.

Eles encontraram o seu grupo vindo precipitadamente e em desordem pela porta dos fundos. Os cavalos estavam no portão; eles montaram e se foram — Moore rindo do modo abrupto como haviam sido dispensados e Helstone profundamente indignado com isso.

V. O chalé do Hollow

O bom humor de Moore ainda não o abandonara quando ele acordou na manhã seguinte. Ele e Joe Scott tinham passado a noite na tecelagem, valendo-se de algumas acomodações disponíveis para dormir em cantos dos escritórios da frente e dos fundos. O patrão, sempre madrugador, levantou-se um pouco mais cedo que o normal. Acordou o empregado cantarolando uma música francesa enquanto fazia suas abluções.

— Então o senhor num tá com morrinha, patrão? — exclamou Joe.

— Nem um nadinha, mon garçon; que significa meu minino: levante-se, e vamos dar uma volta pela tecelagem antes da chegada dos trabalhadores e eu vou lhe explicar meus planos para o futuro. Vamos ter as máquinas aqui, Joseph. Você decerto nunca ouviu falar de Bruce?

— E das teidiranha (teias de aranha)? J'ouvi, sim. Eu li a história da Escócia e por caso sei tanto quanto o senhor sobre ela; e acho qu'o senhor tá quereno dizer que num vai disistir.

— É isso.

— Na vossa terra tem muita gente que nem o senhor? — indagou Joe enquanto dobrava a cama provisória e a encostava num canto.

— Na minha terra! Qual é a minha terra?

— Ora, a França. Num é?

— Não, não é! O fato de a França ter abocanhado Antuérpia, onde eu nasci, não faz de mim um francês.

— Holanda, então?

— Eu não sou holandês. Agora você está confundindo Antuérpia com Amsterdã.

— Flandres?

— Eu desdenho essa insinuação, Joe! Eu, flamengo! Eu tenho cara de flamengo, o nariz desajeitado, a testa pequena e fugidia, os olhos azul-aguados à fleur de tête?[1] Sou um corpo sem pernas, como um flamengo? Mas você não sabe como eles são, os holandeses. Joe, eu sou anversois.[2] Minha mãe era anversoise, embora sua linhagem fosse francesa, razão pela qual eu falo francês.

— Mas vosso pai era de Yorkshire, e por isso o senhor é um pouco de Yorkshire tamém; e quarqué um pode ver que o senhor é aparentado com nós, pruque gosta muito de ganhar umas pataca e de melhorá de sorte.

— Joe, você é um atrevido; mas desde a minha juventude estou acostumado a esse tipo de insolência grosseira: a "classe ouvrière", ou seja, a classe trabalhadora da Bélgica, se comporta brutalmente com seus empregadores; e com *brutalmente*, Joe, quero dizer *brutalement*, o que talvez, se bem traduzido, seria *rudemente*.

— Aqui nós sempre diz o que pensa; e os pastor fedelho e umas gente importante de Londres se assusta com a "descortesia" da gente; e nós bem que gosta de fazer coisas para deixar eles assustado, pruque nós se diverte vendo eles regalano os zoio e as mão começa a tremer, como se eles estivessem vendo um abantesma, e depois ouvir eles dizer tudo afetado, "Deus do céu! Que servagem! Como eles são grossero!".

— Vocês *são* selvagens, Joe. Você não se acha civilizado, acha?

— Mais ou menos, patrão, mais ou menos. Eu acho que nós, os trabalhador de fábrica do norte, é bem mais inteligente e tem muito mais conhecimento que o os fazendero do sul. O comércio deixa nós mais inteligente; e quem é mecânico, como eu, é obrigado a pensar. O senhor sabe, lidando com as máquina e coisa e outra, eu aprendi que, quando vejo um efeito, devo de percurar na hora uma causa, e eu sempre faço isso; e além disso gosto de ler e quero saber o que é que as pessoa que governa o país pretende fazer pra nós e com nós tudo. E tem muitos que é tão sabedor como eu, e muitos desses sujeito cheio de graxa e com cheiro de óleo e também os que trabalha na tintura e fica com a pele azul e preta são capaz de explicar uma lei tão bem quanto o senhor ou o velho Yorke, e muito melhor que uns educadinho como o Christopher Sykes de Whinbury, e uns valentão bobo que nem o Peter Irlandês, o coadjutor do Helstone.

— Você se acha um sujeito inteligente, eu sei disso, Scott.

— Ah, eu sou mais ou menos. Sei que alhos não é bugalhos, e sei muito bem que aproveitei as oportunidade que eu tive, muito mais que uns tipo que se acha melhor que eu; mas Yorkshire tá cheio de gente tão boa quanto eu, e uns dois ou três são melhor.

— Você é um sujeito ótimo... uma pessoa extraordinária; mas é um vaidoso, um bobo convencido, Joe! Você não tem de achar que, por ter adquirido uns poucos conhecimentos práticos de matemática e descoberto no fundo de um tanque de tintura um pouquinho de elementos químicos você é um homem da ciência não reconhecido; e não tem de achar que, porque a situação do comércio nem sempre é tranquila e você, e pessoas como você, às vezes ficam sem dinheiro e sem pão, a sua é uma classe de mártires e toda forma de governo sob a qual você vive é errada. E, além disso, você não deve nem por um momento insinuar que as virtudes se refugiaram em chalés e abandonaram completamente as casas senhoriais. Vou lhe dizer uma coisa: eu, particularmente, abomino esse tipo de tolice, porque sei muito bem que a natureza humana é a natureza humana por toda parte, debaixo de telha ou de palha, e que em todo exemplar da natureza humana o vício e a virtude estão sempre misturados, em proporções maiores ou menores, e que a proporção não é determinada pela situação social. Eu já conheci vilões ricos, e já conheci vilões pobres, e tenho visto vilões que não eram nem ricos nem pobres, mas realizaram o desejo de Agar e viveram em moderada competência. O relógio já vai dar seis horas: vá lá, Joe, tocar o sino da tecelagem.

Eram meados do mês de fevereiro; por isso, às seis horas a aurora apenas começava a avançar furtivamente sobre a noite, a penetrar com um raio claro a sua obscuridade marrom e tornar semitranslúcidas as suas sombras opacas. Naquela manhã o raio era muito fraco; nenhuma cor tingia o leste, nenhum calor o aquecia. Vendo que sombras pesadas o dia lentamente erguia, que olhar pálido ele projetava sobre as colinas, poderia se pensar que o fogo do sol fora dissipado pelo aguaceiro da noite anterior. O ar daquela manhã era tão frio quanto o seu aspecto; um vento cortante agitou a massa de nuvens noturnas, mostrando, quando ela subiu lentamente, deixando por todo o horizonte uma faixa descolorida com um brilho prateado, não um céu azul, mas uma camada de vapor bem claro mais além. A chuva cessara e, no entanto, a terra estava encharcada e as lagoas e riachinhos continuavam cheios.

As janelas da tecelagem estavam iluminadas, o sino continuava batendo forte e as crianças pequenas começaram a entrar correndo, apressadas demais — assim espero — para se sentirem muito picadas pelo ar inclemente; e na verdade, por contraste, talvez a manhã lhes parecesse bastante favorável, pois naquele inverno elas várias vezes haviam ido trabalhar debaixo de tempestades de neve, sob chuva pesada e com muita geada.

O Sr. Moore ficou de pé na entrada para vê-las entrar: ele as contou enquanto passavam; para as que chegaram tarde ele disse uma palavra de censura, que era repetida um pouco mais rispidamente por Joe Scott quando os retardatários chegavam à sala de trabalho. Nem patrão nem supervisor falavam com brutalidade; eles não eram homens brutais, nenhum dos dois, embora parecesse que ambos eram rígidos, pois multaram um faltoso que chegou exageradamente tarde; o Sr. Moore o fez deixar uma moeda quando ele entrou, e advertiu que, se o fato se repetisse, isso lhe custaria duas moedas.

Não há dúvida de que as regras são necessárias nesses casos, e os patrões brutos e cruéis farão regras brutais e cruéis, que, pelo menos na época de que tratamos, eles às vezes faziam cumprir tiranicamente; mas, embora descreva caracteres imperfeitos (todas as personagens deste livro são imperfeitas, em maior ou menor grau; minha pena se recusa a traçar qualquer coisa modelar), eu não me propus lidar com tipos degradados ou completamente infames. Torturadores de crianças, proprietários e traficantes de escravos, eu entrego nas mãos dos carcereiros. O romancista pode ser dispensado de sujar a sua página com o registro dos feitos dessas pessoas.

Assim, em vez de atormentar a alma de meu leitor e encantar o seu órgão do Assombro com eloquentes descrições de pancadas e surras, fico feliz em poder informá-lo de que nem o Sr. Moore nem o seu supervisor jamais bateram em uma criança na sua tecelagem. Joe, verdade seja dita, certa vez açoitou um filho por ele ter mentido e sustentado a mentira; mas, assim como o seu empregador, ele era um homem muito imperturbável, muito calmo, bem como muito sensato, para fazer dos castigos corporais algo além de uma exceção em seu modo de tratar as crianças.

O Sr. Moore ficou andando pela tecelagem, pelo pátio, pela tinturaria e pelos armazéns até a débil aurora ganhar força e se converter em dia. O sol até se levantou — pelo menos um disco branco, claro, apagado e parecendo quase frio como gelo, espiou sobre a crista escura de uma colina, mudou para prata a borda lívida da nuvem que a encimava e olhou solenemente para baixo cobrindo toda a extensão da grota, ou vale estreito, em cujos limites apertados nós estamos confinados no momento. Eram oito horas; as luzes da tecelagem foram todas apagadas; soou o sinal para o café da manhã; as crianças, libertadas da labuta por meia hora, dirigiram-se às canequinhas de lata com café e às cestinhas com a sua porção de pão. Esperemos que essa porção lhes seja suficiente; seria uma pena se isso não acontecesse.

E agora, por fim, o Sr. Moore saiu do pátio da tecelagem e rumou para a sua residência. Esta ficava a uma pequena distância da fábrica, mas a cerca e as margens altas de cada lado da alameda que conduzia a ela pareciam lhe dar algo da aparência e da impressão de isolamento. Era uma casa pequena, caiada de branco, com um átrio verde sobre a porta; uns poucos caules castanhos se elevavam no solo do jardim, perto desse átrio e também sob as janelas — caules agora sem botões ou flores, mas que vagamente faziam prever para o verão as trepadeiras floridas e bem arrumadas. Diante do chalé havia um gramado e canteiros estreitos; os canteirinhos tinham apenas terra, com a exceção de alguns cantos protegidos onde os primeiros rebentos de campainhas-de-inverno ou crocos espreitavam da terra, verdes como esmeralda. A primavera estava atrasada; o inverno fora prolongado e severo; a última neve acumulada mal havia desaparecido antes das chuvas do dia anterior; nas colinas os seus restos brancos ainda brilhavam, manchando as depressões e coroando os picos; o gramado não estava verdejante, mas descolorido, assim como a relva nas margens altas e sob a cerca na alameda. Três árvores, agrupadas graciosamente, se erguiam ao lado do chalé; elas não eram altas, mas como não tinham rivais por perto pareciam imponentes onde cresciam. Tal era o lar do Sr. Moore: um ninho agradável para o contentamento e a contemplação, mas onde as asas da ação e da ambição não podiam ficar recolhidas por muito tempo.

O ar de conforto modesto não parecia ser um atrativo especial para o seu proprietário; em vez de entrar na casa imediatamente, ele foi até um galpãozinho, pegou uma pá e começou a trabalhar no jardim. Cavou sem parar durante uns quinze minutos; depois de algum tempo, contudo, abriu-se uma janela e uma voz feminina o chamou:

— Eh, bien! Tu ne déjeûnes pas ce matin?[3]

A resposta e o resto da conversa foram em francês; mas, como este livro é inglês, vou traduzi-las.

— O café da manhã já está pronto, Hortense?

— Claro; já está pronto há meia hora.

— Então eu também estou pronto. Estou com uma fome de três dias.

Ele atirou para o lado a pá e entrou na casa. O corredor estreito o conduziu a uma salinha de estar onde um desjejum composto de café e pão com manteiga, com o acompanhamento pouco inglês de peras cozidas estava posto na mesa. Sobre essas provisões presidia a senhora que falara da janela. Preciso descrevê-la antes de seguir em frente.

Ela parecia um pouco mais velha que o Sr. Moore, talvez tivesse trinta e cinco anos; alta e forte e robusta; tinha cabelos muito negros que estavam então enrolados em papelotes, as faces muito coradas, nariz pequeno e olhinhos negros. A parte inferior do seu rosto era larga em relação à superior; a testa era pequena e um pouco enrugada; sua expressão era de impaciência, mas não de mau humor; havia alguma coisa em sua figura que deixava as pessoas meio irritadas e meio divertidas. O mais estranho era a roupa: uma saia estufada e uma camisole[4] de algodão listrado. A saia era curta, deixando bem à mostra um par de pés e tornozelos que ficavam devendo muito no tocante à simetria.

Você vai achar que eu retratei uma perfeita desmazelada, leitor — de jeito nenhum. Hortense Moore (ela era irmã do Sr. Moore) era uma pessoa muito ordeira e econômica; a saia, a camisole e os papelotes eram a sua indumentária matutina, com a qual ela sempre tivera o costume de "vigiar o andamento da casa" em seu país. Ela não quis adotar a moda inglesa só por ser obrigada a morar na Inglaterra; manteve-se fiel à sua velha moda belga, muito satisfeita por ver um mérito nesse comportamento.

Mademoiselle[5] tinha uma excelente opinião sobre si mesma, uma opinião não totalmente imerecida, pois ela de fato tinha algumas qualidades boas e elevadas; mas superestimava bastante o tipo e o grau dessas qualidades e não incluía na sua avaliação os vários defeitinhos que as acompanhavam. Era impossível convencê-la de que ela era uma pessoa preconceituosa e intolerante, exageradamente suscetível no que dizia respeito à sua dignidade e importância e demasiado propensa a se ofender com bobagens; e, no entanto, tudo isso era verdade. Mas quando as suas pretensões de distinção não eram contestadas e seus preconceitos não eram provocados ela podia ser bastante boa e amigável. Era muito ligada aos seus dois irmãos (pois havia outro Gérard Moore além de Robert). Como únicos representantes remanescentes da sua família alquebrada, essas duas pessoas eram quase sagradas aos seus olhos; mas ela sabia menos de Louis que de Robert; Louis havia sido mandado para a Inglaterra quando ainda garoto e recebera a sua educação em uma escola inglesa. Essa educação não sendo voltada para a adaptação dele ao comércio, e talvez, além disso, sua inclinação natural não pendendo para os empreendimentos mercantis, ele havia, quando a ruína das perspectivas hereditárias tornou necessário que ele fizesse sua própria fortuna, adotado a carreira muito árdua e muito modesta de tutor; havia sido auxiliar de professor em uma escola, e dizia-se que agora era tutor numa família. Hortense, quando mencionava Louis, dizia que ele tinha o que ela chamava de "des moyens",[6] mas era demasiado retraído e calado; seus louvores a Robert tinham um tom diferente, menos moderado; ela sentia muito orgulho dele; o considerava o homem mais magnífico da Europa; tudo o que ele dizia e fazia lhe parecia notável, e ela esperava que os outros o vissem do mesmo modo; nada podia ser mais irracional, monstruoso e infame que a oposição de qualquer tipo a Robert, a menos que fosse oposição a ela própria.

Assim, logo que o já mencionado Robert se sentou à mesa do café da manhã e Hortense lhe havia servido a pera cozida e um bom pedaço de tartine[7] belga, ela começou a despejar uma enxurrada de assombro e horror sobre os acontecimentos da noite anterior, a destruição das calandras.

— Quelle idée!,[8] destruir aquilo. Quelle action honteuse! On voyait bien que les ouvriers de ce pays étaient à la fois bêtes et méchants. C'était absolument comme les domestiques anglais, les servantes surtout: rien d'insupportable comme cette Sara, par exemple!

— Ela me parece limpa e esforçada — observou o Sr. Moore.

— Parece! Eu não sei o que é que ela parece, e não digo que seja completamente suja e preguiçosa, mais elle est d'une insolence![9] Ontem ela discutiu comigo durante quinze minutos sobre o preparo da carne de vaca; disse que eu a cozinhava na água até ela desmanchar em fiapos, que os ingleses nunca seriam capazes de comer um prato como o nosso bouilli,[10] que o bouillon[11] não era melhor que água quente engordurada, e quanto ao choucroute[12] ela afirma que não pode tocar nele! A barrica que nós temos no porão, deliciosamente preparada pelas minhas próprias mãos — ela disse que é um barril de lavagem, ou seja, comida para porcos. Eu estou enervada com ela, mas não posso mandá-la embora, ou arrumaria outra pior. Você está na mesma situação com seus trabalhadores... pauvre cher frère![13]

— Receio que você não esteja muito feliz na Inglaterra, Hortense.

— Meu dever é ficar feliz onde você está, irmão; mas, se não fosse por isso, certamente há milhares de coisas que me fazem sentir saudades de nossa cidade natal. Todo mundo aqui me parece mal-educado (*mal-élevé*). Eu vejo que os meus hábitos são considerados ridículos; se por acaso uma moça da sua tecelagem vem aqui na cozinha e me encontra de jupon[14] e camisole preparando a refeição (porque você sabe que eu não posso confiar na Sarah para fazer um único prato), ela torce o nariz. Se eu aceito um convite para tomar chá, o que fiz uma ou duas vezes, percebo que sou colocada em segundo plano; não recebo a atenção que inegavelmente me devem; os Gérards, como nós sabemos, são de uma excelente família, e os Moore também! Eles têm direito de reivindicar certo respeito e de se sentir ofendidos quando lhes negam isso. Na Antuérpia, eu sempre fui tratada com distinção; aqui parece que quando abro a boca perto dos outros eu falo inglês com um sotaque ridículo, embora tenha plena certeza de que a minha pronúncia é perfeita.

— Hortense, todos em Antuérpia nos conheciam como pessoas ricas; na Inglaterra ninguém nos conheceu senão sendo pobres.

— Exatamente, portanto a humanidade é mercenária. Novamente, querido irmão, no domingo passado, se você se lembra, chovia muito; assim, eu fui para a igreja com meus sabots[15] pretos limpos, que na verdade não são próprios para uma cidade elegante, mas que, no campo, eu sempre fui acostumada a usar para andar em estradas de terra. Acredite, enquanto eu caminhava pelo corredor, tranquila como sempre sou, quatro senhoras e quatro senhores riam e escondiam o rosto atrás do livro de orações.

— Muito bem!, não use os tamancos outra vez. Já lhe disse que aquilo não era coisa para usar nesta região.

— Mas, irmão, não são tamancos comuns, como os que os camponeses usam. Eu lhe digo, aqueles são tamancos noirs, très propres, très convenables.[16] Em Mons e Leuze, cidades que não ficam muito longe da elegante capital de Bruxelas — as pessoas respeitáveis quase nunca usam outra coisa para andar no inverno. Se alguém tentasse andar na lama das chaussées[17] flamengas com um par de brodequins[18] parisienses, on m'en dirait des nouvelles.[19]

— Esqueça Mons e Leuze e as chaussées flamengas; em Roma, faça como os romanos; e, quanto à camisole e ao jupon, eu também não estou muito seguro. Nunca vi uma senhora inglesa vestida assim. Pergunte a Caroline Helstone.

— Caroline! *Eu* perguntar à Caroline? *Eu* consultá-la sobre a minha roupa? É *ela* que devia *me* consultar sobre qualquer assunto; ela é uma criança.

— Ela tem dezoito anos, ou pelo menos dezessete; idade suficiente para saber tudo sobre vestidos, saias e chaussures.[20]

— Não mime a Caroline, eu lhe peço, irmão. Não dê a ela mais importância do que ela deve receber. Hoje ela é recatada e modesta: vamos mantê-la assim.

— Que assim seja. Ela vem aqui esta manhã?

— Vem às dez, como sempre, para a aula de francês.

— Você não acha que ela torce o nariz para você, acha?

— Não. Ela me aprecia mais que qualquer pessoa daqui; porém, teve mais oportunidade de me conhecer melhor. Ela percebe que tenho instrução, inteligência, boa educação, princípios; resumindo, o que é próprio de alguém bem-nascido e bem-criado.

— Você gosta dela?

— Se eu *gosto*... não sei dizer: não sou uma pessoa propensa a grandes afeições e, consequentemente, minha amizade é a mais confiável. Tenho consideração com ela como minha parenta; a situação dela também inspira interesse, e até agora sua conduta como minha aluna tem levado a aumentar, e não a diminuir, a ligação surgida por outras causas.

— Ela se comporta bem nas aulas?

— *Comigo* ela se comporta muito bem; no entanto você sabe, irmão, que ajo de modo a evitar a intimidade exagerada, granjear a estima e impor respeito. Mas, como sou perspicaz, percebo claramente que Caroline não é perfeita; que ela deixa muito a desejar.

— Dê-me uma última xícara de café e, enquanto o bebo, me divirta com uma exposição das falhas dela.

— Meu caro irmão, estou feliz por ver você tomando o seu café com prazer, depois de uma noite tão cansativa. Pois é, Caroline tem defeitos; mas, com a minha influência e os cuidados quase maternais que tenho com ela, pode melhorar. De vez em quando ela revela alguma coisa (uma reserva, acho) de que não gosto muito, porque não é suficientemente feminina e submissa; e alguns vislumbres de precipitações intranquilas na sua natureza me deixam irritada. Mas normalmente ela é tranquilíssima, às vezes desanimada demais e pensativa demais. Com o tempo, não duvido que a tornarei sempre tranquila e serena, sem ser inexplicavelmente pensativa. Eu desaprovo o que não é inteligível.

— Não entendo nada da sua exposição. O que é que você quer dizer com "precipitações intranquilas", por exemplo?

— Uma ilustração talvez seja a explicação mais satisfatória. Eu às vezes, você sabe disso, a faço ler poesia francesa para ela praticar a pronúncia. Desde o início das aulas ela já leu muita coisa de Corneille e Racine em um estado de espírito uniforme, sóbrio, que eu aprovo. De vez em quando, na verdade, ela mostrou ao ler esses autores estimados certo abatimento que tem mais de apatia que de sobriedade; e apatia é o que não posso tolerar em quem tem o benefício da minha orientação; além disso, não se deve ficar apático durante o estudo de obras clássicas. Houve um dia em que pus nas mãos dela um volume de poemas curtos. Mandei que fosse até a janela para decorar um deles e, quando olhei para ela, vi que estava virando as páginas impacientemente e franzindo os lábios, com evidente desdém, enquanto passava os olhos nos poeminhas. Eu a repreendi. "Ma cousine", disse ela, "tout cela m'ennuie à la mort".[21] Eu lhe disse que aquela linguagem era imprópria. "Dieu!", exclamou ela. "Il n'y a donc deux lignes de poësie dans toute la littérature française?"[22] Indaguei o que ela estava querendo dizer. Ela me pediu desculpas com a devida submissão. Dentro em pouco estava tranquila. Vi-a sorrir para si mesma por causa do livro; começou a decorar diligentemente. Depois de meia hora veio ficar de pé diante de mim, me estendeu o livro, entrelaçou as mãos, como eu sempre exijo que ela faça, e começou a recitar o pequeno poema de Chénier, "La Jeune Captive".[23] Se você tivesse visto o modo como ela fez isso e, ao terminar, emitiu uns poucos comentários incoerentes, teria entendido o que eu quis dizer com "precipitação intranquila". Dava para pensar que Chénier emocionava mais que todo o Racine e todo o Corneille. Você, irmão, que tem tanta sagacidade, vai entender que essa preferência desproporcional indica uma mente mal ajustada; mas ela tem sorte quanto à sua professora. Vou dar a ela um sistema, um método de pensamento, um conjunto de opiniões; vou lhe dar o perfeito controle e orientação dos sentimentos.

— Cuide disso, Hortense. Ela está chegando. Foi a sombra dela que passou pela janela, creio eu.

— Ah! É mesmo. Ela chegou muito cedo, meia hora antes. Minha menina, o que a faz chegar antes mesmo de eu ter tomado o café da manhã?

A pergunta foi dirigida a uma pessoa que acabara de entrar na sala, uma mocinha, envolta em uma capa de inverno cujas dobras eram mantidas com certo encanto em torno de uma figura aparentemente delgada.

— Vim depressa para ver como você está, Hortense, e também como Robert está. Tinha certeza de que vocês dois estariam mortificados pelo que aconteceu ontem à noite. Só fiquei sabendo agora de manhã: meu tio me contou durante o café.

— Ah, uma coisa horrível. Você se interessa por nós? Seu tio se interessa por nós?

— Meu tio está muito bravo; mas ele estava com o Robert, acho; não estava? Ele não foi com você para a Charneca de Stilbro'?

— Foi; nós partimos com disposição guerreira, Caroline, mas os prisioneiros que fomos libertar nos encontraram na metade do caminho.

— Naturalmente ninguém se feriu?

— Ah, não; apenas os pulsos do Joe Scott estavam um pouco esfolados por terem sido amarrados muito apertados atrás das costas.

— Você não estava lá? Não estava com as carroças quando elas foram atacadas?

— Não. Raramente temos a sorte de estar presentes em acontecimentos a que gostaríamos particularmente de assistir.

— Para onde você está indo agora de manhã? Eu vi o Murgatroyd selando o seu cavalo no pátio.

— Vou para Whinbury, é dia de feira.

— O Sr. Yorke também vai, o encontrei no seu cabriolé. Volte para casa com ele.

— Por quê?

— Dois é melhor que um, e ninguém desgosta do Sr. Yorke; pelo menos, os pobres não desgostam dele.

— Assim ele seria uma proteção para mim, que sou odiado?

— Que é *incompreendido*: essa, provavelmente, é a melhor palavra. Você vai voltar tarde? Ele vai voltar tarde, prima Hortense?

— É bem provável. Quase sempre ele tem muitos negócios em Whinbury. Você trouxe o seu caderno de exercícios, menina?

— Trouxe. A que horas você vai voltar, Robert?

— Em geral volto às sete. Você gostaria que eu voltasse mais cedo para casa?

— Tente voltar às seis. Às seis ainda não está completamente escuro; mas às sete a luz do dia já se foi.

— E que perigo deve ser temido, Caroline, quando a luz do dia *tiver* ido embora? Que ameaça você imagina que venha para mim com a escuridão?

— Não sei se posso definir os meus temores; mas hoje todos nós sentimos uma certa apreensão por causa de nossos amigos. Meu tio diz que vivemos uma época perigosa; ele também diz que os proprietários de tecelagens são impopulares.

— E que eu sou um dos mais impopulares? Não é assim? Você reluta em falar às claras, mas no fundo do coração acha que eu posso ter o mesmo destino que o Pearson, que foi alvejado na... Não, a bem da verdade, por detrás de uma cerca, mas dentro de sua própria casa, através da janela da escada, quando ele estava indo se deitar.

— Anne Pearson me mostrou o buraco da bala na porta do quarto — comentou Caroline em um tom grave enquanto dobrava a capa e a colocava junto com o regalo em uma mesa lateral. — Sabe — prosseguiu ela —, em toda a estrada daqui até Whinbury há uma cerca-viva, e passa-se pelas plantações de Fieldhead; mas você estará de volta às seis ou até antes?

— Por certo ele estará — afirmou Hortense. — E agora, minha filha, prepare suas lições para dizê-las em voz alta, enquanto eu ponho as ervilhas no fogo para o purê do almoço.

Com essa recomendação ela saiu da sala.

— Então você desconfia que eu tenha muitos inimigos, Caroline? — disse o Sr. Moore. — E sem dúvida sabe que não tenho amigos.

— Não sem amigos, Robert. Você tem a sua irmã, o seu irmão Louis, que eu nunca vi; o Sr. Yorke e o meu tio... e além deles, claro, muitos outros.

Robert sorriu.

— Você ficaria embaraçada se fosse dar o nome dos seus "muitos outros" — disse ele. — Mas me mostre o seu caderno de exercícios. Como você se esmera na caligrafia! Minha irmã, imagino, exige esse cuidado. Ela quer formar você em todas as coisas segundo o modelo de uma escolar flamenga. Que vida você está fadada a ter, Caroline? O que você vai fazer com o seu francês, com o desenho e outros talentos quando os tiver adquirido?

— Você pode dizer exatamente assim, quando eu os tiver adquirido; porque, como você sabe, até Hortense começar a me ensinar, eu sabia muito pouco. Quanto à vida que estou fadada a ter, não posso dizer; imagino que vá cuidar da casa do meu tio, até... — ela hesitou.

— Até o quê? Até ele morrer?

— Não. Quanta rudeza dizer isso! Nunca penso na morte dele. Ele tem apenas cinquenta e cinco anos. Mas até... enfim, até os acontecimentos me oferecerem outras ocupações.

— Uma perspectiva extraordinariamente vaga! Você está contente com ela?

— Antes eu estava. As crianças refletem pouco, ou melhor, suas reflexões são em torno de temas ideais. Há momentos *agora* em que não me sinto muito satisfeita.

— Por quê?

— Eu não estou ganhando dinheiro... não estou ganhando nada.

— Você tocou em um ponto importante, Lina. Então você também gostaria de ganhar dinheiro?

— Gostaria. Eu queria ter uma ocupação e, se fosse um rapaz, não seria tão difícil encontrá-la. Vejo um modo muito fácil e agradável de aprender uma atividade e abrir meu caminho na vida.

— Continue: vamos ouvir que modo é esse.

— Eu poderia ser aprendiz no seu ramo de comércio, o comércio de tecidos. Poderia aprender com você, já que somos parentes distantes. Eu faria o trabalho de escritório, lidaria com a contabilidade e escreveria cartas enquanto você se ocuparia das vendas. Sei que você quer muito enriquecer, para pagar as dívidas do seu pai; talvez eu pudesse ajudá-lo a ficar rico.

— Ajudar *a mim*? Você deve pensar em si mesma.

— Eu penso em mim; mas a pessoa deve pensar sempre só em si mesma?

— Em quem mais eu penso? Em quem mais eu *ouso* pensar? Quem é pobre não deve sentir grande solidariedade; seu dever é ser restrito.

— Não, Robert...

— Sim, Caroline. A pobreza é necessariamente egoísta, contraída, rastejante, ansiosa. De vez em quando o coração de um pobre, quando visitado por certos feixes de luz e pingos de orvalho, pode crescer como a vegetação que brota ali no jardim neste dia de primavera, pode se sentir maduro para virar folhagem, talvez florescer; mas ele não deve incentivar esse impulso agradável; precisa invocar a Prudência para detê-lo com o seu hálito gelado, que é cortante como qualquer vento do norte.

— Desse modo não haveria felicidade em nenhum chalé.

— Quando falo de pobreza, não me refiro tanto à pobreza natural e habitual do trabalhador quanto à envergonhada penúria do homem endividado; o que acaba comigo é sempre um comerciante em dificuldade, preocupado.

— Cultive a esperança, não a ansiedade. Algumas ideias se tornaram demasiado fixas na sua mente. Pode ser presunçoso dizer isto, mas tenho a impressão de que há algo errado nas suas ideias sobre o melhor meio de chegar à felicidade; como há no... — Segunda hesitação.

— Sou todo ouvidos, Caroline.

— No... (coragem! Que eu diga a verdade)... no seu jeito... preste atenção, eu estou dizendo apenas *jeito*... de lidar com os trabalhadores aqui de Yorkshire.

— Você já quis me dizer isso tantas vezes, não quis?

— Sim; tanto... tantas vezes.

— As deficiências do meu jeito são, creio eu, apenas negativas. Eu não sou orgulhoso: de que um homem na minha situação pode se sentir orgulhoso? Eu sou apenas taciturno, fleumático e sem alegria.

— Como se os seus operários cortadores de lã fossem máquinas iguais aos sarilhos e calandras. Na sua casa, você parece diferente.

— Para as pessoas da minha casa eu não sou um forasteiro, que é o que eu sou para esses palhaços ingleses. Eu poderia fazer o papel de benevolente quando estivesse com eles, mas representar não é o meu *forte*. Eu os acho irracionais e perversos; eles me atrapalham quando anseio por avançar rapidamente. Ao tratá-los com justiça cumpro todo o meu dever com relação a eles.

— Você não espera que eles gostem de você, ou espera?

— Nem desejaria isso.

— Ah! — disse a conselheira balançando a cabeça e dando um suspiro profundo. Com essa exclamação, indicativa de que ela percebera um ponto fraco em algum lugar, mas que estava fora do seu alcance saná-lo, ela se inclinou sobre a sua gramática e procurou a lição e o exercício do dia.

— Eu acho que não sou um homem afetuoso, Caroline; a ligação com muito poucas pessoas é suficiente para mim.

— Por favor, Robert, antes de ir você pode preparar uma ou duas penas?

— Em primeiro lugar, deixe-me fazer as linhas no seu livro, porque você sempre consegue traçá-las enviesadas. Assim... E agora as penas: você gosta da fina, é isso?

— Do jeito que você costuma fazer para mim e para a Hortense; não as pontas grossas que você faz para o seu uso.

— Se eu tivesse a vocação do Louis ficaria em casa e dedicaria a você e aos seus estudos esta manhã inteira; mas preciso passá-la no armazém de lã do Sykes.

— Você vai ganhar dinheiro.

— Mais provavelmente vou perdê-lo.

Quando Robert terminou de preparar as penas, um cavalo arreado foi trazido até o portão do jardim.

— Pronto, Fred está me esperando, tenho de ir. Primeiro vou dar uma olhada para ver o que a primavera fez no canteiro do sul.

Ele deixou a sala e saiu para o jardim atrás da tecelagem. Uma doce franja de folhas jovens e flores que desabrochavam (campainhas, crocos e até prímulas) florescia à luz do sol sob o quente muro da fábrica. Moore colheu aqui e ali uma flor e folhas, até ter nas mãos um pequeno buquê. Ele voltou à sala de estar, roubou na cesta de trabalho de sua irmã uma fita de seda, amarrou as flores e as depôs na escrivaninha de Caroline.

— Agora, bom dia.

— Obrigada, Robert; é lindo; pousado ali, ele parece chispas de sol e do céu azul. Bom dia.

Ele foi até a porta, parou; abriu os lábios como se fosse falar, mas não disse nada e continuou andando. Transpôs a portinhola e montou no cavalo: em um segundo ele já voltara a apear, entregara as rédeas a Murgatroyd e entrara novamente no chalé.

— Esqueci as luvas — comentou ele parecendo pegar alguma coisa na mesa lateral; então, como se lhe tivesse ocorrido um pensamento súbito, disse: — Você tem algum compromisso inadiável em casa, Caroline?

— Nunca tenho: algumas meias de criança, que a Sra. Ramsden encomendou, para tricotar para a Cesta do Judeu; mas elas podem esperar.

— Cesta do Judeu ser... vendida! Nunca um utensílio recebeu um nome tão adequado. Não se pode conceber nada mais judeu que ela: o seu conteúdo e os seus preços; mas eu vejo algo, uma minúscula curva, nos cantos dos seus lábios, que me diz que você conhece os méritos dela tanto quanto eu. Esqueça a Cesta do Judeu, então, e passe o dia inteiro aqui, para variar um pouco. Seu tio não vai ficar muito magoado com a sua ausência, vai?

Ela sorriu.

— Não.

— O velho cossaco! Ouso dizer que não — resmungou Moore. — Então fique e almoce com Hortense; ela vai gostar de ter a sua companhia. Eu devo voltar cedo. Teremos uma pequena leitura à noite; a lua surge às oito e meia, e às nove eu posso ir com você até a casa paroquial. Você concorda?

Ela assentiu e seus olhos se iluminaram.

Moore ainda ficou ali por dois minutos: inclinou-se sobre a escrivaninha de Caroline e olhou sua gramática, manuseou a pena, ergueu o buquê e brincou com ele; seu cavalo, impaciente, batia a pata no chão; Fred Murgatroyd resmungava e tossia diante do portão, como se tentasse imaginar o que seu patrão estaria fazendo.

— Bom dia — disse Moore novamente e por fim desapareceu.

Hortense, entrando dez minutos depois, constatou surpresa que Caroline ainda não havia começado o seu exercício.

VI. Coriolano

Mademoiselle[1] Moore teve naquela manhã uma aluna um tanto distraída. Caroline esqueceu várias vezes as explicações que lhe eram dadas; no entanto, suportava com um humor desanuviado as repreensões que sua falta de atenção faziam recair sobre ela. Sentada perto da janela, à luz do sol, parecia receber com o calor um tipo de cálida influência que a tornava feliz e boa. Nesse estado de espírito, ela tinha a melhor aparência possível, e seu melhor possível era uma visão agradável.

Não lhe fora negado o dom da beleza; não era absolutamente necessário conhecê-la para gostar dela; era bonita o suficiente para agradar, mesmo à primeira vista. Seu corpo era adequado para a sua idade; jovem, leve e flexível; cada curva era bem feita, cada membro bem proporcionado: seu rosto era expressivo e suave; os olhos eram bonitos e às vezes adquiriam um brilho radiante capaz de se insinuar nos corações com uma linguagem que falava brandamente à afeição. A boca era muito linda; ela tinha a pele delicada e belos cabelos castanhos, que ela sabia como pentear com bom gosto; os cachos lhe caíam bem, e ela os possuía em uma pitoresca profusão. O estilo das suas roupas anunciava o bom gosto de quem as usava; muito discretas quanto à moda, longe de serem feitas com materiais caros, mas tanto a cor era adequada à tez clara, contrastando com ela, quanto o feitio ao corpo delgado que elas envolviam. A roupa de inverno que ela estava usando era de merino, do mesmo tom suave de marrom do seu cabelo; a golinha em torno do pescoço se sobrepunha a uma fita cor-de-rosa e era fechada com um laço também cor-de-rosa: ela não usava nenhum outro enfeite.

Isso é tudo quanto à aparência de Caroline Helstone. Quanto ao seu caráter e intelecto, se ela os tinha, eles devem falar por si mesmos no devido tempo.

Suas relações familiares podem ser expostas em poucas linhas. Ela era filha de pais que haviam se separado logo depois do seu nascimento por incompatibilidade de gênios. Sua mãe era meia-irmã do pai do Sr. Moore; assim, embora não houvesse mistura de sangue, Caroline era, de modo um tanto impreciso, prima de Robert, Louis e Hortense. Seu pai era irmão do Sr. Helstone — um homem cujo caráter os amigos desejam não recordar, depois de a morte ter acertado todas as contas terrenas. Ele tinha tornado a esposa infeliz: os relatos que se sabia serem verdadeiros sobre ele tinham dado um ar de probabilidade às falsas histórias que haviam circulado sobre o irmão que tinha princípios melhores. Caroline não chegara a conhecer a mãe, pois fora tirada dela quando ainda bebê e depois não a vira mais; seu pai morrera relativamente jovem e o tio, o pároco, durante alguns anos havia sido o único tutor dela. Ele não era, como sabemos, muito adaptado, por natureza ou hábitos, a ter sob sua responsabilidade uma garotinha: não se preocupou muito com a educação dela; provavelmente não teria se preocupado nem um pouco se ela, vendo-se relegada, não tivesse se tornado ansiosa por conta própria e pedido, de vez em quando, um pouco de atenção e os meios para adquirir um pouco de conhecimento de que não se podia prescindir. Mesmo assim, Caroline tinha um deplorável sentimento de inferioridade, de que seus talentos eram menores que os das meninas da sua idade e situação social; e ficou muito feliz por se valer da bondosa oferta feita pela sua prima Hortense, logo depois da chegada desta à tecelagem do Hollow, de lhe ensinar francês e trabalhos manuais. Mlle. Moore, por seu lado, ficou encantada com a tarefa, porque esta lhe conferia importância; ela gostava de exercer certo domínio sobre uma aluna dócil e ao mesmo tempo esperta. Julgou Caroline precisamente segundo sua avaliação, uma menina de educação irregularmente ministrada e até ignorante; e, quando viu que ela progredia rápida e ansiosamente, não foi ao talento, à aplicação da aluna, que atribuiu a melhora, mas apenas ao seu próprio método superior de ensino; quando descobriu que Caroline, não qualificada em estudos regulares, tinha um conhecimento próprio — desordenado, mas variado — a descoberta não a surpreendeu, pois ela ainda imaginou que a menina havia recolhido sem premeditação aqueles tesouros em suas conversas; Mlle. Moore pensava assim até mesmo quando forçada a admitir que sua aluna sabia muito sobre assuntos que ela conhecia pouco: a ideia não era lógica, mas Hortense acreditava piamente nela.

Mademoiselle, que se orgulhava de ter "un esprit positif"[2] e de nutrir uma clara preferência por estudos áridos, mantinha sua jovem prima ocupada com eles tanto quanto lhe fosse possível. Trabalhava duramente com ela a gramática da língua francesa, designando-lhe, como o exercício mais aprimorador que ela podia conceber, intermináveis "analyses logiques".[3] Essas "analyses"[4] não eram absolutamente fonte de prazer para Caroline; ela achava que poderia ter aprendido francês igualmente bem sem elas e se ressentia demasiadamente do tempo passado refletindo sobre "propositions principales et incidentes",[5] resolvendo a "incidente déterminative"[6] e a "incidente applicative",[7] examinando se a proposição era "pleine", "elliptique" ou "implicite".[8] Às vezes ela se perdia no labirinto, e quando ficava assim perdida costumava de vez em quando (enquanto Hortense estava arrumando suas gavetas no andar de cima, uma estranha ocupação na qual ela passava grande parte do dia, arrumando, desarrumando e rearrumando e redesarrumando) levar seu caderno no escritório para Robert, que a ajudava aplainando o trecho áspero. O Sr. Moore tinha um cérebro claro e tranquilo; quase tão logo olhava para as pequenas dificuldades de Caroline parecia que elas se dissolviam sob os seus olhos: em dois minutos explicava tudo; em duas palavras lhe dava a chave para o quebra-cabeça. Caroline achava que, se Hortense pudesse ensinar como seu irmão, ela poderia aprender muito mais rapidamente! Pagando-o com um sorriso de admiração e agradecimento, mais derramado aos seus pés que elevado até o seu rosto, ela deixava a tecelagem relutantemente para voltar ao chalé, e então, enquanto completava o exercício ou fazia uma soma (pois Mlle. Moore lhe ensinava também aritmética), ela desejava que a natureza a tivesse feito menino em vez de menina, que ela pudesse pedir a Robert que a deixasse ser funcionária dele e se sentar com ele no escritório em vez de sentar-se com Hortense na sala de visitas.

De vez em quando (mas isso acontecia muito raramente) ela passava a tarde no chalé do Hollow. Às vezes, durante essas visitas, Moore estava fora, em uma feira; às vezes ele tinha ido à casa do Sr. Yorke; frequentemente estava envolvido com um visitante em outra sala; mas às vezes, também, ele estava em casa, sem compromissos, livre para conversar com Caroline. Quando era esse o caso, as horas vespertinas criavam asas; elas se acabavam antes de ser contadas. Não havia na Inglaterra lugar tão agradável quanto aquela salinha quando os três primos a ocupavam. Hortense, quando não estava lecionando, repreendendo ou cozinhando, não tinha nada de mal-humorada; no final da tarde ela costumava ficar mais relaxada e ser amável com sua parenta inglesa. Havia um meio, também, de torná-la encantadora, induzindo-a a cantar e a tocar violão; ela ficava então muito afável; e, como tocava com desenvoltura e era afinada, não era desagradável ouvi-la: teria sido até mesmo absolutamente agradável não fosse o fato de sua personalidade formal e presunçosa modular as melodias, do mesmo modo como determinava o seu comportamento e moldava a sua expressão.

O Sr. Moore, liberado do jugo do trabalho, era, se não ele próprio cheio de vida, um disposto espectador da vivacidade de Caroline, ouvindo complacentemente a sua conversa e respondendo prontamente às suas perguntas. Era agradável se sentar ao lado dele, rodeá-lo, dirigir-se a ele e olhá-lo. Às vezes era até melhor que isso — ele podia ser quase animado, muito gentil e amigável.

O inconveniente era não haver nenhuma dúvida de que na manhã seguinte Robert voltaria à sua frieza; e, por mais que ele parecesse, do seu jeito tranquilo, gostar dessas noites sociais, raramente sugeria uma repetição delas. Essa circunstância intrigava a sua inexperiente prima. "Se eu tivesse um meio de felicidade às minhas ordens", pensava ela, "empregaria frequentemente esse meio. Eu o manteria brilhante com o uso e não o deixaria de lado por semanas, até ele enferrujar."

Entretanto, Caroline tinha o cuidado de não pôr em prática sua teoria. Por mais que gostasse de uma visita noturna ao chalé, só a fazia se convidada. Muitas vezes, na verdade, quando instada por Hortense a ir, ela recusava porque Robert não havia reforçado, ou reforçara apenas ligeiramente, o convite. Naquela manhã ele pela primeira vez fizera um convite por iniciativa própria; e havia falado com tanta simpatia que, ao ouvi-lo, Caroline fora invadida por um sentimento de felicidade suficiente para mantê-la alegre pelo resto do dia.

A manhã passou como todas as demais. Mademoiselle, sempre ofegando de tão ocupada, a passou agitando-se da cozinha para a sala de estar, ora repreendendo Sarah, ora supervisionando o exercício de Caroline ou ouvindo a sua lição de declamação. Por mais impecável que tivesse sido a realização dessas tarefas, ela nunca tecia louvores à aluna: ela seguia o princípio de que o elogio é incompatível com a dignidade de um professor e que culpar, quer com atenuantes, quer sem reservas, é indispensável à sua função. Achava que a reprimenda incessante, severa ou leve, era muito necessária à manutenção da sua autoridade; e, se não encontrava na lição nenhum possível erro, o que exigia correção era o porte da aluna, seu ar, seu vestido ou sua expressão.

A briga costumeira aconteceu na hora da refeição, cujo prato, quando finalmente foi trazido para a sala, Sarah quase atirou na mesa, com um olhar que dizia muito claramente: "Eu nunca que cozinhei essa coisa na minha vida; num serve nem pra cachorro". Apesar do desdém de Sarah, a refeição estava bastante saborosa. A sopa era uma espécie de purê de ervilhas secas, que Mademoiselle havia preparado em meio a lamentações amargas de que naquela desolada Inglaterra não se encontrava feijão-branco. Depois veio um prato de carne (de natureza desconhecida, mas aparentando ser uma miscelânea) singularmente picada com pedacinhos de pão, com um tempero estranho, mas não desagradável, e assada em uma forma; um prato diferente, mas de modo algum intragável. Verduras picadas acompanhavam o prato; e um patê de frutas, conservadas segundo uma receita da "grand'mère"[9] de Madame Gérard Moore, e cujo sabor fazia supor que o "mélasse"[10] substituíra o açúcar, completava a refeição servida.

Caroline não fazia objeção a essa cozinha belga: na verdade, ela até gostava, como uma variação; e era bom ela gostar, porque se tivesse manifestado repugnância esse comportamento a teria prejudicado para sempre nas boas graças de Mademoiselle; um crime inequívoco teria recebido perdão mais facilmente que um sintoma de aversão pela comida estrangeira.

Logo depois do almoço Caroline persuadiu sua professora-prima a ir se vestir no andar de cima: essa manobra exigia habilidade. Insinuar que anáguas, camisole e papelotes eram coisas odiosas ou pontos nada meritórios teria sido um delito grave. Qualquer tentativa prematura de preconizar o seu desaparecimento era, portanto, insensata, e talvez resultasse no uso perseverante deles durante todo o dia. Evitando cuidadosamente rochas e areias movediças, a aluna conseguiu, sob o pretexto de precisarem de uma mudança de ambiente, levar a professora para cima e, uma vez chegando ao quarto, a persuadiu de que não valia a pena voltar para baixo e que seria bom ela se arrumar; e, enquanto Mademoiselle dizia uma solene homilia sobre o seu mérito pessoal por desconsiderar todas as frivolidades da moda, Caroline lhe tirou a camisole, pôs-lhe um vestido decente e arrumou a gola, retocou o seu cabelo, e a deixou bastante apresentável. Mas Hortense dava ela própria os retoques finais, e esses retoques finais consistiram em um lenço grosso amarrado em torno do pescoço e um grande avental preto que lembrava os de uma criada, e que estragavam tudo. Nada teria levado Mademoiselle a ficar na sua própria casa sem o lenço grosso e o enorme avental: o primeiro era uma questão de moral — era muito impróprio não usar um fichu;[11] o segundo era o emblema de uma boa dona de casa — ela aparentemente pensava que ele lhe permitia fazer uma grande economia na renda do seu irmão. Ela havia, com suas próprias mãos, confeccionado e apresentado a Caroline aparelhamentos semelhantes; e a única rusga séria havida entre elas, e que ainda deixava uma mágoa na alma da prima mais velha, surgira da recusa da mais jovem a aceitar e aproveitar esses elegantíssimos presentes.

— Eu uso vestidos de decote alto e gola — disse Caroline — e me sentiria sufocada se acrescentasse um lenço; e meus aventais curtos servem tão bem quanto esse muito comprido: eu preferia não fazer nenhuma mudança.

Mas Hortense, à força de perseverar, provavelmente a teria levado a fazer uma mudança se o Sr. Moore não tivesse por acaso ouvido uma discussão sobre o assunto e resolvido que os aventais pequenos de Caroline eram suficientes e que, em sua opinião, sendo ainda quase uma criança, Caroline por enquanto podia prescindir do fichu, sobretudo porque seus cachos eram longos e quase lhe tocavam os ombros.

Não havia apelação contra a opinião de Robert, e assim sua irmã foi forçada a ceder; mas ela desaprovava inteiramente o extremo bom gosto da roupa de Caroline e a graça feminina da sua aparência. Algo mais sério e simples ela teria considerado "beaucoup plus convenable".[12]

A tarde foi dedicada à costura. Mademoiselle, como a maioria das belgas, era particularmente habilidosa com a agulha. Nem de longe considerava uma perda de tempo passar incontáveis horas ocupada com bordados finos, rendas que arruínam a vista, tricôs e crochês maravilhosos e, sobretudo, cerzidos invisíveis em meias. Ela podia levar um dia remendando dois buracos em uma meia e ao terminar o serviço achar que sua "missão" havia sido cumprida com nobreza. Esta era outra das contrariedades de Caroline: ser condenada a aprender esse estilo estrangeiro de cerzido, feito ponto por ponto de modo a imitar o tecido da meia; um processo afadigoso, mas que Hortense Gérard e suas ancestrais consideravam um dos principais "deveres da mulher". Ela própria tivera uma agulha, linha e uma meia pavorosamente rasgada postas na sua mão quando ainda usava uma touca de criança na cabecinha de cabelos pretos: os seus "hauts faits"[13] no cerzido foram exibidos para as visitas quando ela estava com seis anos; e, ao descobrir que Caroline ignorava totalmente esse talento essencial, Mademoiselle quase chorou de compaixão pela sua juventude terrivelmente negligenciada.

Ela não precisou de muito tempo para procurar um par de meias que era um caso perdido — seus calcanhares já não existiam — e pôr a ignorante inglesinha para consertar o estrago. Essa tarefa começara dois anos antes, e Caroline ainda tinha as meias na cesta de trabalho. Ela fazia algumas carreiras diariamente, um castigo para a expiação de seus pecados: esse trabalho era para ela um fardo pesado; ela gostaria muito de atirar as meias no fogo; e certa vez o Sr. Moore, que a havia observado suspirando por causa delas, propôs uma cineração privada no escritório, mas Caroline achou que não seria uma boa resolução concordar; o resultado só poderia ser um novo par de meias, provavelmente em pior estado. Portanto, ela se ateve às desgraças que conhecia.

Durante toda a tarde as duas mulheres ficaram sentadas costurando, até os olhos, os dedos e mesmo o ânimo de uma delas esmorecerem. O céu havia escurecido depois do almoço; a chuva começou a cair novamente, torrencial: no coração de Caroline começaram a se insinuar temores de que o Sr. Sykes ou o Sr. Yorke convenceriam Robert a ficar em Whinbury até a chuva amainar, o que não dava mostras de acontecer tão cedo. O relógio bateu cinco horas, o tempo continuava passando furtivamente; e ainda as nuvens despejavam água; um vento lamentoso soprava nos telhados do chalé; o dia já parecia estar acabando; o fogo da sala de estar espalhava sobre a lareira clara um brilho vermelho como o do crepúsculo.

— Não vai clarear antes de a lua subir — declarou Mademoiselle Moore. — Assim, tenho certeza de que o meu irmão não vai voltar até lá: para dizer a verdade, não me agradaria que ele voltasse com chuva. Vamos tomar café; não vale a pena esperá-lo.

— Eu estou cansada; posso deixar o meu trabalho agora, prima?

— Sim. Está escuro demais para você poder fazê-lo bem. Dobre-o e ponha-o com cuidado na sua cesta; depois vá até a cozinha e peça para a Sarah trazer *o goûter*, ou chá, como dizem vocês.

— Mas ainda não são seis horas. Ele ainda pode chegar.

— Ele não virá, eu lhe garanto. Posso calcular os movimentos dele. Eu conheço o meu irmão.

O suspense é esgotante, o desapontamento é doloroso. Todos já sentiram isso, em algum momento da vida. Caroline, obedecendo às ordens, foi para a cozinha. Sarah estava à mesa fazendo um vestido para si mesma.

— Ela quer que você leve o café — disse a jovem em um tom desanimado; e então apoiou o braço e a cabeça contra o console da lareira da cozinha e se inclinou com indiferença sobre o fogo.

— Como a senhorita parece triste! É porque a sua prima a faz trabalhar muito. Isso é uma lástima!

— Não é nada disso, Sarah — foi a resposta breve.

— Ah! Eu sei que é. A senhorita não vai demorar a cair no choro, e a razão é ter ficado sentada quieta durante o dia inteiro. Um gatinho ficaria triste se o engaiolassem por tanto tempo.

— Sarah, o seu patrão costuma voltar cedo da feira quando está chovendo?

— Nunca, dificilmente; mas hoje, por alguma razão, ele agiu diferente.

— O que você quer dizer?

— Ele já chegou: tenho certeza de que cinco minutos atrás, quando fui pegar um pouco de água na cisterna, vi o Murgatroyd vindo para o pátio, pela entrada de trás, puxando o cavalo dele. Ele estava no escritório com o Joe Scott, acho.

— Você está enganada.

— E por que eu estaria enganada? Eu não conheço o cavalo dele?

— Mas você não viu o seu patrão?

— Eu o ouvi falar. Ele estava dizendo alguma coisa para o Joe Scott sobre ter resolvido tudo o que dizia respeito aos recursos e que haveria novas máquinas na tecelagem antes do final da próxima semana; e que dessa vez ele providenciaria quatro soldados do quartel de Stilbro' para proteger a carroça.

— Sarah, você está fazendo um vestido?

— Estou. Não é bonito?

— Lindo! Prepare o café. Eu termino de cortar essa manga para você; e vou lhe dar um enfeite para ela. Tenho uma fita estreita de cetim de uma cor que combina com ela.

— Muita bondade sua, senhorita.

— Rápido, seja uma boa moça. Mas primeiro ponha os sapatos do seu patrão na lareira: ele vai tirar as botas quando entrar. Eu o estou ouvindo; ele está chegando.

— Senhorita! Está cortando errado.

— É mesmo; mas só comecei, não chegou a estragar.

A porta da cozinha se abriu; o Sr. Moore entrou, muito molhado e enregelado. Caroline largou a sua ocupação na costura, mas a retomou por um momento, como se quisesse ter um minuto para algum objetivo. Curvada sobre o vestido, seu rosto estava oculto; ela tentou compor sua fisionomia de modo a ocultar-lhe a expressão, mas isso não aconteceu. Quando finalmente olhou o Sr. Moore, seu rosto se mostrava radiante.

— Nós desistimos de esperar você: garantiram que você não viria — disse ela.

— Mas eu prometi voltar cedo. *Você* me esperou, suponho?

— Não, Robert; não ousei esperar com uma chuva tão pesada. E você está molhado e gelado... vá trocar tudo. Se você se resfriar, eu... nós seremos culpadas até certo ponto.

— Não estou muito molhado: meu casaco de montaria é impermeável. Só preciso de sapatos secos. Assim... o fogo é agradável depois que enfrentamos o vento frio e a chuva por alguns quilômetros.

Ele ficou de pé diante da lareira da cozinha e Caroline ficou ao seu lado. Enquanto apreciava o calor estimulante o Sr. Moore mantinha o olhar fixo nos metais cintilantes na prateleira logo acima. Casualmente olhando para baixo, seus olhos se fixaram em um rosto levantado, ruborizado, sorridente, feliz, sombreado com cachos sedosos, iluminado por belos olhos. Sarah havia saído para a sala de visitas levando a bandeja; um sermão da patroa a reteve ali. Moore pousou a mão por um momento no ombro da sua jovem prima, parou e beijou-lhe a testa.

— Ah! — disse ela como se o ato houvesse descerrado seus lábios. — Eu estava muito triste pensando que você não viria; agora estou quase feliz demais. Você está feliz, Robert? Gosta de voltar para casa?

— Acho que sim. Pelo menos esta noite.

— Tem certeza de que não está preocupado por causa das suas máquinas, de seu negócio e da guerra?

— Neste momento, não.

— Você tem certeza de que não acha o chalé do Hollow pequeno demais para você, apertado e lúgubre?

— Neste exato momento, não.

— Você pode afirmar que não está de fato triste por ser ignorado pelas pessoas ricas e notáveis?

— Sem mais perguntas. Você se engana se acha que estou ansioso para adular as pessoas ricas e notáveis. Eu só quero recursos... uma posição... uma carreira.

— O que seu talento e bondade lhe propiciarão. Você nasceu para ser notável, e *será* notável.

— Fico me perguntando, se você falou sinceramente, que receita me daria para adquirir essa grandeza; mas eu sei qual é, sei até melhor que você mesma. Ela seria eficaz? Daria certo? Sim... pobreza, miséria, falência. Ah, a vida não é o que você pensa, Lina!

— Mas você é o que eu penso que você é.

— Não sou.

— Então você é melhor?

— Muito pior.

— Não; muito melhor. Eu sei que você é bom.

— Como é que você sabe?

— É o que você parece ser; e eu sinto que você *é* assim.

— Onde é que você sente?

— No meu coração.

— Ah! Você me julga com seu coração, Lina; deveria me julgar com seu cérebro.

— Eu julgo; e me orgulho muito de você. Robert, você não sabe quais são os meus pensamentos a seu respeito.

O rosto moreno do Sr. Moore se ruborizou; seus lábios sorriram, mesmo comprimidos; seus olhos riram, embora ele estivesse franzindo resolutamente as sobrancelhas.

— Pense em mim com maldade, Lina — disse ele. — Os homens, em geral, são uma espécie de escória, muito diferentes de qualquer coisa que você imagina. Não tenho a pretensão de ser melhor que meus semelhantes.

— Se assim fosse, eu não estimaria tanto você; é por você ser modesto que tenho tanta confiança nos seus méritos.

— Você está me adulando? — indagou ele voltando-se repentinamente para ela e buscando seu rosto com um olhar penetrante.

— Não — disse Caroline em voz baixa, rindo daquela reação súbita. Parecia que ela achava desnecessário negar ansiosamente a acusação.

— Você não se importa se eu penso que você me adula ou não?

— Não.

— Você tem tanta segurança das suas intenções?

— Acho que sim.

— Quais são elas, Caroline?

— Apenas acalmar a minha mente expressando parte do que eu penso, pelo menos uma vez; e também fazer com que você fique mais satisfeito consigo mesmo.

— Garantindo para mim que a minha parenta é minha amiga sincera?

— Exatamente. Eu sou sua amiga sincera, Robert.

— E eu sou... o que o acaso e a mudança fizerem de mim, Lina.

— Não meu inimigo, no entanto?

A resposta foi interrompida por Sarah e sua patroa, que entraram na cozinha juntas e um tanto exaltadas. O tempo que o Sr. Moore e a Srta. Helstone tinham passado conversando elas haviam ocupado com uma discussão sobre o tema do "café au lait",[14] que, segundo Sarah, era a mistura mais estranha que ela jamais vira, e um desperdício das boas dádivas de Deus, pois era "da natureza do café ser fervido na água", e que Mademoiselle afirmava ser "un breuvage royal",[15] mil vezes boa demais para a pessoa medíocre que a rejeitava.

Os antigos ocupantes da cozinha se retiraram então para a sala de estar. Antes que Hortense os seguisse até lá, Caroline havia tido tempo apenas de perguntar de novo:

— Não meu inimigo, Robert?

E Moore, como um quacre, respondera com outra pergunta:

— E eu poderia ser? — e então, sentando-se à mesa, instalara Caroline ao seu lado.

Caroline mal ouviu a explosão de fúria de Mademoiselle quando esta se reuniu com eles; o longo sermão sobre a "conduite indigne de cette méchante créature"[16] pareceu aos seus ouvidos tão confusa quanto os ruídos agitados da porcelana. Robert riu um pouco daquilo de um modo bastante discreto e depois, educada e calmamente exortando sua irmã a ficar tranquila, garantiu-lhe que, se isso lhe desse alguma satisfação, ela poderia escolher uma ajudante entre as moças da tecelagem; porém, ele achava improvável que elas a satisfizessem, pois a maioria era, segundo lhe haviam dito, totalmente ignorante do trabalho doméstico; e, por mais que Sarah fosse arrogante e voluntariosa, talvez não fosse pior que a maioria das mulheres da sua classe.

Mademoiselle admitiu a verdade dessa conjectura: de acordo com ela, "ces paysannes Anglaises étaient toutes insupportables".[17] O que ela não daria por uma "bonne cuisinière Anversoise"[18] com a touca alta, saia curta e sabots[19] decentes, adequados à sua classe — algo melhor, na verdade, que uma coquette[20] insolente com um vestido de babados e absolutamente sem touca! (pois, ao que parece, Sarah não compartilhava a opinião de São Paulo, segundo a qual "é uma vergonha uma mulher não ter a cabeça coberta"; mas, sustentando uma doutrina bem oposta, ela se recusava resolutamente a aprisionar em um pedaço de linho ou de musselina as tranças fartas do seu cabelo loiro, que costumava prender atrás com um pente e aos domingos usava com cachos na frente.)

— Devo tentar obter para você uma moça da Antuérpia? — perguntou o Sr. Moore, que, carrancudo em público, na vida privada era em geral muito amável.

— Merci du cadeau![21] — foi a resposta. — Uma moça da Antuérpia não ficaria aqui dez dias, pois as jovens coquines[22] da sua tecelagem torceriam o nariz para ela. — Depois, mais amável. — Você é muito bondoso, querido irmão... desculpe a minha petulância... Mas, falando sério, as minhas tribulações domésticas são sérias, embora esse talvez seja o meu destino; pois tenho lembranças da nossa venerada mãe às voltas com sofrimentos parecidos, mesmo tendo à sua disposição as melhores criadas de Antuérpia. Em todos os países, as domésticas são um grupo mimado e insubordinado.

O Sr. Moore também tinha algumas reminiscências das tribulações da sua venerada mãe. Ela havia sido uma boa mãe para ele e ele honrava a sua memória, mas se lembrava de que na Antuérpia a cozinha era um lugar de muita tensão, exatamente como a da sua fiel irmã na Inglaterra. Assim, ele não levou adiante o assunto e, quando o lanche foi retirado, consolou Hortense trazendo-lhe seu caderno de partituras e o violão; e, tendo passado em volta do pescoço dela a tira do instrumento com um tranquilo carinho fraterno que ele sabia capaz de acalmar a maior das irritações de sua irmã, pediu a ela que lhe oferecesse algumas canções prediletas da sua mãe.

Nada purifica tanto quanto a afeição. Gritaria familiar vulgariza; união familiar eleva. Hortense, satisfeita com o irmão e agradecida a ele, pareceu, ao pegar o violão, quase graciosa, quase bonita; seu habitual aspecto irritadiço havia desaparecido por um momento, substituído por um "sourire plein de bonté".[23] Ela cantou com sentimento as músicas que ele lhe pediu; elas a faziam lembrar um genitor a quem ela havia sido verdadeiramente ligada; lembravam-lhe seus tempos de juventude. Ela notou também que Caroline ouvia com um interesse naïve,[24] o que aumentou o seu bom humor; e a exclamação ao término da música: "Eu gostaria de cantar e tocar como Hortense!" resolveu o assunto e a tornou encantadora durante toda a noite.

É verdade que se seguiu um pequeno sermão para Caroline, sobre a futilidade do *querer* e o dever do *tentar*. "Assim como Roma", sugeriu-se, "não se fez num dia, assim também a educação de Mademoiselle Gérard Moore não se completou em uma semana ou com o simples *desejo* de ser inteligente. O esforço realizara aquela obra magnífica: ela sempre fora notável pela sua perseverança, pela sua diligência; seus professores haviam comentado que era encantador e também incomum encontrar tanto talento junto com tanta firmeza", e assim por diante. Quando discorria sobre o tema dos seus próprios méritos Mademoiselle era fluente.

Embalada finalmente em exultante autocomplacência, ela pegou seu tricô e se sentou tranquila. Cortinas fechadas, um fogo luminoso e um lampião de luz suave davam agora à salinha de visitas o seu melhor aspecto, o seu encanto noturno. Provavelmente as três pessoas que estavam ali sentiam esse encanto: todas elas pareciam felizes.

— O que nós vamos fazer agora, Caroline? — perguntou o Sr. Moore voltando ao seu lugar ao lado da prima.

— O que nós vamos fazer, Robert? — repetiu ela, brejeira. — Você decide.

— Não vamos jogar xadrez?

— Não.

— Nem damas nem gamão?

— Não, não; nós dois detestamos jogos silenciosos que só mantêm as mãos ocupadas, não é?

— Acho que sim. Então vamos cavaquear com a vida alheia?

— A respeito de quem? Estamos suficientemente interessados em alguém para nos comprazermos em arruinar seu caráter?

— Uma pergunta que toca em um ponto importante. De minha parte, por mais que isto pareça rude, preciso dizer que não.

— E eu também. Mas é estranho, embora não queiramos uma terceira, quer dizer, uma quarta — ela olhou rapidamente e com contrição para Hortense — pessoa entre nós (somos muito egoístas na nossa felicidade), embora não queiramos pensar no mundo que existe agora, seria agradável retroceder ao passado; ouvir pessoas que dormiram durante gerações em sepulturas que hoje talvez já nem sejam sepulturas e sim jardins e campos, falando conosco, contando-nos seus pensamentos e comunicando-nos suas ideias.

— Quem vai falar? Que idioma será o dele? Francês?

— Os seus antepassados franceses não falam com tanta doçura, nem tanta solenidade e nem de forma tão impressionante quanto os seus ancestrais ingleses, Robert. Esta noite você será inteiramente inglês. Você vai ler um livro inglês.

— Um livro inglês antigo?

— Isso, um livro inglês antigo, de que você gosta; e eu vou escolher um trecho dele que se harmonize bastante com algum traço seu. Isso vai despertar a sua natureza, encher de música a sua mente; vai passar como uma mão hábil sobre o seu coração, cujas cordas fará soar. Seu coração é uma lira, Robert; mas até agora o seu quinhão não tem sido um menestrel que o toque, e assim ele quase sempre fica silencioso. Vamos deixar o glorioso William se aproximar e tocá-lo; você vai ver como ele extrai das suas cordas a força e a melodia inglesas.

— Eu preciso ler Shakespeare?

— Você precisa ter diante de si o espírito dele; precisa ouvir a voz dele com o ouvido da sua mente; precisa acolher um pouco da alma dele dentro da sua.

— Com o objetivo de me tornar melhor? Isso deve ter o efeito de um sermão?

— É para incitar você; para lhe dar novas sensações. É para fazer você sentir sua vida com intensidade, não só as suas virtudes como também os pontos repreensíveis, perversos.

— Dieu! Que dit-elle?[25] — exclamou Hortense, que até então contava pontos no seu tricô e não prestara muita atenção no que estavam dizendo, mas cujo ouvido agarrou como num beliscão essas duas palavras fortes.

— Não se preocupe com ela, irmã; deixe que ela fale. Deixe que esta noite ela fale o que quiser. Ela gosta de maltratar o seu irmão de vez em quando; isso me diverte, então, deixe-a em paz.

Caroline, que, em cima de uma cadeira, estivera remexendo na estante, voltou com um livro.

— Eis Shakespeare — disse ela —, e este é *Coriolano*. Agora leia, e pelas impressões que a leitura lhe dará na mesma hora descubra quanto você é inferior e quanto é superior.

— Então venha, sente-se perto de mim e me corrija quando eu errar a pronúncia.

— Então eu serei a professora e você o meu aluno?

— Ainsi soit-il![26]

— E Shakespeare é nossa ciência, já que vamos estudar?

— É o que parece.

— E você não será francês, cético e desdenhoso? Não vai achar que se recusar a admirar é sinal de sabedoria?

— Não sei.

— Se fizer isso, Robert, eu levo o Shakespeare de volta; e vou murchar por dentro, pôr minha touca e voltar para casa.

— Sente-se; vou começar.

— Um minuto, por favor, irmão — interrompeu Mademoiselle. — Quando o cavalheiro de uma família lê, as damas sempre devem costurar. Caroline, minha cara menina, pegue o seu bordado; você pode fazer três raminhos esta noite.

Caroline pareceu desanimar.

— Eu não enxergo bem à luz do lampião; meus olhos estão cansados e não consigo fazer bem duas coisas ao mesmo tempo. Se bordar, não vou poder prestar atenção; se prestar atenção, não vou poder bordar.

— Fi, donc! Quel enfantillage![27] — começou Hortense. O Sr. Moore, como sempre, interrompeu mansamente.

— Deixe que ela relegue o bordado esta noite. Eu gostaria que ela fixasse toda a sua atenção na minha pronúncia; e, para garantir isso, ela deve seguir com os olhos o que eu leio; ela precisa olhar para o livro.

Robert colocou o livro entre eles dois, descansou o braço no espaldar da cadeira de Caroline e então começou a ler.

A primeira cena de *Coriolano* foi recebida pelo seu palato intelectual com um profundo prazer e, à medida que lia, ele se animava mais. Leu o arrogante discurso de Caio Márcio para os cidadãos famintos com fervor; não disse que achava certo aquele orgulho irracional, mas parecia sentir isso. Caroline o fitava com um sorriso singular.

— Já consegui ver um ponto repreensível — disse ela. — Você se solidariza com esse patrício orgulhoso que não se solidariza com os plebeus famintos e os insulta; vamos, continue. — Ele prosseguiu. Os trechos bélicos não o entusiasmaram muito; ele comentou que tudo aquilo era ultrapassado ou devia ser; o espírito mostrado era bárbaro, contudo, o encontro a sós entre Márcio e Tulo Aufídio o deleitou. À medida que avançava, ele foi se esquecendo de comentar; era evidente que ele apreciava a força e a verdade de cada trecho; e, abandonando a linha estreita dos preconceitos íntimos, e começou a se deliciar no amplo quadro da natureza humana, a sentir a realidade estampada nas personagens que falavam naquela página diante dele.

Robert não leu bem as cenas cômicas e Caroline, tomando-lhe o livro das mãos, leu para ele essas partes. Robert pareceu se divertir com esses trechos quando lidos por ela, e de fato ela os interpretou com um espírito que ninguém esperaria dela, com uma expressão vigorosa que pareceu lhe ter sido concedida naquele momento e somente para aquele breve momento. É preciso observar, de passagem, que o tom geral da conversa de Caroline naquela noite, fosse sério, fosse animado, grave ou alegre, era algo não aprendido, não estudado, intuitivo, arrebatado, que, depois de ter se acabado, não mais se reproduziria daquele modo, assim como o raio fugaz do meteoro, os matizes das gotas do orvalho, a cor ou a forma da nuvem crepuscular, a efêmera ondulação cintilante que muda o fluxo de um riacho.

Coriolano na glória, Coriolano na desgraça e Coriolano banido seguiram-se como sombras gigantescas, uma após a outra. Diante da visão do homem banido, o espírito de Moore pareceu fazer uma pausa. Ele ficou ao pé da lareira da sala de Aufídio, diante da imagem da magnificência arruinada, porém mais magnífica que nunca naquela situação social rebaixada. Ele viu "o aspecto sinistro", o rosto moreno "estampando autoridade", "o nobre navio desmantelado". Moore simpatizou totalmente com a vingança de Caio Márcio, não se escandalizou com ela; e, novamente, Caroline sussurrou:

— Nisso eu vejo outro vislumbre de fraternidade no erro.

A marcha sobre Roma, a súplica da mãe, a longa resistência, a capitulação final das más paixões às boas, que sempre deve ser o caso em uma natureza que mereça ser chamada de nobre, a raiva sentida por Aufídio pelo que considerava a fraqueza do seu aliado, a morte de Coriolano, a tristeza do seu notável inimigo, ao final; todas as cenas feitas de verdade condensada e força se apresentaram em sucessão e levaram no seu fluxo profundo e acelerado o coração e a mente do leitor e da ouvinte.

— Então, você sentiu Shakespeare? — indagou Caroline uns dez minutos depois de seu primo ter fechado o livro.

— Acho que sim.

— E sentiu no Coriolano alguma coisa parecida com você?

— Talvez sim.

— Ele não tinha defeitos ao mesmo tempo que era admirável?

Moore assentiu.

— E qual era o seu defeito? O que o fazia ser odiado pelos cidadãos? O que o levou a ser banido pelos seus compatriotas?

— O que você acha que foi?

— Eu lhe pergunto novamente...

Fosse orgulho,
Que mancha, na fortuna de seus dias,
O homem feliz; fosse erro de critério,
Que o fez perder as oportunidades
De que era senhor; ou por natureza
Incapaz de ser mais do que uma coisa,
Ou de mudar das armas pros coxins,
Ou ser na paz austero como na guerra

— Bem, responda você mesma, Esfinge.

— Foi uma mistura de tudo; e você não deve ser orgulhoso com seus trabalhadores; não deve desprezar as chances de tranquilizá-los e não deve ser inflexível, fazendo um pedido com a mesma austeridade com que daria uma ordem.

— É essa a moral que você associa à peça. O que a faz ter essas ideias?

— Desejar o seu bem, me preocupar com a sua segurança, caro Robert, e o temor, causado por muitas coisas que tenho ouvido ultimamente, de que você venha a se prejudicar.

— Quem lhe diz essas coisas?

— Eu ouço meu tio falar sobre você. Ele louva o seu espírito resistente, a sua determinação, o seu desdém pelos inimigos desprezíveis, a sua decisão de "não se intimidar com a gentalha", como diz ele.

— E você gostaria que eu me intimidasse com eles?

— Não, de modo algum: nunca quis que você se rebaixasse; mas, de certo modo, não posso deixar de pensar que é injusto incluir todos os trabalhadores pobres sob o epíteto geral e insultante de "gentalha" e continuamente considerá-los de modo arrogante e tratá-los com esse mesmo espírito.

— Você é uma pequena democrata, Caroline: se o seu tio souber, o que é que ele vai achar disso?

— Eu raramente converso com o meu tio, como você sabe, e nunca falo sobre essas coisas: ele acha que tudo, fora costurar e cozinhar, está além da compreensão das mulheres e fora do seu interesse.

— E você acha que compreende os assuntos sobre os quais me aconselha?

— Até onde eles se referem a você, eu os compreendo. Eu sei que, para você, seria melhor ser amado pelos seus trabalhadores do que ser odiado, e tenho certeza de que é mais provável a bondade conquistar o respeito deles que o orgulho. Se você fosse orgulhoso e frio comigo e com Hortense nós o amaríamos? Quando você é frio comigo, como às vezes *acontece*, eu posso me arriscar a lhe responder com afeto?

— Muito bem, Lina, eu tive uma aula tanto de idiomas quanto de ética, com um pouco de política; agora é a sua vez. Hortense me disse que você ficou muito empolgada com um poeminha que aprendeu outro dia, uma poesia do coitado do André Chénier, "*La Jeune Captive*". Você ainda se lembra dela?

— Acho que sim.

— Declame-a, então. Não se apresse e cuide da pronúncia: sobretudo não nos ofereça nenhum "u" inglês.

Caroline, começando numa voz baixa e um tanto trêmula, mas adquirindo coragem à medida que prosseguia, repetiu os doces versos de Chénier. As três últimas estrofes ela declamou bem.

> Mon beau voyage encore est si loin de sa fin!
> Je pars, et des ormeaux qui bordent le chemin
> J'ai passé le premiers à peine.

Au banquet de la vie à peine commencé,
Un instant seulement mes lèvres ont pressé
La coupe en mes mains encore pleine.

Je ne suis qu'au printemps — je veux voir la moisson;
Et comme le soleil, de saison en saison,
Je veux achever mon année.
Brillante sur ma tige, et l'honneur du jardin
Je n'ai vu luire encore que les feux du matin,
Je veux achever ma journée![28]

Moore ouviu a princípio com os olhos baixos, mas logo os erguendo furtivamente; reclinando-se na poltrona, ele podia observar Caroline sem que ela percebesse onde se fixava o seu olhar. Naquela noite, as faces da jovem tinham uma cor, os olhos uma luz e o semblante uma expressão que teriam tornado impressionantes até mesmo traços comuns; mas no caso dela não havia a séria imperfeição da ausência da beleza a ser perdoada. A luz do sol não havia se derramado sobre terreno estéril; ela caíra sobre florescência suave. Cada traço tinha uma curva graciosa; o aspecto geral era agradável. Naquele momento — animada, interessada, tocada — ela podia ser chamada de linda. Um rosto como aquele era feito para despertar não somente o calmo sentimento da estima, o distante sentimento da admiração, mas também um sentimento mais terno, confortador, íntimo: amizade, talvez — afeição, interesse. Quando ela terminou, virou-se para Moore e encontrou o seu olhar.

— Foi bem declamado? — indagou ela, sorrindo como uma criança feliz e dócil.

— Eu realmente não sei.

— Por que você não sabe? Não escutou?

— Escutei... e olhei. Você gosta de poesia, Lina?

— Quando encontro a *verdadeira* poesia não posso descansar enquanto não a decoro e não a faço ser em parte minha.

Então o Sr. Moore ficou sentado em silêncio por muitos minutos. O relógio bateu nove horas. Sarah entrou e disse que a criada do Sr. Helstone viera buscar a Srta. Caroline.

— Então a noite já acabou — observou ela —; e imagino que tão cedo eu não vá passar outra aqui.

Hortense tinha ficado durante algum tempo meneando a cabeça sobre o seu tricô; como estava cochilando, não respondeu ao comentário.

— Você não se oporia a vir aqui mais frequentemente à noite? — perguntou Robert enquanto pegava a capa de Caroline na mesa lateral, onde ela ainda estava, e cuidadosamente envolvia a prima com ela.

— Eu gosto de vir aqui, mas não quero ser intrusa. Não estou dizendo isso para receber um convite, entenda.

— Ah, eu entendo você, menina. Às vezes você me repreende por querer ser rico, Lina; mas, se eu *fosse* rico, você moraria aqui sempre; de qualquer forma, você moraria comigo onde quer que estivesse a minha casa.

— Isso seria agradável; e se você fosse pobre... muito pobre... ainda assim seria agradável. Boa noite, Robert.

— Eu prometi ir com você até a casa paroquial.

— Eu sei; mas achei que você tinha se esquecido, e não sabia como lembrá-lo, embora quisesse. Mas você gostaria de ir? A noite está fria; e, como Fanny veio, não há necessidade...

— Eis o seu regalo... não acorde Hortense... Vamos.

Os oitocentos metros até a casa paroquial foram rapidamente percorridos. No jardim eles se separaram sem um beijo, mal se apertando as mãos; mas Robert fez a prima entrar excitada e com uma perturbação alegre. Robert havia sido singularmente amável com ela naquele dia; não pelo que disse, louvou, declarou; mas pelo seu procedimento, pelo modo de olhar e as entonações suaves e simpáticas.

Quanto a Robert, ele voltou para casa sério, quase carrancudo. Inclinado sobre o portão do seu jardim, meditando solitário sob a aquosa luz do luar, tendo diante de si a tecelagem escura e silenciosa, e à sua volta o vale cercado de colinas, ele exclamou, abrupto:

— Isso não vai dar certo! Em tudo isso há fraqueza... há ruína completa. Contudo — acrescentou ele, baixando a voz —, a loucura é temporária. Eu a conheço bem; já passei por isso antes. Amanhã terá passado.

VII. Os coadjutores tomam chá

Caroline Helstone tinha apenas dezoito anos; e aos dezoito anos a verdadeira narrativa da vida ainda vai começar. Antes dessa época, nós nos sentamos ouvindo um relato, uma ficção maravilhosa, por vezes encantadora e por vezes triste, quase sempre irreal. Antes dessa época, o nosso mundo é heroico; seus habitantes são semidivinos ou semidemoníacos; seus cenários são oníricos: florestas mais escuras e colinas mais estranhas; céus mais luminosos, águas mais perigosas; flores mais perfumadas, frutas mais tentadoras; planícies mais amplas, desertos mais áridos e campos mais ensolarados que os encontrados na natureza cobrem nosso globo encantado. Que lua nós contemplamos antes dessa época! Como o palpitar de nosso coração ao olhá-la testemunha a sua beleza inexprimível! Quanto ao nosso sol, é um céu em chamas, o mundo dos deuses.

Nessa época — aos dezoito anos, aproximando-nos do limite dos sonhos enganosos e vazios, a terra dos Elfos jaz atrás de nós, as margens da Realidade se estendem à nossa frente. Essas margens ainda estão distantes: elas parecem muito azuis, suaves, tranquilas; ansiamos por chegar a elas. À luz do sol vemos sob o azul um verdor, como de prados primaveris; vislumbramos linhas prateadas e imaginamos o fluxo de águas vivificantes. Se pudéssemos atingir essa terra, não pensaríamos mais em fome nem em sede; embora muita selva e frequentemente o dilúvio da Morte ou alguma torrente de dor tão fria e quase tão negra quanto a Morte devam ser atravessados antes que a verdadeira bem-aventurança possa ser provada. Todas as alegrias que a vida nos oferece devem ser merecidas antes que sejam asseguradas; e apenas aqueles que lutaram para obter prêmios magníficos sabem quão árduo foi merecê-los. O sangue do coração precisa adornar com contas vermelhas a fronte do combatente antes que nela farfalhe a coroa de louros da vitória.

Aos dezoito anos, nós não sabemos disso. A esperança, quando nos sorri e promete felicidade para o futuro, é irrestritamente acreditada; o Amor, quando chega vagando à nossa porta como um anjo perdido, é imediatamente recebido, saudado, abraçado: sua aljava não é vista; se suas flechas penetram, a ferida provocada é como a emoção de uma vida nova: não há temores de veneno, nenhuma farpa que os médicos não possam tirar. Essa paixão perigosa, sempre um tormento em algumas das suas fases (para muitos, uma agonia constante), nós acreditamos ser um bem absoluto; em suma, aos dezoito a escola da Experiência ainda deverá ser franqueada, e as suas lições de humildade, sujeição e opressão, mas ao mesmo tempo de purificação e de revigoramento, ainda estão por ser aprendidas.

Ah, Experiência! Nenhum outro mentor tem uma face tão emaciada e fria quanto a sua: nenhum outro usa uma roupa tão negra, nenhum outro tem uma vara tão pesada, nenhum outro arrasta com mão tão inexorável o noviço com tanta severidade para a sua tarefa e o força com autoridade tão difícil de ser contestada à sua aquisição. É apenas pelas suas instruções que o homem ou a mulher pode encontrar uma trilha segura através dos ermos da vida; sem ela, como eles tropeçam, como se dispersam! Em que terrenos proibidos eles penetram, em que temíveis declives são arremessados!

Caroline, depois de ter sido levada para casa por Robert, não se sentia disposta a passar o resto da noite com o tio: a sala em que ele estava sentado era um terreno muito sagrado para Caroline, ela raramente a invadia, e naquela noite se manteve afastada até ouvir o sino que chamava para as orações. Parte do serviço religioso noturno era a forma de culto observada na casa do Sr. Helstone: ele lia com sua voz nasal, clara, alta e monótona. Terminado o rito, Caroline, conforme o seu costume, se dirigiu a ele.

— Boa noite, tio.

— Espere! Você ficou fora de casa durante todo o dia... visitando, comendo fora e o que mais!

— Somente no chalé.

— E aprendeu as lições?

— Aprendi.

— E fez uma blusa?

— Só uma parte.

— Bom, está bem: dedique-se à agulha, aprenda a fazer blusas e vestidos, e massas de tortas, e um dia você será uma mulher competente. Vá para a cama agora; estou ocupado escrevendo um folheto.

Em seguida a sobrinha se encerrou no seu quartinho; a porta aferrolhada, o penhoar branco colocado, o longo cabelo solto e caindo abundante, macio e ondulado até a cintura; e quando ela, descansando da tarefa de penteá-lo, apoiou a cabeça na mão e fixou os olhos no tapete, as visões que temos aos dezoito anos se elevaram diante dela e se estenderam à sua volta.

Seus pensamentos estavam falando a ela: falando de modo agradável, aparentemente, pois ela sorria enquanto ouvia. Caroline estava bonita meditando: mas uma coisa mais brilhante que ela pairava no quarto, o espírito da Esperança juvenil. De acordo com esse profeta lisonjeador, ela não mais conheceria o desapontamento, nem sentiria frio; ela entrara na aurora de um dia de verão; não uma falsa aurora, mas o verdadeiro início da manhã; e o seu sol logo iria subir no céu. Ela não poderia então desconfiar que era um joguete da ilusão; suas expectativas pareciam garantidas, a base sobre a qual elas repousavam parecia sólida.

"Quando as pessoas amam, o passo seguinte é se casarem", foi o que ela pensou. "Ora, eu amo Robert e tenho certeza de que Robert me ama. Já tive essa impressão muitas vezes antes; hoje eu *senti* isso. Quando olhei para ele depois de declamar o poema de Chénier, seus olhos (que belos olhos ele tem!) enviaram a verdade para o meu coração. Às vezes tenho medo de falar com ele, por receio de ser franca demais, de parecer ousada: pois mais de uma vez me arrependi amargamente de ter dito palavras em excesso, supérfluas, e temi ter falado mais do que ele esperava de mim, e ser reprovada pelo que ele julgaria uma indiscrição minha; mas hoje eu poderia ter arriscado expressar qualquer pensamento, tal a indulgência dele. Como ele estava amável quando nós caminhávamos pela alameda! Ele não me lisonjeou nem disse tolices; sua corte (ou melhor, amizade; é claro que eu ainda não o considero meu namorado, mas espero que algum dia ele seja) não é igual ao que vemos nos livros, é muito melhor: original, tranquila, viril, sincera. Eu gosto *realmente* dele; seria uma esposa excelente para ele se ele se casasse comigo; eu lhe falaria sobre as suas falhas (porque ele tem umas poucas falhas), mas cuidaria do seu conforto e o trataria com carinho, e faria o possível para que ele fosse feliz. Ora, eu acho que amanhã ele não estará insensível: tenho quase certeza de que amanhã à noite ele virá aqui ou me chamará para ir lá".

Ela voltou a pentear o cabelo, longo como o de uma sereia. Virando a cabeça enquanto o penteava, ela viu seu rosto e corpo no espelho. Esses reflexos levam as pessoas simples à sobriedade: seus olhos não são enfeitiçados pela imagem; elas então ficam seguras de que os olhos dos outros não podem ver nela nenhum fascínio; mas os belos podem facilmente tirar outras conclusões: a imagem é encantadora e deve encantar. Caroline viu um corpo e uma cabeça que, reproduzidos naquela atitude e com aquela expressão, teriam parecido adoráveis; ela só podia extrair da cena a confirmação das suas esperanças: foi, então, em um estado de felicidade plena que ela se deitou.

E foi em um estado de felicidade plena que ela se levantou no dia seguinte: ao entrar na sala onde seu tio tomava o café da manhã e lhe desejar um bom dia com doce animação, até aquele homenzinho de bronze pensou, por um instante, que sua sobrinha estava se tornando "uma mocinha bonita". De modo geral, Caroline era silenciosa e tímida com ele; muito dócil, mas nada comunicativa; naquela manhã, contudo, ela encontrou várias coisas para dizer. Somente assuntos leves podiam ser discutidos entre eles; pois com uma mulher — uma mocinha — o Sr. Helstone não tocaria em outro tema. Ela havia passeado logo cedo no jardim e lhe contou quais flores estavam começando a brotar; perguntou quando o jardineiro deveria vir para podar as bordaduras; informou que alguns estorninhos estavam começando a fazer ninho na torre da igreja (a igreja de Briarfield ficava perto da casa paroquial de Briarfield); ela estranhou que os sinos do campanário não os assustassem.

O Sr. Helstone opinou que "eles eram iguais a outros tolos que tinham acabado de se casar; insensíveis por algum tempo à inconveniência". Caroline, talvez um tanto corajosa demais graças ao seu bom humor temporário, arriscou nesse ponto um comentário de um tipo que ela nunca antes havia se aventurado a fazer sobre opiniões manifestadas por seu respeitado parente.

— Tio — disse ela —, sempre que fala em casamento o senhor tem um tom desdenhoso; o senhor acha que as pessoas não deveriam se casar?

— O plano mais sensato é certamente ficar solteiro, sobretudo para as mulheres.

— Todos os casamentos são infelizes?

— Milhões de casamentos são infelizes. Se todos confessarem a verdade, talvez todos sejam mais ou menos infelizes.

— O senhor sempre fica irritado quando lhe pedem para fazer um casamento; por quê?

— Porque ninguém gosta de agir como cúmplice de um ato de pura loucura.

O Sr. Helstone falou muito prontamente, parecendo satisfeito com a oportunidade de comunicar à sobrinha o que pensava sobre a questão. Encorajada pela impunidade que até então se seguira às suas perguntas, ela avançou um pouco mais:

— Mas por que — disse ela — seria pura loucura? Se duas pessoas se gostam, por que não devem consentir em viver juntas?

— Elas se cansam uma da outra... Elas se cansam uma da outra depois de um mês. Um companheiro de jugo não é um companheiro; ele ou ela é um companheiro de sofrimento.

Não foi absolutamente uma simplicidade *naïve* que inspirou o comentário seguinte de Caroline; foi um desagrado por essas opiniões e um aborrecimento com a pessoa que as sustentava.

— Daria para pensar que o senhor nunca se casou, tio; daria para pensar que o senhor é um solteirão.

— É o que eu sou, praticamente.

— Mas o senhor foi casado. Por que o senhor foi incoerente a ponto de se casar?

— Todo homem é maluco uma ou duas vezes na vida.

— Então o senhor se cansou da minha tia e a minha tia se cansou do senhor, e vocês eram infelizes juntos?

O Sr. Helstone estendeu seu lábio cínico, franziu a testa morena e resmungou de modo ininteligível.

— Ela não combinava com o senhor? Não tinha bom gênio? O senhor não se acostumou com ela? O senhor não ficou triste quando ela morreu?

— Caroline — disse o Sr. Helstone abaixando lentamente a mão até uma polegada ou duas da mesa e então a batendo de repente contra o mogno —, entenda isto: é vulgar e pueril confundir o geral com o particular; em cada caso há a regra e há as exceções. Suas perguntas são idiotas e infantis. Toque a sineta, se já terminou o seu café.

O café da manhã foi levado e, terminada a refeição, tio e sobrinha costumavam se separar e não se encontrar novamente até o almoço; mas naquele dia a sobrinha, em vez de deixar a sala, foi até a cadeira ao lado da janela e se sentou ali. O Sr. Helstone olhou inquieto em torno de si uma ou duas vezes, como se a quisesse bem longe dali, mas ela estava olhando pela janela e não parecia se importar com ele: portanto, ele continuou a leitura de seu jornal matutino (por acaso um número particularmente interessante, uma vez que novos movimentos tinham acabado de ocorrer na Península, e algumas colunas do jornal estampavam muitos despachos do General Lorde Wellington). Entrementes, ele mal sabia quais pensamentos se agitavam na mente da sua sobrinha; pensamentos que a conversa da última meia hora tinham revivido, mas não gerado: tumultuosos eles estavam então, como abelhas perturbadas em uma colmeia, mas fazia anos desde que eles haviam começado a fazer seus compartimentos no cérebro dela.

Ela estava examinando o caráter do tio, suas qualidades de espírito, repetindo o que ele sentia quanto ao casamento. Ela já examinara isso muitas vezes e sondara o golfo entre a sua mente e a dele; e então, do outro lado do amplo e profundo precipício, ela havia visto, e via agora, outra figura ao lado da do seu tio: uma figura estranha, vaga, sinistra, quase não terrena: a imagem mal lembrada do seu próprio pai, James Helstone, irmão de Matthewson Helstone.

Haviam chegado aos seus ouvidos rumores a respeito do caráter daquele pai; criados antigos tinham feito insinuações; ela sabia também que ele não era um homem bom e que nunca fora bondoso com ela. Ela rememorou (aquela era uma recordação sombria) algumas semanas passadas com ele em uma cidade grande qualquer, quando ela não tinha criada para vesti-la ou tomar conta dela; quando ela fora fechada, de dia e à noite, num sótão alto sem tapete, com uma cama sem lençóis nem cortinado, e praticamente nenhuma outra peça de mobiliário; quando ele saía quase toda manhã e frequentemente se esquecia de voltar e lhe trazer uma refeição durante o dia, e à noite, quando voltava, parecia um louco, furioso, terrível, ou (o que era ainda mais doloroso) um idiota, imbecil, estúpido. Ela sabia que tinha ficado doente naquele lugar e que certa noite, quando estava muito mal, ele entrara furioso no quarto dizendo que a mataria, porque ela era um peso para ele. Os gritos dela tinham atraído ajuda, e depois de ter sido salva ela nunca mais o havia visto, a não ser morto no caixão.

Assim era o seu pai: ela também tinha mãe, embora o Sr. Helstone nunca lhe falasse sobre aquela mãe, embora não pudesse se lembrar de tê-la visto; mas Caroline sabia que ela estava viva. Essa mãe era, portanto, a mulher do bêbado: como teria sido o casamento *deles*? Afastando-se da treliça de onde estivera observando os estorninhos (sem, contudo, vê-los), em voz baixa e em um tom triste e amargo ela rompeu o silêncio da sala:

— O senhor diz que o casamento é infeliz com base no que viu no do meu pai com a minha mãe, suponho. Se a minha mãe sofreu o que eu sofri quando estava com o papai, ela deve ter tido uma vida terrível.

O Sr. Helstone, ao ouvir isso, virou-se na poltrona e olhou por cima dos óculos para sua sobrinha: ele estava surpreso.

O pai e a mãe dela! O que a levara a mencionar seu pai e sua mãe, dos quais ele jamais, durante os doze anos em que ela vivera com ele, lhe falara? Ele não podia imaginar que os pensamentos dela haviam amadurecido sozinhos e que ela tivesse alguma recordação e fizesse alguma especulação sobre os seus pais.

— Seu pai e sua mãe? Quem andou falando com você sobre eles?

— Ninguém; mas eu me lembro um pouco de como era o papai e tenho pena da mamãe. Onde ela está?

Esse "Onde ela está?" havia estado nos lábios de Caroline centenas de vezes antes; mas até então ela não pronunciara as palavras.

— Não sei — respondeu o Sr. Helstone. — Eu mal a conheci. Não ouvi falar dela durante anos; mas, onde quer que esteja, ela não pensa em você; ela nunca pede notícias suas; tenho minhas razões para achar que ela não quer ver você. Vamos, já está na hora da escola: você vai para a casa da sua prima às dez, não é isso? O relógio já bateu.

Caroline talvez tivesse falado mais; mas Fanny, entrando, informou ao seu patrão que os administradores da igreja queriam vê-lo na sacristia. Ele se apressou para ir encontrá-los, e sua sobrinha se pôs a caminho do chalé.

A estrada da casa paroquial até a tecelagem do Hollow era em declive; Caroline correu por quase todo o percurso. O exercício, o ar fresco, a ideia de ver Robert, pelo menos de estar na casa dele, com ele por perto, rapidamente reavivaram seu ânimo um pouco abatido. Ao avistar a casa branca e já ouvindo o moinho estrondoso e o movimento da água do riacho, a primeira coisa que ela viu foi Moore no portão do jardim. Lá estava ele com sua camisa de holanda ajustada por um cinto e um gorro leve cobrindo-lhe a cabeça, um traje informal que lhe caía muito bem: ele olhava para a alameda, não na direção pela qual sua prima se aproximava. Caroline parou, ocultando-se um pouco atrás de um salgueiro, e o examinou.

"Ele não tem igual", pensou ela, "é tão bonito quanto inteligente. Que olhar penetrante ele tem! Que rosto bem delineado, vigoroso; fino e sério, mas gracioso! Eu gosto muito do rosto dele... do aspecto dele... gosto muito dele... mais que de todos esses coadjutores que andam arrastando os pés, por exemplo... mais que qualquer outro, fermoso Robert!"

Ela foi rapidamente ao encontro do "fermoso Robert". Quanto a ele, quando a viu diante de si, creio que teria desejado poder sair dali como um fantasma; mas, sendo uma criatura alta e não uma ficção, viu-se obrigado a sustentar a saudação. Ele fez com que ela fosse breve: seu cumprimento foi como o de um primo, um irmão, um amigo, qualquer coisa menos um namorado. O encanto indizível da noite anterior havia desaparecido do seu comportamento: ele já não era o mesmo homem; ou, em todo caso, o mesmo coração não batia no seu peito. Rude desapontamento! Pungente revés! Inicialmente, a moça ansiosa não acreditou na mudança, embora a visse e a sentisse. Foi difícil retirar sua mão da dele antes de ele ter dado pelo menos algo como um aperto gentil; difícil afastar os olhos dos dele antes de eles expressarem algo além e com mais afeto que aquela fria saudação.

Um apaixonado que sofresse tanto desapontamento poderia falar e pedir explicações, uma apaixonada não pode dizer nada: se o fizesse, o resultado seria vergonha e angústia, remorso íntimo por se ter traído. A natureza estigmatizaria essa demonstração como uma rebelião contra os seus instintos, e depois retribuiria vingativa com a faísca do autodesprezo ferindo subitamente em segredo. Receba a questão como a percebe: não faça perguntas; não faça nenhum protesto; é o que de mais sensato se pode fazer. Você esperava pão e recebeu uma pedra: quebre com ela seus dentes e não grite porque os nervos são martirizados; não duvide que o seu estômago mental (se é que você dispõe de tal órgão) não seja forte como o de uma avestruz; a pedra será digerida. Você estende a mão para receber um ovo e o destino põe nela um escorpião. Não demonstre consternação: feche firmemente os dedos sobre o presente; deixe-o picar a palma da sua mão. Não importa; no devido tempo, depois de sua mão e seu braço terem inchado e tremido bastante com a tortura, o escorpião espremido morrerá, e você terá aprendido a importante lição de como resistir sem um soluço. Pelo restante da sua vida, se você sobreviver ao teste (dizem que alguns morrem com ele), você será mais forte, mais sábia, menos sensível. Talvez você não saiba disso na ocasião, e assim não poderá tomar emprestada dessa esperança a sua coragem. No entanto, a natureza, como se tem declarado, é uma amiga excelente nesses casos, cerrando os lábios, interditando o discurso, comandando uma plácida dissimulação: uma dissimulação que quase sempre ostenta inicialmente uma expressão sociável e alegre, depois cede lugar à tristeza e à palidez, por fim se dissipa e deixa um oportuno estoicismo, não menos fortificante por ser meio amargo.

Meio amargo! Isso está errado? Não, ele teria de ser amargo: amargor é resistência, é um tônico. Força doce e branda depois de um sofrimento intenso não se encontra em nenhum lugar; falar nisso é ilusão. Pode haver exaustão apática depois da tormenta. Se a energia subsiste, será uma energia bastante perigosa; mortal quando confrontada com injustiça.

Quem leu a balada "Puir Mary Lee", a antiga balada escocesa escrita não sei em que geração e nem por qual mão? Mary fora maltratada, provavelmente por ter sido levada a acreditar ser verdade o que era mentira: ela não se lamenta, mas está sentada sozinha na tempestade de neve e você ouve os pensamentos dela. Não são os pensamentos de um modelo de heroína nas circunstâncias em que ela se encontra, mas sim os de uma camponesa com grande sensibilidade e que está profundamente indignada. A angústia a levou do canto da lareira da sua casa para as colinas cobertas de branco e geladas. Agachada sob "a neve regelante", ela evoca todas as imagens de horror — "a largatixa de barriga amarela", "a serpente peluda", o cachorro véio latindo pra lua, "o abantesma", "o abrunhero azedo", "o leite nas costa do sapo" — e as odeia, mas "o que ela mais odia é Robin-a-Ree!"

Eu era feliz perto do ribero fermoso —
O mundo intero me amava;
Agora sento na neve regelante e choro;
A mardiçoar o infame Robin-a-Ree!
"Vai soprano, vento frio e cortante,

(Leitor, você ouve a tonalidade selvagem desse verso, soprando sobre a área desolada, atravessando a tempestade de inverno?)

"Sopra pelas arvre sem foia,
E me sufoca dipressa na neve,
E nunca dexa o Sol me vê!

Oh, num derrete, monte de neve,
Ocê é tão bondosa por m'enterrar,
Mas m'esconde do despego e das risada,
Dos infame como Robin-a-Ree!

Mas o que foi dito na última ou nas duas últimas páginas não é apropriado para os sentimentos de Caroline Helstone ou para o estado das coisas entre ela e Robert Moore. Robert não havia agido mal com ela, não mentira; ela deveria ser culpada, se alguém devesse ser: o amargor que sua mente destilava devia ser e seria despejado na sua própria cabeça. Ela havia amado sem que lhe pedissem para amar; um acaso natural, às vezes inevitável, mas que pode levar a muito sofrimento.

Na verdade Robert algumas vezes parecera gostar muito dela; mas por quê? Porque Caroline se fizera tão agradável para ele, Robert não conseguiria, apesar de todos os seus esforços, deixar de atestar um sentimento que seu julgamento não aprovava e sua vontade não sancionava. Ele estava quase se furtando de uma comunicação íntima com ela, porque não havia escolhido ter suas afeições enredadas de modo inextricável, tampouco ser atraído, apesar de seu bom senso, para um casamento que lhe parecia imprudente. Mas o que ela iria fazer? Ceder aos seus sentimentos ou superá-los? Continuar procurando-o ou voltar-se contra si mesma? Se ela for fraca, vai tentar o primeiro expediente: perderá a estima de Robert e ganhará a aversão dele; se for sensata, governará a si mesma e resolverá dominar e manter controlada a esfera perturbada das suas emoções. Caroline vai resolver olhar firmemente para a vida como ela é; vai começar a aprender seriamente as suas duras verdades e examinar consciente e minuciosamente os seus problemas complexos.

Parece que ela teve um pouco de bom senso, pois se afastou de Robert tranquilamente, sem se queixar ou fazer perguntas; sem que um único músculo se alterasse e sem derramar uma lágrima; se entregou como sempre aos seus estudos sob a orientação de Hortense e na hora do almoço foi para casa sem demora.

Terminada a refeição, quando ela se viu sozinha na sala de estar da casa paroquial, tendo deixado o tio com sua taça de vinho do Porto, a dificuldade que lhe ocorreu e a embaraçava era: "Como vou sobreviver a este dia?".

Na noite anterior ela havia desejado que ele fosse passado como o anterior, que a noite fosse novamente passada com a Felicidade e com Robert: ela descobrira o seu engano naquela manhã; porém, não conseguia se acalmar, convencida de que não surgiria uma oportunidade de voltar a ser chamada ao chalé do Hollow ou de trazer Moore novamente para o lado dela.

Ele tinha ido até lá mais de uma vez depois do chá, para passar uma hora com o tio dela: a campainha da porta havia soado, a voz dele fora ouvida no corredor na hora do crepúsculo, quando ela quase não esperava esse prazer; e isso havia ocorrido duas vezes depois de ele a ter tratado com uma estranha reserva; e, embora ele raramente falasse com ela na presença do tio, ele lhe dirigira um olhar compadecido ao se sentar do outro lado da mesa de trabalho dela enquanto estava ali: as poucas palavras que ele lhe dissera foram tranquilizantes; seu modo de se despedir fora cordial. Então ele pode vir esta noite, disse a Falsa Esperança. Caroline quase sabia que fora a Falsa Esperança que sussurrara aquelas palavras, mas mesmo assim lhe deu atenção.

Caroline tentou ler, mas seus pensamentos vagavam; tentou costurar, mas cada ponto que ela dava era um ennui,[1] a ocupação era insuportavelmente tediosa; ela abriu a sua escrivaninha e tentou escrever uma redação em francês, mas não escreveu senão erros.

De repente a campainha da porta soou aguda; o coração dela deu um salto; ela voou até a porta da sala de estar, abriu-a suavemente, olhou pela abertura: Fanny estava recebendo um visitante, um cavalheiro, um homem alto, exatamente da altura de Robert. Durante um segundo ela achou que seria Robert, por um segundo ela exultou; mas a voz que indagou sobre o Sr. Helstone a desenganou: aquela era uma voz irlandesa; consequentemente, não a de Moore e sim a do coadjutor; a de Malone. Ele foi levado até a sala de jantar, onde, sem dúvida, ajudou seu Pároco a rapidamente esvaziar os decantadores.

Era sabido que em qualquer casa de Briarfield, Whinbury ou Nunnely, se um coadjutor aparecesse para uma refeição (jantar ou chá, conforme o caso), outro logo o seguiria; frequentemente mais dois. Não que eles combinassem o rendezvous,[2] mas normalmente todos eles estavam circulando ao mesmo tempo; e quando Donne, por exemplo, procurava Malone onde ele morava e não o encontrava, perguntava aonde ele havia ido e, tendo sido informado do seu paradeiro pela senhoria, rumava a toda pressa para lá; os mesmos motivos atuavam do mesmo modo com Sweeting. Assim, aconteceu naquela tarde de os ouvidos de Caroline terem sido torturados três vezes com o som da campainha e a chegada de convidados indesejados; pois Donne chegou depois de Malone e Sweeting chegou depois de Donne; e mais vinho foi levado da adega para a sala de jantar (porque, embora o velho Helstone desaprovasse a classe clerical inferior quando encontrava os coadjutores "patuscando", como dizia ele, na casa deles, na sua mesa hierárquica ele sempre gostava de regalá-los com uma taça do que tinha de melhor), e através das portas fechadas Caroline ouviu os risos infantis e o cacarejar vazio das suas vozes. Ela temia que eles ficassem para o chá, pois não sentia nenhum prazer em preparar o chá para aquele trio específico. Que diferenças as pessoas estabelecem! Aqueles três eram homens; jovens, homens estudados, como Moore; mas, para ela, quão grande a diferença! A companhia deles era enfadonha; a dele, um prazer.

Ela não somente estava destinada a ser obsequiada com aquela companhia clerical, a Fortuna estava naquele momento trazendo-lhe outros quatro convidados; ou convidadas, amontoadas num fáeton puxado por um pônei que se aproximava pesadamente pela estrada de Whinbury: uma senhora mais velha e três das suas filhas rechonchudas vinham vê-la "em visita amigável", como era o costume naquele lugar. Sim, a campainha tocou uma quarta vez. Fanny fez o seguinte anúncio na sala de jantar:

— A Sra. Sykes e as três Senhoritas Sykes.

Quando Caroline ia receber visitas, costumava torcer as mãos nervosamente, enrubescer um pouco e avançar às pressas, mas com hesitação, desejando estar bem longe dali. Ela era, nessas situações, lamentavelmente deficiente em boas maneiras, embora tivesse estado na escola durante um ano. Assim, naquela ocasião as suas mãozinhas brancas maltratavam uma à outra lamentavelmente enquanto ela ficava de pé, esperando a entrada da Sra. Sykes.

Ela entrou com toda a pompa, uma senhora alta e irritadiça, que demonstrava com ênfase, e certa sinceridade, sua devoção, e era muito propensa à hospitalidade com o clero. Suas três filhas entraram majestosamente, um trio ostentoso, todas as três altas e mais ou menos bonitas.

Há nas mulheres da zona rural inglesa um aspecto que precisa ser comentado. Quer sejam jovens, quer sejam velhas, bonitas ou feias, sem graça ou vivazes, todas elas (ou quase todas) têm no semblante uma expressão que parece dizer: "Eu sei; não me vanglorio disso, mas eu *sei* que sou o modelo de tudo o que é adequado; portanto, que todos de quem eu me aproxime ou que se aproximem de mim fiquem muito vigilantes, pois no que diferirem de mim (na vestimenta, nas maneiras, na opinião, nos princípios ou na prática), eles estarão errados."

A Sra. e as Srtas. Sykes, longe de serem exceções a essa observação, eram eloquentes ilustrações da sua verdade. A Srta. Mary (moça de boa aparência, com boas intenções e de modo geral bem-humorada) usava o seu convencimento com alguma pompa, embora sem dureza; a Srta. Harriet (uma beldade) o mostrava de modo mais evidente; parecia superior e fria; a Srta. Hannah, que era arrogante, espalhafatosa, atrevida, ostentava o dela consciente e abertamente; a mãe exibia o dela com a gravidade adequada à sua idade e fama religiosa.

De algum modo a acolhida foi realizada. Caroline "tinha prazer em vê-las" (rematada mentira), esperava que elas estivessem bem, que a tosse da Sra. Sykes tivesse melhorado (a Sra. Sykes tinha tido tosse pelos últimos vinte anos), que as Srtas. Sykes tivessem deixado suas irmãs em casa bem-dispostas. A essa observação as Srtas. Sykes, sentadas em três cadeiras diante do banquinho do piano, onde sem premeditação Caroline havia lançado sua âncora depois de hesitar durante alguns segundos entre ele e uma grande poltrona, à qual, passado algum tempo, lhe ocorreu que ela deveria conduzir a Sra. Sykes (e, na verdade, essa senhora lhe poupou o constrangimento, instalando-se nela por conta própria), as Srtas. Sykes responderam a Caroline com um assentimento simultâneo, muito majestoso e impressionante. Seguiu-se uma pausa: esse assentimento era do tipo que garantia silêncio para os próximos cinco minutos, o que aconteceu. Depois a Sra. Sykes perguntou sobre a saúde do Sr. Helstone e se ele tinha tido uma recaída do reumatismo, se pregar duas vezes aos domingos o cansava e se ele era capaz de realizar integralmente um serviço religioso; ao receberem uma resposta afirmativa, ela e as três filhas manifestaram em coro a opinião de que ele era "para a sua idade um homem maravilhoso".

Segunda pausa.

A Srta. Mary, concentrando forças por sua vez, perguntou se Caroline havia participado da reunião da Sociedade Bíblica, ocorrida em Nunnely na última quinta-feira à noite: a resposta negativa que a verdade obrigou Caroline a dar (pois na noite de quinta-feira ela havia ficado em casa lendo um romance que Robert lhe emprestara) provocou uma expressão de surpresa simultânea nos lábios das quatro visitantes.

— Nós todas fomos — disse a Srta. Mary —, mamãe e todas nós; conseguimos até persuadir o papai a ir; Hannah foi muito persistente, mas ele acabou adormecendo enquanto o Sr. Langweilig, o ministro da Igreja dos Irmãos Morávios, estava falando. Senti muita vergonha, porque ele ficava cabeceando tanto.

— E o Dr. Broadbent estava lá — exclamou Hannah. — É um orador maravilhoso! Não se esperaria isso dele, porque ele tem uma aparência quase vulgar.

— Mas é um homem muito estimado — interrompeu Mary.

— E um homem muito bom, um homem muito útil — acrescentou a sua mãe.

— Só que parece um açougueiro — interpôs a justa e orgulhosa Harriet. — Eu não suportava olhar para ele; ouvi de olhos fechados.

A Srta. Helstone sentiu sua ignorância e incompetência; não tendo visto o Dr. Broadbent, não podia opinar. Aconteceu a terceira pausa. Enquanto ela durava, Caroline sentiu no âmago do seu coração que tola sonhadora ela era; que vida pouco prática ela levava; quão pouca era sua aptidão para se relacionar com o mundo comum. Ela sentia quanto havia se ligado exclusivamente ao chalé branco do Hollow; quanto na existência de um morador daquele chalé ela havia enclausurado todo o seu universo: ela estava ciente de que aquilo não daria certo e de que algum dia seria forçada a fazer uma mudança; não se podia dizer que ela quisesse se parecer com as mulheres à sua frente, mas queria se tornar superior ao que era no momento, de forma a se sentir menos intimidada com a dignidade delas.

O único meio que encontrou de reavivar a conversa frouxa foi perguntar se elas ficariam para o chá; e lhe custou uma luta cruel representar essa mostra de civilidade. A Sra. Sykes tinha começado, "Nós agradecemos muito, mas...", quando Fanny apareceu mais uma vez.

— Os senhores vão ficar para a noite, senhorita — foi o recado do Sr. Helstone levado por ela.

— Que senhores estão aqui? — indagou a Sra. Sykes. Os nomes foram especificados; ela e as filhas trocaram olhares: os coadjutores não eram para elas o que eram para Caroline. O Sr. Sweeting era um grande favorito delas; até o Sr. Malone era apreciado, por ser um clérigo.

— Então, uma vez que a senhorita já tem companhia, acho que vamos ficar — disse a Sra. Sykes. — Seremos um grupo muito agradável: eu sempre gosto de encontrar os religiosos.

Assim, Caroline teve de levá-las ao andar de cima para ajudá-las a tirar o xale, retocar o penteado e se fazerem elegantes; teve de reconduzi-las à sala de estar, dar-lhes livros de gravuras ou coisas bizarras compradas na Cesta do Judeu: ela era obrigada a ser compradora dessa cesta, embora não passasse de uma contribuinte negligente; e, se ela tivesse bastante dinheiro, teria preferido, quando a cesta era trazida para a casa paroquial (um íncubo horrível!), comprar tudo o que havia ali em vez de contribuir com uma única almofada para alfinetes.

Talvez precise ser explicado rapidamente para benefício de quem não está au fait[3] dos mistérios da "Cesta do Judeu" e da "Cesta do Missionário" que esses meubles[4] são repositórios de vime, com a capacidade de uma cesta de roupas de uma família de bom tamanho, dedicados ao propósito de levar de casa em casa uma coleção monstruosa de almofadas para alfinetes, papéis de agulhas, armações de papelão, cestinhas de trabalhos manuais, artigos para roupas de bebês etc., etc., etc., feitos pelas mãos dispostas ou contrariadas das senhoras cristãs de uma paróquia e depois vendidos à força para senhores pagãos da mesma paróquia a preços descaradamente exorbitantes. O produto dessas vendas compulsórias é aplicado na conversão dos judeus, na procura das dez tribos perdidas ou na regeneração da interessante população de cor do globo. Cada senhora contribuinte fica com a cesta por um mês, durante o qual costura para ela e impinge o seu conteúdo a um relutante público masculino. Onde isso acontece há agitação: algumas mulheres espertas, com um bom espírito comercial, se incumbem dela com prazer e gostam enormemente da diversão de fazer tecelões cainhos converterem em dinheiro, num valor quatrocentos ou quinhentos por cento superior ao preço de custo, artigos que para eles são inúteis; outras almas mais fracas se opõem à tarefa e prefeririam em qualquer manhã ver na sua porta o próprio príncipe das trevas em lugar da visão apavorante daquela cesta, levada "com os cumprimentos da Sra. Rouse, e por favor, senhora, ela diz que agora é a sua vez".

Cumpridos seus deveres de anfitriã, com mais ansiedade que alegria, a Srta. Helstone foi até a cozinha para ter uma conversa em particular com Fanny e Eliza sobre o chá.

— Quanta gente! — exclamou Eliza, a cozinheira. — E eu num assei nada hoje pruque achava que o pão era suficiente pra manhã. Num vai ter pão suficiente.

— Temos pãezinhos doces? — perguntou a jovem patroa.

— Só três, e um pão grande. Eu bem que gostaria que essa gente elegante ficasse em casa até ser convidada, e eu quero terminar de enfeitar o meu chapéu (ela queria dizer touca).

— Então — sugeriu Caroline, a quem o peso da emergência dera alguma energia —, Fanny, você precisa ir correndo até

Briarfield para comprar um bolo e bolinhos, e também uns biscoitos; e não se zangue, Eliza; agora não há o que fazer.

— E que aparelho de chá a gente põe na mesa?

— Ah, o melhor, acho; vou pegar a baixela de prata. — E ela subiu correndo a escada, foi até o armário de pratos e trouxe para baixo o bule de chá, a jarrinha para o creme e o açucareiro.

— E a gente percisa pegar a chalera?

— Sim. E agora aprontem tudo o mais rápido possível, porque quanto mais cedo for servido o chá, mais cedo eles vão embora; pelo menos assim espero. Ah, santa paciência! Eu gostaria que eles já tivessem ido embora — suspirou ela ao voltar para a sala de estar. — Mas — pensou então, parando diante da porta e abrindo-a —, se Robert viesse agora, como tudo seria esplêndido! Como seria muito mais fácil a tarefa de entreter as pessoas se ele estivesse aqui! Seria interessante ouvi-lo falar (embora ele nunca fale muito quando está em grupo) e conversar na presença dele; não pode haver interesse em ouvir nenhuma dessas pessoas que estão aí ou em falar com elas. Como elas vão matraquear quando os coadjutores vierem, e eu vou ficar esgotada só de ouvir as suas vozes! Mas acho que sou uma tola egoísta, essas pessoas são gente muito respeitável; sem dúvida, eu deveria estar orgulhosa do comportamento delas. Não digo que elas não sejam tão boas quanto eu, longe disso; mas apenas que são diferentes de mim.

Ela entrou na sala.

Naquela época a população de Yorkshire tomava chá em volta da mesa; eles sentavam-se ali com os joelhos devidamente introduzidos debaixo do mogno. Era fundamental ter muitas travessas com pão e manteiga, de tipos variados e em grande quantidade; considerava-se também adequado que, no centro da mesa, ficasse um pote de vidro com geleia; entre as comidas esperava-se que houvesse um pequeno sortimento de pudins e tortas de frutas; se houvesse além de tudo isso uma travessa com fatias finas de presunto rosado guarnecido com salsinha, melhor ainda.

Eliza, a cozinheira do Pároco, felizmente conhecia o seu ofício de provedora: ela ficara um pouco mal-humorada inicialmente, quando os invasores entraram de surpresa com tanta disposição; mas aparentemente foi readquirindo o ânimo com a atividade, pois no devido tempo o chá estava servido em belo estilo, e não faltavam tortas, presunto ou geleia entre os acompanhamentos.

Os coadjutores, convocados para esse abundante repasto, entraram alegres; mas imediatamente, ao verem as damas, de cuja presença não tinham sido avisados, estacaram na soleira da porta. Malone encabeçava o grupo; ele parou bruscamente e retrocedeu, quase derrubando Donne, que estava atrás dele. Donne, recuando com três passos cambaleantes, despachou o pequeno Sweeting para os braços do velho Helstone, que era o último. Houve um pouco de censura e de riso reprimido; sugeriram que Malone prestasse atenção no que fazia e lhe disseram que prosseguisse; o que finalmente ele fez, embora seu rosto tenha ficado púrpura-azulado até o alto da testa pontiaguda. Helstone, avançando, deixou os envergonhados coadjutores de lado, saudou todas as suas belas convidadas, apertou-lhes as mãos, disse um gracejo para cada uma delas e se sentou aconchegado entre a encantadora Harriet e a animada Hannah; pediu à Srta. Mary que mudasse de lugar e se sentasse diante dele, para que ele pudesse vê-la, já que não podia ficar perto dela. Seu comportamento com as jovens sempre era totalmente desembaraçado e muito galante, ao seu modo; e ele desfrutava de grande popularidade entre elas; mas no íntimo ele não respeitava o sexo feminino nem gostava dele, e as mulheres com quem as circunstâncias haviam levado a uma relação íntima com ele mais o temeram que o amaram.

Os coadjutores se arranjaram sozinhos. Sweeting, que era o menos envergonhado dos três, se refugiou ao lado da Sra. Sykes, que, ele sabia, gostava dele quase como se ele fosse seu filho. Donne, depois de haver feito um cumprimento geral com uma graça particular, e de ter dito com uma voz aguda e pragmática "Como vai, Srta. Helstone?", se deixou cair numa cadeira ao lado da de Caroline, para profunda contrariedade dela, que sentia uma antipatia especial por Donne, por causa da sua arrogância ridícula e inabalável e também pela incurável tacanhice. Malone, com um riso forçado, se acomodou no assento que ficava bem em frente. Assim, Caroline foi brindada com um par de apoiadores, nenhum dos quais, ela sabia, seria útil para manter uma conversa, passar chávenas ou bolinhos, ou mesmo a tigela para colocar as folhas de chá. O pequeno Sweeting, miúdo e com jeito de menino, teria valido vinte deles.

Malone, embora fosse um falante incontrolável na presença exclusiva de homens, costumava ficar calado quando havia mulheres. Entretanto, tinha na ponta da língua três frases, que nunca deixava de dizer:

Primeira: "Deu um passeio hoje, Srta. Helstone?"

Segunda: "Tem visto seu primo, Moore, ultimamente?"

Terceira: "A sua aula na escola dominical continua com o mesmo número de crianças?"

Feitas e respondidas essas três perguntas, o silêncio reinou entre Caroline e Malone.

Com Donne era diferente; ele era enervante, exasperante. Tinha à sua disposição um estoque de conversas fúteis, as mais banais e petulantes que se podem imaginar: vituperação contra as pessoas de Briarfield e contra os nativos de Yorkshire de modo geral; queixas sobre a falta de um convívio elevado e sobre o estado atrasado da civilização nas cercanias; murmúrios contra a conduta desrespeitosa das camadas inferiores no norte com relação aos seus superiores; ridículas zombarias do modo de vida naquelas plagas (a falta de estilo, a ausência de elegância), como se ele, Donne, tivesse sido acostumado a feitos magníficos, uma insinuação que a sua conduta um tanto impolida e seu aspecto grosseiro não confirmavam. Parecia que com essas críticas ele esperava se promover na estima da Srta. Helstone ou de qualquer outra mulher que o ouvisse; mas para Caroline, pelo menos, elas o deixavam em um nível abaixo do desprezo; embora às vezes, na verdade, enfurecessem-na, pois, sendo ela própria nascida em Yorkshire, detestava ouvir um desprezível tagarela como aquele invectivando contra Yorkshire; e, quando perturbada a um grau intolerável, ela se virava e dizia algo que tanto pelo conteúdo quanto pela maneira de se expressar não a recomendavam para a boa vontade do Sr. Donne. Ela lhe dizia que não era prova de refinamento estar sempre repreendendo os outros pela sua vulgaridade; e não era qualidade de um bom pastor estar eternamente censurando seu rebanho. Perguntava-lhe para que havia entrado na igreja, pois ele se queixava de haver apenas chalés para visitar e que só pregava para pobres; se ele fora ordenado para o ministério apenas para andar ricamente trajado e se sentar em casas de reis. Os coadjutores consideravam essas perguntas, no mínimo, audaciosas e ímpias.

O chá já estava em meio: todos os convidados matraqueavam exatamente como sua anfitriã esperava. O Sr. Helstone, de ótimo humor (na verdade, quando ele não ficava alegre em companhia, e na atraente companhia feminina? E ele só persistia em um mutismo soturno com a única mulher da sua família), sustentava um fluxo brilhante de tagarelice sociável com suas vizinhas da direita e da esquerda, e até com sua vis-à-vis,[5] a Srta. Mary; e, embora ela fosse a mais sensata, a menos coquete das três, era aquela a quem o idoso viúvo dava menos atenção. No fundo, não podia tolerar sensatez nas mulheres: ele gostava de vê-las tolas, de cabeça vazia e fúteis; tão expostas ao ridículo quanto possível; porque assim elas eram mesmo o que ele julgava que elas eram e queria que elas fossem: inferiores; brinquedos para se divertir durante uma hora livre e depois serem postos de lado.

Hannah era a sua predileta. Harriet, embora linda, egoísta e presumida, não era fraca o suficiente para ele: ela era dotada de algum amor-próprio genuíno em meio a muito orgulho falso e, se não falava como um oráculo, tampouco balbuciava como uma louca; ela não permitiria que a tratassem como uma boneca, uma criança, um brinquedo; esperava que se curvassem para ela como diante de uma rainha.

Hannah, pelo contrário, não exigia nenhum respeito; somente lisonjas: se seus admiradores apenas lhe *diziam* que ela era um anjo, ela os deixava *tratá-la* como uma idiota. Tão crédula e frívola era ela, tão tola ela se tornava quando cercada de atenções e elogios, lisonjeada e admirada de modo adequado, que Helstone por vezes se sentia realmente tentado a se casar outra vez e arriscar a experiência de tê-la como segunda esposa; mas felizmente a saudável rememoração dos ennuis[6] do primeiro casamento, a impressão que ainda lhe fora deixada do fardo pesado que ele carregara nas costas e a fixidez dos seus sentimentos com relação aos males insuportáveis da existência conjugal atuavam como um freio para a sua ternura, cortavam o suspiro arrancado dos seus velhos pulmões de ferro e evitavam que ele sussurrasse para Hannah propostas que ela ouviria muito divertida e com grande satisfação.

É provável que ela tivesse se casado com ele se ele a tivesse pedido em casamento; seus pais aprovariam a aliança: para eles, os cinquenta e cinco anos de Helstone e seu coração inflexível poderiam não ter representado obstáculo; e, como ele era pároco, tinha um excelente benefício eclesiástico, uma boa casa e supunha-se que até tivesse dinheiro próprio (embora nisso o mundo estivesse enganado; cada centavo das cinco mil libras que ele herdara do pai fora dedicado à construção e manutenção de uma nova igreja na sua aldeia nativa em Lancashire; pois ele era capaz de mostrar um nobre liberalismo quando isso lhe aprazia; e, se o fim era do seu agrado, nunca hesitava em fazer um grande sacrifício para atingi-lo). Os pais de Hannah, eu estava dizendo, teriam-na entregado sem nenhum escrúpulo à sua benignidade e à sua misericórdia e a segunda Sra. Helstone, invertendo a ordem natural da vida dos insetos, teria adejado pela lua de mel como uma borboleta resplandecente e admirada, e se arrastado pelo resto dos seus dias como um verme sórdido, espezinhado.

O pequeno Sr. Sweeting, sentado entre a Sra. Sykes e a Srta. Mary, ambas muito amáveis com ele, e tendo diante de si uma travessa com torta, e no seu prato geleia e bolinhos, parecia e se sentia mais contente que qualquer monarca. Ele gostava de todas as Srtas. Sykes e todas elas gostavam dele. Ele as achava moças maravilhosas, muito adequadas para se casar com alguém da sua estatura. Se tinha um motivo de queixa naquele momento jubiloso, era a Srta. Dora estar ausente. Dora era aquela a quem ele secretamente esperava algum dia chamar de Sra. David Sweeting e com quem sonhava dar passeios majestosos, levando-a como uma imperatriz pela aldeia de Nunnely; e ela teria sido uma imperatriz, se o tamanho fizesse imperatrizes. Ela era grande e pesada: vista por trás, tinha o aspecto de uma robusta quarentona; e, além disso, tinha um rosto simpático e seu caráter não era desagradável.

Finalmente a refeição terminou: ela deveria ter terminado muito antes se o Sr. Donne não tivesse persistido em se sentar com a chávena parcialmente cheia de chá frio diante de si, bem depois de os outros terem acabado e depois de ele próprio ter abocanhado tanta comida quanto se sentiu capaz de engolir; bem depois, na verdade, de sinais de impaciência terem se manifestado em toda a volta da mesa, até cadeiras terem sido empurradas para trás, até a conversa afrouxar; até o silêncio se instalar. Em vão Caroline indagou repetidamente se ele queria mais uma chávena; se ele não quereria um pouco de chá quente, pois aquele devia estar frio, etc.; ele não o bebia nem o abandonava. Ele parecia achar que essa posição isolada lhe dava de certo modo alguma importância, que era nobre e solene ser o último, que era magnífico manter todos os demais à espera. Ele demorou tanto que a própria chaleira faleceu: ela deixou de apitar. Passado um tempo, contudo, o velho pároco, que até então tivera tanto prazer em conversar com Hannah que não se importara com a demora, acabou por se impacientar.

— Por quem nós estamos esperando? — perguntou ele.

— Eu, ao que me parece — respondeu Donne complacente, parecendo considerar um motivo de orgulho o fato de um grupo ficar assim dependente dos seus movimentos.

— Ora! — exclamou Helstone. E então, levantando-se. — Vamos dar graças pela refeição — o que ele fez em seguida, e todos deixaram a mesa. Donne, nada envergonhado, continuou sentado por mais dez minutos, sozinho, enquanto o Sr. Helstone tocou a sineta para que tirassem a mesa. O coadjutor acabou se vendo forçado a esvaziar sua chávena e renunciar ao rôle[7] que, pensava ele, lhe dera uma distinção tão agradável, que atraíra para ele tanta atenção lisonjeira.

E então, no curso natural dos acontecimentos (Caroline, sabendo como eles evoluiriam, havia aberto o piano e deixara disponíveis livros de partituras), quiseram ouvir música. O Sr. Sweeting viu nisso a oportunidade de se mostrar: ele estava ansioso para começar e, assim, assumiu a árdua tarefa de persuadir as jovens senhoras a obsequiar o grupo com uma ária, uma canção. Con amore,[8] ocupou-se em pedir, implorar, resistir às desculpas, minimizar as dificuldades e por fim convencer a Srta. Harriet a se permitir ser levada até o instrumento. Então surgiram as peças da sua flauta (ele sempre as levava no bolso, tão infalivelmente quanto levava o lenço). Elas foram atarraxadas e ajustadas; nesse meio-tempo Malone e Donne ficaram juntos olhando-o com desdém, o que o homenzinho notou, olhando por sobre o ombro, mas sem dar a isso a menor importância: ele tinha certeza de que o sarcasmo deles provinha da inveja; eles não podiam acompanhar as damas como ele podia; estava prestes a triunfar sobre os dois.

O triunfo começou. Malone, muito desgostoso por ouvi-lo flautear em excelente estilo, quis também se distinguir, se fosse possível, e imediatamente assumiu a personagem de um apaixonado (papel que ele tentara representar uma ou duas vezes antes, mas com o qual até então não tivera o sucesso de que se julgava merecedor), aproximou-se de um sofá onde a Srta. Helstone estava sentada e, depositando seu corpanzil irlandês perto dela, arriscou a mão (ou melhor, sua língua) fazendo um ou dois belos discursos acompanhados de caretas extraordinárias e incompreensíveis. Em meio aos seus esforços para se tornar agradável, conseguiu se apossar de duas almofadas longas e uma quadrada que estavam no sofá; com as quais, depois de agitá-las durante algum tempo com gestos estranhos, conseguiu formar uma espécie de barreira entre ele próprio e o objeto das suas atenções. Caroline, desejando muito que eles ficassem longe um do outro, logo imaginou uma desculpa para se dirigir à outra parte da sala, ficando ao lado da Sra. Sykes; a essa boa senhora ela solicitou uma instrução sobre um novo ponto de tricô ornamental, que lhe foi imediatamente dada; e assim Peter Augustus foi rejeitado.

Sua fisionomia se entristeceu muito quando ele se viu abandonado: deixado inteiramente à sua própria sorte, em um grande sofá e tendo nas mãos a carga de três almofadas pequenas. O fato era que ele se sentia seriamente disposto a cultivar uma relação com a Srta. Helstone por achar, em comum com outras pessoas, que o tio dela tinha dinheiro e concluir que, não tendo filhos, ele provavelmente deixaria tudo para a sobrinha. Gérard Moore era mais bem informado quanto a isso: ele vira a bela igreja que devia sua origem ao zelo e ao dinheiro do pároco, e mais de uma vez, bem no íntimo, havia praguejado contra o capricho dispendioso que contrariava as suas aspirações.

A noite parecia longa para uma pessoa naquela sala. De quando em quando Caroline punha no colo o tricô e se abandonava a uma espécie de letargia mental — fechando os olhos e baixando a cabeça — provocada pelo que lhe parecia um zumbido sem sentido em torno de si: a balbúrdia desarmoniosa e feia das teclas do piano, as notas guinchadas e arfantes da flauta, os risos e a felicidade do seu tio e de Hannah e Mary cujo motivo ela ignorava, pois não ouvia nada de cômico ou alegre no que eles diziam; e, mais que tudo, a interminável tagarelice da Sra. Sykes murmurada perto da sua orelha, tagarelice que alternava quatro assuntos: a sua própria saúde e a dos integrantes da sua família; a Cesta do Judeu e a do Missionário e seu conteúdo; a última reunião em Nunnely e a que aconteceria na próxima semana em Whinbury.

Cansada à exaustão, tendo o Sr. Sweeting ido falar com a Sra. Sykes, ela aproveitou a oportunidade e se esgueirou para fora da sala, procurando descansar com uns minutos de solidão. Foi até a sala de jantar, onde os restos de um fogo luminoso, mas agora baixo, ainda queimavam na lareira. O lugar estava vazio e silencioso, com copos e decantadores já retirados da mesa e as cadeiras devolvidas ao seu lugar; tudo estava em ordem. Caroline se afundou na grande poltrona do tio, semicerrou os olhos e descansou — descansou pelo menos seus membros, seus sentidos, sua audição e sua visão — extenuada por nada ouvir e por olhar para o vazio. Quanto à sua mente, esta voou diretamente para o Hollow: ficou no limiar da sala de estar, depois passou para o escritório e ficou pensando qual lugar estaria abençoado pela presença de Robert. Acontece que nenhum desses locais tinha essa honra, pois Robert estava a oitocentos metros de ambos e bem mais próximo de Caroline do que seu espírito abatido imaginava. Naquele momento, ele atravessava o cemitério, aproximando-se do portão do jardim da casa paroquial: no entanto, não ia ali para ver sua prima, e sim com a única intenção de comunicar uma informação ao pároco.

Sim, Caroline, você ouve a campainha tocar: ela soa de novo pela quinta vez esta tarde; você se sobressalta e tem certeza de que agora é aquele com quem você sonha. De onde vem essa certeza, é algo que você não pode explicar, mas você sabe. Você se curva para a frente, ouvindo ansiosamente enquanto Fanny abre a porta: isso!, é *a* voz — baixa — com o leve sotaque estrangeiro, mas muito doce, na sua opinião; você se soergue. "Fanny vai lhe dizer que o Sr. Helstone está com visitas e ele irá embora." Ah!, ela não pode deixá-lo ir embora: contra si mesma, contra o seu bom senso, Caroline avança até o meio da sala; ela para, pronta para sair rapidamente caso ouça passos se afastando: mas ele entra no corredor.

— Já que o seu patrão está com visitas — diz ele —, me deixe entrar na sala de jantar; traga-me pena e tinta; vou escrever um bilhete e deixar para ele.

Tendo captado essas palavras e ouvindo-o se aproximar, Caroline, se houvesse uma porta dentro da sala de jantar, teria deslizado por ela e desaparecido. Ela se sente aprisionada, confinada ali, e teme que sua presença inesperada o aborreça. Um segundo antes, ela teria voado para ele; passado aquele segundo, ela queria voar para longe dele. Mas não pode; não há como escapar: a sala de jantar tem somente uma porta, pela qual entra agora o seu primo. O olhar de surpresa perturbada que ela esperara ver no rosto dele se mostrou, chocou-a e se foi. Ela balbuciou uma espécie de pedido de desculpa:

— Eu só saí da sala de visitas por um minuto para ficar um pouco em silêncio.

Havia tanta timidez e abatimento na expressão e no tom com que ela disse isso que qualquer um poderia perceber que uma mudança entristecedora recentemente havia tomado de assalto as suas perspectivas e que a capacidade de autocontrole cordial a tinha deixado. O Sr. Moore provavelmente se lembrava de que ela costumava encontrá-lo com um entusiasmo afável e uma confiança esperançosa; ele deve ter visto como havia atuado a indiferença daquela manhã: ali estava uma oportunidade de reforçar de forma eficaz o seu novo sistema, se ele optasse por aperfeiçoá-lo. Talvez achasse mais fácil praticar esse sistema à luz do dia, no pátio da sua tecelagem, em meio a muita ocupação, que à noite, em uma sala de visitas tranquila, sem outras pessoas. Fanny acendeu as velas, que até então estavam apagadas na mesa, trouxe material para escrever e saiu da sala; Caroline fez menção de segui-la. Moore, para agir coerentemente, deveria tê-la deixado ir; mas ficou na soleira da porta e, estendendo a mão, a reteve com delicadeza: ele não lhe pediu para ficar, mas não deixou que ela prosseguisse.

— Digo ao meu tio que você está aqui? — indagou ela ainda com a voz amortecida.

— Não; posso dizer a você o que diria a ele. Você seria a minha mensageira?

— Sim, Robert.

— Então só lhe informe que tive uma pista sobre a identidade de pelo menos um dos homens que quebraram as minhas máquinas; que ele faz parte do mesmo grupo que atacou a fábrica de Sykes e Pearson; e que eu espero já ter levado esse sujeito para a cadeia amanhã. Você vai se lembrar disso?

— Ah! Sim. — Esses dois monossílabos foram pronunciados em um tom mais triste que nunca; e, ao dizê-los, ela balançou levemente a cabeça e suspirou. — Você vai processá-lo?

— Claro.

— Não, Robert.

— E por que não, Caroline?

— Porque isso vai pôr todo o pessoal das redondezas contra você, mais que nunca.

— Isso não é razão para eu não cumprir o meu dever e defender a minha propriedade. Esse sujeito é um grande patife e deve ser impossibilitado de perpetrar outros danos.

— Mas os cúmplices dele vão se vingar de você. Você não sabe como as pessoas deste país são rancorosas. Algumas se gabam de levar uma pedra no bolso durante sete anos e depois colocá-la no bolso do outro lado por mais sete anos antes de "finalmente" atirá-la no alvo.

Moore riu.

— Uma bazófia eloquente — disse ele —, que contribui muito para o crédito de seus queridos amigos de Yorkshire. Mas não tema por mim, Lina: eu me protejo contra esses seus compatriotas cordeirinhos; não se preocupe comigo.

— Como posso deixar de me preocupar? Você é meu primo. Se alguma coisa acontecesse... — ela se interrompeu.

— Nada vai acontecer, Lina. Para usar as suas próprias palavras, acima de nós há uma Providência. Não é verdade?

— É verdade, caro Robert. Que Ele o proteja!

— E se as preces são eficazes, as suas vão me valer. Você reza por mim de vez em quando?

— Não *de vez em quando*, Robert: você, Louis e Hortense são *sempre* lembrados.

— Muitas vezes eu imaginei isso: esta ideia me ocorreu quando, cansado e irritado, fui para a cama como um pagão: que outra pessoa teria pedido perdão pelo meu dia e segurança pela minha noite. Eu não suponho que tanta devoção indireta vá ter muito resultado, mas os pedidos provêm de um coração sincero e de lábios inocentes: eles devem ser aceitáveis como a oferenda de Abel; e sem dúvida seriam, se o objeto as merecesse.

— Esqueça essa dúvida; ela não tem fundamento.

— Quando um homem foi criado apenas para ganhar dinheiro e vive para isso e nada mais, e quase não respira outro ar que o das fábricas e das feiras, é curioso que se pronuncie o seu nome em uma prece ou se misture a ideia que se tem dele com qualquer coisa divina; e parece muito estranho que um coração bom, puro, o acolha e abrigue como se ele tivesse algum direito a esse tipo de ninho. Se eu pudesse orientar esse coração benigno, acho que deveria aconselhá-lo a excluir quem não declara ter nenhum outro objetivo mais elevado na vida que o de tentar restaurar sua fortuna arruinada e limpar do seu escudo bourgeois[9] a mancha feia da falência.

A insinuação, embora feita com ternura e moderação (na opinião de Caroline), foi sentida de modo agudo e entendida com clareza.

— Na verdade eu apenas penso... ou *apenas vou pensar*... em você como meu primo — foi a rápida resposta. — Estou começando a compreender as coisas melhor do que compreendia quando você veio para a Inglaterra, Robert; melhor que uma semana, um dia, atrás. Eu sei que é seu dever tentar progredir, e que ser romântico não será bom para você, mas no futuro você não deverá me interpretar mal se eu parecer amigável. Hoje de manhã você me interpretou mal, não é verdade?

— O que faz você achar isso?

— O seu aspecto... o seu jeito.

— Mas olhe para mim agora...

— Ah!, você agora está diferente: neste momento eu ouso falar com você.

— Mas eu sou o mesmo, com a única diferença de que deixei o dono de tecelagem atrás de mim, no Hollow; quem está diante de você é apenas o seu parente.

— Meu primo, Robert, não o Sr. Moore.

— Nada de Sr. Moore. Caroline...

Nesse momento ouviram-se as visitas se levantarem na outra sala. A porta se abriu; pediu-se que trouxessem o fáeton; xales e toucas foram solicitados; o Sr. Helstone chamou sua sobrinha.

— Eu preciso ir, Robert.

— Claro, você precisa ir, do contrário eles chegam aqui e nos encontram; e eu, para não encontrar aquele pelotão no corredor, vou sair pela janela; felizmente, ela se abre como uma porta. Só um minuto... abaixe a vela por um momentinho... boa noite. Beijo você porque somos primos; e, sendo primos, um... dois... três beijos podem ser dados. Caroline, boa noite!

VIII. Noah e Moses

No dia seguinte, Moore se levantara antes do sol e tinha ido a cavalo até Whinbury e voltado antes que sua irmã tivesse feito o café au lait[1] ou preparado as tartines[2] para o café da manhã dele. Quais negócios ele fizera lá, ele manteve em segredo. Hortense não fez perguntas: não era seu costume comentar os movimentos do irmão e tampouco ele era afeito a prestar contas deles. Os segredos do seu negócio — mistérios complicados e frequentemente sombrios — ficavam enterrados no seu peito e nunca saíam desse sepulcro, a não ser de longe em longe para amedrontar Joe Scott ou dar um susto em algum correspondente estrangeiro. Na verdade, um hábito geral de reserva sobre o que era importante parecia estar no seu sangue mercantil.

Terminado o café, ele foi para o escritório. Henry, o filho de Scott, lhe trouxe a correspondência e os jornais; Moore se sentou à sua escrivaninha, rompeu o lacre dos documentos e passou os olhos por eles. Eram todos curtos, mas não — ao que parecia — agradáveis; pelo contrário, provavelmente seriam bastante amargos, pois quando Moore depôs na escrivaninha o último suas narinas emitiram uma fungada sarcástica e desafiadora, e, embora ele não tenha iniciado um solilóquio, passou pelos seus olhos um relance que parecia invocar o diabo e encarregá-lo de mandar toda a questão para Geena. Mas, depois de ter escolhido uma pena e arrancado a plumagem em um breve espasmo de fúria manual — apenas manual, seu rosto estava plácido —, ele escreveu às pressas um maço de respostas, selou-as e então saiu e caminhou pela tecelagem; ao voltar, sentou-se para ler o jornal.

O conteúdo não parecia ser muito interessante; por mais de uma vez ele deixou o jornal cair sobre o joelho, cruzou os braços e olhou para o fogo; ocasionalmente voltava a cabeça para a janela; de quando em quando consultava o relógio: em suma, parecia preocupado. Talvez pensasse na beleza do tempo — pois a manhã estava bonita e branda para a estação — e desejasse estar no campo desfrutando dela. A porta do escritório estava escancarada, a brisa e a luz do sol entravam livremente; mas a primeira visitante não trouxe nas suas asas o perfume da primavera, e sim uma ocasional lufada de enxofre da coluna de fumaça fuliginosa saída da delgada chaminé da fábrica.

Uma aparição azul-escura (de Joe Scott, recém-saído da tinturaria) surgiu momentaneamente na porta aberta, pronunciou as palavras "Ele chegô, senhor" e desapareceu.

O Sr. Moore não ergueu os olhos do jornal. Um homem robusto, de ombros largos, pernas e braços maciços, trajando roupas de um tecido grosseiro e com meias de lã cinza, entrou, foi recebido com um aceno de cabeça e convidado a ocupar uma cadeira, o que ele fez, comentando, enquanto tirava o chapéu (muito ordinário), o escondia debaixo da cadeira e limpava a testa com um lenço sujo de algodão tirado da copa do chapéu, "se num tava quente demais pra fevrero". O Sr. Moore concordou; pelo menos pronunciou um breve som, que, embora inarticulado, podia passar por uma concordância. O visitante então depositou cuidadosamente no canto ao seu lado um bastão com aspecto oficial que ele trazia na mão; feito isso assobiou, provavelmente para parecer à vontade.

— O senhor tem o que é necessário, imagino — disse o Sr. Moore.

— Sim! Sim! Tá tudo certo.

Ele retomou o seu assobio e o Sr. Moore a sua leitura: aparentemente, o jornal tinha ficado mais interessante. Mas então ele se voltou para o armário, que estava ao alcance de seus longos braços, abriu-o sem se levantar, tirou de lá uma garrafa escura — a mesma oferecida para conforto de Malone —, um copo e uma jarra, colocou-os na mesa e disse para o seu convidado:

— Sirva-se; tem água naquele pote no canto.

— Eu num sabia que tinha muita precisão, por mais que a pessoa tenha secura (sede) de manhã — disse o senhor de roupa grosseira levantando-se e fazendo como havia sido sugerido. — O senhor num vai querê um trago, Sr. Moore? — indagou ele enquanto com habilidade misturava uma porção e, depois de tê-la experimentado com um grande gole, se recostou satisfeito e afável no seu assento. Moore, cauteloso com as palavras, respondeu com um movimento negativo e um murmúrio.

— Ia sê bom — prosseguiu o visitante. — Um gole disso ia deixá o senhor mais animado. Essa ginebra tá boa demais! O senhor troxe ela lá da estranja, eu acho?

— Foi.

— Siga meu conseio e experimente um copo. Os rapaz que vem vindo vão fazer o senhor ficar falano sabe lá quanto tempo; o senhor vai percisar de ajuda.

— O senhor viu o Sr. Sykes esta manhã? — perguntou Moore.

— Vi ele há meia hora atrás; não, faz uns quinze minuto, quando eu tava pra sair. Ele disse que pretendia vim pra cá, e eu num havia de me espantá se o véio Helstone tivesse aqui com o senhor. Eu vi eles arreando o cavalinho dele quando passei nos fundo da casa paroquial.

O falante era um verdadeiro profeta, pois cinco minutos depois se ouviu no pátio o trote de um cavalo pequeno. O animal parou e uma voz nasal bem conhecida gritou:

— Rapaz (provavelmente chamando Harry Scott, que costumava estar por ali das nove da manhã até as cinco da tarde), pegue o meu cavalo e leve para o estábulo.

Helstone entrou marchando com agilidade e ereto, parecendo mais moreno, mais perspicaz e mais animado que normalmente.

— Linda manhã, Moore. Como vai, meu rapaz? Ah! Mas quem está aqui? (voltando-se para o tipo com o bastão) Sugden! O quê? O senhor vai agir imediatamente? Palavra de honra, o senhor não perde tempo. Mas vim para pedir explicações: seu bilhete me foi entregue; o senhor tem certeza de que está na pista certa? Como é que pretende começar a coisa? O senhor tem uma autorização?

— Sugden tem.

— Então os senhores vão atrás dele agora? Eu os acompanho.

— Vamos poupar o seu tempo, senhor; ele está vindo me ver. Estou sentado aqui com grande pompa à espera da chegada dele.

— E quem é ele? Um dos meus paroquianos?

Joe Scott havia entrado sem ser visto. Ele estava então, um sinistro espectro, metade do corpo tingida com o mais profundo tom de anil, apoiado na escrivaninha. A resposta do seu patrão à pergunta do pároco foi um sorriso. Joe tomou a palavra. Assumindo um ar tranquilo, porém matreiro, disse:

— É um seu amigo, Sr. Helstone; um cavalheiro de quem o senhor sempre fala.

— É verdade? Como ele se chama, Joe? Você está com uma boa cara hoje.

— É o Rev. Moses Barraclough, o orador de dois vinténs, o senhor às vezes diz, eu acho.

— Ah! — disse o pároco tirando do bolso uma caixa de rapé e aspirando uma pitada muito grande. — Ah, eu não poderia ter imaginado isso. Ora, o piedoso homem nunca foi seu empregado, Moore. Ele é alfaiate.

— E maior é o ressentimento que tenho, por ele se intrometer e pôr contra mim os empregados que eu demiti.

— E Moses estava mesmo presente no conflito da Charneca de Stilbro'? Ele foi lá, com perna de pau e tudo?

— Sim, senhor — disse Joe —, ele foi lá a cavalo, pra não notarem a perna dele: era o chefe e usava uma máscara; os outros só pintaram o rosto de preto.

— E como descobriram que era ele?

— Eu vou contar pro senhor — disse Joe. — O patrão num gosta muito de falar; eu num me importo. Ele cortejava Sarah, a empregada na casa do Sr. Moore, mas parece que ela num tinha nada pra dizer pra ele; ela ou num gostava da perna de pau dele ou achava que ele era um hipócrita. Acontece (porque as mulher são gente estranha, nós pode falar isso cá entre nós porque aqui num tem nenhuma) que ela pode ter dado confiança pr'ele, apesar da perna de pau e do fingimento dele, só pra passar tempo. Eu conheci umas que faz isso, e umas das que parece mais bonita e recatada também... é!, eu já vi umas mocinha limpa e arrumada, que parecia tão delicada e linda como as margarida, mas com o passar do tempo a gente via que elas num era mais que umas urtiga espinhenta e venenosa.

— Joe é um sujeito sensato — comentou Helstone.

— Mas Sarah anda arrastando a asa pra outro: Fred Murgatroyd, um dos nossos rapaz, gosta dela; e como as mulher julga os homem pela cara... e Fred tem uma cara apresentável, ao passo que Moses num é tão bonito, como nós tudo sabe... a moça escolheu o Fred. Uns dois ou três mês depois, Murgatroyd e Moses se encontraro por acaso numa noite de domingo; os dois tinha ficado rodeando por aqui com a ideia de sugerir pra Sarah dar uma vortinha com eles; eles acabaro brigando e Fred perdeu, porque é novo e miúdo, e o Barraclough, apesar de ter só uma perna, é quase tão forte quanto o Sugden ali — na verdade quem ouve ele rugindo num Reavivamento ou num Festival do Amor fica com a certeza que ele num é nenhum fracola.

— Joe, você é insuportável — interrompeu-o o Sr. Moore. — Você estende demais a sua explicação, da mesma forma que Moses estende os seus sermões. Resumindo a história,

Murgatroyd ficou com ciúmes de Barraclough; e ontem à noite, quando ele e um amigo se abrigaram da chuva em um celeiro, viram Moses confabulando com alguns colegas lá dentro. Da conversa deles ficou claro que ele tinha sido o chefe não só no que aconteceu na Charneca de Stilbro' como também no ataque à propriedade de Sykes; além disso, eles planejaram uma comitiva para me visitar agora de manhã, que deve ser encabeçada pelo alfaiate, e que, no espírito mais religioso e pacífico, deve me pedir para deixar a coisa maldita fora da minha tecelagem. Eu fui até Whinbury esta manhã, providenciei um policial e uma ordem de prisão, e agora estou esperando para dar ao meu amigo a recepção que ele merece; e eis que chega Sykes. Sr. Helstone, o senhor tem de animá-lo; ele está meio hesitante com a ideia do processo.

Ouviu-se uma carruagem rodando no pátio: o Sr. Sykes entrou, um homem alto e forte de cerca de cinquenta anos, de feições agradáveis, mas que davam a ideia de fraqueza. Ele parecia ansioso.

— Eles vieram? Já foram embora? O senhor os prendeu? Já acabou? — indagou ele.

— Ainda não — respondeu Moore fleumático. — Estamos à espera.

— Eles não vão vir; já é quase meio-dia; é melhor desistir, isso vai provocar um sentimento ruim, causar agitação; talvez haja consequências fatais.

— *O senhor* não precisa aparecer — disse Moore. — Eu vou encontrá-los no pátio quando eles chegarem; *o senhor* pode ficar aqui.

— Mas o meu nome certamente será visto no processo. Esposa e família, Sr. Moore... esposa e família tornam o homem cauteloso.

Moore pareceu contrariado.

— Fique de lado, se quiser — disse ele —, deixe isso por minha conta; não tenho nada contra agir sozinho; apenas tenha a certeza de que não vai estar seguro ao se sujeitar; seu sócio, Pearson, cedeu, concedeu e foi tolerante... Bem, isso não impediu que eles tentassem atirar nele na sua própria casa.

— Meu caro senhor, tome um pouco de vinho e água — recomendou o Sr. Helstone. O vinho e água eram genebra e água, como o Sr. Sykes descobriu depois de ter misturado e engolido um copo cheio até a borda: a bebida o transfigurou em dois minutos, devolveu a cor ao seu rosto e o tornou valente pelo menos *verbalmente*. Então ele anunciou que esperava estar acima de ser espezinhado por gente comum; disse que estava determinado a não mais suportar a insolência das classes trabalhadoras; havia pensado no assunto e resolvido ir às últimas consequências; se o dinheiro e o ânimo eram capazes de sujeitar aqueles desordeiros, eles deviam ser sujeitados: o Sr. Moore podia agir conforme quisesse, mas *ele*, Christie Sykes, gastaria até o seu último centavo no tribunal antes de ser derrotado; ele ia acalmar esses sujeitos, ou não se chamava Christopher Sykes.

— Tome outro copo — sugeriu Moore.

O Sr. Sykes não se fez de rogado; a manhã estava fria (Sugden a havia achado quente) e era preciso ter cuidado nessa estação do ano — nada mais certo do que tomar qualquer coisa para afastar a umidade; ele já estava tossindo um pouco (nesse ponto ele tossiu para confirmar o fato); qualquer coisa desse tipo (erguendo a garrafa escura) era excelente para fins medicinais (ele despejou o remédio no seu copo); ele não costumava ingerir bebida alcoólica de manhã, mas de vez em quando era de fato prudente tomar precauções.

— Muito prudente, e tome-a, com certeza — insistiu o anfitrião.

O Sr. Sykes se dirigiu então ao Sr. Helstone, que, envergando o chapéu dos anglicanos, estava de pé diante da lareira e o seguia de modo significativo com seus olhinhos vivos.

— O senhor, como clérigo — disse ele —, pode achar desagradável estar presente em cenas de baderna e barulho e, posso dizer, perigo: acho que os seus nervos não vão resistir; o senhor é um homem de paz, mas nós, manufatureiros, vivendo no mundo e sempre em um tumulto, nos tornamos muito beligerantes. Há, de fato, um ardor despertado pelas ideias de perigo que faz o meu coração arquejar. Quando a Sra. Sykes tem medo de que a casa seja atacada e arrombada (como ela tem toda noite) eu fico muito agitado. Eu não poderia lhe expor, senhor, os meus sentimentos: na verdade, se alguém chegasse lá (ladrões ou quem fosse), acho que eu até gostaria, tal é a minha disposição de espírito.

Uma risada áspera, embora breve e baixa, e nem um pouco insultante, foi a resposta do pároco. Moore teria instado com o heroico fabricante de tecidos para que ele tomasse um terceiro copo, mas o religioso, que nunca transgredia os limites do decoro nem tolerava que na sua presença outros o fizessem, o deteve.

— O suficiente é tão bom quanto um festim, não é, Sr. Sykes? — disse ele. O Sr. Sykes concordou e então se sentou e observou Joe Scott retirar a garrafa a um sinal de Helstone, com um sorriso satisfeito nos lábios e uma cintilação pesarosa nos olhos. Moore dava a impressão de que teria gostado de zombar dele até onde mais não pudesse. O que certa jovem parenta sua teria dito, se pudesse ter visto seu caro, bom, magnífico Robert — o seu Coriolano — agora? Teria ela reconhecido naquele perverso rosto sardônico o mesmo rosto para o qual havia olhado com tanto amor, que se inclinara sobre ela com tanta amabilidade na noite anterior? Aquele era o homem que passara uma noite tão tranquila com sua irmã e sua prima — tão delicado com uma e tão terno com a outra — lendo Shakespeare e ouvindo Chénier?

Sim, era o mesmo homem, apenas visto de um lado diferente; um lado que Caroline ainda não vira claramente, embora talvez tivesse suficiente sagacidade para suspeitar da sua existência. Bem, Caroline também tinha, sem dúvida, o seu lado falho: ela era humana, deveria, portanto, ter sido muito imperfeita; e, se tivesse visto Moore no seu pior lado, provavelmente teria dito para si mesma exatamente isso e o teria desculpado. O Amor pode desculpar qualquer coisa, exceto a Mesquinharia; mas a Mesquinharia mata o Amor, aleija até a Afeição Natural; sem Estima o Verdadeiro Amor não pode existir. Moore, com todos os seus defeitos, podia ser estimado; pois em sua mente não havia escrófula moral, nem uma mancha que contaminasse incorrigivelmente, como, por exemplo, a da falsidade; nem era escravo dos seus apetites; a vida ativa para a qual ele nascera e fora criado havia lhe dado algo mais para fazer além de ingressar na busca fútil do caçador de prazeres: ele era um homem não degradado, o discípulo da Razão, *não* o devoto dos Sentidos. O mesmo se poderia dizer do velho Helstone: nenhum desses dois contemplaria, pensaria ou diria uma mentira; para nenhum deles tinha a miserável garrafa escura, que acabara de ser afastada, quaisquer encantos; ambos podiam se vangloriar de reivindicar com razão o orgulhoso título de "senhor da criação", pois nenhum vício animal era senhor deles: eles pareciam e eram superiores ao pobre Sykes.

Ouviu-se no pátio um som de ajuntamento e passos, depois silêncio. Moore foi até a janela e Helstone o seguiu; os dois ficaram de um lado, o alto e jovem atrás do baixinho e mais velho, observando com cuidado para não serem notados do lado de fora; a única reação para o que viram foi a troca de um sorriso cínico que iluminou aqueles olhares severos.

Ouviu-se então uma estrondosa tosse eloquente, seguida por um "Shhh!" que tinha por intenção, ao que parecia, calar o murmúrio de muitas vozes. Moore abriu um pouquinho sua janela para que o som entrasse livremente.

— Joseph Scott — começou uma voz fanhosa; Scott estava de sentinela na porta do escritório —, podemos saber se o seu patrão está lá dentro e se dá para falar com ele?

— Ele está lá, sim! — disse Joe impassível.

— *Você* poderia então, por favor, (ênfase em "você") fazer a gentileza de dizer para *ele* que doze senhores quer falar com ele.

— Ele há de preguntar pra quê — sugeriu Joe. — Eu vou ter que falar isso pr'ele junto com o recado.

— Com um objetivo — foi a resposta. Joe entrou.

— Com licença, patrão, doze cavalhero tão querendo ver o senhor "com um objetivo".

— Certo, Joe; eu sou quem eles querem. Sugden, venha quando eu assobiar.

Moore saiu com um risinho de desdém. Avançou pelo pátio com uma das mãos no bolso e a outra no colete, a aba do boné sobre os olhos sombreando um pouco o raio profundo de desdém que dançava neles. Doze homens esperavam no pátio, alguns em mangas de camisa e outros de macacão: dois deles ostensivamente lideravam o grupo. O primeiro, um homenzinho de nariz arrebitado, empertigado e de aspecto animado; o outro, de ombros largos, se distinguia tanto pelo rosto sério com olhos felinos e traiçoeiros quanto por uma perna de pau e uma muleta reforçada; em seus lábios havia uma expressão um tanto maldosa: ele parecia rir furtivamente de algo ou de alguém; seu aspecto geral era tudo menos o de um verdadeiro homem.

— Bom dia, Sr. Barraclough — disse Moore cortesmente.

— Que a paz esteja com o senhor! — foi a resposta; e o Sr. Barraclough a proferiu fechando totalmente seus olhos, que estavam sempre semicerrados.

— Muito grato; paz é uma coisa excelente; não há nada que eu deseje mais; mas isso não é tudo o que o senhor tem a me dizer, suponho? Imagino que a paz não seja seu propósito?

— Quanto ao nosso propósito — começou Barraclough —, ele pode parecer estranho e talvez tolo para ouvidos como os do senhor, pois os filho deste mundo são mais sábio na geração deles que os filho da luz.

— Vamos ao que interessa, por favor; quero ouvir do que se trata.

— O senhor vai iscuitar; se eu não conseguir falar, atrás de mim tem onze que pode me ajudar. É um objetivo importante, e (fazendo a voz passar de um meio deboche para uma lamentação) é o objetivo do próprio Senhor, e isso é mais melhor.

— O senhor quer uma assinatura para uma nova capela de Faladores, Sr. Barraclough? A não ser que sua missão seja algo parecido com isso, eu não vejo o que o senhor tenha que ver com o assunto.

— Eu num tinha esse dever em mente, senhor; mas, como a Providência levou o senhor a mencionar o assunto, vou pedir quarquer dinherinho que o senhor possa dar; a oferta mais modesta vai ser aceitável.

Dito isso ele tirou o chapéu e o estendeu como uma caixa de esmolas, enquanto um sorriso impudente se estampava em seu rosto.

— Se eu lhe desse uns trocados, o senhor iria gastá-los com bebida.

Barraclough virou para cima a palma das mãos e o branco dos olhos, exibindo nesse gesto uma paródia da hipocrisia.

— O senhor parece ser um sujeito admirável — disse Moore em um tom muito frio e seco. — Não se importa de me mostrar que é um rematado hipócrita e que a sua conduta é uma fraude: o senhor espera mesmo me fazer rir pela esperteza com que representa o seu papel grosseiramente farsante, enquanto pensa enganar os homens que estão atrás do senhor.

A expressão de Moses se abateu; ele percebeu que havia ido longe demais, e já ia responder quando o outro líder, impaciente por ter sido mantido em segundo plano até então, deu um passo à frente. Esse homem não parecia um traidor, embora tivesse um ar excessivamente confiante e arrogante.

— Sr. Moore — começou ele, falando também com a garganta e o nariz e enunciando muito lentamente cada palavra, como se tivesse a intenção de dar à sua plateia tempo para apreciar plenamente a rara elegância da fraseologia —, talvez o certo seja dizer que a razão, e não a paz, é o nosso objetivo. Nós viemos, em primeiro lugar, para lhe pedir que ouça a razão; e, se o *senhor* se recusar, é meu dever advertir o *senhor*, em termos muito claros, que vamos ter de incorrer a medidas (ele queria dizer recorrer) que provavelmente acabarão por... por levar *o senhor* a perceber a insensatez, a... a tolice que parece guiar seu procedimento como negociante nesta... nesta região manufatureira do país. Hrm! Senhor, eu peço licença pra aludir que como estrangero, vindo de uma costa distante, uma outra parte e um outro hemisfério do globo, atirado, por assim dizer, como um exilado nestas praias, os penhascos de Albion, o senhor num tem o entendimento dos modo do país e dos nosso, que podia ser vantajoso pras classe trabalhadora. Se, pra entrar logo nos detalhe, o senhor pensasse em fechar essa tecelage e sem mais delongas voltar pras terra onde que é seu lugar, seria muito bom. Num tenho nada contra esse plano. O que que cês acha disso, rapaz? — virando-se para os outros membros da comitiva, que responderam unanimemente:

— Apoiado! Apoiado!

— Bravo, Noah do Tim! — murmurou Joe Scott de pé atrás do Sr. Moore. — Moses nunca que vai falar coisa melhor. Penhascos de Albion e o otro hemisfério! Palavra de honra! O senhor veio da Antártica, patrão? O Moses tá em parpo de aranha.

No entanto, Moses se recusava a se envolver com aranhas; resolveu que podia tentar novamente. Lançando um olhar um tanto irado para o "Noah do Tim", começou a falar, agora num tom sério, abrindo mão do sarcasmo que ele julgava não ter sido respondido.

— Antes de o senhor montar a sua barraca entre nós, Sr. Moore, nós vivia em paz e tranquilidade; ai, posso dizer até que com muita consideração. Eu ainda não sou velho, mas lembro de uns vinte anos atrás, quando o trabalho manual era incentivado e respeitado, e nenhum perturbador da ordem tinha se arriscado a introduzir essas máquina aí, que é muito ruim. Ora, eu num sou tecelão, sou alfaiate de profissão; mas o meu coração é mole por natureza: eu sou um homem cheio de sentimento, e quando vejo a minha gente oprimida, igual que o meu xará antigo, eu me levanto pra defender ela; é com esse propósito que hoje eu falo com o senhor cara a cara e aconseio a desistir dessas máquina infernal e contratar mais trabalhador.

— E se eu não seguir o seu conselho, Sr. Barraclough?

— Que Deus lhe perdoe! Que Deus enternença o coração do senhor!

— Está ligado aos metodistas agora, Sr. Barraclough?

— Louvado seja Deus! Bendito seja o Seu nome! Eu aderi à Igreja Metodista!

— O que não o impede em nada de, ao mesmo tempo, ser bêbado e trapaceiro. Eu vi o senhor uma noite da semana passada caído na beira da estrada, bêbado como uma cabra, quando eu voltava da feira de Stilbro'; e, apesar de pregar a paz, a sua grande atividade é estimular a dissensão. A sua solidariedade com os pobres que estão sofrendo é tão grande quanto a que o senhor tem para comigo: o senhor os incita à revolta por objetivos iníquos que são só seus; assim também age o indivíduo chamado Noah do Tim. Os dois são canalhas turbulentos, intrometidos e abusados, movidos principalmente por uma ambição egoísta, tão perigosa quanto pueril. Alguns dos homens que estão atrás do senhor são honestos, embora equivocados; mas vocês dois eu considero totalmente maus.

Barraclough fez menção de falar.

— Silêncio! O senhor falou o que quis, agora quem fala sou eu. Quanto a receber ordens suas ou de qualquer Jack,

Jem ou Jonathan sobre a face da terra, eu não vou aceitar isso nem por um momento. O senhor quer que eu deixe o país; me pede para desistir de minhas máquinas; caso eu me recuse, o senhor me ameaça. Eu me recuso *sim*, e ponto-final! Fico aqui e com esta tecelagem; e dentro dela vou instalar as melhores máquinas que os inventores podem me fornecer. O que é que o senhor vai fazer? O máximo que o senhor *pode* fazer (e isso o senhor nunca vai *ousar* fazer) é queimar a tecelagem, destruir o que está lá dentro e atirar em mim. E então? Suponha que o prédio fosse uma ruína e eu fosse um cadáver, e então? Digam, rapazes atrás desses dois patifes, isso deteria as invenções ou acabaria com a ciência? Nem por uma fração de segundo! Outra tecelagem, até melhor, surgiria sobre as ruínas desta, e talvez um proprietário mais empreendedor ficasse no meu lugar. Ouçam-me! Eu vou fazer os meus tecidos do modo que quiser e de acordo com as melhores informações que eu tiver. Nesta manufatura vou empregar os meios que eu escolher. Depois de ouvir isso, quem ousar me prejudicar terá de arcar com as consequências. Um exemplo vai provar que eu falo sério.

Ele deu um assobio agudo e forte. Sugden, seus homens e a ordem de prisão entraram em cena.

Moore se voltou bruscamente para Barraclough:

— O senhor estava em Stilbro' — disse ele —, eu tenho prova disso. O senhor estava na charneca, usando uma máscara, e com as suas mãos deu uma surra em um dos meus homens — o senhor!, um pregador do Evangelho! Sugden, prenda esse homem!

Moses foi agarrado. Houve grito e correria para socorrê-lo, mas a mão direita que durante todo o tempo estava escondida no peito de Moore apareceu segurando uma pistola.

— Os dois tambores estão carregados — disse ele. — Estou absolutamente determinado! Fiquem longe!

Dando alguns passos para trás, sem deixar de encarar o inimigo, ele levou a sua presa até o escritório. Ordenou a Joe

Scott que entrasse com Sugden e o prisioneiro e aferrolhasse a porta por dentro. Então andou de um lado para outro diante da tecelagem, olhando meditativo para o chão, com a mão pendendo displicentemente no seu flanco, mas ainda segurando a pistola. Os outros onze homens da comitiva o observaram por algum tempo, falando a meia-voz uns com os outros: por fim, um deles se aproximou. Esse homem parecia muito diferente dos dois que haviam falado antes; ele era feio, mas discreto, e tinha um aspecto viril.

— Eu num tenho muita confiança no Moses Barraclough — disse ele —, e queria trocar umas palavra consigo, Sr. Moore. Num é por má vontade qu'eu estou aqui, de minha parte; eu só quero m'esforçar pra endireitar as coisa, porque elas tão demais de torta. O senhor pode ver que a gente está mal, muito mal; nossas famia vive na pobreza e com muita fome. A gente tá sendo demitido do trabalho por causa dessas máquina; num podemo arranjar nada pra fazer; num podemo ganhar nada. O que é que se pode fazer? A gente deve de dizer, shhh!, e deitar e morrer? Não; eu num sei falar bonito, Sr. Moore, mas acho que deitar e morrer de fome como um tolo ia ser uma ideia vregonhosa pr'um home sensato: isso não vai contecer comigo. Num sou a favor de derramar sangue: eu num mataria nem machucaria ninguém; e num sou a favor de destruir fábrica e quebrar máquina; pois, como o senhor disse, fazer isso num vai impedir as invenção; mas eu vou falar;vou fazer o maior baruio que puder. As invenção pode ser muito boa, mas eu sei que num é certo os pobre morrer de fome. Os que governa tem qu'encontrar um modo de ajudar a gente; eles precisa fazer umas arrumação diferente. O senhor vai dizer qu'isso é difícil de fazer. Então, a gente tem que gritar mais alto, porque os home do Parlamento vão ter mais preguiça de arregaçar as manga pr'enfrentar dificurdade.

— Aborreça os homens do Parlamento o quanto você quiser — disse Moore —, mas aborrecer os donos de manufaturas é absurdo; e eu, por exemplo, não vou aguentar isso.

— O senhor é um sujeito muito duro! — respondeu o trabalhador. — Num vai dar pra gente um pouco de tempo? Num vai concordar em fazer suas mudança um pouco mais devagar?

— Eu sou todos os fabricantes de tecidos de Yorkshire? Responda!

— O senhor é o senhor.

— E somente eu; e se ficasse parado por um instante enquanto os outros estão avançando rapidamente, eu seria esmagado. Se fizesse o que você quer que eu faça, iria à falência em um mês; e a minha falência poria o pão na boca dos seus filhos famintos? William Farren, eu não vou me submeter nem à sua ordem nem à de ninguém. Não me fale mais sobre máquinas; eu vou fazer as coisas do meu jeito. Devo comprar novas calandras amanhã. Se vocês quebrarem essas, eu compro outras. *Eu não vou desistir nunca.*

Nesse ponto o sino tocou as doze horas: era hora do almoço. Abruptamente, Moore deu as costas à comitiva e voltou a entrar no escritório.

Suas últimas palavras deixaram uma impressão ruim, de hostilidade: ele, no mínimo, tinha "perdido a oportunidade de que era senhor". Se tivesse sido simpático na conversa com William Farren — que era um homem muito honesto, sem inveja ou ódio dos que estavam em situação melhor que a dele, que não considerava um infortúnio e uma injustiça ser forçado a viver do trabalho, inclinado a se sentir honestamente contente por poder apenas ter trabalho, Moore poderia ter feito um amigo. Era espantoso ele ter sido capaz de abandonar um homem como aquele sem uma expressão de conciliação ou simpatia. O rosto do pobre Farren parecia abatido pelas privações; ele tinha o aspecto de alguém que não sabia o que era viver com conforto e fartura fazia semanas, talvez meses; e, mesmo assim, não havia ferocidade nem maldade na sua expressão; seu semblante estava esgotado, desanimado, austero, mas ainda assim paciente. Como teria Moore sido capaz de deixá-lo assim com as palavras "Eu não vou desistir nunca" e sem um sussurro de boa vontade, esperança ou ajuda?

Ao voltar para o seu chalé — que em tempos melhores já fora um lugar decente, limpo e agradável, mas agora, embora ainda limpo, estava muito sombrio por ser tão pobre — Farren se fez essa pergunta. Ele concluiu que o estrangeiro dono da tecelagem era um homem egoísta, sem sentimentos e — assim pensou ele também — um tolo. Pareceu-lhe que a emigração, caso ele tivesse os meios para emigrar, seria preferível a trabalhar para um patrão como aquele. Ele se sentiu muito desencorajado, quase sem esperanças.

Quando entrou, sua mulher lhe serviu, dentro de muita ordem, a refeição que pôde preparar para ele e os minino: apenas mingau, e uma pequena quantidade. Algumas das crianças mais novas quiseram mais quando terminaram sua porção — um pedido que perturbou muito William: enquanto sua mulher fazia o possível para acalmá-las, ele deixou o seu lugar e foi até a entrada da casa. Assobiou um animado trecho de música, mas isso não impediu que uma ou duas grandes gotas (bem mais próximas da "primeira de um aguaceiro" que as vertidas do ferimento do gladiador) se formassem nas pálpebras dos seus olhos cinzentos e caíssem no limiar da porta. Ele enxugou os olhos com a manga da camisa e, tendo passado o enternecimento, um estado de espírito severo tomou o seu lugar.

Ele ainda estava cismando em silêncio quando chegou um senhor vestido de negro — um clérigo, logo se pôde ver; mas nem Helstone, nem Malone, nem Donne nem Sweeting. Ele devia estar com uns quarenta anos; tinha um aspecto simples, pele morena e já era bem grisalho. Andava meio vergado. Sua fisionomia, ao se aproximar, mostrava um ar abstraído e um tanto triste; mas quando chegou perto de Farren ele ergueu o olhar e então uma expressão vigorosa iluminou seu rosto preocupado, sério.

— É você, William? Como você está? — perguntou ele.

— Mais ou menos, Sr. Hall. Como é que está *o senhor*? Vamo entrar e descansar um pouco?

O Sr. Hall, cujo nome o leitor já viu mencionado antes (e que, na verdade, era vigário de Nunnely, paróquia onde nascera Farren e de onde ele havia se mudado apenas três anos antes para residir em Briarfield, pela conveniência de ficar perto da tecelagem do Hollow, onde ele havia conseguido trabalho), entrou no chalé e, tendo cumprimentado a dona da casa e as crianças, sentou-se. Então conversou muito animado sobre o tempo que passara desde que a família deixara a sua paróquia, as mudanças que tinham ocorrido desde aquela época; respondeu a perguntas sobre sua irmã Margaret, pela qual o casal tinha grande interesse; e fez perguntas, por sua vez; e, por fim, olhando rápida e ansiosamente através dos óculos (ele os usava porque era míope) para a sala vazia e os rostos magros e pálidos do círculo que o rodeava — pois as crianças tinham se posto em torno do seu joelho e o pai e a mãe estavam de pé diante dele —, disse abruptamente:

— E como estão todos vocês? Como estão se saindo?

O Sr. Hall, diga-se de passagem, embora fosse um erudito, não apenas falava com um forte sotaque nortista como, de vez em quando, usava com liberalidade expressões dos condados do norte.

— A gente tá se saindo mal — disse William —, tá tudo sem trabalho. Eu vendi quase toda as coisa da casa, como o senhor pode ver; e o que a gente vai fazer em seguida só Deus sabe.

— O Sr. Moore demitiu você?

— Ele demitiu a gente; e eu tenho agora uma pinião dele que se amanhã ele fosse me dar emprego de novo eu acho que num ia trabalhar pr'ele.

— Você não costuma falar assim, William.

— Eu sei disso; mas estou ficano diferente; eu sinto que eu estou mudano. Eu não ligaria se os minino e a esposa tivesse o suficiente pra viver; mas eles tão ficano doente... tão com fome...

— Bem, meu minino, e você também; eu vejo que você está. Os tempos andam muito difíceis; eu vejo sofrimento por toda parte aonde vou. William, sente-se; Grace, sente-se. Vamos conversar sobre isso.

E, para conversar melhor, o Sr. Hall acomodou no seu joelho a criança mais nova e pôs a mão na cabeça da que era um pouquinho maior; mas quando as duas coisinhas começaram a tagarelar com ele, ele lhes disse "Shhh!" e, fixando o olhar na lareira, olhou o punhado de brasas que queimavam lá com muita seriedade.

— Tempos tristes! — disse ele. — E já duram muito. É a vontade de Deus: seja feita a Sua vontade! Mas Ele nos submete às mais duras provas.

Novamente ele refletiu.

— Você não tem dinheiro, William, e não tem nada que possa vender para levantar um dinheirinho?

— Não. Eu já vendi a cômoda, o relógio, a estante de mogno, a fermosa bandeja de chá da minha mulher e o conjunto de porcelana que ela comprou a prestação quando nós se casou.

— E se alguém lhe emprestasse uma libra ou duas, você poderia fazer um bom uso delas? Poderia arranjar outro meio de ganhar dinheiro?

Farren não respondeu, mas sua mulher disse rapidamente:

— Ah, eu tenho certeza de que ele podia, senhor. Ele é um homem muito engenhoso, o nosso William. Se tivesse duas ou três libra ele podia começar a vender coisas.

— Poderia, William?

— Pelo amor de Deus — respondeu William pausadamente. — Eu podia comprar docinho, fita, fio, e tudo qu'eu achasse que ia vender, e podia começar vendeno pelas rua.

— E o senhor sabe — interpôs Grace —, o senhor pode ter certeza de que o William não ia beber, nem ficar preguiçano e num ia desperdiçar dinheiro de maneira alguma. Ele é meu marido e eu num devo de ficar fazendo elogios a ele; mas eu *vou* dizer que num existe home mais sóbrio e honesto que ele em toda a Inglaterra.

— Bom, eu vou falar com um ou dois amigos e acho que posso prometer que ele terá cinco libras dentro de um ou dois dias; como empréstimo, claro; não é um presente; ele precisa pagar de volta.

— Eu entendo, senhor. Eu concordo com tudo isso.

— Nesse meio-tempo, aqui estão uns poucos xelins para você, Grace, só para você pôr a panela no fogo até as coisas se arranjarem. Agora, mininos, levantem-se, ponham-se em fila e recitem o catecismo enquanto a sua mãe vai comprar alguma coisa para vocês comerem; porque vocês não comeram muito hoje, eu sei. Você começa, Ben. Como é que você se chama?

O Sr. Hall ficou até Grace voltar; então, saiu às pressas depois de apertar a mão de Farren e da sua mulher. Quando estava à porta disse a ambos palavras breves, mas muito sinceras, de consolo religioso e exortação. Com um "Deus abençoe o senhor!" e um "Deus os abençoe, meus amigos!", eles se separaram.

IX. Briarmains

Os Srs. Helstone e Sykes começaram a ficar extremamente alegres e elogiosos com o Sr. Moore quando ele voltou a encontrá-los, depois de dispensar a comitiva; entretanto, ele estava tão silencioso ao ser cumprimentado pela sua firmeza, etc., e com uma fisionomia tão parecida com um dia calmo, escuro, sem luz e sem brisa, que o pároco, depois de sondar com perspicácia os olhos dele, encerrou os cumprimentos, vestiu o casaco e disse para Sykes, cuja percepção não era aguda o suficiente para descobrir sozinho quando sua presença e sua conversa eram um aborrecimento:

— Vamos, senhor; o seu caminho e o meu são em parte o mesmo; não seria melhor fazermos companhia um ao outro? Vamos dar bom-dia a Moore e deixá-lo entregue aos justos caprichos que ele parece inclinado a se permitir.

— E onde está Sugden? — indagou Moore erguendo o olhar.

— Ah, hah! — exclamou Helstone. — Eu não fiquei à toa enquanto o senhor estava ocupado. Pude lhe dar uma pequena ajuda; eu me cumprimento, e não sou insensato nisso. Achei melhor não perder tempo; assim, enquanto o senhor estava falando com aquele cavalheiro abatido (Farren, acho que o nome dele é esse), eu abri aquela janela dos fundos, ordenei com um berro a Murgatroyd, nessa hora metido no estábulo, que trouxesse a carruagem do Sr. Sykes; e então contrabandeei Sugden e o irmão Moses, com perna de pau e tudo, pela abertura e os vi subir na carruagem (sempre com a permissão do nosso bom amigo Sykes, claro). Sugden pegou as rédeas, ele conduz como Iehu, e dentro de quinze minutos Barraclough estará seguro na cadeia de Stilbro'.

— Muito bem, obrigado — disse Moore. — E bom dia, senhores — acrescentou ele e então os conduziu polidamente até a porta e os viu sair da sua propriedade.

Até o fim do dia ele foi um homem taciturno e sério: ele nem mesmo deu uma resposta espirituosa para o que lhe disse Joe Scott; e este, por seu lado, falou com o patrão apenas o que era absolutamente necessário ao andamento das atividades, mas quase o tempo todo o olhava de esguelha, foi muitas vezes atiçar para ele o fogo da lareira do escritório e, quando estava fechando tudo ao término do expediente (a tecelagem estava funcionando em período parcial, por causa da fraqueza do mercado), observou que o entardecer estava lindo e "seria bom o Sr. Moore dar uma chegadinha no Hollow; isso lhe faria bem".

O Sr. Moore respondeu a essa recomendação com uma risada breve e, depois de perguntar a Joe o que significava essa solicitude, e se ele o considerava uma mulher ou uma criança, tomou da mão dele as chaves e o afastou com um empurrão nos ombros. No entanto o chamou de volta quando ele tinha chegado ao portão do pátio.

— Joe, você conhece esses Farrens? Eles não estão em boa situação, presumo?

— Eles num pode estar em boa situação, senhor, pois há três mês eles num tem trabalho. O senhor pode ver por si mesmo que o William mudou muito, e pra muito pior. Eles vendero quase todas coisa que tinha na casa.

— Ele não era mau trabalhador?

— O senhor nunca teve um melhor, dês que começou o negócio.

— E são pessoas decentes, a família inteira?

— Num tem gente mais correta. A mulher é muito trabalhadera e muito das limpa: dá para comer o mingau no chão da casa. Eles tão muito mal. Eu gostaria que o William arranjasse um emprego de jardineiro ou quarqué coisa assim; ele entende muito de jardinage. Ele morou durante um tempo com um escocês que distrinçou os mistérios do ofício, como dizem.

— Agora pode ir embora, Joe. Não precisa ficar aí me olhando.

— O senhor num tem nenhuma ordem pra dar?

— Nenhuma. Só quero que você vá embora.

O que Joe fez imediatamente.

******

O entardecer da primavera é frequentemente frio e triste, e embora aquele dia tivesse sido bonito, quente até mesmo sob o sol matutino e do meio-dia, na hora do crepúsculo o ar ficou gelado, o chão estalava sob os pés e antes do lusco-fusco uma geada branca começava a cobrir insidiosamente a grama em crescimento e os brotos que se abriam. O gelo branqueou o calçamento diante de Briarmains (a residência do Sr. Yorke) e fez uma destruição silenciosa entre as plantas tenras do jardim e no gramado musgoso. Quanto à magnífica árvore de tronco forte e galhos espraiados que protegia o frontão mais próximo da estrada, ela parecia desafiar a geada de noite primaveril a danificar seus galhos ainda nus; e o mesmo fazia o bosque de nogueiras desfolhadas que se erguia bem alto atrás da casa.

Na escuridão da noite estrelada e sem lua, as luzes das janelas brilhavam vividamente: aquele não era um local escuro ou solitário, nem mesmo silencioso. Briarmains ficava perto da estrada; era uma casa muito antiga e fora construída antes de ter sido aberta a estrada, quando uma alameda sinuosa entre os campos era o único caminho que levava a ela. Briarfield ficava a pouco menos de um quilômetro e meio de lá; ouvia-se o seu rumor, via-se distintamente o seu clarão. A capela de Briar, uma construção grande, nova e rústica dedicada ao culto metodista, se erguia a menos de cem metros de distância e, como naquele momento entre suas paredes acontecia um encontro de oração, a iluminação das janelas lançava um reflexo claro na estrada, enquanto um hino de tipo extraordinário — capaz de fazer um quacre se sentir levado pelo Espírito a dançar ao som dele — despertava jubilosamente todos os ecos da vizinhança. De quando em quando se ouviam claramente palavras de alguns trechos inteiros: cito agora um ou dois trechos diferentes, pois os cantores passavam alegremente de música para música e de hino para hino com uma desenvoltura e uma leveza muito próprias deles:

Ah!, quem pode explicar
    Essa luta pela vida,
Esse labor e sofrimento,
    Esse tremor e agitação?

Peste, terremoto e fome,
    E tumulto e guerra
A assombrosa chegada
    De Jesus anunciam!

Pois toda luta
    É terrível e estrondosa, —
A alegria do guerreiro
    É matança e sangue;
Vencer seus inimigos,
    Até que todos tenham expirado, —
E isso com queimadura,
    E combustível e fogo!

Nesse ponto se seguiu um intervalo de oração clamorosa acompanhada por gemidos temíveis. Um grito de "Eu encontrei a liberdade!" "O Doad do Bill encontrô a liberdade!" ressoou na capela e todos os fiéis irromperam novamente:

Que misericórdia é essa!
Que céu de bem-aventurança!
Como eu estou inexprimivelmente feliz!
Reunido com a congregação,
Com o teu povo incorporado,
Com o teu povo para viver e morrer!

Ah, a bondade de Deus
Ao empregar um mero mortal
Para elevar seu tributo de glória;
Para levar o seu estandarte
E com triunfo declarar
Suas indizíveis riquezas de graça!

Ah, o amor insondável
Que condescendeu em aprovar
E fazer florescer o trabalho das minhas mãos;
Com o meu cajado de pastor
Eu atravessei o riacho
E agora divulgo minha palavra!

Quem, indago admirado,
Gerou isso para mim?
E me pergunto de que canto veio isso;
Meu coração responde:
Isso veio do céu,
E glorifica Deus e o Cordeiro!

A estrofe seguinte, cantada depois de um interlúdio mais prolongado de tumulto, berros, exclamações, gritos frenéticos e gemidos aflitos, pareceu coroar o clímax de barulho e ardor.

Dormindo à beira do pecado,
Tofet se abria para nos fazer entrar;

A clemência para o nosso socorro voou
Desfez a armadilha e nos salvou.

Aqui, como na cova do leão,
Ainda não fomos devorados;
Transporemos em segurança a inundação
Segurando no braço de Deus.
Aqui...

(Terrível, sumamente desagradável ao ouvido, foi o grito agudo em que a última estrofe foi cantada.)

Aqui erguemos mais alto a nossa voz,
Gritamos no fogo do ourives;
Batemos palmas no meio das chamas,
Damos Glória ao nome de Jesus!

O teto da capela *não* foi pelos ares, e esse é um grande tributo à solidez de sua construção.

Mas se a Capela de Briar parecia viva, isso também acontecia com Briarmains, embora a propriedade parecesse desfrutar de uma fase mais tranquila da existência que o templo; algumas das suas janelas estavam também iluminadas; os postigos inferiores se abriam para o gramado, cortinas ocultavam o interior e escureciam em parte a luz das velas que o clareavam, mas não abafavam inteiramente o som de vozes e risos. Temos o privilégio de transpor a porta da frente e penetrar no santuário doméstico.

Não é a presença de visitas que anima a casa do Sr. Yorke, pois não há ali ninguém além da sua família, reunida na sala mais distante à direita, a sala de estar dos fundos.

Essa é a sala onde a família costuma se reunir à noite. Durante o dia se pode ver que as suas janelas são luminosos vitrais — com predominância das cores púrpura e âmbar, brilhando em torno de um medalhão de tons graves no centro de cada uma, representando a cabeça delicada de William Shakespeare e a serena cabeça de John Milton. Algumas paisagens canadenses pendem nas paredes — cenários de florestas verdes e águas azuladas — e, no meio delas, chameja uma erupção noturna do Vesúvio; ela brilha muito ardente, contrastando com a espuma fresca e azul de cataratas e as profundezas sombreadas dos bosques.

Se você for do Sul, leitor, não terá visto queimar na lareira de uma residência o fogo que ilumina essa sala; é um fogo de carvão, quente, claro, que sobe alto na grande chaminé. O Sr. Yorke *terá* esse fogo até nos dias quentes do verão: ele se senta com um livro na mão ao lado da lareira e tem na altura do seu cotovelo um pequeno estrado redondo sustentando uma vela — mas ele não lê, está observando seus filhos. Diante dele se senta a sua mulher — uma personagem que eu poderia descrever minuciosamente, mas não tenho vocação para a tarefa. No entanto a vejo, com clareza, à minha frente: uma mulher corpulenta com aspecto muito sério, denotando no rosto e nos ombros certa preocupação; não uma preocupação assoberbante, inevitável, e sim o tipo de nuvem e fardo voluntários e exemplares que carregam as pessoas para as quais ser melancólico é um dever. Ah, ai de mim! A Sra. Yorke tinha essa ideia, e era grave como Saturno de manhã, à tarde e à noite; e fazia um mau juízo de qualquer infeliz criatura — especialmente do sexo feminino — que ousasse mostrar na presença dela a luz de um coração alegre em um semblante iluminado. Em sua opinião, ser alegre era ser profano; ser animado era ser frívolo; ela não fazia nenhuma distinção. Contudo, era uma esposa muito boa e mãe muito atenta, sempre cuidando dos filhos, e era sinceramente ligada ao marido; só que o pior disso tudo era que, se estivesse ao seu alcance, ela não lhe permitiria ter um único amigo no mundo além dela mesma: todas as amizades dele eram-lhe insuportáveis e ela as conservava à distância.

O Sr. Yorke e ela combinavam muito bem; mas ele era por natureza um homem social, hospitaleiro, um defensor da união familiar; na sua juventude, como já foi dito, só gostava de mulheres espirituosas, animadas. Por que motivo a escolhera e como eles conseguiram se ajustar um ao outro é um enigma, mas que poderia ser resolvido facilmente por quem tivesse tempo de analisar o caso. É suficiente dizer que Yorke tinha em sua personalidade um lado sombrio e também um lado ensolarado, e que seu lado sombrio encontrava simpatia e afinidade no todo da natureza uniformemente triste da sua mulher. Quanto ao resto, ela era uma mulher de mente decidida; nunca dizia coisas inconsistentes ou banais; tinha sobre a sociedade opiniões firmes, democráticas, e era cínica quanto à natureza humana; considerava-se perfeita e completa, e o resto do mundo totalmente errado. Seu principal defeito era uma desconfiança taciturna, eterna e não mitigável de todos os seres humanos, coisas, credos e partidos; essa desconfiança era uma névoa diante dos seus olhos, uma guia errada no seu caminho, para onde quer que ela olhasse, para onde quer que ela se voltasse.

Pode-se imaginar que os filhos de um casal assim não se tornassem seres muito comuns, e eles não eram. Você vê seis deles, leitor: o menorzinho é um bebê que está nos joelhos da mãe. Ele ainda é todo dela, e desse ela ainda não começou a duvidar, a sentir suspeitas e a ver os erros; ele retira dela o seu sustento, dependura-se nela, agarra-se a ela e a ama acima de todas as coisas deste mundo: ela tem certeza disso, porque, como ele vive junto dela, não pode ser de outra forma, e assim ela o ama.

As duas mais novas são meninas, Rose e Jessy; agora estão ambas nos joelhos do pai; elas quase não chegam perto da mãe, a não ser quando obrigadas a fazer isso. Rose, a mais velha, tem doze anos de idade; ela se parece com o pai — de todo o grupo é a que mais se parece com ele —, mas é uma cabeça de granito copiada em marfim; tudo é suavizado em cor e traços. Yorke tem um rosto duro; o de sua filha não é duro, tampouco muito bonito; é um rosto simples — com traços infantis; bochechas redondas e rosadas: quanto aos olhos cinzentos, não são infantis — uma alma séria os ilumina — uma alma jovem ainda, mas ela vai amadurecer, se o corpo viver; e nem o pai nem a mãe têm um espírito que se compare com o dela. Compartilhando da essência dos dois, ele um dia será melhor que o de ambos — mais forte, mais puro, mais almejante. Rose é agora uma garota quieta, às vezes teimosa: sua mãe quer torná-la uma mulher igual a ela — uma mulher de deveres sombrios e fatigantes — e Rose tem uma mente já formada, cheia dos germes das ideias que sua mãe jamais conheceu. Para a menina, é um tormento ter frequentemente essas ideias espezinhadas e reprimidas. Ela ainda não se rebelou; mas, se sofrer muita pressão, um dia se rebelará, e então será de uma vez por todas. Rose ama o pai: ele não a governa com uma vara de ferro; ele é bom para ela. Às vezes ele teme que ela não viva, tal o brilho das centelhas de inteligência que em certos momentos o seu olhar emite ou que cintilam na sua linguagem. Essa ideia muitas vezes o torna tristemente terno com ela.

Ele não faz ideia de que a pequena Jessy morrerá jovem, ela é tão alegre e tagarela, astuta — original, mesmo então; irascível quando provocada, mas afetuosíssima quando acarinhada; amável em um momento e em seguida esfuziante; exigente e ao mesmo tempo generosa; nada teme — a mãe, por exemplo, cujo domínio irracionalmente duro e estrito ela desafiou muitas vezes — e, no entanto, confia em quem quer que se proponha a ajudá-la. Jessy, com seu rostinho animado, sua conversa envolvente e seu jeito cativante, foi feita para ser a queridinha da família, e a queridinha de seu pai ela é. Mas é estranho que a boneca se pareça com a mãe traço a traço, como Rose se parece com o pai e, no entanto, a fisionomia — quão diferente!

Sr. Yorke, se agora pusessem diante do senhor um espelho, e se com ele lhe fossem mostradas as suas duas filhas como estas serão vinte anos depois dessa noite, o que o senhor pensaria? O espelho mágico está aqui: o senhor saberá qual é o destino delas — e primeiro o da luz de seus olhos, Jessy.

O senhor conhece esse lugar? Não, o senhor nunca o viu; mas reconhece a natureza dessas árvores, essas folhas — o cipreste, o salgueiro, o teixo. Cruzes de pedra como essas não lhe são estranhas, assim como não lhe são estranhas essas guirlandas de flores perenes. Eis o lugar; gramado verde e uma lápide de mármore cinza. Jessy dorme sob eles. Ela viveu uma vida incerta; muito amada foi e muito amorosa era. Durante sua vida tão breve ela muitas vezes derramou lágrimas, tinha frequentes tristezas; nos intervalos sorria, alegrando o que quer que a visse. Sua morte foi tranquila e feliz nos braços protetores de Rose, pois Rose tinha sido seu esteio e sua defesa em muitas provações: naquela hora, as duas moças inglesas, uma que agonizava e a outra que a assistia, estavam sozinhas em um país estrangeiro, e o solo daquele país deu a Jessy uma sepultura.

Agora olhe para Rose, dois anos depois. As cruzes e coroas pareciam estranhas, mas as montanhas e florestas dessa paisagem são ainda mais estranhas. O lugar, na verdade, fica distante da Inglaterra; remotas devem ser as praias com esse aspecto selvagem, luxuriante. É uma solidão virgem: pássaros desconhecidos voejam em torno da orla dessa floresta; não é europeu esse rio em cuja margem Rose se senta, pensativa. A miúda e silenciosa jovem de Yorkshire é uma emigrante solitária em alguma região do hemisfério sul. Ela voltará algum dia?

Os três mais velhos da família são homens — Matthew, Mark e Martin. Estão sentados juntos em um canto, ocupados com um jogo. Observe as três cabeças: a um primeiro olhar são muito parecidas, mas a um segundo percebem-se diferenças, e a um terceiro vê-se que são contrastantes. Os três têm cabelos e olhos negros e são corados; todos têm traços miúdos ingleses; todos se parecem com o pai e com a mãe; entretanto, cada um tem uma fisionomia distinta, sinal de um caráter diferente.

Não vou dizer muita coisa sobre Matthew, o primogênito da casa, embora seja impossível não ficar olhando longamente para ele e conjecturando que qualidades seu rosto indica ou oculta. Ele não é um garoto de aparência comum: o cabelo negro como azeviche, a testa branca, as bochechas vermelhas e os olhos negros e muito vivos são seus pontos positivos. Como é que, por mais tempo que se olhe, o único objeto da sala, e o mais sinistro, com que o rosto de Matthew parece ter uma afinidade e com o qual, agora e sempre, se associará estranhamente, seja a erupção do Vesúvio? Chama e sombra parecem ser os componentes da alma desse minino: nele não há luz diurna, não há luz solar, nele jamais brilhou um raio de luar puro e frio. Ele tem um corpo inglês, mas, aparentemente, sua alma não é inglesa — você diria, um stiletto[1] italiano em uma bainha de manufatura inglesa. Ele está contrariado com o jogo — veja a sua carranca. O Sr. Yorke vê isso e o que diz ele? Em voz baixa ele pede: "Mark e Martin, não provoquem o seu irmão". E esse é sempre o tom adotado por ele e pela Sra. Yorke. Teoricamente, eles censuram a parcialidade — nenhum direito de primogenitura deve ser concedido na casa; mas Matthew não pode nunca ser irritado, não deve jamais ser contrariado; eles o afastam de provocações com tanta constância quanto afastam o fogo de um barril de pólvora. "Ceder, conciliar" é o lema dos pais sempre que ele está envolvido. Os republicanos são rápidos para criar um tirano a partir de sua própria carne e sangue. Isso a prole mais jovem sabe e sente, e todos eles se revoltam intimamente contra a injustiça: eles não sabem o que motiva o comportamento dos pais; apenas veem a diferença de tratamento. Os dentes do dragão já estão espalhados entre as mudas de oliveira do Sr. Yorke; a colheita será algum dia a discórdia.

Mark é um menino fermoso; tem o rosto de traços mais regulares da família; é excessivamente calmo, seu sorriso é astuto; pode dizer as coisas mais sarcásticas, mais mordazes, em um tom absolutamente tranquilo. Apesar da sua serenidade, uma testa um tanto pesada denota mau gênio e faz pensar que nem sempre as águas mais calmas são as mais seguras. Além disso, ele é demasiadamente quieto, indiferente, fleumático, para ser feliz. A vida nunca encerrará muita alegria para Mark: quando ele tiver vinte e cinco anos vai se perguntar por que as pessoas riem e considerar tolo quem parece feliz. A poesia não existirá para ele, nem na literatura nem na vida; as melhores efusões poéticas lhe parecerão simples arengas e algaravias: o arrebatamento despertará sua aversão e desprezo. Mark não terá juventude: enquanto ele tiver aparência jovem e vicejante, sua mente será a de um homem de meia-idade. O corpo tem hoje catorze anos de idade, mas a alma já está com trinta.

Martin, o mais jovem dos três, tem uma natureza diferente. Sua vida pode ser breve ou longa, mas certamente será brilhante: ele vai passar por todas as suas ilusões, acreditará nelas até certo ponto, as desfrutará inteiramente e depois sobreviverá a elas. Esse menino não é bonito — não é tão bonito quanto seus irmãos: ele tem um rosto comum; há nele uma casca, uma concha seca, que ele usará até perto dos vinte anos e então se desvencilhará dela: mais ou menos nessa época, ele se tornará bonito. Até essa idade terá modos grosseiros, usará talvez roupas rústicas; mas a crisálida conservará o poder de se transfigurar em borboleta e, chegado o momento, essa transfiguração vai ocorrer. Durante algum tempo ele será vaidoso, provavelmente um completo cabeça-oca, ávido de prazeres, desejoso de ser admirado; e também sedento de conhecimento. Irá querer tudo o que o mundo pode lhe dar, tanto de diversão quanto de saber; talvez ele venha a beber profundos sorvos em ambas as fontes. Uma vez satisfeita essa sede, o que acontece a seguir? Não sei. Martin pode ser um homem admirável: se será ou não, o vidente não tem poderes para prever; nesse campo não há visão aberta.

Tome-se em conjunto a família do Sr. Yorke: há tanta força mental nessas seis cabeças jovens, tanta originalidade, tanta atividade e vigor cerebral que — se dividíssemos essas qualidades entre meia dúzia de proles comuns — a cota correspondente a cada uma delas seria maior que a média de inteligência e capacidade. O Sr. Yorke sabe disso e se orgulha da sua descendência. Yorkshire tem, dispersas entre as suas montanhas e florestas, famílias como essa — peculiares, cheias de vida, vigorosas; de bom sangue e cérebro forte; um tanto turbulentas no orgulho da sua resistência e intratáveis na força das suas capacidades inatas; deficientes em polimento, deficientes em consideração, deficientes em docilidade, mas fortes, vigorosas e bem-criadas como a águia no penhasco ou o corcel na estepe.

Ouviu-se uma batida leve na porta da sala de visitas; os meninos estavam fazendo tanto barulho no seu jogo e, além disso, a pequena Jessy estava cantando uma canção escocesa tão doce para o pai — que se encanta com as músicas escocesas e italianas e ensinou algumas das melhores à sua filhinha musicalmente bem-dotada — que a batida à porta externa não foi ouvida.

— Entre — diz a Sra. Yorke com sua voz conscienciosamente forçada e solene, sempre modulada para um tom mortalmente insípido, embora o assunto sobre o qual ela se aplica não seja mais que dar ordens à cozinheira para que faça um pudim, pedir aos garotos que pendurem o chapéu na entrada ou convocar as meninas para a sessão de trabalhos manuais. — Entre! — E Robert Moore entrou.

A gravidade habitual de Moore e também sua abstemia (nunca se pede a bandeja com decantadores de bebidas alcoólicas quando ele faz uma visita noturna) o recomendavam tanto para a Sra. Yorke que ela ainda não o havia censurado para o marido: ela ainda não descobrira que ele estava tolhido por algum segredo que o impedia de se casar, ou que sob uma pele de carneiro ele era um lobo; descobertas que, pouco depois do casamento, ela havia feito com relação à maior parte dos amigos solteiros do marido e que a levaram a excluí-los da sua mesa; esse aspecto de sua conduta, na verdade, se pode dizer que tem seu lado justo e sensato, bem como o inflexível.

— Ah, é o senhor? — diz ela para o Sr. Moore enquanto ele se aproxima e lhe estende a mão. — O que o senhor está fazendo por aqui a essas horas da noite? Devia estar em casa.

— Pode-se dizer que um homem solteiro tem um lar, madame? — pergunta ele.

— Ora! — diz a Sra. Yorke, que despreza a linguagem convencional quase tanto quanto seu marido e a pratica tão pouco quanto ele, e cujo modo despretensioso de falar em todas as ocasiões é levado a um ponto calculado, às vezes, a despertar admiração e, mais frequentemente, alarme. — Ora!, o senhor não precisa falar bobagens para mim; um homem solteiro pode ter um lar, se quiser. Faça-me o favor, a sua irmã não mantém um lar para o senhor?

— Não ela — interpôs o Sr. Yorke. — Hortense é uma minina honesta; mas na idade de Robert eu tinha cinco ou seis irmãs, todas elas tão decentes e dignas quanto é ela; mas, veja bem, Hesther, isso não me impediu de procurar uma esposa.

— E infelizmente ele se arrependeu de se casar comigo — acrescentou a Sra. Yorke, que vez por outra gostava de fazer uma brincadeira sarcástica contra o casamento, até mesmo às suas próprias custas. — Ele se arrependeu amargamente, Robert Moore, como o senhor pode acreditar ao ver a punição dele (nesse momento ela apontou para os filhos). — Quem iria carregar o fardo de um grupo de mininos grandes e rudes como esses, se fosse possível evitar isso? Não é só trazê-los ao mundo, embora isso já seja bastante ruim, mas é preciso alimentá-los, vesti-los, criá-los, prepará-los para a vida. Jovem senhor, quando se sentir tentado a se casar, pense nos nossos quatro filhos e duas filhas, e pense duas vezes antes de dar esse passo.

— Eu não estou tentado agora, de qualquer forma: acho que não estamos em tempos de casamento.

Um sentimento lúgubre desse tipo obteria sem dúvida a aprovação da Sra. Yorke. Ela meneou a cabeça e resmungou um assentimento; mas um minuto depois disse:

— Não levo muito em conta a sabedoria de um Salomão da sua idade; ele será contrariado pela primeira ilusão que atravessar o seu caminho. Enquanto isso, sente-se, o senhor pode falar igualmente bem sentado e de pé?

Esse era o modo como a Sra. Yorke convidava seu visitante a ocupar uma cadeira. Mal ele a obedeceu, Jessy pulou do joelho do seu pai e correu para os braços do Sr. Moore, que prontamente foram estendidos para recebê-la.

— A senhora fala em casamento com ele — disse Jessy à mãe, muito indignada enquanto era erguida até os joelhos de Moore —, e ele agora está casado, ou quase: ele prometeu no verão passado que eu seria a sua esposa, quando ele me viu pela primeira vez com meu vestido branco novo e a faixa azul. Não foi, pai? (Essas crianças não eram acostumadas a dizer papai e mamãe; sua mãe não permitia essa "pieguice".)

— É verdade, minha mininninha, ele prometeu; eu sou testemunha. Mas faça com que ele repita agora, Jessy: os tipos como ele não passam de tratantes e falsos.

— Ele não é falso: ele é fermoso demais para ser falso — disse Jessy levantando os olhos para o seu alto namorado e demonstrando uma grande confiança na sua palavra.

— Fermoso! — exclamou o Sr. Yorke — É por essa razão que ele deve ser, e a prova de que ele é, um tratante.

— Mas ele parece triste demais para ser falso — observou uma voz tranquila vinda de trás da poltrona do pai. — Se ele estivesse sempre rindo, eu poderia achar que ele esquece logo as promessas, mas o Sr. Moore nunca ri.

— O seu sentimental janota é o maior vigarista do mundo, Rose — comentou o Sr. Yorke.

— Ele não é sentimental — disse Rose.

O Sr. Moore virou-se para ela um pouco surpreso, mas sorrindo.

— Como é que você sabe que eu não sou sentimental, Rose?

— Porque eu ouvi uma senhora dizer que o senhor não era.

— Voilà, qui devient intéressant![2] — exclamou o Sr. Yorke aproximando do fogo sua poltrona. — Uma senhora! Isso tem um toque muito romântico: precisamos descobrir quem é. Rosy, fale baixinho o nome para o seu pai; não deixe que *ele* ouça.

— Rose, não seja atirada demais; não fale — interrompeu a Sra. Yorke, com seu habitual modo de uma desmancha-prazeres. — Jessy também: convém a todas as crianças, sobretudo meninas, ficar em silêncio na presença de pessoas mais velhas.

— Então para que é que nós temos língua? — perguntou Jessy, audaciosa, ao passo que Rose apenas olhou para a mãe com uma expressão que parecia dizer que era preciso assimilar a máxima e pensar nela quando oportuno. Depois de dois minutos de grave deliberação, ela indagou:

— E por que sobretudo as meninas, mãe?

— Em primeiro lugar porque eu digo, e em segundo lugar porque a discrição e a reserva são a melhor sabedoria da uma moça.

— Minha cara senhora — disse Moore —, suas palavras são excelentes e me lembram, de fato, as observações feitas pela minha irmã; mas, na verdade, elas não se aplicam a essas duas garotinhas. Deixe Rose e Jessy falarem comigo à vontade, porque do contrário o meu maior prazer em vir aqui terá deixado de existir. Eu gosto da tagarelice delas; isso me faz bem.

— Não faz? — perguntou Jessy. — Faz mais bem do que se os rapazes brutos viessem ficar à sua volta; a senhora mesma chama os meninos de brutos, mãe.

— Sem dúvida, mignonne,[3] mil vezes mais bem: eu tenho suficientes rapazes brutos à minha volta o dia inteiro, poulet.[4]

— Muita gente — prosseguiu Jessy — nota os meus irmãos. Parece que todos os meus tios e tias acham seus sobrinhos melhores que as sobrinhas; e os cavalheiros que vêm jantar aqui só conversam com Matthew, Mark e Martin, jamais comigo e com Rose. O Sr. Moore é *nosso* amigo, e nós vamos conservar a sua amizade; mas, preste atenção, Rose, ele não é tão seu amigo quanto meu. Ele é um *amigo particular* meu; lembre-se disso! — E ela ergueu a mãozinha num gesto de advertência.

Rose estava muito acostumada a ser advertida por aquela mãozinha; a impetuosidade da pequena Jessy sempre dobrava a vontade de Rose: ela era guiada, dominada pela irmã em mil coisas. Em todas as ocasiões em que as duas podiam se fazer notar ou se divertir, Jessy tomava a dianteira e Rose ia calmamente para o segundo plano; ao passo que, quando os fatos desagradáveis da vida — o trabalho e as privações — estavam em questão, instintivamente Rose tomava para si, além de seu próprio quinhão, o que podia pegar do quinhão da irmã. Jessy já havia resolvido que, quando tivesse idade para tal, iria se casar; Rose, ela decidiu, seria uma velha solteirona e viveria com ela, cuidaria dos seus filhos e da casa. Essa situação não é rara entre duas irmãs quando uma é comum e a outra é linda; mas nesse caso, se realmente *havia* uma diferença na aparência, a vantagem era de Rose: seu rosto tinha traços mais regulares que o da animada Jessy. Esta, no entanto, estava destinada a ter, junto com a inteligência esperta e o sentimento vivaz, o talento do fascínio, o poder do encanto onde, quando e a quem ela o quisesse exercer. Rose iria ter uma alma bela e generosa, um nobre intelecto profundamente cultivado e um coração muito digno de confiança, mas a capacidade de atrair não lhe fora concedida.

— Vamos, Rose, me diga o nome dessa senhora que não me acha sentimental — insistiu o Sr. Moore.

Rose não tinha ideia do que era tantalização, do contrário o teria mantido em dúvida por algum tempo. Ela respondeu brevemente:

— Não posso; não sei o nome dela.

— Descreva-a para mim: como ela era? Onde foi que você a viu?

— Quando Jessy e eu fomos passar o dia em Whinbury com Kate e Susan Pearson, que tinham acabado de chegar da escola, houve uma festa na casa da Sra. Pearson e algumas senhoras estavam sentadas em um canto da sala de estar conversando sobre o senhor.

— Você não conhecia nenhuma delas?

— Hannah e Harriet e Dora e Mary Sykes.

— Bom. Elas estavam falando mal de mim, Rosy?

— Algumas sim: elas disseram que o senhor era um misantropo. Eu me lembro da palavra, fui procurá-la no dicionário quando cheguei em casa. Significa um homem que detesta os seres humanos.

— E o que mais?

— Hannah Sykes disse que o senhor era um solene cabeça-oca.

— Melhorou! — exclamou o Sr. Yorke rindo. — Ah, excelente! Hannah! É a ruiva, uma boa menina, mas não muito inteligente.

— No que toca a mim, parece que ela é bem inteligente — disse Moore. — Um solene cabeça-oca, vejam só! Bem, Rose, continue.

— A Srta. Pearson disse que para ela o seu jeito era muito afetado e que com o seu cabelo negro e pele clara o senhor parecia um palerma sentimental.

O Sr. Yorke riu novamente. Dessa vez a Sra. Yorke riu com ele.

— Veja com que estima falam do senhor pelas suas costas — disse ela. — Mas eu acho que *essa* Srta. Pearson gostaria de apanhá-lo. Ela trazia o senhor de olho quando o senhor chegou aqui, apesar de já ser bem velha.

— E quem contradisse a opinião dela, Rosy? — perguntou Moore.

— Uma senhora que eu não conheço, porque ela nunca vem aqui, embora eu a veja na igreja todo domingo; ela se senta no banco perto do púlpito. Eu costumo ficar olhando para ela em vez de seguir o meu livro de orações, porque ela se parece com a pintura que está na sala de jantar, da mulher com um pombo na mão: pelo menos ela tem os mesmos olhos da moça da pintura, e também o nariz, um nariz reto que faz todo o seu rosto parecer, de certo modo, o que eu chamo de límpido.

— E você não a conhece! — exclamou Jessy em um tom de grande surpresa. — É tão típico da Rose. Sr. Moore, eu me pergunto muitas vezes em que tipo de mundo essa minha irmã vive; tenho certeza de que não é neste nosso mundo que ela está o tempo todo: volta e meia nós descobrimos que ela desconhece totalmente alguma questão banal que todos conhecem. Pensar que ela vai solenemente à igreja aos domingos e fica olhando durante todo o tempo do serviço para certa pessoa sem jamais perguntar o nome dessa pessoa! Ela está falando de Caroline Helstone, a sobrinha do pároco; eu me lembro disso tudo. A Srta. Helstone ficou muito zangada com Anne Pearson. Ela disse: "Robert Moore não é afetado nem sentimental; a senhorita se engana totalmente quanto ao caráter dele, ou melhor, ninguém aqui sabe nada sobre isso". O senhor quer que eu lhe diga como ela é? Eu posso dizer, melhor que Rose, como são as pessoas e como elas se vestem.

— Vamos ouvir.

— Ela é agradável; é bonita; tem um belo pescoço, fino e branco; ela tem cabelos longos e cacheados, mas não rígidos — os cachos caem macios e soltos, a cor deles é castanho, mas não escuro; ela fala baixo, com uma voz clara; nunca faz um movimento agitado; usa muito um vestido de seda cinza;

é elegante da cabeça aos pés: suas roupas, seus sapatos e suas luvas sempre lhe ficam bem. Ela é o que eu chamo de uma dama, e quando eu for do tamanho dela quero ser igual a ela. Se eu for, vou satisfazê-lo? O senhor vai mesmo se casar comigo?

Moore afagou o cabelo de Jessy. Por um minuto pareceu que ia aproximá-la de si, mas em vez disso ele a afastou um pouquinho.

— Ah!, não vai? O senhor está me rejeitando.

— Ora, Jessy, você nem liga para mim. Você nunca vai me ver no Hollow.

— Porque o senhor não me convida.

E com isso o Sr. Moore fez às duas garotas um convite para irem visitá-lo no dia seguinte, afirmando que ele iria a Stilbro' de manhã e compraria para cada uma delas um presente, cuja natureza ele não iria contar, mas elas precisavam ir e ver. Jessy já ia responder quando um dos meninos irrompeu inesperadamente.

— Eu conheço essa Srta. Helstone de quem vocês estão falando. Ela é uma moça feia. Eu a detesto! Detesto todo esse mulherio. Eu me pergunto para que elas existem.

— Martin! — disse seu pai, pois o aparte havia sido dele. O minino respondeu apenas voltando seu jovem rosto cínico, meio zombeteiro e meio truculento, para a poltrona do pai. — Martin, meu minino, agora ocê é um fedelho arrogante; um dia ocê vai ser um parvo insultuoso: mas, se atenha aos seus sentimentos. Veja, vou escrever essas palavra no meu livro de apontamentos. (O pai tirou do bolso um livrinho com capa de marroquim e deliberadamente escreveu nele.) Daqui a dez anos, Martin, se ocê e eu estivermos vivos, eu lembrarei ocê dessas palavras.

— Então eu vou falar a mesma coisa: eu pretendo sempre detestar as mulheres; elas são umas bonecas, não fazem outra coisa senão se vestir bem e andar por aí para serem admiradas. Eu não me casarei nunca; serei um solteirão.

— Continue assim! Continue assim! Hesther (dirigindo-se à esposa), eu era como ele quando tinha a idade dele, um rematado misógino, e veja!, quando tinha vinte e três anos, e era turista na França e na Itália, e sabe-se lá onde mais, eu enrolava o cabelo toda noite antes de ir dormir, e usava um brinco n'orelha, e teria usado um no nariz se essa fosse a moda, e fazia tudo o que podia fazer pra me tornar mais agradável e encantador pras damas. Martin fará a mesma coisa.

— Farei? Nunca! Eu sou mais sensato. Que espantalho o senhor era, pai! Quanto à roupa, eu faço este juramento: nunca usarei nada mais elegante do que uso agora. Sr. Moore, estou vestido de azul dos pés à cabeça e as pessoas riem de mim na escola e me chamam de marinheiro. Eu rio mais alto delas e digo que elas são gralhas e papagaios, com o casaco de uma cor, o colete de outra e a calça de uma terceira. Sempre vou usar roupa azul, e nada além de azul; vestir-se com roupas de várias cores é algo que está abaixo da dignidade de um ser humano.

— Daqui a dez anos, Martin, nenhum alfaiate terá um estoque de cores suficientemente variado pro seu gosto exigente; nenhuma perfumaria terá essências intensas o suficiente para os seus sentidos delicados.

Martin parecia desdenhoso, mas não se dignou a dar outra resposta. Enquanto isso Mark, que há algum tempo vinha remexendo uma pilha de livros em uma mesa lateral, se fez ouvir. Sua fala era peculiarmente lenta, tranquila, e o rosto mostrava uma expressão de silenciosa ironia difícil de descrever.

— Sr. Moore — disse ele —, talvez o senhor ache que a Srta. Caroline Helstone o elogiou ao dizer que o senhor não é sentimental. O senhor me pareceu confuso quando minhas irmãs lhe contaram isso, como se se sentisse lisonjeado: o senhor ficou vermelho, exatamente como certo rapazinho vaidoso da nossa escola, que sempre acha apropriado enrubescer quando consegue notas melhores na sala. Para ajudá-lo, Sr. Moore, eu andei procurando a palavra "sentimental" no dicionário e descobri que ela significa "impregnado de sentimento". Examinando um pouco mais, explica-se que "sentimento" é pensamento, ideia, noção. Assim, um homem sentimental é aquele que tem pensamentos, ideias, noções; um homem não sentimental é aquele destituído de pensamento, ideia ou noção.

E Mark parou: não sorriu, não olhou em torno de si buscando admiração; ele apenas disse o que tinha a dizer e então se calou.

— Ma foi! Mon ami — comentou o Sr. Moore para o Sr. Yorke —, ce sont vraiment des enfants terribles, que les vôtres![5]

Rose, tendo ouvido atentamente o que disse Mark, lhe respondeu:

— Existem tipos diferentes de pensamentos, ideias e noções — disse ela —, boas e más: "sentimental" deve se referir às más, ou então a Srta. Helstone deve ter entendido nesse sentido, porque ela não estava culpando o Sr. Moore, ela o estava defendendo.

— Eis minha bondosa defensorazinha! — disse Moore tomando a mão de Rose.

— Ela o estava defendendo — repetiu Rose —, do mesmo modo que eu teria feito se estivesse no lugar dela, porque as outras mulheres pareciam falar maldosamente.

— As mulheres sempre falam maldosamente — observou Martin —; faz parte da natureza do mulherio ser maldosa.

Nesse momento, Matthew abriu a boca pela primeira vez:

— Como Martin é bobo, fica sempre tagarelando sobre coisas que não entende.

— É meu privilégio, como homem livre, tagarelar sobre qualquer assunto de que eu goste — respondeu Martin.

— Você usa esse privilégio, ou melhor, abusa dele, a tal ponto — retornou o irmão mais velho — que você prova que deveria ter sido um escravo.

— Um escravo! Um escravo! Isso dito para um Yorke e por um Yorke! Esse sujeito — acrescentou ele pondo-se de pé ao lado da mesa e apontando para Matthew, que estava na outra extremidade dela — esse sujeito esquece o que qualquer aldeão de Briarfield sabe muito bem, que todos os nascidos na nossa casa têm o peito do pé arqueado sob o qual a água pode correr, o que prova que há trezentos anos não existiu nenhum escravo com o nosso sangue.

— Charlatão! — disse Matthew.

— Mininos, calem-se! — exclamou o Sr. Yorke. — Martin, você é um encrenqueiro: se não fosse por você, não teria havido nenhum problema.

— Verdade? É isso mesmo? Eu comecei, ou foi Matthew? Eu tinha falado com ele quando ele me acusou de ficar tagarelando como um bobo?

— Um bobo presunçoso! — repetiu Matthew.

Nesse ponto a Sra. Yorke começou a se balançar — um movimento muito pressago, pois costumava ser seguido, sobretudo quando Matthew era derrotado em um conflito, por um acesso de histeria.

— Não vejo por que eu deva suportar insolência de Matthew Yorke ou que direito tem ele de usar comigo uma linguagem desagradável — observou Martin.

— Ele não tem direito, meu minino; mas perdoe vosso irmão até setenta e sete vezes — disse apaziguadoramente o Sr. Yorke.

— Sempre a mesma coisa, e a teoria e a prática sempre opostas — murmurou Martin ao se virar e deixar a sala.

— Aonde é que ocê tá indo, meu filho? — indagou o pai.

— A algum lugar onde eu fique livre do insulto, se é que nesta casa eu posso encontrar esse lugar.

Matthew deu uma risada muito insolente; Martin lhe dirigiu um olhar estranho e todo o seu corpo delgado tremeu, mas ele se dominou.

— Imagino que ninguém faça objeção à minha retirada? — disse ele.

— Não. Vai, meu minino; mas lembre-se de não guardar rancor.

Martin saiu e Matthew deu às costas dele outra risada insolente. Rose, erguendo a bela cabeça do ombro de Moore, no qual ela havia repousado por um momento, disse dirigindo um olhar fixo para Matthew:

— Martin está ferido e você se alegra; mas eu preferiria ser Martin, e não você: eu não gosto da sua natureza.

Nesse ponto o Sr. Moore, a fim de evitar, ou pelo menos deixar de presenciar, uma cena — que um soluço da Sra. Yorke avisou-o de que estava prestes a acontecer — se levantou e, tirando Jessy do seu joelho, beijou-a e também a Rose, recomendando-lhes que não deixassem de ir ao Hollow no começo da tarde do dia seguinte; então, despedindo-se de sua anfitriã, disse ao Sr. Yorke:

— Posso conversar um pouco com o senhor? — e saiu da sala com ele. Sua breve conferência aconteceu no vestíbulo.

— O senhor tem emprego para um bom trabalhador? — perguntou Moore.

— Uma pergunta absurda nestes tempos, quando se sabe que todo patrão tem muitos bons trabalhadores a quem não pode dar emprego em tempo integral.

— O senhor me faria um favor ficando com esse homem, se possível.

— Meu minino, eu não posso ficar com mais trabalhadores para prestar um favor a toda a Inglaterra.

— Não é o caso; preciso encontrar algum lugar para ele.

— Quem é?

— William Farren.

— Eu conheço William. Um sujeito absolutamente honesto, o William.

— Ele está sem trabalho há três meses; a família dele é grande; temos certeza de que eles não podem viver sem salário. Ele foi um dos integrantes de uma comitiva de trabalhadores que foi me procurar hoje de manhã para se queixar e fazer ameaças. William não ameaçou; ele apenas me pediu que lhes desse um pouco de tempo... para realizar as minhas mudanças mais lentamente. O senhor sabe que eu não posso fazer isso: apertado de todos os lados como estou, só posso mesmo seguir em frente. Eu achei que seria perda de tempo ficar conversando muito com eles. Então os mandei embora depois de prender um patife que havia entre eles, que eu espero que seja levado para uma colônia penal, um sujeito que às vezes prega na capela ali.

— Não é o Moses Barraclough?

— Isso mesmo.

— Ah!, você o prendeu? Que bom! Então vai transformar um patife em um mártir: que ação sensata, a sua.

— Eu fiz o que é certo. Bom, resumindo, eu estou determinado a arranjar um lugar para Farren e conto com o senhor para lhe dar esse lugar.

— Isso é ótimo! — exclamou o Sr. Yorke. — Que direito você tem de contar comigo para cuidar dos seus trabalhadores demitidos? O que é que eu sei sobre os seus Farrens e os seus Williams? Já ouvi falar que ele é um homem honesto; mas eu vou sustentar todos os homens honestos de Yorkshire? Você pode dizer que isso não seria um grande peso para eu assumir; mas, grande ou pequeno, não vou assumi-lo.

— Vamos, Sr. Yorke, o que é que o senhor pode encontrar para ele fazer?

— *Eu* encontrar! Você vai acabar me fazendo usar palavras que eu não estou acostumado a dizer. Eu gostaria que você fosse para casa... a porta é ali... vá embora.

Moore se sentou em uma das cadeiras do vestíbulo.

— O senhor não pode dar a ele um emprego na sua fábrica — está bem; mas o senhor tem terras. Encontre para ele alguma ocupação na sua terra, Sr. Yorke.

— Bob, eu achei que você não se importava nem um pouco com os nossos "lourdauds de paysans":[6] não estou entendendo essa mudança.

— Eu entendo: o sujeito só me disse verdades e coisas sensatas. Eu lhe respondi com a mesma rudeza com que respondi aos outros, que matraquearam bobagens. Naquele momento, não pude fazer distinções; mais tarde, o aspecto de Farren me mostrou com mais clareza que o seu discurso o que ele tem vivido ultimamente; mas de que adianta explicar? Dê a ele um trabalho.

— Você que arrume alguma coisa. Se você está tão empenhado em ajudá-lo, faça o impossível.

— Se eu tivesse alguma coisa em meus negócios que ainda pudesse ser forçada, eu a forçaria até que ela se quebrasse de novo; mas esta manhã recebi cartas que me mostraram perfeitamente a minha situação, e ela não está longe do fim da linha. O meu mercado externo, de qualquer maneira, está estrangulado. Se nada mudar (se não surgir nenhuma perspectiva de paz) e se as Ordens do Conselho não forem pelo menos suspensas, para que possamos abrir caminho no Oeste, não sei para onde vou me voltar. Não vejo mais luz do que se estivesse fechado dentro de uma pedra; e, assim, pretender oferecer a um homem seu ganha-pão seria agir desonestamente.

— Venha, vamos dar uma volta na frente da casa. A noite está estrelada — disse o Sr. Yorke.

Eles saíram, fechando atrás de si a porta da frente, e juntos andaram de um lado para outro no calçamento branqueado pela geada.

— Resolva logo o caso de Farren — insistiu o Sr. Moore. — O senhor tem grandes pomares na fábrica Yorke; ele é um bom jardineiro, dê-lhe trabalho lá.

— Está bem, que seja. Amanhã vou mandar chamá-lo e então veremos. E agora, meu minino, ocê está preocupado com a situação dos vossos negócios?

— Estou. Um segundo malogro, que eu posso adiar, mas que, neste momento, não vejo como evitar de uma vez por todas, arruinaria por completo o nome dos Moore; e o senhor sabe que eu tinha a firme intenção de pagar todas as dívidas e restabelecer a antiga empresa na sua base anterior.

— Falta-lhe capital, você só precisa disso.

— Sim, mas o senhor pode dizer também que respirar é tudo de que um morto precisa para viver.

— Eu sei... Sei que o capital não será concedido a quem o pede; e, se você fosse casado e tivesse família, como eu, o seu caso me pareceria muito desesperador; mas os jovens e desimpedidos têm oportunidades que lhes são peculiares. Eu ouço de vez em quando boatos de que você está prestes a se casar com essa ou aquela senhorita, mas suponho que seja tudo infundado?

— O senhor pode muito bem supor isso. Acho que não estou em situação de sonhar com casamento. Casamento! Não posso suportar essa palavra; me parece algo tão tolo e utópico. Já me convenci definitivamente de que casamento e amor são coisas supérfluas, feitas apenas para os ricos que vivem folgadamente e não têm necessidade de se preocupar com o futuro; ou ações desesperadas, a última e irresponsável alegria dos profundamente desgraçados, que nunca esperam sair do atoleiro da sua completa pobreza.

— Eu não acharia isso se estivesse na sua situação: eu acharia que poderia perfeitamente arranjar uma esposa com alguns milhares de libras, uma mulher que servisse tanto para mim quanto para os meus negócios.

— Fico pensando, onde eu a encontro?

— Você tentaria, se tivesse uma oportunidade?

— Não sei; depende de... resumindo, depende de muitas coisas.

— Você se casaria com uma mulher mais velha?

— Preferiria quebrar pedras na rua.

— Eu também. Você se casaria com uma mulher feia?

— Ora! Eu detesto a feiura e me encanto com a beleza: meus olhos e meu coração, Yorke, se encantam com um rosto doce, jovem, bonito, assim como são repelidos por um rosto carrancudo, enrugado e magro. Traços e cores suaves e delicados me agradam; os duros me fazem mal. Eu não me casaria com uma mulher feia.

— Nem se ela fosse rica?

— Nem se ela estivesse vestida com pedras preciosas. Eu não poderia amar... não poderia ter atração... não poderia suportá-la. Meu gosto precisa ser satisfeito, do contrário a repulsa fará surgir o despotismo, ou pior, levará ao gelo absoluto.

— Mas o que é isso! Bob, se você se casasse com uma minina honesta, de boa índole e rica, embora um pouco feia, você não seria capaz de tolerar as maçãs do rosto salientes, a boca muito grande e o cabelo avermelhado?

— Nunca vou experimentar isso, eu lhe garanto. Pelo menos a graça eu *vou* ter, e juventude e simetria... sim, e o que eu chamo de beleza.

— E a pobreza, e um quarto cheio de mininos que você não pode alimentar nem vestir, e em pouco tempo uma mãe esgotada pela angústia; e depois a falência, o descrédito, uma luta eterna?

— Yorke, me deixe em paz.

— Se você é romântico, Robert, e acima de tudo se está apaixonado, não adianta nada eu falar.

— Eu não sou romântico. Sou tão vazio de romance quanto os estendedouros daquele campo estão vazios de tecido.

— Use sempre essas figuras de linguagem, minino; eu consigo entendê-las. E não há nenhum caso de amor para perturbar o seu julgamento?

— Achei que já havia falado o suficiente sobre esse assunto. Amor para mim? Bobagem!

— Então está certo. Se tanto de coração quanto de cabeça você está bem, não há razão pela qual não deva aproveitar uma boa oportunidade que venha a surgir. Assim, espere e veja.

— Seu tom é muito oracular, Yorke.

— Acho que tenho um pouco de oráculo. Eu num lhe prometo nada nem aconselho nada; mas lhe peço pra ocê não perder o ânimo e se deixar guiar pelas circunstâncias.

— Meu xará, o almanaque do Moore, não poderia ter falado com maior cautela.

— Enquanto isso eu não me importo nada com ocê, Robert Moore: ocê não é aparentado comigo nem com minha família, e pra mim não faz a menor diferença se ocê perder ou ganhar uma fortuna. E agora vá para casa. Já são dez horas. A Srta. Hortense deve estar se perguntando onde ocê anda.

X. Solteironas

O tempo passou e a primavera amadureceu. A superfície da Inglaterra começou a ter um aspecto agradável: seus campos verdejaram, suas colinas vicejaram, seus jardins floresceram; mas em seu foro íntimo o país não estava melhor. Seus pobres continuavam infelizes, seus empregadores continuavam fustigados: alguns ramos do comércio pareciam ameaçados de paralisia, pois a guerra continuava; o sangue da Inglaterra era derramado e a sua riqueza se dispersava; tudo, aparentemente, para atingir fins sumamente inadequados. Vez por outra chegavam notícias de sucessos na Península, mas elas vinham lentamente; ocorriam longos intervalos entre uma e outra, e nestes não se sabia de nada além dos insolentes cumprimentos que Bonaparte fazia a si mesmo pelos contínuos triunfos. Os que sofriam com os resultados da guerra achavam insuportável essa luta tediosa e — segundo o parecer deles — desesperançada, contra o que os seus temores ou seus interesses lhes diziam que devia ser considerada uma força invencível, extremamente intolerável: eles exigiam paz sob quaisquer termos. Homens como Yorke e Moore — e havia milhares que a guerra havia posto na mesma situação deles, tremendo no limiar da falência — insistiam na paz com a energia do desespero.

Eles faziam reuniões, discursavam e preparavam petições para extrair essa dádiva; em quais termos ela poderia acontecer, não lhes importava.

Todos os homens, considerados separadamente, são mais ou menos egoístas; e considerados em conjunto o são intensamente. O comerciante inglês não é exceção à regra: as classes mercantis ilustram isso de modo impressionante. Elas certamente pensam apenas em fazer dinheiro; ignoram por completo quaisquer considerações nacionais fora a de ampliar o comércio da Inglaterra (i.e.[1], o delas próprias). Sentimentos nobres, desinteresse e orgulho da honra são coisas totalmente mortas nos seus corações. Uma terra governada somente por eles seria com muita frequência vergonhosamente submissa — de modo algum por causa dos ensinamentos de Cristo, mas sim devido aos móbeis inculcados por Mammon. Durante a última guerra, os comerciantes ingleses teriam suportado bofetadas na face direita e na face esquerda dadas pelos franceses; eles teriam dado sua capa a Napoleão e depois oferecido delicadamente o casaco, e nem teriam se furtado a oferecer o colete se fossem instados: eles teriam pedido permissão apenas para ficar com a sua única roupa restante por causa do dinheiro que havia no bolso. Nem uma fagulha de espírito, nem um sintoma de resistência eles teriam mostrado até que a mão do bandido corso tivesse agarrado a sua amada carteira; *então*, talvez, transformados imediatamente em buldogues ingleses, eles teriam saltado na garganta do ladrão, e a ela teriam se agarrado, e nela ficado — inveterados, insaciáveis, até o tesouro ter sido restaurado. Os comerciantes, quando se manifestam contra a guerra, sempre professam odiá-la por ser um procedimento bárbaro e sangrento: ouvindo-os falar, você pensaria que eles são peculiarmente civilizados — sobretudo pacíficos e amigáveis com seus concidadãos. Não é isso que acontece. Muitos deles são extremamente tacanhos e frios de coração, não têm bons sentimentos para com nenhuma classe além da sua, sendo distantes e até mesmo hostis a todas as demais; chamam-nas de inúteis e parecem contestar o direito delas de existir; parecem se ressentir do ar que elas respiram e considerar injustificável o fato de elas comerem, beberem e viverem em casas satisfatórias. Eles não sabem o que os outros fazem para ajudar, agradar ou ensinar sua classe; não se preocuparão em investigar: quem não estiver no comércio será acusado de comer o pão da preguiça, de viver uma existência inútil. Que ainda se passe muito tempo antes de a Inglaterra realmente se tornar uma nação de comerciantes!

Nós já dissemos que Moore não era um homem capaz de se sacrificar pela pátria e também explicamos quais circunstâncias o tornaram especialmente propenso a dirigir sua atenção e seus esforços para a promoção do seu interesse individual; assim, quando se viu pela segunda vez à beira da ruína, ninguém lutou com mais disposição que ele contra as influências que o teriam empurrado para ela. O que ele *podia* fazer no Norte para incitar a agitação contra a guerra ele fez, e instigou outras pessoas a quem o dinheiro e as relações davam mais força que a que ele tinha. Às vezes lhe vinha uma súbita impressão de que havia pouca razão nas exigências que o seu partido fazia ao governo: quando soube que toda a Europa estava ameaçada por Bonaparte e toda a Europa estava se armando para resistir a ele; quando viu a Rússia ameaçada e observou a Rússia se levantando, enfurecida e firme, para defender seu solo congelado, suas ermas províncias onde o trabalho era servil e seu obscuro despotismo nacional contra o tacão, o jugo, a tirania de um conquistador estrangeiro, ele soube que a Inglaterra, um reino livre, não poderia *então* incumbir seus filhos de fazer concessões e propor condições ao injusto e ávido líder francês. Quando de tempos em tempos chegavam notícias dos movimentos daquele Homem representando então a Inglaterra na Península, do seu avanço de sucesso em sucesso — um avanço tão cauteloso, mas tão contínuo, tão circunspecto, mas tão infalível, tão "sem se apressar", mas, no entanto, "sem repousar"; quando lia os despachos do próprio Lorde Wellington nas colunas dos jornais, documentos escritos pela Modéstia sob a injunção da Verdade —, Moore confessava intimamente que com os soldados da Inglaterra estava uma força daquela espécie vigilante, resistente, genuína, discreta, que devia dar a vitória ao lado que ela conduzia, no final. No final! Mas esse final, pensava ele, ainda estava muito distante; e enquanto isso ele, Moore, como um indivíduo, seria esmagado, suas esperanças moídas até se reduzirem a pó. Ele tinha de se preocupar com ele mesmo, tinha de ir atrás de suas esperanças; e ele cumpriria o seu destino.

Ele o cumpriu com tanto vigor que logo chegou a uma ruptura decisiva com seu velho amigo Tory, o pároco. Eles discutiram em uma reunião pública, e depois trocaram cartas ácidas nos jornais. O Sr. Helstone denunciou Moore como jacobino, deixou de vê-lo, não falava com ele quando os dois se encontravam: ele também comunicou à sobrinha, muito enfaticamente, que as relações dela com o chalé do Hollow deviam cessar; ela teria de desistir das aulas de francês. O idioma, observou ele, era na melhor das hipóteses ruim e frívolo, e a maioria das obras de que ele se vangloriava era ruim e frívola, altamente prejudicial na sua tendência de enfraquecer a mente feminina. Ele se perguntava (observou isso em um aparte) que palerma inventou a moda de ensinar francês para as mulheres. Nada era mais impróprio para elas. Era como alimentar uma criança raquítica com carbonato de cálcio e mingau aguado. Caroline devia desistir daquilo e desistir também dos seus primos: eles eram pessoas perigosas.

O Sr. Helstone contava com uma oposição a essa ordem: esperava lágrimas. Ele raramente se preocupava com os movimentos de Caroline, mas tinha a vaga ideia de que ela gostava muito de ir ao chalé do Hollow; além disso, desconfiava de que ela gostava da presença eventual de Robert Moore na casa paroquial. O cossaco havia percebido que, se Malone aparecesse na casa uma noite para se mostrar sociável e encantador, beliscando as orelhas de um velho gato preto, que normalmente compartilhava com os pés da Srta. Helstone o espaço do seu escabelo, ou tomando emprestada uma espingarda e atirando na porta de um galpão de ferramentas no jardim quando ainda restava suficiente luz solar para mostrar aquele alvo ostensivo, e enquanto isso mantendo as portas do corredor e da sala de estar desconfortavelmente abertas, para a conveniência de correr para dentro e para fora a fim de anunciar seus fracassos e sucessos com uma brusquerie[2] ruidosa — ele observara que, nessas circunstâncias tão divertidas, Caroline usava o ardil de desaparecer, saltitando silenciosamente escada acima e permanecendo invisível até ser chamada para a ceia. Por outro lado, quando Robert Moore era o convidado, embora ele não atiçasse a vivacidade do gato e, na verdade, não fizesse nada com o animal, além de vez por outra atraí-lo do escabelo para os seus joelhos e deixá-lo ronronar ali, depois subir até o seu ombro e esfregar a cabeça contra a sua face; e embora não houvesse ensurdecedores estampidos de armas de fogo, ou difusão de perfume sulfuroso de pólvora, barulho ou bazófia durante a sua permanência — que, mesmo assim, Caroline ficava sentada na sala e parecia fantasticamente satisfeita com o trabalho de costurar almofadas de alfinetes para a Cesta do Judeu e tricotar meias para a Cesta do Missionário.

Ela ficava muito tranquila e Robert lhe dava pouca atenção, quase não lhe dirigindo a palavra; porém, o Sr. Helstone, que não era desses velhos facilmente enganáveis, pelo contrário, ele se achava extremamente alerta em todas as ocasiões, os havia observado quando os dois se despediam: ele havia visto os olhos dos dois se encontrando uma vez — somente uma vez. A algumas naturezas teria agradado aquele olhar então surpreendido, porque não havia nele nenhum dano e sim deleite. Não era de modo algum um olhar de entendimento mútuo, pois não havia segredos de amor mútuo entre eles; não havia então nenhum estratagema ou dissimulação ofensivos; apenas os olhos do Sr. Moore, fitando os de Caroline, percebiam que eles eram límpidos e gentis; e os olhos de Caroline, encontrando os do Sr. Moore, confessavam que eles eram viris e penetrantes: ambos reconheciam o encantamento nos modos um do outro. Moore tinha um leve sorriso, e Caroline enrubescia de modo igualmente leve. O Sr. Helstone poderia ter repreendido os dois naquele instante: eles o aborreciam, por quê? Impossível dizer. Se lhe perguntássemos o que Moore merecia naquele momento, ele teria dito "uma chicotada"; se tivéssemos perguntado a que Caroline fazia jus, ele lhe teria sentenciado uma bofetada na orelha; se, além disso, tivéssemos exigido a razão desses castigos, ele teria vociferado contra o namoro e a corte e desejado que essa tolice não estivesse acontecendo sob o seu teto.

Essas considerações particulares, associadas a razões políticas, o levaram a decidir separar os primos. Uma noite ele anunciou a sua resolução a Caroline quando ela estava sentada trabalhando perto da janela da sala de estar: o rosto dela estava voltado para a direção do tio e a luz o iluminava em cheio. Poucos minutos antes, o Sr. Helstone tivera a impressão de que ela estava mais pálida e mais silenciosa que normalmente; tampouco escapara à sua percepção que, por alguma razão, o nome de Robert Moore não fora pronunciado por ela por umas três semanas; e nem durante esse mesmo período essa pessoa havia aparecido na casa paroquial. A suspeita de encontros clandestinos assombrou sua mente; não tendo mais que uma opinião indiferente sobre as mulheres, ele sempre desconfiava delas: ele achava que era preciso vigiá-las constantemente. Foi em um tom seco e significativo que ele lhe comunicou que as visitas diárias dela ao Hollow deveriam cessar; ele esperava um sobressalto, um olhar de censura: o sobressalto ele viu, mas muito leve; nenhum tipo de olhar foi dirigido a ele.

— Você está me ouvindo? — indagou ele.

— Sim, tio.

— Sem dúvida você pretende fazer o que eu digo.

— Sim, claro.

— E não deve haver escrevinhação de cartas para a sua prima Hortense: nenhum tipo de comunicação. Eu não aprovo os princípios da família; eles são jacobinos.

— Muito bem — disse Caroline tranquilamente. Ela aquiesceu então: não havia um rubor de irritação em seu rosto, nem lágrimas; a impalpável reflexão que cobrira suas feições antes de o Sr. Helstone começar a falar permaneceu imperturbável; ela era obediente.

Sim, perfeitamente; porque a ordem coincidia com a sua própria avaliação anterior; porque agora lhe era penoso ir ao chalé do Hollow; nada estava à espera dela lá, a não ser desapontamento: a esperança e o amor haviam deixado aquela pequena morada, cujas dependências Robert parecia ter abandonado. Sempre que perguntava por ele — o que só muito raramente fazia, pois bastava ela pronunciar o seu nome para sentir o rosto afogueado — a resposta era que ele havia saído ou estava muito ocupado: Hortense temia que o irmão estivesse se matando com tanto trabalho, pois ele quase nem mesmo fazia uma refeição em casa; vivia no escritório.

Somente na igreja Caroline tinha oportunidade de vê-lo, mas ela raramente o olhava lá. Contemplá-lo causava ao mesmo tempo muita dor e muito prazer: suscitava emoção em demasia, e ela havia aprendido o suficiente para saber que toda aquela emoção era desperdiçada.

Uma vez, em um domingo escuro e úmido, quando havia pouca gente na igreja e, sobretudo, estavam ausentes algumas mulheres de cujas faculdades de observação e línguas afiadas Caroline tinha receio, ela havia deixado seu olhar procurar o banco de Robert e pousar um pouco no homem que o ocupava. Ele estava sozinho: Hortense fora retida em casa por prudentes considerações relacionadas à chuva e a um novo chapeau[3] de primavera. Durante o sermão ele ficou sentado de braços cruzados e olhos baixos, parecendo muito triste e absorto. Quando estava deprimido, até a cor do seu rosto parecia mais escura que quando ele sorria, e naquele dia suas faces e sua testa tinham um tom moreno mais pálido e sóbrio. Caroline sabia instintivamente, ao examinar aquele semblante nublado, que os pensamentos de Robert não percorriam nenhum canal conhecido ou amigável; que estavam muito longe não somente dela como também de tudo o que ela podia compreender ou compartilhar com ele. Nada do que os dois haviam algum dia discutido passava pela mente dele naquele momento: ele fora afastado dela por interesses e responsabilidades dos quais ela supostamente não podia participar.

Ao seu próprio modo, Caroline pensava no assunto; especulava sobre os sentimentos, a vida, os temores e o destino dele; refletia sobre o mistério dos "negócios", tentava compreender mais a esse respeito do que jamais lhe fora dito — compreender as suas perplexidades, responsabilidades, deveres, extorsões; empenhava-se em compreender o estado de espírito de um "homem de negócios", penetrar nele, sentir o que esse homem sentiria, aspirar ao que ele aspiraria. Seu sincero desejo era ver as coisas como elas eram e não ser romântica. Com esforço, ela conseguiu ter um vislumbre da luz da verdade aqui e acolá, e esperou que esse raiozinho pudesse ser suficiente para guiá-la.

"De fato", concluiu ela, "a condição mental de Robert é diferente da minha: eu só penso nele, mas ele não tem espaço, não tem oportunidade, para pensar em mim. O sentimento chamado amor é e tem sido há dois anos a emoção predominante no meu coração — sempre ali, sempre desperta, sempre acesa: outros sentimentos muito diferentes absorvem as reflexões de Robert e governam as suas faculdades. Ele está agora se levantando e vai sair da igreja, porque o serviço terminou. Voltará a cabeça para este banco? Não, nem uma única vez. Ele não tem um olhar para mim: isso é cruel, um olhar de simpatia teria me deixado feliz até amanhã; eu não o ganhei; ele não o concederia; ele se foi. É estranho que a tristeza quase me sufoque agora porque o olhar de outro ser humano deixou de saudar o meu."

Na noite daquele domingo, tendo vindo o Sr. Malone, como sempre, passá-la com seu pároco, Caroline se retirou para o quarto depois do chá. Fanny, sabendo dos seus hábitos, havia acendido para ela um pequeno e aconchegante fogo, já que o tempo estava tão tempestuoso e frio. Fechada ali, em silêncio e solitária, o que lhe restava fazer senão pensar? Ela andava silenciosamente de um lado para outro no chão atapetado, a cabeça baixa e as mãos entrelaçadas: ficar sentada a irritava; o fluxo da reflexão corria célere em sua mente; naquela noite ela se via em um estado de agitação silenciosa.

Silencioso estava o quarto, silenciosa a casa. A porta dupla do escritório abafava as vozes dos cavalheiros: as criadas estavam quietas na cozinha, entregues à leitura de livros que sua jovem patroa lhes tinha emprestado; livros que, lhes dissera ela, "eram próprios para serem lidos no domingo". E ela própria tinha um deles aberto sobre a mesa, mas não conseguia ler: a teologia lhe era incompreensível, e sua mente estava ocupada, fervilhante e errante demais para prestar atenção à linguagem de outra mente.

E sua imaginação evocava também uma profusão de imagens: imagens de Moore, cenas em que ele e ela tinham estado juntos; episódios ao lado da lareira, no inverno; uma paisagem cintilante de uma tarde quente de verão passada com ele no seio do bosque de Nunnely; divinas vinhetas de momentos de primavera suave e outono brando, quando ela havia se sentado ao lado dele no bosque do Hollow ouvindo o canto do cuco em maio ou compartilhando o tesouro das nozes e das amoras silvestres maduras em setembro — uma sobremesa silvestre que era seu prazer matutino recolher em uma cestinha, recobrindo-as com folhas verdes e flores, e seu deleite vespertino oferecer a Moore, amora por amora, noz por noz, como um pássaro alimentando seu filhote.

A fisionomia e a figura de Robert estavam com ela; o som da voz dele era muito nítido no seu ouvido; as poucas carícias dele pareciam renovadas. Mas, sendo ocas, essas alegrias logo desapareceram: as imagens empalideceram, a voz se apagou, o entrelaçar imaginário de mãos se tornou gelo na sua mão, e onde a cálida pressão de lábios havia deixado uma impressão na sua testa agora dava a sensação de ter sido tocado pela neve e pela chuva. Caroline voltou de uma região encantada para o mundo real: no lugar do bosque de Nunnely em junho ela viu seu quarto estreito; no lugar do canto de pássaros nas alamedas ela ouviu a chuva nos postigos; no lugar do sussurro do vento do sul veio o soluço do leste desolador; e no lugar da companhia viril de Moore o que havia era a escassa ilusão da sua própria sombra que tremeluzia na parede. Desviando-se do mortiço fantasma que a refletia em seu contorno, e seu devaneio na postura da cabeça baixa e nos cachos sem cor, Caroline se sentou — a inação convinha ao estado de espírito no qual ela estava resvalando — ela disse com seus botões: "Eu tenho de viver, talvez, setenta anos. Até onde sei, tenho boa saúde; meio século de existência pode estar diante de mim. Como vou ocupá-lo? O que vou fazer para preencher o intervalo de tempo que se estende entre mim e a sepultura?"

Ela refletiu.

"Eu não vou me casar, ao que parece", prosseguiu ela. "Como Robert não se importa comigo, acho que nunca terei um marido para amar nem criancinhas para tomar conta. Até recentemente, eu tinha a certeza de contar com os deveres e afeições de esposa e mãe para ocupar a minha existência. Considerava, de certo modo, algo natural eu estar me encaminhando para o destino comum, e nunca me preocupei em procurar outro; mas agora percebo claramente que posso ter me enganado. É provável que eu venha a ser uma solteirona. Viverei para ver Robert casado com outra, alguma mulher rica: nunca me casarei. Eu me pergunto para que fui criada. Qual é o meu lugar no mundo?"

Ela refletiu novamente.

"Ah! Eu sei", prosseguiu ela, "essa é a pergunta que todas as solteironas têm dificuldade em responder: outras pessoas a respondem para elas dizendo: 'O seu lugar é fazer o bem para os outros, ser útil sempre que precisam de ajuda'. Isso é verdade até certo ponto, e é uma doutrina muito conveniente para as pessoas que a sustentam, mas eu noto que alguns grupos de seres humanos são muito propensos a dizer que outros grupos devem dedicar sua vida a eles e ao serviço deles; e então dizem que eles são dedicados e virtuosos. Isso é suficiente? Isso é viver? Não há um terrível vazio, zombarias, carência, ânsia, nessa existência cedida aos outros por falta de algo de seu a que a entregar? Eu desconfio que há. A virtude reside na abnegação da pessoa? Não acredito nisso. A humildade excessiva engendra a tirania; a concessão fraca gera o egoísmo. A religião católica ensina enfaticamente a renúncia de si mesmo, a submissão aos outros, e em nenhum outro lugar se veem tantos tiranos ávidos de controle quanto entre os padres católicos. Cada ser humano tem a sua cota de direitos. Eu desconfio que, se cada um soubesse qual é a sua e se apegasse a ela com tanta tenacidade quanto o mártir ao seu credo, isso levaria à felicidade e ao bem-estar de todos. Pensamentos estranhos, esses que surgem na minha mente. Eles são razoáveis? Não estou segura.

"Bom, na melhor das hipóteses a vida é curta. Setenta anos, dizem, passam como um vapor, como um sonho quando dele despertamos; e todos os caminhos que os pés humanos palmilham terminam em um único destino — a sepultura, a pequena fissura na superfície deste grande globo, o sulco onde o poderoso lavrador com a foice deposita a semente que ele sacudiu da haste madura; e ali ela cai, se decompõe e então brota novamente, depois de o mundo já ter dado mais algumas voltas. Isso basta para o corpo. Enquanto isso, a alma dá seu longo voo para o alto, dobra as asas no limiar do mar de fogo e de cristal e, olhando para baixo através da transparência flamejante, encontra ali espelhada a visão da Santíssima Trindade cristã — o Pai soberano, o Filho mediador, o Espírito Criador. Essas palavras, de qualquer maneira, foram escolhidas para exprimir o que é inexprimível, para descrever o que ilude a descrição. Quem vai adivinhar qual é a verdadeira vida da alma no além-mundo?"

O fogo se transformara em cinzas; Malone já se fora; e então o sino do escritório tocou para as orações.

O dia seguinte Caroline precisou passar totalmente sozinha, seu tio tendo ido almoçar com seu amigo Dr. Boultby, vigário de Whinbury. Ela passou o dia em uma conversa interior sobre o mesmo assunto: olhando para o futuro, perguntando-se o que iria fazer na vida. Fanny, ocasionalmente entrando e saindo da sala, cuidando das tarefas domésticas, notou que a jovem patroa estava muito quieta. Sentada sempre no mesmo lugar, diligentemente curvada sobre um trabalho manual, ela não ergueu a cabeça para conversar com Fanny, como era o seu costume; e, quando a criada comentou que o dia estava bonito e por isso seria bom dar uma volta, ela respondeu apenas:

— Está frio.

— A senhorita é muito dedicada a esse trabalho, Srta. Caroline — continuou a moça aproximando-se da sua mesinha.

— Estou cansada dele, Fanny.

— Então por que continua? Deixe isso de lado; leia ou faça alguma coisa para se divertir.

— É tão quieta esta casa, Fanny, você não acha?

— Eu não acho, senhorita. Eu e Eliza fazemos companhia uma à outra; mas a senhorita fica parada demais. A senhorita devia fazer mais visitas. Vamos! Ouça-me; suba a escada, ponha uma roupa elegante e vá tomar um chá com a Srta. Mann ou a Srta. Ainley. Tenho certeza de que as duas ficariam encantadas de receber a sua visita.

— Mas a casa delas é muito lúgubre: as duas são solteironas. Tenho certeza de que as solteironas são uma raça muito infeliz.

— Essas não, senhorita. Elas não podem ser infelizes, porque se cuidam muito bem. As duas são muito egoístas.

— A Srta. Ainley não é egoísta, Fanny, ela sempre está fazendo o bem. Quão dedicada ela foi com a madrasta, enquanto a velha senhora era viva; e agora que está sozinha no mundo, sem irmão e irmã, ou qualquer outra pessoa para cuidar dela, quão caridosa ela é com os pobres, tanto quanto seus meios permitem! Ainda assim, ninguém pensa muito nela ou tem prazer em ir vê-la, e como os cavalheiros sempre a desprezam!

— Não deviam, senhorita; eu acho que ela é uma boa mulher, mas os cavalheiros só prestam atenção na aparência das mulheres.

— Vou visitá-la — exclamou Caroline levantando-se. — E, se ela me convidar para ficar e tomar chá, vou fazer isso. É muito errado abandonar as pessoas porque elas não são bonitas, jovens e alegres. E também vou visitar a Srta. Mann; ela pode não ser amável, mas o que a tornou desagradável? O que tem sido a vida para ela?

Fanny ajudou a Srta. Helstone a guardar seu trabalho e a secundou em seguida quando ela foi se vestir.

— *A senhorita* não vai ser solteirona, Srta. Caroline — disse ela ao amarrar a faixa do vestido de seda marrom, tendo antes ajeitado os cachos suaves, cheios e brilhantes da patroa. — A senhorita não tem nenhum sinal de solteirona.

Caroline se olhou no pequeno espelho que estava diante de si e achou que havia alguns sinais. Ela via que tinha mudado no último mês; que as cores da sua pele estavam mais pálidas, os olhos diferentes — pareciam circundados por uma tonalidade lívida; e sua fisionomia era desanimada; ela não estava, em suma, tão bonita ou viçosa como antes. Ela insinuou essa impressão para Fanny, da qual não obteve uma resposta direta, apenas o comentário de que a aparência das pessoas varia, mas que na idade dela um pequeno abatimento não significava nada; logo ela se recuperaria e estaria mais roliça e rosada que nunca. Tendo garantido isso, Fanny mostrou um zelo notável ao envolvê-la em xales e lenços, até Caroline, quase oprimida com o peso, sentir-se obrigada a resistir a outros acréscimos.

Ela fez as visitas: primeiro à Srta. Mann, pois esse era o caso mais difícil — a Srta. Mann obviamente não era uma mulher muito amável. Até então, Caroline tinha sempre declarado sem hesitação que não gostava dela, e mais de uma vez rira com o primo Robert de algumas das suas peculiaridades. Moore não era afeito ao sarcasmo, especialmente com os mais humildes ou mais fracos que ele; mas uma ou duas vezes acontecera de ele estar na sala quando a Srta. Mann fora visitar sua irmã e, depois de ouvir a conversa dela e observar a sua figura por algum tempo, ele foi até o jardim onde sua priminha estava cuidando das flores preferidas dele e, de pé ao lado dela, examinando-a, ele se divertiu comparando a juventude bela, delicada e atraente, com a velhice enrugada, lívida e carente de amor, e repetindo divertido para uma sorridente menina a conversa azeda de uma solteirona maldosa. Uma vez, em uma dessas ocasiões, Caroline havia lhe dito, erguendo o olhar da luxuriosa trepadeira que ela estava fixando na treliça:

— Ah! Robert, você não gosta de solteironas. Eu também seria vítima do seu sarcasmo se fosse solteirona.

— Você, solteirona! — replicou ele. — Uma ideia original, apresentada por lábios dessa cor e forma. No entanto eu posso imaginar você aos quarenta anos, vestida sobriamente, pálida e abatida, mas ainda com esse nariz reto, a testa branca e os olhos suaves. Imagino também que você conservará a sua voz, que tem um "timbre" muito diferente do órgão duro, profundo, da Srta. Mann. Coragem, Cary! Mesmo com cinquenta anos você não será repulsiva.

— A Srta. Mann não se fez nem modulou a sua própria voz, Robert.

— Quando a criou, a natureza estava com o humor que ela tem quando faz suas urzes e seus espinhos; ao passo que para a criação de algumas mulheres ela reserva as manhãs de maio, quando com luz e orvalho ela namora a prímula da relva e o lírio do musgo no bosque.

******

Introduzida na salinha de visitas da Srta. Mann, Caroline a encontrou como sempre a encontrava, cercada por perfeita ordem, limpeza e conforto (afinal não é uma virtude das solteironas o fato de a solidão raramente as tornar negligentes ou desmazeladas?), sem poeira na mobília encerada e no tapete, com flores viçosas no jarro sobre a mesa e um fogo vivo na lareira. Ela se sentava recatada e um tanto austeramente comportada em uma cadeira de balanço acolchoada, as mãos ocupadas com um tricô: essa era sua atividade favorita, por exigir menos esforço. Ela mal se levantou quando Caroline entrou; evitar arrebatamento era um dos propósitos na vida da Srta. Mann; ela estivera se aquietando desde que descera de manhã, e acabara de chegar a um estado letárgico de tranquilidade quando a batida da visitante na porta a sobressaltou e desfez aquele trabalho de um dia. Com isso quase não lhe agradou ver a Srta. Helstone: ela a recebeu com reserva, austeramente a convidou a se sentar e, quando a jovem se acomodou bem na sua frente, fixou nela o olhar.

Não era um fado qualquer ser fixado pelo olhar da Srta. Mann. Robert Moore tinha passado por isso uma vez, e nunca esquecera a circunstância.

Ele considerava aquele olhar capaz de algo muito parecido com qualquer coisa que a Medusa era capaz de fazer: ele dizia duvidar de que, desde aquele castigo, sua carne tinha sido exatamente o que fora antes — se não havia algo pétreo na sua textura. Aquele olhar tinha tido tamanho efeito sobre ele que o fizera se retirar da sala e da casa imediatamente; ele o havia até mesmo conduzido diretamente para a casa paroquial, onde ele surgiu diante de Caroline com um rosto muito estranho, e deixou-a impressionada por lhe pedir sem mais delongas uma saudação de prima para amenizar o dano que lhe fora infligido.

Não havia dúvida de que a Srta. Mann tinha uns olhos impressionantes para uma pessoa do sexo frágil: eles eram proeminentes, mostrando bastante a parte branca, e se fixavam com tanta força e sem piscar em seu interlocutor como se fossem bolas de aço soldadas na cabeça dela; e quando, enquanto olhava, ela começava a falar em um tom indescritivelmente seco e monótono — um tom sem vibração ou inflexão —, a impressão que a pessoa tinha era de estar sendo interpelada pela imagem esculpida de algum espírito mau. Mas tudo aquilo era um produto da imaginação, apenas o aspecto superficial. O amargor da Srta. Mann era pouco mais profundo que a doçura angelical de centenas de beldades. Ela era uma mulher absolutamente honesta e conscienciosa que, quando jovem, realizara tarefas cuja grave dificuldade teria feito recuar horrorizadas muitas Peris humanas de olhos de gazela, cachos de seda e fala cristalina: ela enfrentara sozinha longos episódios de sofrimento; fizera duras renúncias, grandes sacrifícios de tempo, dinheiro e saúde em benefício de pessoas que a recompensaram apenas com ingratidão, e agora a sua principal — quase a sua única — falha era ser muito crítica.

Muito crítica ela era, sem dúvida. Caroline estava sentada havia menos de cinco minutos quando, ainda mantendo-a sob o encantamento daquele temido olhar de Górgona, sua anfitriã começou a esfolar vivas algumas das famílias das vizinhanças. Entregava-se a essa atividade de um modo singularmente calmo, ponderado, como um cirurgião treinando com seu bisturi em um objeto de estudo inanimado: ela raramente fazia uma diferenciação; mal concedia que alguém pudesse ser bom, e dissecava com imparcialidade quase todos os seus conhecidos. Se sua ouvinte arriscava de quando em quando inserir uma palavra paliativa, ela a descartava com desdém.

Mas, embora fosse impiedosa na anatomia moral, a Srta. Mann não fomentava escândalos. Ela nunca disseminava notícias realmente malignas e perigosas: mais que seu coração, o que estava errado era o seu gênio.

Caroline percebeu isso naquele dia e, levada por essa circunstância a lamentar vários julgamentos injustos que mais de uma vez ela fizera sobre a solteirona amarga, passou a falar com ela suavemente, não com palavras simpáticas, mas com uma voz simpática. A solidão da situação da Srta. Mann impressionou a visitante com uma luz nova, assim como o tipo da sua feiura — a pele de uma palidez exangue e os traços do rosto muito envelhecidos. A moça se compadeceu da mulher solitária e atormentada; sua aparência refletia o que ela sentia: uma feição meiga nunca é tão meiga como no momento em que o coração comovido a inspira com sua ternura misericordiosa. A Srta. Mann, vendo aquela feição voltada para si, ficou por sua vez emocionada: encontrando normalmente apenas frieza e ridículo, notou aquela inesperada demonstração de interesse por ela e a agradeceu respondendo com sinceridade ao que sua visitante lhe dizia. Comunicativa sobre as suas próprias questões ela não costumava ser, porque ninguém se dava ao trabalho de prestar atenção nela; mas naquele dia ela teve esse comportamento, e a sua confidente verteu lágrimas enquanto a ouvia falar: pois ela falava de sofrimentos cruéis, persistentes, que destruíam lentamente. Ela poderia ser cadavérica; poderia parecer amarga e nunca sorrir; poderia evitar a excitação, adquirir e conservar a frieza! Caroline, quando entendeu tudo isso, reconheceu que, em vez de ser culpada pelo seu mau humor, a Srta. Mann devia ser admirada pela sua fortaleza. Leitor! Quando você observa um semblante sempre melancólico e carrancudo sem saber a razão disso, e cuja nuvem permanente o exaspera pela sua aparente gratuidade, pode ter certeza de que há um tumor em algum lugar, e um tumor que não deixa de corroer profundamente por estar oculto.

A Srta. Mann sentiu que fora em parte compreendida e desejou sê-lo ainda mais; pois mesmo quando somos velhos, feios, humildes, desolados e atormentados, enquanto nosso coração preserva a mais ínfima fagulha de vida, ele preserva também, tremendo ao lado da brasa pálida, um anseio faminto e fantasmagórico por apreço e afeição. Talvez, para esse espectro extenuado não seja jogada uma migalha uma vez por ano; mas quando, aguilhoado pela fome e pela sede — quando toda a humanidade se esqueceu do morador agonizante de uma casa decaída —, a Misericórdia Divina então se lembra do pranteador, e uma chuva de maná cai na boca por cujos lábios o alimento terreno não mais passará. Promessas bíblicas, ouvidas em primeiro lugar na saúde, mas então ignoradas, chegam sussurrando no leito do doente: sente-se que um Deus apiedado observa o que toda a humanidade abandonou; a terna compaixão de Jesus é lembrada e se conta com ela; os olhos sem brilho, mirando além do Tempo, veem um Lar, um Amigo, um Refúgio na Eternidade.

A Srta. Mann, incitada pela calma atenção da sua ouvinte, passou a aludir a circunstâncias da sua vida pregressa. Ela falava como alguém que diz a verdade — com simplicidade e certa reserva; não fez alarde nem exagerou. Caroline ficou sabendo que a solteirona fora uma filha e irmã dedicadíssima, uma cuidadora infatigável de enfermos em lenta agonia; que o mal que agora envenenava a sua vida era decorrência do prolongado e ininterrupto atendimento aos doentes; que ela fora o apoio e socorro para um parente miserável nas profundezas da degradação cavada por ele mesmo, e que ainda eram as mãos dela que o afastavam da privação absoluta. A Srta. Helstone ficou em sua casa a tarde inteira, deixando de fazer a outra visita que tencionara fazer; e quando foi embora tinha a determinação de tentar desculpar as faltas dela no futuro, de nunca mais gracejar com as peculiaridades da Srta. Mann nem rir da sua feiura; e, acima de tudo, de não a esquecer e ir vê-la uma vez por semana, e de lhe oferecer, ainda que vinda de um só coração humano, a homenagem da afeição e do respeito: ela sentiu que podia agora lhe dar sinceramente um pequeno tributo de cada um desses sentimentos.

Caroline, ao voltar, disse a Fanny que estava muito contente por ter saído, pois se sentia bem melhor com a visita. No dia seguinte não deixou de ir procurar a Srta. Ainley. Essa mulher estava em situação mais modesta que a Srta. Mann e sua moradia era mais humilde: no entanto, era, se isso fosse possível, ainda mais limpa, embora essa senhora empobrecida não pudesse pagar uma empregada, cuidando sozinha de tudo e contando apenas com a ajuda eventual de uma menina que morava em um chalé próximo.

A Srta. Ainley não era somente mais pobre, mas era ainda mais feia que a outra solteirona. Quando jovem, devia ter sido feia; agora, aos cinquenta anos, era *muito* feia. À primeira vista, todos, com exceção de mentes especialmente disciplinadas, eram capazes de fugir da sua companhia sentindo-se aborrecidos; de conceber contra ela um preconceito com base apenas na sua aparência destituída de atrativos. Ela era rígida na vestimenta e nos modos: parecia uma rematada solteirona e falava e se movia como tal.

A acolhida dada a Caroline foi formal, mesmo em sua amabilidade — pois ela *foi* amável; mas a Srta. Helstone desculpou isso. Ela sabia algo da benevolência do coração que batia sob aquele lenço engomado; toda a vizinhança — pelo menos toda a vizinhança feminina — sabia algumas coisas sobre ela: ninguém falava mal da Srta. Ainley, com exceção dos jovens cavalheiros cheios de vida e dos velhos descorteses, que a julgavam abominável.

Caroline logo se sentiu em casa naquela minúscula sala de visitas; uma delicada mão retirou-lhe o xale e a touca e a instalou na cadeira mais confortável ao lado da lareira. Logo as duas mulheres, a jovem e a antiquada, se entregaram a uma conversa amigável, e Caroline não tardou a perceber o poder que uma mente sereníssima, abnegada e benigna podia exercer sobre as pessoas para as quais ela foi desenvolvida. A Srta. Ainley nunca falava de si, sempre dos outros. Os defeitos das pessoas ela desconsiderava; falava sobre as carências delas, que ela procurava suprir; sobre os sofrimentos delas, que ela ansiava por aliviar. A Srta. Ainley era religiosa, praticante da religião — o que alguns chamariam de "uma santa"; e se referia à religião com uma fraseologia consagrada — uma fraseologia que aqueles que têm uma percepção do ridículo sem ter o poder de testar com justiça e julgar verdadeiramente o caráter sem dúvida considerariam tema próprio para a sátira, matéria para imitação e risadas. Seus esforços seriam enormemente equivocados. A sinceridade nunca é ridícula, é sempre respeitável. Seja a verdade — religiosa ou moral — dita ou não de modo eloquente e com linguagem bem escolhida, sua voz deve ser ouvida com reverência. Que quem não pode habilmente e com segurança perceber a diferença entre os tons da hipocrisia e os da sinceridade nunca ouse rir, para que não tenha o infeliz azar de rir no lugar errado e cometer uma impiedade quando acredita estar demonstrando um humor fino.

Não foi da boca da Srta. Ainley que saiu o relato sobre as suas boas ações; mas Caroline sabia de muitas delas: a caridade da solteirona era assunto corriqueiro entre os pobres de Briarfield. Não eram doações de esmolas: a Srta. Ainley era pobre demais para dar dinheiro, embora chegasse a passar por privações para poder contribuir com um pouquinho quando se fizesse necessário; suas obras eram as de uma Irmã de Caridade, bem mais difíceis de realizar que as de uma Dama Generosa. Ela ficava em vigília junto de qualquer doente acamado, parecendo não temer nenhuma doença; ela cuidava dos mais pobres, aqueles de quem ninguém queria cuidar; ela era serena, humilde, bondosa e justa em tudo.

Por essas boas ações a Srta. Ainley quase não era recompensada nesta vida. Muitos pobres se acostumaram tanto à assistência que ela lhes prestava que quase nem lhe agradeciam; os ricos ficavam espantados ao ouvir falar dela, mas nada diziam, por se envergonharem da diferença entre os sacrifícios que ela fazia e os deles próprios. Muitas senhoras, no entanto, a respeitavam profundamente; elas não poderiam agir de outro modo; um senhor — apenas um — lhe deu sua amizade e total confiança: o Sr. Hall, vigário de Nunnely. Ele dizia, e dizia com sinceridade, que a vida dela se aproximava mais da vida de Cristo que a de qualquer outro ser humano que ele já conhecera. Não pense, leitor, que ao esboçar o caráter da Srta. Ainley eu retrate um produto da imaginação — não —, nós buscamos os originais desses retratos somente na vida real.

A Srta. Helstone estudou bem a mente e o coração que lhe estavam sendo revelados. Não encontrou um intelecto elevado para admirar: a solteirona era apenas sensata; mas Caroline descobriu tanta bondade, tanta utilidade, tanta brandura, paciência e verdade que, em reverência, curvou a sua própria mente diante da Srta. Ainley. O que era o seu amor à natureza, o que era o seu senso de beleza, o que eram as suas emoções mais variadas e mais ardorosas, o que era a maior profundidade da sua força de pensamento, o que era a sua mais ampla capacidade de compreender, comparados com a excelência prática daquela boa mulher? Por um momento, tudo isso pareceu apenas formas bonitas de prazer egoísta; mentalmente, ela espezinhou aquelas qualidades.

É verdade que ela ainda sentia com tristeza que a vida que fazia feliz a Srta. Ainley não podia fazê-la feliz: por mais pura e ativa que aquela vida fosse, no íntimo Caroline a julgava profundamente árida por ser tão destituída de amor — segundo as suas ideias, tão sem esperanças. Mas, sem dúvida, refletiu ela, era necessário apenas hábito para torná-la praticável e agradável para qualquer um: era desprezível, sentia ela, ansiar sentimentalmente, acalentar mágoas secretas, lembranças inúteis, ser inerte, desperdiçar a juventude em languidez dolorosa, envelhecer sem fazer nada.

"Vou me colocar em movimento", foi a sua resolução, "e tentar ser ajuizada, já que não posso ser bondosa."

Ela passou a perguntar para a Srta. Ainley se poderia ajudá-la em alguma coisa. A Srta. Ainley, contente por ter uma auxiliar, disse-lhe que ela podia e indicou algumas famílias pobres de Briarfield que seria bom ela visitar; deu-lhe também, a seu pedido, um trabalho para fazer para algumas mulheres pobres que tinham muitos filhos e não eram hábeis na costura por si mesmas.

Caroline foi para casa, traçou seus planos e decidiu não se desviar deles. Reservou um pouco de tempo para os seus vários estudos e outra porção para fazer o que quer que a Srta. Ainley a orientasse a fazer. O restante deveria ser passado em exercício; nem um único momento seria deixado para a indulgência de pensamentos tão febris quanto os que haviam envenenado a sua noite do domingo.

Para ser justo com Caroline, ela executou seus planos conscienciosa e perseverantemente. De início foi muito difícil — foi mesmo difícil até demais —, mas a ajudou a deter a angústia e mantê-la em um nível baixo; forçou-a a estar empregada; proibiu-a de cismar; e lampejos de satisfação coloriram a sua vida cinzenta aqui e ali quando ela via que fizera o bem, transmitira prazer ou afastara o sofrimento.

Mas preciso falar a verdade; esses esforços não lhe traziam nem saúde física nem paz de espírito duradoura: mesmo com eles, Caroline definhou, tornou-se mais pálida e cada vez menos alegre; mesmo com eles sua memória ficava repetindo o nome de Robert Moore; uma elegia sobre o passado ainda ressoava constantemente em seus ouvidos; um grito funéreo dentro de si a perseguia e importunava; o peso de um espírito derrotado e de faculdades que definhavam e se paralisavam instalou-se lentamente na sua juventude animada. O inverno parecia conquistar a sua primavera; o solo da mente e seus tesouros estavam gelando gradualmente até a estagnação estéril.

XI. Fieldhead

No entanto, Caroline se recusava a sucumbir docilmente: em seu coração de moça, ela tinha força inata, e a usava. Homens e mulheres nunca lutam com tanto empenho como quando lutam sozinhos, sem testemunhas, conselheiros ou confidentes; sem receber incentivo, orientação ou compaixão.

A Srta. Helstone estava nessa situação. Seus sofrimentos eram o seu único estímulo e, sendo muito reais e pungentes, eles incitavam intensamente o seu espírito. Propensa à vitória sobre uma dor mortal, ela fez o possível para destruí-la. Nunca havia estado tão ocupada, tão estudiosa e, acima de tudo, tão ativa. Ela fazia caminhadas em todos os climas, longas caminhadas por lugares solitários. Dia após dia ela voltava ao entardecer, pálida e parecendo desanimada, mas não cansada; pois, assim que tirava o xale e a touca, em vez de descansar, começava a andar de um lado para o outro no quarto: às vezes ela não se sentava enquanto não estivesse à beira de um desmaio. Dizia fazer isso para se cansar muito, para poder dormir bem à noite. Mas, se esse era o seu objetivo, ela não o atingia, porque à noite, quando os outros dormiam, ela ficava na escuridão se revirando na cama, ou sentada aos pés da cama, aparentemente esquecida da necessidade de tentar repousar. Frequentemente, menina infeliz!, ela estava chorando — chorando em uma espécie de desespero intolerável que, ao se abater sobre ela, destroçava suas forças e a reduzia ao desamparo de uma criancinha.

Quando estava assim prostrada, as tentações a assediavam: débeis sugestões sussurravam em seu coração cansado que escrevesse para Robert e dissesse que se sentia infeliz por estar proibida de ver Hortense e ele, e que temia que ele a privasse de sua amizade (não amor) e a esquecesse completamente, e suplicando-lhe que se lembrasse dela e de vez em quando lhe escrevesse. Uma ou duas dessas cartas ela chegou a escrever, mas nunca as remeteu: a vergonha e o bom senso impediram-na.

Finalmente a vida que ela estava levando chegou ao ponto em que lhe pareceu impossível suportá-la por mais tempo; sentiu que deveria procurar fazer alguma mudança, do contrário seu coração e sua mente sucumbiriam sob a pressão que os oprimia. Caroline ansiava por deixar Briarfield e ir para algum lugar muito distante. Ansiava por outra coisa — o profundo, secreto e angustiado anelo de descobrir e conhecer a sua mãe ficava mais forte a cada dia; mas com o desejo vinha uma dúvida, um temor — se ela a conhecesse, poderia amá-la? Havia motivo para hesitação e apreensão quanto a isso: nunca em sua vida ela ouvira um elogio à mãe; quem quer que a mencionasse, o fazia com frieza. Seu tio parecia encarar a cunhada com uma espécie de antipatia tácita; uma criada antiga, que vivera com a Sra. James Helstone durante um curto período depois do casamento, sempre que se referia à ex-patroa falava com uma reserva arrepiante: às vezes a qualificava de "estranha", às vezes dizia que não a compreendia. Essas expressões enregelavam o coração da filha; sugeriam a conclusão de que talvez fosse melhor jamais conhecer a sua mãe do que a conhecer e não gostar dela.

Mas ela esboçou um projeto cuja execução parecia ter probabilidade de lhe trazer uma esperança de alívio: o de conseguir uma colocação, ser preceptora — ela não poderia fazer nenhuma outra coisa. Tendo um pequeno incidente preparado o caminho, Caroline encontrou coragem para comunicar ao tio o que desejava fazer.

Suas longas caminhadas feitas ao cair da tarde eram sempre, como já disse, por estradas solitárias; mas, qualquer que fosse a direção escolhida — a margem sombria da Charneca de

Stilbro' ou o trecho ensolarado de Nunnely Common —, seu caminho na volta para casa ainda era planejado de modo a fazê-la passar perto do Hollow. Ela raramente descia na grota, mas visitava a sua orla no crepúsculo quase com a mesma regularidade com que as estrelas subiam acima do cume das colinas. Seu local de descanso ficava em certos degraus sob certo velho espinheiro: dali ela podia ver o chalé, a tecelagem, o jardim orvalhado, a represa calma e profunda; dali era visível a tão conhecida janela do escritório, de cujos vidros em determinada hora jorrava, subitamente brilhante, o raio do tão conhecido lampião. Sua incumbência era esperar esse raio e sua recompensa era entrevê-lo, às vezes brilhando forte no ar límpido, às vezes tremeluzente através da neblina, e de vez em quando lampejando entrecortado em meio a riscos oblíquos de chuva — pois Caroline ia lá com qualquer tempo.

Havia noites em que o raio não aparecia: Caroline então sabia que Robert não estava em casa e se afastava duplamente triste; ao passo que vê-lo aceso a deixava animada, como se visse naquela luz a promessa de alguma esperança indefinida. Se, enquanto ela observava, uma sombra se inclinava entre a luz e a gelosia, seu coração dava um salto — aquele eclipse era Robert; ela o vira. Então ela voltava para casa consolada, levando na mente uma imagem mais clara do seu aspecto, uma lembrança mais distinta da sua voz, do seu sorriso, do seu porte; e de mistura com essas impressões havia frequentemente uma doce convicção de que, se ela pudesse se aproximar de Robert, o coração dele ainda saudaria a sua presença; que naquele momento ele poderia estar querendo lhe estender a mão, aproximá-la de si e abrigá-la ao seu lado como costumava fazer. Naquela noite, embora pudesse chorar como sempre, ela sentiria que as lágrimas queimavam menos o seu rosto; que o travesseiro molhado por elas parecia um pouco mais macio; que as têmporas comprimidas contra aquele travesseiro doíam menos.

O caminho mais curto do vale até a Casa Paroquial passava perto de certa mansão, a mesma ao pé de cujos muros solitários Malone passou na jornada noturna mencionada em um capítulo inicial deste livro — a moradia antiga e desocupada nominada Fieldhead. Estava desocupada pelo proprietário fazia dez anos, mas não era uma ruína: o Sr. Yorke cuidara para que fosse mantida em bom estado, e um velho jardineiro e sua mulher tinham morado ali, cultivando a terra e mantendo a casa em condições habitáveis.

Se Fieldhead tinha poucos outros méritos como construção, podia-se pelo menos dizer que era pitoresca: sua arquitetura irregular e o colorido cinzento e musgoso que o tempo lhe dera justificavam essa qualificação. As janelas antigas com gelosias, o alpendre de pedra, as paredes, o teto e as chaminés tinham uma profusão de toques coloridos e luzes e sombras sépia. As árvores atrás da casa eram belas, imponentes e de copa espraiada; o cedro no gramado da frente era magnífico; e os vasos de granito no muro do jardim e o arco deteriorado do portão eram, para um artista, como o próprio desejo dos olhos.

Em um ameno entardecer de maio Caroline, passando por perto quando a lua estava subindo e, apesar de cansada, não querendo voltar para casa onde havia apenas a cama de espinhos e a noite de aflição para antecipar, sentou-se no chão musgoso perto do portão e passeou o olhar pelo cedro e a mansão. A noite estava sossegada — calma, úmida, sem nuvens; os frontões, voltados para o oeste, refletiam o tom âmbar claro do horizonte para o qual olhavam; os carvalhos atrás da casa estavam negros e o cedro era ainda mais negro. Sob os seus galhos densos e sombrios se abria um vislumbre de céu gravemente azul. A lua estava cheia, e ela olhava com solenidade e brandura para Caroline sob aquele dossel escuro.

Caroline achou que a noite e o panorama eram desoladamente encantadores. Ela gostaria de poder se sentir feliz; gostaria de conhecer a paz interior: se perguntava se a Providência não se compadecia dela e não a ajudaria nem consolaria. Lembranças de encontros de namorados felizes, celebrados em baladas antigas, acorreram à sua mente; ela imaginou que um encontro assim naquele lugar seria a suprema felicidade. Onde estaria Robert agora?, indagou ela: não no Hollow; ela havia esperado durante muito tempo pelo lampião e não o vira. Caroline se perguntava intimamente se ela e Moore estavam destinados a se encontrar e se falar novamente. De repente, a porta dentro do alpendre de pedra do corredor se abriu e dois homens saíram; um mais velho, de cabelos brancos; o outro, jovem, alto e de cabelos negros. Eles atravessaram o gramado e saíram por um portal no muro do jardim: Caroline os viu atravessar a estrada, passar pela abertura da cerca, descer pelos campos e então desaparecer. Robert Moore havia passado diante dela com seu amigo Sr. Yorke; nenhum dos dois notara a presença dela.

A aparição tinha sido efêmera — mal tinham sido vistos e já haviam sumido; porém, a sua passagem eletrizadora deixou-lhe as veias ardendo, a alma rebelde. A aparição se deparara com Caroline à beira do desespero, e a deixou desesperada — dois estados diferentes.

“Ah!, se pelo menos ele estivesse sozinho! Se pelo menos tivesse me visto!”, lamentou ela. “Ele teria me dito alguma coisa, ele teria me dado a mão. Ele me *ama*, *deve* me amar um pouco; ele teria me mostrado alguma prova de afeição: no olhar, nos lábios dele, eu teria encontrado conforto; mas a chance se perdeu. O vento — a sombra de uma nuvem não passa mais silenciosamente, mais em vão, que ele. Zombaram de mim, e o Céu é cruel!”

Assim, ela foi para casa em uma profunda perturbação causada pelo anseio e desapontamento.

No dia seguinte, no café da manhã, para o qual ela se apresentou com as faces lívidas e com um aspecto muito abatido, como se tivesse visto um fantasma, Caroline interrogou o Sr. Helstone:

— O senhor se oporia, tio, a que eu buscasse uma colocação em uma família?

O tio, que tinha tanto conhecimento de tudo o que a sobrinha passara e continuava passando quanto a mesa que sustentava a sua xícara de café, mal pôde acreditar no que ouviu.

— Que capricho é esse? — indagou ele. — Você está enfeitiçada? O que é que você está querendo dizer?

— Eu não estou bem e preciso de uma mudança — disse ela.

Ele a examinou. Ele descobriu que ela havia *vivido* uma mudança, de qualquer forma. Sem que ele percebesse, a rosa havia definhado e murchado até ser apenas uma campainha de inverno; o corado das faces desaparecera, a carne definhava; ela se sentava diante dele arqueada, pálida e magra. Se não fosse pela expressão suave dos olhos castanhos, pelas linhas delicadas dos seus traços e pela abundância do cabelo solto, ela não teria direito ao qualificativo — "bela".

— Afinal o que é que está acontecendo com você? — perguntou ele. — O que é que está errado? Você está doente?

Nenhuma resposta; apenas os olhos castanhos marejaram, os lábios descorados tremeram.

— Procurar uma colocação, faça-me o favor! Para que colocação você serviria? O que foi que você andou fazendo? Você não está bem.

— Eu ficaria bem se saísse de casa.

— Essas mulheres são incompreensíveis. Elas têm o estranho dom de nos sobressaltar com surpresas desagradáveis. Hoje estão saltitantes, joviais, vermelhas como cerejas e roliças como maçãs; amanhã aparecem fracas como ervas mortas, pálidas e alquebradas. E qual é a razão de tudo isso? Eis o mistério. Ela faz as suas refeições, tem liberdade, uma boa casa para morar e boas roupas para vestir, como sempre: pouco tempo atrás, isso era o suficiente para mantê-la bonita e animada, e agora ei-la sentada aí como uma coitada de uma criancinha pálida e choramingas. Provocador! Eis que surge a pergunta, o que é preciso fazer? Imagino que eu deva pedir um conselho. Você quer consultar um médico, filha?

— Não, tio, não quero; um médico não me ajudaria em nada. Eu só quero uma mudança de ar e de ambiente.

— Bom, se é esse o seu capricho, ele será satisfeito. Você irá para um balneário; não me importo com a despesa, Fanny pode acompanhá-la.

— Mas, tio, algum dia eu vou ter de fazer alguma coisa para mim; não tenho dinheiro. Seria melhor começar agora.

— Enquanto eu for vivo você não será preceptora, Caroline. Não quero que falem que a minha sobrinha é preceptora.

— Mas, quanto mais tarde se faz uma mudança desse tipo, tio, mais difícil e penosa ela é. Eu gostaria de me acostumar ao jugo antes que os hábitos de ócio e da independência sejam formados.

— Eu lhe peço que não me aborreça, Caroline. Eu tenciono garantir seu futuro. Sempre tive a intenção de garantir seu futuro: vou adquirir o direito de receber uma renda anual. Deus me proteja! Estou com apenas cinquenta e cinco anos; tenho uma saúde e uma constituição excelentes: há tempo de sobra para poupar e tomar providências. Não fique ansiosa com relação ao seu futuro; é isso que a está afligindo?

— Não, tio, mas eu quero muito uma mudança.

Ele riu.

— Uma mulher falando! — exclamou ele — É a típica fala de uma mulher! Uma mudança! Uma mudança! Sempre fantasiosa e cheia de caprichos! Bom, é próprio do seu sexo.

— Mas não é nem fantasia nem capricho, tio.

— Então o que é?

— Necessidade, acho. Eu me sinto mais fraca que antes. Acho que eu deveria ter mais coisas para fazer.

— Admirável! Ela se sente fraca e *por isso* precisa começar a trabalhar muito... clair comme le jour,[1] como Moore... Infeliz do Moore! Você irá para Cliff-bridge, e aqui estão dois guinéus para comprar um vestido novo. Vamos, Cary, não tenha medo; encontraremos o bálsamo em Guilead.

— Tio, eu gostaria que o senhor fosse menos generoso e mais...

— Mais o quê?

"Solidário" era a palavra nos lábios de Caroline, mas ela não a pronunciou; se conteve a tempo: seu tio riria se essa palavra piegas tivesse escapado dela. Vendo que ela ficou em silêncio, ele disse:

— O fato é que você não sabe exatamente o que quer.

— Apenas ser preceptora.

— Ora! Quanta bobagem! Não quero ouvir falar em ser preceptora. Não pronuncie mais essa palavra. É uma ideia feminina demais. Eu já terminei o café, toque a sineta; tire da cabeça essas tolices, saia e se divirta.

— Com o quê? Com a minha boneca? — se perguntou Caroline retirando-se da sala.

Passaram-se uma ou duas semanas; sua saúde física e mental nem piorou nem melhorou. Ela estava exatamente naquele estado em que, se sua constituição contivesse os germes da tuberculose, da fraqueza ou da febre tifoide, essas doenças teriam evoluído rapidamente, levando-a deste mundo em pouco tempo e sem alarde. As pessoas nunca morrem somente de amor ou de mágoa, embora algumas morram de doenças inatas que as torturas dessas paixões impelem prematuramente à ação destrutiva. As pessoas saudáveis por natureza passam por essas torturas e são assoladas, sacudidas, despedaçadas: sua beleza e seu viço se extinguem, mas a vida permanece intocada. Elas são levadas a certo ponto de destruição; ficam reduzidas a palidez, debilidade e magreza. As pessoas pensam, vendo-as deslizando languidamente de um lado para outro, que dentro de pouco tempo elas se retirarão para um leito de doente, ali morrerão e não mais estarão entre os saudáveis e felizes. Isso não acontece: elas continuam vivendo; e, embora não possam readquirir a juventude e a alegria, podem readquirir a força e a serenidade. A florescência que o vento de março mordisca, mas não chega a afetar, pode sobreviver para que, no final do outono, uma maçã enrugada esteja dependurada na árvore: tendo enfrentado as últimas geadas da primavera, ela pode também enfrentar as primeiras do inverno.

Todos notaram a mudança na aparência da Srta. Helstone, a maioria das pessoas dizia que ela estava se encaminhando para a morte. Ela não pensava assim: ela não se achava um caso de morte, pois não sentia dor nem estava doente. Seu apetite havia diminuído, e ela sabia a razão: era por chorar tanto durante a noite. Sua resistência era menor, e ela podia dar uma explicação para o fato: o sono se esquivava e era difícil de conciliar; os sonhos eram aflitivos e sinistros. No futuro distante, ela ainda parecia prever uma época em que esse período de sofrimento estaria superado e em que ela se sentiria novamente calma, embora talvez não voltasse nunca mais a ser feliz.

Enquanto isso, seu tio instava com ela para que fizesse visitas, para que aceitasse os frequentes convites de pessoas conhecidas; Caroline se esquivava disso, ela não conseguiria ficar alegre no convívio social; sentia que era observada com mais curiosidade que simpatia. As mulheres mais velhas estavam sempre lhe oferecendo conselhos, recomendando esta ou aquela panaceia; as jovens olhavam para ela de um modo que ela entendia, e do qual ela fugia. Os olhos delas diziam que elas sabiam que Caroline havia "sido desapontada", como se costuma dizer; quem a desapontara, elas não sabiam com certeza.

As moças comuns podem ser tão duras quanto os rapazes comuns — igualmente mundanas e egoístas. As sofredoras devem sempre evitá-las. Dor e sofrimento elas desprezam: parecem considerá-los um julgamento de Deus quanto aos humildes. Para elas, "amar" é apenas conceber um plano para conseguir um bom marido; ser "desapontada" é ver seus planos sendo detectados e frustrados. Elas acham que os sentimentos e os projetos dos outros no tocante ao amor são semelhantes aos delas e os julgam por esse critério.

Caroline sabia de tudo isso, em parte por instinto e em parte por observação: ela regulava a sua conduta pelo seu conhecimento, mantendo fora da vista, tanto quanto lhe era possível, seu rosto pálido e o corpo emaciado. Vivendo assim em total reclusão, ela parou de tomar conhecimento dos pequenos acontecimentos nas vizinhanças.

Certa manhã seu tio entrou na sala de visitas, onde ela estava sentada esforçando-se para encontrar algum prazer na pintura de um pequeno grupo de flores silvestres reunidas sob uma cerca no alto dos campos do Hollow, e lhe disse com seu jeito abrupto:

— Vamos, filha, você está sempre debruçada sobre uma paleta, um livro ou um bordado; largue essa pintura. E, a propósito, você encosta o pincel na boca quando pinta?

— Às vezes, tio, quando eu esqueço.

— Então é isso que a está envenenando. As tintas são nefastas, filha: nessas misturas de cor tem alvaiade, zarcão, azinhavre, resina amarela e vinte outros venenos. Guarde isso! Guarde isso! Ponha sua touca; quero que você faça uma visita comigo.

— Com *o senhor*, tio?

Na pergunta havia um tom de surpresa. Caroline não estava acostumada a fazer visitas com seu tio; ela nunca saía a cavalo ou caminhava com o tio, em quaisquer circunstâncias.

— Rápido, rápido! Eu estou sempre ocupado, você sabe; não tenho tempo a perder.

Ela reuniu apressadamente todo o seu material, perguntando, enquanto fazia isso, aonde iriam.

— Para Fieldhead.

— Fieldhead! O quê! Para ver o velho James Booth, o jardineiro? Ele está doente?

— Vamos ver a Srta. Shirley Keeldar.

— A Srta. Keeldar! Ela está em Yorkshire? Ela está em Fieldhead?

— Está. Está lá há uma semana. Eu a encontrei em uma festa ontem à noite, aquela festa a que você não quis ir. Ela me agradou; quero que você faça amizade com ela, isso será bom para você.

— Ela já é maior de idade, imagino.

— Ela é maior de idade e vai residir na propriedade dela durante algum tempo. Falei com ela sobre isso, mostrei-lhe qual era seu dever; a Srta. Keeldar não é intratável, ela é uma boa moça; vai lhe ensinar o que é ter um espírito animado; não há nada de afetação *nela*.

— Não acho que ela vá querer me ver, ou pedir que eu seja apresentada a ela. O que posso fazer de bom por ela? Como é que eu posso entretê-la?

— Hm! Ponha a touca.

— Ela é orgulhosa, tio?

— Não sei. Você não esperaria que ela fosse mostrar o seu orgulho para mim, não é? Uma criança como ela dificilmente pensaria em se dar ares com o pároco da sua paróquia, por mais rica que ela fosse.

— Não... Mas e o comportamento dela com as outras pessoas?

— Não observei. Ela mantém a cabeça erguida e provavelmente é bastante atrevida quando ousa, não seria uma mulher, se não fizesse isso. Vamos... Vá pegar a sua touca agora mesmo!

Não sendo por natureza uma pessoa muito confiante, a falta de força física e o humor deprimido não tendiam a aumentar a presença de espírito e a desenvoltura de Caroline, ou a lhe dar mais coragem para encarar pessoas desconhecidas, e ela se sentia desencorajada, embora se censurando por isso, enquanto avançava com o tio pelo amplo caminho pavimentado que levava do portão de Fieldhead até o alpendre. Relutante, ela seguiu com o Sr. Helstone pelo alpendre e passou para o escuro e antigo vestíbulo.

Muito escuro ele era — comprido, amplo e sombrio; uma janela com gelosias o iluminava fracamente; a grande lareira antiga não tinha fogo, pois a temperatura quente o dispensava; no lugar dele havia uma quantidade de ramos de salgueiro. Do corredor existente no alto, do outro lado da entrada, só se via o contorno, de tão escuro que ficava o saguão perto do teto; cabeças de cervo esculpidas, com galhada real, olhavam para baixo grotescamente, penduradas nas paredes. A casa não era majestosa nem confortável; tanto por dentro quanto por fora era antiquada, desconjuntada e incômoda. Fazia parte de uma propriedade que rendia mil libras por ano, a qual fora transferida, por falta de herdeiros masculinos, para uma mulher. Havia no distrito famílias de comerciantes que alardeavam ter o dobro dessa renda, mas os Keeldar, pela sua antiguidade e distinção de senhores da herdade, tinham precedência sobre todas elas.

O Sr. e a Srta. Helstone foram conduzidos a uma sala de visitas: naturalmente, como era de se esperar em tal habitação antiga e gótica, a sala era forrada de carvalho: belos painéis escuros e brilhantes revestiam soturna e grandiosamente todas as paredes. São muito bonitos, leitor, esses brilhantes painéis castanhos: de cor bastante suave e com um efeito de bom gosto, mas — se você sabe o que é uma "limpeza de primavera" — muito detestáveis e desumanos. Quem quer que, dotado de humanidade, tenha visto criadas esfregando essas paredes de madeira brilhante com um pano impregnado de cera de abelha em um dia quente de maio deve admitir que eles são "intoleráveis e não suportáveis"; e eu só posso aplaudir secretamente o bárbaro benevolente que pintou outro cômodo maior em Fieldhead — mais especificamente a sala de estar, que antes também fora um salão de carvalho — de um delicado branco-rosado, com isso recebendo a alcunha de huno, mas aumentando grandemente a jovialidade daquela parte da sua residência e poupando às criadas futuras um mundo de labuta.

A sala de estar com seus painéis castanhos era toda mobiliada em estilo antigo e com móveis autenticamente antigos. De cada lado do alto consolo da lareira havia duas antigas cadeiras de carvalho, sólidas como tronos silvestres, e em uma delas estava sentada uma senhora. Mas, se aquela era a Srta. Keeldar, ela já chegara à maioridade pelo menos uns vinte anos atrás: tinha corpo de matrona e, embora não usasse touca e seu cabelo castanho-avermelhado brilhante sombreasse traços miúdos e naturalmente jovens, ela não tinha um aspecto juvenil e aparentemente não desejava assumi-lo. Seria possível desejar que sua roupa seguisse a moda mais recente: usando um vestido bem talhado e bem feito, a presença dela não teria sido desgraciosa. Era difícil imaginar por que um vestido de tecido tão bom fosse feito de maneira tão simples e um modelo tão obsoleto: quem a visse sentia-se inclinado a, na mesma hora, classificar a mulher que usava aquela roupa como excêntrica.

Ela recebeu os visitantes com um misto de cerimônia e retraimento muito inglês: nenhuma matrona de meia-idade que não fosse inglesa *poderia* mostrar exatamente aqueles modos; uns modos tão incertos de si mesma, de seus próprios méritos, de sua capacidade de agradar; e, ao mesmo tempo, ansiando tanto por ser adequada e, se possível, ser agradável mais que qualquer outra coisa. No caso presente, contudo, via-se mais constrangimento que o habitual até mesmo nas inglesas inseguras: a Srta. Helstone sentiu isso, simpatizou com a estranha e, sabendo por experiência o que era bom para os tímidos, sentou-se perto dela e começou a conversar com ela em um tom de suave tranquilidade que a presença de alguém menos senhor de si que ela lhe comunicava temporariamente.

Se estivessem sozinhas, ela e aquela mulher teriam se dado extremamente bem na mesma hora. A mulher tinha a voz mais cristalina que se pudesse imaginar: infinitamente mais suave e melódica do que se esperaria de uma mulher de quarenta anos e de um corpo inegavelmente propenso ao embonpoint.[2] Daquela voz Caroline gostou; ela compensava a entonação e a linguagem formais, embora adequadas: a mulher logo teria descoberto que Caroline gostava da voz e dela, e dentro de dez minutos elas já teriam ficado amigas. Mas o Sr. Helstone ficou de pé no tapete olhando para ambas, e especialmente para a estranha senhora, com seu olhar sarcástico, penetrante, que claramente expressava impaciência com aquela cerimônia reservada, e aborrecimento com a falta de aplomb[3] dela. Seu olhar duro e a voz rascante desconcertavam cada vez mais a mulher; contudo, ela tentava falar brevemente sobre o clima, o aspecto daquela terra, etc., mas o inadequado Sr. Helstone se mostrou então um tanto mudo: o que quer que ela falasse, ele fingia não ouvir bem, e ela era obrigada a repetir todas aquelas ninharias elaboradamente construídas. Logo o esforço se revelou demasiado para ela; ela estava se levantando em uma perplexidade alvoroçada, murmurando nervosamente que não sabia o que retinha a Srta. Keeldar — que ela iria procurá-la — quando a Srta. Keeldar apareceu e lhe poupou esse trabalho: pelo menos, era possível supor que a pessoa que então entrou por uma porta de vidro, vinda do jardim, fosse dona daquele nome.

Há uma verdadeira graça na desenvoltura, e foi isso que o velho Helstone sentiu quando uma jovem ereta e delgada caminhou na sua direção segurando com a mão esquerda o aventalzinho de seda cheio de flores e, dando-lhe a mão direita, disse amigavelmente:

— Eu sabia que o senhor viria me ver, embora ache *mesmo* que o Sr. Yorke fez de mim uma jacobina. Bom dia.

— Mas nós não vamos deixá-la ser uma jacobina — retorquiu ele. — Não, Srta. Shirley, eles não vão me roubar a flor da minha paróquia. Agora que a senhorita está entre nós, deverá ser minha aluna em política e religião; vou lhe ensinar a boa doutrina nesses dois campos.

— A Sra. Pryor se antecipou ao senhor — respondeu ela voltando-se para a mulher mais velha. — A Sra. Pryor, como o senhor sabe, era minha preceptora, e ainda é minha amiga; e de todos os dignos e rígidos Tories ela é a rainha; e de todas as firmes mulheres religiosas ela é a líder. Eu fui bem preparada em teologia e história, posso lhe garantir isso, Sr. Helstone.

O Pároco fez uma profunda reverência para a Sra. Pryor e lhe expressou sua gratidão.

A ex-preceptora negou ser proficiente em questões políticas ou religiosas, explicou que considerava essas ideias pouco adequadas para a mente feminina, mas confessou ser, em termos gerais, defensora da ordem e da lealdade, e, é claro, ligada verdadeiramente à Igreja da Inglaterra. Ela acrescentou que era sempre, em quaisquer circunstâncias, contrária à mudança; e algo quase inaudível sobre o grande perigo de alguém ser muito inclinado a abraçar ideias novas encerrou sua frase.

— A Srta. Keeldar pensa como a senhora, espero.

— A diferença de idade e a diferença de temperamento levam a uma diferença de sentimento — foi sua resposta. — Não se pode esperar que os jovens e impacientes tenham as mesmas opiniões das tranquilas pessoas de meia-idade.

— Ah!, ah! Nós somos independentes; pensamos com nossa própria cabeça! — exclamou o Sr. Helstone. — Nós somos uma pequena jacobina; tanto quanto eu saiba, uma pequena livre-pensadora, convicta. Façamos uma confissão de fé imediatamente.

E ele tomou as duas mãos da herdeira — fazendo-a deixar cair todo o seu carregamento de flores — e a fez se sentar ao lado dele no sofá.

— Diga o seu credo — ordenou ele.

— O Credo dos Apóstolos?

— Sim.

Ela o disse como uma criança.

— Agora o de Santo Atanásio. Essa é a prova!

— Permita que eu pegue minhas flores; Tártaro está vindo para cá e vai pisar nelas.

Tártaro era um cão bastante grande, forte e de aparência feroz, muito feio, um misto de mastim e buldogue, que, nesse momento, estava transpondo a porta de vidro e, postando-se imediatamente no tapete, cheirou as flores espalhadas por ali. Pareceu desdenhá-las como alimento; mas provavelmente achando que suas pétalas aveludadas podiam servir de cama, estava dando uma meia-volta em preparação para o depósito da sua massa marrom-amarelada sobre elas, quando a Srta. Helstone e a Srta. Keeldar acorreram simultaneamente em socorro.

— Obrigada — disse a herdeira enquanto estendia novamente o aventalzinho para que Caroline pusesse ali as flores. — É sua filha, Sr. Helstone? — indagou ela.

— Minha sobrinha Caroline.

A Srta. Keeldar apertou a mão de Caroline e depois a fitou. Caroline também olhou para a sua anfitriã.

Shirley Keeldar (ela não tinha outro nome de batismo além de Shirley: seus pais, que queriam ter um filho, ao verem que, depois de oito anos de casamento, a Providência lhes havia concedido apenas uma filha, deram a ela o mesmo nome masculino que teriam dado a um menino, se com um menino eles tivessem sido abençoados) — Shirley Keeldar não era uma herdeira feia: ela agradava ao olhar. Sua altura e seu corpo não eram diferentes dos da Srta. Helstone; talvez ela fosse mais alta uma ou duas polegadas; seu corpo era gracioso, e o rosto também tinha um encanto tão bem descrito pelo termo "graça" quanto qualquer outro. Ele era naturalmente pálido, mas inteligente e expressivo. Shirley não era loura, assim como Caroline: claro e escuro eram as suas características quanto à cor; seu rosto e testa eram claros; os olhos, de um cinza muito escuro: nada de brilhos verdes neles — um cinza transparente, puro, neutro; e seu cabelo era castanho muito escuro. Seus traços fisionômicos eram notáveis; e com isso não quero dizer que eles eram fortes, angulosos e romanos, pois na verdade eles eram miúdos e pouco marcados; mas apenas que eles eram, para usar algumas palavras francesas, "fins, gracieux, spirituels"[4]; expressivos eles eram, e eloquentes; mas suas mudanças não deveriam ser compreendidas nem sua linguagem interpretada imediatamente. Ela examinou Caroline com seriedade, inclinando levemente a cabeça para o lado com um ar pensativo.

— Dá para ver que ela é apenas uma criança frágil — observou o Sr. Helstone.

— Ela parece jovem... mais jovem que eu. Que idade a senhorita tem? — perguntou a Srta. Keeldar de um modo que se diria condescendente, se não tivesse sido extremamente sério e simples.

— Dezoito anos e seis meses.

— E eu tenho vinte e um.

Ela não disse mais nada. Tendo posto as flores na mesa, estava agora ocupada em arranjá-las.

— E o Credo de Santo Atanásio? — insistiu o Pároco. — A senhorita acredita nele todo, não é mesmo?

— Não me lembro bem de todo ele. Vou lhe dar um ramalhete, Sr. Helstone, quando tiver dado um para a sua sobrinha.

Ela havia escolhido um pequeno buquê composto de uma flor brilhante e duas ou três delicadas, realçadas por um ramo de folhas escuras; ela o amarrou com uma tira de seda que estava na sua cesta de trabalho e o colocou no colo de Caroline; e então pôs as mãos atrás de si e ficou em pé, ligeiramente inclinada na direção da sua convidada, ainda olhando-a, com a atitude e algo do aspecto de um pequeno cavaleiro sério, mas galante. Essa expressão facial transitória era realçada pelo modo como ela penteava seus cabelos, repartidos na altura das têmporas e levados em uma massa sedosa para o alto da testa, de onde eles caíam em cachos que pareciam naturais, de tal modo eram livres as suas ondulações.

— A senhorita se cansou com a caminhada? — indagou ela.

— Não, nem um pouco. A distância é pequena... apenas um quilômetro e meio.

— A senhorita está pálida. Ela é sempre pálida assim? — perguntou ela voltando-se para o pároco.

— Ela era tão rosada quanto a sua flor mais vermelha.

— E por que ela ficou diferente? O que a tornou pálida? Ela esteve adoentada?

— Ela me diz que quer uma mudança.

— Ela deveria ter uma mudança; o senhor deve lhe propiciar uma: o senhor deveria mandá-la para a praia.

— E vou, antes de terminar o verão. Mas, até então, eu gostaria que ela a conhecesse melhor, se a senhorita não se opuser.

— Tenho certeza de que a Srta. Keeldar não se oporá — observou a Sra. Pryor. — Acredito que possa assumir a responsabilidade de dizer que a presença frequente da Srta. Helstone em Fieldhead será considerada um privilégio.

— A senhora externa exatamente o que eu sinto — disse Shirley —, e lhe agradeço por se antecipar a mim. Vou lhe dizer uma coisa — prosseguiu ela voltando-se novamente para Caroline —, a senhorita também deve agradecer à minha preceptora; não é qualquer pessoa que ela acolhe como a acolheu: a senhorita recebeu mais crédito do que imagina. Ainda esta manhã, quando a senhorita tiver ido embora, vou pedir à Sra. Pryor que me revele a opinião que tem a seu respeito. Tendo a confiar no julgamento dela sobre o caráter das pessoas, pois até agora ele tem sido incrivelmente preciso. Já antevejo uma resposta favorável para as minhas perguntas. Não estou certa, Sra. Pryor?

— Minha cara, a senhorita acabou de dizer que somente quando a Srta. Helstone tivesse ido embora pediria a minha opinião; é muito improvável que eu a emita na presença dela.

— Sim; e talvez se passe muito tempo antes de eu a obter. Às vezes sou tristemente atormentada, Sr. Helstone, pela extrema cautela da Sra. Pryor: os julgamentos dela têm de ser corretos quando comunicados, porque quase sempre demoram tanto a ser emitidos quanto os de um Lorde Chanceler. Sobre o caráter de algumas pessoas eu não consigo que ela se pronuncie, por mais que implore.

A Sra. Pryor sorriu.

— Sim — disse a sua aluna —, eu sei o que esse sorriso significa: a senhora está pensando no meu cavalheiro-arrendatário. O senhor conhece o Sr. Moore, do Hollow? — perguntou ela ao Sr. Helstone.

— Ai, ai! Seu arrendatário... e ele é mesmo. Sem dúvida a senhorita tem se encontrado bastante com ele, desde que chegou?

— Fui obrigada a encontrá-lo: nós tínhamos negócios a tratar. Negócios! Essa palavra me faz mesmo ter a consciência de que já não sou uma menina, e sim uma mulher, ou algo mais. Eu sou um *Esquire*: Shirley Keeldar, *Esquire*, deveria ser o meu apelativo e título. Deram-me um nome masculino; eu ocupo um cargo masculino: isso é suficiente para me infundir um toque de virilidade; e, quando vejo pessoas como esse anglo-belga imponente, esse Gérard Moore, diante de mim, falando seriamente comigo sobre negócios, na verdade eu quase me sinto um cavalheiro. O senhor devia me escolher para ser sua administradora da igreja, Sr. Helstone, da próxima vez que for escolher novos: eu devia me tornar magistrada e capitã de uma subdivisão de cavalaria. A mãe de Tony Lumpkin era coronel e sua tia, juíza de paz; por que eu não poderia ser?

— Estou de pleno acordo. Se a senhorita quiser fazer uma requisição nesse sentido, eu prometo encabeçar com o meu nome a lista de assinaturas. Mas a senhorita estava falando de Moore?

— Ah, sim. Eu acho um pouco difícil entender o Sr. Moore, saber o que pensar dele, se gosto dele ou não. Ele parece ser um arrendatário de quem qualquer proprietário se orgulharia — e eu tenho orgulho dele, nesse sentido; mas, como vizinho, o que ele é? Tantas vezes implorei à Sra. Pryor que dissesse o que acha dele, mas ela continua se esquivando de me dar uma resposta direta. Espero que o senhor seja menos oracular, Sr. Helstone, e diga na hora: o senhor gosta dele?

— Nem um pouco, no momento: o nome dele já não consta entre o das pessoas que estão nas minhas boas graças.

— E qual foi o problema? O que foi que ele fez?

— Meu tio e ele discordam sobre política — interpôs a voz suave de Caroline. Melhor teria sido ela não falar naquele exato momento: quase não tendo participado da conversa antes, não foi apropriado fazê-lo então. Com uma agudeza nervosa ela percebeu isso assim que falou, e então enrubesceu até os olhos.

— Qual é a política de Moore? — inquiriu Shirley.

— A de um comerciante — respondeu o Pároco —, tacanha, egoísta e não patriota. O homem está eternamente escrevendo e falando contra o prosseguimento da guerra. Não tenho paciência com ele.

— A guerra lesa os negócios dele. Eu me lembro de ouvi-lo comentar isso ainda ontem. Que outra objeção o senhor faz a ele?

— Essa é suficiente.

— Ele parece um perfeito cavalheiro, na minha visão do termo — prosseguiu Shirley —, e me agrada pensar nele assim.

Caroline arrancou as pétalas cor de púrpura da flor brilhante de seu buquê e respondeu com uma entonação incisiva:

— Ele é, sem dúvida.

Shirley, ouvindo essa afirmação corajosa, sondou-a astutamente com seu olhar profundo e expressivo.

— *A senhorita* é amiga dele, de qualquer forma — disse ela. — Defende-o na sua ausência.

— Sou tanto sua amiga como parente — foi a pronta resposta. — Robert Moore é meu primo.

— Ah, então a senhorita pode me contar tudo sobre ele. Faça para mim um esboço do seu caráter.

Um constrangimento insuperável tomou conta de Caroline quando o pedido foi feito: ela não poderia tentar acatar o pedido e nem chegou a fazê-lo. Seu silêncio foi imediatamente coberto pela Sra. Pryor, que começou a perguntar ao Sr. Helstone sobre uma ou duas famílias das redondezas com cujos parentes no sul ela dizia se relacionar. Shirley logo desviou o olhar do rosto da Srta. Helstone. Ela não tornou a fazer perguntas, mas, voltando às flores, passou a escolher um buquê para o Pároco. Quando este fez menção de se ir, ela lhe entregou as flores e recebeu como retribuição a homenagem de um beijo na mão.

— Não deixe de usá-lo em atenção a mim.

— Vou usá-lo perto do coração, claro — respondeu Helstone. — Sra. Pryor, cuide bem desse futuro magistrado, desse futuro administrador da igreja, desse capitão do regimento de cavalaria; resumindo, desse jovem *esquire* de Briarfield: não o deixe esforçar-se demais; não o deixe quebrar o pescoço na caçada; acima de tudo, faça com que ele atente para o modo como ele desce a cavalo a perigosa colina próxima ao Hollow.

— Eu gosto das descidas — disse Shirley. — Gosto de vencê-las rapidamente; e, sobretudo, gosto, com todo o meu coração, daquele romântico Hollow.

— Romântico, com uma tecelagem no meio?

— Romântico com uma tecelagem no meio. A antiga tecelagem e o chalé branco são admiráveis ao seu modo.

— E o escritório, Sr. Keeldar?

— O escritório é melhor que a minha sala de visitas rosada: eu adoro o escritório.

— E o negócio? O tecido... a lã engordurada... os tonéis com tintas que emporcalham tudo?

— O negócio deve ser profundamente respeitado.

— E o negociante é um herói? Ótimo!

— Que bom ouvir o senhor dizer isso: eu achava que o negociante parecia heroico.

Malícia, coragem e alegria cintilaram em todo o seu rosto enquanto ela lançava palavras para o velho cossaco, que gostava daquela discussão quase tanto quanto ela.

— Capitão Keeldar, o senhor não tem nas veias sangue mercantil; por que gosta tanto do comércio?

— Porque sou dona de uma tecelagem, obviamente. Metade da minha renda vem do serviço feito no Hollow.

— Não entre em uma sociedade, só isso.

— O senhor pôs essa ideia na minha cabeça! O senhor pôs essa ideia na minha cabeça! — exclamou ela com uma risada alegre. — Ela nunca mais vai me abandonar. Obrigada. — E balançando a mão branca como um lírio e bela como a de uma fada, ela desapareceu no alpendre enquanto o Pároco e sua sobrinha saíam pelo portão em arco.

XII. Shirley e Caroline

Shirley mostrou ter sido sincera ao dizer que gostaria de ter a companhia de Caroline, procurando-a com frequência: e, na verdade, se não a tivesse procurado, não teria tido a companhia, pois a Srta. Helstone era lenta para formar novas amizades. Ela sempre era refreada pela ideia de que as pessoas podiam não querer conviver com ela, de que ela talvez não as divertisse; e uma criatura brilhante, feliz e jovem como a herdeira de Fieldhead lhe parecia tão completamente independente de uma companhia desinteressante como a dela que jamais a julgaria realmente bem-vinda.

Shirley podia ser brilhante e provavelmente também feliz, mas ninguém vive sem uma companhia afável; e embora no espaço de cerca de um mês ela tivesse conhecido a maioria das famílias vizinhas e se relacionasse de modo muito informal com todas as Srtas. Sykes e todas as Srtas. Pearson, além das duas superlativas Srtas. Wynne, de Walden Hall, aparentemente ela não considerava nenhuma delas muito interessante: ela não se irmanava com nenhuma delas; para usar as suas próprias palavras, se tivesse tido a felicidade de ser realmente Shirley Keeldar, *Esq.*, senhor da herdade de Briarfield, não haveria uma única beldade naquela paróquia e nas duas outras vizinhas a quem ela se sentiria inclinada a pedir que se tornasse Sra. Keeldar, a dona da herdade. Ela declarou isso à Sra. Pryor, que ouviu com muita tranquilidade, como quase sempre acontecia quando das espontâneas declarações de sua aluna, respondendo:

— Minha cara, não permita que se fixe esse hábito de aludir a si mesma como um cavalheiro; isso é estranho. Quem não a conhece e a ouve falar assim pensa que a senhorita assume modos masculinos.

Shirley nunca ria da sua ex-preceptora: até mesmo as pequenas formalidades e peculiaridades inofensivas daquela senhora eram respeitáveis aos olhos dela; se assim não fosse, ela teria provado ser um caráter fraco na mesma hora, pois somente um fraco zomba da excelência modesta; portanto, ela recebeu em silêncio a censura. Ficou imóvel perto da janela, olhando para o imponente cedro do seu gramado, observando um pássaro em um dos galhos mais baixos. Em seguida, começou a piar para o pássaro; logo seu piar ficou mais audível e dentro em pouco ela estava assobiando; o assobio se tornou uma melodia, executada com muita doçura e habilidade.

— Minha cara! — repreendeu a Sra. Pryor.

— Eu estava assobiando? — indagou Shirley. — Foi por esquecimento. Senhora, me perdoe. Eu havia resolvido não assobiar na sua frente.

— Mas, Srta. Keeldar, onde foi que a senhorita aprendeu a assobiar? Certamente adquiriu esse hábito depois de vir para Yorkshire. Nunca soube que a senhorita tivesse esse hábito antes.

— Ah! Eu aprendi a assobiar há muito tempo.

— Quem lhe ensinou?

— Ninguém; aprendi prestando atenção e mais tarde deixei de lado; mas ontem à noite, quando estava vindo pela nossa alameda, ouvi um cavalheiro assobiando essa mesma melodia no campo do outro lado da cerca e isso me fez lembrar.

— Que cavalheiro era esse?

— Nesta região só temos um, senhora, e ele é o Sr. Moore; pelo menos ele é o único que não tem cabelos grisalhos: é verdade que os meus respeitáveis prediletos, o Sr. Helstone e o Sr. Yorke, são beaux[1] idosos, infinitamente melhores que qualquer um dos jovens idiotas.

A Sra. Pryor ficou em silêncio.

— A senhora não gosta do Sr. Helstone?

— Minha cara, as funções religiosas do Sr. Helstone o protegem das críticas.

— A senhora geralmente encontra um pretexto para deixar a sala quando o anunciam.

— Minha cara, a senhorita vai sair esta manhã?

— Sim, vou à casa paroquial tentar encontrar Caroline Helstone e levá-la para fazer um pouco de exercício: ela deve dar uma volta e pegar uma brisa em Nunnely Common.

— Se as duas forem para aquela direção, minha cara, seja gentil e lembre à Srta. Helstone que ela deve se proteger bem, pois o vento está frio e me parece que ela requer cuidados.

— A senhora será rigorosamente obedecida. Mas a senhora não quer nos acompanhar?

— Não, meu bem, eu seria um estorvo: sou corpulenta e não ando tão depressa quanto vocês gostariam de andar.

Shirley convenceu facilmente Caroline a ir com ela e, quando as duas já haviam avançado um trecho na estrada tranquila, atravessando a extensa e solitária área do Nunnely Common, ela, com igual facilidade, fez Caroline conversar. Uma vez superada a timidez inicial, Caroline se sentiu contente por conversar com a Srta. Keeldar. A primeira troca de observações ligeiras foi suficiente para que cada uma delas formasse uma ideia da outra. Shirley disse que gostava da extensão do relvado verde e, mais ainda, da urze em seu topo, pois a urze a fazia se lembrar das charnecas: ela havia visto charnecas quando estava viajando pelas fronteiras perto da Escócia. Ela se recordava particularmente de um distrito atravessado em uma tarde longa, em um dia de verão quente, mas sem sol: eles viajaram desde o meio-dia até o pôr do sol, percorrendo o que parecia um ermo ilimitado coberto de urze, e não haviam visto nada além de carneiros selvagens nem ouvido nada além dos gritos dos pássaros selvagens.

— Sei qual seria o aspecto da urze num dia como este — disse Caroline — púrpura escuro... um matiz mais intenso da cor do céu, e este estaria lívido.

— Sim, muito lívido, as nuvens com extremidades cor de bronze, e de quando em quando um brilho branco, mais medonho que a cor fúnebre, o qual, ao olhar para ele, a pessoa momentaneamente esperava que ele fosse se incendiar com relâmpagos cegantes.

— Estava trovejando?

— Ao longe se ouviam estrondos, mas a tempestade só caiu à noite, quando já estávamos na estalagem: e essa estalagem era uma casa isolada ao pé de uma cadeia de montanhas.

— A senhorita viu as nuvens descerem sobre as montanhas?

— Vi; fiquei na janela durante uma hora observando-as. Os montes pareciam envoltos em uma neblina mal-humorada, e quando a chuva caiu em lençóis brancos eles de repente desapareceram do cenário, foram varridos do mundo.

— Eu já vi tempestades assim nos distritos montanhosos de Yorkshire; e no seu clímax turbulento, quando o céu era uma catarata e a terra uma inundação, eu me lembrei do Dilúvio.

— É singularmente restaurador, depois desses vendavais, sentir a calma retornar, e do céu que clareia receber um raio consolador que suavemente testemunha que o sol não se apagou.

— Srta. Keeldar, fique parada agora e olhe lá embaixo o vale e o bosque de Nunnely.

As duas pararam no topo verdejante do Common: elas olharam para o vale profundo trajando as vestimentas de maio; para os diversos campos, alguns salpicados com margaridas, e alguns dourados com os malmequeres-dos-brejos: nesse dia, todo esse verdejar sorria claro à luz do sol; centelhas transparentes cor de esmeralda e de âmbar se agitavam sobre ele. Sobre Nunnwood — único remanescente de uma antiga floresta britânica em uma região cujas terras baixas eram outrora uma área selvagem, assim como suas terras altas eram cobertas por urzes que chegavam à altura do peito — dormia a sombra de uma nuvem; os morros distantes estavam cheios de tonalidades cambiantes, o horizonte sombreado e com a coloração da madrepérola; azuis prateados, doces tons de púrpura, verdes evanescentes e tons rosados, todos misturados em flocos de nuvens brancas, puras como a neve azulada, fascinavam os olhos como se fossem um lampejo distante dos alicerces do céu. O vento que soprava nas faces era fresco, doce e revigorante.

— Nossa Inglaterra é uma fermosa ilha — disse Shirley — e Yorkshire é um de seus recantos mais fermosos.

— A senhorita é uma jovem de Yorkshire também?

— Sou, Yorkshire pelo sangue e pelo nascimento. Cinco gerações de minha raça descansam sob as naves laterais da igreja de Briarfield. Eu vi a luz do dia no antigo e escuro solar atrás de nós.

Nesse momento Caroline estendeu a mão, e ambas adequadamente trocaram um aperto de mãos.

— Somos compatriotas — disse ela.

— Sim — concordou Shirley, com um aceno sério.

— E lá... — perguntou a Srta. Keeldar, apontando para a floresta — lá é Nunnwood?

— É.

— A senhorita já esteve lá?

— Diversas vezes.

— Bem no meio da floresta?

— Sim.

— E como é?

— É como um monte de filhos de Anaq em forma vegetal. As árvores são imensas e velhas. Quando estamos aos pés delas, os topos parecem estar em outra região: os troncos continuam firmes como pilares, enquanto os ramos se agitam com todas as brisas. Na calma mais profunda, suas folhas jamais ficam totalmente imóveis, e durante as ventanias uma correnteza ruge, um mar estrondeia acima de nossas cabeças.

— Não era esse um dos esconderijos de Robin Hood?

— Sim, e há recordações dele ainda vivas. Entrar em Nunnwood, Srta. Keeldar, é mergulhar nos indistintos dias de antanho. A senhorita consegue ver uma fenda na floresta, perto do centro?

— Sim, perfeitamente.

— A fenda é uma bocaina; uma fenda profunda e vazia, coberta por turfa tão verde e rasteira quanto a relva deste Common; as mais antigas das árvores, majestosos carvalhos retorcidos, se aglomeram às bordas dessa bocaina; no fundo, se encontram as ruínas de um convento.

— Nós iremos... nós duas, sozinhas... a esse bosque, no começo de uma bela manhã de verão, e passaremos um longo dia lá. Podemos levar lápis e cadernos de desenho, e qualquer livro interessante de que gostemos, e, é claro, vamos levar alguma coisa para comer. Eu tenho duas cestinhas, nas quais a Sra. Gill, minha caseira, pode colocar nossas provisões, e cada uma de nós pode levar a sua. Não seria cansativo demais para a senhorita andar tanto?

— Oh, não, ainda mais se nós ficarmos o dia inteiro no bosque. E eu conheço os locais mais agradáveis: sei onde podemos encontrar nozes na época certa; sei onde os morangos silvestres são abundantes; conheço certas clareiras solitárias e pouco percorridas, cobertas por estranhos musgos, alguns amarelos como se fossem ouro, alguns de um cinzento escuro, outros verdes como esmeraldas. Conheço grupos de árvores que encantam os olhos com seus notáveis efeitos, como os de um quadro: o grosseiro carvalho, a delicada bétula, a faia lustrosa, aglomerados em contraste; e freixos altos como Saul, se erguendo isolados; e antiquíssimos gigantes da floresta envoltos em brilhantes envoltórios de hera. Senhorita Keeldar, eu poderia servir-lhe de guia.

— A senhorita ficaria entediada sozinha comigo?

— Não creio. Acho que nós nos entenderemos; e qual seria a terceira pessoa cuja presença não iria estragar nosso prazer?

— Na verdade, não conheço ninguém mais ou menos da nossa idade... Nenhuma moça, pelo menos; e quanto aos cavalheiros...

— Um passeio se transforma em algo muito diferente quando cavalheiros fazem parte do grupo — interrompeu Caroline.

— Concordo... Algo muito diferente daquilo em que estávamos pensando.

— Nós iríamos simplesmente para ver velhas árvores, as velhas ruínas; para passar um dia nos tempos de antanho, rodeadas por silêncio ancestral, e, acima de tudo, por tranquilidade.

— A senhorita tem razão; e a presença de cavalheiros desfaz esse último encanto, acho. Se eles são do tipo errado, como os seus Malones, e seus jovens Sykes e Wynnes, a irritação assume o posto da serenidade. Se eles são do tipo correto, mesmo assim ainda há uma mudança; eu mal posso dizer de que tipo... Uma que é fácil sentir e difícil descrever.

— Nós esquecemos a Natureza, imprimis.[2]

— E então a Natureza se esquece de nós, cobre seu vasto rosto sereno com um véu difuso, esconde sua face, e afasta a alegria plácida com a qual, se nós tivéssemos nos contentado em reverenciar somente a ela, ela teria enchido nossos corações.

— E o que ela nos dá em troca?

— Mais elação e mais ansiedade; uma excitação que faz com que as horas passem rapidamente, e um dissabor que perturba o passar delas.

— Nossa capacidade de ser feliz se encontra em grande parte em nós mesmos, acredito — observou Caroline, ajuizadamente. — Eu já estive em Nunnwood com um grupo grande, todos os coadjutores e pessoas importantes destas redondezas, bem como algumas senhoras; e eu achei a situação insuportavelmente tediosa e absurda; e já fui lá sozinha, ou acompanhada somente pela Fanny, que se sentou na cabana do lenhador e ficou costurando, ou conversou com a esposa dele, enquanto eu perambulava por lá e desenhava ou lia; e desfrutei de muita felicidade tranquila o dia todo. Mas isso foi quando eu era jovem... há dois anos.

— A senhorita já foi lá com seu primo, Robert Moore?

— Sim, uma vez.

— Que tipo de companhia ele é nessas ocasiões?

— Um primo, a senhorita sabe, é diferente de uma pessoa estranha.

— Eu sei disso; mas os primos, se eles são estúpidos, são ainda mais insuportáveis que os estranhos, porque não se pode mantê-los à distância com tanta facilidade. Mas seu primo não é estúpido?

— Não, mas...

— Sim?

— Se a companhia dos tolos irrita, como a senhorita diz, a companhia de homens inteligentes acarreta sua dor peculiar também. Se a bondade e o talento de seu amigo estão acima de qualquer dúvida, seu próprio mérito de estar na companhia dele com frequência se transforma em uma questão discutível.

— Oh! Nesse ponto, não consigo acompanhar seu raciocínio. Eu não gostaria de conceber essa ideia infundada nem por um segundo. Acho que não sou indigna de ser a companhia dos melhores deles (dos cavalheiros, quero dizer) embora isso seja dizer muita coisa. Quando eles são bons, são muito bons, acredito. Seu tio, por falar nisso, não é um mau exemplar de velho cavalheiro: sempre fico feliz por ver seu velho rosto moreno, arguto e sensato em minha própria casa ou em qualquer outra. A senhorita gosta dele? Ele é gentil com a senhorita? Ora, diga a verdade.

— Ele me criou desde a infância, não duvido, exatamente como ele teria criado sua própria filha, se tivesse tido uma; e isso é gentileza; mas não tenho afeição por ele; eu preferiria ficar longe da sua presença a ficar perto.

— Estranho! Se ele tem a capacidade de ser tão agradável.

— Sim, na companhia de outras pessoas; mas ele é severo e silencioso em casa. Assim como ele deixa a bengala e o chapéu no saguão da Casa Paroquial, ele encerra sua jovialidade em sua estante de livros e em sua escrivaninha: o cenho franzido e as poucas palavras ficam ao pé da lareira; o sorriso, o gracejo, o chiste espirituoso só na companhia dos outros.

— Ele é tirânico?

— De maneira alguma; ele não é nem tirânico nem hipócrita. Ele é simplesmente um homem que é mais generoso que amável; mais brilhante que alegre; mais escrupulosamente imparcial que verdadeiramente justo... se a senhorita consegue compreender essas diferenças tão sutis.

— Oh, sim! A amabilidade implica a indulgência, que ele não tem; a alegria, um coração caloroso, que ele não possui; e a genuína justiça é o fruto da simpatia e da ponderação, das quais, sou bem capaz de imaginar, meu velho amigo moreno não tem a menor ideia.

— Eu muitas vezes me pergunto se a maior parte dos homens se parece com meu tio em seus relacionamentos domésticos; se é necessário ser nova e desconhecida para que sejamos agradáveis ou apreciáveis aos olhos deles; e se é impossível para o temperamento deles ter um interesse e uma afeição constantes pelas pessoas que eles veem todos os dias.

— Não sei; não posso esclarecer suas dúvidas. Eu faço conjecturas semelhantes, às vezes. Mas, para dizer um segredo, se eu estivesse convencida de que eles são necessária e universalmente diferentes de nós... traiçoeiros, tornando-se logo insensíveis, destituídos de simpatia..., jamais me casaria. Eu não gostaria de descobrir que o que eu amava não me amava, que ele estava cansado de mim e que quaisquer esforços que eu pudesse fazer para agradar iriam, posteriormente, ser mais que inúteis, já que seria inevitável para essa natureza mudar e ficar indiferente. Tendo feito essa descoberta, o que eu poderia desejar? Ir embora, afastar-me de uma presença em que minha companhia não causasse prazer.

— Mas a senhorita não poderia agir assim, se fosse casada.

— Não, não poderia... É isso. Eu jamais poderia voltar a ser dona de mim mesma. Que ideia terrível! Ela me sufoca! Nada me aborrece tanto como a ideia de ser um fardo e um incômodo: um fardo inevitável, um peso incessante! Ora, quando sinto que minha companhia é supérflua, posso confortavelmente me envolver em minha independência como se fosse um manto, e baixar meu orgulho como um véu, e me retirar para a solidão. Se fosse casada, isso não poderia acontecer.

— Só fico pensando por que nós todas não decidimos permanecer solteiras — disse Caroline. — Decidiríamos, se déssemos ouvidos à sabedoria da experiência. Meu tio sempre fala do casamento como um fardo; e eu acredito que todas as vezes em que ouve falar de um homem se casando ele invariavelmente o considera um tolo, ou, de qualquer maneira, alguém que comete uma tolice.

— Mas os homens não são todos iguais ao seu tio. Certamente não... Espero que não.

Ela fez uma pausa e refletiu.

— Suponho que todas nós consideremos a pessoa que amamos uma exceção, até *estarmos* casadas — sugeriu Caroline.

— Suponho que sim. E esse caso excepcional nós acreditamos ser feito de material nobre; nós imaginamos que ele é como nós; nós imaginamos um sentimento de harmonia. Nós pensamos que a voz dele transmite a mais doce e verdadeira promessa de um coração que jamais se endurecerá contra nós; nós lemos nos olhos dele aquele sentimento fiel, afeição. Eu acho que nós não devemos de maneira nenhuma confiar naquilo que eles chamam de paixão, Caroline. Acredito que isso seja um mero fogo de palha, que queima e logo desaparece. Mas nós o observamos, e o vemos sendo gentil com os animais, as criancinhas, os pobres. Ele é igualmente gentil conosco, bom e atencioso; ele não lisonjeia as mulheres, mas é paciente com elas, e parece estar à vontade na presença delas, e considera a companhia delas agradável. Ele as aprecia não apenas por motivos vãos e egoístas, mas como *nós* gostamos dele: porque nós gostamos dele. Então nós observamos que ele é justo, que sempre fala a verdade, que é consciencioso. Nós sentimos alegria e tranquilidade quando ele entra em um cômodo; nós sentimos tristeza e perturbação quando ele sai. Nós sabemos que esse homem tem sido um filho gentil, que é um irmão gentil; alguém vai ousar dizer-me que ele não será um marido gentil?

— Meu tio afirmaria isso sem hesitar. "Ele se cansará de você em um mês", ele diria.

— A Sra. Pryor iria dizer o mesmo, com seriedade.

— A Sra. Yorke e a Srta. Mann iriam, muito soturnas, sugerir ditto.[3]

— Se eles forem verdadeiros oráculos, é bom jamais amar.

— Muito bom, se a pessoa consegue evitar.

— Eu escolho duvidar da veracidade deles.

— Receio que isso prove que a senhorita já está presa nas malhas do amor.

— Não eu. Mas, se estivesse, sabe quais adivinhos eu consultaria?

— Quero ouvir.

— Nem homem nem mulher, nem idoso nem jovem: o pequeno mendigo irlandês que vem de pés descalços à minha porta; o ratinho que sai às furtadelas da rachadura nos painéis de madeira; o passarinho que com geada e neve fica bicando na minha janela atrás de migalhas; o cachorro que lambe minha mão e fica sentado ao meu lado.

— A senhorita já viu alguém que fosse gentil com tais criaturas?

— A senhorita já viu alguém a quem essas criaturas parecessem instintivamente seguir, apreciar, em quem parecessem confiar?

— Nós temos uma gata preta e um velho cachorro na casa paroquial. Eu conheço alguém em cujos joelhos a gata preta adora subir, em cujos ombros e faces ela gosta de ronronar. O velho cachorro sempre sai de seu canil e abana o rabo, e choraminga afetuosamente quando esse alguém passa.

— E o que faz essa pessoa?

— Ele silenciosamente acaricia a gata e permite que ela fique em seu colo enquanto ele puder ficar lá; e, quando tem de perturbá-la se levantando, ele e a coloca gentilmente no chão, e jamais a enxota com rudeza. Ele sempre assobia para o cachorro e o acaricia.

— Ele faz isso? Não é Robert?

— Mas é o Robert.

— Bela criatura! — disse Shirley, entusiasmada. Seus olhos brilharam.

— Ele não é belo? Ele não tem olhos bonitos e traços benfeitos, e uma testa serena e principesca?

— Ele tem tudo isso. Abençoado seja! Ele é tanto educado quanto bom.

— Eu tinha certeza de que a senhorita iria perceber que ele era: quando olhei para seu rosto pela primeira vez, eu sabia que a senhorita perceberia.

— Eu estava predisposta a apreciá-lo antes de vê-lo. Eu gostei dele quando o vi; eu o admiro agora. Há um encanto na beleza por si só, Caroline; quando ela está mesclada com a bondade, há um encanto poderoso.

— E quando a mente é acrescida?

— E quem consegue resistir a isso?

— Lembre-se de meu tio e das Mesdames[4] Pryor, Yorke e Mann.

— Lembre-se do coaxar das rãs do Egito. Ele é uma nobre criatura. Eu digo, quando eles *são* bons eles são os senhores da criação, eles são os filhos de Deus. Moldados à imagem do Criador, a mais ínfima centelha do espírito Dele os eleva quase acima da mortalidade. Sem a menor dúvida um grande homem, bom e belo, é o ápice da criação.

— Acima de nós?

— Eu desdenharia disputar a primazia com ele... eu desdenharia. Minha mão esquerda deve disputar a precedência com a mão direita? Meu coração deve competir com meu pulso? Minhas veias devem sentir ciúmes do sangue que as preenche?

— Homens e mulheres, maridos e esposas brigam horrivelmente, Shirley.

— Pobres criaturas! Pobres criaturas caídas e degeneradas! Deus as criou para outro destino, para outros sentimentos.

— Mas nós somos iguais aos homens, ou não somos?

— Nada me encanta mais que encontrar meu superior, alguém que me faz sinceramente sentir que é meu superior.

— A senhorita já o encontrou?

— Ficaria feliz por encontrá-lo qualquer dia: quanto mais acima de mim, melhor; é degradante se abaixar; é glorioso olhar para cima. O que me perturba é que, quando tento estimar, sou confundida; quando estou religiosamente inclinada, não há mais que falsos deuses para adorar. Eu desdenho ser pagã.

— Gostaria de entrar, Srta. Keeldar? Estamos no portão da casa paroquial.

— Não hoje, mas amanhã virei buscá-la para passar a tarde comigo. Caroline Helstone, se a senhorita for mesmo o que me parece ser agora, nós duas vamos nos entender. Jamais em toda a minha vida eu tinha sido capaz de conversar com uma jovem como conversei com a senhorita esta manhã. Dê-me um beijo... e até logo.

******

A Sra. Pryor parecia tão disposta a cultivar a amizade de Caroline quanto Shirley. Ela, que nunca ia a lugar nenhum, fez uma visita à casa paroquial logo em seguida. Ela veio à tarde, quando o Pároco não estava em casa. Era um dia bastante abafado; o calor havia deixado suas faces rubras, e ela parecia estar também agitada pelo fato de entrar em uma casa estranha, pois parecia que seus hábitos eram muito caseiros e discretos. Quando a Srta. Helstone foi ao seu encontro na sala de jantar, ela encontrou a Sra. Pryor sentada no sofá, tremendo e se abanando com o lenço, como se lutasse contra uma perturbação nervosa que ameaçava se tornar histérica.

Caroline se espantou um pouco com essa inesperada falta de autocontrole em uma senhora da idade dela, e também com a falta de uma verdadeira força em uma pessoa que parecia robusta: pois a Sra. Pryor se apressou a mencionar a fadiga da caminhada, o calor do sol, etc., como razões para sua indisposição temporária; e quando, com mais pressa que coerência, ela enumerou uma vez depois da outra essas causas para a exaustão, Caroline gentilmente tentou aliviá-la abrindo seu xale e retirando sua touca. A Sra. Pryor não teria aceitado atenções desse tipo de qualquer pessoa: geralmente evitava toques ou maiores aproximações com uma mescla de embaraço e de frieza que não era nem um pouco lisonjeira para quem lhe oferecia ajuda. Contudo, ela cedeu com docilidade às mãozinhas gentis da Srta. Helstone e pareceu tranquilizada por esse contato. Em poucos minutos ela parou de tremer e ficou quieta e tranquila.

Tendo retomado seus modos habituais, ela começou a falar de assuntos corriqueiros. Na companhia de diversas pessoas, a Sra. Pryor raramente abria a boca, ou, se fosse obrigada a falar, falava com muita reserva e, portanto, não muito bem; nos diálogos ela era uma boa participante. Sua linguagem, sempre um pouco formal, era adequada; seus sentimentos eram justos; suas informações variadas e corretas. Caroline achou agradável ouvi-la, mais agradável do que poderia ter antecipado.

Na parede oposta ao sofá estavam pendurados três retratos: o do centro, sobre a cornija, de uma senhora; os outros dois, de homens.

— É uma bela face — disse a Sra. Pryor, interrompendo uma breve pausa que havia se seguido a meia hora de conversa animada. — Os traços podem ser considerados perfeitos; o cinzel de um escultor não poderia melhorá-los. É um retrato de alguém da família, suponho?

— É um retrato da Sra. Helstone.

— Da Sra. Matthewson Helstone? Da esposa de seu tio?

— Sim, e dizem que se parece muito com ela; antes de se casar, ela era considerada a mais bela da região.

— Eu diria que ela merecia o título: que perfeição em todos os traços! É, entretanto, um rosto passivo; o original não pode ter sido o que é geralmente chamado de "uma mulher espirituosa".

— Acredito que ela fosse uma pessoa bastante sem vida e silenciosa.

— Ninguém seria levado a pensar, minha cara, que a escolha de seu tio fosse recair sobre uma pessoa desse tipo. Ele não gosta de se entreter com uma conversa animada?

— Na companhia dos outros, sim. Mas ele sempre diz que não conseguiria viver com uma esposa tagarela. Ele tem de ter tranquilidade em casa. A pessoa sai para conversar, ele diz; e volta para casa para ler e refletir.

— A Sra. Matthewson viveu poucos anos depois do casamento, penso ter ouvido dizer?

— Uns cinco anos.

— Bem, minha cara — prosseguiu a Sra. Pryor, levantando-se para ir embora —, acredito já estar acertado que a senhorita irá com frequência até Fieldhead; espero que vá. A senhorita deve se sentir sozinha aqui, não tendo mulheres na família; deve passar grande parte do tempo sozinha.

— Estou acostumada com isso; eu cresci sozinha. Posso arrumar o xale para a senhora?

A Sra. Pryor se submeteu a ser auxiliada.

— Caso a senhorita precise de ajuda em seus estudos — disse ela —, pode me pedir.

Caroline expressou sua gratidão por tanta gentileza.

— Espero conversar sempre com a senhorita. Eu gostaria de ser útil para a senhorita.

Uma vez mais, a Srta. Helstone agradeceu. Que coração gentil, ela pensou, estava escondido sob a aparente frieza de sua visitante. Observando que a Sra. Pryor lançava um rápido olhar de interesse de novo na direção dos retratos, enquanto caminhava pelo cômodo, Caroline explicou casualmente:

— O retrato pendurado perto da janela, a senhora vê, é do meu tio, feito vinte anos atrás; o outro, à esquerda da cornija, é do seu irmão James, meu pai.

— Eles se parecem um com o outro até certo ponto — disse a Sra. Pryor —; contudo, a diferença de temperamento pode ser percebida nos diferentes formatos da testa e da boca.

— Que diferença? — perguntou Caroline, acompanhando-a até a porta. — James Helstone... ou seja, meu pai... é geralmente considerado o mais bonito dos dois. Pessoas estranhas, eu observo, sempre exclamam: “Que belo homem!”. A senhora acha esse quadro belo, Sra. Pryor?

— Os traços são mais suaves ou delicados que os do seu tio.

— Mas onde está, ou qual é a diferença de temperamento à qual a senhora aludiu? Diga-me. Quero ver se a senhora acerta.

— Minha cara, seu tio é um homem de princípios. Sua testa e seus lábios são firmes, e seus olhos não vacilam.

— Bem, e o outro? Não tenha medo de me ofender; eu sempre gosto da verdade.

— A senhorita gosta da verdade? É bom para a senhorita. Apegue-se a essa preferência; nunca se afaste dela. O outro, minha cara, se ele estivesse vivo agora, provavelmente teria dado pouco apoio à sua filha. Contudo, é um belo rosto; um retrato feito na juventude, acredito. Minha cara — voltando-se abruptamente —, a senhorita reconhece que há um valor inestimável nos princípios?

— Tenho certeza de que nenhum caráter pode ter verdadeiro valor sem eles.

— O que a senhorita diz expressa seus sentimentos? A senhorita já pensou no assunto?

— Muitas vezes. As circunstâncias desde cedo me forçaram a prestar atenção nele.

— A lição não foi perdida, então, embora tenha vindo prematuramente. Eu suponho que a terra não seja pouco profunda nem pedregosa, caso contrário, as sementes que nela caíssem nessa época jamais teriam dado frutos. Minha cara, não fique parada tomando o vento que vem da porta; a senhorita vai se resfriar. Boa tarde.

As novas conhecidas da Srta. Helstone logo passaram a ser importantes para ela: a companhia delas era tida como um privilégio. Ela descobriu que teria cometido um erro se tivesse deixado escapar essa oportunidade de consolo, se não tivesse aproveitado essa mudança feliz. Uma nova direção foi dada aos seus pensamentos; para eles se abriu um novo caminho, o qual, afastando pelo menos alguns deles da direção que haviam até então tomado, abateu a impetuosidade de seu percurso, diminuindo a força da pressão deles em um único ponto sensível.

Logo ela se sentia muito contente em passar dias inteiros em Fieldhead, fazendo qualquer coisa que Shirley ou a Sra. Pryor desejassem que ela fizesse; e ora uma solicitava a atenção dela, ora a outra. Nada poderia ser menos ostensivo que a amizade da senhora mais velha, porém, nada também poderia ser mais vigilante, assíduo e incansável. Eu declarei que ela era uma criatura peculiar, e em nada sua peculiaridade era mais visível que na natureza do interesse que ela demonstrava por Caroline. Ela observava todos os movimentos da moça; parecia que ela poderia ter vigiado todos os passos dela; sentia prazer ao ser solicitada a dar conselhos e assistência à Srta. Helstone. Ela dava ajuda, quando solicitada, com um prazer tão silencioso e, contudo, tão óbvio que Caroline em pouco tempo sentia prazer em contar com ela.

A completa docilidade de Shirley Keeldar para com a Sra. Pryor havia, a princípio, surpreendido a Srta. Helstone, e não menos o fato de a reservada ex-governanta estar tão à vontade e tranquila na residência de sua jovem pupila, onde ela ocupava com uma independência tão tranquila um posto de tanta dependência; mas logo Caroline descobriu que somente era preciso conhecer as duas damas para compreender a fundo o enigma. Todos, assim parecia a Caroline, deveriam amar e valorizar a Sra. Pryor quando a conhecessem. Não importava a sua perseverança em usar vestidos fora de moda; que sua fala fosse formal e seus modos reservados; que ela tivesse dezenas de manias que ninguém mais tinha: ela era sempre tão confiável, tão boa conselheira, tão honesta, tão gentil ao seu modo, que, no pensamento de Caroline, ninguém que se acostumasse com a sua presença poderia facilmente abrir mão dela.

Quanto à dependência ou humilhação, Caroline não as sentia em seu relacionamento com Shirley, e por que a Sra. Pryor deveria sentir? A herdeira era rica — muito rica — comparada à nova amiga: uma era dona de mil libras líquidas por ano, a outra não tinha um tostão; e, contudo, havia uma segura sensação de igualdade na companhia dela, jamais sentida na companhia das pessoas importantes de Briarfield e Whinbury.

E a razão era o fato de a cabeça de Shirley se ocupar com outras coisas além de dinheiro e de posição. Ela sentia-se feliz por ser independente quanto ao dinheiro; às vezes, até sentia orgulho da ideia de ser a senhora da herdade e de ter arrendatários e terras: sentia-se especialmente tocada por uma agradável complacência quando a lembravam de "toda a propriedade" lá no Hollow, "abrangendo uma excelente tecelagem, local para tingir os tecidos, depósito, bem como a propriedade, os jardins e as construções anexas, denominados Chalé do Hollow"; mas sua exultação, sendo bastante evidente, era singularmente inofensiva; e, quanto aos seus pensamentos sérios, eles se voltavam para outra direção. Admirar os grandes, reverenciar o bom e ser alegre com os simpáticos era a grande inclinação da alma de Shirley; ela tecia considerações, portanto, sobre os meios de seguir essa inclinação com muito mais frequência do que ela pensava em sua superioridade social.

A princípio, a Srta. Keeldar se interessara por Caroline porque esta era tranquila, discreta, tinha um ar delicado e parecia precisar de alguém que tomasse conta dela. Sua predileção aumentou bastante quando descobriu que seu próprio modo de pensar e falar era compreendido e correspondido por essa nova amizade. Ela mal esperara isso. A Srta. Helstone, ela imaginava, tinha um rosto bonito demais, modos e voz doces demais, para ser algo além do comum quanto às ideias e capacidade; e ela ficou bastante intrigada ao ver os traços gentis adquirindo vida, cheios de malícia, ao réveillé[5] de um ou outro chiste sarcástico dito por ela própria; e se intrigou ainda mais ao descobrir naquela cabeça juvenil e coberta de cachos o acúmulo de conhecimento adquirido por conta própria e as especulações espontâneas se manifestando. O gosto instintivo de Caroline também era parecido com o seu: livros que a Srta. Keeldar lera com o maior prazer constituíam a alegria da Srta. Helstone. Elas tinham várias aversões em comum e poderiam ter o conforto de dar risada juntas a respeito de obras com falso sentimentalismo e pretensões pomposas.

Shirley considerava que poucos homens ou mulheres tinham o verdadeiro gosto da poesia, a verdadeira percepção para discriminar entre o que é real e o que é falso. Ela havia, inúmeras vezes, ouvido pessoas muito inteligentes declarando esta ou aquela passagem, neste ou naquele versejador, totalmente admirável e que, quando ela lia, sua alma se recusava a reconhecer como qualquer coisa além de frases feitas, floreios e falso brilho, ou, no melhor dos casos, palavreado elaborado, curioso, hábil, culto, casualmente colorido com os fascinantes tons da imaginação; mas, só Deus sabe, tão diferentes da verdadeira poesia quanto a bela e maciça urna de mosaico é da pequena taça de puro metal; ou, para dar ao leitor uma escolha entre comparações, quanto a coroa de flores artificiais da modista é do lírio do campo recém-colhido.

Caroline, ela descobriu, percebia o valor do verdadeiro metal e conhecia a falsidade da escória cintilante. As mentes das duas jovens, harmoniosamente ajustadas, com frequência soavam juntas de modo agradável.

Certo anoitecer, elas casualmente estavam sozinhas no salão de carvalho. Elas haviam passado um dia longo e úmido sozinhas sem ennui;[6] estava então começando a escurecer; as velas ainda não haviam sido trazidas; as duas, à medida que o crepúsculo se aprofundava, ficaram mais pensativas e silenciosas. O vento do oeste rugia ríspido ao redor da propriedade, arrastando nuvens bravias e turbulências do longínquo oceano; para fora das antigas gelosias, tudo estava tempestuoso; no lado de dentro, tudo era paz profunda. Shirley sentava-se à janela observando a agitação no céu, a névoa na terra, ouvindo certos tons da ventania que lamentava como espíritos desassossegados — tons que, não fosse ela tão jovem, alegre e saudável, teriam exaurido seus nervos trêmulos como um tipo de presságio, de lamentação fúnebre premonitória: nesse ponto máximo da existência e do vicejar de sua beleza, eles apenas fizeram com que a vivacidade se transformasse em contemplação. Trechos de doces baladas perseguiam seus ouvidos; de vez em quando ela cantava uma *stanza.* Sua entonação obedecia ao impulso caprichoso do vento; ela se intensificava enquanto as rajadas sopravam fortes e fenecia enquanto elas se acalmavam. Caroline, que se afastara para o mais remoto e escuro recanto do cômodo, seu corpo apenas perceptível com o fulgor rubro do fogo sem chamas, estava caminhando de um lado para o outro, murmurando para si mesma fragmentos de poesia tão conhecidos por ela. Falava em voz muito baixa, mas Shirley a ouvia; e enquanto cantava baixinho, ela prestava atenção. O trecho era o seguinte:

O céu a noite escura envolveu
    Rugiam as ondas c'o temporal
Quando um infeliz assim como eu
    À procela arrojado, da nau,
De amigos, esperança, deserdado;
Seu flutuante lar abandonado.

Nesse momento o fragmento se interrompeu, porque a canção de Shirley, até pouco antes um tanto vigorosa e arrebatadora, passara a ser delicadamente fraca.

— Continue — disse ela.

— Então você continua também. Eu estava apenas declamando "O Náufrago".

— Eu sei; se você consegue se lembrar dele inteiro, diga-o inteiro.

E, como já estava quase escuro e, além do mais, a Srta. Keeldar não era uma ouvinte temível, Caroline declamou. Ela declamou assim como ela teria de ter declamado. O mar bravio, o marinheiro se afogando, o navio relutante arrastado pela tempestade, via-se que haviam sido compreendidos por ela; e de modo mais vívido foi compreendido o coração do poeta, que não chorou pelo Náufrago, mas que, em um momento de angústia sem lágrimas, traçou um paralelo à sua própria desventura esquecida por Deus no destino daquele marinheiro esquecido pelos homens, e exclamou das profundezas onde se debatia:

Voz divina não calmou o temporal,
    Luz propícia não nos iluminou,
Perecemos — sozinho cada qual!
    Pois, de nós, toda ajuda se afastou,
Mas eu, sob inda mais selvagem mar
Que aquele onde ele fora se acabar.

— Espero que William Cowper esteja a salvo e calmo no céu agora — disse Caroline.

— Você tem pena do que ele sofreu na Terra? — perguntou a Srta. Keeldar.

— Se tenho pena, Shirley? O que mais eu poderia fazer? Ele estava com o coração quase partido quando escreveu esse poema, e nosso coração quase se parte ao lê-lo. Mas ele encontrou alívio na escrita, sei que ele encontrou; e esse dom da poesia, o mais divino concedido ao ser humano, foi, acredito, outorgado para acalmar as emoções quando a força delas ameaça causar mal. Eu acho, Shirley, que ninguém deveria escrever poesia para exibir intelecto ou talento. Quem se importa com esse tipo de poesia? Quem se importa com erudição, quem se importa com belas palavras na poesia? E quem não se importa com sentimento, sentimento verdadeiro, ainda que manifestado de forma simples, mesmo grosseira?

— Parece que você se importa com isso, de qualquer modo; e certamente, ao ouvir esse poema, a pessoa descobre que Cowper estava sob um impulso forte como o do vento que arrastou o navio; um impulso que, ao mesmo tempo que não permitiria ao poeta parar para ornamentar uma só stanza,[7] dava-lhe forças para alcançar a totalidade com perfeição consumada. Você conseguiu declamá-lo com voz firme, Caroline; isso me espanta.

— A mão de Cowper não tremeu ao escrever esses versos; por que deveria minha voz falhar ao dizê-los? Pode ter certeza, Shirley, nenhuma lágrima deformou o manuscrito de "O Náufrago". Não ouço nele o soluçar do infortúnio, somente o grito do desespero; mas, sendo esse grito proferido, acredito que o espasmo mortal deixou o coração dele, que ele chorou copiosamente e sentiu-se confortado.

Shirley continuou sua balada harmoniosa. Parando logo em seguida, ela observou:

— Seria possível amar Cowper, mesmo que fosse só pelo privilégio de confortá-lo.

— Você nunca teria amado Cowper — retrucou Caroline na mesma hora. — Ele não foi criado para ser amado por mulher.

— O que você quer dizer?

— O que estou dizendo. Eu sei que há um tipo de natureza no mundo (e naturezas muito nobres e elevadas, por sinal) para as quais o amor nunca chega. Você poderia ter procurado Cowper com a intenção de amá-lo, e você teria olhado para ele, sentido dó dele e o deixado, forçada a se afastar por um sentimento do impossível, do incongruente, assim como a tripulação foi separada de seu companheiro que se afogava pelas "ondas furiosas".

— Você pode ter razão. Quem disse isso para você?

— E o que digo sobre Cowper, eu diria sobre Rousseau. Ele foi alguma vez amado? Ele amou apaixonadamente; mas sua paixão foi alguma vez correspondida? Tenho certeza de que nunca foi. E, se houvesse quaisquer mulheres como Cowper ou Rousseau, eu diria o mesmo a respeito delas.

— Quem falou isso para você, estou perguntando? Moore?

— Por que alguém deveria ter me dito? Eu não tenho instinto? Não posso descobrir por analogia? Moore jamais conversou comigo a respeito de Cowper ou de Rousseau, ou de amor. A voz que ouvimos na solidão me disse tudo o que sei sobre esses assuntos.

— Você gosta de pessoas parecidas com Rousseau, Caroline?

— De jeito nenhum, de modo geral. Simpatizo intensamente com certas características que elas têm: certas centelhas divinas na natureza delas ofuscam meus olhos e fazem minh'alma refulgir. Por outro lado, as desdenho. Elas são feitas de barro e de ouro. O refugo e a escória compõem uma massa de fraqueza: tomadas em conjunto, eu as acho pouco naturais, doentias e repulsivas.

— Ouso dizer que eu seria mais tolerante com um Rousseau que você, Cary; você é submissa e contemplativa, e gosta do que é rígido e prático. Por falar nisso, você deve sentir muita falta desse seu Primo Robert, agora que vocês nunca se encontram.

— Sinto.

— E ele deve sentir sua falta?

— Isso ele não sente.

— Não consigo deixar de pensar — prosseguiu Shirley, que, recentemente, havia adquirido o hábito de introduzir o nome de Moore na conversa, mesmo quando ele parecia não ter nenhuma relação com o assunto —, não consigo deixar de pensar que ele gostava de você, se ele prestava tanta atenção em você, conversava com você e ensinava tantas coisas para você.

— Ele jamais gostou de mim; ele jamais disse que gostava. Ele se esforçou para provar que apenas me suportava.

Caroline, determinada a não enveredar pelo lado lisonjeiro ao avaliar a estima que seu primo sentia por ela, quase sempre então pensava nela e a mencionava com os modos mais concisos. Ela tinha seus próprios motivos para ser menos otimista que nunca com relação a visões cheias de esperança para o futuro, menos indulgente quanto a prazerosas retrospectivas do passado.

— E é claro então — observou a Srta. Keeldar — que você igualmente apenas o tolerava?

— Shirley, homens e mulheres são tão diferentes; eles estão em posições diferentes. As mulheres têm tão pouco em que pensar; os homens, tanto: você pode sentir amizade por um homem, ao passo que ele é quase indiferente com relação a você. Muito do que alegra sua vida pode depender dele, enquanto nem um sentimento ou interesse essencial aos olhos dele pode se relacionar a você. Robert tinha o costume de ir até Londres, às vezes por uma semana ou uma quinzena. Bem, enquanto ele estava longe, a ausência dele, para mim, era um vazio: algo faltava; Briarfield era mais monótona. Naturalmente, eu tinha minhas ocupações habituais; mesmo assim, sentia falta dele. Enquanto ficava sentada sozinha à noite, eu costumava sentir uma estranha e firme convicção que não consigo descrever, de que, se um mágico ou um gênio tivesse, naquele momento, me oferecido o tubo do Príncipe Ali (você se lembra dele nas *Mil e uma noites?*), e se, com auxílio dele, eu tivesse condições de dar uma olhada em Robert, ver onde ele estava, com que estava ocupado, eu teria descoberto, de um modo surpreendente, a vastidão do abismo que se abria entre alguém como ele e alguém como eu. Eu sabia que, por mais que meus pensamentos pudessem se ater a ele, os pensamentos dele estavam realmente distantes de mim.

— Caroline — perguntou a Srta. Keeldar de modo abrupto —, você não gostaria de ter uma profissão... um emprego?

— Eu desejo isso cinquenta vezes por dia. Na situação atual, sempre fico me perguntando por que vim para este mundo. Eu anseio por ter algo que me absorvesse, e fosse obrigatório, para preencher minha cabeça e minhas mãos e ocupar meus pensamentos.

— Somente o trabalho pode fazer o ser humano feliz?

— Não; mas ele pode proporcionar variedades de dor e evitar que nós magoemos nossos corações com uma única tortura tirânica. Além do mais, o trabalho bem-sucedido tem sua recompensa; uma vida sem ocupação, enfadonha, solitária e sem esperanças não tem nenhuma.

— Mas o trabalho duro e as profissões que requerem muito estudo, dizem, deixam as mulheres masculinas, grosseiras e pouco femininas.

— E que diferença faz se mulheres solteiras e que jamais se casarão são pouco atraentes e deselegantes ou não? Desde que elas sejam decentes, decorosas e limpas, é suficiente. O máximo que deveria ser exigido de solteironas, quanto à aparência, é que elas de modo nenhum ofendam os olhos dos homens quando eles passam por elas nas ruas; quanto ao resto, elas deveriam ter permissão, sem que fossem muito desdenhadas, de ser tão absortas, sérias, destituídas de beleza e vestidas com simplicidade quanto elas quiserem.

— Você poderia ser uma solteirona, Caroline, você fala com tanta seriedade.

— Eu serei uma: é meu destino. Eu jamais me casarei com um Malone ou um Sykes; e nenhum outro jamais se casará comigo.

Nesse momento se seguiu uma longa pausa. Shirley a interrompeu. Outra vez o nome pelo qual ela parecia enfeitiçada foi praticamente o primeiro a passar por seus lábios.

— Lina... Moore não chamava você de Lina às vezes?

— Sim. Às vezes é usado como diminutivo de Caroline no país dele.

— Bem, Lina, você se lembra de um dia eu ter notado uma irregularidade em seu cabelo... um cacho que estava faltando do lado direito... e de você ter me dito que era culpa de Robert, já que ele uma vez tinha cortado um longo cacho?

— Sim.

— Se ele sente, e sempre sentiu indiferença por você, como você diz, por que ele roubou seus cabelos?

— Não sei... Sim, eu sei: foi minha culpa, não dele. Todas as coisas desse tipo são sempre minha culpa. Ele iria viajar, para Londres, como sempre; e na noite anterior à sua partida eu havia descoberto na caixa de trabalho da irmã dele uma mecha de cabelos negros, um cacho curto e espesso: Hortense me disse que era do irmão dela, uma recordação. Ele estava sentado perto da mesa. Eu olhei para a cabeça dele. Ele tem muito cabelo; nas têmporas havia vários cachos. Eu pensei que ele poderia me dar um: eu sabia que gostaria de tê-lo, e pedi. Ele disse que só se ele pudesse escolher um dos meus. Então, ele pegou um dos meus longos cachos, e eu peguei um dos curtos dele. Eu guardei o dele, mas me arrisco a dizer que ele perdeu o meu. Foi minha culpa, e uma dessas coisas tolas que deixam o coração oprimido e as faces queimando quando são lembradas; uma dessas lembranças ínfimas, porém pungentes, que retornam, dilacerando seu autorrespeito como minúsculos canivetes e arrancando de seus lábios, quando você está sentada sozinha, exclamações súbitas e insensatas.

— Caroline!

— Eu me *considero* uma tola, Shirley, em certos pontos: eu me *desprezo*. Mas eu disse que não faria de você minha confessora, pois você não pode reciprocar uma fraqueza por outra; você não é fraca. Como você me observa com firmeza agora! Afaste seus olhos claros e penetrantes de águia; é um insulto me encarar dessa maneira.

— Que estudo de personalidade você é! Fraca, certamente, mas não no sentido que você pensa! Entre!

Isso foi dito em resposta a uma batida na porta. A Srta. Keeldar casualmente estava sentada perto dela nessa hora, Caroline no outro lado do cômodo. Ela viu um bilhete colocado nas mãos de Shirley e ouviu as palavras:

— É do Sr. Moore, senhora.

— Traga velas — disse a Srta. Keeldar.

Caroline ficou sentada, cheia de expectativa.

— Uma carta de negócios — disse a herdeira; mas, quando as velas foram trazidas, ela nem a abriu nem a leu. A empregada do pároco, Fanny, foi anunciada em seguida, e a sobrinha do pároco foi embora para casa.

XIII. Mais informações relacionadas a negócios

Na natureza de Shirley às vezes prevalecia uma indolência tranquila: havia períodos em que ela se deleitava com o perfeito repouso das mãos e dos olhos — momentos em que seus pensamentos, sua simples existência, o fato de o mundo estar ao seu redor e o céu acima dela, pareciam-lhe transmitir tamanha plenitude de felicidade que ela não precisava mover um dedo para aumentar a alegria. Com frequência, depois de uma manhã ativa, ela passava uma tarde de sol deitada imóvel na turfa, ao pé de alguma árvore cuja sombra fosse amistosa: ela não precisava de companhia a não ser a de Caroline, e bastava que ela estivesse ao alcance; nenhum espetáculo ela requeria a não ser o do céu profundamente azul, e das nuvenzinhas que viajavam ao largo de toda a sua extensão; nenhum som além do zumbir das abelhas e do murmúrio da folhagem. Nessas horas, seu único livro era a indistinta crônica da memória ou a sibilina página da previsão; de seus olhos jovens caía em cada volume uma luz gloriosa; em seus lábios, em tais momentos, brincava um sorriso que revelava lampejos da narrativa ou da profecia — ele não era triste, nem sombrio. O destino havia sido benévolo para a bem-aventurada sonhadora e prometia favorecê-la ainda mais uma vez. Em seu passado havia doces momentos, em seu futuro, róseas esperanças.

Contudo, certo dia, quando Caroline se aproximou para despertá-la, julgando que ela havia ficado deitada por muito tempo, viu, quando abaixou o olhar, as faces de Shirley molhadas como se estivessem orvalhadas; aqueles belos olhos dela brilhavam úmidos e cheios de lágrimas.

— Shirley, por que *você* está chorando? — perguntou Caroline, involuntariamente enfatizando o *você*.

A Srta. Keeldar sorriu e voltou sua cabeça pitoresca na direção da inquisidora:

— Porque chorar me deixa extremamente contente — disse ela. — Meu coração está ao mesmo tempo triste e feliz. Mas por que, menina paciente e boa, por que você não me faz companhia? Eu só derramo lágrimas, prazerosas e logo deixadas de lado; você poderia chorar fel, caso quisesse.

— E por que deveria eu chorar fel?

— Passarinho sem parceiro, solitário! — foi a única resposta.

— E também você não está sem parceiro, Shirley?

— No coração... não.

— Oh! E quem se aninha lá, Shirley?

Porém, Shirley apenas riu alegremente ao ouvir a pergunta e se levantou prontamente.

— Eu sonhei — disse ela —, um mero sonhar acordado... com certeza luminoso, provavelmente sem fundamento!

* * * * * *

Nessa época, a Srta. Helstone estava bastante livre de ilusões: tinha uma visão suficientemente séria com relação ao futuro, e imaginava saber muito bem para que lado se inclinava o seu destino e o das demais pessoas. Contudo, antigas associações conservavam sua influência sobre ela, e eram elas e o poder do hábito que com frequência ainda a atraíam à noite ao campo e ao velho espinheiro de onde se podia ver o Hollow.

Certa noite, a noite depois do caso do bilhete, ela tinha estado em seu posto habitual, à espera de seu farol — esperando em vão: naquela noite, nenhuma lâmpada foi acesa. Ela esperou até que o surgir de certas constelações lhe avisou que já estava tarde e a fez se afastar dali. Ao passar por Fieldhead, ao retornar, a beleza do solar à luz da lua atraiu o olhar dela e deteve seus passos por um instante. A árvore e a mansão se erguiam pacíficas sob o céu noturno e uma lua cheia e luminosa; uma palidez perolada iluminava o edifício; um suave brilho ambarino o envolvia, aconchegando-o; sombras de um verde profundo pairavam sobre seu telhado coroado pelos carvalhos. O amplo caminho da frente também brilhava, pálido; ele refulgia como se um encantamento tivesse transformado o granito escuro em puro mármore branco: no espaço prateado repousavam duas sombras escuras, perfeitamente moldadas a partir de duas figuras humanas. Quando vistas pela primeira vez, essas figuras estavam imóveis e silenciosas; em seguida elas se moviam com passos harmoniosos e falavam em voz baixa, em um tom harmonioso. Ansioso era o olhar que as perscrutava quando elas surgiram de trás do tronco do cedro. "Seriam a Sra. Pryor e Shirley?"

Certamente era Shirley. Quem mais teria uma silhueta tão flexível, e altiva, e graciosa? E seu rosto também podia ser visto — sua fisionomia despreocupada e pensativa, e meditativa e cheia de alegria, e trocista e doce. Sem temer o orvalho, ela não protegeu a cabeça; seus cachos estão soltos: eles cobrem seu pescoço e acariciam seus ombros com seus finos anéis. Um ornamento de ouro brilha através das dobras parcialmente fechadas do lenço que ela colocou sobre o busto, e uma grande pedra preciosa brilha na mão branca que o contém. Sim, é Shirley.

Sua companhia, então, é a Sra. Pryor?

Sim, se a Sra. Pryor tiver pouco mais de um metro e oitenta de altura, e se ela trocou sua decente roupa de luto de viúva por um traje masculino. A figura que caminha ao lado da Srta. Keeldar é um homem — um homem alto, jovem e imponente; é seu arrendatário, Robert Moore.

Os dois falavam em voz baixa; suas palavras não são compreensíveis. Ficar parado um momento para olhar não é ser abelhudo; e, como a lua brilha com tanta claridade, e os rostos deles estão tão visíveis, quem consegue resistir à atração de tal interesse? Ao que parece, Caroline não consegue, pois ela fica parada.

Houve um período em que, nas noites de verão, Moore tinha tido o costume de caminhar com sua prima, como ele agora caminha com a herdeira. Com frequência ela havia ido até o alto do Hollow com ele depois do pôr do sol, para sentir o frescor da terra, onde uma profusão de plantas fragrantes cobria determinado canteiro estreito, margeando uma ravina profunda, de cujas sombras escarpadas se ouvia um som semelhante ao do espírito do solitário curso d'água, gemendo por entre suas pedras úmidas, entre suas margens herbosas e sob o caramanchão ainda mais escuro dos amieiros.

"Mas eu costumava ser mais próxima dele", pensou Caroline. "Ele não sentia obrigação de me tratar com deferência; eu só precisava de gentileza. Ele costumava segurar minha mão; ele não toca a dela. E, entretanto, Shirley não é arrogante quando ela ama. Não há altivez em sua fisionomia agora, apenas um pouquinho em sua postura — o que é natural nela, e inseparável dela, algo que ela conserva tanto em seus momentos mais despreocupados quanto nos mais reservados. Robert deve pensar, como eu penso, que neste momento ele está olhando para uma bela face; e ele deve estar pensando nisso com a mente de um homem, e não com a minha. Ela tem um fulgor tão generoso, e tão terno, em seus olhos. Ela sorri — o que a faz sorrir assim com tanta doçura? Eu vejo que Robert percebe a sua beleza, e ele deve tê-la sentido com seu coração de homem, não com minha indistinta percepção feminina. Para mim, eles parecem ser dois grandes espíritos felizes. Aquele caminho com brilho prateado me faz lembrar da praia branca que nós acreditamos se encontrar além do dilúvio da morte: eles a alcançaram; eles caminham por ela, juntos. E que sou eu, aqui parada nas sombras, encolhendo-me para ficar escondida, minha mente mais sombria que este meu esconderijo? Eu pertenço a este mundo, não sou um espírito — uma pobre mortal condenada, que pergunta, na ignorância e na desesperança, por que razão nasceu, por qual motivo vive; cuja mente se detém para sempre em uma pergunta, como finalmente vai se deparar com a morte, e por quem será apoiada nessa circunstância."

"Esta é a pior circunstância pela qual já passei; ainda assim, eu estava bastante preparada para ela. Abri mão de Robert, e o cedi a Shirley, no primeiro dia em que soube que ela havia chegado, no primeiro momento em que a vi — rica, jovem e adorável. Ela o tem, agora. Ele a ama. Ela é a querida dele. E ela será ainda mais sua querida quando eles se casarem: quanto mais Robert conhecer Shirley, mais sua alma vai se apegar a ela. Os dois serão felizes, e eu não invejo a felicidade deles; mas me lamento sob o peso de minha própria infelicidade. Parte de meu sofrimento é muito aguda. Certamente, eu não deveria ter nascido; deveriam ter me sufocado quando chorei pela primeira vez."

Nesse momento Shirley, tendo se afastado para colher uma flor orvalhada, ela e seu companheiro se voltaram para um caminho que ficava mais próximo do portão. Parte de sua conversa podia ser ouvida. Caroline não ficou para ouvir. Ela se afastou silenciosamente, e a luz do luar beijou a parede que sua sombra havia escurecido. O leitor tem o privilégio de poder ficar e ver o que pode deduzir da conversa.

— Não consigo imaginar por que a natureza não lhe deu uma cabeça de buldogue, já que o senhor tem a tenacidade de um buldogue — disse Shirley.

— Não é uma ideia muito lisonjeira. Eu sou assim tão ignóbil?

— E outra coisa o senhor tem dos modos do mesmo animal de cumprir as suas tarefas em silêncio: o senhor não dá um aviso; o senhor chega em silêncio, por trás, abocanha e se agarra à presa.

— Essas são conjecturas; a senhorita não testemunhou tal feito de minha parte. Na sua presença, eu não fui um buldogue.

— Seu silêncio é indicador de sua raça. Quão pouco o senhor fala, de modo geral; contudo, como faz planos com profundidade! O senhor premedita; o senhor é calculista.

— Eu conheço os costumes dessas pessoas. Eu colhi informações a respeito das intenções delas. Meu bilhete da noite passada informou a senhorita de que o julgamento de Barraclough havia terminado com a condenação dele e a sentença de deportação: seus cúmplices vão planejar uma vingança. Eu vou esboçar meus planos de modo a contra-atacar, ou, pelo menos, estar preparado para os planos deles, isso é tudo. Tendo agora lhe dado uma explicação tão clara quanto pude, devo entender que, para o que me proponho a fazer, tenho a sua aprovação?

— Ficarei ao seu lado enquanto o senhor permanecer na defensiva. Sim.

— Ótimo! Sem ajuda (mesmo com sua oposição ou desaprovação) eu acredito que teria agido exatamente como tenciono agir agora, mas com outra disposição. Agora me sinto satisfeito. De modo geral, aprecio a posição.

— Ouso dizer que o senhor aprecia. Isso é evidente. O senhor aprecia a tarefa que se encontra à sua frente mais do que apreciaria a execução de um pedido do governo de tecidos para o exército.

— Certamente eu considero isso agradável.

— Assim como o velho Helstone. É verdade que há uma nuança de diferença entre seus motivos; muitas nuanças, talvez. Devo falar com o Sr. Helstone? Eu falo, se o senhor desejar.

— Aja como julgar melhor. Seu julgamento, Srta. Keeldar, a guiará com precisão. Eu poderia confiar nele em uma situação mais difícil. Porém, devo informar a senhorita de que o Sr. Helstone atualmente não me tem em muito boa conta.

— Estou ciente; eu ouvi falar de todos os seus desencontros: pode ter a certeza de que eles vão desaparecer; ele não consegue resistir à tentação de uma aliança nas atuais circunstâncias.

— Eu ficaria feliz em tê-lo como aliado; ele é um homem de valor.

— Também acho.

— Ninguém o engana, ele é um pouco áspero, mas seu tino e valor ainda são imensos.

— Bem, o senhor o terá ao seu lado, Sr. Moore; isto é, se eu conseguir convencê-lo.

— E quem a senhorita não consegue convencer?

— Talvez não o pároco, mas vou fazer um esforço.

— Esforço! Ele vai ceder com uma palavra... um sorriso.

— De modo algum. Isso vai me custar diversas xícaras de chá, um pouco de torradas e de bolo e uma grande quantidade de reclamações, rogos e persuasão. Está começando a esfriar.

— Vejo que a senhorita está tremendo. Estou agindo mal, detendo-a aqui? Entretanto, tudo está tão calmo... Eu até sinto calor... E uma companhia como a sua é, para mim, um prazer tão raro. Se a senhorita estivesse agasalhada com um xale mais grosso...

— Eu poderia ficar um pouco mais e esquecer como está ficando tarde, o que iria aborrecer a Sra. Pryor. Nós temos o costume de acordar cedo em Fieldhead, Sr. Moore; assim como, tenho certeza, sua irmã no chalé.

— Sim, mas Hortense e eu temos um acordo dos mais convenientes neste mundo, o de que cada um pode agir conforme mais nos agrada.

— E como o senhor gosta de agir?

— Três noites por semana eu durmo na tecelagem: porém, preciso de poucas horas de repouso; e quando a lua brilha e o tempo é ameno eu com frequência fico andando pelo Hollow até o amanhecer.

— Quando eu era muito pequena, Sr. Moore, minha ama-seca costumava me contar histórias de fadas que eram vistas naquele Hollow. Isso foi antes de meu pai construir a tecelagem, quando lá era uma ravina absolutamente solitária: o senhor vai ser presa de um encantamento.

— Temo que isso já tenha acontecido — disse Moore em voz baixa.

— Mas há coisas piores que fadas das quais temos de nos proteger — prosseguiu a Srta. Keeldar.

— Coisas mais perigosas — acrescentou ele.

— Muito mais. Por exemplo, o que o senhor acharia de se encontrar com Michael Hartley, aquele tecelão jacobino e calvinista insano? Dizem que ele tem o costume de caçar sem permissão e frequentemente sai por aí à noite com sua espingarda.

— Já tive a sorte de encontrá-lo. Nós tivemos uma longa discussão certa noite. Foi um pequeno incidente estranho; gostei dele.

— Gostou? Admira-me o seu gosto! Michael é insano. Onde o senhor o encontrou?

— No local mais fundo e umbroso do vale, onde a água corre baixa, sob o matagal. Nós nos sentamos perto daquela pinguela. Era uma noite de luar, mas cheia de nuvens e com muito vento. Nós conversamos.

— A respeito de política?

— E de religião. Acho que era lua cheia, e Michael estava tão insano quanto possível. Ele proferiu blasfêmias estranhas, à sua maneira antinomianista.

— Desculpe-me, mas acho que o senhor deveria estar quase tão insano quanto ele, para ficar sentado ouvindo-o.

— Há um interesse insano em seus delírios. Ele seria quase um poeta, se não fosse completamente maníaco; e talvez um profeta, se não fosse um dissoluto. Ele me informou solenemente que eu estava predestinado ao inferno; que ele via a marca da besta em minha fronte; que eu tinha sido um pária desde o começo. A vingança de Deus, ele disse, estava preparada para mim, e ele afirmou que, em uma visão noturna, ele havia visto o modo e o instrumento de minha ruína. Eu queria saber algo mais, mas ele me deixou com as seguintes palavras: "Mas ainda não é o fim".

— O senhor o viu depois disso?

— Cerca de um mês depois, ao voltar do mercado, eu me encontrei com ele e Moses Barraclough, ambos em um avançado estado de embriaguez. Eles estavam rezando de um modo desvairado ao lado da estrada. Eles me chamaram de Satã, me mandaram ir embora e alegaram estar livres da tentação. Uma vez mais, porém há poucos dias, Michael se deu ao trabalho de aparecer na porta do escritório, sem chapéu, em mangas de camisa, seu casaco e chapéu de castor tinham sido retidos na estalagem como garantia de pagamento. Ele se desincumbiu de dar o agradável recado de que desejaria que o Sr. Moore pusesse em ordem sua casa, pois a sua alma poderia em breve abandonar seu corpo.

— E o senhor faz pouco dessas coisas?

— O pobre homem andara bebendo durante semanas e se encontrava em um estado próximo do delirium tremens.[1]

— Mas o senhor não vê? É mais provável que ele tente concretizar suas próprias profecias.

— Não ajuda nada permitir que incidentes desse tipo afetem os nervos de uma pessoa.

— Sr. Moore, vá para casa!

— Tão cedo?

— Vá direto pelos campos, e não pela alameda e pelas plantações.

— Ainda é cedo.

— Já é tarde. Quanto a mim, estou entrando. O senhor me promete que não vai ficar perambulando no Hollow esta noite?

— Se a senhorita assim o deseja.

— Desejo. Posso perguntar se o senhor considera a vida algo sem valor?

— De modo algum. Pelo contrário, recentemente eu tenho considerado minha vida inestimável.

— Recentemente?

— Para mim, agora a existência não é nem destituída de objetivos ou de esperanças, e ela era as duas coisas três meses atrás. Eu estava então me afogando e desejava que o processo terminasse logo. Subitamente, uma mão foi estendida para mim; uma mão tão delicada que eu mal ousava confiar nela; sua força, entretanto, me salvou da ruína.

— O senhor está mesmo a salvo?

— Por enquanto. Seu auxílio me deu outra chance.

— Viva para tirar um bom proveito disso. Não se ofereça como alvo para Michael Hartley, e boa noite!

* * * * * *

A Srta. Helstone havia prometido passar a noite do dia seguinte em Fieldhead: ela manteve a promessa. Algumas horas sombrias ela havia passado nesse intervalo. A maior parte do tempo ela havia ficado fechada em seu próprio quarto, apenas saindo dele, na verdade, para se juntar a seu tio nas refeições e antecipando perguntas de Fanny dizendo-lhe que estava ocupada reformando um vestido e que preferia costurar no andar de cima, para evitar interrupções.

Ela realmente costurou. Ela trabalhou com a agulha continuamente, incessantemente; porém, seu cérebro trabalhava com mais rapidez que seus dedos. Uma vez mais, e com mais intensidade que nunca, ela ansiou por ter um trabalho fixo, não importando quão oneroso, quão cansativo. Seria preciso suplicar ao seu tio uma vez mais, mas em primeiro lugar ela iria consultar a Sra. Pryor. Sua mente trabalhava para esboçar projetos com tanta diligência quanto suas mãos a preguear e costurar a textura fina do vestido de verão de musselina estirado no pequeno leito branco a cujos pés ela se sentava. De vez em quando, enquanto estava assim duplamente ocupada, uma lágrima subia aos seus olhos e caía em suas mãos atarefadas; porém, essa demonstração de emoção era rara, e rapidamente apagada. A pontada dolorosa passou, a vista turva ficou mais nítida; ela tornava a enfiar a linha na agulha, a arrumar dobras e adereços, e continuava a trabalhar.

No fim da tarde, ela se vestiu. Ela chegou a Fieldhead e entrou no salão de carvalho no momento em que o chá foi servido. Shirley perguntou-lhe por que viera tão tarde.

— Porque eu estava fazendo meu vestido — disse ela. — Esses belos dias de verão começaram a me fazer sentir vergonha de meu merino de inverno, então estive dando uma arrumada em uma roupa mais leve.

— E com ela tem a aparência com que eu gosto de ver você — disse Shirley. — Você é uma criaturinha elegante, Caroline. Não é mesmo, Sra. Pryor?

A Sra. Pryor nunca fazia elogios, e raramente se permitia fazer observações, favoráveis ou não, relacionadas à aparência pessoal. Na presente ocasião, enquanto se sentava perto da moça, ela apenas afastou os cachos de Caroline de sua face, acariciando suas linhas ovaladas, e observou:

— A senhorita está um tanto magra, meu bem, e um tanto pálida. Está dormindo bem? Seus olhos têm uma expressão lânguida. — E ela olhou Caroline ansiosa.

— Eu às vezes tenho sonhos melancólicos — respondeu Caroline — e, se fico deitada acordada por uma ou duas horas durante a noite, fico sempre pensando na casa paroquial como um local velho e lúgubre. A senhora sabe como ela está muito perto do cemitério; a parte de trás da casa é extremamente antiga, e dizem que as cozinhas externas outrora se localizavam no cemitério, e que há túmulos sob elas. Eu tenho muita vontade de ir embora da casa paroquial.

— Minha cara, com certeza a senhorita não é supersticiosa?

— Não, Sra. Pryor, mas acho que estou ficando o que se costuma chamar de nervosa. Eu vejo as coisas de uma perspectiva mais sombria do que costumava ver. Tenho temores que eu não costumava ter; não de fantasmas, mas de presságios e de acontecimentos desastrosos; e sinto um indizível peso em minha mente, e faria qualquer coisa para livrar-me dele, e não consigo.

— Estranho! — exclamou Shirley. — Eu nunca me sinto assim.

A Sra. Pryor nada disse.

— Uma temperatura amena e dias agradáveis e cenários agradáveis são incapazes de me proporcionar prazer — prosseguiu Caroline. — Tardes tranquilas não são tranquilas para mim: a luz do luar, que eu costumava achar amena, agora apenas aparenta ser tristonha. É uma fraqueza da mente, Sra. Pryor, ou o que é? Eu não consigo evitar. Com frequência luto contra isso; eu raciocino; porém, a razão e o esforço não fazem diferença.

— A senhorita deveria se exercitar mais — disse a Sra. Pryor.

— Exercícios! Eu me exercito o suficiente. Eu me exercito até estar prestes a perder as forças.

— Minha cara, a senhorita deveria se ausentar de casa.

— Sra. Pryor, eu gostaria de me ausentar, mas não em uma excursão ou visita sem propósito. Eu quero ser uma governanta, como a senhora foi. Eu ficaria muito agradecida se a senhora falasse com meu tio sobre o assunto.

— Tolice! — interveio Shirley. — Mas que ideia! Ser uma governanta! É melhor ser escrava de uma vez. Qual é a necessidade disso? Por que você sonharia com uma medida tão dolorosa?

— Minha cara — disse a Sra. Pryor —, a senhorita é jovem demais para ser governanta, e não é suficientemente robusta: os encargos que uma governanta assume são muitas vezes rigorosos.

— E eu acho que desejo encargos rigorosos para me ocupar.

— Para se ocupar! — exclamou Shirley. — E quando você está ociosa? Nunca vi uma moça mais diligente que você, você está sempre trabalhando. Venha — prosseguiu ela —, venha e sente-se ao meu lado, e tome um pouco de chá para se reanimar. Então você não se importa muito com minha amizade, pois deseja me deixar?

— Eu me importo, Shirley; e não desejo deixar você. Eu jamais encontrarei outra amiga tão querida.

E com essas palavras a Srta. Keeldar colocou sua mão entre as de Caroline com um movimento impulsivo e afetuoso, que foi corroborado pela expressão em seu rosto.

— Se você pensa assim, deveria me dar muito valor — disse ela —, e não fugir de mim. Eu detesto me separar daqueles a quem me apego. A Sra. Pryor às vezes fala de me deixar e diz que eu poderia fazer amizades mais vantajosas que a dela. Seria mais fácil eu pensar em trocar uma mãe antiquada por algo na moda e elegante. Quanto a você... ora, eu comecei a pensar que éramos amigas de verdade; que você gostava de Shirley quase tanto quanto Shirley gosta de você, e ela não economiza esse sentimento.

— Eu gosto *mesmo* de Shirley. Eu gosto dela um pouco mais a cada dia, mas isso não me deixa forte ou feliz.

— E ir viver como uma dependente entre pessoas completamente estranhas deixaria você forte ou feliz? Não deixaria, e a experiência não deve ser feita. Eu digo para você que ela iria falhar: não está em sua natureza suportar a vida desolada que as governantas normalmente levam; você iria ficar doente. Não quero ouvir falar desse assunto.

E a Srta. Keeldar fez uma pausa, tendo pronunciado essa proibição de modo decidido. Logo em seguida ela voltou a falar, ainda dando a impressão de estar um pouco courroucée:[2]

— Ora, é meu prazer quotidiano agora ficar à procura do vislumbre da pequena touca e do xale de seda em meio às árvores na alameda e saber que minha quieta, perspicaz e pensativa companhia e conselheira está voltando para perto de mim; que a terei sentada na sala e poderei olhá-la, conversar com ela ou deixá-la em paz, como eu e ela desejarmos. Este pode ser um modo de falar egoísta, eu sei que é; mas é o modo de falar que surge naturalmente em meus lábios; portanto, eu me pronuncio.

— Eu escreveria para você, Shirley.

— E o que significam cartas? Apenas um tipo de pis aller.[3] Tome um pouco de chá, Caroline. Coma alguma coisa... Você não come nada. Ria e fique alegre, e sinta-se em casa.

A Srta. Helstone balançou a cabeça e suspirou. Ela percebeu a dificuldade que teria em persuadir qualquer um a ajudá-la ou a lhe dar apoio para fazer aquela mudança que considerava desejável em sua vida. Se pudesse apenas seguir seu próprio julgamento, ela achava que seria capaz de encontrar uma cura, talvez severa, mas eficaz, para seus sofrimentos. Porém, esse julgamento, baseado em circunstâncias que ela não poderia explicar em detalhes para ninguém, ainda menos para Shirley, parecia incompreensível e fantástico aos olhos de todos, menos aos dela própria, e recebia a consequente desaprovação.

Realmente, no momento não havia um motivo financeiro que a obrigasse a deixar um lar confortável e "arranjar uma colocação"; e havia grande probabilidade de que seu tio pudesse, de algum modo, dar-lhe dinheiro de modo permanente. Assim pensavam seus amigos e, tanto quanto eles tivessem condições de avaliar a situação, eles raciocinavam corretamente; porém, eles não tinham a menor ideia dos estranhos sofrimentos de Caroline, dos quais ela desejava com tanto ardor fugir, ou então assenhorear-se; de suas noites atormentadoras e de seus dias deprimentes, nenhuma suspeita. Era ao mesmo tempo impossível e desesperador explicar; esperar e suportar era o único plano dela. Muitas pessoas que precisam de comida e de vestimenta levam vidas mais alegres e têm perspectivas mais risonhas que as dela; muitas pessoas atormentadas pela pobreza se encontram em uma situação menos aflitiva.

— Então, sua mente se acalmou? — perguntou Shirley. — Você vai concordar em permanecer em casa?

— Eu não sairei de casa sem a aprovação de meus amigos — foi a resposta —; mas acho que, com o tempo, eles serão levados a pensar como eu.

No decorrer dessa conversa, a Sra. Pryor não parecia estar nem um pouco à vontade. Sua habitual reserva extrema raramente lhe permitia falar livremente ou fazer perguntas minuciosas para outras pessoas. Ela poderia pensar em inúmeras perguntas que nunca ousaria fazer; em sua mente, dar conselhos que sua língua jamais pronunciava. Caso estivesse sozinha com Caroline, ela talvez pudesse ter dito algo a respeito do assunto: a presença da Srta. Keeldar, por mais que a Sra. Pryor estivesse acostumada com ela, cerrava seus lábios. E então, assim como em centenas de outras ocasiões, inexplicáveis escrúpulos nervosos impediam-na de interferir. Ela apenas demonstrou sua preocupação com a Srta. Helstone de modo indireto, perguntando-lhe se o fogo a fazia sentir muito calor, colocando um biombo entre a cadeira dela e a lareira, fechando uma janela através da qual ela imaginava que vinha uma corrente de ar e olhando na direção da moça com frequência e inquieta. Shirley voltou a falar:

— Tendo destruído seus planos — disse ela —, o que eu espero ter feito, esboçarei um novo, todo meu. Todo verão eu faço uma viagem. Nesta temporada, tenciono passar dois meses ou nos lochs[4] escoceses ou nos lagos ingleses... quer dizer, eu irei desde que você concorde em me acompanhar; se você se recusar, não moverei um dedo.

— Você é muito gentil, Shirley.

— Eu seria muito gentil se você me deixasse ser: eu tenho toda a inclinação para ser gentil. É minha desdita e meu hábito, eu sei, pensar em mim acima de qualquer outra pessoa; mas quem não é como eu nesse aspecto? Entretanto, quando o Capitão Keeldar está tranquilo, com tudo quanto ele deseja, incluindo uma companhia sensata e cordial, ele sente um prazer imenso em dedicar as forças que lhe restam a deixar sua companhia feliz. E nós não seríamos felizes, Caroline, nas Highlands? Nós iremos para as Highlands. Nós iremos, se você aguentar uma viagem por mar, iremos para as Ilhas... as Hébridas, as Shetland e as Órcadas. Você não gostaria disso? Vejo que você gostaria. Sra. Pryor, peço que seja testemunha. O rosto dela ficou todo iluminado, só com a simples menção da viagem.

— Eu gostaria muito — retrucou Caroline, a quem, na verdade, a ideia de tal viagem não era apenas agradável mas gloriosamente revitalizante. Shirley esfregou as mãos.

— Ora, eu posso fazer algo bom — exclamou ela. — Eu posso fazer uma boa ação com meu dinheiro. Minhas mil libras por ano não são simplesmente uma questão de sujas notas de banco e de guinéus amarelados (permitam-me falar deles respeitosamente, pois os adoro); mas, elas podem representar saúde para quem está enfraquecido, força para o fraco, consolo para o triste. Eu estava determinada a fazer delas algo melhor que uma bela casa antiga para morar, que vestidos de cetim para vestir, melhor que a deferência dos meus conhecidos e o respeito dos pobres. Cá está o começo. Neste verão, Caroline, a Sra. Pryor e eu iremos para o Atlântico Norte, além das Shetland, talvez até às Ilhas Féroes. Nós vamos ver focas em Suderoe e, sem dúvida, sereias em Stromoe. Caroline está rindo, Sra. Pryor. *Eu* a fiz rir; *eu* lhe fiz um bem.

— Eu gostarei de ir, Shirley — disse uma vez mais a Srta. Helstone. — Tenho vontade de ouvir o som das ondas... das ondas do mar... e vê-las assim como eu as tenho imaginado em sonhos, como agitadas elevações de um verde claro, entremeadas com evanescentes e ressurgentes grinaldas de espuma, mais brancas que os lírios. Eu vou sentir prazer em passar pelas margens daquelas solitárias ilhotas onde pássaros marinhos vivem e procriam sem serem molestados. Nós seguiremos as pegadas dos antigos escandinavos, dos norrenos: nós praticamente veremos as costas da Noruega. É um deleite muito impreciso que eu sinto, estimulado por sua proposta, mas *é* um deleite.

— Agora você vai pensar em Fitful-Head quando ficar acordada à noite, nas gaivotas guinchando ao seu redor e nas ondas quebrando sobre o promontório, em vez dos túmulos sob a cozinha externa da casa paroquial?

— Eu vou tentar, e em vez de ficar pensando nos farrapos de mortalhas e fragmentos de caixões, e em ossos humanos e em bolor, vou imaginar focas deitadas à luz do sol em praias solitárias, às quais nem pescadores nem caçadores jamais vão; em fendas nas rochas repletas de ovos perolados repousando sobre algas marinhas; em pássaros sem medo cobrindo as areias brancas em bandos felizes.

— E o que vai acontecer com esse peso indizível que você disse que tem em sua mente?

— Eu vou tentar esquecê-lo especulando sobre a agitação de todo o Grande Abismo acima de um aglomerado de baleias atravessando o trovão lívido e líquido lá das zonas geladas; centenas, talvez, se revolvendo, se revelando, se virando logo atrás de um caxaréu patriarcal, grande o suficiente para ter sido gerado antes do Dilúvio, uma criatura que o pobre Smart tinha em mente ao dizer:

Forte contra a correnteza, a baleia
Emerge ao passar

— Espero que nosso navio não se defronte com tal cardume, ou aglomerado, como você o chama, Caroline. (Suponho que você imagine os mamutes marinhos pastando aos pés dos "outeiros eternos", devorando alimentos estranhos nos vastos vales ao longo e acima dos quais as ondas do mar rolam). Eu não gostaria de ser emborcada pelo caxaréu patriarcal.

— Suponho que você espere ver sereias, Shirley?

— Uma delas, pelo menos: não aceito nada menos, e ela deve aparecer da seguinte maneira: estarei andando sozinha no convés, bem no fim de um anoitecer de agosto, observando uma lua cheia e sendo observada por ela. Algo deve surgir, branco, na superfície do mar, sobre a qual aquela lua ascende silenciosa e permanece gloriosa: o objeto cintila e afunda. Ele surge novamente. Acho que o ouço dizer algo com uma voz articulada; eu chamo você, que está na cabine; mostro uma imagem, clara como o alabastro, emergindo das ondas indistintas. Nós duas vemos os cabelos longos, o braço erguido, branco como a espuma, o espelho oval brilhante como uma estrela. Ela se aproxima, deslizando; uma face humana é claramente vista, uma face parecida com a sua, cujos traços corretos e puros (perdoe-me a palavra, ela é apropriada), cujos traços corretos e puros a palidez não desfigura. Ela nos olha, mas não com seus olhos, Caroline. Eu vejo um fascínio sobrenatural no olhar astuto dela. Se nós fôssemos homens, ao vê-lo nós nos atiraríamos, as ondas geladas seriam enfrentadas por causa da feiticeira enregelada; sendo mulheres, estamos seguras, embora não sem temor. Ela compreende nosso olhar fixo; ela se sente impotente; a raiva passa pela sua fronte; ela não consegue encantar, mas ela vai nos assustar; ela se levanta, bem alto, e desliza toda desvelada sobre a crista das ondas escuras. Tentadora-terror! Monstruosa semelhança conosco! Você não fica feliz, Caroline, quando, finalmente, com um grito selvagem, ela mergulha?

— Mas, Shirley, ela não se parece conosco. Nós não somos nem tentadoras, nem terrores, nem monstros.

— Dizem que algumas de nós são os três. Há homens que atribuem às "mulheres" em geral tais características.

— Minhas caras — interrompeu a Sra. Pryor nesse momento —, as senhoritas não percebem que sua conversa, nestes últimos dez minutos, tem sido bastante fantasiosa?

— Mas não há perigo em nossas fantasias, ou há, senhora?

— Nós sabemos que não existem sereias; por que falar nelas como se existissem? Como a senhorita pode sentir interesse em falar sobre uma coisa inexistente?

— Eu não sei — disse Shirley.

— Minha cara, acho que chegou alguém. Ouvi passos no caminho enquanto a senhorita estava falando; e não é o portão do jardim que está rangendo?

Shirley se aproximou da janela.

— Sim, alguém vem vindo — disse ela, afastando-se em silêncio; e, quando tornou a se sentar, um rubor sensível animava seu rosto, enquanto uma luz oscilante ao mesmo tempo iluminava e suavizava seus olhos. Ela levou a mão ao queixo, abaixou o olhar e deu a impressão de pensar enquanto esperava.

A empregada anunciou o Sr. Moore, e Shirley se voltou quando ele apareceu na porta. Ele parecia muito alto quando entrou, e ficou em contraste com as três senhoras, nenhuma das quais poderia se vangloriar de uma estatura muito acima da média. Ele estava com uma boa aparência, melhor que a apresentada por ele nos últimos doze meses: um tipo de juventude renovada brilhava em seus olhos e na sua tez, e uma esperança revigorante e um propósito definido davam apoio à sua postura; seu rosto ainda indicava firmeza, mas não austeridade: ele parecia tão alegre quanto sincero.

— Estou chegando de Stilbro' — disse ele para a Srta. Keeldar, enquanto a cumprimentava — e pensei em fazer-lhe uma visita para comunicar os resultados de minha missão.

— O senhor fez bem em não me manter cheia de ansiedade — disse ela —, e sua chegada ocorreu no momento adequado. Nós ainda não terminamos o chá. O senhor é inglês o suficiente para apreciar um chá, ou se apega fielmente ao café?

Moore aceitou o chá.

— Estou aprendendo a ser um inglês naturalizado — disse ele. — Meus hábitos estrangeiros estão me abandonando, um a um.

E então ele cumprimentou a Sra. Pryor, e o fez com delicadeza, com uma modéstia séria, adequada à sua idade, comparada à dela. Então ele olhou para Caroline — não, entretanto, pela primeira vez: o olhar dele havia se detido nela antes: ele se inclinou na direção dela enquanto ela se sentava, deu-lhe a mão e perguntou-lhe como estava passando. A luz da janela não recaía sobre a Srta. Helstone; as costas dela estavam voltadas para a janela. Uma resposta tranquila, embora um tanto fraca, um comportamento contido e a amigável proteção do início do crepúsculo mantinham escondido cada sintoma traidor. Ninguém poderia afirmar que ela havia tremido ou enrubescido, que o coração dela havia se abalado ou que seus nervos haviam se excitado; ninguém poderia provar emoção; uma saudação que mostrasse menos efusão nunca foi feita. Moore sentou-se na cadeira perto dela, na frente da Srta. Keeldar. Ele havia escolhido um bom lugar. Sua vizinha, protegida de seu escrutínio pela grande proximidade com ele, e abrigada ainda mais pela escuridão que aumentava a cada momento, logo recobrou um controle não apenas *aparente* mas *real* de seus sentimentos, que haviam começado a se rebelar com o primeiro anúncio do nome dele.

Ele dirigiu suas palavras à Srta. Keeldar.

— Eu estive na guarnição — disse ele — e conversei com o Coronel Ryde. Ele aprovou meus planos e prometeu a ajuda de que eu necessitava. Na verdade, ele ofereceu mais gente do que eu havia pedido, meia dúzia será suficiente. Não pretendo ser atolado pelos soldados. Eles são necessários mais para fazer figura que para qualquer outra coisa. Minha confiança maior se encontra em meus próprios civis.

— E no capitão deles — interrompeu Shirley.

— Ora, o Capitão Keeldar? — perguntou Moore, sorrindo ligeiramente e sem erguer os olhos. O tom de brincadeira com que ele disse essas palavras era bastante respeitoso e contido.

— Não — retrucou Shirley, respondendo ao sorriso. — O Capitão Gérard Moore, que confia muito na força de seu próprio braço direito, eu creio.

— Equipado com seu aparato do escritório — acrescentou Moore. Retomando sua seriedade habitual, ele prosseguiu. — Eu recebi pelo correio desta tarde um bilhete do Secretário de Estado para Assuntos Internos em resposta à minha mensagem. Parece que eles estão intranquilos com a situação aqui no norte; eles condenam especialmente a inércia e a pusilanimidade dos proprietários de tecelagens. Eles dizem, como eu sempre disse, que a falta de ação, nas atuais circunstâncias, é criminosa, e que a covardia é crueldade, já que ambas apenas podem encorajar a desordem, e acabar levando a motins sanguinários. Eis a mensagem: eu a trouxe para que a senhorita a leia; e aqui estão alguns jornais, contendo mais relatos sobre os procedimentos em Nottingham, Manchester e em outros lugares.

Ele apresentou as cartas e os jornais e os colocou na frente da Srta. Keeldar. Enquanto ela os lia, ele tomou seu chá em silêncio; mas, embora a língua dele estivesse parada, suas faculdades de observação não pareciam de modo algum estar em repouso. A Sra. Pryor, sentada mais atrás, não estava dentro do campo de visão de Moore, mas as duas senhoras mais jovens desfrutavam de todo o benefício dele.

A Srta. Keeldar, sentada bem à sua frente, era vista sem nenhuma dificuldade: era com ela que os olhos dele, quando erguidos, naturalmente se deparavam em primeiro lugar; e o que restava da luz do dia — a luz dourada do ocidente — recaía sobre ela, seu corpo se destacava em relevo contra os painéis escuros por trás dela. As faces claras de Shirley ainda estavam coloridas com a cor que havia surgido nelas poucos minutos antes; os cílios escuros de seus olhos que se voltavam para baixo enquanto ela lia, a linha escura, mas delicada, de suas sobrancelhas, o brilho quase negro de seus cachos, faziam com que sua coloração intensificada parecesse fina como o botão de uma flor rubra e selvagem em contraste. Havia uma graça natural em sua atitude, e havia um efeito artístico nas amplas e luminosas dobras de seu vestido de seda — uma indumentária feita com simplicidade, mas quase esplêndida por causa do brilho impreciso de sua cor, pois a urdidura e a trama eram feitas de tons profundos e cambiantes como os matizes no pescoço de um faisão. Um bracelete faiscante em seu braço produzia o contraste de ouro e marfim: havia algo luminoso em toda a figura. Deve-se supor que Moore assim pensasse, já que seus olhos se detinham por muito tempo nela, mas ele raramente permitia que seus sentimentos ou suas opiniões se manifestassem em seu rosto: seu temperamento dispunha de certa quantia de impassibilidade, e ele preferia uma aparência pouco demonstrativa, não destituída de gentileza, mas séria, a qualquer outra.

Olhando diretamente à sua frente, ele não conseguia ver Caroline, já que ela estava bem ao lado dele. Era necessário, portanto, fazer uma pequena manobra para tê-la bem dentro de seu campo de observação. Ele se reclinou em sua cadeira, e olhou para a moça. Em Caroline, nem ele nem outra pessoa conseguiria detectar esplendor. Sentada à sombra, sem flores ou ornamentos, sua indumentária um modesto vestido de musselina, despido de cor a não ser por uma estreita faixa azul--clara, a tez sem rubor, sem excitação; o próprio tom castanho de seu cabelo e de seus olhos, invisível naquela luz difusa, ela era, em relação à herdeira, como um delicado esboço a lápis comparado a um quadro cheio de cores. Desde que Robert a vira pela última vez, uma grande mudança havia ocorrido nela; se ele a percebeu ou não, não pode ser provado. Ele nada disse a esse respeito.

— Como está Hortense? — perguntou Caroline em voz baixa.

— Muito bem, mas ela reclama por não ter o que fazer: ela sente sua falta.

— Diga-lhe que sinto falta dela, e que escrevo e leio um pouco de francês todos os dias.

— Ela vai perguntar se você lhe mandou lembranças; ela é sempre muito meticulosa a esse respeito. Você sabe que ela gosta de atenção.

— Todas as minhas lembranças... todas. E diga para ela que sempre que ela tiver tempo de escrever um bilhete para mim, ficarei feliz em ter notícias dela.

— E se eu esquecer? Não sou o mais garantido mensageiro de cumprimentos.

— Não, não esqueça, Robert. Esse não é um cumprimento; isso é dito com toda sinceridade.

— E, portanto, deve ser entregue pontualmente.

— Por favor.

— Hortense ficará à beira das lágrimas. Ela tem o coração fraco quando o assunto é sua aluna; contudo, ela às vezes recrimina você por obedecer às ordens de seu tio ao pé da letra. Afeição, assim como amor, são injustos ocasionalmente.

E Caroline não respondeu a essa observação; pois, na verdade, seu coração estava perturbado, e ela teria levado o lenço aos olhos se tivesse ousado. E, se tivesse ousado, também, ela teria declarado como as próprias flores no jardim do chalé do Hollow eram caras para ela; como a saleta daquela casa era seu paraíso na Terra; como ela ansiava em voltar para lá, quase tanto quanto a Primeira Mulher, em seu exílio, deve ter desejado revisitar o Éden. Não ousando, entretanto, dizer tais coisas, ela ficou em silêncio; sentou-se quieta ao lado de Robert, esperando que ele dissesse algo mais. Fazia muito tempo que essa proximidade tinha sido dela — muito tempo desde que a voz dele havia se dirigido a ela; e, se ela pudesse, com qualquer sugestão de probabilidade, até mesmo de possibilidade, ter imaginado que o encontro causava prazer para ele, isso lhe teria causado uma felicidade profunda. Contudo, mesmo duvidando que causasse prazer — temendo que pudesse aborrecê-lo —, ela recebia a dádiva do encontro como um pássaro em cativeiro teria recebido a entrada da luz do sol em sua gaiola: não fazia sentido argumentar, litigar contra o sentimento da felicidade atual; estar perto de Robert era revivescer.

A Srta. Keeldar colocou os papéis na mesa.

— E o senhor se sente feliz ou triste por causa de todas essas notícias ameaçadoras? — perguntou ela a seu arrendatário.

— Nenhum dos dois exatamente; porém eu certamente estou esclarecido. Vejo que nosso único recurso é permanecer firme. Vejo que uma preparação eficaz e uma atitude resoluta são os melhores meios de evitar o derramamento de sangue.

Ele então perguntou se ela havia observado um parágrafo específico, ao que ela respondeu com uma negativa, e ele se levantou para mostrá-lo: ele continuou a conversa parado à frente dela. Segundo o que ele dizia, parecia evidente que ambos esperavam distúrbios nas proximidades de Briarfield, embora não fosse especificado de que forma ambos esperassem que eles acontecessem. Nem Caroline nem a Sra. Pryor fizeram perguntas; o assunto não pareceu ser considerado algo maduro a ponto de ser discutido; portanto, foi permitido que a senhoria e seu arrendatário não comunicassem os detalhes, não sendo importunados pela curiosidade de seus ouvintes.

Ao falar com o Sr. Moore, a Srta. Keeldar assumiu um tom de voz ao mesmo tempo animado e digno, confidencial e decoroso. Entretanto, quando as velas foram trazidas, e o fogo foi atiçado, e a abundância da luz assim produzida fez com que a expressão do rosto dela fosse percebida, era possível ver que ela era toda interesse, vida e sinceridade. Não havia faceirice em seu comportamento; o que quer que ela sentisse por Moore, ela sentia com seriedade. E sérios também eram os sentimentos dele, e firmes os pontos de vista dele, aparentemente, pois ele não fez esforços triviais para atrair, ofuscar ou impressionar. Ele conseguiu, não obstante, exercer um pouco de autoridade; pois a voz mais profunda, por mais que fosse modulada com suavidade, e a mente de vez em quando um pouco mais severa, embora de modo involuntário e não intencional, aplacaram, por meio de certas frases peremptórias ou tom de voz, a entonação meiga e a natureza suscetível, embora altiva, de Shirley. A Srta. Keeldar parecia feliz por conversar com ele, e a alegria dela dava a impressão de ser dupla — uma alegria do passado e do presente, de recordações e de esperanças.

O que eu acabei de dizer são as ideias de Caroline a respeito dos dois: ela sentia o que acabou de ser descrito. E, ao se sentir assim, tentava não sofrer, mas, não obstante, sofria profundamente. Na verdade, ela sofria dolorosamente. Poucos minutos antes, seu coração faminto havia saboreado uma gota e uma migalha de alimento que, se fossem dadas de modo espontâneo, teriam restaurado abundância de vida onde a vida estava falhando; mas o banquete generoso foi arrancado dela, disposto na frente de outra pessoa, e Caroline não foi mais que uma observadora no banquete.

O relógio soou nove horas; era hora de Caroline ir para casa. Ela recolheu sua costura, colocou o bordado, as tesouras e o dedal em sua sacola; disse à Sra. Pryor um tranquilo boa-noite, recebendo dessa senhora um aperto de mãos mais caloroso que o habitual. Ela se aproximou da Srta. Keeldar.

— Boa noite, Shirley!

Shirley se sobressaltou.

— O quê! Tão cedo? Você está mesmo indo embora?

— Já passa das nove horas.

— Eu nem ouvi o relógio. Você vai voltar de novo amanhã, e vai se sentir feliz esta noite, não vai? Lembre-se de nossos planos.

— Sim — disse Caroline —, eu não esqueci.

Sua mente despertou-lhe suspeitas de que nem aqueles planos e nenhum outro seriam capazes de restaurar permanentemente sua paz de espírito. Ela se voltou para Robert, que estava parado bem atrás dela. Quando ele ergueu o olhar, a luz das velas sobre a cornija bateu em cheio sobre o rosto dela: toda a sua palidez, todas as mudanças, todo o sentido de tristeza foi claramente revelado. Robert tinha olhos perspicazes e poderia ter visto tudo isso se quisesse; se ele viu, nada deu a perceber.

— Boa noite — disse ela, tremendo como vara verde, oferecendo sua mão fina apressadamente, ansiosa para se afastar dele com rapidez.

— Você está indo para casa? — perguntou ele, sem tocar a mão dela.

— Sim.

— Fanny veio para acompanhá-la?

— Sim.

— Eu posso muito bem acompanhar você uma parte do caminho; não até a casa paroquial, contudo, ou então meu velho amigo Helstone atira em mim da janela.

Ele deu risada e pegou seu chapéu. Caroline falou sobre o trabalho desnecessário; ele disse para ela colocar sua touca e seu xale. Ela ficou pronta rapidamente, e logo eles estavam ao ar livre. Moore colocou a mão dela sob seu braço, do jeito que ele costumava fazer — o jeito que ela sempre considerou ser tão amável.

— Pode ir indo, Fanny — disse ele para a empregada — nós vamos alcançar você. — E, quando a mocinha estava um pouco à frente, ele segurou a mão de Caroline na sua e disse estar feliz por ver que ela era uma convidada habitual em Fieldhead. Ele esperava que a amizade dela com a Srta. Keeldar continuasse; tal companhia seria ao mesmo tempo agradável e benéfica.

Caroline respondeu que gostava de Shirley.

— E não há dúvidas de que a estima é recíproca — disse Moore. — Se ela demonstra amizade, tenha a certeza de que é sincera: ela não é capaz de fingir; ela desdenha a hipocrisia. E, Caroline, nós não vamos mais vê-la no chalé do Hollow?

— Suponho que não, a não ser que meu tio mude de ideia.

— Você está muito solitária agora?

— Sim, bastante. Eu sinto pouco prazer em outra companhia que não seja a da Srta. Keeldar.

— Você tem estado bem ultimamente?

— Bastante.

— Você precisa se cuidar. Não deixe de fazer exercícios. Sabe que eu achei você um tanto alterada; um pouco abatida, desanimada e pálida. Seu tio é gentil com você?

— Sim; ele se porta como sempre se portou.

— Não muito gentil, isso quer dizer; não muito protetor e atencioso. E o que está preocupando você, então? Diga-me, Lina.

— Nada, Robert. — Mas a voz dela falhou.

— Ou seja, nada que você vá me dizer. Eu não serei seu confidente. A separação deve então fazer de nós dois estranhos, então?

— Eu não sei. Às vezes, eu quase temo que sim.

— Mas ela não deveria fazer isso. "Serán esquecidos os vellos amigos de moito tempo atrás?"

— Robert, eu não esqueço.

— Já faz dois meses, eu acho, Caroline, desde que você esteve no chalé.

— Desde que eu estive *dentro* dele... sim.

— Você passou por lá em suas caminhadas?

— Eu estive no alto dos campos em algumas noites e olhei para baixo. Certa vez, vi Hortense no jardim, regando suas flores, e sei a que horas você acende seu lampião no escritório: às vezes, esperei que ele se acendesse, e vi você entre ela e a janela. Eu sabia que era você... Eu quase podia traçar a sua silhueta.

— Eu fico espantado por nunca ter encontrado você. De vez em quando vou até o topo do Hollow depois do pôr do sol.

— Eu sei que você vai. Eu quase falei com você certa noite, você passou tão perto de mim.

— Eu passei? Eu passei perto de você, e não vi! Eu estava sozinho?

— Eu vi você duas vezes, e em nenhuma das vezes você estava sozinho.

— E quem era minha companhia? Provavelmente nada além de Joe Scott, ou de minha própria sombra à luz do luar.

— Não, nem Joe Scott nem sua sombra, Robert. Da primeira vez você estava com o Sr. Yorke; a da segunda vez o que você chama de sua sombra era uma forma com uma fronte branca e cachos negros, e um colar faiscante em seu pescoço; mas eu vi você e aquela sombra encantadora só de relance; não esperei para ouvir vocês conversando.

— Parece que você caminha invisível. Eu percebi um anel em sua mão esta noite; poderia ser o anel de Giges? De agora em diante, quando estiver sentado sozinho no escritório, talvez na calada da noite, eu vou me permitir imaginar que Caroline possa estar inclinada sobre meus ombros lendo comigo o mesmo livro, ou sentada ao meu lado ocupada com suas próprias tarefas, e de vez em quando voltando seus olhos não vistos para meu rosto, para nele ler os meus pensamentos.

— Você não precisa temer tal punição: eu não me aproximo de você; somente fico à distância, observando o que pode acontecer com você.

— Quando eu passar pela cerca-viva ao entardecer, depois de a tecelagem estar fechada, ou à noite quando assumir o posto do vigia, vou imaginar que o alvoroço de cada passarinho em seu ninho, que o sussurro de cada folha, é um movimento feito por você; as sombras das árvores vão assumir sua forma; na floração esbranquiçada dos pilriteiros vou imaginar lampejos de você. Lina, você vai me perseguir.

— Eu nunca estarei onde você não desejar que eu esteja, nem verei nem ouvirei o que você deseja que fique sem ser visto e ouvido.

— Eu vou ver você em minha própria tecelagem em plena luz do dia. Na verdade, eu vi você lá uma vez. Não faz mais de uma semana, eu estava parado no alto de uma de minhas longas salas; mocinhas estavam trabalhando do outro lado, e entre uma meia dúzia delas, se movendo de um lado para o outro, pensei ter visto uma figura parecida com a sua. Foi algum efeito causado por uma luz difusa ou sombra, ou de um raio de sol cegante. Eu caminhei na direção desse grupo. O que eu procurava havia se afastado; eu me encontrei entre duas roliças mininas usando aventais.

— Eu não vou seguir você em sua tecelagem, Robert, a não ser que você me peça para ir lá.

— E nem foi essa a única ocasião em que a imaginação me pregou uma peça. Certa noite, quando eu voltava para casa, bem tarde, do mercado, entrei na saleta do chalé julgando encontrar Hortense; mas, em vez dela, pensei ter visto você. Não havia velas no cômodo; minha irmã as havia levado para o andar de cima; as cortinas não estavam fechadas, e grandes raios de luar penetravam através das gelosias. Lá estava você, Lina, perto dos postigos, um pouco encolhida em um canto, em uma atitude não incomum em você. Você estava vestida de branco, como eu vi você vestida em uma festa noturna. Por uma fração de segundo, seu rosto saudável e vivo parecia estar voltado na minha direção, olhando para mim; por uma fração de segundo minha ideia era ir e pegar sua mão, repreender você por sua longa ausência e alegrar-me com sua atual visita. Dois passos adiante quebraram o encanto. O drapejado do vestido se transformou; as cores de sua pele se desfizeram e ficaram amorfas: sinceramente, quando eu cheguei naquele canto, nada havia além do ondular de uma cortina de musselina branca, e uma planta balsâmica em um vaso, coberto com as cores vivas das flores. Sic transit, et cetera.[5]

— Então não era meu fantasma? Eu quase pensei que fosse.

— Não; somente gaza, um vaso de barro e flores rosadas; uma amostra de ilusões terrenas.

— Eu me espanto por você ter tempo para tais ilusões, do jeito que sua mente deve estar ocupada.

— Eu também. Mas percebo em mim, Lina, duas naturezas: uma voltada para o mundo e os negócios, e outra para o lar e o lazer. Gérard Moore é insensível, criado para o trabalho na tecelagem e o comércio; a pessoa a quem você chama de primo Robert às vezes é um sonhador, que vive em outro lugar que não é o Mercado de Tecidos e o escritório.

— Suas duas naturezas combinam com você; eu acho que você aparenta estar com boa disposição e boa saúde; você perdeu bastante daquele ar perturbado que, com tanta frequência, era aflitivo ver em seu rosto há alguns meses.

— Você percebe isso? Certamente eu me desvencilhei de alguns problemas: eu me livrei de alguns bancos de areia e tenho mais espaço para navegar.

— E, com ventos propícios, você pode agora ter esperanças de fazer uma viagem próspera?

— Eu posso *esperar*... sim... mas a esperança é enganadora; não há como controlar os ventos e as ondas. Rajadas de vento e ondas atrapalham perpetuamente o curso do marinheiro; ele não ousa afastar de sua mente a expectativa da tempestade.

— Mas você está pronto para enfrentar uma brisa; você é um bom marinheiro, um comandante capaz. Você é um piloto hábil, Robert; você vai atravessar a tempestade incólume.

— Minha parente sempre pensa o melhor de mim, mas vou considerar as palavras dela como um prenúncio favorável: vou achar que, encontrando-a esta noite, eu me encontrei com um daqueles pássaros cuja aparição é para o marinheiro o mensageiro de boas notícias.

— Pobre mensageira de boas notícias é aquela que nada pode fazer, que é impotente. Eu sinto minha incapacidade; não adianta nada dizer que eu tenho a vontade de ajudar você quando não posso provar isso. Contudo, tenho essa vontade. Eu desejo muito sucesso para você. Eu desejo que você tenha muita sorte e a verdadeira felicidade.

— E quando você me desejou qualquer outra coisa? Por que Fanny está esperando? Eu disse para ela ir andando. Oh! Nós já chegamos ao cemitério; então, devemos nos separar aqui, suponho. Poderíamos ter nos sentado por alguns minutos no pórtico da igreja, se a mocinha não estivesse conosco. Está uma noite tão bela, tranquila e com a doçura do verão, não sinto nenhuma vontade de voltar agora para o Hollow.

— Mas nós não podemos nos sentar no pórtico agora, Robert.

Caroline disse isso porque Moore a estava conduzindo naquela direção.

— Talvez não. Mas diga para Fanny entrar; diga que nós já vamos; alguns minutos não farão diferença.

O relógio da igreja soou dez horas.

— Meu tio vai sair para fazer sua ronda habitual, e ele sempre inspeciona a igreja e o cemitério.

— E se ele fizer isso? Se não fosse por causa da Fanny, que sabe onde nós estamos, eu sentiria prazer em evitar e iludir seu tio. Nós poderíamos ficar sob a janela do leste quando ele estivesse no pórtico; quando ele viesse para o lado norte, nós poderíamos ir para o sul; nós poderíamos, com um pouco de dificuldade, nos esconder por trás de alguns monumentos: aquela capela alta dos Wynnes nos esconderia completamente.

— Robert, que ânimo você tem! Vá! Vá! — acrescentou Caroline, apressada. — Estou ouvindo a porta da frente...

— Não quero ir; pelo contrário, desejo ficar.

— Eu sei que meu tio vai ficar extremamente furioso; ele me proibiu de ver você porque você é um jacobino.

— Um estranho jacobino!

— Vá, Robert, ele está vindo; eu o ouço tossindo.

— Diable![6] É estranho... Que desejo obstinado eu sinto de ficar!

— Você se lembra do que ele fez com o... — Caroline começou a dizer e parou abruptamente. "Namorado" era a palavra que deveria ter vindo em seguida, mas ela não conseguia pronunciá-la; essa palavra parecia própria para sugerir ideias que ela não tinha intenção de sugerir; ideias ilusórias e perturbadoras. Moore tinha menos escrúpulos.

— Com o namorado da Fanny? — disse ele na hora. — Ele lhe deu um banho na bomba d'água, não foi? Ele faria o mesmo comigo, ouso dizer, com prazer. Eu gostaria de provocar o turco velho; não, entretanto, colocando-o contra você. Mas ele estabeleceria uma diferença entre um primo e um apaixonado, não estabeleceria?

— Oh, ele não pensaria em você dessa maneira, é claro que não; a briga dele com você é inteiramente política. Contudo, eu não gostaria que a separação ficasse ainda maior, e ele é tão irascível. Lá está ele no portão do jardim. Pelo seu bem e pelo meu, vá, Robert!

As palavras suplicantes foram acompanhadas por um gesto suplicante e um olhar ainda mais suplicante. Moore cobriu as mãos entrelaçadas dela com as suas por um instante, respondeu ao olhar dela voltado para o alto com um olhar voltado para baixo, disse "Boa noite!" e foi embora.

Em um instante Caroline estava na porta da cozinha atrás de Fanny; a sombra do chapéu anglicano havia naquele exato instante incidido sobre um túmulo iluminado pelo luar. Reto como uma espingarda, o pároco surgiu de seu jardim e prosseguiu a passos lentos, as mãos nas costas, na direção do cemitério. Moore quase fora flagrado. Ele teve de "evitar", afinal de contas, contornar a igreja e finalmente curvar seu corpo alto atrás do ambicioso monumento dos Wynne. Lá ele foi forçado a permanecer por longos dez minutos, com um dos joelhos na turfa, sem chapéu, os cabelos expostos ao orvalho, os olhos escuros brilhando, e os lábios entreabertos com uma risada íntima por causa de sua posição; pois, enquanto isso, o pároco permanecia tranquilamente olhando as estrelas e cheirando rapé a um metro dele.

Acontece, entretanto, que o Sr. Helstone não tinha a menor suspeita em sua mente; pois, tendo normalmente apenas vagas noções a respeito dos movimentos de sua sobrinha, não julgando que valesse a pena segui-los de perto, ele não tinha ideia de que ela estivera fora de casa o dia todo e imaginou que estivesse ocupada com um livro ou uma costura em seu quarto — onde, na verdade, ela estava naquele momento, embora não absorta na tranquila atividade a ela atribuída, mas parada à janela com o coração pulsando rapidamente, olhando ansiosa por trás da cortina, esperando seu tio reentrar e seu primo escapar. E, finalmente, ela foi recompensada: ela ouviu o Sr. Helstone entrar; viu Robert passar pelos túmulos a passos largos e saltar o muro; ela então desceu para rezar. Quando voltou para seu quarto, foi para se encontrar com as recordações de Robert. A visita do sono foi por muito tempo afastada. Por muito tempo ela ficou sentada ao lado da janela, por muito tempo olhou para o velho jardim e a igreja ainda mais velha; para os túmulos que se estendiam, cinzentos e calmos e claros sob a luz do luar. Ela seguiu os passos da noite em seu caminho de estrelas, além das "horinha triste dispois da meia-noite". Em espírito, ela estava com Moore o tempo todo; ela estava ao lado dele; ela ouvia a voz dele; ela colocou na dele a sua mão, que se aconchegou cálida nos dedos dele. Quando o relógio da igreja soou, quando qualquer outro som foi ouvido, quando o camundongo habituado com o quarto dela — um intruso para o qual ela jamais permitiria que Fanny montasse uma armadilha — veio chacoalhando entre os elos da corrente dela, de seu único anel, e uma ou outra joia sem valor sobre o toucador, para mordiscar um pedaço de biscoito deixado à espera dele, ela ergueu o olhar, momentaneamente chamada à realidade. Então disse em voz baixa, como se estivesse desaprovando a acusação de algum conselheiro não visto e não ouvido:

"Eu não estou agasalhando sonhos de amor; eu só estou pensando porque não consigo dormir; é claro que eu sei que ele vai se casar com Shirley."

Com o silêncio que retornava, com o embalo dos carrilhões e a retirada de seu pequeno protégé[7] não domesticado e desconhecido, ela ainda retomou o sonho, aconchegando-se ao lado da visão — ouvindo-a, conversando com ela. Finalmente, a visão se dissipou: quando a aurora se aproximou, as estrelas que desapareciam e o dia que começava obscureceram a criação da Fantasia; o cantar dos pássaros silenciou os sussurros dela. A história repleta de fulgor, cheia de interesse, levada pelo vento matutino, se transformou em um vago murmúrio. A forma que, vista à luz do luar, vivia tinha um coração que batia, se movimentava, tinha as cores da saúde e o frescor da juventude, ficou fria e de um cinzento fantasmagórico, diante do rubor do nascer do sol. Ela desbotou. Caroline finalmente se sentiu sozinha: ela se esgueirou para sua cama, enregelada e deprimida.

XIV. Shirley tenta ser salva pelas boas obras

“É claro, eu sei que ele vai se casar com Shirley”, foram as primeiras palavras dela ao se levantar de manhã. “E ele deve se casar com ela: ela pode ajudá-lo”, acrescentou com firmeza. “Mas eu serei esquecida quando eles *estiverem* casados”, foi o pensamento cruel que se seguiu. “Oh! Eu serei completamente esquecida! E o que... *o que* eu vou fazer quando Robert for completamente afastado de mim? Para onde deverei me voltar? *Meu* Robert! Eu gostaria de poder chamá-lo de meu: mas sou pobreza e incapacidade; Shirley é riqueza e poder; e ela é beleza, também, e amor... não posso negar isso. Esse não é um galanteio sórdido: ela o ama, e não com sentimentos abjetos. Ela ama, ou *irá* amar, como ele deve se sentir orgulhoso por ser amado. Nenhuma objeção válida pode ser apresentada. Que eles se casem, então; mas, depois, eu não representarei nada para ele. Quanto a ser irmã dele, e todo esse discurso, eu desprezo isso. Ou eu serei tudo ou não serei nada para um homem como Robert; nenhum subterfúgio fraco ou falso palavreado é suportável. Assim que o casal for unido, eu com certeza os abandonarei. Quanto a ficar por perto, fazendo as vezes de hipócrita e fingindo ter tranquilos sentimentos de amizade, quando minh’alma estará atormentada por outros sentimentos, não vou chegar a tal ponto de degradação. Seria tão difícil eu desempenhar o papel de amiga dos dois quanto o de inimiga mortal deles; seria tão difícil ficar entre eles quanto destruí-los. Robert é um homem de valor, em meu ponto de vista; eu o *tenho amado*, eu o *amo*, e *devo* amá-lo. Eu seria esposa dele se pudesse; como não posso, devo partir para onde jamais o veja. Só há uma alternativa, agarrar-me a ele como se eu fosse parte dele, ou ficar tão afastada dele como os dois polos de uma esfera. Afasta-me, então, Providência. Separa-nos com rapidez."

Outras aspirações como essas estavam outra vez ativas na mente dela no fim da tarde, quando a visão de uma das pessoas que atormentavam seus pensamentos passou pela janela da saleta. A Srta. Keeldar vinha caminhando lentamente, seus passos e sua fisionomia traziam aquela mescla de anelo e de despreocupação que, quando em repouso, era o traço habitual da sua aparência e característica do seu comportamento. Quando animada, a despreocupação praticamente desaparecia, o anelo se misturava com uma alegria cordial, temperando a risada, o sorriso, o olhar, com um toque especial de sentimento, de modo que a alegria dela nunca se assemelhava "ao crepitar dos gravetos debaixo da panela".

— O que levou você a não vir me ver esta tarde, conforme prometeu? — foi a pergunta que ela fez a Caroline ao entrar na saleta.

— Eu não estava com disposição — respondeu a Srta. Helstone, muito franca.

Shirley já havia fixado nela um olhar penetrante.

— Não — disse ela —, vejo que você não está com disposição para me amar. Você está em um daqueles seus estados de espírito nublados, inclementes, quando a pessoa sente que a presença de seu semelhante não é bem vinda. Você tem tais estados; você tem consciência disso?

— Você tenciona ficar bastante, Shirley?

— Sim, vim tomar o chá e devo tomá-lo antes de ir embora. Eu vou tomar a liberdade, então, de tirar minha touca, mesmo sem ser convidada.

E ela assim o fez, e então ficou parada no tapete com as mãos atrás das costas.

— Uma bela expressão você traz em sua fisionomia — prosseguiu ela, ainda olhando atentamente, embora não inamistosa;

na verdade, com bastante compaixão, para Caroline. — Você aparenta estar em maravilhosa boa companhia, cervo ferido que procura a solidão. Você está com medo de que Shirley vá perturbar você se ela descobrir que você está ferida, e que está sangrando?

— Eu nunca tenho medo de Shirley.

— Mas, às vezes, você não a aprecia; com frequência você a evita. Shirley consegue sentir quando é negligenciada e evitada. Se você não tivesse voltado para casa na noite passada com quem você voltou, você seria uma moça diferente hoje. A que horas vocês chegaram à casa paroquial?

— Perto das dez.

— Hm! Vocês levaram três quartos de hora para caminhar um quilômetro e meio. Foi você ou foi Moore que ficou se demorando tanto?

— Shirley, você está dizendo uma tolice.

— *Ele* disse tolices; disso eu não duvido; ou ele aparentava ser um tolo, o que é mil vezes pior. Eu vejo o reflexo dos olhos dele em sua fronte neste momento. Estou com vontade de desafiá-lo, se tão somente conseguir um padrinho de confiança. Eu me sinto extremamente irritada: me senti assim na noite passada e estou me sentindo assim o dia inteiro.

— Você não me pergunta a razão — prosseguiu ela, depois de uma pausa —, criaturinha silenciosa e muito modesta; e você não merece que eu extravase meus segredos em seu regaço sem um convite. Palavra de honra, eu poderia ter encontrado coragem para ter seguido Moore ontem à noite com consequências terríveis: eu tenho pistolas, e sei usá-las.

— Tolice, Shirley! Em quem você teria atirado, em mim ou em Robert?

— Talvez em nenhum dos dois... Talvez em mim... Mais provavelmente em um morcego ou em um galho de árvore. Ele é um parvo... seu primo: um parvo quieto, sério, sensato, perspicaz e ambicioso. Eu o vejo parado à minha frente, falando a sua fala um pouco séria, um pouco gentil, me refreando (como eu tenho a consciência profunda de que ele o faz) com a firmeza de seus propósitos, etc.; e então... Não tenho paciência com ele!

A Srta. Keeldar saiu andando a passos largos pelo cômodo, repetindo energicamente que ela não tinha paciência com homens em geral, e com seu arrendatário em particular.

— Você está enganada — instou Caroline, um pouco ansiosa. — Robert não é um parvo, ou um galanteador; posso garantir isso.

— *Você* garantir isso! Você acha que vou aceitar sua palavra quanto a esse assunto? Não há o testemunho de ninguém ao qual eu desse menos crédito que ao seu. Para favorecer Moore, você cortaria sua mão direita.

— Mas não diria mentiras; e, se falo a verdade, posso garantir para você que ele foi apenas educado comigo na noite passada; nada além disso.

— Eu nunca perguntei o que ele foi; sou capaz de imaginar. Eu o vi, da janela, pegando sua mão entre os dedos longos dele, assim que ele passou pelo meu portão.

— Isso não significa nada. Eu não sou uma estranha, você sabe; sou uma velha conhecida, e prima dele.

— Eu me sinto indignada, para dizer em poucas palavras — respondeu a Srta. Keeldar. — Todo o meu bem-estar — ela acrescentou em seguida — é perturbado pelas manobras dele. Ele fica se intrometendo entre nós duas; sem ele, nós seríamos boas amigas; mas aquele metro e oitenta de parvoíce está permanentemente eclipsando nossa amizade. Uma vez depois da outra ele atravessa e obscurece o disco que eu sempre quero ver límpido, de vez em quando ele faz com que eu seja para você uma simples contrariedade e um aborrecimento.

— Não, Shirley, não.

— Ele faz. Você não queria minha companhia esta tarde, e eu sinto isso nitidamente. Você é naturalmente um tanto reservada, mas eu sou uma pessoa sociável, que não consegue viver sozinha. Se nós fôssemos simplesmente deixadas em paz, eu tenho tamanha estima por você que conseguiria tê-la em minha presença para sempre, e nem por uma fração de segundo eu desejo me livrar de você. Você não pode dizer o mesmo a meu respeito.

— Shirley, eu posso dizer qualquer coisa que você desejar. Shirley, gosto de você.

— Você vai desejar que eu esteja nos cafundós do Judas amanhã, Lina.

— Eu não vou. A cada dia fico mais acostumada... apegada a você. Você sabe que sou inglesa demais para começar uma amizade ardente de um momento para o outro, mas você é tão superior... você é tão diferente das outras moças... eu estimo você, valorizo você; você nunca é um fardo para mim... nunca. Acredita no que eu digo?

— Em parte — retrucou a Srta. Keeldar, sorrindo um tanto incrédula. — Porém, você é uma criatura peculiar: você aparenta ser quieta, mas há uma força e uma profundidade em algum lugar dentro de você que não é facilmente alcançada ou apreciada. E, além disso, você certamente não se sente feliz.

— E pessoas infelizes raramente são boas... é isso que você quer dizer?

— De modo algum. Eu quero dizer, pelo contrário, que pessoas infelizes estão frequentemente preocupadas e não estão com disposição para conversar com pessoas de minha natureza. Além do mais, há um tipo de infelicidade que não apenas deprime, mas corrói; e esse, eu receio, é seu quinhão. A piedade fará algum bem para você, Lina? Se fizer, aceite um pouco da Shirley; ela oferece em abundância e garante o artigo genuíno.

— Shirley, eu nunca tive uma irmã... você nunca teve uma irmã; mas me ocorre neste instante como as irmãs se sentem uma com relação à outra. Afeição entrelaçada às suas vidas, que nenhuma manifestação de sentimento pode desenraizar, que pequenos desentendimentos dominam somente por um instante, que pode brotar com maior frescor quando a pressão é removida; afeição que nenhuma paixão é capaz de, no fim das contas, exceder; e com a qual até mesmo o próprio amor não pode fazer mais do que competir quanto a força e veracidade. O amor assim nos fere, Shirley: ele é tão atormentador, tão doloroso, e consome nossas forças com suas chamas. Na afeição não existe dor nem fogo; somente amparo e bálsamo. Eu me sinto amparada e acalmada quando você... quer dizer, *somente você*... está por perto, Shirley. Você acredita em mim agora?

— Eu sou sempre facilmente convencida quando os princípios me agradam. Então nós somos realmente amigas, Lina, apesar do eclipse negro?

— Nós realmente somos — respondeu a outra, puxando Shirley para perto de si e fazendo com que ela se sentasse —, aconteça o que acontecer.

— Ora, venha cá; nós vamos então falar de outra coisa que não seja o Interdito. — Porém, nesse momento o pároco entrou, e a "outra coisa" a respeito da qual a Srta. Keeldar estava prestes a falar não foi mencionada novamente até o momento de sua partida; ela então se demorou alguns minutos no corredor para falar. — Caroline, eu queria lhe dizer que tenho um grande peso em minha mente; minha consciência está bastante perturbada, como se eu tivesse cometido, ou estivesse prestes a cometer, um crime. Não é minha consciência *pessoal*, você precisa entender, mas minha consciência de proprietária de terras e de senhora da herdade. Eu fui apanhada por uma águia com garras de ferro. Fiquei à sombra de uma influência rígida, que eu mal aprovo, mas à qual não consigo resistir. Algo será feito antes que muito tempo se passe, receio, e não me agrada pensar nisso. Para aliviar minha consciência, e para evitar danos, tanto quanto esteja ao meu alcance, tenciono me dedicar a uma série de boas obras. Não se surpreenda, portanto, se você me vir, de repente, ficar absurdamente caridosa. Eu não sei como começar, mas você tem de me dar algum conselho: nós vamos falar mais sobre o assunto amanhã; e só peça para aquela criatura excelente, a Srta. Ainley, que vá até Fieldhead. Eu tenho pensado em me colocar sob os ensinamentos dela. Ela não teria uma bela aluna? Mencione para ela, Lina, que, embora eu tenha boas intenções, sou uma pessoa bastante descuidada, e então ela ficará menos escandalizada com minha ignorância a respeito de instituições de caridade e coisas semelhantes.

No dia seguinte, Caroline encontrou Shirley sentada com ar sério à sua mesa, com um livro-caixa, um punhado de notas e uma bolsa cheia de dinheiro à sua frente. Ela tinha a aparência muito séria, mas um pouco perplexa. Ela disse que estivera "dando uma olhada" nas despesas semanais com a manutenção da herdade, tentando descobrir onde poderia conter os gastos; que ela havia acabado de ter uma conversa com a Sra. Gill, a cozinheira, e havia dispensado essa pessoa com a impressão de que o cérebro dela (Shirley) estava certamente perturbado.

— Eu fiz um sermão para ela a respeito do dever de ser cuidadosa — disse ela — de um modo bastante inédito para ela. Fui tão eloquente no assunto economia que eu me surpreendi; pois, você vê, essa é uma ideia completamente nova; eu nunca pensei no assunto, e muito menos falei sobre ele, até pouco tempo atrás. Mas tudo isso é teoria, pois quando eu passei para a parte prática não consegui conter nada. Eu não tive firmeza para tirar uma única porção de manteiga, ou para estabelecer um inquérito com bons resultados sobre o destino da gordura, do toucinho, da carne fria, ou de quaisquer outros itens culinários. Eu sei que nós nunca iluminamos Fieldhead com prodigalidade, mas não fui capaz de perguntar o significado de uma inexplicável quantia de velas. Nós não lavamos roupa da paróquia; contudo, eu olhei em silêncio quantias de sabão e branqueador suficientes para satisfazer a curiosidade da pessoa mais curiosa a respeito de nossa situação no que diz respeito a esses artigos. Não como unicamente carne, nem a Sra. Pryor, nem a própria Sra. Gill; contudo, eu apenas pigarreei e arregalei meus olhos um pouco quando vi as contas do açougueiro, cujos números pareciam provar esse fato... mentira, eu quero dizer. Caroline, você pode rir de mim, mas não pode me mudar. Sou fraca em certos aspectos; eu percebo isso. Há um indigno componente de covardia moral em minha natureza. Eu enrubesci e baixei a cabeça perante a Sra. Gill, quando ela deveria ter gaguejado confissões para mim. Eu considerei impossível juntar forças até mesmo para insinuar, muito menos para provar para ela, que ela era uma embusteira. Eu não tenho a dignidade calma, nem a verdadeira coragem em mim.

— Shirley, que acesso de autocensura é esse? Meu tio, que não tem o costume de falar bem das mulheres, diz que não há dez mil homens na Inglaterra tão verdadeiramente destemidos quanto você.

— Eu sou destemida, fisicamente; nunca fico nervosa por causa do perigo. Eu não perdi o controle quando o grande touro fulvo do Sr. Wynne se levantou com um bramido bem na minha frente, quando eu estava passando sozinha pelo campo de primaveras, baixou sua cabeça encardida e rabugenta e correu na minha direção; mas fiquei com medo de ver a Sra. Gill ficar envergonhada e confusa. Você tem duas vezes, dez vezes minha força mental em certos aspectos, Caroline. Você, a quem nada consegue convencer a passar perto de um touro, por mais quieto que ele aparente estar, teria mostrado com firmeza para minha caseira que ela havia agido mal; então você a teria aconselhado, com gentileza e bom senso; e, finalmente, ouso dizer, desde que ela aparentasse estar arrependida, você a teria perdoado com muita doçura. Eu sou incapaz de ter essa conduta. Entretanto, apesar da exagerada impostura, eu ainda acho que nós vivemos dentro de nossas condições: eu tenho dinheiro em mãos, e realmente preciso fazer alguma coisa boa com ele. Os pobres de Briarfield estão mesmo em uma situação muito ruim; eles precisam de ajuda. Em sua opinião, o que devo fazer, Lina? Não seria melhor eu distribuir o dinheiro imediatamente?

— Não, Shirley; você não vai administrá-lo bem. Eu já percebi diversas vezes que sua única ideia de caridade é dar xelins e meias-coroas de um modo descuidado e generoso, que leva a contínuos exageros. Você tem de ter um primeiro-ministro, ou vai se encontrar em grandes apuros. Você mesma sugeriu a Srta. Ainley; com a Srta. Ainley eu vou conversar. E, enquanto isso, prometa que vai ficar quieta e não vai começar a esbanjar seu dinheiro. Quanto dinheiro você tem, Shirley! Você deve se sentir muito rica com tudo isso?

— Sim, eu me sinto importante. Não é uma quantia imensa, mas sinto-me responsável pelo uso dela; e realmente essa responsabilidade pesa em minha mente com mais força do que eu poderia ter esperado. Dizem que há algumas famílias quase morrendo de fome em Briarfield; alguns de meus próprios rendeiros estão em circunstâncias miseráveis; eu devo ajudá-los, e vou fazê-lo.

— Algumas pessoas dizem que não devemos dar esmolas para os pobres, Shirley.

— As palavras delas mostram que são grandes tolas. Para quem não passa fome, é fácil tagarelar a respeito da degradação representada pela caridade, e assim por diante: porém, elas esquecem como a vida é efêmera, bem como amarga. Nenhum de nós tem muito tempo para viver; que nós ajudemos uns aos outros em épocas de necessidade e de tristeza conforme nós pudermos, sem nem um pouco de preocupação com os escrúpulos da vã filosofia.

— Mas você ajuda o próximo, Shirley, você já faz boas doações.

— Não o suficiente. Devo dar mais, ou, estou lhe dizendo, o sangue de meu irmão um dia clamará aos Céus contra mim. Pois, afinal de contas, se incendiários políticos vierem aqui para atiçar o fogo nas redondezas, e minha propriedade for atacada, eu deverei defendê-la como uma leoa; sei que deverei. Deixe-me dar ouvidos à Misericórdia enquanto ela estiver perto de mim: assim que a voz dela for afogada pelo grito da provocação facínora, eu estarei cheia de impulsos para aplacar e reprimir. Se os pobres se juntarem e se rebelarem em turba-multa, eu devo me voltar contra eles como uma aristocrata; se eles me ameaçarem, devo desafiá-los: se eles atacarem, devo resistir, e resistirei.

— Você fala como Robert.

— Eu me sinto como Robert, só que com mais ímpeto. Eles que se intrometam na vida de Robert, ou na tecelagem de Robert, ou nos interesses de Robert, e eu vou odiá-los. Neste momento, não sou nenhuma aristocrata, nem considero os pobres nas minhas proximidades como plebeus; mas, se alguma vez eles maltratarem a mim ou aos meus, e então ousarem se impor a nós, eu esquecerei a piedade pela desgraça deles e o respeito pela sua pobreza; desdenharei sua ignorância e os odiarei por causa da sua insolência.

— Shirley, como seus olhos cintilam!

— Porque minh'alma está em chamas. Você aceitaria, tanto quanto eu, que Robert fosse reprimido pela multidão?

— Se eu tivesse seu poder para ajudar Robert, eu o usaria assim como você tenciona usá-lo. Se eu tivesse condições de ser uma amiga para ele assim como você tem, eu iria ficar ao lado dele, assim como você tenciona ficar ao lado dele, até a morte.

— E agora, Lina, embora seus olhos não cintilem, eles se iluminam. Você baixa as pálpebras; mas eu vi uma chama acesa. Entretanto, ainda não chegou a hora de lutar. O que eu desejo fazer é *evitar* o problema. Não consigo esquecer, nem durante o dia, ou à noite, que esses sentimentos de rancor dos pobres contra os ricos têm sido gerados no sofrimento: eles não iriam nem nos odiar nem nos invejar se não nos considerassem tão mais felizes que eles próprios. Para aliviar esse sofrimento e, com isso, diminuir esse ódio, permitam que eu, de minha abundância, distribua em abundância; e, para que a doação possa ser eficaz, que ela seja feita com sabedoria. Com esse propósito, nós devemos introduzir certa ideia clara, calma e prática em nossos conselhos; então, vá e busque a Srta. Ainley.

Sem esperar outras palavras, Caroline colocou sua touca e saiu. Pode parecer estranho, talvez, que nem ela nem Shirley tenham pensado em consultar a Sra. Pryor a respeito de seus planos; mas elas agiram bem ao fazê-lo. Tê-la consultado — e isso elas sabiam instintivamente — teria sido apenas envolvê-la em um doloroso constrangimento. Ela era muito mais informada, mais culta, e uma pensadora mais profunda que a Srta. Ainley, mas nada tinha de energia administrativa, de atividade executiva. Ela iria com muito boa vontade oferecer sua própria contribuição modesta a um objetivo caridoso; dar esmolas em segredo estava de acordo com as ideias dela; mas não poderia tomar parte em planos públicos em larga escala; quanto a esboçá-los, isso estava fora de cogitação. Isso Shirley sabia, e, portanto, ela não perturbou a Sra. Pryor com inúteis conferências, que poderiam somente fazê-la se lembrar de suas próprias deficiências, sem ocasionar nenhum bem.

Foi um dia muito feliz para a Srta. Ainley aquele em que ela foi convocada até Fieldhead para deliberar sobre projetos tão agradáveis para ela; quando ela estava sentada com todas as honras e deferências à mesa com papel, pena, tinta e — o melhor de tudo — dinheiro à sua frente, com a missão de esboçar um plano regular para prestar socorro aos pobres e infelizes de Briarfield. Ela, que os conhecia a todos, havia analisado as necessidades deles, havia considerado uma vez depois da outra qual o melhor modo de socorrê-los, desde que os meios de socorro fossem encontrados, tinha toda a competência para o encargo, e uma meiga exultação alegrava seu coração generoso quando ela se sentia capaz de responder com clareza e prontidão às perguntas ansiosas feitas pelas duas moças, quando ela lhes mostrava em suas respostas quanto conhecimento benéfico ela havia adquirido sobre as condições de seus semelhantes nas redondezas.

Shirley colocou a seu dispor trezentas libras e, ao ver o dinheiro, os olhos da Srta. Ainley se encheram de lágrimas de alegria; pois ela já via o faminto alimentado, o nu vestido e o doente confortado com ele. Ela rapidamente esboçou um plano simples e razoável para empregá-lo; e garantiu às moças que tempos mais felizes iriam então surgir, pois ela não duvidava de que o exemplo da senhora de Fieldhead seria seguido por outras pessoas: ela tentaria conseguir doações adicionais e criar um fundo; mas, em primeiro lugar, ela teria de consultar o clero. Sim, nesse ponto ela foi categórica. O Sr. Helstone, o Dr. Boultby, o Sr. Hall *tinham* de ser consultados (pois não somente Briarfield deveria ser socorrida, mas Whinbury e Nunnely) — seria, ela declarou, uma presunção da parte dela dar um único passo sem ser autorizada por eles.

Os membros do clero eram criaturas sagradas aos olhos da Srta. Ainley; não importava qual pudesse ser a insignificância do indivíduo, sua posição fazia dele um ser sagrado. Os próprios coadjutores — que, em sua arrogância trivial, mal eram dignos de amarrar os cordões dos sapatos dela, ou de carregar seu guarda-chuva de algodão, ou o seu xale de lã xadrez — ela, em seu entusiasmo puro e sincero, os considerava futuros santos. Não importava com quanta clareza os pequenos vícios e os enormes erros deles fossem apontados para ela, ela não conseguia vê-los; era cega aos defeitos eclesiásticos; a sobrepeliz branca cobria uma imensidão de pecados.

Shirley, conhecendo esse inofensivo amor por parte de seu primeiro-ministro recém-escolhido, expressamente estipulou que os coadjutores não poderiam se manifestar quanto à disposição do dinheiro, que seus dedos intrometidos não deveriam tocar em uma fatia do bolo. Os párocos, é claro, teriam grande importância, e neles se poderia confiar: eles tinham certa experiência, certa sagacidade, e o Sr. Hall, pelo menos, tinha simpatia e ternura por seus semelhantes; mas, quanto aos jovens sob o controle deles, eles teriam de ser deixados de lado, contidos, e aprender que a subordinação e o silêncio eram muito adequados à idade e à capacidade deles.

Foi com certo horror que a Srta. Ainley ouviu essas palavras; Caroline, entretanto, interferindo com uma ou duas palavras gentis a favor do Sr. Sweeting, acalmou-a de novo. Sweeting era, na verdade, seu favorito. Ela se esforçava para respeitar os Srs. Malone e Donne, mas as fatias de pão de ló e os cálices de vinho de jasmim ou prímula que ela, em diferentes ocasiões, dera a Sweeting quando ele ia visitá-la em seu pequeno chalé sempre tinham sido oferecidos com sentimentos de um verdadeiro afeto maternal. A mesma inócua refeição ela havia certa vez oferecido a Malone; mas essa criatura demonstrou um desdém tão evidente pela oferta que ela nunca se arriscou a renová-la. Para Donne ela sempre servia a iguaria, e ficava feliz ao ver a aprovação dele ser demonstrada, sem a menor dúvida, pelo fato de ele geralmente comer duas fatias do bolo e colocar uma terceira em seu bolso.

Incansável em seu empenho quando o bem deveria ser feito, a Srta. Ainley teria na mesma hora iniciado uma caminhada de dezesseis quilômetros para ter com os três párocos, com o intuito de mostrar seus planos e humildemente solicitar a aprovação deles; porém, a Srta. Keeldar vetou isso e propôs, como uma compensação, convocar o clero para uma pequena reunião seleta naquela noite em Fieldhead. A Srta. Ainley deveria encontrá-los, e o plano seria discutido por um gabinete completo.

Shirley conseguiu reunir os membros mais velhos do sacerdócio e, antes da chegada da solteirona, ela havia, além do mais, deixado todos os cavalheiros no mais encantador estado de espírito imaginável. Ela própria havia se encarregado do Dr. Boultby e do Sr. Helstone. O primeiro era um velho galês teimoso, impetuoso, dogmático e obstinado, mas, ao mesmo tempo, um homem que praticava muitas boas ações, embora não sem fazer certo alarde a respeito; o outro nós conhecemos. Shirley tinha um sentimento bastante amistoso com relação a ambos, especialmente pelo velho Helstone; e não lhe deu trabalho nenhum ser muito encantadora com eles. Ela os levou para passear no jardim; ela colheu flores para eles; ela era como uma filha gentil para eles. O Sr. Hall ela deixou ao encargo de Caroline — ou melhor, foi aos cuidados de Caroline que o Sr. Hall se colocou.

Ele geralmente procurava Caroline em todas as festas em que ela e ele se encontravam. De modo geral, ele não procurava a companhia das mulheres, embora todas as senhoras gostassem dele; ele era mais um tipo de rato de biblioteca, míope, de óculos, de vez em quando distraído. Para as senhoras de idade ele era gentil como um filho. Para os homens de todas as profissões e posições sociais ele era aceitável: a verdade, a simplicidade e a franqueza de seus modos, a nobreza de sua integridade, a realidade e a exaltação de sua piedade conquistavam amigos para ele em todas as posições sociais; seu pobre escrivão e sacristão o adorava; o nobre patrono de seu benefício o tinha em grande estima. Apenas com as mulheres jovens, belas, elegantes e sofisticadas ele se sentia um pouco tímido. Sendo um homem comum — comum quanto ao aspecto, comum quanto às maneiras, comum no modo de falar —, ele parecia temer o ímpeto, a elegância e a arrogância delas. Porém, a Srta. Helstone não tinha nem ímpeto nem arrogância, e sua elegância natural era de um tipo muito discreto — discreto como a beleza das flores de uma cerca viva que ficam rentes ao chão. Ele era um interlocutor fluente, alegre e agradável. Caroline também sabia conversar tête-à-tête:[1] ela gostava que o Sr. Hall viesse e se sentasse ao lado dela em uma festa, e assim a deixasse a salvo de Peter Augustus Malone, Joseph Donne ou John Sykes; e o Sr. Hall nunca deixava de desfrutar desse privilégio sempre que tinha a oportunidade. Tal preferência demonstrada por um senhor solteiro a uma moça solteira certamente iria, em circunstâncias normais, agitar as línguas dos tagarelas; mas Cyril Hall tinha quarenta e cinco anos de idade, era ligeiramente careca e ligeiramente grisalho, e ninguém jamais disse ou pensou que havia alguma probabilidade de ele se casar com a Srta. Helstone. Nem ele próprio pensava isso: ele já era casado com seus livros e com sua paróquia. Sua gentil irmã Margaret, de óculos e culta como ele, fazia dele um homem feliz em sua condição de solteiro; ele achava que já estava tarde demais para mudar. Além do mais, ele tinha conhecido Caroline como uma linda menininha: ela havia se sentado em seus joelhos muitas vezes; ele havia comprado para ela brinquedos e lhe dado livros; sentia que a amizade dela por ele estava mesclada a um tipo de respeito filial; ele não teria conseguido dar outra coloração aos sentimentos dela, e a mente serena dele conseguia refletir uma bela imagem sem sentir suas profundezas perturbadas pelo reflexo.

Quando a Srta. Ainley chegou, ela foi muito bem recebida por todos: a Sra. Pryor e Margaret Hall deram-lhe um lugar entre elas no sofá; e, quando as três estavam sentadas, formaram um trio que as pessoas alegres e irrefletidas teriam desprezado, na verdade, como bastante sem valor e despido de atrativos — uma viúva de meia-idade e duas solteironas de óculos — mas que tinha seu próprio valor discreto, como muitos seres humanos sofredores e sem amigos sabiam.

Shirley deu início à reunião e mostrou os planos.

— Eu sei qual foi a mão que os esboçou — disse o Sr. Hall, olhando rapidamente para a Srta. Ainley com um sorriso benigno: a aprovação dele foi conquistada na hora. Boultby ouviu e deliberou com a cabeça baixa e o lábio inferior protuberante: ele considerava seu consentimento valioso demais para ser dado de modo apressado. Helstone lançou um olhar ao seu redor com uma expressão alerta e suspeitosa, como se receasse a manifestação de subterfúgios femininos, e que algum rabo de saia estivesse, de um modo dissimulado, tentando exercer influência demais, alcançar grande importância. Shirley viu e compreendeu a expressão.

— Este plano não é nada — disse ela, despreocupada. — É apenas um esboço... uma simples sugestão. Cavalheiros, esperamos dos senhores que proponham suas próprias regras.

E ela na mesma hora pegou seu estojo com material para escrever, sorrindo estranhamente para si mesma ao se debruçar sobre a mesa em que ele se encontrava: ela pegou uma folha de papel, uma pena nova, puxou uma poltrona para perto da mesa e, estendendo a mão para o velho Helstone, pediu permissão para instalá-lo na poltrona. Por uns instantes ele ficou um pouco rígido e permaneceu franzindo o cenho moreno de modo estranho. Finalmente, ele murmurou:

— Bem, a senhorita não é nem minha esposa nem minha filha, então serei conduzido uma vez; mas, veja bem: eu sei que *estou* sendo conduzido: suas artimanhas femininas não me enganam.

— Oh! — disse Shirley, mergulhando a pena na tinta e colocando-a na mão dele. — Hoje, o senhor deve me considerar como o Capitão Keeldar. Esta é uma questão entre cavalheiros... inteiramente do senhor e minha, Doutor (assim ela havia apelidado o pároco). — As senhoras estão presentes apenas para ser nossas aides-de-camp[2] e, se elas se manifestarem antes que nós tenhamos acertado toda a questão, se arriscarão.

Ele sorriu um pouco sombrio e começou a escrever. Ele logo se interrompeu para fazer perguntas e consultar seus colegas, erguendo o olhar de modo desdenhoso para as cabeças cacheadas das duas moças e as modestas toucas das senhoras mais velhas, para se deparar com os óculos faiscantes e as cabeças grisalhas dos sacerdotes. Na discussão subsequente, todos os três cavalheiros, para infinito crédito deles, mostraram ter um grande conhecimento dos pobres de suas paróquias — e um conhecimento ainda mais minucioso das necessidades individuais deles. Cada pároco sabia onde as roupas eram necessárias, onde a comida seria mais conveniente, onde o dinheiro poderia ser dado com a probabilidade de ser empregado de modo judicioso. Sempre que suas memórias eram imprecisas, a Srta. Ainley, ou a Srta. Hall, se consultadas, poderiam ajudá-los; mas as duas senhoras tomaram a precaução de não falar a não ser que se dirigissem a elas. Nenhuma delas desejava ter a precedência, mas cada uma sinceramente desejava ser útil; e úteis o clero consentiu que elas fossem — e com tal dádiva elas ficaram contentes.

Shirley ficou atrás dos párocos, se inclinando sobre os ombros deles de vez em quando para dar uma olhada nas regras estabelecidas e nas listas dos casos sendo esboçados; ouvindo tudo quanto eles diziam, e ainda de vez em quando sorrindo aquele sorriso estranho dela — um sorriso não maldoso, mas significativo — significativo demais para ser considerado, de modo geral, amável. Os homens raramente apreciam aqueles seus amigos que compreendem sua natureza íntima com muita clareza e sinceridade. É bom para as mulheres, sobretudo, serem dotadas de uma gentil cegueira; ter olhos meigos e obscurecidos, que nunca penetram além da superfície dos fatos — que julgam tudo conforme as aparências. Milhares delas, sabendo disso, mantêm os olhos baixos por via de regra; porém, o olhar mais baixo tem seu ponto de fuga, através do qual ele pode, ocasionalmente, ter uma visão mais atilada da vida. Eu me lembro de, certa vez, ter visto dois olhos azuis, normalmente considerados sonolentos, secretamente vigilantes, e eu sabia, pela expressão deles — uma expressão que enregelou meu sangue e que era tão surpreendentemente inesperada naquela pessoa —, que, por muitos anos, eles tinham estado acostumados com uma silenciosa leitura de almas. O mundo chamava a dona desses olhos azuis de bonne petite femme[3] (ela não era inglesa): eu fiquei conhecendo a natureza dela posteriormente — eu a compreendi profundamente — estudei-a em seus recessos mais remotos e escondidos. Ela era a melhor, mais sagaz e mais hábil maquinadora na Europa.

Quando finalmente tudo foi organizado conforme desejava a Srta. Keeldar, e o clero havia abraçado com tanto entusiasmo os projetos dela a ponto de encabeçar a lista de doações com suas contribuições de cinquenta libras cada um, ela ordenou que a ceia fosse servida, tendo previamente dado instruções à Sra. Gill para exercitar seus melhores dotes no preparo dessa refeição. O Sr. Hall não era um bon vivant:[4] normalmente era abstêmio, não se importando com o luxo; mas tanto Boultby quanto Helstone apreciavam a boa cozinha. A ceia recherchée,[5] consequentemente, deixou-os de muito bom humor. Eles fizeram justiça a ela, embora de modo digno de um cavalheiro — não como o Sr. Donne teria feito caso estivesse presente. Uma taça de bom vinho foi igualmente degustada, com um deleite apurado, embora muito decoroso. O Capitão Keeldar recebeu cumprimentos por seu gosto; os cumprimentos deixaram-no encantado: tinha sido objetivo dele gratificar e satisfazer seus sacerdotais convidados; ele havia sido bem-sucedido e estava radiante de felicidade.

XV. O Exôdo do sr. Donne

No dia seguinte, Shirley falou para Caroline como ela se sentia feliz pelo fato de sua pequena reunião ter corrido tão bem.

— Eu gosto muito de receber um grupo de cavalheiros — disse ela. — É divertido observar como eles apreciam uma refeição muito bem preparada. Para nós, você sabe, esses vinhos seletos e esses pratos sofisticados não têm importância; mas os cavalheiros parecem conservar algo da naïveté[1] das crianças a respeito da comida, e é bom alegrá-los: quer dizer, quando eles mostram o autocontrole adequado e decente de nossos admiráveis párocos. Eu observo Moore às vezes, para tentar descobrir como se pode agradá-lo; mas ele não tem em si essa simplicidade infantil. Você já chegou a descobrir esse ponto fraco dele, Caroline? Você conviveu com ele mais que eu.

— Não é, de modo algum, o do meu tio e do Dr. Boultby — retrucou Caroline, sorrindo. Ela sempre sentia um tipo de prazer tímido ao seguir a liderança da Srta. Keeldar no que dizia respeito à discussão do caráter de seu primo; por si só, ela jamais teria tocado no assunto; mas, quando solicitada, a tentação de falar a respeito da pessoa em quem ela pensava constantemente era irresistível. — Porém — acrescentou ela —, eu realmente não sei qual é esse ponto, pois nunca observei Robert em minha vida sem que meu escrutínio não fosse imediatamente desorientado por descobrir que ele estava me observando.

— É isso! — exclamou Shirley. — Você não consegue fixar o olhar nele sem que o olhar dele na mesma hora dardeje em você. Ele nunca é apanhado desprevenido; ele não vai dar vantagem para você. Mesmo quando ele não olha para você, os pensamentos dele parecem ocupados entre nossos próprios pensamentos, Lina, seguindo a fundo o que dizemos e o que fazemos, observando nossos motivos a seu bel-prazer. Oh! Eu conheço esse tipo de personalidade, ou algo muito parecido. E é um tipo que me estimula de modo singular. Como ele afeta você?

Essa pergunta era um exemplo de uma das súbitas e surpreendentes reviravoltas de Shirley. A princípio, Caroline costumava ficar agitada por causa delas, mas havia então se habituado a evitar esses ataques diretos como uma pequena quacre.

— Estimula você? De que modo ele estimula você?

— Eis que ele chega! — exclamou de repente Shirley, interrompendo o assunto, levantando-se e rapidamente indo para a janela. — Está chegando uma distração. Eu não falei para você a respeito da grande conquista que fiz recentemente... em uma dessas festas às quais não consigo convencer você a me acompanhar; e tudo foi feito sem esforço ou intenção de minha parte, isso eu garanto. O sino está soando... e, por tudo que é mais sagrado! São dois! Eles nunca saem para caçar se não for em duplas? Você pode ficar com um, Lina, e pode escolher. Espero ser suficientemente generosa. Ouça o Tártaro!

O cachorro marrom-amarelado de focinho preto, do qual houve um rápido vislumbre no capítulo que introduziu sua dona ao leitor, nesse momento se manifestou no saguão, e nesse espaço vazio os latidos profundos ressoaram de modo impressionante. Um rosnado mais terrível que o latido, ameaçador como um trovão resmungado, se sucedeu.

— Ouça! — exclamou outra vez Shirley, rindo. — Você poderia pensar que esse seria o prelúdio para uma sangrenta carnificina: eles ficarão assustados. Eles não conhecem o velho Tártaro como eu; eles não sabem que o barulho que ele faz é apenas som e fúria, sem significado algum!

Um pouco de comoção se ouviu.

— Deitado, senhor, deitado! — exclamou uma voz imperiosa e esganiçada, e então se seguiu o estalido de uma bengala ou chicote. Imediatamente foi ouvido um grito... uma movimentação... uma corrida... um verdadeiro tumulto.

— Oh, Malone, Malone!

— Deitado! Deitado! Deitado! — exclamou a voz aguda.

— Ele realmente está perturbando os dois! — exclamou Shirley. — Eles bateram nele; ele não está acostumado com pancadas, e não vai aceitá-las.

Ela saiu correndo: um cavalheiro estava subindo a escadaria de carvalho às corridas, buscando refúgio no corredor ou nos dormitórios com muita pressa; outro estava voltando rapidamente para o pé da escada, brandindo enlouquecido uma bengala nodosa e ao mesmo tempo repetindo "Deitado! Deitado! Deitado!", enquanto o cachorro marrom-amarelado ladrava, rosnava, uivava para ele, e um grupo de empregados veio da cozinha. O cachorro avançou; o segundo cavalheiro deu meia-volta e saiu correndo atrás de seu companheiro; o primeiro já se encontrava a salvo em um quarto; ele fechou a porta na cara do seu amigo — não há nada tão impiedoso quanto o terror —, porém, o outro fugitivo lutou com bravura; a porta estava quase cedendo às forças dele.

— Cavalheiros — foi dito na voz delicada, mas vibrante, da Srta. Keeldar —, poupem as minhas fechaduras, por favor. Acalmem-se! Desçam! Olhem para o Tártaro; ele não faria mal a um gatinho.

Ela estava acariciando o mencionado Tártaro: ele estava deitado aos pés dela, as patas dianteiras esticadas, a cauda ainda em uma agitação ameaçadora, as narinas resfolegando, seus olhos de buldogue com a consciência de uma chama não apagada. Ele era uma personalidade canina honesta, fleumática, estúpida, porém teimosa; ele amava sua dona e John — o homem que o alimentava —, mas se mostrava bem indiferente ao resto do mundo; bastante quieto ele era, a não ser que fosse atacado ou ameaçado com uma bengala, e isso despertava uma fera dentro dele na mesma hora.

— Sr. Malone, como tem passado? — continuou Shirley, erguendo sua face cheia de alegria para o corredor. — Não é esse o caminho para o salão de carvalho; esse é o quarto da Sra. Pryor. Peça ao seu amigo, Sr. Donne, que saia. Eu terei o maior prazer em recebê-lo em um cômodo aqui embaixo.

— Hah! Hah! — exclamou Malone, com uma risada surda, se afastando da porta e se debruçando sobre a balaustrada maciça. — Realmente, esse animal assustou Donne. Ele é um pouco tímido — prosseguiu ele, se endireitando e, decoroso, caminhando para o topo das escadas. — Eu achei melhor segui-lo, para acalmá-lo.

— Parece que o senhor o acalmou. Bem, desçam, por favor. John (voltando-se para o empregado), vá lá em cima e liberte o Sr. Donne. Tome cuidado, Sr. Malone, os degraus são escorregadios.

E na verdade eles eram, sendo de carvalho encerado. O conselho chegou um pouco tarde demais para Malone: ele já havia escorregado em sua descida cerimoniosa, e só foi salvo de uma queda se agarrando ao corrimão, o que fez com que toda a estrutura rangesse novamente.

Tártaro pareceu achar que a descida do visitante fora efetuada com um injustificável éclat[2] e, portanto, rosnou mais uma vez. Entretanto, Malone não era covarde: a investida do cachorro o apanhara de surpresa, mas ele passou pelo animal então com uma fúria contida, e não medo: se um olhar tivesse podido estrangular Tártaro, o cachorro não teria soltado mais um único suspiro. Esquecendo os bons modos em sua raiva taciturna, Malone entrou rapidamente no salão antes da Srta. Keeldar. Ele lançou um olhar na direção da Srta. Helstone; ele mal conseguiu cumprimentá-la. Ele olhou fixamente as duas senhoras; se uma das duas fosse sua esposa, ele dava a impressão de que teria sido um marido incrível naquela situação: ele aparentava ter vontade, com cada uma de suas mãos, de agarrar uma delas e sufocá-la até a morte.

Entretanto, Shirley ficou com dó; ela parou de rir, e Caroline era uma verdadeira dama, para até mesmo chegar a sorrir de alguém em situação difícil. Tártaro foi mandado embora; Peter Augustus foi acalmado, pois Shirley era dona de olhares e de entonações que poderiam ter acalmado até mesmo um touro. Ele tinha bom senso para perceber que, como não poderia desafiar a dona do cachorro, agiria melhor sendo educado, e educado ele tentou ser; como suas tentativas foram bem recebidas, ele na mesma hora ficou *muito* educado e muito senhor de si outra vez. Ele havia vindo, na verdade, com o propósito expresso de se fazer encantador e fascinante; um portento feroz o havia recepcionado em sua primeira visita a Fieldhead; mas, esse obstáculo tendo sido superado, encantador e fascinante ele decidiu ser. Assim como o mês de março, tendo chegado com cara de carvão, ele se propôs a ir embora como uma tarde de belo verão.

Para ter um pouco mais de ar, como aparentava, ou talvez a possibilidade de uma saída rápida caso alguma nova emergência surgisse, ele se sentou não no sofá, onde a Srta. Keeldar ofereceu-lhe entronização, nem mesmo perto da lareira, para a qual, com um aceno amistoso, Caroline o convidara com gentileza, mas em uma cadeira perto da porta. Não estando mais taciturno ou furioso, ele ficou, como era de seu costume, desajeitado e embaraçado. Ele conversou com as senhoras aos trancos e barrancos, escolhendo como tema da conversa qualquer coisa a mais corriqueira: ele suspirava, de modo profundo e significativo, no fim de cada frase; ele suspirava em cada pausa; ele suspirava antes de abrir a boca. Finalmente, considerando desejável acrescentar graça a seus demais encantos, ele pegou para ajudá-lo um amplo lenço de seda. Esse seria o gracioso joguete com que suas mãos desocupadas iriam brincar. Ele começou a agir com certa energia: ele dobrou o quadrado amarelo e vermelho na diagonal; ele o abriu com um sopro; uma vez mais ele o dobrou da mesma forma; ele fez do lenço uma bela faixa. E em qual objeto iria ele usar a ligadura? Ele a ataria ao redor de sua garganta... de sua cabeça? Deveria ser ela um agasalho ou um turbante? Nenhum dos dois. Peter Augustus tinha um talento inventivo e original. Ele estava a ponto de mostrar para as senhoras belas ações que possuíam pelo menos o charme da novidade. Ele se sentou na cadeira, com suas atléticas pernas irlandesas cruzadas, e essas pernas, nessa atitude, ele envolveu com a faixa e atou com firmeza. Era óbvio que ele achava essa estratégia digna de um bis; ele a realizou mais uma vez. O segundo desempenho levou Shirley à janela, para que ela risse sua risada silenciosa, mas irreprimível, sem ser vista; fez a cabeça de Caroline se voltar para o lado; de modo que seus longos cachos ocultassem o sorriso que se espalhava em sua fisionomia. A Srta. Helstone, na verdade, se divertia por mais de um motivo no comportamento de Peter: ela ficara ciente da total, porém abrupta, transferência das atenções dele de sua pessoa para a da herdeira; as cinco mil libras que ele supunha que ela um dia fosse herdar não poderiam ser colocadas na mesma balança com as terras e a propriedade da Srta. Keeldar. Ele não fez o menor esforço para ocultar seus cálculos e suas táticas; ele não fingiu ter passado por uma mudança de ponto de vista gradual; ele mudou seu comportamento de modo instantâneo: a busca da fortuna menor foi abertamente deixada de lado pela busca à fortuna maior. Com que base ele esperava ser bem-sucedido em sua caça ele sabia muito bem; certamente não por meio de manobras habilidosas.

A julgar pelo espaço de tempo decorrido, parecia que John tinha certa dificuldade em persuadir o Sr. Donne a descer. Contudo, esse cavalheiro finalmente apareceu; e, quando se apresentou na porta do salão de carvalho, ele não aparentava estar nem um pouquinho envergonhado ou confuso — nem um pinguinho. Donne, entretanto, era daquele tipo de natureza friamente fleumática, obstinadamente complacente e profundamente autossatisfeita que é insensível à vergonha. Ele jamais enrubescera em sua vida; nenhuma humilhação conseguiria desconcertá-lo; seus nervos não produziam sensação suficiente para animar a vida dele e fazer com que o rubor subisse às suas faces; ele não tinha fogo em seu sangue e nenhuma modéstia em sua alma; ele era uma descarada, arrogante e decorosa criaturinha comum — convencido, fútil, insípido; e esse cavalheiro tinha a desfaçatez de cortejar a Srta. Keeldar! Ele tinha tanta noção a respeito de tomar essa iniciativa, contudo, quanto se fosse uma estátua esculpida em madeira; ele não tinha ideia de um gosto a ser satisfeito, de um coração a ser tocado durante a corte. A ideia dele era a de, depois de tê-la visitado formalmente algumas vezes, escrever uma carta propondo casamento. E então ele achava que ela o aceitaria por amor à posição dele; então eles se casariam; então ele seria o patrão de Fieldhead; e ele levaria uma vida muito confortável, teria empregados às suas ordens, comeria e beberia do melhor e seria um homem importante. Ninguém teria suspeitado das intenções dele quando se dirigiu à sua almejada noiva com um tom de voz impertinente e magoado:

— Um cachorro muito perigoso, aquele, Srta. Keeldar. Só fico pensando como a senhorita tem um animal assim.

— O senhor fica, Sr. Donne? Talvez fique pensando ainda mais quando eu lhe disser que gosto muito dele.

— Eu diria que a senhorita não está falando sério. Não consigo imaginar uma senhora gostando daquele selvagem... Ele é tão feio... Um mero cachorro de rua. Por favor, enforque-o.

— Enforcar algo de que gosto?

— E compre para ficar no lugar dele um terno e pequetitinho pug ou poodle... Algo adequado ao sexo frágil. As senhoras geralmente apreciam os cães de companhia.

— Talvez eu seja uma exceção.

— Oh, a senhorita não pode ser, e sabe disso. Todas as senhoras são iguais nesses assuntos; isso é universalmente reconhecido.

— Tártaro assustou demais o senhor, Sr. Donne. Espero que o senhor não leve a mal.

— Eu levarei, sem dúvida. Ele me deu tamanho susto que não esquecerei tão cedo. Quando o vi prestes a me aguedir (esse era o jeito de o Sr. Donne falar), achei que eu iria desmaiar.

— Talvez o senhor tenha desmaiado no quarto; o senhor ficou um bom tempo lá.

— Não; eu mantive a calma para poder segurar a porta com força: eu estava determinado a não deixar ninguém entrar. Achei que manteria uma barreira entre mim e o inimigo.

— Mas e se seu amigo Sr. Malone tivesse sido molestado?

— Malone tem de cuidar de si mesmo. Seu empregado finalmente me persuadiu a sair dizendo-me que o cachorro estava preso em seu canil; se eu não tivesse a certeza disso, teria ficado o dia inteiro no quarto. Mas o que é isso? Eu afirmo que o homem disse uma mentira! O cachorro está ali!

E, de fato, Tártaro passou pela porta de vidro que dava para o jardim, tão empertigado, marrom-amarelado e com o focinho preto quanto sempre. Ele ainda parecia estar de mau humor, estava rosnando de novo, e ganindo um ganido um tanto sufocado, que era uma herança do lado buldogue de seus ancestrais.

— Há outras visitas chegando — observou Shirley, com aquela calma provocante que os donos de cachorros com aparência impressionante têm tendência a demonstrar enquanto seus animais estão excitados e latindo. Tártaro investiu pelo caminho que levava ao portão, ladrando avec explosion.[3] Sua dona silenciosamente abriu a porta de vidro e saiu assobiando para ele. O ladrar dele já havia sido silenciado, e ele estava erguendo sua cabeça imensa, pesada e estúpida na direção dos recém-chegados, para que fosse acariciada.

— Ora! Tártaro, Tártaro! — disse uma voz alegre e um tanto juvenil. — Você não nos conhece? Bom dia, meu velho!

E o pequeno Sr. Sweeting, cuja boa natureza fazia com que ele se sentisse relativamente sem medo de homem, mulher, criança ou animal, veio pelo portão, acariciando o guardião. Seu vigário, o Sr. Hall, o seguia: ele também não tinha medo de Tártaro, e Tártaro não lhe tinha birra. Ele deu uma cheirada nos dois homens e então, como se chegasse à conclusão de que eles eram inofensivos, e poderiam ter a permissão de passar, ele se retirou para a frente ensolarada da propriedade, deixando a passagem livre. O Sr. Sweeting foi atrás e teria brincado com ele; porém, Tártaro não deu atenção às carícias dele. Era apenas o toque da mão de sua dona que lhe dava prazer; ele se mostrava obstinadamente insensível com relação a todos os outros.

Shirley se adiantou para receber os Srs. Hall e Sweeting, cumprimentando-os cordialmente; eles haviam vindo para contar-lhe de certo êxito que haviam alcançado naquela manhã nos pedidos para contribuições para o fundo. Os olhos do Sr. Hall brilhavam benignos através de seus óculos, seu rosto comum parecia verdadeiramente belo por causa da bondade; e quando Caroline, vendo quem havia chegado, se apressou a ir ao encontro dele, e colocou as mãos entre as dele, ele olhou-a com uma expressão gentil, serena e afeiçoada que lhe dava o aspecto de um Melanchthon sorridente.

Em vez de tornar a entrar na casa, eles saíram andando pelo jardim, as senhoras caminhando a cada lado do Sr. Hall. Era um dia ensolarado e cheio de brisa; o ar refrescava as faces das moças e despenteava graciosamente os cachos delas; ambas tinham uma bela aparência — uma delas, feliz. O Sr. Hall falava mais com sua brilhante companheira, olhava com maior frequência para a silenciosa. A Srta. Keeldar colheu grandes quantidades das flores, encontradas em profusão e cujo perfume enchia aquele recanto; ela deu algumas para Caroline, dizendo-lhe que escolhesse um pequeno buquê para o Sr.

Hall; e com o regaço repleto das flores delicadas e esplêndidas, Caroline se sentou nos degraus de um caramanchão. O vigário ficou parado perto dela, apoiado em sua bengala.

Shirley, que não sabia ser indelicada com seus hóspedes, falou para o par negligenciado no salão de carvalho que viesse para fora; ela escoltou Donne ao passar por seu temido inimigo Tártaro, que, com o focinho apoiado nas patas dianteiras, estava deitado roncando sob o sol meridiano. Donne não sentiu gratidão — ele *nunca* sentia gratidão por gentileza e atenções —, mas ficou feliz com a proteção. A Srta. Keeldar, desejando ser imparcial, ofereceu flores aos coadjutores; eles as aceitaram com uma falta de jeito inata. Malone, principalmente, parecia perdido quando um buquê enchia uma de suas mãos, enquanto seu *shillelah* ocupava a outra. Era incrível ouvir o "Obrigado!" de Donne: era o mais presunçoso e arrogante dos sons, dando a entender que ele considerava essa oferenda uma homenagem a seus méritos, e uma tentativa da parte da herdeira de conquistar as inestimáveis boas graças dele. Somente Sweeting recebeu o ramilhete como o homenzinho refinado e sensato que era, colocando-o galante e corretamente em sua botoeira.

Como recompensa por suas boas maneiras, a Srta. Keeldar, chamando-o de lado, encarregou-o de alguma tarefa, que fez os olhos dele brilharem de alegria. Ele saiu rapidamente, passando pelo pátio até a cozinha. Não havia necessidade de dar-lhe instruções; ele sempre se sentia em casa em todos os lugares. Antes que muito tempo se passasse ele reapareceu, carregando uma mesa redonda, que colocou sob o cedro; então ele pegou seis cadeiras de jardim em diferentes recantos e pérgulas e colocou-as em círculo. Uma camareira — a Srta. Keeldar não tinha um lacaio — apareceu, carregando uma bandeja coberta por um guardanapo. Os dedos ágeis de Sweeting ajudaram a colocar copos, pratos, facas e garfos; ele auxiliou-a também a arrumar uma agradável refeição, que consistia em galinha fria, presunto e tortas.

Shirley se deleitava em oferecer esse tipo de banquete inesperado para quaisquer convidados ocasionais; e nada a deixava mais feliz que ter um amigo atento e prestativo, como Sweeting, para ficar às suas ordens, recebendo com alegria as sugestões hospitaleiras dela e executando-as rapidamente. David e Shirley eram os melhores amigos do mundo; e sua dedicação à herdeira era bastante desinteressada, já que ela em nada prejudicava a fiel devoção dele à magnífica Dora Sykes.

A refeição acabou sendo muito alegre. Donne e Malone, na verdade, contribuíram muito pouco para sua vivacidade, o papel principal desempenhado por eles era o relacionado à faca, ao garfo e aos copos de vinho; porém, onde quatro temperamentos tais como os do Sr. Hall, David Sweeting, Shirley e Caroline estivessem reunidos na saúde e na amizade, em um gramado verde, sob um céu ensolarado, entre uma profusão de flores, não poderia haver um tédio mal-humorado.

Durante a conversa, o Sr. Hall relembrou às senhoras que Pentecostes estava se aproximando, quando a grande reunião para o chá das escolas dominicais e a procissão das três paróquias de Briarfield, Whinbury e Nunnely deveriam acontecer. Caroline, ele sabia, estaria em seu posto de professora, ele disse, e ele esperava que a Srta. Keeldar não se fizesse de rogada: esperava que ela fosse fazer sua primeira aparição pública entre eles nessa oportunidade. Shirley não era o tipo de pessoa que fosse perder uma ocasião como essa; ela gostava da excitação festiva, de uma reunião feliz, de uma concentração e combinação de detalhes agradáveis, uma multidão de rostos felizes, um ajuntamento de corações exultantes. Ela disse ao Sr. Hall que eles poderiam contar com ela com toda certeza; ela não sabia o que teria de fazer, mas eles poderiam solicitar sua ajuda conforme lhes parecesse melhor.

— E — disse Caroline — o senhor promete vir à minha mesa e sentar-se ao meu lado, Sr. Hall?

— Eu não vou desapontá-la, Deo volente[4] — disse ele. — Tenho ocupado esse lugar ao lado direito dela nesses chás gigantescos nos últimos seis anos — continuou ele, voltando-se para a Srta. Keeldar. — Eles lhe deram o posto de professora da escola dominical quando ela era uma menininha de doze anos; ela não é particularmente autoconfiante por natureza, como a senhorita deve ter observado; e a primeira vez em que ela teve de "colocar a mão na massa", como se diz, e fazer o chá em público, houve um pouco de tremor e rubor lamentáveis. Eu observei o pânico silencioso, as xícaras balançando na mãozinha, e o bule transbordante que havia sido cheio até a boca. Fui ajudá-la, sentei-me ao lado dela, administrei a chaleira grande e a tigela para colocar as folhas do chá e, na verdade, fiz o chá para ela como qualquer senhora idosa.

— Eu fiquei muito grata — interrompeu Caroline.

— Ficou. A senhorita me disse isso com uma sinceridade que me recompensou muito, ainda mais por não ser como a maioria das jovens de doze anos, a quem podemos ajudar e acariciar para sempre sem que elas demonstrem maior reconhecimento da gentileza feita e intencionada do que se elas fossem feitas de cera e de madeira e não de carne e nervos. Ela ficou ao meu lado, Srta. Keeldar, o resto da tarde, caminhando comigo pela área onde as crianças estavam brincando; ela me seguiu até a sacristia quando todos foram chamados para ir à igreja; ela teria, creio, subido comigo ao púlpito, se eu não tivesse tomado a precaução de conduzi-la ao banco da casa paroquial.

— E ele tem sido meu amigo desde essa ocasião — disse Caroline.

— E sempre me sentei à mesa dela, perto da bandeja dela, e entreguei as xícaras; essa é a abrangência de meus serviços. A próxima coisa que vou fazer por ela será casá-la um dia com um coadjutor ou dono de tecelagem. Mas, veja bem, Caroline, vou fazer perguntas a respeito do caráter do noivo; e, se ele não for um cavalheiro capaz de fazer feliz a menininha que caminhava comigo de mãos dadas pelo Nunnely Common, eu não vou oficiar. Então, previna-se.

— A cautela é inútil: eu não vou me casar. Vou viver solteira, assim como sua irmã Margaret, Sr. Hall.

— Muito bem. A senhorita poderia viver pior. Margaret não é infeliz: ela tem seus livros para lhe dar prazer e seu irmão para lhe dar cuidados, e está contente. Se um dia a senhorita precisar de um lar, e se esse dia chegar quando a casa paroquial de Briarfield não for mais sua, venha para o vicariato de Nunnely. Caso a solteirona e o solteirão ainda estejam vivos, eles lhe darão uma calorosa acolhida.

— Aqui estão suas flores. Ora — disse Caroline, que havia segurado o ramalhete que preparara para ele até esse momento —, *o senhor* não se importa com um buquê, mas deve dá-lo a Margaret; apenas, para ser sentimental uma só vez, conserve este pequeno não-te-esqueças-de-mim, que é uma flor selvagem que eu colhi em meio aos arbustos; e, para ser ainda mais sentimental... permita-me pegar duas ou três flores e colocá-las em meu souvenir.[5]

E ela pegou um livrinho com capa de esmalte e fecho de prata, no qual, tendo-o aberto, inseriu as flores, escrevendo ao redor delas a lápis: "Para serem guardadas em homenagem ao Rev. Cyril Hall, meu amigo. ** de maio, 18**".

De sua parte, o Rev. Cyril Hall também colocou um raminho em segurança entre as folhas de um Testamento de bolso. Ele apenas escreveu na margem "Caroline".

— Agora — disse ele, sorrindo — eu creio que nós somos românticos o suficiente. Srta. Keeldar — prosseguiu ele (os coadjutores, a propósito, durante essa conversa, estavam ocupados demais com suas próprias piadas para perceber o que se passava do lado oposto da mesa) —, suponho que a senhorita esteja rindo desse traço de exaltation[6] da parte de um velho vigário grisalho; mas o fato é que estou tão habituado a ceder aos pedidos desta sua jovem amiga que não sei dizer-lhe não quando ela me pede para fazer qualquer coisa. A senhorita diria que não é muito típico de minha parte lidar com flores e não-te-esqueças-de-mim; mas, veja, quando sou instado a ser sentimental, eu sou obediente.

— Ele é naturalmente bastante sentimental — observou Caroline. — Margaret me disse isso, e eu sei o que o satisfaz.

— Que a senhorita deva estar bem e feliz? Sim; essa é uma das minhas maiores satisfações. Que Deus conserve por muito tempo para a senhorita as bênçãos da paz e da inocência! E, com esta frase, eu quero dizer uma inocência *relativa*; pois, aos olhos d'Ele, tenho plena certeza, *ninguém* é puro. O que para nossa percepção humana aparenta ser imaculado assim como supomos que sejam os anjos, para Ele não é mais que fraqueza, que necessita do sangue de Seu Filho para limpar e a força de Seu Espírito para dar apoio. Que cada um de nós aprecie a humildade. Eu, assim como as senhoritas, minhas jovens amigas; e que nós possamos fazer isso quando olharmos no fundo de nossos corações, e virmos neles tentações, inconsistências e tendências que até nós mesmos enrubescemos ao reconhecer. E não é nem a juventude, nem a boa aparência, nem a graça, muito menos nenhum gentil encanto exterior e superficial que confere beleza ou bondade aos olhos de Deus. Senhoritas, quando seu espelho ou a boca dos homens as lisonjearem, lembrem-se de que, aos olhos de seu Criador, Mary Ann Ainley (uma mulher a quem nem espelhos nem lábios jamais louvaram) é mais bela e melhor que cada uma das senhoritas. Ela é, na verdade — acrescentou ele, depois de uma pausa. — Ela é mesmo. As senhoritas, jovens criaturas, imersas em si mesmas e nas esperanças terrenas, mal vivem como Cristo viveu; talvez as senhoritas ainda não sejam capazes de fazer isso, enquanto a existência é tão doce e a terra tão risonha para ambas; isso seria esperar demais. A Srta. Ainley, com um coração humilde e a devida reverência, caminha perto dos passos de seu Redentor.

Nesse momento, a voz ríspida de Donne interrompeu as entonações suaves do Sr. Hall.

— Ahm! — começou ele, evidentemente limpando a garganta para fazer um pronunciamento de certa importância. — Ahm! Srta. Keeldar, um minuto de sua atenção, por favor.

— Bem — disse Shirley, de modo casual —, qual é o caso? Estou escutando: sou toda ouvidos.

— Espero que uma parte da senhorita também seja mão — retrucou Donne, com seu estilo vulgarmente presunçoso e familiar — e uma parte bolsa; e é à mão e à bolsa que eu me proponho a fazer um apelo. Eu vim aqui esta manhã com o intuito de pedir à senhorita...

— O senhor deveria ter ido falar com a Sra. Gill; ela é quem dá minhas esmolas.

— Para pedir à senhorita uma doação para uma escola. Eu e o Dr. Boultby tencionamos construir uma no vilarejo de Ecclefigg, que está sob os cuidados de nosso vicariato de Whinbury. Os batistas se apoderaram dele. Eles têm uma capela lá, e nós queremos disputar o terreno.

— Mas eu nada tenho que ver com Ecclefigg. Não tenho propriedades lá.

— O que isso quer dizer? A senhorita frequenta a igreja, não frequenta?

— Criatura admirável! — murmurou Shirley. — Mas que modo de falar delicado! Um estilo fino! Que emoção ele desperta em mim! — E então, em voz alta. — Eu certamente frequento a igreja.

— Então, nesse caso a senhorita não pode se recusar a contribuir. A população de Ecclefigg é um bando de selvagens; nós queremos civilizá-los.

— Quem será o missionário?

— Provavelmente eu.

— O senhor não vai fracassar por causa de falta de simpatia para com seu rebanho.

— Espero que não... eu espero ser bem-sucedido; porém, nós precisamos de dinheiro. Eis a folha de doações... Por favor, dê uma soma generosa.

Quando lhe pediam dinheiro, Shirley raramente se negava. Ela fez uma doação de cinco libras. Depois das trezentas libras que ofertara recentemente, e as diversas quantias menores que dava regularmente, esse era o máximo que ela poderia se permitir naquele momento. Donne olhou, declarou que a doação era "pobre" e, em altos brados, exigiu mais. A Srta. Keeldar enrubesceu com um pouco de indignação e ainda mais espanto.

— Agora não doarei mais — disse ela.

— Não doará mais! Ora, eu esperava que a senhorita encabeçasse a lista com umas boas cem libras. Com suas posses, a senhorita jamais poderia oferecer menos.

Ela ficou em silêncio.

— No sul — prosseguiu Donne —, uma senhora com mil libras por ano ficaria envergonhada de dar cinco libras para um projeto público.

Shirley, tão poucas vezes altiva, aparentava sê-lo agora. Seu corpo delgado ficou tenso; seu rosto refinado se encheu de desdém.

— Observações estranhas! — disse ela. — Muito irrefletido! Oferecer uma censura em troca de uma dádiva é um equívoco.

— Dádiva! A senhorita acha que cinco libras são dádiva?

— Eu acho; e uma dádiva que, se eu não a tivesse ofertado para a futura escola do Dr. Boultby, cuja construção eu aprovo, e não para seu coadjutor, que parece insensato em seu método de solicitar doações... ou melhor, de praticamente extorqui-las... dádiva, repito, que, se não fosse por essa consideração, eu pediria de volta na mesma hora.

Donne era um néscio; ele não percebeu nem em parte o que o tom de voz, a expressão e o olhar de quem falava manifestavam. Ele não sabia em que pé se encontrava.

— Lugar desgraçado este Yorkshire — prosseguiu ele. — Eu jamais teria conseguido ter uma *opinhão* da região se não a tivesse visto. E as pessoas... pobres e ricas... que turma! tão *provinçanos* e ignorantes! Elas seriam desprezadas no sul.

Shirley se inclinou sobre a mesa, suas narinas um pouquinho dilatadas, os dedos finos entrelaçados e apertados com força.

— Os ricos — prosseguiu o tolo e inconsciente Donne — são um bando de miseráveis, jamais vivem como pessoas com sua renda deveriam viver. Vocês dificemente — (você deve perdoar a pronúncia do Sr. Donne, leitor; ela era muito elegante; ele a considerava sofisticada e se orgulhava de seu sotaque; os ouvidos do norte acolhiam com sensações estranhas a pronúncia dele para certas palavras) — vocês dificemente veem uma famílea em que uma carroage convenente ou um mordomo adecoado sejam mantidos; e quanto aos pobres... é só olhar para eles quando eles se amontoam perto da igreja quando acontece um casamento ou um funeral, fazendo barulho com seus tamancos; os homens em mangas de camisa e com seus aventais de cardador, as mulheres com suas toucas e casacos. Eles realmente mereceria que alguém soltasse um touro bravo no meio deles para desbaratar suas multidões de maltrapilhos. Hah, hah! Como seria engraçado!

— Basta! O senhor chegou ao ponto máximo! — disse Shirley em voz baixa. — O senhor chegou ao ponto máximo — repetiu, voltando seu olhar irado na direção dele. — O senhor não pode fazer nada pior que isso, e — acrescentou ela, enfática — não *fará*, em minha casa.

Ela se levantou; ninguém conseguiria controlá-la então, pois ela estava exasperada; ela caminhou direto para os portões de seu jardim e escancarou-os.

— Pode sair — disse ela, austera — e bem rápido, e não ponha mais os pés neste lugar.

Donne estava atônito. Ele havia pensado o tempo todo que estava dando o melhor de si, como uma pessoa de alma nobre de primeira "categoria"; ele imaginou estar produzindo uma profunda impressão. Não havia ele desprezado tudo que pertencia a Yorkshire? Que prova mais conclusiva poderia ele ter dado de que era melhor que qualquer coisa de lá? E, no entanto, lá estava ele prestes a ser enxotado, como um cachorro, de um jardim de Yorkshire! Onde, em tais circunstâncias, se encontrava o "encadeamento adequado"?

— Quero me ver livre do senhor agora mesmo... agora mesmo! — repetiu Shirley, pois ele não se movia.

— Senhora... um clérigo! Mandar embora um clérigo!

— Fora! Se o senhor fosse um arcebispo, o senhor teria provado que não era um cavalheiro, e teria de ir. Rápido!

Ela estava bem decidida; não havia como não a levar a sério. Além do mais, Tártaro estava se levantando de novo; ele percebera sinais de uma perturbação; ele manifestou a intenção de interferir. Evidentemente, não havia alternativa a não ser ir embora, e Donne fez seu Êxodo, a herdeira fazendo-lhe uma profunda reverência enquanto fechava os portões nas costas dele.

— Como esse sacerdote pomposo ousa insultar seu rebanho! Como ousa o *cockney* balbuciante ultrajar Yorkshire! — foi a única observação dela sobre o incidente, enquanto retornava à mesa.

Antes que muito tempo se passasse, o pequeno grupo se dispersou; a fronte enrugada e sombria, os lábios franzidos e os olhos dardejantes da Srta. Keeldar não davam ocasião para uma diversão social se prolongar.

XVI. Pentecostes

O fundo prosperou. Devido ao exemplo da Srta. Keeldar, aos vigorosos esforços dos três párocos e ao auxílio eficiente, embora silencioso, de suas tenentes solteiras e de óculos, Mary Ann Ainley e Margaret Hall, uma bela soma foi coletada; e, sendo ela administrada com bom senso, serviu, por um espaço de tempo, para aliviar bastante o sofrimento dos pobres sem emprego. A região pareceu ficar mais calma: durante uma quinzena, tecidos não haviam sido destruídos; nenhuma investida contra tecelagem ou propriedade havia sido cometida nas três paróquias. Shirley estava bastante otimista; tinha certeza de que o mal que ela desejava evitar havia sido praticamente contornado, que a tempestade ameaçada estava se dissipando. Com a chegada do verão, ela tinha certeza de que os negócios iriam melhorar — eles sempre melhoravam; e esse combate cansativo não poderia durar para sempre; a paz deveria retornar um dia; com a paz, que impulso seria dado ao comércio!

Esse era o teor habitual de suas observações ao seu arrendatário, Gérard Moore, sempre que ela o encontrava onde eles pudessem conversar; e Moore ouvia com muita tranquilidade — com tranquilidade demais para deixá-la satisfeita. Então, com seu olhar impaciente, ela exigia algo mais dele — uma explicação, ou, pelo menos, alguma observação adicional. Sorrindo do jeito dele, com aquela expressão que dava um notável toque de doçura à sua boca, enquanto sua fronte continuava séria, ele respondia no sentido de que ele também contava com a natureza finita da guerra; que, na verdade, naquela suposição a âncora de suas esperanças havia sido lançada; e suas especulações dependiam disso.

— Pois a senhorita sabe — prosseguia ele — que agora eu mantenho a Tecelagem do Hollow funcionando só com base em especulações: eu não vendo nada; não há mercado para meus produtos. Eu estou produzindo para tempos futuros; estou me preparando para tirar vantagem da primeira oportunidade que possa ocorrer. Três meses atrás, isso não seria possível para mim; eu havia esgotado tanto crédito quanto capital. A senhorita sabe muito bem quem veio me socorrer, de que mãos eu recebi o empréstimo que me salvou. É com base nesse empréstimo que tenho condições de continuar o jogo ousado que, pouco tempo atrás, eu temia nunca mais poder jogar. Sei que a ruína completa se segue às perdas, e eu tenho ciência de que o ganho é duvidoso; mas estou bastante animado. Desde que eu tenha condições de me manter ativo, desde que eu tenha condições de lutar, desde que, resumindo, minhas mãos não estejam atadas, é impossível, para mim, ficar deprimido. Um ano; não, não mais que seis meses, do reinado da paz, e estou seguro; pois, como a senhorita diz, a paz dará um impulso ao comércio. Nesse ponto a senhorita tem razão; mas, com relação à paz restabelecida das redondezas, com relação aos bons efeitos permanentes de seu fundo de caridade, eu tenho dúvidas. Até os dias atuais, o auxílio caridoso jamais tranquilizou as classes trabalhadoras: ele nunca as deixou gratas; não é próprio da natureza humana que devesse deixar. Suponho que, se tudo estivesse correndo bem, elas não teriam de estar na posição de precisar desse auxílio humilhante, e elas sentem isso; nós nos sentiríamos assim se estivéssemos na mesma situação. Além do mais, a quem elas devem ser gratas? À senhorita, ao clero talvez; mas não a nós, proprietários de tecelagem. Elas nos odeiam mais que nunca. Além disso, os ressentidos daqui estão em contato com os ressentidos de outros lugares: Nottingham é um dos quartéis-generais deles, Manchester é outro, Birmingham um terceiro. Os subalternos recebem ordens de seus chefes; eles estão bem disciplinados;

nenhum golpe é dado sem uma profunda deliberação. Com o tempo quente e úmido, a senhorita viu os céus ameaçarem tempestade dia após dia e, entretanto, noite após noite as nuvens se dissiparam e o sol se pôs tranquilamente; mas o perigo não havia ido embora; ele apenas havia sido postergado; a tempestade que há tanto nos ameaça com certeza vai acabar caindo. Há uma analogia entre a atmosfera moral e a física.

— Bem, Sr. Moore — (assim todas essas conversas se encerravam) —, se cuide. Se o senhor considera que alguma vez na vida eu lhe fiz bem, recompense-me prometendo que vai se cuidar.

— Prometo; vou tomar muito cuidado. Eu desejo viver, e não morrer; o futuro se apresenta como um Éden à minha frente; e mesmo assim, quando olho atentamente nas sombras de meu paraíso, tenho uma visão que eu aprecio mais que a de serafins ou anjos deslizando ao longo de paisagens longínquas.

— O senhor tem? Diga-me, que visão?

— Eu vejo...

A empregada entrou apressada com os apetrechos para o chá.

* * * * * *

O começo daquele mês de maio, como nós vimos, foi bom; a metade do mês foi úmida; mas na última semana, com a mudança da lua, ele melhorou novamente. Um vento fresco empurrava as amontoadas nuvens de chuva de um branco prateado, carregando-as, umas sobre as outras, para o horizonte oriental, em cujos limites elas diminuíam de tamanho, e por trás de cujas bordas elas desapareciam, deixando para trás a abóbada que era um espaço de um azul puro, preparado para o reinado do sol de verão. Esse sol se ergueu amplo na festa de Pentecostes; a reunião das escolas foi anunciada por um tempo esplêndido.

A terça-feira de Pentecostes era o grande dia, para cuja preparação as duas grandes salas de aula de Briarfield, construídas pelo atual pároco, principalmente às suas próprias custas, foram limpas, caiadas, tornadas a pintar e decoradas com flores e sempre-vivas — algumas do jardim da casa paroquial, dois carregamentos de Fieldhead, e um carrinho de mão cheio vindo da mais sovina propriedade de De Walden, a residência do Sr. Wynne. Nessas salas, vinte mesas, cada uma delas calculada para acomodar vinte convidados, foram postas, rodeadas de bancos e cobertas com toalhas brancas; sobre elas foram suspensas pelo menos umas vinte gaiolas, contendo quase o mesmo número de canários, segundo o costume do distrito, especialmente apreciado pelo escrivão do Sr. Helstone, que se deliciava com o canto agudo desses pássaros, sabendo que, em meio à confusão das línguas, eles sempre cantavam mais alto. Essas mesas, fique bem claro, não eram postas para receber os mil e duzentos alunos das três paróquias, mas somente os patronos e professores das escolas: a festa das crianças deveria acontecer ao ar livre. À uma hora da tarde, os grupos deveriam chegar; às duas horas, eles deveriam ser organizados; até as quatro, eles deveriam desfilar pela paróquia; então começava a festa, e depois o encontro, com música e discursos, na igreja.

Por que Briarfield era escolhida para o ponto de rendez-vous[1] — o cenário da fête[2] — deve ser explicado. Não era pelo fato de ser a paróquia maior ou a mais populosa — Whinbury passava muito à sua frente nesse ponto; nem porque era a mais antiga — vetustas como eram as veneráveis igreja e casa paroquial, o templo de telhado baixo e o presbitério coberto de musgo de Nunnely, ambos imersos em carvalhos ancestrais, notáveis sentinelas de Nunnwood, eram ainda mais antigos. Era simplesmente pelo fato de o Sr. Helstone assim o desejar, e o desejo do Sr. Helstone era mais forte que o de Boultby ou de Hall; o primeiro não *poderia*, o outro não *iria* disputar a precedência com seu irmão resoluto e imperioso: eles o deixavam chefiar e governar.

Essa festividade impressionante sempre havia sido, até então, um dia penoso para Caroline Helstone, porque a forçava a aparecer perante o público, obrigando-a a se defrontar com tudo o que era rico, respeitável e influente nas redondezas; em cuja presença, se não fosse pela gentil fisionomia do Sr. Hall, ela teria aparecido sem apoio. Obrigada a ficar visível; obrigada a caminhar à frente de seu regimento na qualidade de sobrinha do pároco e primeira professora da primeira turma; obrigada a fazer chá na mesa principal para uma multidão heterogênea de senhoras e de cavalheiros, e fazer tudo isso sem o auxílio de mãe, tia ou outra chaperon[3] — ela, entretanto, sendo uma pessoa nervosa, que temia mortalmente se exibir — dava para compreender que, em tais circunstâncias, ela tremesse com a aproximação de Pentecostes.

Porém, naquele ano Shirley deveria estar junto dela, e isso mudava o aspecto da provação de modo apreciável — isso mudava tudo completamente. Não era mais uma provação — era quase uma diversão. Por si só, a Srta. Keeldar era melhor que uma multidão de amigos comuns. Muito segura, e sempre ativa e agradável; consciente de sua importância social sem, contudo, jamais se vangloriar dela, isso seria suficiente para dar coragem a uma pessoa só de olhá-la. O único temor era o de que a herdeira não fosse pontual para o encontro; ela tantas vezes tinha um hábito descuidado de se atrasar, e Caroline sabia que seu tio não esperaria um segundo por ninguém: no momento em que o relógio da igreja batesse as duas horas, os sinos iriam soar, e o desfile começaria. Então, ela deveria tomar conta de Shirley quanto a esse assunto, ou sua esperada companheira iria desapontá-la.

A terça-feira de Pentecostes viu Caroline se levantar quase junto com o sol. Ela, Fanny e Eliza estiveram atarefadas a manhã toda, arrumando as salas da casa paroquial de maneira impecável e dispondo uma refeição leve — vinho, frutas e bolos — no aparador da sala de jantar. Então ela teve de se vestir com sua mais nova e mais bonita indumentária de musselina branca: a beleza perfeita do dia e a solenidade da ocasião autorizavam, até mesmo exigiam, tal roupa. Sua nova faixa — um presente de aniversário de Margaret Hall, que ela tinha razões para acreditar que o próprio Cyril havia comprado, e em agradecimento pela qual ela havia na verdade lhe dado um conjunto de colarinhos de cambraia em um belo estojo — foi amarrada pelos dedos hábeis de Fanny, que sentiu grande prazer em enfeitar sua bela e jovem patroa para a ocasião; sua simples touca havia sido enfeitada para condizer com sua faixa; seu lenço bonito, mas de preço módico, de crepe branco, combinava com o vestido. Quando estava pronta, a dela era uma figura que não tinha brilho suficiente para ofuscar, mas era bela o bastante para suscitar interesse; não sumamente impressionante, mas delicadamente agradável — uma figura em que a suavidade das cores, a pureza da expressão e a graça do semblante compensavam a ausência do colorido rico e dos contornos magníficos. O que seus olhos castanhos e sua fronte clara mostravam de seu temperamento estava de acordo com seu vestido e seu rosto — modesto, gentil e, embora pensativo, harmonioso. Parecia que nem o cordeiro nem a pomba precisariam temê-la, mas, pelo contrário, iriam reconhecer, na expressão de simplicidade e de doçura dela, uma afinidade com suas próprias naturezas, ou com as naturezas que nós lhes atribuímos.

Afinal, ela era um ser humano imperfeito e cheio de falhas: bela quanto às formas, às cores e à vestimenta, mas, como dissera Cyril Hall, não tão boa nem tão grandiosa quanto a fenecida Srta. Ainley, que estava então colocando seu melhor vestido preto e seu xale e touca sem graça em seu próprio quarto no chalezinho.

E Caroline foi, passando por alguns campos muito isolados e ao longo de algumas alamedas muito escondidas, até Fieldhead. Ela passou com passos suaves e rápidos sob as cercas vivas verdes e ao longo dos campos ainda mais verdes. Não havia pó, nem umidade, para sujar as bordas de seu vestido imaculado, ou para molhar sua leve sandália; depois das últimas chuvas, tudo estava limpo e, sob o sol que brilhava, tudo estava seco. Ela caminhava destemida, portanto, entre margaridas e turfa, e através de plantações densas; ela chegou a Fieldhead e entrou no quarto de vestir da Srta. Keeldar.

E foi muito bom ela ter ido, ou Shirley teria se atrasado. Em vez de se preparar com toda a pressa, ela estava deitada em um sofá, absorta em uma leitura; a Sra. Pryor estava perto dela, insistindo em vão para que ela se levantasse e se vestisse. Caroline não desperdiçou palavras. Na mesma hora ela tirou o livro de Shirley e com suas próprias mãos começou a tarefa de desvesti-la e tornar a vesti-la. Shirley, indolente por causa do calor, e alegre por causa de sua juventude e de sua natureza agradável, queria conversar, rir e se demorar; mas Caroline, decidida a não se atrasar, continuou a vesti-la tão rapidamente quanto os dedos eram capazes de atar fitas ou prender colchetes. Finalmente, quando uniu uma última série de colchetes e de presilhas, ela teve tempo para repreender Shirley, dizendo que ela era muito malcriada por ser tão impontual, que mesmo então ela aparentava ser a personificação da negligência incorrigível; e Shirley realmente parecia, mas era uma linda personificação daquela característica irritante.

Ela formava um profundo contraste com Caroline. Havia estilo em cada dobra de seu vestido e em cada linha de seu corpo: a seda fina condizia melhor com ela que um vestido mais simples; o lenço todo bordado lhe caía bem; ela o usava de modo negligente, mas cheio de graça; as flores em sua touca coroavam-na. O cuidado com a moda e o uso apurado dos ornamentos em cada parte de sua indumentária combinavam bem com ela. Tudo isso condizia com ela, assim como o brilho franco em seus olhos, o sorriso bem-humorado em seus lábios, como seu porte ereto e passos ligeiros. Caroline pegou-a pela mão quando ela estava vestida, levou-a rapidamente escada abaixo e para o ar livre; e assim ambas foram rapidamente através dos campos, rindo enquanto caminhavam, e muito parecidas com uma pomba branca como a neve e uma ave do paraíso de cores brilhantes unidas em um voo amigável.

Graças à presteza da Srta. Helstone, elas chegaram a tempo. Enquanto as árvores ainda ocultavam a igreja, as moças ouviram o sino repicando um chamado regular, mas urgente, para que todos se reunissem; a entrada de grande quantidade de pessoas, o barulho de inúmeros passos e o murmúrio de inúmeras vozes eram igualmente audíveis. De uma elevação no terreno elas em seguida viram, na estrada de Whinbury, a escola de Whinbury se aproximando: eram quinhentas pessoas. O pároco e o coadjutor, Boultby e Donne, encabeçavam-nas — o primeiro imponente, em suas vestes canônicas, caminhando como convém a um sacerdote, sob o dossel de um chapéu anglicano, com a dignidade de uma grande corporação, o embelezamento do mais reto e mais amplo dos casacos negros, e o apoio da mais robusta das bengalas com castão de ouro. Enquanto o Doutor caminhava, de vez em quando ele fazia um ligeiro floreio com sua bengala e inclinava seu chapéu anglicano com um meneio dogmático na direção de seu aide-de-camp.[4] Esse *aide-de-camp* — Donne, para ser exato —, fina como era sua constituição física, comparada à corpulência de seu superior, conseguia, não obstante, parecer um coadjutor até a ponta dos dedos: tudo que dizia respeito a ele era pragmático e autocomplacente, de seu nariz arrebitado e queixo erguido às suas perneiras negras clericais, suas calças um tanto curtas e seus sapatos de bico quadrado.

Continue a caminhar, Sr. Donne! O senhor foi submetido a um escrutínio. O senhor acha que tem boa aparência — se as figuras branca e cor de púrpura que o olham lá daquela colina pensam da mesma maneira, isso é outra questão.

Essas figuras desceram rapidamente quando o regimento passou marchando: o cemitério está repleto de crianças e de professores, todos em suas melhores roupas domingueiras festivas; e, aflita como está a localidade, difíceis como são os tempos, dá gosto ver como eles conseguiram se vestir de modo respeitável, até mesmo bonito. O amor dos britânicos pela decência realiza milagres: a pobreza que reduz uma menina irlandesa a farrapos é impotente para privar a menina inglesa da roupa limpa que ela considera necessária para seu autorrespeito. Além do mais, a senhora da herdade — aquela Shirley, que está então olhando com prazer para essa multidão bem-vestida e com aparência feliz — realmente lhes fez um bem; sua dádiva oportuna confortou muitas famílias pobres para o feriado vindouro e forneceu a muitas crianças um vestidinho novo ou uma touca para a ocasião; ela sabe e está exultante com a consciência disso: feliz com o fato de seu dinheiro, exemplo e influência realmente terem beneficiado substancialmente as pessoas ao seu redor. Ela não consegue ser caridosa como a Srta. Ainley — não está em sua natureza: ela se sente aliviada por haver outros modos de ser caridoso, acessíveis para outros temperamentos e em outras circunstâncias.

Caroline também está satisfeita, pois ela também fez o bem, de sua maneira modesta — privando-se de mais de um vestido, fitas ou gola sem os quais ela mal poderia passar, para ajudar a vestir alunos de sua turma; e, como ela não podia dar dinheiro, seguiu o exemplo da Srta. Ainley doando seu tempo e seu zelo para costurar para as crianças.

Não apenas o cemitério está repleto, mas o jardim da casa paroquial também está repleto de gente. Casais e grupos de senhoras e de cavalheiros são vistos caminhando entre os lilases e laburnos ondeantes. A casa também está ocupada: nas janelas escancaradas da sala se encontram grupos alegres. Eles são os patronos e professoras, que deverão engrossar a procissão. No terreno atrás da casa paroquial estão os músicos das bandas das três paróquias, com seus instrumentos. Fanny e Eliza, com suas melhores toucas e vestidos, e os mais brancos dos aventais, caminham entre eles, servindo canecas de cerveja, da qual uma quantia, muito boa e forte, foi fabricada há algumas semanas por ordens do pároco, e sob sua supervisão especial. Qualquer coisa de que ele participasse tinha de ser muito bem feita: "coisas malfeitas" de qualquer tipo não eram toleradas sob a sanção dele; da construção de um edifício público, uma igreja, escola ou um tribunal, ao preparo de um jantar, ele ainda defendia o majestoso, o liberal e o eficaz. A Srta. Keeldar se parecia com ele nesse aspecto, e ambos aprovavam os arranjos um do outro.

Logo Caroline e Shirley estavam no meio da multidão. A sobrinha do pároco se encontrou com as pessoas com muita graça: em vez de sentar-se em um canto afastado, ou de ir às escondidas para seu próprio quarto até a procissão ser organizada, segundo seu costume, ela caminhava pelas três salas, conversava e sorria, até mesmo falou uma ou duas vezes antes que lhe dirigissem a palavra, e, resumindo, parecia uma nova criatura. Era a presença de Shirley que a transformava a esse ponto; a visão da aparência e dos modos da Srta. Keeldar fazia-lhe muito bem. Shirley não temia seus semelhantes, nem tinha uma tendência a se esconder deles, a evitá-los. Todos os seres humanos — homens, mulheres ou crianças — a quem uma péssima educação ou uma presunção grosseira não tornassem verdadeiramente ofensivos eram bastante bem-vindos para ela — alguns muito mais que outros, naturalmente; porém, falando de modo geral, até que um homem tivesse incontestavelmente provado ser má pessoa e um aborrecimento, Shirley estava disposta a considerá-lo bom e uma conquista e a tratá-lo como tal. Essa inclinação fazia dela uma favorita entre todos, pois tirava a ironia de seus comentários picantes e dava à sua conversa séria ou alegre um encanto feliz; tampouco isso diminuía o valor de sua amizade pessoal, que era algo diferente de sua benevolência social — baseada, na verdade, de uma parte bastante diferente de seu temperamento. A Srta. Helstone era a escolhida de suas afeições e intelecto; as Senhoritas Pearson, Sykes, Wynne, etc., etc., apenas as beneficiárias de seu bom temperamento e vivacidade.

Casualmente, Donne entrou na sala de estar enquanto Shirley, sentada em um sofá, formava o centro de um círculo relativamente grande. Ela já havia esquecido a raiva que sentira dele, e fez-lhe um cumprimento e sorriu amistosamente. O temperamento do homem ficou então evidente. Ele não sabia nem como rejeitar o cumprimento com dignidade, como uma pessoa cujo orgulho foi ferido, tampouco como recebê-lo com franqueza, como uma pessoa que está pronta para perdoar e esquecer; a punição dele não o havia deixado com um sentimento de vergonha, e ele não tinha essa sensação ao se deparar com quem o punira. Seus sentimentos negativos não eram vigorosos o suficiente para que ele fosse maligno de modo ativo — ele simplesmente passou timidamente, com um olhar reprovador e o cenho franzido. Nada seria capaz de reconciliá-lo com sua inimiga novamente; ao mesmo tempo que nem a força do ressentimento devido a castigos ainda mais duros e ignominiosos sua natureza apática seria capaz de conhecer.

— Não valia a pena brigar com ele! — disse Shirley para Caroline. — Que tola eu fui! Fazer o pobre Donne pagar pelo tolo despeito dele contra Yorkshire é como esmagar uma mosca por atacar a pele de um rinoceronte. Fosse eu um cavalheiro, deveria tê-lo feito abandonar o recinto com auxílio da força física. Estou feliz agora por ter empregado apenas a arma moral. Mas ele não deve se aproximar mais de mim: não gosto dele, ele me irrita. Não é possível nem se divertir com ele, Malone é uma pessoa melhor.

Parecia que Malone queria justificar a preferência, pois as palavras mal haviam saído da boca de Shirley quando Peter Augustus surgiu, todo em grande tenue,[5] enluvado e perfumado, com seu cabelo untado e penteado à perfeição, e trazendo em uma das mãos um grande maço de rosas de Provença, cinco ou seis delas já totalmente abertas: estas ele ofereceu à herdeira com uma graça a que a mais habilidosa das penas não poderia fazer senão uma justiça imperfeita. E quem, depois disso, ousaria dizer que Peter Augustus não era um cavalheiro? Ele havia colhido flores e até mesmo as oferecera; ele fizera um tributo sentimental e poético ao templo do Amor — ou de Mammon. Hércules segurando a roca não era mais que uma pálida imitação de Peter portando as rosas. Ele deve ter se considerado assim, pois parecia espantado com o que havia feito. Ele se afastou sem dizer palavra; estava indo embora com um risinho rouco de autossatisfação; então ele se lembrou de parar e se voltar, para garantir com um testemunho ocular que ele realmente havia oferecido um buquê: sim, lá estavam as seis rosas vermelhas no regaço de seda púrpura, uma mão muito branca com alguns anéis de ouro nos dedos que as mantinham ligeiramente juntas, e uma profusão de cachos, que ocultavam parcialmente um rosto risonho, voltado para as flores; ocultando apenas *parcialmente*: Peter viu o sorriso — ele era inconfundível —, ele havia se transformado em motivo de chacota; sua cortesia, seu cavalheirismo eram objeto de gracejo para um rabo de saia — para dois rabos de saia: a Srta. Helstone também estava sorrindo. Além do mais, ele sentia que haviam compreendido os seus motivos, e Peter ficou enfarruscado como uma nuvem de tempestade. Quando Shirley ergueu o olhar, olhos ferozes estavam fixos nela: Malone, pelo menos, tinha energia suficiente para odiar; ela percebeu isso no olhar dele.

— Uma briga com Peter *vale* a pena, e ele a terá, caso queira, um dia — sussurrou ela para sua amiga.

E então — solenes e sérios no que diz respeito à cor de suas indumentárias, embora calmos o suficiente quanto aos seus rostos — apareceram na porta da sala de jantar os três párocos: até então, eles tinham estado ocupados na igreja e vieram buscar um alívio para o corpo, antes que o desfile começasse. A grande poltrona estofada de marroquim havia sido deixada para o Dr. Boultby; ele foi acomodado nela, e Caroline, obedecendo às instigações de Shirley, que lhe disse ser chegada a hora de fazer o papel de anfitriã, se apressou a oferecer ao vasto e reverenciado e, de modo geral, valoroso amigo de seu tio um copo de vinho e um prato de doces de amêndoas. Os administradores da igreja de Boultby, ambos patronos da escola dominical, como ele insistia que eles fossem, já estavam ao lado dele; a Sra. Sykes e outras damas de sua congregação estavam de ambos os lados dele, expressando suas esperanças de que não estivesse fatigado, elas temendo que o dia estivesse quente demais para ele. A Sra. Boultby, que era da opinião de que quando seu senhor caía no sono depois de um bom jantar o rosto dele ficava como o de um anjo, estava reclinada sobre ele, secando, com doçura, um pouco de transpiração, real ou imaginária, da testa dele: resumindo, Boultby estava em toda glória e, com uma voix de poitrine[6] notável e saudável, trovejou agradecimentos pelas atenções e garantias de que sua saúde era boa. Ele pareceu não prestar nenhuma atenção quando Caroline se aproximou, a não ser para aceitar o que ela oferecia: ele não a via — ele jamais a via; ele mal sabia da existência de tal pessoa. Ele viu os doces, entretanto, e, gostando de doces, se apossou de um bom punhado deles. O vinho a Sra. Boultby insistiu em misturar com água quente e temperar com açúcar e noz-moscada.

O Sr. Hall estava perto de uma janela aberta, inspirando o ar fresco e o perfume das flores, e falando como se fosse um irmão com a Srta. Ainley. Caroline voltou a atenção para ele com prazer. "O que ela poderia oferecer-lhe? Ele não deveria se servir... Ele teria de ser servido por ela", e ela se armou com uma pequena bandeja, para poder oferecer variedade ao Sr. Hall. Margaret Hall se juntou a eles; assim como a Srta. Keeldar; as quatro senhoras ficaram ao redor de seu pastor favorito: elas também tinham a impressão de que estavam olhando o rosto de um anjo terreno. Para elas, Cyril Hall era o papa, infalível como o Dr. Thomas Boultby era para suas admiradoras. Uma multidão também rodeou o pároco de Briarfield — vinte ou mais pessoas se juntaram ao redor dele; e nenhum pastor jamais teve tanto poder em um grupo quanto o velho Helstone. Os coadjutores, arrebanhando pessoas à sua maneira, criaram uma constelação de três planetas menores: diversas jovens senhoritas observavam-nos à distância, mas não se aventuravam a chegar perto.

O Sr. Helstone pegou seu relógio.

— Faltam dez minutos para as duas horas — anunciou ele em voz alta. — É hora de todos se organizarem. Venham. — Ele pegou seu chapéu anglicano e saiu. Todos se levantaram e seguiram-no en masse.[7]

As mil e duzentas crianças foram reunidas em três grupos de quatrocentas; na retaguarda de cada regimento se localizava uma banda; entre cada grupo de vinte havia um intervalo, no qual Helstone colocou as professoras em duplas. Para a vanguarda dos exércitos ele convocou:

— Grace Boultby e Mary Sykes lideram Whinbury.

— Margaret Hall e Mary Ann Ainley conduzem Nunnely.

— Caroline Helstone e Shirley Keeldar encabeçam Briarfield.

E então ele emitiu uma ordem:

— O Sr. Donne acompanha Whinbury; o Sr. Sweeting, Nunnely; o Sr. Malone, Briarfield.

E esses cavalheiros se postaram à frente das generais.

Os párocos passaram para a dianteira; os escrivães das paróquias foram para a extrema retaguarda; Helstone ergueu seu chapéu anglicano, em um instante repicaram os oito sinos na torre; as bandas tocaram com vigor; a flauta se manifestou e o clarim respondeu, profundos soaram os tambores, e eles saíram desfilando.

A estrada ampla e branca se desdobrava perante a longa procissão, o sol e o céu sem nuvens inspecionavam-na, o vento agitava os galhos das árvores sobre ela, e as mil e duzentas crianças e os cento e quarenta adultos que a compunham marcharam em compasso, com rostos alegres e corações jubilosos. Era uma cena alegre, e uma cena que fazia bem: era um dia de felicidade para ricos e pobres; obra, em primeiro lugar, de Deus, e depois do clero. É preciso fazer justiça aos sacerdotes da Inglaterra: eles são um grupo falho em alguns aspectos, sendo apenas de carne e osso como todos nós; mas a terra estaria em péssima situação sem eles: a Grã-Bretanha sentiria falta de sua igreja, se essa igreja desmoronasse. Deus a proteja! Deus também a reforme!

XVII. A FESTA DA ESCOLA

Não inclinada ao combate ou à procura de inimigos era essa companhia liderada pelos sacerdotes e comandada pelas mulheres; entretanto, sua música tinha tons marciais, e, a julgar pelos olhos e pelo porte de alguns — da Srta. Keeldar, por exemplo —, esses sons despertavam, se não fosse um espírito marcial, ainda assim um espírito entusiasmado. O velho Helstone, voltando-se por acaso, olhou para o rosto dela; e ele riu, e ela riu para ele.

— Não há uma batalha à vista — disse ele —, nosso país não deseja que lutemos por ele; nenhum inimigo ou tirano está questionando ou ameaçando nossa liberdade. Não há nada a ser feito, nós estamos apenas fazendo uma caminhada. Mantenha as mãos nas rédeas, capitão, e acalme o fogo desse espírito: ele não é requisitado, o que é uma pena.

— Siga seu próprio conselho, Doutor — foi a resposta de Shirley. Para Caroline, ela murmurou: — Eu vou emprestar da imaginação o que a realidade não me oferece. Não somos soldados; derramamento de sangue não é meu desejo. Ou, se somos, somos soldados da Cruz. O tempo retrocedeu algumas centenas de anos, e nós estamos a caminho de uma peregrinação à Palestina. Mas não; isso é visionário demais. Preciso de um sonho mais austero: nós somos escoceses das Terras Baixas, seguindo um capitão dos Covenanters para as colinas para realizar um encontro fora do alcance das tropas perseguidoras. Nós sabemos que a batalha pode se seguir às orações; e, assim como cremos que no momento mais difícil da batalha o Céu pode ser nossa recompensa, estamos prontos e dispostos a cobrir o musgo com nosso sangue. Essa música atiça minh'alma; ela estimula toda a minha vida; ela faz meu coração pulsar... não com seu tranquilo pulsar quotidiano, mas com um vigor novo e excitante. Eu quase anseio pelo perigo — por uma fé, uma terra, ou, pelo menos, por um amor a defender.

— Veja, Shirley! — interrompeu Caroline. — O que é aquela mancha vermelha acima de Stilbro' Brow? Você tem a vista melhor que a minha. Só volte seus olhos de águia para ela.

A Srta. Keeldar olhou.

— Estou vendo — disse ela, e acrescentou logo em seguida: — É uma linha vermelha. São soldados... soldados da cavalaria — acrescentou ela rapidamente. — Eles estão vindo rapidamente; são seis: eles vão passar por nós. Não... eles se voltaram para a direita. Eles viram nossa procissão e a evitaram fazendo um contorno. Para onde eles estão indo?

— Talvez estejam apenas exercitando seus cavalos.

— Talvez seja isso. Não os estamos mais vendo.

Nesse momento, o Sr. Helstone falou:

— Vamos passar por Royd Lane, para chegar a Nunnely Common por um atalho — disse ele.

E para a estradinha de Royd Lane eles se voltaram. Ela era muito estreita — tão estreita que só duas pessoas poderiam andar lado a lado sem cair na vala que corria a cada lateral. Eles haviam chegado à metade dela, quando a excitação ficou patente entre os comandantes clericais: os óculos de Boultby e o chapéu anglicano de Helstone estavam agitados; os coadjutores cutucavam uns aos outros; o Sr. Hall se voltou para as senhoras e sorriu.

— O que está acontecendo? — foi a pergunta.

Ele apontou com seu cajado para o fim da estradinha à frente deles. Deus do céu! Outra procissão, em sentido oposto, estava entrando lá, encabeçada também por homens vestidos de negro, e seguida também, como eles conseguiam perceber então, por música.

— É o nosso duplo? — perguntou Shirley. — Nosso espectro múltiplo? Eis uma carta virada.

— Se você desejava uma batalha, provavelmente terá uma... pelo menos de olhares — sussurrou Caroline, rindo.

— Eles não passarão por nós! — exclamaram os coadjutores, a uma só voz. — Nós não vamos abrir caminho!

— Abrir caminho! — retrucou Helstone, sério, se voltando. — Quem está falando de abrir caminho? Vocês, rapazes, vejam bem em que estão pensando; as senhoras, eu sei, ficarão firmes; posso confiar nelas. Aqui não há uma senhora que não vá se manter firme contra essas pessoas, pela honra da nossa Igreja. O que diz a Srta. Keeldar?

— Ela pergunta o que isso significa.

— As escolas Dissidente e Metodista, os Batistas, Independentes e Wesleyanos, reunidos em uma aliança não sagrada, e entrando de propósito nesta estradinha com a intenção de obstruir nosso desfile e forçar-nos a retroceder.

— Maus modos! — disse Shirley. — E eu odeio maus modos. É claro que eles devem ter uma lição.

— Uma lição de bons modos — sugeriu o Sr. Hall, que sempre era a favor da paz —, e não um exemplo de rudeza.

O velho Helstone prosseguiu. Apertando o passo, ele marchou alguns metros à frente de sua companhia. Ele mal havia alcançado os outros líderes de negro quando o que parecia agir como o hostil comandante em chefe — um homem grande e ensebado, com cabelos pretos penteados bem rente à testa — ordenou uma parada. A procissão fez uma pausa; ele pegou um livro de hinos, indicou um verso, estabeleceu a tonalidade e todos eles começaram a cantar o mais dolorido dos cânticos.

Helstone fez um sinal para suas bandas. Elas ressoaram com todas as forças dos instrumentos de metal. Ele queria que elas tocassem "*Rule, Britannia*" e ordenou que as crianças se juntassem cantando, o que elas fizeram com um espírito entusiasmado. O inimigo foi vencido pelo canto e pelas forças deles, seu salmo dominado; no que diz respeito ao barulho, ele havia sido conquistado.

— E agora sigam-me! — exclamou Helstone. — Não correndo, mas com um passo firme e enérgico. Fiquem firmes, todas vocês, crianças e mulheres. Mantenham-se juntas; segurem-se às saias umas das outras, se for necessário.

E ele saiu a passos largos com um porte tão determinado e deliberado, e, além disso, com um apoio tão grande de seus alunos e suas professoras, que procederam exatamente como ele lhes dissera, nem correndo nem hesitando, mas marchando com um entusiasmo controlado e compacto; os coadjutores também sendo forçados a fazer o mesmo, já que eles se encontravam entre dois fogos — Helstone e a Srta. Keeldar, os quais vigiavam quaisquer descaminhos com olhos de lince e estavam preparados, um com sua bengala e a outra com sua sombrinha, a repreender a mais insignificante violação das ordens, a manifestação mais ínfima ou independente ou irregular —, que o grupo dos Dissidentes ficou a princípio atônito, então alarmado e depois foi reprimido e empurrado para trás, e finalmente forçado a dar meia-volta e deixar a estradinha de Royd Lane livre. Boultby sofreu na investida, mas Helstone e Malone, juntos, amparam-no e fizeram-no sobreviver à ocorrência são e salvo, embora bastante sem fôlego.

O Dissidente gordo que havia iniciado o hino foi deixado sentado na vala. Ele era um comerciante de vinhos, um líder dos Nonconformists e, diziam, bebeu mais água naquela única tarde do que ele havia engolido nos últimos doze meses. O Sr. Hall havia cuidado de Caroline, e Caroline dele; mais tarde, ele e a Srta. Ainley trocaram seus comentários discretos sobre o incidente. A Srta. Keeldar e o Sr. Helstone trocaram um caloroso aperto de mãos depois de os dois terem liderado o grupo todo ao longo da estradinha. Os coadjutores começaram a exultar, mas o Sr. Helstone em seguida botou panos quentes em seus espíritos inocentes: ele observou que eles nunca tinham bom senso para saber o que diziam e fariam melhor mantendo a boca fechada, e recordou que eles não tinham de meter o nariz naquela história.

Perto das três e meia a procissão deu meia-volta, e às quatro horas uma vez mais ocupou o ponto de partida. Longas fileiras de bancos haviam sido arrumadas no gramado bem aparado ao redor da escola: neles, as crianças foram colocadas, e cestas imensas, cobertas com panos brancos, e grandes vasilhas de estanho fumegantes foram trazidas. Antes de a distribuição das iguarias começar, uma breve ação de graças foi dada pelo Sr. Hall e cantada pelas crianças: suas vozes jovens soaram melodiosas, até mesmo tocantes, ao ar livre. Grandes pães com geleia de groselha com chá quente e adoçado foram então oferecidos em seu devido espírito de liberalidade: nenhuma restrição foi permitida nesse dia, pelo menos; a regra para a porção de cada criança era a de que ela deveria receber mais ou menos o dobro do que conseguiria comer, desse modo deixando uma reserva a ser levada para casa para as pessoas a quem a idade, doenças ou outros problemas impedissem de vir à festa. Pães e cerveja circulavam, enquanto isso, entre os músicos e os cantores da igreja; depois os bancos foram removidos, e eles tiveram permissão para se descontrair com brincadeiras autorizadas.

Um sino convocou as professoras e patronos para a sala de aula; a Srta. Keeldar, a Srta. Helstone e muitas outras senhoras já estavam lá, dando uma olhada na arrumação de suas bandejas e mesas. A maior parte das empregadas da vizinhança, ao lado das esposas dos escrivães, dos cantores e dos músicos, tinha sido chamada para trabalhar naquele dia como camareiras: cada uma disputava com a outra em vivacidade e elegância de vestuário, e muitas belas figuras foram vistas entre as mais jovens. Cerca de uma dezena estava cortando pão e manteiga, outra dezena fornecendo água quente, trazida dos latões da cozinha do pároco. A profusão de flores e de sempre-vivas decorando as paredes brancas, a exposição de chaleiras de prata e da porcelana luminosa nas mesas, as figuras ativas, rostos joviais, vestidos alegres passando rapidamente por todos os lados, formavam de modo geral um espetáculo revigorante e cheio de vida. Todos conversavam, não em voz muito alta, mas com alegria, e os canários cantavam em suas gaiolas penduradas no alto.

Caroline, como sobrinha do pároco, assumiu seu posto em uma das três mesas principais; a Sra. Boultby e Margaret Hall comandaram nas outras. Nessas mesas, a élite[1] do grupo deveria ser entretida, as rígidas regras de igualdade não estando mais na moda em Briarfield que em outros lugares. A Srta. Helstone tirou sua touca e seu lenço, para não ficar tão sufocada pelo calor. Seus longos cachos, caindo sobre seu pescoço, quase faziam as vezes de um véu; e, quanto ao resto, seu vestido de musselina era confeccionado com modéstia, quase como o hábito de uma freira, permitindo-lhe assim se livrar do aborrecimento de um xale.

O cômodo estava ficando cheio: o Sr. Hall assumira seu posto ao lado de Caroline, que, enquanto arrumava as xícaras e colheres à sua frente, sussurrava para ele em voz baixa comentários a respeito dos acontecimentos do dia. Ele parecia um pouco sério por causa do que havia acontecido em Royd Lane, e ela tentou fazê-lo sorrir e deixar a seriedade de lado. A Srta. Keeldar sentava-se nas proximidades; espantosamente, nem rindo nem conversando; pelo contrário, imóvel, e olhando ao seu redor, atenta: ela parecia ter medo de que algum intruso se apropriasse de um assento que ela aparentemente desejava reservar ao lado do seu. Diversas vezes ela espalhou seu vestido de cetim sobre uma parte indevida do banco, ou colocou suas luvas ou seu lenço bordado sobre ele. Finalmente Caroline percebeu esse manège[2] e perguntou qual amigo ela estava esperando. Shirley se inclinou na direção dela, quase tocou sua orelha com seus lábios rosados e murmurou com uma doçura musical que com frequência caracterizava sua entonação quando o que ela dizia se predispunha, mesmo que de modo remoto, a incitar certa doce e secreta nascente de sentimento em seu coração:

— Espero o Sr. Moore. Eu o vi na noite passada e fiz com que ele prometesse que viria com sua irmã, e que se sentaria à nossa mesa. Ele não vai me decepcionar, tenho certeza; mas receio que ele chegue tarde demais e fique separado de nós. Eis mais um grande grupo chegando; todos os lugares serão tomados; exasperante!

Na verdade, o Sr. Wynne (o magistrado), sua esposa, seu filho e suas duas filhas estavam então entrando com grande pompa. Eles eram pessoas importantes de Briarfield: naturalmente o lugar deles era na primeira mesa e, sendo conduzidos para ela, eles ocuparam todos os lugares restantes. Para o conforto da Srta. Keeldar, o Sr. Sam Wynne se introduziu no exato lugar que ela havia reservado para Moore, instalando-se solidamente sobre o vestido, as luvas e o lenço dela. O Sr. Sam era um dos focos da sua aversão, acima de tudo porque ele apresentava sérios sintomas de almejar a mão dela. O velho cavalheiro também havia declarado publicamente que as terras de Fieldhead e de De Walden eram deliciosamente *contagiosas* — um uso equivocado de uma palavra que os rumores não deixaram de repetir para Shirley.

Os ouvidos de Caroline ainda ressoavam com aquele sussurro excitante, "Espero o Sr. Moore", seu coração ainda palpitava e suas faces ainda brilhavam por causa dele, quando uma nota do órgão ressoou acima do zunzum confuso do local. O Dr. Boultby, o Sr. Helstone e o Sr. Hall se levantaram, assim como todos os presentes, e a ação de graças foi entoada com acompanhamento musical; em seguida o chá começou. Caroline estava ocupada demais com sua tarefa por certo período para ter tempo de olhar ao redor, mas, a última xícara tendo sido servida, ela lançou um olhar inquieto pelo cômodo. Havia algumas senhoras e diversos cavalheiros parados, que ainda não tinham conseguido assentos; em um dos grupos ela reconheceu sua amiga solteira, a Srta. Mann, a quem o belo dia havia tentado, ou algum amigo solícito havia persuadido, a abandonar sua triste solidão por uma hora de diversão em sociedade. A Srta. Mann parecia cansada de ficar em pé; uma senhora de touca amarela trouxe-lhe uma cadeira. Caroline conhecia muito bem aquele chapeau en satin jaune;[3] ela conhecia os cabelos negros e a face gentil, embora bastante teimosa e com aparência obstinada sob ele; ela conhecia aquela robe de soie noire,[4] ela conhecia até mesmo aquele schal gris de lin;[5] ela conhecia, resumindo, Hortense Moore, e queria dar um salto e correr até ela e beijá-la — dar-lhe um abraço por causa dela e dois por causa do seu irmão. Ela começou a se levantar, na verdade, com uma exclamação abafada, e talvez — pois o impulso era forte demais — tivesse corrido através do cômodo e realmente cumprimentado a amiga; mas uma mão a forçou a tornar a se sentar, e uma voz por trás dela sussurrou:

— Espere até depois do chá, Lina, e então eu a trarei até você.

E, quando *foi capaz*, ela ergueu o olhar, e lá estava Robert, em pessoa, bem perto, sorrindo da ansiedade dela, com uma aparência melhor do que ela jamais vira nele — parecendo, seus olhos parciais, na verdade, tão belo que ela não se sentiu confiante para olhar pela segunda vez; pois a imagem dele atingiu seus olhos com um brilho doloroso e se gravou na memória dela tão nitidamente como se tivesse sido fixada veloz como um relâmpago.

Ele se afastou e falou com a Srta. Keeldar. Shirley, irritada por causa de algumas atenções indesejadas por parte de Sam Wynne, e pelo fato de aquele cavalheiro ainda estar sentado em cima de suas luvas e de seu lenço — e também, provavelmente, por causa da falta de pontualidade do Sr. Moore —, não estava nem um pouco bem-humorada. Em primeiro lugar ela deu de ombros ao vê-lo, e depois fez um ou dois comentários amargos sobre o "insuportável atraso" dele. Moore nem se desculpou nem retrucou. Ele ficou parado perto dela em silêncio, como se esperasse ver se ela tornaria a ficar tranquila; o que ela fez em pouco mais de três minutos, e indicou a mudança oferecendo-lhe a mão. Moore pegou-a com um sorriso, em parte corretivo, em parte grato; o mais ligeiro aceno com a cabeça marcou com delicadeza a primeira característica; é provável que uma pressão gentil indicasse a outra.

— Agora o senhor pode se sentar onde conseguir, Sr. Moore — disse Shirley, também sorrindo. — O senhor vê que não há uma polegada de espaço para o senhor aqui; porém, eu vejo bastante espaço na mesa da Sra. Boultby, entre a Srta. Armitage e a Srta. Birtwhistle; vá! John Sykes será seu vis-à-vis,[6] e o senhor se sentará de costas para nós.

Porém, Moore preferiu ficar ali onde se encontrava: de vez em quando ele andava ao longo do cômodo, fazendo uma pausa em sua caminhada para cumprimentar outros cavalheiros que se achavam, assim como ele, sem lugar para sentar; mas ele sempre retornava para o ímã, Shirley, trazendo, a cada vez que voltava, observações que precisava murmurar nos ouvidos dela.

Entrementes, o pobre Sam Wynne aparentava não estar nem um pouco confortável: sua bela vizinha, a julgar por seus movimentos, parecia em um estado de espírito dos mais inquietos e intratáveis — ela não ficava sentada imóvel por dois segundos; ela estava com calor; ela se abanava; reclamava de falta de ar e de espaço. Ela observou que, em sua opinião, quando as pessoas tivessem terminado seu chá, elas deveriam deixar as mesas, e anunciou claramente que iria desmaiar se a presente situação continuasse. O Sr. Sam se ofereceu para acompanhá-la ao ar livre; exatamente o modo de fazê-la morrer de frio, alegou ela; resumindo, o lugar que ele ocupava ficou insuportável; e, tendo engolido sua quota de chá, ele considerou de melhor alvitre ir embora.

Moore deveria estar bem ali perto; entretanto, estava bem do outro lado do cômodo, profundamente entretido com Christopher Sykes. Um grande comerciante de milho, Timothy Ramsden, *Esq.*, casualmente estava por perto e, sentindo-se cansado de ficar em pé, avançou para ocupar o lugar vago. A Shirley não faltavam estratagemas: um movimento de seu lenço derrubou sua xícara de chá; seu conteúdo foi dividido entre o banco e seu próprio vestido de cetim. Naturalmente, foi preciso chamar uma camareira para consertar o estrago; o Sr. Ramsden, um cavalheiro corpulento e gordo, tão vasto em pessoa quanto era em propriedades, se manteve afastado da subsequente movimentação. Shirley, de modo geral quase repreensivelmente insensível a ligeiros acidentes que afetassem os vestidos as roupas, etc., fez então um rebuliço que seria adequado ao membro mais delicado e nervoso de seu sexo: o Sr. Ramsden abriu a boca, retirou-se lentamente e, quando a Srta. Keeldar anunciou mais uma vez sua intenção de "perder o controle" e desmaiar naquele exato lugar, ele deu meia-volta e retirou-se pesadamente.

Finalmente Moore retornou: observando calmamente a agitação e examinando de modo um tanto cômico a fisionomia enigmática de Shirley, ele observou que, para ser exato, aquele era o posto mais quente do cômodo, que ele considerava o clima lá inadequado para combinar com qualquer pessoa a não ser os temperamentos mais frios, como o dele próprio; e pondo camareiras, guardanapos, vestido de cetim — resumindo, toda a agitação — de lado, ele se instalou onde o destino evidentemente decretara que ele deveria se sentar. Shirley se acalmou; os traços de sua fisionomia se alteraram; as sobrancelhas franzidas e a inexplicável curvatura da boca relaxaram novamente; obstinação e malícia cederam lugar a outras expressões; e todos os movimentos bruscos com que ela havia aborrecido a alma de Sam Wynne foram deixados de lado como por encanto. Mesmo assim, nenhum olhar gentil foi lançado a Moore:

pelo contrário, ele foi acusado de dar a ela muito trabalho, e claramente acusado de ser o culpado de privá-la da estima do Sr. Ramsden e da inapreciável amizade do Sr. Samuel Wynne.

— Eu não teria ofendido nenhum dos dois cavalheiros por nada neste mundo — garantiu ela. — Sempre fui acostumada a tratar ambos com a mais respeitosa consideração, e então, graças ao senhor, como eles foram tratados! Não descansarei até ter reparado isso: nunca me sinto feliz enquanto não sou amiga de meus vizinhos. Então, amanhã devo fazer uma peregrinação ao moinho de Royd, apaziguar o moleiro e elogiar a colheita; e no dia seguinte eu devo visitar De Walden (aonde eu odeio ir) e levar em minha cesta metade de um bolo de aveia para dar para os pointers favoritos do Sr. Sam.

— A senhorita conhece o caminho mais certo para o coração de cada jovem, não duvido — disse Moore, tranquilo. Ele parecia muito contente por finalmente ter garantido seu presente posto; mas ele não fez nenhum belo discurso que expressasse gratidão, e não pediu desculpas pelo trabalho que havia causado. Sua calma lhe caía muito bem: fazia com que ele tivesse uma aparência ainda melhor, ele estava tão sereno; ela tornava sua companhia agradável, era tão apaziguadora. Ninguém teria pensado, ao olhar para ele, que ele era um homem pobre e lutador sentado ao lado de uma mulher rica; a calma da igualdade tranquilizava seu aspecto; talvez essa calma também reinasse em sua alma. De vez em quando, a julgar pelo modo como ele olhava a Sra. Keeldar enquanto falava com ela, daria para pensar que a posição dele era mais elevada que a dela, assim como sua estatura. Um brilho quase severo às vezes passava pela sua fronte e luzia em seus olhos: a conversa deles ficou animada, embora fosse mantida em voz baixa; ela lhe estava fazendo perguntas — evidentemente, ele recusava à curiosidade dela toda a satisfação que ela exigia. Ela procurou os olhos dele uma vez: era possível ver, em sua expressão terna, contudo ansiosa, que respostas mais claras eram exigidas. Moore sorria de modo agradável, mas seus lábios continuaram fechados. Então ela ficou irritada e deu-lhe as costas; porém, ele tornou a chamar a sua atenção em dois minutos: ele parecia fazer promessas, com as quais ele a fez ficar calma aceitando-as no lugar de informações.

Parecia que o calor do ambiente não combinava com a Srta. Helstone: ela ficou cada vez mais pálida à medida que o processo de fazer o chá foi protelado. No momento em que os agradecimentos foram feitos, ela deixou a mesa e se apressou a seguir sua prima Hortense, que, com a Srta. Mann, já havia saído para o ar livre. Robert Moore havia se levantado quando ela o fizera — talvez tencionasse falar com ela; mas ainda havia uma palavra final a ser trocada com a Srta. Keeldar e, enquanto ela estava sendo pronunciada, Caroline havia desaparecido.

Hortense recebeu sua antiga aluna com uns modos em que havia mais dignidade que amizade: ela havia ficado seriamente ofendida com as atitudes do Sr. Helstone; e o tempo todo havia considerado Caroline culpada por obedecer ao tio muito ao pé da letra.

— Você é a grande estranha — disse ela, séria, enquanto sua aluna segurava a mão dela e a apertava. A aluna a conhecia bem demais para censurar ou reclamar de frieza; ela deixou o capricho minucioso passar, com a certeza de que a natural *bonté* (uso essa palavra em francês porque ela expressa exatamente o que eu quero — nem bondade nem boa natureza, mas algo intermediário entre os dois) dela logo iria prevalecer. E prevaleceu: mal Hortense havia examinado bem o rosto dela e observado a mudança que os traços um tanto emaciados traíam, seu semblante se abrandou. Beijando-a nas duas faces, Hortense perguntou cheia de ansiedade como ela estava de saúde; Caroline respondeu alegremente. Contudo, teria sido o destino dela ser submetida a um longo interrogatório, seguido por um interminável sermão sobre o assunto, se a Srta. Mann não tivesse chamado a atenção da questionadora solicitando que fosse levada para casa. A pobre inválida já estava fatigada: seu cansaço a deixava irritadiça — quase irritadiça demais para conversar com Caroline; e, além do mais, o vestido branco e o olhar alegre daquela jovem eram desagradáveis aos olhos da Srta. Mann; a indumentária quotidiana de tecido marrom ou algodão cinzento e o ar melancólico quotidiano eram mais aceitáveis para a solteirona solitária; ela mal reconhecia sua jovem amiga naquela noite, e se despediu dela com um aceno empertigado. Tendo prometido acompanhá-la até a casa, Hortense e ela partiram juntas.

Caroline então olhou ao redor procurando Shirley. Ela viu o lenço colorido e o vestido cor de púrpura no centro de um grupo de senhoras, todas muito conhecidas, mas todas de uma categoria de que ela se evadia sistematicamente sempre que a evasão fosse possível. Mais tímida em alguns momentos que em outros, ela não sentia coragem então para se juntar ao grupo. Não podia, entretanto, ficar sozinha quando todos os demais estavam em pares, duplas ou grupos; então, ela se aproximou de um grupo de suas próprias alunas, excelentes meninas, ou melhor, jovens, que estavam paradas observando centenas de crianças brincando de cabra-cega.

A Srta. Helstone sabia que essas jovens gostavam dela; porém, era tímida até mesmo com elas fora da escola: elas não estavam mais impressionadas com ela que Caroline com elas. Ela se aproximou, mais para ter proteção na companhia delas que para tratá-las com condescendência com a sua presença. Instintivamente, as meninas sabiam do ponto fraco dela e, com uma delicadeza natural, respeitavam-na. O conhecimento dela conquistava a estima das meninas quando Caroline lhes dava aula; sua gentileza atraía o apreço delas; e, por ela ser o que elas consideravam culta e bondosa quando estava *lecionando*, elas gentilmente ignoravam sua evidente timidez quando estava *fora* da sala de aula: não se aproveitavam disso. Jovens camponesas como eram, elas tinham muito da nossa própria sensibilidade inglesa para serem culpadas desse erro grosseiro: elas rodearam Caroline, educadas, amáveis, recebendo seus sorrisos ligeiros e tentativas um tanto apressadas de conversar com bons sentimentos e boa educação — essa última característica sendo o resultado da outra — que logo a colocaram à vontade.

O Sr. Sam Wynne veio muito apressado insistir para que as meninas maiores se juntassem à brincadeira, assim como as menores, e Caroline foi deixada sozinha mais uma vez. Ela estava considerando uma escapada discreta para casa quando Shirley, vendo-a de longe em seu isolamento, se apressou a se juntar a ela.

— Vamos para o alto dos campos — disse ela. — Eu sei que você não gosta de multidões, Caroline.

— Mas isso vai privar você de um prazer, Shirley, afastar você de todas essas pessoas elegantes, que procuram sua companhia com tanta assiduidade, e para as quais você, sem artifícios ou esforços, sabe se fazer tão agradável.

— Não sem esforços; já estou cansada da tarefa: é só uma atividade insípida e estéril, conversar e rir com a boa sociedade de Briarfield. Eu estive procurando seu vestido branco nos últimos dez minutos. Gosto de observar as pessoas de quem gosto em uma multidão e compará-las com as demais; e assim eu comparei você. Você não se parece nem um pouco com os outros, Lina. Há rostos mais belos que o seu, aqui; você não é uma beleza exemplar, como Harriet Sykes, por exemplo; ao lado dela, você parece ser quase insignificante; mas você aparenta ser agradável, aparenta ser pensativa; você aparenta ser o que eu chamo de interessante.

— Não fale assim, Shirley! Você me deixa envergonhada.

— Não me espanta suas alunas gostarem de você.

— Tolice, Shirley! Fale outra coisa.

— Nós vamos falar sobre Moore, então, e vamos observá-lo. Eu o estou vendo mesmo agora.

— Onde? — E, quando Caroline fez essa pergunta, e não olhou para o lado dos campos, mas nos olhos da Srta. Keeldar, como era seu costume sempre que Shirley mencionava qualquer objeto que ela discernia à distância. Sua amiga tinha uma vista mais penetrante que a sua, e Caroline parecia pensar que o segredo de sua visão aquilina poderia ser encontrado em suas íris de um tom cinza-escuro, ou talvez, ainda melhor, que ela apenas procurasse ser guiada pela direção daquelas esferas perspicazes e luminosas.

— Lá está Moore — disse Shirley, apontando para o outro lado do vasto campo onde umas mil crianças brincavam e quase mil espectadores adultos caminhavam. — Lá... Você não pode deixar de ver a estatura e o porte ereto? No meio daquelas pessoas que o rodeiam, ele parece Eliab entre os pastores mais humildes... parece Saul em um conselho de guerra; e um conselho de guerra aquilo é, se não estou enganada.

— Por que, Shirley? — perguntou Caroline, cujos olhos haviam finalmente encontrado o objeto por eles procurado. — Robert está apenas conversando com meu tio, e eles estão trocando um aperto de mãos; então, eles se reconciliaram.

— Reconciliados e não sem uma boa razão, pode acreditar nisso: fazendo causa comum contra um inimigo comum. E por que, você acha, estão os Srs. Wynne e Sykes, e Armitage e Ramsden, reunidos em um círculo tão compacto ao redor deles? E por que solicitaram que Malone se juntasse a eles? Quando *ele* é convocado, pode ter a certeza de que um braço forte é necessário.

Enquanto observava, Shirley foi ficando inquieta, seus olhos dardejavam.

— Eles não vão confiar em mim — disse ela. — É sempre o que acontece quando o assunto é importante.

— A respeito de quê?

— Você não consegue sentir? Há alguma coisa no ar; algum acontecimento está sendo esperado; alguns preparativos devem ser feitos, tenho certeza. Eu percebi tudo isso nos modos do Sr. Moore esta tarde: ele estava excitado, contudo, ríspido.

— Ríspido com *você*, Shirley?

— Sim, *comigo*. Ele com frequência é ríspido comigo. Nós raramente conversamos tête-à-tête[7] sem que eu não seja levada a sentir que flocos de algodão não formam a base da personalidade dele.

— E, no entanto, ele parecia conversar com você com delicadeza.

— Não parecia? Tons muito gentis e modos tranquilos; contudo, o homem é peremptório e sigiloso: o sigilo dele me irrita.

— Sim, Robert é sigiloso.

— Algo que ele mal tem o direito de ser comigo, sobretudo por ele ter começado confiando em mim. Nada tendo feito para desmerecer essa confiança, ela não deveria ser retirada; porém, suponho que eu não seja considerada uma pessoa com alma forte o suficiente para merecer que confiem em mim em uma crise.

— Provavelmente ele teme inquietar você.

— Uma precaução desnecessária; eu sou constituída de material flexível, não facilmente destruído. Ele deveria saber disso. Mas o homem é orgulhoso; você pode dizer o que quiser, mas ele tem seus defeitos, Lina. Veja como aquele grupo parece animado. Eles não sabem que nós os estamos observando.

— Se nós ficarmos vigilantes, Shirley, talvez descubramos a chave para o segredo deles.

— Vai haver uma movimentação pouco usual antes que se passe muito tempo; talvez amanhã, possivelmente esta noite. Mas meus olhos e ouvidos estão atentos. Sr. Moore, o senhor estará sendo vigiado. Você também fique vigilante, Lina.

— Eu ficarei. Robert está indo; eu o vi se voltar... Acredito que ele nos tenha visto... Eles estão trocando apertos de mão.

— Apertando as mãos com ênfase — acrescentou Shirley — como se estivessem ratificando alguma convenção e liga solenes.

Elas viram Robert se afastar do grupo, passar por um portão e desaparecer.

— E ele não se despediu de nós — murmurou Caroline.

As palavras mal haviam escapado de seus lábios quando ela tentou, com um sorriso, negar a confissão de desapontamento que elas pareciam implicar. Por uns instantes, lágrimas inesperadas ao mesmo tempo suavizaram e iluminaram seus olhos.

— Oh, mas isso pode ser remediado agora! — exclamou Shirley. — Nós vamos *obrigá-lo* a se despedir de nós.

— *Obrigá-lo*! Isso não é a mesma coisa — foi a resposta.

— Isso *há de* ser a mesma coisa.

— Mas ele foi embora; você não é capaz de ultrapassá-lo.

— Eu conheço um caminho mais curto que o que ele pegou. Nós vamos interceptá-lo.

— Mas, Shirley, eu preferiria não ir.

Caroline disse isso enquanto a Srta. Keeldar agarrava o braço dela e a fazia ir apressada através dos campos. Era inútil resistir: nada era tão voluntarioso quanto Shirley quando ela se encasquetava com alguma coisa. Quase antes de se dar conta disso, Caroline se viu afastada da multidão e levada a um local cheio de sombras, sob a cobertura de pilriteiros e com o chão decorado com margaridas. Ela não percebeu o sol do entardecer pintalgando a turfa, e tampouco se deu conta do puro incenso exalado a essa hora pelas árvores e plantas; ela somente ouviu o portãozinho se abrindo em uma ponta e soube que Robert estava se aproximando. Os longos ramos dos pilriteiros, se esticando à frente delas, serviam como um biombo. Elas o viram antes de ele observá-las. Em um relance Caroline percebeu que a jovialidade social dele havia desaparecido; ele a havia deixado para trás nos campos ressoantes de alegria ao redor da escola: o que restava agora era a sua fisionomia de negócios, sombria e silenciosa. Conforme Shirley dissera, certa dureza caracterizava a aparência dele, enquanto seus olhos estavam excitados, mas austeros. Muito inoportuno fora o momentâneo capricho de

Shirley: se Robert aparentasse estar inclinado à alegria festiva, isso não teria feito muita diferença, mas naquele momento...

— Eu disse para você não vir — falou Caroline, um tanto amarga, para sua amiga. Ela parecia verdadeiramente perturbada: se impor a Robert dessa maneira, contra a vontade dela e as expectativas dele, e quando ele evidentemente preferiria não ser retardado, a deixava muito aborrecida. Mas isso não perturbou nem um pouco a Srta. Keeldar. Ela deu um passo adiante e encarou seu arrendatário, barrando o caminho dele.

— O senhor deixou de se despedir de nós — disse ela.

— Deixei de me despedir das duas! De onde as senhoritas vieram? São duas fadas? Eu deixei duas parecidas com as senhoritas, uma de púrpura e a outra de branco, paradas no alto de uma colina, quatro campos para trás, não faz um minuto.

— O senhor nos deixou lá e nos encontra aqui. Nós o estivemos observando, e continuaremos a observá-lo. O senhor deverá ser interrogado um dia, mas não agora. Neste momento, tudo que o senhor tem de fazer é nos desejar uma boa noite e então prosseguir.

Moore lançou um olhar de uma para a outra sem se descontrair.

— Dias de fête[8] têm seus privilégios, assim como os dias de perigo — observou ele, sério.

— Ora, não moralize; diga boa-noite e prossiga — insistiu Shirley.

— Devo desejar-lhe boa noite, Srta. Keeldar?

— Sim, bem como para Caroline. Não é nenhuma novidade, espero. O senhor já nos desejou boa noite antes.

Ele pegou a mão dela, segurou-a com uma das suas mãos e cobriu-a com a outra. Ele olhou para Shirley, sério, com gentileza, contudo, autoritário. A herdeira não conseguia controlar esse homem: no olhar que ele lançou para o rosto luminoso dela não havia servidão, muito menos reverência; mas havia interesse e afeição, intensificados por outro sentimento. Algo no tom de voz dele, quando ele se manifestou, bem como em suas palavras, indicaram que esse último sentimento era gratidão.

— Seu devedor lhe deseja boa noite! Que a senhorita possa descansar tranquila e serena até de manhã.

— E o senhor... o que vai fazer? O que o senhor esteve dizendo para o Sr. Helstone, com quem o vi trocando um aperto de mãos? Por que todos aqueles cavalheiros se reuniam ao seu redor? Deixe a reserva de lado pelo menos uma vez: seja franco comigo.

— Quem consegue resistir à senhorita? Serei franco; amanhã, se houver alguma coisa para ser contada, a senhorita vai ouvi-la.

— Agora — suplicou Shirley. — Não postergue.

— Mas eu poderia contar apenas metade da história, e meu tempo é curto; não tenho um instante a perder. No futuro, compensarei a demora com honestidade.

— Mas o senhor está indo para casa?

— Sim.

— Para não sair mais esta noite?

— Certamente não. E agora, até logo para as duas.

Ele teria segurado a mão de Caroline e a incluído no mesmo aperto em que segurava a de Shirley, mas, de algum modo, ela não estava à disposição dele; Caroline dera uns passos para trás. Sua resposta para o adieu[9] de Moore foi apenas uma ligeira inclinação da cabeça e um sorriso gentil e sério. Ele não esperou uma manifestação mais cordial; uma vez mais ele disse "Até logo" e se afastou das duas.

— Pronto! Já passou — disse Shirley, quando ele havia ido embora. — Nós o fizemos nos dizer boa-noite e, contudo, não perdemos o apreço dele, acredito, Cary.

— Espero que não — foi a resposta concisa.

— Acho que você é muito tímida e pouco demonstrativa — observou a Srta. Keeldar. — Por que você não deu a mão a Moore quando ele lhe ofereceu a sua? Ele é seu primo;

você gosta dele. Você tem vergonha de deixá-lo perceber sua afeição?

— Ele percebe dela tudo o que lhe interessa; não há necessidade de fazer demonstrações de sentimentos.

— Você é lacônica; você seria estoica se conseguisse. Aos seus olhos o amor é um crime, Caroline?

— O amor, um crime! Não, Shirley, o amor é uma virtude divina. Mas por que introduzir essa palavra na conversa? Ela é particularmente irrelevante.

— Bom! — disse Shirley.

A duas moças caminharam pelo campo verdejante em silêncio. Caroline foi a primeira a voltar a falar.

— Imposição é um crime, ousadia é um crime, e ambos repugnam; mas o amor! O anjo mais puro não deve enrubescer frente ao amor. E, quando vejo ou ouço homem ou mulher associar a vergonha ao amor, sei que a mente deles é grosseira, suas conexões aviltadas. Muitos que se consideram damas e cavalheiros refinados, e em cujos lábios a palavra "vulgaridade" está sempre pairando, não podem mencionar o "amor" sem trair sua própria degradação inata e imbecil: é um sentimento baixo na opinião deles, ligado somente a ideias baixas.

— Você está descrevendo três quartos do mundo, Caroline.

— Eles são frios... eles são covardes... eles são estúpidos a respeito do assunto, Shirley! Eles nunca amaram... eles nunca foram amados!

— Tu tens razão, Lina. E em sua ignorância crassa eles blasfemam contra a brasa viva trazida de um altar divino pelo serafim.

— Eles a confundem com centelhas que sobem de Tofete.

O repicar dos sinos, súbito e jubiloso, nesse momento interrompeu o diálogo convocando todos para a igreja.

XVIII. Que o leitor elegante é aconselhado a pular, pois nele pessoas sem importância são introduzidas

Era um entardecer calmo e agradável; até mesmo prometia se tornar abafado e quente. Ao redor do sol poente, as nuvens brilhavam arroxeadas; cores de verão, mais indianas que inglesas, se espalhavam pelo horizonte e lançavam reflexos róseos nas encostas das colinas, nas fachadas das casas, nos troncos das árvores, na estrada cheia de curvas e nas pastagens ondulantes. As duas moças vieram dos campos lentamente; quando chegaram ao cemitério, os sinos foram silenciados; as multidões estavam reunidas dentro da igreja; a solidão predominava no cenário.

— Como tudo está calmo e agradável! — disse Caroline.

— E quão quente estará dentro da igreja! — respondeu Shirley. — E que sermão longo e monótono o Dr. Boultby vai fazer! E como os coadjutores vão repisar suas orações ensaiadas! De minha parte, preferiria não entrar.

— Mas meu tio ficará irritado se perceber nossa ausência.

— Eu vou suportar o peso de sua ira; ele não vai me devorar. Sinto perder seu sermão pungente. Sei que ele será todo razão para a Igreja, e todo causticidade para o Cisma. Ele não vai se esquecer da batalha de Royd Lane. Eu também sinto privar você da sincera e amável homilia do Sr. Hall, com todos os seus vigorosos yorkshireísmos; mas aqui tenho de ficar. A igreja cinzenta e os túmulos ainda mais cinzentos têm uma aparência divina com esse fulgor de coloração carmim sobre eles. A natureza agora está fazendo suas orações do entardecer;

ela está ajoelhada perante essas colinas avermelhadas. Eu a vejo, prostrada nos grandes degraus de seu altar rezando por uma noite tranquila para os marinheiros no mar; para os viajantes nos desertos; para os cordeiros nas charnecas; e para os passarinhos que ainda não aprenderam a voar nos bosques. Caroline, eu a vejo, e vou dizer como ela é: ela se parece com o que Eva era quando ela e Adão estavam sozinhos na Terra.

— E essa não é a Eva de Milton, Shirley.

— A Eva de Milton! A Eva de Milton! Eu repito. Não, pela pura Mãe de Deus, ela não é! Cary, estamos sozinhas; podemos dizer o que pensamos. Milton era grande; mas era ele bom? Seu cérebro era correto; como era seu coração? Ele viu o Céu; ele abaixou o olhar para o Inferno. Ele viu Satã, e o Pecado, seu filho, e a Morte, sua horrível progênie. Anjos aglomeraram perante ele seus batalhões; as longas filas de escudos adamantinos lampejaram nos olhos cegos dele o indizível esplendor do céu; os demônios reuniram suas legiões à sua frente; seus exércitos indistintos, descoroados e maculados passaram em batalhões perante ele. Milton tentou ver a primeira mulher; mas, Cary, ele não a viu.

— Você é ousada ao dizer isso, Shirley.

— Não mais ousada que fiel. Foi a cozinheira dele que ele viu; ou foi a Sra. Gill, assim como eu a vi, fazendo creme, no auge do verão, na fresca despensa, com as roseiras e os nastúrcios ao redor da janela com gelosias, preparando uma refeição fria para os párocos: conservas e "cremes doces"; sem saber "de que ordem, de que escolha; Elegância mais fina lhe resulte; De sorte que os sabores não se arrisquem; A confundidos ser por não bem juntos; E, com perita gradação dispostos; Coloca os frutos melhores sempre".

— Tudo muito bom também, Shirley.

— Peço licença para recordar para ele que os primeiros homens da Terra eram Titãs, e que Eva era a mãe deles; dela nasceram Saturno, Hiperião, Oceano; ela gerou Prometeu...

— Você é pagã! O que isso quer dizer?

— Quero dizer que naqueles dias os gigantes estavam na Terra, gigantes que se esforçaram para alcançar o céu. O seio da primeira mulher que arfou cheio de vida neste mundo produziu a ousadia que foi capaz de lutar com a Onipotência, a força que foi capaz de aguentar mil anos de servidão, a vitalidade que foi capaz de alimentar o abutre da morte ao longo de inumeráveis épocas, a vida inexaurível e a excelência incorruptível, irmãs da imortalidade, que, depois de milênios de crimes, combates e desventuras, conseguiu conceber e apresentar um Messias. A primeira mulher foi nascida do céu: vasto era o coração de onde jorrou a fonte do sangue das nações, e grandiosa a cabeça incólume onde repousava a coroa-consorte da criação.

— Ela ambicionava uma maçã, e foi enganada por uma serpente; mas há tamanha miscelânea de Escrituras e mitologia em sua cabeça que não há como entender você. Você ainda não me disse o que viu se ajoelhando naquelas colinas.

— Eu vi... Agora eu vejo... uma mulher-Titã: sua indumentária de ar azul se espalha até as bordas da urze, lá onde aquele rebanho está pastando; um véu branco como uma avalanche desce de sua cabeça até seus pés, e arabescos de chamas ziguezagueantes em suas bordas. Sob seu seio eu vejo sua faixa, púrpura como aquele horizonte; através de seu fulgor brilha a estrela d'alva. Não consigo descrever seus olhos fixos; eles são claros, são profundos como lagos, estão voltados para o alto e repletos de adoração; eles tremem com a doçura do amor e o lustro da oração. Sua testa tem a vastidão de uma nuvem e é mais pálida que a lua nascente, que surge no céu muito antes de a escuridão reinar; ela reclina o seu colo às margens da Charneca de Stilbro'; suas mãos poderosas estão unidas sob ele. Assim ajoelhada, face a face ela conversa com Deus. Essa Eva é a filha de Jeová, assim como Adão era Seu filho.

— Ela é muito vaga e visionária! Vamos, Shirley, temos de ir para a igreja.

— Caroline, eu não vou; vou ficar aqui com minha mãe Eva, nos tempos atuais chamada de Natureza. Eu a amo... Ser imortal e poderoso! O céu pode ter se desvanecido de sua fronte quando ela caiu no paraíso, porém, tudo quanto é glorioso na terra ainda brilha lá. Ela está me acolhendo em seu seio e me mostrando seu coração. Quietinha, Caroline! Você vai vê-la e senti-la como eu, se nós duas ficarmos em silêncio.

— Vou satisfazer seu capricho; mas você vai começar a falar de novo antes que dez minutos se passem.

A Srta. Keeldar, a quem a doce excitação da cálida noite de verão parecia estar influenciando com um poder pouco habitual, se apoiou em uma lápide vertical; ela fixou os olhos no ocidente flamejante e mergulhou em uma abstração deleitosa. Caroline, afastando-se um pouco, caminhou de um lado para o outro perto do muro do jardim da casa paroquial, sonhando também a seu modo. Shirley havia mencionado a palavra "mãe". Essa palavra sugeria para a imaginação de Caroline não a poderosa e mítica genitora das visões de Shirley, mas uma forma humana gentil — a forma que ela atribuía à sua própria mãe, desconhecida, desamada, mas não indesejada.

"Oh, que chegasse o dia em que ela se lembrasse de sua filha! Oh, que eu pudesse conhecê-la e, conhecendo-a, pudesse gostar dela!"

Tal era sua aspiração.

O anseio de sua infância inundou uma vez mais sua alma. O desejo que muitas noites a mantivera acordada em sua caminha, e do qual o temor da ilusão havia, nos últimos anos, quase se dissipado, se reacendeu subitamente, e brilhou cálido em seu coração, de que sua mãe viesse em um dia feliz, e a mandasse chamar à sua presença; que a olhasse carinhosamente com olhos amorosos e lhe dissesse com ternura, com uma voz doce:

"Caroline, minha filha, tenho um lar para você; você vai viver comigo. Todo o amor de que você precisou, e não desfrutou, desde a infância, eu guardei para você, cuidadosamente. Venha! ele vai acalentar você agora."

Um ruído na estrada despertou Caroline de suas esperanças filiais, e Shirley de suas visões titânicas. Elas prestaram atenção e ouviram o pisotear dos cavalos: olharam e viram um brilho entre as árvores, vislumbraram entre as ramagens lampejos de um escarlate marcial; elmos brilhavam, plumas se agitavam. Silenciosos e disciplinados, seis soldados passaram a cavalo.

— Os mesmos que vimos esta tarde — sussurrou Shirley. — Eles estiveram parados em algum lugar até agora. Eles querem chamar tão pouca atenção quanto for possível e estão indo para o rendezvous[1] deles nesta hora tranquila, enquanto as pessoas estão na igreja. Eu não disse que nós poderíamos testemunhar uma movimentação pouco usual muito em breve?

A visão e o barulho dos soldados mal haviam se desvanecido quando outro tumulto, um tanto diferente, quebrou o silêncio noturno — o grito impaciente de uma criança. Elas olharam: um homem saiu da igreja, carregando nos braços uma criança — um menininho corado e robusto de uns dois anos de idade — urrando com todas as forças de seus pulmões; ele provavelmente acabara de acordar de um cochilo igrejeiro; duas menininhas, de nove e dez anos de idade, seguiam-no. A influência do ar fresco e a atração de algumas flores colhidas de um túmulo logo acalmaram o menino; o homem sentou-se com ele, balançando-o em seus joelhos com tanta ternura quanto qualquer mulher faria; as duas menininhas ocuparam seus postos, uma de cada lado.

— Boa noite, William — disse Shirley, depois de uma devida inspeção feita ao homem. Ele a havia visto antes e aparentemente estava esperando ser reconhecido; ele então tirou o chapéu e deu um sorriso de prazer. Era uma criatura rústica e de traços grosseiros; não velho, mas muito desgastado pelo tempo; sua roupa era decente e limpa; a de seus filhos, especialmente asseada; era nosso velho amigo Farren. As duas jovens se aproximaram dele.

— As senhoritas não vão à igreja? — perguntou ele, olhando-as complacente, porém, com um toque de timidez em seu olhar, um sentimento de modo algum suscitado em respeito pela posição delas, mas apenas pela apreciação da de sua elegância e juventude. Perante os cavalheiros — tais como Moore ou Helstone, por exemplo — William frequentemente era um pouco obstinado; com senhoras orgulhosas ou insolentes ele também era bastante intratável, às vezes muito rancoroso; mas era muito sensível e receptivo ao temperamento agradável e à educação. A natureza dele — teimosa — era rechaçada pela inflexibilidade em outras naturezas; por esse motivo ele nunca havia sido capaz de gostar de seu antigo patrão, Moore; e, não tendo consciência da boa opinião que aquele cavalheiro tinha a seu respeito, e do favor que ele em segredo lhe prestara ao recomendá-lo como jardineiro para o Sr. Yorke, e desse modo para outras famílias nas redondezas, ele continuava a alimentar ressentimento contra a austeridade de Moore. Recentemente, havia com frequência trabalhado em Fieldhead; os modos francos e acolhedores da Srta. Keeldar eram encantadores para ele. Caroline ele conhecia desde a infância; inconscientemente, ela representava para ele o ideal de uma senhora. O semblante, o caminhar e os gestos gentis dela, e a graça de sua pessoa e de sua indumentária atiçavam certas veias artísticas no coração camponês dele: ele sentia prazer em olhá-la, assim como tinha em examinar flores raras ou ver paisagens agradáveis. As duas jovens gostavam de William; elas sentiam prazer em emprestar-lhe livros, dar-lhe plantas; e elas apreciavam a conversa dele muito mais que a de muitas pessoas grosseiras, inflexíveis e pretensiosas muito acima dele em posição social.

— Quem estava pregando, William, quando você saiu? — perguntou Shirley.

— Um cavalheiro de que a senhorita gosta, Srta. Shirley... o Sr. Donne.

— Você parece saber muita coisa, William. Como você se inteirou do meu apreço pelo Sr. Donne?

— Ai, Srta. Shirley, às vez tem uma luz viva no seu zoio que trai vosmecê. A senhorita fica com uma cara muito de desdenho às vez quando o Sr. Donne está por perto.

— Você gosta dele, William?

— Eu? Eu tô afadigado dos coadjutores, e a esposa tamém. Eles não tem bons modo. Eles falam com as pessoa pobre como se eles achasse que estão pra cima delas. Eles sempre tão encomiando a posição deles. É uma pena, a posição deles podia encomiar eles; mas ela num faz nada disso. Eu detesto orgulho.

— Mas você é orgulhoso ao seu modo — interferiu Caroline. — Você é o que você chamaria de orgulhoso no lar: você gosta de ter tudo bonito ao seu redor; às vezes, você dá a impressão de ser quase orgulhoso demais para receber seu pagamento. Quando você estava sem trabalho, você era orgulhoso demais para aceitar qualquer coisa fiada. Se não fosse por seus filhos, acredito que teria preferido passar fome a ter de ir às lojas sem dinheiro; e quando eu quis dar alguma coisa para você, como foi difícil conseguir que você aceitasse!

— Em parte é verdade, Srta. Caroline. Todo os dia eu prefero dar a ganhar, ainda mais de uma pessoa como vosmecê. Veja a diferença entre a gente: vosmecê é uma mocinha pequena e magra, e eu sou um home grande e forte; eu tenho umas duas vez a vossa idade. Não é certo, então, acho, *eu* aceitar de *vossa* mão... dever favor (como dizem) pra *vosmecê*. E naquele dia que a senhorita foi até nossa casa, e me chamou na porta, e ofereceu pra mim cinco xelim, que eu duvido que vosmecê podia gastar, porque vosmecê num tem dinhero, eu sei —, aquele dia eu tava mesmo um rebelde, um radical, um revoltoso; e *vosmecê* me fez ser assim. Eu achava uma vergonha que, com vontade de trabalhar como eu tava, e capaz de trabalhar, eu tivesse numa situação que uma mocinha quase que da idade da minha minina maior achasse que devia de ir e oferecer pra mim um pouco do dinheiro dela.

— Suponho que você tenha ficado bravo comigo, William?

— Eu quase que fiquei, de certo modo. Mas perdoei vosmecê rapidinho: vosmecê tinha boas intenção. É, eu *sou* orgulhoso, e *vosmecê* também é; mas seu orgulho e o meu é do tipo certo, o que a gente chama em Yorkshire de "orgulho direito", do tipo que o Sr. Malone e o Sr. Donne não conhece de jeito nenhum. O orgulho deles é sujo. Então, eu vou ensinar minhas minina a ser orgulhosa como essa Srta. Shirley, e meus minino a ser tão orgulhoso quanto eu; mas eu quero vê um deles sê como os coadjutor. Eu ia dar uma coça no pequeno Michael se eu vesse ele mostrando um pouco desse sentimento.

— Qual é a diferença, William?

— Vosmecê sabe a diferença e muito bem, mas vosmecê quer que eu continue falando. O Sr. Malone e o Sr. Donne quase que é orgulhoso demais pra fazê arguma coisa por eles memo; *a gente* é quase orgulhoso demais pra deixar quarqué um fazer arguma coisa pela gente. Os coadjutor mal consegue falar umas palavra educada pra quem que eles pensa que tão pra baixo deles; *a gente* mal consegue ouvir umas palavra grossera daqueles que acha que tão pra cima da gente.

— Então, William, seja humilde o suficiente para me dizer de verdade como você tem passado. Você está em boa situação?

— Srta. Shirley, eu tô muito bem. Dês que eu comecei a trabalhar como jardinero, com a ajuda do Sr. Yorke, e dês que o Sr. Hall (é outro que é do tipo certo) ajudou minha mulher a começar uma lojinha, num posso reclamar de nada. A família tem bastante pra comê e pra vesti. Meu orgulho me faz dar um jeito de, vez em quando, ter um dinheirinho sobrando pra uma hora de precisão; porque eu acho que eu preferia morrer antes de ir pedir na igreja; e eu e a família tamo feliz. Mas os vizinho ainda são pobre. Eu vejo muito poblema.

— E, consequentemente, ainda há descontentamento, eu suponho? — perguntou a Srta. Keeldar.

— *Consequentemente* — é, vosmecê falou direito — *consequentemente*. É claro, o povo com fome num pode ser povo sastifeito ou tranquilo. A região não tá em boas condição... Eu sei o que tô dizendo!

— Mas o que se pode fazer? O que mais eu posso fazer, por exemplo?

— Fazer? Vosmecê não pode fazer muita coisa, pobre minina! Vosmecê deu seu dinhero; vosmecê agiu bem. Se vosmecê pudesse mandar seu arrendatário, o Sr. Moore, pra Botany Bay, vosmecê ia fazê inda melhor. O povo odeia ele.

— Que vergonha, William! — exclamou Caroline, com emoção. — Se as pessoas odeiam *mesmo* o Sr. Moore, é para a desonra delas, não dele. O Sr. Moore não odeia ninguém. Ele só quer cumprir o dever dele, e conservar o que lhe é de direito; vocês erram ao falar desse jeito.

— Eu falo como eu penso. Ele tem um coração frio e insensive, esse seu Sr. Moore.

— Mas — interrompeu Shirley —, supondo que o Sr. Moore fosse mandado embora da região, e a tecelagem dele fosse destruída, as pessoas teriam mais trabalho?

— Elas ia ter menos. Eu sei disso, elas sabe disso; e tem muito rapaz honesto levado ao desespero por saber que pra quarqué lugar que ele se vire ele não pode tê vida melhor; e tem bastante home desonesto pra levá eles pros diabo, uns patife que diz ser "amigo das pessoa", e que não sabe nada sobre as pessoa, e é tão insincero quanto Lúcifer. Eu vivi uns quarenta ano neste mundo, e eu acho que "as pessoa" nunca vão tê amigo de verdade a não ser elas própria, e umas duas ou três pessoa boa em situação diferente que é amiga de todo mundo. A natureza humana, de modo geral, num é nada além de egoísmo. São só uns muito pouco, só uma exceção aqui e outra ali, vez em quando, assim como vosmecês e eu, que, estando numa posição diferente, consegue entendê uns aos outro e sê amigo sem servidão de um lado ou orgulho do outro. Esses que diz ser amigo dos mais pobre que ele, por motivo político, num dá pra confiar; eles sempre tenta usá quem tá por baixo deles. Eu é que nunca vô ser desdenhado nem levado pro mau caminho pra diversão dos otro. Me fizeram umas proposta me faz pouco tempo que eu vi que era traiçoeira, e eu joguei elas na cara dos que fizeram elas.

— Você não vai nos contar quais foram as propostas?

— Não vou; não fazia bem nenhum, não fazia diferença. Os que tão envolvido pode cuidar de si mesmo.

— É, nós cuida de nós mesmo — disse outra voz. Joe Scott havia saído da igreja para pegar um pouco de ar fresco, e estava ali.

— Eu garanto *ocê*, Joe — observou William, sorrindo.

— E eu garanto meu patrão — foi a resposta. — Moças — continuou Joe, assumindo um ar superior —, era melhor vosmecês ir pra casa.

— Fico pensando por quê? — perguntou Shirley, a quem os modos um tanto pragmáticos do capataz eram familiares, e que com frequência estava em guerra com ele; pois Joe, adotando teorias arrogantes sobre as mulheres em geral, se ressentia muito, em seu íntimo, com o fato de seu patrão e a tecelagem de seu patrão estarem, de certa forma, sob o domínio de um rabo de saia, e tinha sentido como algo muito mortificante e amargo certas visitas de negócios feitas pela herdeira ao escritório da tecelagem.

— Porque num tem nada acontecendo com que as mulher deve de se envolvê.

— É mesmo! Há orações e pregações acontecendo naquela igreja; nós não estamos envolvidas com isso?

— Vosmecê num tava presente nem na oração nem na pregação, dona, se eu vi dereito. O que eu tava falando era de política. O William Farren tava falando desse assunto, se eu num tô enganado.

— Bem, e então? Política é nosso assunto habitual, Joe. Você sabe que eu leio um jornal todos os dias, e dois aos domingos?

— Eu acho que provavelmente vosmecê lê as notícia de casamento, senhorita, e as morte, e os acidente, e coisa assim?

— Eu leio os artigos principais, Joe, e as notícias internacionais, e eu olho os preços de mercado. Resumindo, eu leio exatamente o que um cavalheiro lê.

Joe dava a impressão de considerar que essa conversa era coisa de gente atrevida. Ele respondeu com um silêncio desdenhoso.

— Joe — prosseguiu a Srta. Keeldar —, eu ainda não consegui estabelecer com segurança se você é um Whig ou um Tory. Por favor, qual partido tem a honra de sua afiliação?

— É bem difíci explicar quando se tem certeza de num sê entendido — foi a resposta altiva de Joe —, mas, quanto a ser um Tory, eu preferia de sê uma mulher velha, ou uma jovem, que é uma coisa ainda mais fraca. São os Tories que faz guerra e estraga o comércio; e, se eu sou de um partido político — mas os partido político é tudo tolice —, eu sou daquele que é mais a favor da paz e, assim, dos interesse de negócio desta nossa terra.

— Eu também sou, Joe — replicou Shirley, que sentia prazer em amolar o capataz, insistindo em falar a respeito de assuntos em que ele julgava que ela, por ser mulher, não tinha direito de interferir —, em parte, pelo menos. Eu tenho um grande interesse pela agricultura, também; uma boa razão é o fato de eu não desejar que a Inglaterra seja subjugada pela França, e que, se uma parte de minha renda se origina da tecelagem do Hollow, uma parte maior se origina das terras ao redor dela. Não faria sentido tomar quaisquer medidas prejudiciais aos fazendeiros, Joe, eu suponho?

— A esta hora o sereno num é bom pras mulher — observou Joe.

— Se você faz essa observação pensando em meu bem-estar, eu só tenho de garantir que sou imune ao frio. Eu não me importaria em assumir minha vez de vigiar a tecelagem em uma destas noites de verão, armada com seu mosquete, Joe.

O queixo de Joe Scott era sempre bastante proeminente; ao ouvir isso, ele o esticou alguns centímetros além do habitual.

— Mas... tornando à vaca-fria — continuou ela —, comerciante de tecidos e proprietária de uma tecelagem como eu sou, além de fazendeira, não consigo tirar de minha cabeça a ideia de que nós, manufatureiros e pessoas de negócios, somos às vezes um pouco... só um *pouquinho*... egoístas e limitados em nossos pontos de vista, e indiferentes *demais* ao sofrimento humano, bastante insensíveis em nossa busca pelos ganhos. Você não concorda comigo, Joe?

— Num posso concordar onde eu num posso ser entendido — foi novamente a resposta.

— Homem misterioso! Seu patrão às vezes discute comigo, Joe; ele não é tão intransigente quanto você.

— Talvez não. Cada cabeça uma sentença.

— Joe, você acha mesmo que toda a sabedoria do mundo está concentrada em cérebros masculinos?

— Eu acho que as mulher são cheia de capricho e uma geração perversa; e eu respeito muito as doutrina apresentada no segundo capítulo da Primeira Epístola de São Paulo a Timóteo.

— Quais doutrinas, Joe?

— Que a mulher aprenda em silêncio, com toda sujeição. Não permita que a mulher ensine, nem use de autoridade sobre o marido, mas esteja em silêncio. Porque primeiro foi formado Adão, depois Eva.

— E o que isso tem que ver com negócios? — questionou Shirley. — Isso tem cheiro de direito de primogenitura. Eu vou falar a respeito disso com o Sr. Yorke na primeira vez que ele se manifestar contra esses direitos.

— E — continuou Joe Scott — Adão não foi enganado, mas a mulher sendo enganada é que pecou.

— Vergonha maior para Adão, pecar sabendo o que fazia! — exclamou a Srta. Keeldar. — Para dizer bem a verdade, Joe, eu nunca me senti muito tranquila a respeito desse capítulo. Ele me intriga.

— Ele é muito simples, senhorita. Pra bom entendedor, meia palavra basta.

— Ele pode entender à sua própria maneira — observou Caroline, entrando na conversa pela primeira vez. — Você concede o direito ao foro íntimo, eu suponho, Joe?

— Mas claro que sim! Eu concedo e exijo ele pra todas as linhas do Livro Sagrado!

— E as mulheres podem exercê-lo tanto quanto os homens?

— Não, as mulher têm de tê a opinião dos marido, tanto na política quanto na religião. É melhor pros dois.

— Oh! Oh! — exclamaram Shirley e Caroline.

— Com certeza; num tem dúvida a respeito — insistiu o teimoso capataz.

— Pode se considerar reprovado e deplorado por essa observação tão estúpida — disse a Srta. Keeldar. — Você poderia muito bem dizer que os homens devem acatar as opiniões de seus sacerdotes sem refletir. Qual seria o valor de uma religião seguida dessa maneira? Seria apenas uma superstição cega e tola.

— E qual é a *sua* interpretação, Srta. Helstone, dessas palavra de São Paulo?

— Hm! Eu... eu as interpreto da seguinte maneira: ele escreveu essa epístola para uma congregação específica de cristãos, sob circunstâncias específicas; e, além disso, ouso dizer, se eu pudesse ler o original grego, eu provavelmente descobriria que muitas das palavras foram traduzidas de modo errado; talvez não compreendidas de modo geral. Seria possível, eu não duvido, com um pouco de engenhosidade, dar à passagem uma interpretação bem diferente; fazer com que ela dissesse "Que a mulher se pronuncie sempre que ela julgar necessário objetar."

"A mulher tem permissão para ensinar e exercer autoridade tanto quanto possível. O homem, entrementes, não pode agir de outro modo a não ser ficar calado", e assim por diante.

— Isso num ia dar certo, senhorita.

— Ouso dizer que sim. Minhas ideias estão impregnadas de uma convicção mais forte que a sua, Joe. O senhor é uma pessoa extremamente dogmática, Sr. Scott, e sempre foi. Eu gosto mais do William que do senhor.

— Joe está muito bem em sua própria casa — disse Shirley. — Eu já o vi dócil como um cordeirinho em casa. Não há um esposo melhor, nem mais terno, em Briarfield. Ele não se impõe para a esposa.

— Minha mulher é uma mulher simples e trabalhadera; e o tempo e os problema já tiraro todo o orgulho dela. Mas num é isso que acontece com as senhorita. E então as senhorita acha que têm tanto conhecimento; e eu acho que as senhorita só conhece um tipo superficial de vaidade. Eu posso dizer (foi há um ano atrás) um dia a Srta. Caroline veio no nosso escritório quando eu tava guardando umas coisa atrás da mesa grande, e ela num me viu, e ela trouxe uma soma numa lousa pro patrão. Era uma continha de nada, na verdade, que o nosso Harry teria feito em dois minuto. Ela não conseguiu fazê. O Sr. Moore teve de ensinar pra ela. E quando ele ensinou, ela num entendeu ele.

— Tolice, Joe!

— Não, num é tolice. E a Srta. Shirley acha que ouve o patrão quando ele tá falando de negócio, prestando tanta atenção, como se ela entendesse cada palavra dele, e tudo tivesse claro como água da fonte pra ela; e o tempo todo ela tá olhando pela janela pra vê se a égua tá parada quieta; e então olhando uma manchinha na roupa de montaria dela; e então olhando com o canto do zoio pras teia de aranha e o pó do escritório, e pensando que povo sujo que a gente é, e que belo passeio ela vai dá logo despois lá no Nunnely Common. Ela num entende nada do que o Sr. Moore diz, como se ele falasse grego.

— Joe, você é mesmo um caluniador. Eu daria uma resposta, mas as pessoas estão saindo da igreja, nós temos de sair. Homem preconceituoso, até logo. William, até logo. Crianças, venham até Fieldhead amanhã, e vocês poderão escolher aquilo de que mais gostarem na despensa da Sra. Gill.

XIX. Uma noite de verão

Era hora do crepúsculo. Um ar limpo favorecia o brilho das estrelas.

— A luz será suficiente para me mostrar o caminho de casa — disse a Srta. Keeldar, preparando-se para se despedir de Caroline na porta do jardim da casa paroquial.

— Você não pode ir sozinha, Shirley; Fanny vai acompanhar você.

— Ela não vai. De que eu tenho de ter medo em minha própria paróquia? Eu viria de Fieldhead para a igreja em qualquer bela noite de verão, três horas mais tarde que agora, só pelo prazer de ver as estrelas e a chance de me encontrar com uma fada.

— Mas espere até a multidão se dispersar.

— Concordo. As cinco senhoritas Armitage estão passando. E lá vem o fáeton da Sra. Sykes, a carruagem fechada do Sr. Wynne, a pequena carruagem da Sra. Birtwhistle. Não quero passar pela cerimônia de me despedir de todos eles, então vamos entrar no jardim e ficar abrigadas entre os laburnos por uns minutos.

Os párocos, seus coadjutores e seus administradores saíam então pelo pórtico da igreja. Houve uma grande confabulação, cumprimentos, parabéns pelas pregações, recomendações para tomar cuidado com o ar da noite, etc. Aos poucos, a multidão se dispersou, as carruagens se afastaram. A Srta. Keeldar estava acabando de sair de seu refúgio florido quando o Sr. Helstone entrou no jardim e se encontrou com ela.

— Oh, quero falar com a senhorita! — disse ele. — Eu temia que a senhorita já tivesse ido. Caroline, venha cá.

Caroline se aproximou, esperando, assim como Shirley, uma reprimenda por não ter sido vista na igreja. Outros assuntos, contudo, ocupavam a mente do pároco.

— Não devo dormir em casa esta noite — prosseguiu ele. — Acabei de me encontrar com um velho amigo e prometi acompanhá-lo. É provável que eu volte perto do meio-dia amanhã. Thomas, o capataz, tem compromissos, e não posso pedir-lhe que durma aqui na casa, como geralmente faço quando me ausento por uma noite. Então...

— Então — interrompeu Shirley — o senhor deseja minha presença como um cavalheiro... o cavalheiro mais importante de Briarfield, resumindo, para ocupar seu lugar, tomar conta da casa paroquial e ser guardião de sua sobrinha e de suas empregadas enquanto o senhor está longe?

— Exato, capitão; achei que o posto seria de seu agrado. O senhor honraria Caroline sendo hóspede dela por uma noite? O senhor ficaria aqui em vez de voltar para Fieldhead?

— E o que a Sra. Pryor vai fazer? Ela me espera em casa.

— Eu mando um bilhete para ela. Vamos, decida ficar. Está ficando tarde; o sereno está caindo abundante. O senhor e Caroline vão apreciar a companhia mútua, não duvido.

— Prometo, então, ficar com Caroline — replicou Shirley. — Como o senhor diz, nós vamos apreciar a companhia uma da outra; não nos separaremos esta noite. Então, reúna-se com seu velho amigo e não tema por nossa causa.

— Se por acaso houver qualquer distúrbio durante a noite, capitão, se o senhor ouvir o barulho de alguém mexendo em uma fechadura, cortando um vidro das janelas, o som abafado de passos pela casa (e eu não tenho medo de dizer isso para o *senhor*, que tem um coração valoroso e enérgico sob os seus babadinhos femininos, que tais pequenos incidentes são muito possíveis nas atuais circunstâncias), o que o senhor faria?

— Não sei; desmaiar, talvez... Cair, e ter de ser colocada em pé novamente. Mas, doutor, se o senhor me designa o posto de honra, tem de me dar armas. Quais as armas disponíveis em seu reduto?

— O senhor não seria capaz de usar uma espada?

— Não, eu lidaria melhor com a faca de trinchar.

— O senhor vai encontrar uma no aparador da sala de jantar: uma faca para senhoras, fácil de manejar, e tão pontiaguda quanto um punhal.

— Ela vai ser boa para Caroline; mas o senhor tem de me dar um par de pistolas. Sei que o senhor tem pistolas.

— Tenho dois pares; um par eu posso colocar à sua disposição. O senhor vai encontrá-las penduradas sobre a cornija de meu escritório em coldres de tecido.

— Carregadas?

— Sim, mas não engatilhadas. Engatilhe-as antes de ir dormir. Estou lhe fazendo um grande elogio, capitão, emprestando-lhe as pistolas: se o senhor fosse um recruta, não as teria.

— Vou tomar cuidado. O senhor não precisa ficar protelando, Sr. Helstone: pode ir agora. Muito gentil da parte dele me emprestar as pistolas — observou ela, quando o pároco saiu pela porta do jardim. — Mas venha, Lina — continuou ela. — Vamos entrar e comer alguma coisa. Eu estava aborrecida demais na hora do chá com a proximidade do Sr. Sam Wynne para conseguir comer, e agora estou realmente com fome.

Entrando na casa, elas retornaram à sala de jantar sem iluminação, através de cujas portas abertas entrava o ar noturno, trazendo o perfume das flores do jardim, o som muito distante de passos que se afastavam na estrada e um murmúrio doce e vago cuja origem Caroline explicou com a observação, feita enquanto ela estava parada ouvindo, à janela:

— Shirley, estou ouvindo o rego no Hollow.

Então ela tocou o sino, pediu que trouxessem as velas e um pouco de pão e leite — a ceia habitual da Srta. Keeldar, bem como a sua própria. Fanny, ao trazer a bandeja, teria fechado as janelas e os postigos, mas pediram-lhe que desistisse naquele momento: o crepúsculo estava tranquilo demais e sua aragem balsâmica demais para já serem excluídos. Elas comeram em silêncio; Caroline se levantou uma vez para colocar no parapeito da janela um vaso de flores que estava sobre o aparador, já que o perfume exalado pelas flores era um pouco forte demais para o cômodo abafado. Ao retornar, ela entreabriu uma gaveta e tirou dela algo que brilhou límpido e pontiagudo em sua mão.

— Você me designou isto, então, Shirley, não foi? Ela é leve, afiada e muito pontuda; tem um aspecto perigoso. Eu ainda não senti o impulso que me levaria a direcioná-la contra um ser humano. É difícil imaginar que as circunstâncias pudessem dar forças ao meu braço para atacar com esta longa faca.

— Eu odiaria fazer isso — retrucou Shirley —, mas acho que seria capaz, se incitada por certas circunstâncias que eu consigo imaginar. — E a Srta. Keeldar bebeu seu copo de leite fresco em silêncio, dando a impressão de estar um tanto pensativa e um pouco pálida; embora, de fato, quando ela não aparentava estar pálida? Suas faces nunca eram rosadas.

O leite tendo sido bebido e o pão comido, Fanny foi uma vez mais chamada: ela e Eliza receberam ordens de ir dormir, o que elas estavam com muita vontade de fazer, estando exaustas por causa das demandas do dia, de tanto cortar pãezinhos com geleia e encher chaleiras e bules, e correr de um lado para o outro com bandejas. Pouco depois foi ouvido o som da porta do quarto das empregadas se fechando; Caroline pegou uma vela e foi caminhando em silêncio pela casa toda, conferindo se cada janela estava fechada e cada porta trancada. Ela nem mesmo evitou a assombrada cozinha externa e as adegas, que se pareciam com criptas. Tendo passado por elas, ela retornou.

— Não há nem espírito nem ser humano nesta casa agora — disse ela — que não devessem estar aqui. Falta pouco para as onze horas, é mais que hora de dormir; contudo, eu preferiria ficar acordada um pouco mais, se você não se opõe, Shirley. Veja — continuou ela —, eu trouxe o par de pistolas do estúdio do meu tio. Você pode examiná-las à vontade.

Ela colocou-as na mesa na frente de sua amiga.

— Por que você preferiria ficar acordada até um pouco mais tarde? — perguntou a Srta. Keeldar, pegando as armas, examinando-as e colocando-as sobre a mesa de novo.

— Porque tenho uma sensação estranha e agitada em meu coração.

— Eu também.

— Essa sensação de falta de sono e de inquietude é causada por algo elétrico no ar, fico pensando?

— Não; o céu está claro, as estrelas são incontáveis; é uma bela noite.

— Mas muito calma. Eu ouço a água se agitar em seu leito pedregoso no Bosque do Hollow tão nitidamente como se ela corresse abaixo do muro do cemitério.

— Fico feliz por ser uma noite tão tranquila. Agora, o vento uivando ou a chuva caindo torrencial iriam me irritar até eu ter uma febre.

— Por quê, Shirley?

— Porque iriam desorientar meus esforços para ouvir.

— Você está prestando atenção na direção do Hollow?

— Sim; é o único local de onde podemos ouvir um som neste momento.

— O único, Shirley.

As duas se sentaram perto da janela, apoiaram os braços no peitoril e inclinaram a cabeça na direção da gelosia aberta. Elas viram o rosto jovem uma da outra à luz das estrelas e daquele crepúsculo de junho que não desaparece totalmente do oeste até que a aurora comece a despontar no leste.

— O Sr. Helstone pensa que nós não temos a menor ideia do lugar para onde ele foi — murmurou a Srta. Keeldar — nem em qual missão, tampouco com quais expectativas, nem quão preparado. Mas eu tenho uma boa ideia; você não?

— Eu imagino alguma coisa.

— Todos aqueles cavalheiros... seu primo Moore está incluído... pensam que você e eu estamos agora em nossas camas, dormindo, inconscientes.

— Não nos preocupando com eles... Sem esperar e temer nada por eles — acrescentou Caroline.

As duas ficaram em silêncio por meia hora. A noite estava silenciosa também; somente o relógio da igreja controlava seu percurso a cada quarto de hora. Algumas palavras foram trocadas a respeito do vento frio. Elas se aconchegaram ainda mais em seus lenços, tornaram a colocar suas toucas, que elas haviam tirado, e continuaram a vigiar.

Perto da meia-noite, o latido irritante e monótono do cachorro perturbou a quietude da vigília delas. Caroline se levantou e caminhou em silêncio através dos corredores escuros até a cozinha, tencionando acalmá-lo com um pedaço de pão: ela foi bem-sucedida. Ao voltar para a sala de jantar, encontrou-a às escuras; a Srta. Keeldar havia apagado a vela, sua silhueta era visível perto da janela ainda aberta, inclinada para fora. A Srta. Helstone não fez perguntas; ela se encaminhou silenciosa para o lado da amiga. O cachorro voltou a latir furiosamente; de repente ele parou e pareceu ficar escutando. As ocupantes da sala de jantar também prestaram atenção, e não apenas no fluir da correnteza do moinho: havia um som mais próximo, embora abafado, na estrada para baixo do cemitério; um som controlado, ritmado, que se aproximava; o barulho surdo de pés que marchavam.

Ele se aproximou. Quem o ouvia gradualmente compreendeu sua dimensão. Não era o caminhar de dois homens, nem de uma dúzia, nem de vinte; eram os passos de centenas. Elas nada conseguiam ver; os arbustos altos do jardim formavam uma tela frondosa entre elas e a estrada. Ouvir, contudo, não era suficiente, e isso elas sentiram enquanto a tropa seguia adiante, e parecia na verdade estar passando pela casa paroquial. Elas perceberam com mais nitidez quando uma voz humana — embora essa voz não pronunciasse mais que uma palavra — quebrou o silêncio da noite.

— Alto!

Uma parada se seguiu; a marcha foi interrompida. Então houve uma longa conversa, da qual nenhuma palavra podia ser entendida na sala de jantar.

— Nós *temos* de ouvir isso — disse Shirley.

Ela se voltou, pegou as pistolas da mesa, passou em silêncio através da janela do meio da sala de jantar, que era, na verdade, uma porta de vidro, caminhou com passos leves pelo caminho até o muro do jardim e ficou ouvindo sob os lilases. Caroline não teria saído de casa se estivesse sozinha, mas, para onde Shirley fosse, ela iria. Ela olhou de relance para a arma no aparador, mas deixou-a para trás, e logo estava ao lado da amiga. Elas não ousaram olhar por cima do muro, temendo serem vistas; foram obrigadas a se agachar por trás dele. Elas ouviram as seguintes palavras:

— Parece ser uma casa velha e desconjuntada. Quem vive aqui, além do desgraçado do pastor?

— Só três mulheres: a sobrinha dele e duas empregadas.

— Você sabe onde elas dormem?

— As minina lá atrás; a sobrinha no quarto da frente.

— E o Helstone?

— Lá atrás no quarto dele. Ele é afeiçoado a deixar uma luz acesa, mas não estou vendo nada agora.

— Por onde você entraria?

— Se me mandassem vitimar ele, e ele é merecedor, eu tentava aquela janela grande lá; ela abre pra sala de jantar. Eu podia ir de rasto pro andar de cima, e sei onde fica o quarto dele.

— E como você lidaria com as mulheres?

— Deixava em paz, a não ser que elas gritasse; e então eu ia logo fazê elas ficar quieta. Eu ia querê encontrar o velho drumindo; se ele s'acordasse, ele ia sê perigoso.

— Ele tem armas?

— Umas pistola, sempre... e sempre cargada.

— Então você é um tolo por fazer a gente parar aqui. Um tiro ia dar o alarme. Moore estaria no nosso encalço antes de a gente poder dar meia-volta. A gente não ia conseguir alcançar nosso objetivo principal.

— Vocês podem ir em frente, eu estou dizendo. Eu ia ter com o Helstone sozinho.

Silêncio. Alguém do grupo deixou cair uma arma, que retiniu no caminho de pedras: com esse barulho, o cachorro da casa paroquial latiu de novo furiosamente — ferozmente.

— Isso estraga tudo! — disse a voz. — Ele vai acordar; um barulho como esse podia acordar os mortos. Você não disse que tinha um cachorro. Maldito! Vamos em frente!

E em frente eles foram — tramp, tramp — com um passo cadenciado, multíplice e que se organizava lentamente. Eles desapareceram.

Shirley se levantou, olhou por cima do muro na direção da estrada.

— Não ficou ninguém — disse ela.

Ela ficou parada, pensando.

— Graças a Deus! — foi a observação seguinte.

Caroline repetiu a exclamação — em um tom de voz não tão seguro; ela tremia demais, seu coração pulsava rápido e com força; seu rosto estava frio, a testa suada.

— Graças a Deus por nós! — repetiu ela. — Mas o que vai acontecer em outros lugares? Eles nos deixaram de lado para que pudessem atacar outros.

— Eles agiram bem — respondeu Shirley, calma. — Os outros vão se defender... Eles podem fazer isso, estão preparados para recebê-los; conosco, a situação é diferente. Meu dedo estava no gatilho desta pistola. Eu estava pronta para dar àquele homem, caso ele entrasse, uma recepção com a qual ele não contava; mas atrás dele viriam trezentos, e eu não tenho nem trezentas mãos nem trezentas armas. Eu não seria capaz de proteger de verdade nem você, nem a mim mesma, nem as duas pobres mulheres que estão dormindo sob aquele teto. Portanto, uma vez mais agradeço a Deus com sinceridade por termos escapado da ofensa e do perigo.

Depois de nova pausa, ela prosseguiu:

— O que meu dever e meu discernimento me mandam fazer em seguida? Não é ficar aqui inativa, fico feliz por dizer, mas, é claro, ir até o Hollow.

— Até o Hollow, Shirley?

— Até o Hollow. Você vem comigo?

— Para onde aqueles homens foram?

— Eles seguiram pela estrada; nós não vamos encontrá-los. O caminho através dos campos é tão seguro, silencioso e solitário quanto um caminho através dos ares seria. Você vem?

— Sim — foi a resposta dada mecanicamente, não porque quem falava desejasse ir, ou estivesse preparada para fazê-lo, ou, na verdade, estivesse algo além de apavorada com a perspectiva de ir, mas porque ela sentia que não poderia abandonar Shirley.

— Então, devemos fechar estas janelas e deixar tudo tão seguro quanto possível atrás de nós. Você sabe a troco de que estamos indo, Cary?

— Sim... não... porque você quer.

— E isso é tudo? Você obedece tão facilmente a um capricho meu? Que esposa dócil você seria para um esposo inflexível! A face da lua não está tão pálida quanto a sua agora, e o choupo-tremedor no portão não treme mais que seus dedos atarefados; e então, obediente e aterrorizada e desalentada e devotada você me seguiria aonde há maior perigo! Cary, permita-me dar um motivo para sua fidelidade: nós estamos indo por causa de Moore, para ver se podemos ser úteis para ele, num esforço para avisá-lo a respeito do que vai acontecer.

— Certamente! Eu sou uma tolinha cega e fraca, e você é perspicaz e sensata, Shirley! Eu vou com você; vou com você de boa vontade.

— Não duvido disso. Você morreria cega e docemente por minha causa, mas iria morrer racionalmente e de boa vontade por Moore. Mas, na verdade, não é caso de morte esta noite; nós não corremos risco nenhum.

Caroline fechou rapidamente postigos e gelosias.

— Não tenha medo de que eu não tenha fôlego para correr tão rápido quanto você, Shirley. Pegue minha mão, vamos diretamente pelos campos.

— Mas você não consegue subir o muro?

— Esta noite eu consigo.

— Você tem medo de sebes, e do rego que nós seremos obrigadas a atravessar?

— Eu consigo atravessá-lo.

Elas saíram; elas correram. Muitos muros as atrapalharam, mas não as desorientaram. Shirley era segura e ágil; era capaz de saltar como uma gazela quando queria. Caroline, mais tímida e menos hábil, caiu uma ou duas vezes e se arranhou; mas se levantou na mesma hora, dizendo que não estava machucada. Uma cerca viva circundava o último campo; elas perderam tempo procurando uma passagem nela. A abertura, quando encontrada, era estreita, mas elas conseguiram passar. Os cabelos longos, a pele delicada, as sedas e as musselinas sofreram; mas o que era mais lamentado era o empecilho que essas dificuldades apresentavam para a velocidade delas. Do outro lado se depararam com o rego, correndo fundo em um leito áspero: nesse trecho, uma pinguela estreita constituía a única ponte através dele. Shirley havia atravessado a pinguela, destemida e sem problemas, muitas vezes antes; Caroline ainda não ousara enfrentar a travessia.

— Eu carrego você para o outro lado — disse a Srta. Keeldar. — Você é leve e eu não sou fraca; deixe-me tentar.

— Se eu cair, você pode me tirar da água — foi a resposta, quando um aperto carinhoso cingiu sua mão. Caroline, sem fazer uma pausa, caminhou pela pinguela balouçante como se ela fosse uma continuação da turfa sólida. Shirley, que ia atrás, não a atravessou de modo mais decidido ou seguro. No presente estado de espírito delas, na presente missão, uma corredeira espumante não teria sido uma barreira para nenhuma das duas. Naquele instante, elas estavam além do controle ou do fogo ou da água: toda a Charneca de Stilbro', pelas fogueiras iluminada e chamejante, não as teria detido, nem as deteriam o Calder ou o Aire torrenciais na época da cheia. Contudo, um som as fez parar. Mal elas haviam pisado na sólida margem oposta quando um tiro vindo do norte fendeu os ares. Um segundo se passou. Mais adiante, um ruído similar soou no sul. No espaço de três minutos, sinais parecidos ressoaram no leste e no oeste.

— Eu achei que estaríamos mortas na primeira explosão — observou Shirley, inspirando profundamente. — Eu me senti atingida nas têmporas e achei que seu coração havia sido trespassado; mas a repetição do som foi uma explicação. Esses são sinais... é o jeito dele... o ataque deve estar próximo. Nós deveríamos ter tido asas. Nossos pés não nos trouxeram com presteza suficiente.

Uma parte do bosque deveria ser atravessada. Quando elas saíram dele, a tecelagem se encontrava bem abaixo delas. Elas conseguiam olhar para as construções e o pátio; elas conseguiam ver a estrada mais adiante. E o primeiro olhar lançado naquela direção disse para Shirley que ela tinha razão em suas conjecturas: elas já estavam atrasadas demais para dar o alarme, havia levado mais tempo do que elas calcularam superar os diversos obstáculos que obstruíam o atalho através dos campos.

A estrada, que deveria ser branca, estava escura por causa de uma massa movente: os rebeldes estavam reunidos na frente dos portões fechados do pátio, e uma única figura estava dentro, aparentemente se dirigindo a eles. A tecelagem estava completamente escura e silenciosa; não havia nem vida, nem luz, nem movimento ao redor dela.

— Com certeza ele está preparado: com certeza não é Moore que está se encontrando com eles sozinho! — sussurrou Shirley.

— É ele... Nós temos de ir ao encontro dele! Eu *vou* ao encontro dele.

— *Isso* você não vai fazer.

— E por que eu vim, então? Eu vim só por causa dele. Vou me juntar a ele.

— Felizmente, isso está fora de seu alcance, não há entrada para o pátio.

— *Há* uma entradinha nos fundos, além dos portões da frente; ela se abre com um método secreto que eu conheço. Eu vou tentar.

— Não com minha permissão.

A Srta. Keeldar segurou-a pela cintura com os dois braços e a conteve.

— Você não vai dar nem um passo — prosseguiu ela, com firmeza. — Agora, Moore ficaria chocado e atrapalhado se ele visse uma de nós duas. Os homens não querem as mulheres perto deles na hora do verdadeiro perigo.

— Eu não iria atrapalhar... eu iria ajudá-lo — foi a resposta.

— Como? Inspirando-o com heroísmo? Hmf! Os nossos não são os dias da cavalaria: não é uma justa em um torneio que nós vamos testemunhar, mas uma luta por causa de dinheiro, e comida, e vida.

— É natural que eu deva ficar ao lado dele.

— Como a senhora do seu coração? A tecelagem é a senhora amada por ele, Cary! Tendo na retaguarda a fábrica e suas calandras, ele tem todo o encorajamento de que necessita ou tem conhecimento. Não é por causa do amor ou da beleza, mas por causa do livro-caixa e dos tecidos que ele está prestes a partir sua lança. Não seja sentimental; Robert não é assim.

— Eu *poderia* ajudá-lo... eu *vou* procurá-lo.

— Vá, então... Deixo que você vá... Procure Moore: você não vai encontrá-lo.

Ela afrouxou os braços. Caroline saiu correndo como uma flecha atirada por um arco teso; atrás dela soou uma risada zombeteira e sarcástica:

— Preste muita atenção para que não haja nenhum erro! — foi o aviso dado.

Mas *havia* algo errado. A Srta. Helstone parou, hesitou, olhou. A figura havia subitamente se afastado do portão, e estava correndo rapidamente de volta para a tecelagem.

— Apresse-se, Lina! — exclamou Shirley. — Vá ao encontro dele antes que ele entre.

Caroline voltou lentamente.

— Não é Robert — disse ela. — Essa pessoa não tem nem a altura, nem as formas e nem o porte dele.

— Eu vi que não era Robert quando deixei você ir. Como você foi capaz de pensar assim? É uma pobre figura de um soldado raso; eles o colocaram lá como sentinela. Ele está a salvo na tecelagem agora: eu vi a porta se abrir e ele entrar por ela. Fico mais tranquila; Robert está preparado: nosso aviso teria sido supérfluo; e agora me sinto grata por termos chegado tarde demais para avisá-lo; isso nos poupou um espetáculo. Que maravilha teria sido entrar no escritório tout éperdue[1] e se achar na presença dos Srs. Armitage e Ramsden fumando, Malone se vangloriando, seu tio zombando, o Sr. Sykes bebericando um cordial, e o próprio Moore com seus modos de frio homem de negócios: sinto-me feliz por termos evitado isso tudo.

— Fico pensando; será que há bastante gente na tecelagem, Shirley?

— O suficiente para defendê-la. Os soldados que nós vimos duas vezes hoje estavam indo para lá, sem dúvida, e o grupo que percebemos rodeando seu primo nos campos estará com ele.

— O que eles estão fazendo agora, Shirley? O que é esse barulho?

— Machadinhas e alavancas nos portões do pátio: eles os estão forçando. Você está com medo?

— Não; mas meu coração está batendo rápido demais. Não consigo ficar em pé, vou me sentar. Você não está nervosa?

— Nem um pouco; mas sinto-me feliz por ter vindo: nós vamos ver o que acontece com nossos próprios olhos; estamos aqui, e ninguém sabe disso. Em vez de surpreender o coadjutor, o dono de tecelagem e o comerciante de milho com uma irrupção romântica no cenário, nós ficamos sozinhas com a noite amigável, suas estrelas silenciosas e essas árvores sussurrantes, cujo relato nossos amigos não virão ouvir.

— Shirley... Shirley, os portões foram derrubados! Aquele estampido foi como a derrubada de grandes árvores. Agora eles estão invadindo. Eles vão derrubar as portas da tecelagem assim como eles derrubaram o portão; o que Robert pode fazer contra tantos? Quisera Deus eu estivesse um pouquinho mais perto dele... pudesse ouvi-lo falar... pudesse falar com ele! Com minha vontade, meu desejo de servi-lo, eu não seria um fardo inútil no caminho dele; eu poderia prestar alguma ajuda.

— Eles estão chegando! — exclamou Shirley. — Como eles marcham determinados! Há disciplina nas fileiras deles; não vou dizer que há coragem; centenas contra dezenas não é uma prova dessa qualidade... mas (ela baixou a voz) há suficiente sofrimento e desespero entre eles; esses aguilhões vão incitá-los.

— Incitá-los contra Robert; e eles o odeiam. Shirley, o risco de eles vencerem é muito grande?

— Nós vamos ver. Moore e Helstone são "o sal da terra" — nada de amadores... nada de covardes...

Um choque — entrechoque — estremeção — interrompeu os sussurros delas. Uma saraivada de pedras havia saudado a vasta fachada da tecelagem com todas as suas janelas; e agora cada vidro de cada gelosia se encontrava em estilhaços. Um grito se seguiu a essa manifestação — um grito dos revoltosos — um grito dos revoltosos do norte da Inglaterra, de Yorkshire, de West-Riding, do distrito têxtil de West-Riding de Yorkshire.

Talvez você nunca tenha ouvido esse som, leitor? Tanto melhor para seus ouvidos — talvez para seu coração, já que, se ele fende o ar alimentado de ódio por você, ou pelos homens ou os princípios que você aprova, e os interesses pelos quais você tem esperanças, a Ira desperta com o grito do Ódio; o Leão sacode a sua juba e se levanta em resposta ao uivo da Hiena; a Casta se levanta, irada, contra a Casta; e o espírito indignado e injustiçado dos Proprietários Burgueses pressiona com ardor e desdém as massas famintas e furiosas das Classes Operárias. É difícil ser tolerante, difícil ser justo, em tais momentos.

Caroline se levantou; Shirley abraçou-a: elas ficaram paradas tão imóveis quanto os troncos retos de duas árvores. Aquele grito foi longo e, quando ele cessou, a noite ainda estava repleta da movimentação e dos murmúrios de uma multidão.

"O que vai acontecer em seguida?", se perguntaram as moças que ouviam. Nada aconteceu. A tecelagem continuava silenciosa como um mausoléu.

— Ele *não pode* estar sozinho! — murmurou Caroline.

— Eu apostaria tudo quanto tenho que ele está tão sozinho quanto ele está assustado — respondeu Shirley.

Tiros foram dados pelos revoltosos. Teriam os defensores esperado esse sinal? Parecia que sim. A tecelagem, até então inerte e passiva, despertou; o fogo lampejou através dos caixilhos de suas janelas; uma saraivada de tiros ressoou aguda através do Hollow.

— Moore finalmente se manifesta! — disse Shirley. — E ele parece ter o dom das línguas; essa não foi uma voz solitária.

— Ele esteve se contendo; ninguém pode acusá-lo de impetuosidade — alegou Caroline —, os tiros dos revoltosos precederam os dele; eles quebraram os portões e as janelas dele; eles atiraram em seu reduto antes de ele os repelir.

O que estava acontecendo então? Parecia difícil, na escuridão, distinguir; mas algo terrível, um tumulto que sempre tornava a se manifestar, era óbvio: ataques ferozes, defesas desesperadas;

o pátio da tecelagem e a própria tecelagem estavam repletos da movimentação da luta: mal havia uma interrupção dos disparos das armas de fogo; e enquanto isso havia combate, correria, barulho de passos e gritos. O objetivo dos atacantes parecia ser o de entrar na tecelagem, o dos defensores, o de derrotá-los. Elas ouviram o líder dos revoltosos gritar: "Para os fundos, mininos!". Elas ouviram uma voz replicar: "Deem a volta; nós vamos encontrar vocês".

— Para o escritório! — foi ordenado novamente.

— Bem-vindos! Nós estaremos à sua espera! — foi a resposta. E o clarão mais ofuscante que já havia brilhado e o estrondo mais alto que já havia sido ouvido irromperam da frente do escritório quando a massa de revoltosos correu naquela direção.

A voz que havia falado era a do próprio Moore. Pela sua entonação, as duas moças conseguiam perceber que a alma dele estava então exaltada pelo conflito: elas podiam adivinhar que o animal combatente havia sido despertado em cada um daqueles homens que estavam lá lutando juntos e, naquele momento, levava a melhor sobre o ser humano racional. As duas moças sentiram seus rostos queimando e os pulsos latejando; ambas sabiam que não fariam bem algum se precipitando no meio da mêlée:[2] elas não desejavam nem dar nem levar golpes; mas não teriam conseguido ir embora — Caroline não mais do que Shirley; elas não teriam conseguido desmaiar; elas não teriam conseguido desviar os olhos da cena sombria e terrível — da massa de nuvens, de fumaça, do clarão dos mosquetes — por nada deste mundo.

"Como e quando isso iria acabar?" era a pergunta que latejava em seus pulsos latejantes. "Chegaria o momento em que elas pudessem ser úteis?", era o que elas esperavam para ver; pois, embora Shirley tivesse minimizado a chegada tardia delas com um gracejo e estivesse sempre pronta a satirizar seu próprio entusiasmo, ou o de qualquer outra pessoa, ela teria dado uma porção de sua melhor terra pela chance de ser útil.

A chance não lhe foi concedida; a circunstância esperada nunca aconteceu: não era provável. Moore havia esperado esse ataque por dias, talvez semanas; e estava preparado para ele em todos os aspectos. Ele havia fortificado e guarnecido a tecelagem, que por si só já era uma edificação sólida; ele era um homem ponderado e valoroso; ele se preparou para a defesa com uma firmeza inabalável; os que estavam com ele foram contagiados pelo seu espírito e imitaram seu comportamento. Os revoltosos jamais haviam sido enfrentados dessa maneira. Em outras tecelagens que eles haviam atacado, não haviam se deparado com resistência; uma defesa organizada e resoluta era algo que eles jamais sonhavam encontrar. Quando seus líderes perceberam os tiros constantes vindos da tecelagem, constataram a compostura e a determinação de seu proprietário, viram-se friamente desafiados e incitados a morrer, e testemunharam seus homens caindo feridos ao seu redor, eles sentiram que nada havia a ser feito ali. Apressados, juntaram suas forças e afastaram-nas da construção: uma chamada foi feita, na qual os homens respondiam a números, e não a nomes; eles se dispersaram pelos campos, deixando atrás de si o silêncio e a ruína. O ataque, de seu começo até o fim, não havia durado uma hora.

Nesse momento, o dia estava surgindo; o oeste estava escuro, o leste começava a luzir. Alguém poderia ter pensado que as moças, que haviam testemunhado o conflito, desejassem então ir correndo até os vencedores, em cuja facção todo o interesse delas havia se concentrado; mas elas apenas se aproximaram cautelosamente da tecelagem então destruída e, quando subitamente um grupo de soldados e de cavalheiros apareceu na grande porta que dava para o pátio, elas rapidamente se refugiaram em um barracão, o depósito de ferro usado e de madeira, de onde elas poderiam ver sem serem vistas.

Não era um espetáculo animador: o recinto era então uma mera mancha de desolação na fachada límpida do amanhecer de verão. O bosque acima do Hollow estava cheio de sombras e úmido, a colina que o encimava era verde; mas bem ali, no centro do doce vale estreito, a Discórdia, que eclodira durante a noite, havia pisoteado o chão com seus cascos destruidores, deixando-o devastado e pulverizado. A tecelagem se abria em ruínas com caixilhos sem vidros; o pátio estava lotado de pedras e fragmentos de tijolos e, ao lado da tecelagem, com os fragmentos cintilantes das janelas estilhaçadas; mosquetes e outras armas jaziam aqui e acolá; mais de uma mancha de um vermelho brilhante podia ser vista no cascalho: um corpo humano jazia quieto caído de bruços perto dos portões, e cinco ou seis homens feridos se contorciam e gemiam na poeira ensanguentada.

A fisionomia da Srta. Keeldar se alterou ao ver a cena: era o travo da batalha, da morte e da dor substituindo a excitação e o empenho; era o negrume que o fogo vivo deixa quando sua chama se apaga, seu calor deixa de existir e seu brilho desaparece.

— Era isso que eu desejava evitar — disse ela, com uma voz cuja cadência traía as batidas alteradas de seu coração.

— Mas você não conseguiria evitar isso; você fez o melhor que pôde... foi em vão — disse Caroline, confortante. — Não lamente, Shirley.

— Eu sinto por essas pobres criaturas — foi a resposta, enquanto a centelha em seu olhar se transformava em orvalho. — Será que há alguém ferido dentro do prédio? Aquele é seu tio?

— Sim, e lá está o Sr. Malone; e, oh, Shirley! Lá está Robert!

— Bem (retomando seu antigo tom de voz), não aperte minha mão desse jeito; estou vendo, não há nada de extraordinário nisso. Nós sabíamos que ele, pelo menos, estava aqui, independentemente de quem não estivesse.

— Ele está vindo em nossa direção, Shirley!

— Na direção da bomba, ou seja, com o intuito de lavar suas mãos e sua testa, que tem um ferimento, eu vejo.

— Ele está sangrando, Shirley; não me impeça, eu tenho de ir.

— Nem um passo.

— Ele está machucado, Shirley!

— Tolice!

— Mas *tenho* de ir até ele; quero tanto ir, não suporto ser impedida.

— E para quê?

— Para falar com ele, perguntar como ele está e o que posso fazer por ele.

— Para perturbá-lo e aborrecê-lo; para oferecer um espetáculo de vocês dois na frente desses soldados, do Sr. Malone, do seu tio, *et cetera*. Você acha que ele gostaria disso? Você gostaria de se lembrar disso daqui a uma semana?

— Devo ser sempre refreada e detida? — perguntou Caroline, um pouquinho impetuosa.

— Por causa dele, sim. E ainda mais por sua causa. Estou lhe dizendo, se você aparecesse agora, iria lamentar ter feito isso uma hora mais tarde, e Robert também.

— Você acha que ele não iria aprovar, Shirley?

— Muito menos do que ele gostou de nós o pararmos para dizer boa-noite, algo que deixou você muito aborrecida.

— Mas aquilo foi tudo brincadeira; não havia perigo.

— E esta é uma situação séria; ele não deve ser perturbado.

— Eu só quero ir ter com ele porque é meu primo... você entende?

— Entendo muito bem. Mas agora observe-o. Ele lavou a testa, e o sangue parou de escorrer; o ferimento dele não é mais que um arranhão; dá para ver daqui. Ele está indo cuidar dos feridos.

E realmente o Sr. Moore e o Sr. Helstone deram uma volta pelo pátio, examinando cada forma prostrada. Eles então deram instruções para que pegassem os feridos e os levassem para dentro da tecelagem. Essa tarefa tendo sido realizada, Joe

Scott recebeu ordens para encilhar o cavalo de seu patrão e o pônei do Sr. Helstone, e os dois cavalheiros saíram galopando para buscar socorro médico em diferentes direções.

Caroline ainda não estava tranquila.

— Shirley, Shirley, eu queria ter trocado uma palavra com ele antes de ele ir — murmurou ela enquanto as lágrimas cintilantes enchiam seus olhos.

— Por que você está chorando, Lina? — perguntou a Srta. Keeldar, um tanto severa. — Você deveria estar feliz, em vez de triste. Robert escapou de qualquer ferimento sério; ele saiu vitorioso; ele foi ponderado e valente no combate; ele agora está sendo considerado um vencedor: é este o momento... são essas causas para o choro?

— Você não sabe o que trago em meu coração — lamentou a outra —, que dor, que pesar... nem de onde eles surgem. Eu consigo entender que você se rejubile com a grandeza e a bondade de Robert; eu também sinto isso, por um lado, mas por outro eu me sinto *tão* infeliz. Estou afastada demais dele; eu costumava ficar mais perto. Deixe-me ficar sozinha, Shirley; deixe que eu chore por alguns minutos; isso me acalma.

A Srta. Keeldar, sentindo que o corpo todo de Caroline tremia, parou de recriminá-la; ela saiu do barracão e deixou-a chorar em paz. Foi a melhor ideia: em poucos minutos, Caroline se juntou a ela, muito mais calma. Ela disse com seus modos habituais, dóceis e gentis:

— Venha, Shirley, vamos para casa agora. Prometo que não tentarei ver Robert de novo até que ele me procure. Eu jamais vou tentar me impor a ele. Agora agradeço por ter me impedido.

— Eu o fiz com boas intenções — respondeu a Srta. Keeldar. — E agora, querida Lina — prosseguiu ela —, vamos voltar nossos rostos para a fria brisa da manhã e caminhar discretamente para a casa paroquial. Nós vamos entrar sorrateiras, assim como saímos: ninguém deverá saber onde estivemos ou o que vimos esta noite; nem escárnio nem interpretações infundadas, consequentemente, poderão nos molestar. Amanhã nós vamos ver Robert, e estaremos alegres; mas não vou falar mais nada, ou então vou começar a chorar também. Eu pareço ser muito dura com você, mas não sou assim.

XX. Amanhã

As duas moças não encontraram uma só criatura em sua caminhada de volta à casa paroquial. Elas entraram em silêncio; subiram pelas escadas sem que fossem ouvidas: a manhã que nascia proporcionou para elas toda a luz de que precisavam. Shirley foi imediatamente dormir; e embora o quarto fosse estranho — pois ela jamais havia dormido na casa paroquial antes — e embora a cena recente fosse incomparável quanto à excitação e ao terror a qualquer outra que ela até então tivesse tido a oportunidade de testemunhar, mal sua cabeça pousara no travesseiro e um sono profundo e restaurador fechou seus olhos e acalmou seus sentidos.

Uma saúde perfeita era o invejável quinhão de Shirley; embora calorosa e solidária, ela não era nervosa; emoções poderosas podiam surgir e desaparecer sem debilitar seu espírito; a tempestade podia perturbá-la e impressioná-la enquanto durava, mas não afetava a flexibilidade dela, deixando seu frescor praticamente intocado. Assim como cada dia lhe trazia emoções estimulantes, cada noite lhe oferecia um repouso restaurador. Caroline olhava enquanto ela dormia e via a serenidade de sua mente na beleza de sua fisionomia feliz.

Sendo de um temperamento diferente, ela mesma não conseguia dormir. Só a excitação banal do chá e da reunião escolar teriam sido suficientes para deixá-la desassossegada a noite inteira; o efeito do terrível drama que acabara de se desenrolar perante seus olhos provavelmente não a abandonaria por muitos dias. Seria inútil até mesmo tentar permanecer deitada; ela se sentou ao lado de Shirley, contando os minutos vagarosos e observando o sol de junho subir aos céus.

A vida se esgota rapidamente em tais vigílias como as que Caroline mantivera com tanta frequência recentemente; vigílias durante as quais a mente, não tendo um alimento saboroso para nutri-la, nenhum maná de esperança, nenhuma doçura de lembranças deleitosas, tenta sobreviver com a mísera dieta dos desejos e, não conseguindo extrair dela nem deleite nem conforto, e se sentindo prestes a perecer com a ânsia desesperada, se volta para a filosofia, a resolução, a resignação; suplica a todos esses deuses por auxílio, clama em vão, não é ouvida nem ajudada, e definha.

Caroline era cristã; portanto, sentindo-se desesperada, ela fazia muitas orações seguindo a crença cristã, dizendo-as com profunda sinceridade, suplicando por paciência, forças e alívio. Este mundo, entretanto, nós todos sabemos, é cenário de sofrimentos e provações; e, para quaisquer resultados favoráveis que suas súplicas já tivessem alcançado, parecia-lhe que elas não eram ouvidas nem aceitas. Ela às vezes achava que Deus lhe havia voltado Sua face. Em certos momentos ela era uma calvinista e, mergulhando no abismo do desespero religioso, via pairando sombria sobre ela a ruína da reprovação.

Muitas pessoas já passaram por um período ou períodos em suas vidas em que se sentiram assim abandonadas; quando, embora tendo por muito tempo alimentado esperanças, e ainda assim visto o dia da fruição protelada, seus corações realmente adoeceram em seu peito. Hora terrível é essa, mas tantas vezes é esse momento de maior escuridão que precede o nascer do dia; aquela reviravolta no ano em que os ventos gelados de janeiro instantaneamente carregam sobre a terra desolada o lamento do inverno que se despede e a profecia da primavera vindoura. Os pássaros moribundos, contudo, não conseguem compreender a rajada de vento perante a qual eles tremem; e tampouco pode a alma sofredora reconhecer, no auge de sua aflição, a aurora de sua libertação. Contudo, permitam que os sofredores se apeguem com todas as forças ao amor e à fé em Deus: Deus nunca vai decepcionar, nunca vai desertar o sofredor. "Quem o Senhor ama, Ele corrige". Essas palavras são verdadeiras e não deveriam ser esquecidas.

Finalmente houve uma movimentação na casa; as empregadas se levantaram; os postigos foram abertos na parte de baixo. Caroline, ao se levantar da cama, que não havia sido mais que de espinhos para ela, sentiu aquela revivificação do espírito que o retorno do dia, da ação, dá para todas as pessoas, exceto aquelas totalmente desesperadas ou que estão mesmo morrendo. Ela se vestiu, como sempre, com cuidado, tentando arrumar seus cabelos e o vestido de modo que nada do desespero que sentia em seu coração pudesse se manifestar exteriormente: ela parecia tão louçã quanto Shirley quando ambas estavam vestidas; só que os olhos da Srta. Keeldar estavam animados, e os da Srta. Helstone, lânguidos.

— Hoje eu tenho tanta coisa a dizer para Moore — foram as primeiras palavras de Shirley; e dava para ver no seu rosto que a vida era cheia de interesse, de expectativas e de ocupação para ela. — Ele terá de passar por um interrogatório — acrescentou ela. — Ouso dizer que ele julga ter me enganado com êxito. E é assim que todos os homens lidam com as mulheres... sempre escondendo o perigo delas... pensando, acredito, poupá-las da dor. Eles imaginaram que nós mal sabíamos onde eles estiveram esta noite; nós *sabemos* que eles mal podiam pensar onde nós estávamos. Os homens, acredito, imaginam que a mente das mulheres é parecida com a das crianças. Bem, isso é um erro.

Isso foi dito enquanto ela estava à frente do espelho, arrumando seu cabelo naturalmente ondulado em cachos, enrolando-os em seus dedos. Ela retomou o assunto cinco minutos depois, enquanto Caroline abotoava seu vestido e apertava seu espartilho.

— Se os homens pudessem nos ver como nós realmente somos, ficariam um tanto espantados; mas os homens mais inteligentes, mais perspicazes, com frequência vivem uma ilusão a respeito das mulheres; eles não as veem de maneira adequada; eles não as compreendem, tanto para o bem quanto para o mal: a mulher boa para eles é uma coisa estranha, em parte boneca, em parte anjo; a mulher ruim para eles é quase sempre um demônio. E ouvi-los se extasiando com as criações uns dos outros... adorando a heroína de tal poema, romance ou drama... pensando que ela é bela, divina! Belas e divinas elas podem ser, mas com frequência bastante artificiais, falsas como a rosa na minha melhor touca. Se eu dissesse tudo o que penso a esse respeito, se eu desse a minha verdadeira opinião sobre personagens femininas importantes em obras de qualidade, onde eu estaria? Morta sob um monte de pedras vingadoras em meia hora.

— Shirley, você fala tanto, não consigo apertar seu espartilho; fique quieta. E, além do mais, as heroínas dos escritores são quase tão boas quanto os heróis das escritoras.

— De modo algum. As mulheres entendem os homens muito melhor que os homens entendem as mulheres. Eu vou provar isso em um ensaio qualquer dia, quando tiver tempo; só que nunca será publicado. Será "recusado com agradecimentos" e deixado à minha espera com o editor.

— Certamente. Você não seria capaz de escrever de modo adequado. Você não tem conhecimento suficiente. Você não é culta, Shirley.

— Deus sabe que não posso contradizer você, Cary; sou tão estúpida quanto uma porta. Há um consolo, entretanto: você não é muito melhor.

Elas desceram para o café da manhã.

— Só fico pensando em como a Sra. Pryor e Hortense Moore passaram a noite — disse Caroline, enquanto fazia o café. — Criatura egoísta que sou! Não pensei em nenhuma delas até agora; elas devem ter ouvido o tumulto, Fieldhead e o chalé são tão próximos; e Hortense é tímida nessas ocasiões... e, sem dúvida, a Sra. Pryor também é.

— Pode acreditar em mim, Lina, Moore deve ter pensado em um jeito de afastar sua irmã. Ela foi para casa com a Srta. Mann; ele deve tê-la alojado lá esta noite. Quanto à Sra. Pryor, confesso que estou preocupada; porém, em meia hora nós estaremos com ela.

Naquela hora, a notícia do que havia acontecido no Hollow havia se espalhado por toda a vizinhança. Fanny, que estivera em Fieldhead para pegar o leite, retornou em uma pressa ofegante com notícias de que houvera uma batalha à noite na tecelagem do Sr. Moore e que estavam dizendo que uns vinte homens haviam morrido. Eliza, durante a ausência de Fanny, havia sido informada pelo ajudante do açougueiro que a tecelagem havia sido totalmente queimada. As duas mulheres correram para a sala para anunciar esses fatos terríveis para as senhoras, terminando sua narrativa acurada afirmando que elas tinham certeza de que o patrão devia estar envolvido nesses acontecimentos: ele e Thomas, o capataz, elas tinham certeza, deveriam ter ido na noite passada se juntar ao Sr. Moore e aos soldados; não tinham tido notícias do Sr. Malone também, desde a tarde de ontem, nos alojamentos dele; e a esposa e os filhos do Joe Scott estavam muito desesperados, pensando no que poderia ter acontecido com o chefe da família.

Mal essas notícias haviam sido dadas quando uma batida à porta da cozinha informou que um empregado de Fieldhead chegara muito apressado, trazendo um bilhete da Sra. Pryor. Ele havia sido escrito às pressas, e suplicava a volta imediata da Srta. Keeldar, já que a vizinhança e a propriedade provavelmente estariam mergulhadas em confusão, e ordens em que somente a dona da casa poderia pensar teriam de ser dadas. Em um pós-escrito era rogado que a Srta. Helstone não fosse deixada sozinha na casa paroquial: seria melhor, era sugerido, ela acompanhar a Srta. Keeldar.

— Não há duas opiniões a esse respeito — disse Shirley, enquanto atava sua touca e ia rapidamente pegar a de Caroline.

— Mas o que Fanny e Eliza vão fazer? E se meu tio voltar?

— Seu tio não vai voltar tão cedo; ele tem coisas mais importantes para fazer; ele estará galopando entre Briarfield e Stilbro' o dia inteiro, atiçando os magistrados no tribunal e os soldados nos acampamentos; e Fanny e Eliza podem pedir para a esposa de Joe Scott e do capataz que lhes façam companhia. Além disso, é claro, não há um perigo real a ser temido agora: semanas vão se passar antes que os revoltosos consigam se reunir de novo ou planejem outro ataque; e eu estou muito enganada se Moore e o Sr. Helstone não tirarem vantagem da insurreição da noite passada para subjugar os revoltosos completamente; eles vão intimidar as autoridades de Stilbro' para que tomem medidas enérgicas. Só espero que eles não sejam rígidos demais, não persigam os vencidos implacavelmente.

— Robert não será cruel; nós vimos isso na noite passada — disse Caroline.

— Mas ele será severo — retrucou Shirley —, e seu tio também.

Enquanto iam apressadas através do campo e da plantação para Fieldhead, elas viram a estrada distante já animada com um fluxo pouco habitual de cavaleiros e pedestres indo na direção do normalmente solitário Hollow. Chegando à propriedade, elas encontraram os portões dos fundos abertos, e o pátio e a cozinha pareciam lotados de pessoas nervosas — homens, mulheres e crianças que tinham ido buscar o leite — a quem a Sra. Gill, a caseira, parecia em vão tentar persuadir a pegar suas latas de leite e ir embora. (*É*, ou *era*, por falar nisso, costume no norte da Inglaterra que os rendeiros de uma grande propriedade recebessem seus suprimentos de leite e de manteiga na herdade, em cujas pastagens um rebanho de vacas leiteiras geralmente era alimentado para a conveniência da vizinhança. A Srta. Keeldar era dona de tal rebanho — vacas originárias de

Craven, alimentadas com o mato fresco e as águas cristalinas do formoso Airedale; e muito orgulho ela sentia da pelagem lustrosa e do ótimo estado delas.) Vendo então qual era a situação, e que seria desejável proceder à desocupação do local, Shirley se misturou entre os grupos tagarelas. Ela lhes desejou bom dia com modos francos e tranquilos — a característica natural de seu comportamento quando ela se dirigia a grandes grupos de pessoas, sobretudo se essas pessoas fossem das classes trabalhadoras; ela era mais reservada entre seus pares e bastante orgulhosa com quem estava acima dela. Ela então perguntou se todos tinham recebido sua quota de leite; e, vendo que eles tinham, ela observou que "não conseguia entender o que eles estavam esperando, então".

— A gente só está falando um pouquinho sobre a luta que aconteceu na sua tecelagem, senhora — respondeu um homem.

— Falando um pouquinho! Bem típico de vocês! — disse Shirley. — É uma coisa estranha todo mundo gostar tanto de *falar* sobre os acontecimentos: vocês *falam* se alguém morre de repente; vocês *falam* se um incêndio começa; vocês *falam* se o dono de uma tecelagem abre falência; vocês *falam* se ele é assassinado. Qual é a vantagem de toda essa sua falação?

Não há nada que as classes mais baixas apreciem mais que uma ligeira repreensão direta e bem-humorada. A lisonja elas desdenham demais; de uma linguagem mais ríspida e sincera elas gostam. Elas dizem que isso é falar de modo claro e sentem um prazer sincero em ser o alvo. A rispidez singela do cumprimento da Srta. Keeldar lhe garantiu a atenção de todas as pessoas em um segundo.

— A gente num é melhor que uns que são mais rico que a gente, ou é? — perguntou um homem, sorrindo.

— Nem um pouquinho melhor: vocês, que deveriam ser modelos de diligência, gostam tanto de tagarelar quanto os desocupados. Pessoas ricas e finas que nada têm para fazer podem, em parte, ser desculpadas por passar o tempo falando de ninharias; vocês, que têm de ganhar o pão com o suor de seu rosto, não têm desculpa.

— Isso é estranho, patroa. A gente num pode nunca tê uma folga porque a gente trabalha duro?

— *Nunca* — foi a resposta imediata —, a não ser... — acrescentou a "patroa" com um sorriso que desmentia em parte a severidade de suas palavras — a não ser que vocês saibam como fazer melhor uso dela do que se reunir bebendo rum e chá se forem mulheres, ou com cerveja e cachimbos se forem homens, e *tagarelar* às custas de seus vizinhos. Vamos, amigos — acrescentou ela, passando na mesma hora da severidade para a cortesia —, façam-me um favor pegando suas latas de leite e indo para casa. Eu suponho que várias pessoas virão aqui hoje, e seria inconveniente ter os caminhos que levam até a propriedade cheios de gente.

O povo de Yorkshire é tão dócil em face da persuasão quanto é teimoso contra a imposição: o pátio ficou vazio em cinco minutos.

— Obrigada, e até logo, amigos — disse Shirley, enquanto fechava os portões de um pátio silencioso.

Ora, que o mais sofisticado dos *cockneys* tenha a ousadia de ficar criticando os modos de Yorkshire perto de mim! Considerados sob a devida luz, em sua maioria os minino e minina do West-Riding são cavalheiros e damas, dos pés à cabeça. É somente contra a insossa afetação e a pompa fútil de alguém que se julga aristocrata que eles se rebelam.

Entrando pela parte dos fundos, as jovens passaram pela cozinha (ou *casa*, como a cozinha interna é chamada) e foram para o saguão. A Sra. Pryor desceu às pressas a escadaria de carvalho para encontrá-las. Ela estava muito debilitada; sua compleição naturalmente corada estava pálida; seus olhos azuis, normalmente plácidos, embora tímidos, estavam agitados, inquietos, alarmados. Entretanto, ela não irrompeu em exclamações ou em uma narrativa apressada do que havia acontecido. Seu sentimento predominante tinha sido, durante a noite, e ainda era naquela manhã, uma sensação de insatisfação consigo mesma por não conseguir se sentir mais firme, controlada, mais à altura das exigências da ocasião.

— As senhoritas sabem — começou ela com voz trêmula, e, contudo, com a mais consciente ansiedade para evitar o exagero naquilo que estava prestes a dizer — que um grupo de revoltosos atacou a tecelagem do Sr. Moore esta noite: nós ouvimos os tiros e a confusão perfeitamente daqui; nenhum de nós dormiu. Foi uma noite triste; a casa ficou agitada a manhã inteira com as pessoas indo e vindo; os empregados vieram falar comigo para receber ordens e orientação, que eu realmente não me senti em posição para dar. O Sr. Moore, eu acredito, mandou pedir provisões para os soldados e os demais envolvidos na defesa, e também para os feridos. Eu não poderia assumir a responsabilidade de dar ordens ou tomar alguma medida. Eu temo que o atraso possa ter sido pernicioso em certas circunstâncias; mas esta não é minha casa. A senhorita estava ausente, minha cara Srta. Keeldar. O que eu poderia ter feito?

— Nenhum alimento foi enviado? — perguntou Shirley, enquanto sua fisionomia, até aquele momento tão desanuviada, benigna e tranquila, mesmo quando ela estava repreendendo as pessoas que haviam ido pegar o leite, subitamente ficou anuviada e tensa.

— Creio que não, minha cara.

— E nada para os feridos... nem bandagens, nem vinho, nem roupas de cama?

— Creio que não. Não sei dizer o que a Sra. Gill fez; mas não me parecia possível, na hora, ousar a dispor daquilo que é seu enviando suprimentos para os soldados; provisões para um grupo de soldados parecem impressionantes. Quantos são eu não perguntei; mas não poderia nem pensar em permitir que eles saqueassem a casa, por assim dizer. Eu tencionava agir de modo correto, contudo, não vi a questão com muita clareza, reconheço.

— Não obstante, a situação pode ser assim resumida. Esses soldados arriscaram suas vidas defendendo minha propriedade; suponho que eles tenham o direito à minha gratidão. Os feridos são nossos semelhantes: suponho que devêssemos ajudá-los. Sra. Gill!

Ela se voltou e chamou com um tom de voz mais nítido que gentil. Ele soou através do carvalho maciço do saguão e das portas da cozinha com maior eficácia que o soar de um sino. A Sra. Gill, imersa no preparo do pão, veio com as mãos e o avental em estado culinário, não tendo ousado parar para tirar a massa daquelas ou sacudir a farinha deste. Sua patroa jamais chamara os empregados com aquela voz a não ser uma vez antes, e isso ocorrera quando ela havia visto da janela Tártaro em briga violenta com dois cachorros dos camponeses, cada um sendo páreo para ele em tamanho, se não em coragem, e os donos ali parados, encorajando os animais, enquanto o dela não tinha quem o protegesse: naquela ocasião ela convocara John como se o Dia do Juízo Final estivesse próximo. E ela nem esperara que o empregado chegasse: havia saído para a alameda sem touca e, depois de informar aos carregadores que ela os considerava menos seres humanos que os três animais que se revolviam e rosnavam no pó à frente dela, havia colocado os braços ao redor do grosso pescoço do maior dos cachorros e aplicado todas as suas forças à tarefa de afastá-lo do olho ferido e ensanguentado de Tártaro, ao redor do qual as presas vingativas estavam aferradas. Cinco ou seis homens na mesma hora chegaram para ajudá-la, mas ela nunca agradeceu a nenhum deles. "Eles poderiam ter vindo antes se tivessem tido boa vontade", disse ela. Ela não dirigira a palavra a ninguém durante o resto do dia, mas havia ficado sentada perto da lareira do saguão até o anoitecer, vigiando Tártaro e cuidando dele, ele deitado, todo ensanguentado, rígido e inchado, em um tapete aos pés dela. Ela havia chorado furtivamente por causa dele de vez em quando, e murmurado as mais doces expressões de piedade e de doçura em tons de voz cuja música o guerreiro canino reconhecia lambendo alternadamente as mãos ou as sandálias dela com seus ferimentos vermelhos. Quanto a John, sua patroa o ignorou durante uma semana depois disso.

Lembrando-se desse pequeno incidente, a Sra. Gill veio "tremendo como varas verdes", como ela própria disse. Com voz firme e seca, a Srta. Keeldar começou a fazer perguntas e a dar ordens. Que em tal ocasião Fieldhead tivesse dado mostras da falta de hospitalidade do lar de um avarento feria o espírito altaneiro dela em seu ponto mais sensível; e a revolta de seu orgulho era percebida pelo pulsar de seu coração, profundamente agitado sob as rendas e sedas que o encobriam.

— Há quanto tempo recebemos a mensagem da tecelagem?

— Não faz nem uma hora, senhora — respondeu a caseira, apaziguadora.

— Nem uma hora! A senhora poderia muito bem ter dito nem um dia. Eles já devem ter ido solicitar ajuda em outro lugar a estas horas. Mande um homem agora mesmo para lá, para dizer-lhes que tudo o que há nesta casa está às ordens do Sr. Moore, do Sr. Helstone e dos soldados. Faça isso em primeiro lugar.

Enquanto a ordem estava sendo cumprida, Shirley se afastou das amigas e ficou parada perto da janela do saguão, silenciosa e inacessível. Quando a Sra. Gill retornou, ela se voltou. O rubor que a excitação dolorosa faz surgir em faces pálidas brilhava no rosto dela; a centelha que a contrariedade acende em olhos escuros iluminava o olhar dela.

— Que as provisões da despensa e da adega sejam trazidas e colocadas nas carroças de transportar feno e levadas até o Hollow. Se não houver bastante pão e carne na casa, vá até o açougueiro e o padeiro e diga-lhes que mandem o que eles tiverem. Mas eu mesma vou tomar providências.

Ela se afastou.

— Logo tudo vai ficar bem; ela vai se sentir melhor em uma hora — sussurrou Caroline para a Sra. Pryor. — Vá para cima, cara senhora — acrescentou ela, afetuosa —, e tente ficar tão calma e tranquila quanto possível. Na verdade, Shirley vai culpar a si mesma, muito mais que a senhora, antes que o dia acabe.

Com mais algumas afirmações e argumentos gentis, a Srta. Helstone conseguiu acalmar a agitada senhora. Tendo acompanhado-a até seu quarto, e prometendo retornar quando a situação estivesse resolvida, Caroline deixou-a para ver, como ela mesma disse, "se poderia ser útil". Logo ela descobriu que poderia ser muito útil; pois o grupo de empregados em Fieldhead não era de modo algum numeroso, e naquela ocasião a patroa deles encontrou muitas tarefas para todas as mãos às suas ordens, e para as próprias também. A disposição delicada e a diligência hábil que Caroline proporcionou para auxílio da caseira e das empregadas — todas um pouco assustadas com o pouco habitual estado de espírito da patroa — fez muito bem na mesma hora; ajudou as auxiliares e apaziguou quem dava as ordens. Um olhar e um sorriso casuais da parte de Caroline levaram Shirley a responder na mesma hora com um sorriso. Caroline estava subindo a escada da adega levando uma pesada cesta.

— Mas isso é um absurdo! — exclamou Shirley, correndo até ela. — Vai forçar seus braços.

Ela tirou a cesta das mãos de Caroline e levou-a para o pátio. A nuvem de mau humor havia se dissipado quando ela voltou; a centelha em seus olhos se suavizara; a sombra em sua fronte desaparecera. Ela recobrou seus habituais modos alegres e gentis com as pessoas ao seu redor, amenizando seu humor restabelecido com um pouco da doçura causada pela vergonha por seu injusto acesso de raiva anterior.

Ela ainda estava supervisionando o carregamento da carroça quando um cavalheiro entrou no pátio e se aproximou antes que ela percebesse a presença dele.

— Espero encontrar a Srta. Keeldar com boa saúde esta manhã? — perguntou ele, examinando com um significativo olhar inquisidor as faces ainda ruborizadas dela.

Ela lhe lançou um olhar e tornou a se dedicar a sua ocupação sem responder. Um sorriso agradável brincava em seus lábios, mas ela o ocultou. O cavalheiro repetiu a saudação, curvando-se, de modo que suas palavras pudessem alcançar os ouvidos da moça mais facilmente.

— Muito boa, se ela for bondosa o suficiente — foi a resposta —, e o Sr. Moore também está, ouso dizer. Para falar a verdade, não estou preocupada com ele; um ligeiro revés seria apenas o que ele merece. A conduta dele tem sido... nós vamos usar a palavra *estranha*, agora, até termos tempo para qualificá-la com um adjetivo mais adequado. Enquanto isso, posso perguntar o que o traz aqui?

— O Sr. Helstone e eu acabamos de receber sua mensagem dizendo que tudo em Fieldhead estava à nossa disposição. Nós julgamos, por causa do efusivo palavreado da gentil comunicação, que a senhorita estaria se empenhando demais. Percebo que nossa conjectura estava correta. Nós não somos um regimento, lembre-se; somente uma meia dúzia de soldados e uns tantos civis. Permita-me diminuir uma parte desses suprimentos abundantes demais.

A Srta. Keeldar se ruborizou, enquanto ria de sua ansiosa generosidade e de seus cálculos muito desmedidos. Moore também riu, embora discretamente; e com a mesma discrição ele ordenou que cesta após cesta fosse retirada da carroça e enviou uma jarra depois da outra para a adega.

— O pároco deve ficar sabendo disso — ele falou. — Ele vai transformar isso em uma boa história. Que excelente contratador militar a Srta. Keeldar teria sido! — E ele riu de novo, acrescentando: — Exatamente como imaginei.

— O senhor deveria ser grato — disse Shirley — e não zombar de mim. O que eu poderia fazer? Como poderia calcular o apetite de todos, ou quantas pessoas são? Tanto quanto eu soubesse, poderia haver pelo menos cinquenta para alimentar. O senhor nada me disse; e então um pedido de provisões para soldados naturalmente sugere grandes ideias.

— É o que parece — observou Moore, lançando outro de seus olhares sagazes e discretos na direção da desconcertada Shirley. — Agora — continuou ele, se dirigindo ao carreteiro —, acho que o senhor pode levar o que está aí para o Hollow. Sua carga será um pouco mais leve que a carga que a Srta. Keeldar havia destinado o senhor a transportar.

Enquanto o veículo se afastava com estrondo do pátio, Shirley, recuperando seu estado de espírito, perguntou o que havia acontecido com os feridos.

— Não houve um só ferido entre os nossos — foi a resposta.

— Você se feriu, na testa — interrompeu uma voz rápida e baixa, a de Caroline, que, tendo se afastado para a sombra da porta, e ficando atrás da robusta Sra. Gill, não havia até então sido percebida por Moore; quando ela falou, os olhos dele vistoriaram a escuridão do refúgio dela.

— Você está muito machucado? — perguntou ela.

— Tanto quanto você possa machucar os dedos com uma agulha enquanto costura.

— Afaste o cabelo e deixe-nos ver.

Ele tirou o chapéu e fez o que lhe havia sido pedido, mostrando apenas uma pequena tira de penso. Caroline mostrou, com um ligeiro movimento de cabeça, que estava satisfeita, e desapareceu na clara escuridão da parte interna da casa.

— Como ela sabia que eu estava machucado? — perguntou Moore.

— Boatos, sem dúvidas. Mas é muita bondade da parte dela se preocupar com o senhor. Quanto a mim, era nas suas vítimas que eu estava pensando quando perguntei sobre os feridos. Que ferimentos seus oponentes sofreram?

— Um dos revoltosos, ou vítimas, como a senhorita os chama, foi morto, e seis ficaram feridos.

— O que o senhor fez a respeito deles?

— Algo que terá sua total aprovação. Socorro médico foi arranjado na mesma hora; e, assim que conseguirmos duas carroças cobertas e um pouco de palha limpa, eles serão removidos para Stilbro'.

— Palha! Vocês precisam de camas e de roupas de cama. Vou mandar minha carroça agora mesmo, com as provisões adequadas; e o Sr. Yorke, tenho certeza, mandará a dele.

— A senhorita acertou em sua suposição; ele já se ofereceu; e a Sra. Yorke (que, assim como a senhorita, parece inclinada a considerar os revoltosos como mártires e eu, e acima de tudo o Sr. Helstone, como assassinos) está neste exato momento, acredito, muito ocupada em provê-la de colchões de penas, travesseiros, almofadas, cobertores, etc. As *vítimas* não carecem de atenções, posso lhe garantir. O Sr. Hall, seu pastor favorito, está com eles desde as seis horas, encorajando-os, rezando com eles, e mesmo cuidando deles, como qualquer enfermeira; e a boa amiga de Caroline, a Srta. Ainley, aquela solteirona *tão* sem atrativos, enviou uma quantia de algodão e de linho mais ou menos parecida com as provisões de carne e de vinho enviadas por outra senhora.

— Muito bem. Onde está sua irmã?

— Muito bem cuidada. Eu a mantive em segurança na casa da Srta. Mann. Nesta mesma manhã, as duas partiram para Wormwood Wells (uma conhecida estação de águas) e lá ficarão por algumas semanas.

— Assim como o Sr. Helstone me manteve em segurança na casa paroquial. Os senhores se consideram tão inteligentes! Eu espero que o senhor se deleite com a ideia, e que seu sabor, enquanto o senhor fica ruminando sobre o assunto, lhe dê prazer. Perspicazes e astutos, por que os senhores também não são oniscientes? Como é que acontecem coisas, debaixo de seus olhos, das quais os senhores sequer suspeitam? Teria de ser assim, ou então a refinada satisfação de passar a perna nos senhores não seria conhecida. Ah, amigo, o senhor pode examinar minha fisionomia, mas não pode decifrá-la.

E, na verdade, Moore dava a impressão de não poder.

— O senhor pensa que sou um espécime perigoso de meu sexo. Não pensa?

— Um espécime peculiar, pelo menos.

— Mas Caroline... ela é peculiar?

— À maneira dela... sim.

— À maneira dela! E qual é essa maneira?

— A senhorita a conhece tão bem quanto eu.

— E, conhecendo-a, eu declaro que ela não é nem excêntrica nem difícil de controlar. Ela é?

— Isso depende...

— Contudo, não há nada masculino relacionado a *ela*?

— Por que enfatizar tanto *Caroline*? Nesse aspecto a senhorita a considera um contraste com sua própria pessoa?

— *O senhor* considera, sem dúvida; mas isso não importa. Caroline não é nem masculina nem o que as pessoas chamam de tipo de mulher voluntariosa.

— Eu já a vi se inflamar.

— E eu também, mas não com um ardor viril. Foi uma chama breve, vívida, que se acendeu, brilhou, desapareceu...

— E a deixou com medo de sua própria ousadia. A senhorita está descrevendo outras mulheres além de Caroline.

— O ponto que desejo estabelecer é que a Srta. Helstone, embora gentil, dócil e sincera o suficiente, é também perfeitamente capaz de resistir até mesmo à perspicácia do Sr. Moore.

— O que a senhorita e ela andaram fazendo? — perguntou Moore de repente.

— O senhor já tomou café da manhã?

— Qual é o mistério mútuo?

— Se o senhor estiver com fome, a Sra. Gill lhe dará algo para comer. Entre no salão de carvalho e toque o sino. O senhor será servido como se estivesse em uma estalagem; ou, se preferir, volte para o Hollow.

— A alternativa foge ao meu controle; eu *tenho* de voltar. Bom dia. No primeiro momento de folga que eu tiver, verei a senhorita novamente.

XXI. A Sra. Pryor

Enquanto Shirley conversava com Moore, Caroline voltou a se reunir com a Sra. Pryor no andar de cima. Ela encontrou a mencionada senhora profundamente deprimida. Ela não diria que o arrebatamento da Srta. Keeldar magoara seus sentimentos, mas era evidente que uma mágoa interna a amargurava. Para qualquer pessoa que não tivesse uma natureza semelhante, ela teria aparentado ser insensível às discretas e ternas atenções com as quais a Srta. Helstone tentou oferecer consolo; porém, Caroline sabia que, impassível ou pouco comovida como ela parecia estar, ela as sentia, apreciava e se sentia confortada por elas.

— Não tenho autoconfiança e decisão suficientes — disse ela, finalmente. — Eu sempre tive uma falha nessas características; contudo, acho que agora a Srta. Keeldar deveria conhecer minha natureza bem o suficiente para ter a consciência de que eu sempre sinto uma vontade até mesmo dolorosa de agir da forma correta, para fazer o melhor. A natureza pouco convencional da exigência feita ao meu discernimento me confundiu, sobretudo depois dos sobressaltos da noite. Eu não poderia ousar me arriscar a agir imediatamente em nome de alguém; mas espero que nenhum grande prejuízo resulte de minha falta de firmeza.

Uma batida suave à porta foi então ouvida. A porta estava entreaberta.

— Caroline, venha cá — disse uma voz baixa.

A Srta. Helstone saiu: lá estava Shirley no corredor, aparentando estar contrita, envergonhada, pesarosa como qualquer criança arrependida.

— Como está a Sra. Pryor?

— Bastante deprimida — disse Caroline.

— Eu agi de modo vergonhoso, pouco generoso e muito ingrato para com ela — disse Shirley. — Quanta insolência de minha parte voltar-me contra ela por algo que, afinal, não foi um erro, somente um excesso de consciência da parte dela. Mas eu me arrependo de meu erro sinceramente. Diga-lhe isso e pergunte-lhe se ela me perdoa.

Caroline desempenhou a missão com um prazer sincero. A Sra. Pryor se levantou, caminhou até a porta: ela não gostava de cenas; ela as temia como todas as pessoas tímidas. Ela disse com voz trêmula:

— Entre, minha cara.

E Shirley entrou com certo ímpeto. Ela abraçou a governanta e, enquanto a beijava com ardor, disse:

— A senhora sabe que *tem* de me perdoar, Sra. Pryor. Eu não conseguiria continuar a viver se houvesse um desentendimento entre nós.

— Nada tenho a perdoar — foi a resposta. — Nós vamos esquecer tudo agora, por favor. O resultado final do incidente é que ele prova com mais clareza que nunca quão incapaz eu sou frente a certas crises.

E esse foi o sentimento doloroso que *iria* permanecer na mente da Sra. Pryor, nenhum esforço de Shirley ou de Caroline seria capaz de eliminá-lo. Ela seria capaz de perdoar a aluna que a ofendera, não sua própria pessoa inocente.

A Srta. Keeldar, destinada a ser constantemente requisitada durante a manhã, foi logo em seguida convocada no andar de baixo mais uma vez. O pároco foi o primeiro visitante. Uma acolhida calorosa e uma repreensão ainda mais calorosa lhe foram dispensadas. Ele esperava ambas e, estando de bom humor, recebeu-as com um espírito igualmente animado.

Durante sua curta visita, ele se esqueceu completamente de perguntar sobre sua sobrinha; a rebelião, os revoltosos, a tecelagem, os magistrados, a herdeira, absorviam todos os pensamentos dele, deixando de lado os laços familiares. Ele aludiu à parte que ele e o coadjutor haviam desempenhado na defesa do Hollow.

— As taças da ira farisaica serão derramadas sobre nossas cabeças por nossa participação nesse incidente — disse ele —, mas eu desafio qualquer caluniador. Eu estava lá somente para dar apoio à lei, para desempenhar minha parte como homem e como britânico; e esses atributos eu considero bastante compatíveis com os de sacerdote e levita, em seu sentido mais elevado. Seu arrendatário Moore — prosseguiu ele — conquistou minha aprovação. Um comandante mais ponderado eu não desejaria ver, nem um mais determinado. Além do mais, ele mostrou um julgamento equilibrado e bom senso. Em primeiro lugar, estando absolutamente preparado para os fatos ocorridos; e, subsequentemente, quando seus planos bem elaborados haviam garantido para ele o sucesso, sabendo como usar sua vitória sem dela abusar. Alguns dos magistrados agora estão muito assustados, e, como todos os covardes, mostrando uma tendência à crueldade; Moore os está contendo com uma prudência admirável. Até este momento ele tem sido bastante impopular nas redondezas; mas, ouça bem o que eu digo, a corrente da opinião agora vai virar a favor dele: as pessoas vão descobrir que não o apreciaram e vão se apressar a remediar seu erro; e ele, quando perceber o público inclinado a reconhecer seus méritos, vai mostrar um semblante mais gentil que aquele com que tem até então nos brindado.

O Sr. Helstone estava prestes a acrescentar às suas palavras algumas advertências, em parte zombeteiras, em parte sérias, à Srta. Keeldar no que dizia respeito à propalada parcialidade dela com relação ao seu talentoso arrendatário, quando uma batida à porta, anunciando outro visitante, interrompeu o seu gracejo; e quando esse outro visitante surgiu sob a forma de um cavalheiro idoso de cabelos brancos, com uma fisionomia bastante truculenta e olhos desdenhosos (resumindo, nosso velho conhecido, e velho inimigo do pároco, o Sr. Yorke), o sacerdote e levita pegou seu chapéu e, com o mais rápido dos adieux[1] à Srta. Keeldar e o mais severo dos acenos para o visitante, partiu rapidamente.

O Sr. Yorke não estava de bom humor, e não foi com termos contidos que ele expressou sua opinião a respeito dos acontecimentos da noite: Moore, os magistrados, os soldados, os líderes da rebelião, cada um deles foi alvo de uma parte de suas invectivas; mas ele reservou seus epítetos mais contundentes — e adjetivos de Yorkshire realmente picantes e rústicos eles eram — para o proveito dos pastores combativos, os "sanguinários e demoníacos" pároco e coadjutor. Segundo ele, o cálice da culpa eclesiástica estava então realmente repleto.

— A Igreja — disse ele — se encontrava em uma fermosa entaladela: e tinha chegado a hora de os pastor ficar se vangloriando entre os soldado, querendo lidar com balas e pórvora, tirando as vidas de homem mais honesto que eles.

— O que Moore teria feito se ninguém o tivesse ajudado? — perguntou Shirley.

— Quem fez seu angu que o coma.

— Isso quer dizer que o senhor o teria deixado sozinho para enfrentar aquela multidão. Bom. Ele tem muita coragem, mas a maior quantidade de bravura que já fortificou um coração humano de pouco serve contra duzentas pessoas.

— Ele tinha os soldados, esses pobres escravos que alugam seu próprio sangue e derramam o de outras pessoas em troca de dinheiro.

— O senhor insulta os soldados quase tanto quanto o senhor insulta os clérigos. Todos os que usam casacos vermelhos são refugo nacional a seu parecer, e todos os que usam negro são trapaceiros nacionais. O Sr. Moore, segundo sua opinião, agiu mal ao pedir auxílio do exército e agiu ainda pior ao aceitar qualquer outro auxílio de outra pessoa. Seu modo de se expressar equivale ao seguinte: ele deveria ter abandonado sua tecelagem e sua vida à sanha de um grupo de homens enlouquecidos e mal-intencionados, e o Sr. Helstone e todos os outros cavalheiros na paróquia deveriam ficar olhando e vendo o prédio ser destruído, e seu dono assassinado, sem jamais mexer um dedo para salvar qualquer um deles.

— Se desde o início Moore tivesse agido com seus homens como um patrão deveria agir, eles jamais teriam tido seus atuais sentimentos com relação a ele.

— É muito fácil para o senhor falar — exclamou a Srta. Keeldar, que estava começando a se entusiasmar pela causa de seu arrendatário. — O senhor, cuja família tem vivido em Briarmains por seis gerações, com cuja pessoa o povo tem estado acostumado por cinquenta anos, que conhece todos os hábitos, preconceitos e preferências deles; é fácil, na verdade, para *o senhor* agir dessa maneira de modo a evitar ofendê-los. Porém, Moore veio como um estranho para este distrito, ele veio para cá pobre e sem amigos, com nada além de suas próprias energias para apoiá-lo; nada além de sua honra, de seu talento e de sua diligência para abrir seu caminho. É um crime monstruoso, na verdade, que, sob tais circunstâncias, ele não fosse capaz de, rapidamente, tornar mais populares seus modos naturalmente sérios e quietos; não conseguisse ser jovial e expansivo e cordial com um campesinato desconhecido, assim como o senhor é para com seus concidadãos! Uma transgressão imperdoável que, quando ele trouxe melhorias, ele não tenha procedido com relação aos negócios com uma atitude mais política, não tenha ajustado suas mudanças com tanta delicadeza quanto um rico capitalista teria feito! Por erros desse tipo ele tem de ser vítima do insulto de uma multidão? A ele deve ser negado até mesmo o privilégio de se defender? Os que têm corações viris em seu peito (e o Sr. Helstone, diga o que o senhor quiser a respeito dele, tem um desses corações) devem ser desprezados como malfeitores por ficarem ao lado dele, por se arriscarem a esposar a causa de um contra duzentos?

— Ora, ora, fique tranquila — disse o Sr. Yorke, sorrindo da seriedade com que Shirley multiplicava suas rápidas perguntas.

— Tranquila! Devo eu ouvir tranquilamente uma rematada tolice... uma tolice perigosa? Não. Eu o estimo muito, Sr. Yorke, como o senhor bem sabe, mas desaprovo totalmente alguns de seus princípios. Todo esse falatório (me perdoe, mas eu repito a palavra), todo esse *falatório* a respeito de soldados e pastores é muito ofensivo para meus ouvidos. Todos os lamentos ridículos e irracionais de uma classe, quer ela seja aristocrata, que seja democrata... todo o alarido de outra classe, quer ela seja clerical, que seja militar... toda injustiça rigorosa contra os indivíduos, quer sejam monarcas, que sejam mendigos... realmente me deixa enojada; toda organização de classes contra classes, todos esses ódios partidários, todas as tiranias disfarçadas como liberdades, eu os rejeito e me afasto deles. *O senhor* se considera um filantropo; *o senhor* acha que é um defensor da liberdade, mas vou lhe dizer o seguinte: o Sr. Hall, pastor de Nunnely, é melhor amigo tanto do ser humano quanto da liberdade que Hiram Yorke, o Reformador de Briarfield.

Vinda de um homem, o Sr. Yorke não teria tolerado essa linguagem com muita paciência; tampouco ele a teria suportado de algumas mulheres; mas ele considerava Shirley honesta e bonita, e sua ira franca o divertia. Além do mais, ele sentia um prazer secreto em ouvi-la defendendo seu arrendatário, pois nós já declaramos que ele sentia grande interesse pela causa de Robert Moore. Além do mais, se ele desejasse se vingar da severidade dela, sabia que tinha o poder de fazê-lo: uma palavra, ele acreditava, seria suficiente para acalmá-la e silenciá-la, para cobrir seu rosto franco com a sombra rosada da vergonha e cobrir o brilho dos olhos dela sob pálpebras e cílios abaixados.

— O que mais tu tens a dizer? — perguntou ele enquanto ela fazia uma pausa, mais, ao que parecia, para recobrar o fôlego que por ter esgotado o tema que a interessava.

— Dizer, Sr. Yorke! — foi a resposta, e, enquanto isso, Shirley caminhava a passos rápidos de um lado para outro do salão de carvalho. — Dizer? Eu tenho muito a dizer, desde que seja capaz de ordenar os pensamentos, o que nunca *consigo* fazer. Eu devo dizer que seus pontos de vista, e os dos políticos mais radicais, são tais que ninguém, a não ser homens em uma posição destituída de responsabilidade, *pode* defender; que eles são simplesmente pontos de vista da oposição, que só podem ser comentados, e nunca colocados em prática. Fizessem do senhor o primeiro ministro da Inglaterra amanhã, e o senhor teria de abandoná-los. O senhor insulta Moore por defender sua tecelagem; se o senhor estivesse na posição dele, não poderia, de modo honroso ou sensato, ter agido de modo diferente do que ele agiu. O senhor insulta o Sr. Helstone por tudo o que ele faz: o Sr. Helstone tem seus defeitos; ele às vezes age mal, mas com maior frequência age bem. Se o senhor fosse ordenado vigário de Briarfield, descobriria que não é uma tarefa fácil apoiar todos os planos para benefício da paróquia elaborados por seu antecessor e que estão em andamento. Eu fico pensando como as pessoas não são capazes de julgar com mais justiça a si mesmas e aos demais. Quando ouço os Srs. Malone e Donne tagarelando a respeito da autoridade da Igreja, da dignidade e das exigências do sacerdócio, da deferência que lhes é devida como clérigos; quando ouço os acessos da mesquinharia deles contra os Dissidentes; quando testemunho seus ciúmes e suposições tolas e mesquinhas; quando o palavreado deles a respeito de formas e de tradições e de superstições soa em meus ouvidos; quando eu testemunho o comportamento insolente deles com relação aos pobres, o servilismo quase sempre aviltante para com os ricos... acho que a Igreja se encontra mesmo em uma péssima situação, e tanto ela quanto seus filhos parecem necessitar urgentemente de reforma. Afastando-me angustiada da torre da igreja e do pináculo do vilarejo... ai, tão angustiada quanto o administrador da igreja que percebe a necessidade da caiação e não tem recursos para comprar cal... eu me lembro de seus sarcasmos sem sentido sobre os "bispos gordos", os "pastores mimados", "a velha mãe igreja", etc, Sr. Yorke. Eu me lembro de suas críticas a todos que discordam do senhor, sua completa condenação de classes e de indivíduos, sem a menor concessão feita às circunstâncias ou tentações; e então, Sr. Yorke, a dúvida se apodera do recanto mais profundo do meu ser: se existem homens clementes, sensatos e justos o suficiente para que lhes seja confiada a tarefa da reforma. Eu não creio que *o senhor* faça parte desse grupo.

— A senhorita tem uma péssima opinião a meu respeito, Srta. Shirley. A senhorita nunca me expôs seus pensamentos dessa maneira antes.

— Eu jamais tive uma oportunidade; mas já me sentei no escabelo da Jessy ao lado de sua cadeira na sala dos fundos de Briarmains, por tantas noites, ouvindo excitada o senhor falar, em parte admirando o que o senhor dizia, e em parte me rebelando contra aquilo. Eu o considero um bom tipo antigo de homem de Yorkshire, senhor; tenho orgulho de ter nascido no mesmo condado e paróquia que o senhor. Confiável, justo e independente o senhor é, assim como uma rocha que está no fundo do mar; mas o senhor também é rigoroso, rude, tacanho e impiedoso.

— Não para com os pobres, minina, nem com os mansos desta terra; somente para com os orgulhosos e arrogantes.

— E qual é o seu direito, senhor, de estabelecer tais diferenças? Um homem mais orgulhoso e arrogante que o senhor não existe. O senhor acha fácil falar com bons modos com seus inferiores; o senhor é arrogante demais, ambicioso demais, suspeitoso demais para ser civil com quem ocupa uma posição superior à sua. Mas vocês todos são iguais. Helstone também é orgulhoso e preconceituoso. Moore, embora mais justo e mais respeitoso que o senhor ou o pároco, ainda assim é arrogante, severo e, em um sentido mais geral, egoísta. É bom que homens como o Sr. Hall possam ser encontrados ocasionalmente; homens de coração grande e acolhedor, capazes de amar todos os seus semelhantes, que podem perdoar aos outros por serem mais ricos, mais prósperos ou mais poderosos do que eles são. Tais homens podem ter menos originalidade, menos força de caráter que o senhor, mas eles são melhores amigos dos seres humanos.

— E quando vai ser? — perguntou o Sr. Yorke, se levantando.

— Quando vai ser o quê?

— O casamento.

— O casamento de quem?

— Ora, o de Robert Gérard Moore, Esq., do chalé do Hollow, com a Srta. Keeldar, filha e herdeira do falecido Charles Cave Keeldar, de Fieldhead Hall.

Shirley olhou quem lhe fazia a pergunta com um rubor cada vez mais acentuado, mas a luz em seus olhos não vacilava; ela brilhava com firmeza — sim, ela centelhava profundamente.

— Essa é sua vingança — disse ela, lentamente, e então acrescentou. — Seria um casamento desigual, indigno da representante do falecido Charles Cave Keeldar?

— Minha minina, Moore é um cavalheiro; o sangue dele é puro e antigo como o meu ou o teu.

— E nós dois damos valor ao sangue antigo? Nós temos o orgulho de família, embora pelo menos um de nós dois seja um republicano?

Yorke fez uma mesura ao ficar em pé na frente dela. Ele nada disse, mas seus olhos confessaram a acusação. Sim, ele tinha orgulho de família; dava para ver isso na postura dele.

— Moore *é* um cavalheiro — repetiu Shirley, erguendo a cabeça com uma graça feliz. Ela se controlou. As palavras pareciam estar se aglomerando em sua boca. Ela não as pronunciaria, mas seu olhar revelava muitas coisas naquele momento. O quê, Yorke tentou compreender, mas não foi capaz — a linguagem estava lá, visível, mas intraduzível — um poema, uma lírica fervorosa, em uma língua desconhecida. Não era uma história banal, entretanto, nenhuma simples profusão de sentimentos, nenhuma confissão de amor corriqueira — isso era óbvio: era algo diferente, mais profundo, mais complexo do que ele conseguia adivinhar. Ele sentiu que sua vingança não havia atingido o alvo. Ele sentiu que Shirley triunfara. Ela o fazia ficar perplexo, desorientado e confuso; *ela* desfrutava do momento, não *ele*.

— E, se Moore *é* um cavalheiro, a senhorita só *pode* ser uma dama; portanto...

— Portanto, não haveria desigualdade em nossa união.

— Nenhuma.

— Agradeço sua aprovação. O senhor me conduzirá à igreja quando eu abandonar o nome dos Keeldar pelo de Moore?

Em vez de responder, o Sr. Yorke olhou-a profundamente desorientado. Ele não conseguia adivinhar o que o olhar dela significava — se ela falava a sério ou gracejava. Havia resolução e sentimentos, gracejo e escárnio, se manifestando misturados em seus traços expressivos.

— Eu não te entendo — disse ele, se voltando.

Ela riu.

— Coragem, senhor; o senhor não está sozinho em sua ignorância. Mas suponho que, se Moore me entende, isso será suficiente, não será?

— Quanto a mim, Moore pode cuidar de seus interesses daqui por diante; eu não vou nem interferir nem me preocupar mais com eles.

Um novo pensamento passou pela cabeça dela. Sua fisionomia se alterou como em um passe de mágica. Com um olhar subitamente sombrio e uma fisionomia severa, ela perguntou:

— Pediram ao senhor que interferisse? O senhor está me interrogando como representante de alguém?

— O Senhor nos proteja! Quem quer que se case contigo deve se cuidar! Guarde todas as tuas perguntas para Robert; eu é que num vou responder mais nenhuma delas. Bom dia, mininninha.

******

O dia estando bonito, ou, pelo menos, agradável — pois nuvens macias encobriam o sol, e uma névoa opaca, mas não gelada nem úmida, se espalhava azulada sobre os morros — Caroline, enquanto Shirley estava ocupada recebendo seus visitantes, havia persuadido a Sra. Pryor a envergar sua touca e xale de verão e a dar um passeio com ela rumo à borda mais estreita do Hollow.

Ali os lados opostos do vale, aproximando-se um do outro e ficando cobertos com matagal e carvalhos retorcidos, formavam uma ravina frondosa, em cujo fundo corria o riacho que fornecia água para a tecelagem, em um curso cheio de obstáculos e agitado, lutando contra inúmeras pedras, roçando nas margens ásperas, desgastando raízes retorcidas das árvores, espumando, borbulhando, lutando enquanto prosseguia. Ali, depois de ter andado uns oitocentos metros além da tecelagem, o caminhante se deparava com uma sensação de profunda solidão — se deparava com ela à sombra das árvores intocadas, a recebia com o cantar de tantos pássaros, para os quais aquela sombra servia de lar. Aquele não era um caminho muito percorrido, o frescor das flores silvestres atestava que os pés humanos raramente as pisoteavam; as abundantes rosas selvagens davam a impressão de que elas brotavam, floresciam e feneciam sob o olhar vigilante do isolamento, como se fosse o harém de um Sultão. Ali se podia ver o delicado azul das campainhas e se reconhecia, nas flores brancas que salpicavam o mato, um modesto tipo de lugar estrelado no espaço.

A Sra. Pryor apreciava um passeio tranquilo; ela sempre evitava as estradas principais e procurava as estradinhas e os caminhos solitários. Ela preferia uma companhia à solidão completa, pois na solidão ela ficava nervosa; um vago temor de encontros enfadonhos acabava com o prazer de passeios bastante solitários; mas ela nada temia com Caroline: assim que ela se afastava das habitações humanas e entrava no silencioso domínio da Natureza acompanhada por essa amiga jovem, uma mudança benéfica parecia se insinuar em sua mente e brilhar em sua fisionomia. Quando estava com Caroline — e apenas com Caroline — o coração dela, se poderia dizer, se livrava de um fardo, sua fronte colocava de lado um véu; seu espírito se libertava de uma amarra: com Caroline ela ficava alegre; com Caroline, de vez em quando, ela era terna; com Caroline ela compartilhava seu conhecimento, revelava lampejos de sua experiência, dava-lhe oportunidades para entrever que tipo de vida ela levara, que tipo de alimento sua mente recebera; qual era a grandeza de sua inteligência, como e quando seus sentimentos eram vulneráveis.

Nesse dia, por exemplo, enquanto caminhavam lado a lado, a Sra. Pryor fazia comentários para sua companheira a respeito dos diferentes pássaros cantando nas árvores; identificava as suas espécies e dizia algo sobre os hábitos e singularidades delas. A história natural da Inglaterra parecia ser familiar para ela. Todas as flores selvagens ao longo do caminho eram reconhecidas por ela; plantas minúsculas, brotando perto de pedras e espreitando de rachaduras em velhos muros — plantas que Caroline mal percebera antes —, recebiam um nome e uma descrição de suas propriedades. Parecia que ela havia estudado minuciosamente a botânica dos campos e bosques ingleses. Tendo chegado ao topo da ravina, elas se sentaram lado a lado em uma saliência de pedra cinzenta e coberta de musgo que se projetava da base de uma colina íngreme e verde que se elevava acima delas. Ela olhou ao redor e falou sobre as redondezas, como as havia conhecido muito tempo atrás. Ela mencionou as mudanças ocorridas nelas e comparou seu aspecto com o de outras partes da Inglaterra, revelando em toques de descrição discretos e inconscientes uma apreensão do pitoresco, uma apreciação do belo ou do corriqueiro, um poder de comparar o selvagem com o cultivado, o grandioso com o modesto, que dava às suas palavras um encanto tão agradável quanto despretensioso.

O tipo de prazer reverente com que Caroline ouvia — tão sincero, tão silencioso, contudo, tão evidente — fazia com que as faculdades da senhora idosa ficassem delicadamente animadas. É provável que ela, com seu exterior austero e hostil, sua expressão desconfiada e seus hábitos pouco comunicativos, raramente tivesse sabido o que significava estimular em alguém a quem ela pudesse amar sentimentos de afeição sincera e estima ardorosa. Deleitosa, sem dúvida, era a consciência de que uma jovem à qual, ao que parecia, a julgar pela expressão comovida de seus olhos e de suas feições, o coração da velha senhora se voltava com um impulso quase terno a considerasse uma instrutora e se apegasse a ela como uma amiga. Com uma entonação de interesse um pouco mais acentuada do que ela se permitia usar, ela disse, enquanto se inclinava na direção de sua jovem companheira e afastava de sua testa um cacho de um tom castanho-claro que havia escapado do pente que o prendia:

— Eu realmente espero que esse ar tão aprazível soprando lá do morro possa lhe fazer bem, minha cara Caroline. Eu gostaria de poder ver um pouco mais de cores nessas faces; mas, talvez, a senhorita nunca tenha sido corada?

— Eu tive faces coradas durante certa época — respondeu a Srta. Helstone, sorrindo. — Eu me lembro de um ano... dois anos atrás... quando eu costumava olhar no espelho e via uma face diferente da que eu vejo agora... mais arredondada e rósea. Mas, quando somos jovens — acrescentou a moça de dezoito anos —, nossas mentes são despreocupadas e nossas vidas fáceis.

— A senhorita — prosseguiu a Sra. Pryor, dominando com esforço aquela timidez tirânica que tornava difícil para ela, até mesmo nas atuais circunstâncias, tentar escrutar do coração de outra pessoa —, a senhorita, na sua idade, se atormenta com preocupações sobre o futuro? Creia-me, seria melhor não o fazer: deixe que o amanhã se ocupe das coisas por si mesmo.

— É verdade, cara senhora; não é por causa do futuro que eu sofro. O mal presente às vezes é opressivo... opressivo *demais*... e eu anseio escapar dele.

— Quer dizer... o mal presente... quer dizer... seu tio talvez não seja... a senhorita acha difícil entender... ele não aprecia...

A Sra. Pryor não conseguia completar suas frases truncadas; não conseguia perguntar se o Sr. Helstone era severo demais com sua sobrinha, mas Caroline compreendeu.

— Oh, isso nada significa — respondeu ela. — Meu tio e eu nos entendemos muito bem. Nós nunca brigamos... Eu não diria que ele é rígido... Ele jamais me repreende. Às vezes eu gostaria que alguém no mundo me amasse, mas não posso dizer que pessoalmente eu quisesse que ele sentisse mais afeição por mim do que sente. Quando eu era criança, devo ter sentido essa falta de afeição, somente as empregadas eram muito gentis comigo; mas, quando as pessoas são por muito tempo indiferentes a nós, nós ficamos indiferentes à indiferença delas. Faz parte do temperamento de meu tio não se importar com mulheres e meninas, a não ser as senhoras que ele encontra na sociedade; ele não seria capaz de mudar e, por mim, não desejo que ele mude. Acredito que iria apenas me irritar e me assustar se ele manifestasse muita afeição por mim agora. Mas a senhora sabe, Sra. Pryor, mal se pode considerar *viver* ficar medindo o tempo como eu faço na casa paroquial. As horas passam, e eu passo por elas de algum modo, mas não *vivo*. Eu suporto a existência, mas raramente a aprecio. Desde que a

Srta. Keeldar e a senhora vieram, eu tenho estado... Eu ia dizer mais feliz, mas isso não seria verdade. — Ela fez uma pausa.

— Como não seria verdade? A senhorita gosta da Srta. Keeldar, não gosta, minha cara?

— Gosto muito de Shirley, gosto dela e a admiro. Mas me encontro em uma situação muito triste. Por uma razão que não posso explicar, quero me afastar deste lugar e esquecê-lo.

— A senhorita me disse antes que desejava ser governanta; porém, minha cara, se a senhorita se lembrar, não encorajei a ideia. Eu tenho sido governanta por muitos anos de minha vida. Na companhia da Srta. Keeldar me considero afortunada: os talentos e o temperamento realmente gentil dela tornaram minha tarefa fácil; mas, quando eu era jovem, antes de me casar, minhas tribulações foram severas e dolorosas. Eu não gostaria que uma... Eu não gostaria que a senhorita passasse por situação parecida. Foi meu quinhão assumir uma posição em uma família de consideráveis pretensões a um bom nascimento e superioridade mental, e cujos membros também acreditavam que "neles era perceptível" um pouco habitual dote das "graças cristãs"; que seus corações eram regenerados, e seus espíritos se encontravam em um peculiar estado de disciplina. Logo me fizeram entender que, "como eu não era igual a eles", eu não poderia esperar "ter a simpatia deles". Não foi de modo algum ocultado de mim que eu era considerada um "fardo e um constrangimento na sociedade". Os cavalheiros, eu descobri, me consideravam uma "mulher que vivia sob um tabu", a quem "eles eram proibidos de conceder os privilégios habituais das mulheres", e ainda assim "que os perturbava passando pela frente deles com frequência". As senhoras também deixavam claro que me consideravam "um aborrecimento". As empregadas, assim me foi informado, "me detestavam"; *por quê*, eu nunca cheguei a entender muito bem. Minhas alunas, me foi dito, "por mais que pudessem me amar, e por maior que fosse o interesse que eu pudesse ter por elas, não poderiam ser minhas amigas". Foi-me anunciado que eu deveria "viver sozinha, e jamais ultrapassar a linha invisível, porém rígida, que estabelecia a diferença entre mim e meus empregadores." Minha vida naquela casa era sedentária, solitária, limitada, despida de alegria, penosa. A pavorosa repressão do espírito que move o pensamento humano, a sensação sempre preponderante de desamparo e de isolamento decorrentes dessa situação começaram, antes que muito tempo se passasse, a acarretar efeitos mortais em minha constituição; eu adoeci. A dona da casa disse-me com frieza que eu era vítima de "vaidade ferida". Ela insinuou que, se eu não fizesse um esforço para debelar meu "descontentamento irreligioso", deixar de "falar contra os desígnios de Deus" e cultivar a profunda humildade condizente com minha posição, minha mente iria com toda a probabilidade "se fazer em pedaços" nas rochas que faziam naufragar a maior parte de minha classe (uma mórbida autoestima) e que eu iria morrer internada em um asilo para desvairados.

"Eu nada disse para a Sra. Hardman; teria sido inútil; mas para a filha mais velha dela um dia eu fiz algumas observações, que foram respondidas da seguinte maneira:

"Havia privações, ela concordava, no posto de governanta. 'Sem dúvida elas tinham suas tribulações; porém', ela declarou, com uns modos que hoje me fazem sorrir quando recordo — 'porém, tinha de ser assim. *Ela* (a Srta. H.) não tinha nem perspectiva, nem esperanças, nem *desejo* de ver essa situação remediada; pois na constituição inerente dos costumes, sentimentos e ideias preconcebidas ingleses não havia nenhuma possibilidade de que ela fosse remediada. As governantas', observou ela, 'deveriam para sempre ser mantidas em um tipo de isolamento. É o único modo de manter aquela distância que a reserva dos modos ingleses e o decoro das famílias inglesas exigem.'

"Lembro-me de ter suspirado quando a Srta. Hardman se afastou de meu leito. Ela ouviu e, voltando-se, me disse com severidade: 'Eu receio, Srta. Grey, que a senhorita tenha herdado em grau máximo o pior pecado de nossa natureza imperfeita: o pecado do orgulho. A senhorita é orgulhosa e, portanto, também é ingrata. Mamãe paga um belo salário para a senhorita e, se a senhorita tivesse um pouco de bom senso, iria com gratidão suportar muita coisa que é fatigante fazer e tedioso tolerar, já que recebe muito bem para isso'.

"A Srta. Hardman, minha cara, era uma jovem muito decidida e de talentos dos mais elevados. A aristocracia é, decididamente, uma classe muito superior, a senhorita sabe, tanto física quanto moralmente, e mentalmente; como uma Tory eu reconheço isso; eu não seria capaz de descrever a dignidade da voz e do comportamento dela enquanto ela falava daquela maneira comigo; mesmo assim, receio que ela fosse egoísta, minha cara. Eu jamais pensaria em criticar meus superiores hierárquicos, mas creio que ela fosse um pouco egoísta."

— Eu me lembro — prosseguiu a Sra. Pryor, depois de uma pausa — de outra das observações da Srta. H., que ela proferia com uma expressão bastante solene. "Nós", ela dizia — "NÓS precisamos das imprudências, extravagâncias, dos erros e dos crimes de determinado número de pais para plantar a semente da qual NÓS ceifamos a colheita das governantas. As filhas dos comerciantes, por mais que sejam bem educadas, devem necessariamente ser rústicas, e como tais inadequadas para habitar em NOSSOS lares, ou ser guardiãs das mentes e das pessoas de NOSSOS filhos. Nós vamos sempre preferir colocar à volta de NOSSA progênie quem tenha nascido e sido criado com um pouco do mesmo refinamento que NÓS."

— A Srta. Hardman devia se considerar um pouco melhor que seus semelhantes, senhora, já que ela sustentava que os infortúnios, e até mesmo os crimes deles, eram necessários para contribuir para o conforto dela. A senhora diz que ela era religiosa. A religião dela deve ter sido a mesma do fariseu que dava graças a Deus por não ser como os outros homens, nem mesmo como aquele coletor de impostos.

— Minha cara, não vamos discutir essa questão: eu deveria ser a última pessoa a desejar incutir em sua mente qualquer sentimento de insatisfação com seu quinhão na vida, ou qualquer sentimento de insubordinação com relação a seus superiores. Submissão implícita às autoridades, deferência escrupulosa para com nossos melhores (e sob esse termo eu, naturalmente, incluo a classe mais alta da sociedade), são, em minha opinião, indispensáveis para o bem-estar de todas as comunidades. Tudo o que eu queria dizer, minha cara, é que seria melhor a senhorita não tentar ser uma governanta, já que os encargos dessa posição seriam rígidos demais para sua constituição. Nem uma palavra de desrespeito eu proferiria contra a Sra. ou a Srta. Hardman; somente, pensando em minha própria experiência, não posso deixar de sentir que, se a senhorita fosse estar sob auspícios como os delas, a senhorita iria lutar com coragem contra seu destino por certo tempo; então a senhorita iria definhar e ficar fraca demais para sua tarefa; a senhorita iria voltar para casa (se ainda tivesse uma casa) esgotada. E se seguiriam aqueles anos debilitantes dos quais ninguém, a não ser o inválido e seus amigos mais próximos, sente a desconsolação e conhece o fardo. Consumpção ou declínio encerrariam a narrativa. Essa é a história de muitas vidas; eu não gostaria que fosse a sua. Minha cara, agora vamos caminhar um pouco, por favor.

Elas se levantaram e lentamente caminharam por um terraço verdejante e natural que margeava o abismo.

— Minha cara — recomeçou logo em seguida a Sra. Pryor, um tipo de brusquidão tímida e envergonhada acentuando seus modos enquanto ela falava —, as jovens, sobretudo aquelas para quem a natureza tem sido favorável, tantas vezes... com frequência... esperam ansiosamente... pelo casamento como uma finalidade, o objetivo de suas esperanças.

E ela se interrompeu. Caroline foi em seu auxílio com presteza, mostrando um autocontrole e uma coragem muito maiores do que ela própria com relação ao colossal assunto então abordado.

— Elas esperam, e naturalmente — replicou ela, com uma ênfase calma que fez a Sra. Pryor se sobressaltar. — Elas esperam ansiosamente pelo casamento com alguém que elas amem como o mais luminoso, o único destino luminoso que possa esperá-las. Elas estão erradas?

— Oh, minha cara! — exclamou a Sra. Pryor, retorcendo as mãos; e uma vez mais ela fez uma pausa. Caroline voltou um olhar ansioso e inquisitivo para o rosto de sua amiga: aquele rosto estava muito agitado. — Minha cara — murmurou ela —, a vida é uma ilusão.

— Mas não o amor! O amor é real... a coisa mais real, mais duradoura, mais doce e, contudo, a mais amarga que nós conhecemos.

— Minha cara, ele é muito amargo. Dizem que ele é forte... forte como a morte! A maior parte das decepções da existência é forte. Quanto à sua doçura, nada é tão transitório; sua duração é um momento, um abrir e fechar de olhos; a ferroada permanece para sempre. Ele pode perecer com o alvorecer da eternidade, mas ele tortura através dos tempos até a noite mais profunda.

— Sim, ele tortura através dos tempos — concordou Caroline —, a não ser quando é amor mútuo.

— Amor mútuo! Minha cara, os romances são perniciosos. A senhorita não os lê, espero?

— Às vezes... sempre que os consigo, na verdade. Mas os autores de romance nada devem conhecer do amor, a julgar pelo modo como o abordam.

— Nada mesmo, minha cara — assentiu a Sra. Pryor, ansiosa —, nem do casamento; e as falsas ideias que eles apresentam desses assuntos não podem ser condenadas com ênfase suficiente. Elas não são como a realidade. Elas mostram apenas a superfície tenra e tentadora do pântano, e não fazem uma menção fiel ou verdadeira ao atoleiro que jaz por baixo.

— Mas não é sempre um atoleiro — objetou Caroline. — Há casamentos felizes. Quando a afeição é recíproca e sincera, e os temperamentos são harmoniosos, o casamento *tem* de ser feliz.

— Ele nunca é completamente feliz. Duas pessoas jamais podem literalmente ser como uma só. Há, talvez, uma possibilidade de contentamento sob circunstâncias específicas, tais como raras vezes se combinam; mas é de bom alvitre não correr o risco; a pessoa pode cometer erros fatais. Fique satisfeita, minha cara: que todas as pessoas solteiras fiquem satisfeitas com sua liberdade.

— A senhora repete as palavras de meu tio! — exclamou Caroline, em tom consternado. — A senhora fala como a Sra. Yorke em seus momentos mais sombrios, como a Srta. Mann quando está com um temperamento mais amargo e hipocondríaco. Isso é terrível!

— Não, é apenas a verdade. Oh, menina, a senhorita só viveu o agradável amanhecer da vida; o meio-dia abafado e maçante, o anoitecer triste e a noite sem sol ainda não chegaram para a senhorita. O Sr. Helstone, a senhorita diz, fala como eu; e fico pensando como a Sra. Matthewson Helstone falaria caso estivesse viva. Ela morreu! Ela morreu!

— E, ai de mim! Meu pai e minha mãe... — exclamou Caroline, atingida por uma dolorosa recordação.

— O que aconteceu com eles?

— Eu nunca contei que eles se separaram?

— Eu ouvi falar.

— Eles devem, portanto, ter sido muito infelizes.

— A senhorita vê que todos os *fatos* provam o que eu digo.

— Nesse caso, não deveria haver algo parecido com o casamento.

— Deveria, minha cara, nem que fosse somente para provar que esta vida não passa de um mero período de provação, em que nem o descanso nem a recompensa serão concedidos.

— Mas e seu casamento, Sra. Pryor?

A Sra. Pryor se retraiu e tremeu como se um dedo rude tivesse pressionado um nervo exposto. Caroline sentiu ter tocado algo que não suportaria o mais ligeiro contato.

— Meu casamento foi infeliz — disse a senhora, finalmente juntando coragem —, mas mesmo assim... — ela hesitou.

— Mas mesmo assim — sugeriu Caroline — não implacavelmente infeliz?

— Não em seus resultados, pelo menos. Não — acrescentou ela com um tom de voz mais brando —, Deus mistura um pouco do bálsamo da misericórdia até mesmo em seus cálices do mais corrosivo infortúnio. Ele tem poder de alterar tanto os acontecimentos que, do mesmo ato cego e imprudente do qual surgiu a maldição de metade de nossas vidas possa fluir a bênção da parte restante. E eu tenho um temperamento peculiar, reconheço isso, longe de ser fácil, inábil, em certos aspectos excêntrico. Eu jamais deveria ter me casado. Minha natureza não é do tipo que facilmente encontra uma alma gêmea ou que pode assimilar um contraste. Eu tinha bastante consciência de minha própria inadequação; e, se eu não tivesse estado tão infeliz como governanta, nunca deveria ter me casado; e então...

Os olhos de Caroline pediram que ela continuasse; eles suplicaram que ela rompesse a espessa nuvem de desespero que suas palavras anteriores pareciam ter espalhado sobre a vida.

— E então, minha cara, o Sr.... quer dizer, o cavalheiro com quem me casei... era, talvez, uma personalidade mais excepcional que o comum. Eu espero, pelo menos, que a experiência de poucos tenha sido igual à minha, ou que poucos tenham passado pelos mesmos sofrimentos que eu passei. Eles quase abalaram minha mente; não havia a menor esperança de alívio; a reparação era tão inalcançável. Mas, minha cara, não é meu desejo desencorajar; eu só desejo alertar a senhorita e provar que as pessoas solteiras não deveriam ficar ansiosas demais para mudar seu *status*, já que elas podem mudar para pior.

— Obrigada, minha cara senhora. Compreendo muito bem suas boas intenções, mas não há possibilidade de eu incorrer no risco a que a senhora alude. Eu, pelo menos, não penso em casamento, e por esse motivo quero conseguir para mim a segurança através de outros meios.

— Minha cara, ouça-me. Eu pensei muito no que vou dizer, tendo, na verdade, examinado atentamente o assunto em meus pensamentos desde que a senhorita mencionou pela primeira vez seu desejo de arrumar uma colocação. A senhorita sabe que atualmente resido com a Srta. Keeldar na condição de dama de companhia. Se ela se casar (e que ela *vá* se casar logo muitas circunstâncias me levam a supor), eu não serei mais necessária para ela nessa função. Devo dizer para a senhorita que tenho uma pequena quantia, originada em parte de minhas próprias economias, e em parte por uma herança que me foi deixada há alguns anos. Quando eu sair de Fieldhead, vou arrumar uma casa para mim. Eu não conseguiria viver na solidão. Não tenho parentes com os quais deseje ter intimidade; pois, como a senhorita deve ter observado, e como já declarei, meus hábitos e gostos têm suas peculiaridades. Pela senhorita, minha cara, nem preciso dizer, eu sinto afeição; com a senhorita sou mais feliz do que jamais fui com qualquer criatura viva (isso foi dito com ênfase acentuada). Eu consideraria sua companhia um privilégio muito grande... um privilégio inestimável, um conforto, uma bênção. A senhorita vai viver comigo, então. Caroline, você me recusa? Espero que possa me amar?

E com essas duas perguntas abruptas ela se interrompeu.

— Na verdade, eu amo *mesmo* a senhora — foi a resposta. — Eu gostaria de viver com a senhora. Mas a senhora é gentil demais.

— Tudo o que possuo — prosseguiu a Sra. Pryor — eu deixaria para a senhorita. A senhorita teria o futuro garantido.

Mas nunca mais diga que sou *gentil demais*. Você fere meu coração, menina!

— Mas, minha cara senhora... essa generosidade... Eu não tenho direito...

— Calada! Você não deve falar a respeito disso. Há certas coisas que nós não suportamos ouvir. Oh! É tarde para começar, mas eu ainda posso viver alguns anos. Eu não posso jamais apagar o passado, mas talvez um breve período no futuro ainda possa ser meu.

A Sra. Pryor parecia profundamente agitada. Grandes lágrimas tremiam em seus olhos e corriam por suas faces. Caroline beijou-a com seus modos gentis e ternos, dizendo com doçura:

— Eu amo muito a senhora. Não chore.

Porém, todo o corpo da senhora parecia abalado. Ela se sentou, curvou a cabeça sobre os joelhos e chorou em voz alta. Nada poderia consolá-la até que a tempestade íntima seguisse seu curso. Finalmente, a agonia passou por si só.

— Pobrezinha! — murmurou ela, retribuindo o beijo de Caroline. — Pobre ovelhinha solitária! Mas venha — acrescentou ela, abrupta —, venha, nós temos de voltar para casa.

Por alguns metros, a Sra. Pryor caminhou rapidamente. Aos poucos, entretanto, ela retomou seus modos habituais, retomou sua marcha costumeira — uma marcha peculiar, como todos os seus movimentos — e, quando elas chegaram a Fieldhead, ela havia recobrado o autocontrole. Seu aspecto exterior era, como sempre, calmo e tímido.

XXII. Duas vidas

Somente uma parte da atividade e do empenho de Moore havia sido vista em sua defesa da tecelagem; ele mostrou a outra parte (e uma parte terrível ela era) na infatigável e inexorável assiduidade com que perseguiu os líderes da rebelião. A multidão, os meros seguidores, ele deixou em paz; talvez um sentimento inato de justiça tenha lhe dito que os homens enganados por falsos conselhos e incitados por privações não são alvos adequados de vingança e que quem fosse infligir um ato violento semelhante na cabeça abaixada do sofredor é um tirano. De qualquer modo, embora ele conhecesse muitos do grupo, tendo os reconhecido durante a parte final do ataque, quando o dia começou a amanhecer, ele os deixou passar diariamente por ele nas ruas e na estrada, sem prestar atenção ou ameaçar.

Os líderes ele não conhecia. Eles eram estranhos — emissários das cidades grandes. Muitos deles não eram membros da classe operária. Eles eram basicamente "influências nefandas", homens falidos, sempre endividados e muitas vezes bêbados, homens que nada tinham a perder e muito, no que diz respeito a caráter, dinheiro e honestidade, a ganhar. Dessas pessoas Moore foi à caça como qualquer sabujo, e ele apreciava muito a atividade, cuja excitação era de um tipo agradável para a natureza dele. Ele gostava disso mais que de produzir tecidos.

O cavalo dele deve ter odiado esse período, pois ele era cavalgado tanto sem dó quanto com frequência. Moore praticamente vivia na estrada, e o ar fresco era tão bem-vindo para seus pulmões quanto a investigação do policial para seu temperamento; ele preferia isso ao vapor das tinturarias. Os magistrados do distrito devem tê-lo temido. Eles eram homens lentos e tímidos; ele gostava tanto de assustá-los quanto de incitá-los. Ele gostava de forçá-los a demonstrar certo temor, o que os fazia igualmente hesitar na hora da decisão e recuar para agir — o temor, simplesmente, do assassinato. Esse, na verdade, era o temor que havia até então impedido todos os donos de tecelagem e quase todos os homens públicos no distrito. Somente Helstone havia rejeitado isso. O velho cossaco sabia muito bem que ele poderia levar um tiro; sabia que havia risco; mas tal morte não representava uma ameaça para seus nervos. Ela teria sido a escolhida por ele — pudesse ele ter tido uma escolha.

Moore também sabia que corria perigo: o resultado era um indestrutível desdém pelo perigo que deveria levá-lo a sentir receio. A consciência de que ele perseguia assassinos era o aguilhão no flanco de seu temperamento extremamente fogoso. Quanto ao medo, ele era orgulhoso demais, tinha uma natureza inflexível demais (se você assim pensar), era um homem impassível demais para temer. Muitas vezes ele cavalgou tarde da noite pelas charnecas, iluminadas ou não pela luz do luar, conforme fosse o caso, com sentimentos muito mais exultantes, faculdades muito mais renovadas, que quando a segurança e a estagnação o rodeavam no escritório. Quatro era a quantidade de líderes que deveriam prestar contas: dois, no decorrer de uma quinzena, foram acuados perto de Stilbro'; foi necessário procurar os dois restantes bem mais longe; supunha-se que seus covis se localizassem perto de Birmingham.

Enquanto isso, o comerciante não negligenciou sua tecelagem atacada: sua restauração foi considerada uma tarefa fácil, apenas o trabalho de carpinteiros e vidraceiros sendo necessário. Os revoltosos não tendo conseguido entrar, as carrancudas queridinhas metálicas de Moore — as máquinas — não haviam sofrido danos.

Se durante sua vida atribulada — se enquanto a justiça rígida e os negócios exigentes reclamavam suas energias e perturbavam seus pensamentos — de vez em quando ele dedicava alguns momentos e um esforço para manter vivas chamas mais gentis que as que ardem a fogo lento no templo de Nêmesis, não era fácil descobrir. Ele poucas vezes ia para perto de Fieldhead; se o fazia, suas visitas eram rápidas. Se ele visitava a casa paroquial, era apenas para conferenciar com o pároco em seu gabinete. Ele mantinha sua conduta rígida com muita firmeza. Enquanto isso, a história daquele ano continuava conturbada. Não havia bonança na tempestade da guerra; seu longo furacão ainda varria o Continente. Não havia o mais ligeiro indício de tempo sereno, nenhuma abertura entre "as nuvens de fumaça e poeira das batalhas", o orvalho puro e fecundante não caía sobre a oliveira, não cessava a chuva vermelha que nutre o sinistro e glorioso laurel. Enquanto isso, a Ruína tinha seus sapadores e mineiros trabalhando sob os pés de Moore, e quer ele andasse a cavalo, quer caminhasse, quer ele somente passasse pela lareira de seu escritório, quer galopasse ao longo do enfarruscado Rushedge, ele tinha consciência de um eco surdo e sentia o chão se abalar com seus passos.

Enquanto o verão passava dessa maneira para Moore, como ele escoou para Shirley e Caroline? Vamos, em primeiro lugar, visitar a herdeira. Qual é a aparência dela? Igual à de uma donzela infeliz por causa do amor, pálida e definhando por causa de um galanteador negligente? Ela se senta durante o dia inteiro curvada sobre alguma tarefa sedentária? Ela tem sempre um livro em suas mãos, ou a costura sobre os joelhos, e os olhos voltados apenas para aquilo, sem palavras, e com pensamentos não formulados?

De modo nenhum. Shirley está bem. Se sua fisionomia expectante não se foi, tampouco se foi seu sorriso despreocupado. Ela mantém sua antiga e escura herdade iluminada e resplandecente com sua presença alegre: o corredor e os cômodos de tetos baixos que se abrem para ele aprenderam ecos vivazes de sua voz; o sombrio saguão de entrada, com sua única janela, ficou agradavelmente acostumado com o frequente ruge-ruge de um vestido de seda, enquanto quem o usava deslizava de um cômodo para o outro, ora levando flores para o horrendo salão rosado, ora entrando na sala de jantar para abrir seus postigos e permitir que o perfume de reseda e de eglantina entrasse, ora trazendo plantas da janela da escadaria para colocar ao sol no pórtico aberto da entrada.

Ocasionalmente ela pega sua costura; porém, por algum infortúnio, ela está condenada a jamais se sentar ininterruptamente com sua tarefa por mais de cinco minutos de uma vez: seu dedal acabou de ser acomodado, e sua agulha acabou de ser enfiada, quando um pensamento repentino a chama ao andar de cima. Talvez para buscar algum velho estojo de agulhas com tampo de marfim de que ela acabou de se lembrar, ou uma ainda mais antiga caixa de costura com tampa de porcelana, bastante desnecessários, mas que parecem, naquele momento, indispensáveis; talvez para arrumar seus cabelos, ou uma gaveta que ela se recorda de ter visto naquela manhã em um estado de curiosa confusão; talvez apenas para dar uma olhadela de uma janela específica para uma paisagem específica, de onde a igreja e a casa paroquial de Briarfield podem ser vistas, agradavelmente abrigadas sob as árvores. Ela mal retornou e retomou o pedacinho de cambraia ou seu quadrado de tela feitos pela metade quando a ousada esfregadela de Tártaro e seu ganido sufocado são ouvidos no pórtico, e ela tem de correr para abri-lo para ele. É um dia quente; ele entra ofegante; ela precisa conduzi-lo até a cozinha e ver com seus próprios olhos que a vasilha de água dele está cheia. Através da porta aberta da cozinha se pode ver o pátio, ensolarado e alegre, e repleto de perus e seus filhotes, pavoas e seus filhotes, galinhas-d'Angola pintalgadas de branco e uma colorida variedade de pombas de um branco imaculado, e com pescoços arroxeados, e plumagens azuladas e cor de canela. Espetáculo irresistível para Shirley! Ela corre até a despensa para pegar um pãozinho e fica parada nos degraus da porta espalhando migalhas. Ao redor dela se amontoam seus ansiosos, gorduchos e felizes vassalos emplumados. John está no estábulo, e é preciso falar com John, e a égua de Shirley precisa ser visitada. Ela ainda a está acariciando e mimando e dando-lhe palmadinhas quando as vacas chegam para a ordenha. Isso é importante; Shirley tem de ficar e vistoriar todas elas. Talvez haja alguns novilhos, alguns cordeirinhos recém-nascidos — podem ser gêmeos, cujas mães os rejeitaram. A Srta. Keeldar tem de ser apresentada a eles por John, deve se permitir o prazer de alimentá-los com suas próprias mãos, sob as instruções de seu cuidadoso capataz. Enquanto isso, John traz à baila dúvidas a respeito do cultivo de certos "talhões" e "courelas" e "jeiras", e sua patroa tem de pegar seu chapéu de jardinagem — um chapéu de palha de abas largas — e acompanhá-lo, através de uma abertura na cerca e ao longo da sebe, para ouvir a conclusão de toda a questão agrícola no local, e com os mencionados "talhões", "courelas" e "jeiras" à sua frente. Desse modo, a tarde luminosa se desvanece em um doce anoitecer, e Shirley volta para casa para tomar um chá tardio, e depois do chá ela nunca costura.

Depois do chá, Shirley lê, e ela é quase tão pertinaz com seu livro quanto é descuidada com sua agulha. Seu gabinete de leitura é o tapete, seu assento um escabelo, ou talvez somente o carpete aos pés da Sra. Pryor: ali ela sempre estudou suas lições quando criança, e os hábitos antigos têm um grande poder sobre ela. A massa castanho-amarelada e leonina de Tártaro está sempre deitada ao lado dela, seu focinho negro apoiado nas patas dianteiras — retas, fortes e simétricas como as pernas de um lobo alpino. Uma das mãos da patroa geralmente repousa sobre a cabeça rude do servo amoroso, porque se ela a retira ele grunhe e fica infeliz. A mente de Shirley está concentrada em seu livro; ela não ergue os olhos; ela não se mexe nem fala — a não ser, claro, se for para dar uma resposta breve e respeitosa à Sra. Pryor, que endereça frases desaprovadoras para ela de vez em quando.

— Minha cara, seria melhor a senhorita não deixar esse cachorro grande assim tão perto; ele está amarrotando a borda de seu vestido.

— Oh, é só musselina, posso colocar um vestido limpo amanhã.

— Minha cara, eu gostaria que a senhorita adquirisse o hábito de sentar-se à mesa quando lê.

— Eu vou tentar, senhora, qualquer dia; mas é tão confortável fazer como sempre tem sido o nosso costume.

— Minha cara, permita-me insistir com a senhorita para deixar esse livro de lado: a senhorita está cansando os olhos com essa luz fraca.

— Não, senhora, de modo algum; meus olhos jamais se cansam.

Entretanto, por fim uma luz fraca vindo pela janela cai sobre a página: Shirley olha, a lua surgiu no céu. Ela fecha o livro, se levanta e caminha pelo cômodo. Seu livro talvez tenha sido uma boa leitura; ele reanimou, reabasteceu e revigorou o coração dela; ele incentivou seu cérebro, povoou sua mente com imagens. O salão silencioso, a lareira limpa, a janela que se abre para o céu estrelado, mostrando sua "doce regente", recém-entronada e gloriosa, são suficientes para fazer da Terra um Éden, da vida um poema, para Shirley. Um deleite tranquilo, profundo e inato arde em suas veias juvenis, puro, imperturbável, que não é passível de ser alcançado ou violado por ação humana, porque por nenhuma ação humana foi concedido — o puro dom de Deus para Sua criatura, o dote gratuito da Natureza para sua progênie. Essa alegria proporciona para Shirley a experiência da vida dos gênios. Flutuando ao longo de verdes degraus, colinas prazenteiras, cheias de frescor e de luz, ela alcança um posto pouco mais baixo que aquele de onde os anjos olharam para o sonhador de Betel, e os olhos dela buscam, e sua alma possui, a visão da vida assim como ela a deseja. Não, não como ela a deseja; ela não tem tempo para desejar. A glória célere se propaga, arrebatadora e excitante, e multiplica seus esplendores mais rápido do que o Pensamento consegue realizar suas combinações, mais rápido do que a Aspiração consegue proferir seus anseios. Shirley nada diz enquanto o arrebatamento se apodera dela — ela fica muito calada; mas, se a Sra. Pryor falar com ela naquele momento, ela prossegue silenciosamente e continua sua caminhada para o andar de cima pelo corredor em sombras.

Se Shirley não fosse uma criatura indolente, negligente e ignorante, ela pegaria a pena em tais momentos, ou pelo menos enquanto a lembrança de tais momentos ainda fosse recente em seu espírito: ela iria capturar, ela iria fixar a aparição, narrar a visão revelada. Caso ela tivesse um pouco mais do órgão da Aquisitividade em sua cabeça, um pouquinho mais do amor à propriedade em sua natureza, ela pegaria uma folha de papel de bom tamanho e escreveria com clareza, com sua caligrafia estranha, porém nítida e legível, a história que havia sido narrada, a música que havia sido cantada para ela, e desse modo possuiria o que fora capaz de criar. Mas indolente ela é, negligente ela é, e muito ignorante; pois ela não sabe quão raros são os seus sonhos, quão peculiares os seus pensamentos. Ela não sabe, nunca soube e vai morrer sem saber o total valor daquela fonte, cujo borbulhar esplendoroso e fresco em seu coração mantém verdejante.

Shirley encara a vida com tranquilidade: isso não está escrito em seus olhos? Em seus momentos de bom humor eles não se encontram tão repletos de uma doçura indolente quanto em seus fugazes momentos de raiva eles fulgem com um fogo que se acende com facilidade? Seu temperamento é visto em seus olhos. Enquanto ela estiver calma, indolência, indulgência, alegria e ternura se assenhoram daquelas grandes esferas cinzentas;

irritem-na, e um raio rubro atravessa o orvalho, eles na mesma hora ardem em chamas.

Antes que o mês de julho tivesse acabado, a Srta. Keeldar provavelmente teria partido com Caroline naquela viagem ao norte que elas haviam planejado; mas, bem nessa época, aconteceu uma invasão em Fieldhead: um grupo distinto de saqueadores sitiou Shirley em seu castelo e obrigou-a a se render incondicionalmente. Um tio, uma tia e duas primas do sul — o Sr., a Sra. e duas Srtas. Sympson, de Sympson Grove, ***shire — se abateram sobre ela com toda a cerimônia. As leis da hospitalidade obrigaram-na a ceder, o que ela fez com uma aquiescência que, de certa maneira, surpreendeu Caroline, que sabia que Shirley era pronta para agir e cheia de ideias quando uma vitória deveria ser alcançada para os desejos dela. A Srta. Helstone até perguntou como ela se submetera com tanta prontidão. Ela respondeu que velhos sentimentos exerciam seu poder; passara dois anos do começo da juventude em Sympson Grove.

"E ela gostava de seus parentes?"

Ela nada tinha em comum com eles, foi o que respondeu. O pequeno Harry Sympson, o único filho da família, na verdade, era muito diferente de suas irmãs, e a ele ela havia anteriormente sido apegada; mas ele não viria para Yorkshire — pelo menos não agora.

No domingo seguinte, o banco de Fieldhead na igreja de Briarfield apareceu povoado por um cavalheiro idoso empertigado, asseado e desassossegado, que mexia nos seus óculos e mudava de posição a cada três minutos; uma senhora idosa paciente, com aparência plácida, vestida de cetim marrom; e duas jovens exemplares, com indumentária exemplar, com um comportamento exemplar. Shirley tinha a aparência de um cisne negro ou de um corvo branco no meio daquele grupo, e muito perdido era o aspecto dela. Tendo-a colocado em meio a companhias respeitáveis, vamos deixá-la ali por certo tempo e procurar a Srta. Helstone.

Separada da Srta. Keeldar no momento, já que ela não seria capaz de procurar a amiga em meio aos sofisticados parentes dela, afugentada de Fieldhead pelo rebuliço que os recém-chegados ocasionaram nas redondezas, Caroline foi circunscrita uma vez mais à casa paroquial cinzenta, à solitária caminhada matutina por trilhas remotas, às longas e solitárias tardes sentada em um salão silencioso que o sol abandonava ao meio-dia, ou ao refúgio do jardim, onde ele brilhava luminoso, porém triste, nas groselhas que amadureciam enredadas nas treliças, e nas belas rosas entrelaçadas com elas, e através delas incidia sobre Caroline, sentada usando seu vestido branco de verão, tão imóvel quanto uma estátua. Lá ela lia velhos livros, tirados da biblioteca de seu tio: os gregos e latinos não tinham utilidade para ela, e sua coleção de literatura amena estava principalmente contida em uma prateleira que pertencera à sua tia Mary — algumas veneráveis Lady's Magazines, que certa vez haviam realizado uma viagem marítima com sua dona e enfrentado uma tempestade, e cujas páginas tinham manchas de água salgada; certas enlouquecidas revistas Metodistas, repletas de milagres e de aparições, de avisos sobrenaturais, de sonhos agourentos e fanatismo frenético; as igualmente enlouquecidas cartas da Sra. Elizabeth Rowe dos Mortos para os Vivos; alguns poucos antigos clássicos ingleses — dessas flores fenecidas Caroline havia, em sua infância, extraído o mel; elas eram agora insípidas para ela. Para mudar de atividade, e também para fazer boas ações, ela costurava — fazia roupas para os pobres, segundo as instruções da boa Srta. Ainley. Às vezes, quando sentia e via suas lágrimas caindo lentamente sobre seu trabalho, ela ficava pensando em como a excelente senhora que havia cortado e arrumado aquilo para ela conseguia ser tão invariavelmente serena em *sua* solidão.

"Eu nunca vejo a Srta. Ainley oprimida pelo desânimo ou perdida em meio à tristeza", ela pensava; "contudo, o chalé dela é um lugarzinho quieto e sombrio, e ela não tem esperanças luminosas ou uma amiga querida neste mundo. Eu me lembro, contudo, de ela me dizer que havia disciplinado seus pensamentos para que eles se dirigissem para o céu. Ela concedeu que havia, e sempre houvera, pouca diversão neste mundo para ela, e ela espera, suponho, pela felicidade do mundo vindouro. Assim agem as freiras, com suas celas estreitas, sua lamparina de ferro, seu hábito apertado como uma mortalha, seu leito estreito como um caixão. A Srta. Ainley diz sempre não ter medo da morte — não ter pavor do túmulo; sem dúvidas, também não tinha São Simeão Estilita, horrivelmente elevado em sua inóspita coluna no deserto; não tem também o devoto indiano deitado em seu leito de pregos de ferro. Ambos, tendo violentado a natureza, seus gostos e antipatias naturais são transformados; de modo geral, eles passam a ser mórbidos. Eu temo a morte, por enquanto, mas acredito que é porque sou jovem. A pobre Srta. Ainley iria se apegar mais à vida se a vida tivesse mais encantos para ela. Deus certamente não nos criou e nos fez viver com o único intuito de desejar sempre a morte. Em meu coração, acredito que nós fomos destinados a valorizar a vida e aproveitá-la enquanto nós a temos. A existência jamais foi concebida para ser essa coisa inútil, inexpressiva, sem cor e arrastada na qual com tanta frequência se transforma para tantas pessoas, e está se transformando para mim em meio a elas."

"Ninguém" — prosseguiu ela, — "ninguém especificamente deve levar a culpa, segundo penso, pela situação em que tudo se encontra; e eu não consigo dizer, por mais que fique pensando nisso, como elas podem ser mudadas para melhor; mas sinto que há alguma coisa errada em algum lugar. Acredito que as mulheres solteiras deveriam ter mais coisas para fazer — oportunidades melhores de ter uma ocupação interessante e lucrativa que as que elas têm agora. E, quando eu me pronuncio a esse respeito, não tenho a impressão de desagradar a Deus com minhas palavras; de que sou ímpia ou impaciente, irreligiosa ou sacrílega. Meu consolo é, na verdade, que Deus ouve muitos gemidos e se compadece de muitos pesares a que os homens são levados a fazer ouvidos moucos ou a franzir o cenho com um desprezo impotente. Eu digo *impotente*, pois observo que tais queixas, para as quais a sociedade não tem solução imediata, geralmente não podem ser mencionadas, sob pena de merecerem o desdém dessa sociedade, tal desdém sendo somente um tipo de disfarce para sua fraqueza deformada. As pessoas odeiam ser lembradas dos males que elas são incapazes de remediar, ou não desejam remediar. Tal lembrete, inculcando nelas a ideia de sua própria incapacidade, ou uma sensação ainda mais penosa da obrigação de fazer algum esforço desagradável, perturba a tranquilidade delas e abala a autocomplacência delas. As solteironas, assim como os pobres desabrigados e desempregados, não deveriam implorar por uma habitação e um trabalho neste mundo; a solicitação perturba os felizes e ricos — perturba os pais. É só pensar nas inúmeras famílias com meninas na vizinhança — os Armitages, os Birtwhistles, os Sykes. Todos os irmãos dessas moças estão no comércio ou têm alguma profissão; eles têm algo a fazer. As irmãs deles não têm uma ocupação terrena a não ser as tarefas domésticas e a costura; nenhum prazer terreno além de fazer visitas inúteis, e nenhuma esperança, em toda sua vida vindoura, de algo melhor. Essa situação de estagnação faz com que elas percam a saúde. Elas nunca estão bem, e suas mentes e pontos de vista se reduzem a uma espantosa estreiteza. O grande desejo, o único objetivo de cada uma delas é se casar, mas a maioria jamais vai se casar; elas vão morrer como vivem agora. Elas maquinam, elas planejam, elas se vestem para agarrar maridos. Os cavalheiros as transformam em motivo de galhofa; eles não as querem; eles as consideram muito vulgares. Eles dizem — eu já os ouvi dizendo isto muitas vezes com risadas desdenhosas — que o mercado matrimonial está com muita oferta. Os pais dizem a mesma coisa e ficam zangados com suas filhas quando observam as manobras delas — eles as obrigam a ficar em casa. O que eles esperam que elas façam em casa? Se alguém perguntar, eles vão responder: costurar e cozinhar. Eles esperam que elas façam isso, e apenas isso, contentes, regularmente, sem reclamar, a vida inteira, como se elas não tivessem os rudimentos ou a capacidade para nada além disso — uma doutrina tão racional para ser seguida quanto seria a de que os pais não tivessem capacidade a não ser para comer o que suas filhas cozinham ou vestir o que elas costuram. Conseguiriam os homens viver dessa maneira? Não estariam eles completamente exaustos? E quando não surgisse alívio para a exaustão deles, mas somente censuras pela mais ínfima manifestação, a exaustão deles não iria fermentar até a loucura? Lucrécia, fiando à meia-noite em meio às suas donzelas, e a mulher virtuosa de Salomão são com frequência citadas como modelos do que 'o sexo', como dizem eles, deve ser. Eu não sei. Lucrécia, ouso dizer, era um tipo de pessoa muito valorosa, muito parecida com minha prima Hortense Moore; mas ela mantinha as donzelas acordadas até muito tarde. Eu não teria gostado de fazer parte desse grupo de donzelas. Hortense faria igualmente com que eu e Sarah trabalhássemos assim, caso pudesse, e nenhuma de nós iria suportar isso. A 'mulher virtuosa', digo outra vez, mantinha suas empregadas acordadas bem no meio da noite; ela 'tinha terminado o café da manhã', como diz a Sra. Sykes, antes de uma hora da madrugada; mas *ela* tinha algo mais a fazer além de fiar e doar porções de comida. Ela era uma manufatureira — ela produzia linho de qualidade e o vendia; ela era uma agricultora — ela comprava propriedades e plantava vinhedos. *Essa* mulher era uma comerciante; ela era o que as senhoras daqui das redondezas chamam de 'uma mulher astuta'. De modo geral, eu gosto muito mais dela que de Lucrécia; mas não acredito que o Sr. Armitage ou o Sr. Sykes tivessem conseguido levar a melhor sobre ela em um negócio. Mesmo assim, gosto dela. 'Fortaleza e honra são suas vestes; o coração de seu marido foi a ela confiado com segurança. Ela abria a boca com sabedoria; a gentileza se encontrava em sua língua; levantavam-se seus filhos e chamavam-na bem-aventurada; seu marido também a louvava.' Rei de Israel! Seu modelo de mulher é um digno modelo! Mas somos nós, nos dias atuais, criadas para ser como ela? Homens de Yorkshire! Suas filhas alcançam esse padrão régio? Elas são capazes de alcançá-lo? Os senhores podem ajudá-las a alcançá-lo? Os senhores podem oferecer-lhes uma área na qual as faculdades delas possam ser exercitadas e se desenvolver? Homens da Inglaterra! Olhem para suas pobres moças, muitas delas fenecendo ao redor dos senhores, definhando por causa da consumpção ou do declínio; ou, o que é pior, se transformando em solteironas amargas — invejosas, caluniadoras, desgraçadas, porque a vida é um deserto para elas; ou, o que é pior de tudo, reduzidas a se esforçar, por meio de coquetismo pouco modesto e de artifícios aviltantes, para conquistar por meio do casamento uma posição e consideração que é negada ao celibato. Pais! Os senhores não são capazes de alterar essa situação? Talvez nem tudo de uma só vez; mas, pensem bem no assunto quando ele for apresentado aos senhores, recebam-no como um tema digno de reflexão; não o deixem de lado com um gracejo inútil ou um insulto indigno de um homem. Os senhores desejariam sentir orgulho de suas filhas, e não se envergonhar delas; então arrumem para elas um interesse e uma ocupação que possam elevá-las acima do flerte, das manobras, dos mexericos causadores de problemas. Mantenham a mente de suas meninas estreita e confinada; elas serão sempre um flagelo e um problema, às vezes uma desgraça para os senhores. Cultivem-nas; deem-lhes objetivos e um trabalho; elas serão suas mais alegres companheiras na saúde, suas mais ternas enfermeiras na doença, seu apoio mais fiel na velhice."

XXIII. Uma reunião noturna

Um belo dia de verão que Caroline passara completamente sozinha (seu tio estava em Whinbury) e cujas horas longas, luminosas, silenciosas, sem vento e sem nuvens (quantas elas pareciam ser, desde o nascer do sol!), tinham sido tão tristes para ela como se tivessem passado por sobre sua cabeça nas vastidões sem sombras e sem estradas do Saara, e não no florido jardim de um lar inglês, ela estava sentada no refúgio — sua costura nos joelhos, os dedos assiduamente manejando a agulha, os olhos seguindo e controlando seus movimentos, o cérebro funcionando incansável — quando Fanny chegou à porta, olhou ao redor ao longo do gramado e das sebes e, não vendo a quem ela procurava, chamou em voz alta:

— Senhorita Caroline!

Uma voz baixa respondeu:

— Fanny! — Ela se originava do refúgio, e para lá Fanny foi rapidamente, um bilhete nas mãos, o qual ela entregou para os dedos que mal pareciam ter condições de segurá-lo. A Srta. Helstone não perguntou de onde ele vinha e não olhou para ele: ela o deixou cair entre as dobras de sua costura.

— O filho do Joe Scott, Harry, trouxe — disse Fanny.

A jovem não era uma feiticeira, e não conhecia feitiços; contudo, o que ela disse exerceu um efeito quase mágico sobre sua jovem patroa: Caroline ergueu a cabeça com um movimento rápido e vigoroso; ela lançou um olhar inquiridor, não lânguido, mas cheio de vida, na direção de Fanny.

— Harry Scott! Quem o mandou?

— Ele veio do Hollow.

O bilhete ignorado foi agarrado com ansiedade; o lacre foi quebrado — ele foi lido em dois segundos. Um bilhete afetuoso de Hortense, informando a sua jovem prima que ela havia voltado de Wormwood Wells; que naquele dia ela estaria sozinha, pois Robert havia ido até o mercado de Whinbury; que nada lhe daria maior prazer que ter a companhia de Caroline para o chá e — a boa senhora acrescentou — ela tinha certeza de que uma mudança seria muito conveniente e benéfica para Caroline, que deveria estar sentindo muita falta tanto de bons conselhos quanto de uma companhia instrutiva, já que o desentendimento entre Robert e o Sr. Helstone havia suscitado uma separação de sua "meilleure amie, Hortense Gérard Moore".[1] Em um pós-escrito, Caroline era instada a colocar sua touca e ir para lá imediatamente.

Caroline não precisava da ordem expressa: feliz ela se sentiu por deixar de lado a roupa infantil de holanda marrom que ela estava arrematando para a Cesta do Judeu, ir correndo para o andar superior, cobrir seus cachos com sua touca de palha e colocar nos ombros o xale de seda negra, cujo simples drapejado combinava muito bem com suas formas e cuja coloração escura destacava a pureza de seu vestido e a delicadeza de seu rosto; feliz ela se sentiu por escapar por umas poucas horas da solidão, da tristeza, do pesadelo de sua vida; feliz por ir rapidamente pela alameda que descia até o Hollow, sentir a fragrância das flores das sebes, mais doce que o perfume das onze-horas ou dos lírios. É verdade, ela sabia que Robert não se encontrava no chalé; mas era um deleite ir onde ele estivera antes: separada dele há tanto tempo, e tão completamente, apenas ver a casa dele, entrar no cômodo onde ele se sentara naquela manhã, tinha o sabor de um reencontro. E isso reanimava Caroline; e a Ilusão uma vez mais a estava seguindo com sua máscara enganadora: a doce agitação de asas acariciava suas faces, e o ar, soprando lá do céu azul de verão, trazia uma voz que sussurrava: "Robert pode voltar para casa enquanto você estiver lá, e assim, pelo menos, você vai poder olhar para o rosto dele — pelo menos você vai poder dar-lhe a mão; talvez, por um minuto, você possa se sentar ao lado dele".

"Silêncio!", foi a austera resposta dela; mas ela amava o pensamento confortador e o consolo.

Provavelmente a Srta. Moore viu através da janela o brilho e o agitar da roupa branca de Caroline por entre os arbustos cheios de galhos do jardim, pois ela se dirigiu do pórtico do chalé para se encontrar com ela. Ereta, resoluta, calma como sempre, ela se aproximou: nem pressa nem êxtase jamais tinham permissão para perturbar a dignidade dos movimentos *dela*; mas ela sorriu, muito feliz ao notar o deleite de sua aluna, ao sentir o beijo e a pressão gentil e afetuosa do abraço dela. Com gentileza, ela fez Caroline entrar, parcialmente enganada e completamente lisonjeada. Parcialmente enganada! Não tivesse sido assim e ela teria, com toda a probabilidade, acompanhado Caroline até o portão e a colocado para fora da propriedade. Tivesse ela sabido com exatidão a quem se devia a maior parte daquela alegria infantil, Hortense provavelmente teria se sentido tanto chocada quanto irada. As irmãs não gostam que as jovens amem seus irmãos: isso parece um erro que, se não for insolente, é tolo, sem lógica e uma ilusão, um erro absurdo. *Elas* não amam esses cavalheiros — qualquer que seja a afeição fraterna que elas possam ter com relação a eles — e que outras os amem as deixa repugnadas com uma ideia de um romance grosseiro. A primeira reação, resumindo, incitada por tal descoberta (assim como a de muitos pais quando descobrem que seus filhos estão amando) é de impaciência e desprezo misturados. A Razão — se elas forem pessoas racionais — corrige o sentimento falso com o tempo; porém, se elas forem irracionais, ele nunca é corrigido, e a nora ou cunhada é detestada para sempre.

— Você esperaria me encontrar sozinha, a julgar pelo que escrevi no bilhete — observou a Srta. Moore enquanto conduzia

Caroline para a sala —, mas ele foi escrito de manhã; desde o almoço, chegaram visitas.

E, abrindo a porta, ela tornou visível uma ampla extensão de saias cor de carmim transbordando de uma poltrona perto do fogo, e sobre elas, presidindo com dignidade, uma rede para cabelos mais terrível que uma coroa. Aquela rede jamais viera até o chalé sob uma touca: não, ela tinha sido trazida em uma vasta sacola, ou melhor, um balão de seda negra de tamanho médio, cuja amplidão era mantida por meio de barbatanas de baleia. O arremate, ou o babado da touca, ficava a uns vinte e cinco centímetros de distância do rosto de quem o usava. A fita, com muitas protuberâncias e muitos laços sobre a cabeça, era do tipo chamado de fita de gaza: havia uma boa quantidade dela, posso dizer, uma boa quantidade mesmo. A Sra. Yorke usava a touca — ela lhe caía bem; ela também usava o vestido — ele lhe caía igualmente bem.

A grande dama viera amigavelmente tomar chá com a Srta. Moore. Era quase um favor tão grande e tão raro como se a rainha aparecesse sem ser convidada para compartilhar uma refeição qualquer com um de seus súditos: uma maior prova de deferência ela não poderia dar — ela que, de modo geral, desdenhava fazer visitas e tomar chá, e considerava vulgares e estigmatizava como "tagarelas" todas as empregadas e matronas das vizinhanças.

Não havia erro, contudo; a Srta. Moore *era* uma favorita da Sra. Yorke; ela havia demonstrado o fato mais de uma vez; o demonstrado ao parar para falar com ela no cemitério aos domingos; convidando-a, quase hospitaleira, a ir até Briarmains; o demonstrado hoje com a grande condescendência de uma visita pessoal. Suas razões pela preferência, como afirmado por ela própria, eram o fato de a Srta. Moore ser uma mulher de comportamento regrado, sem a menor frivolidade de conversa ou de postura; também que, sendo uma estrangeira, ela deveria sentir a falta de uma amiga para encorajá-la. A Sra.

Yorke poderia ter acrescentado que o aspecto simples e caseiro da Srta. Moore, seu vestido adequado e os modos calmos e destituídos de encanto eram para ela tantas recomendações adicionais. É certo, pelo menos, que senhoras notáveis pelas qualidades opostas — a da beleza, do comportamento animado e dos gostos elegantes quanto à indumentária — com frequência não eram honradas com sua aprovação. Tudo que os cavalheiros estão prontos para admirar nas mulheres a Sra. Yorke condenava; e a tudo que eles deixavam de lado ou desprezavam ela dava apoio.

Caroline se dirigiu à poderosa matrona com certa sensação de acanhamento: ela conhecia pouco a Sra. Yorke e, como sobrinha do pastor, estava em dúvida quanto ao tipo de recepção que poderia ter. E ela teve uma recepção muito fria, e sentiu-se feliz por ocultar sua confusão voltando-se para tirar a touca. Tampouco, ao sentar-se, ela se sentiu aborrecida por ser imediatamente abordada por uma figurinha com um vestido azul e avental que, como uma fada, surgiu do lado da cadeira da grande dama, onde ela estivera sentada em um escabelo, escondida pelas dobras do amplo vestido vermelho, e, correndo na direção da Srta. Helstone, sem a menor cerimônia jogou os braços no pescoço dela e exigiu um beijo.

— Minha mãe não é educada com a senhorita — disse a solicitante, enquanto recebia o cumprimento sorridente e o retribuía — e Rose, ali, não presta atenção na senhorita: é o jeito delas. Se, em vez da senhorita, um anjo branco com uma coroa de estrelas tivesse entrado na sala, minha mãe iria fazer um aceno empertigado, e Rose jamais iria erguer a cabeça; mas eu vou ser sua amiga... eu sempre gostei da senhorita.

— Jessie, dobre essa sua língua, e contenha sua petulância! — disse a Sra. Yorke.

— Mas, mãe, a senhora é tão fria! — reclamou Jessie. — A Srta. Helstone nunca lhe fez mal nenhum; por que a senhora não pode ser gentil com ela? A senhora se senta tão rígida, e tem uma aparência tão fria e fala com tanta secura... e por quê? É o mesmo modo com que a senhora trata a Srta. Shirley Keeldar e todas as outras jovens que vêm até nossa casa. E Rose é tamanha aut... aut... Eu esqueci a palavra, mas quer dizer uma máquina em forma de um ser humano. Contudo, as duas vão enxotar todas as pessoas de Briarmains; Martin diz isso sempre!

— Eu sou uma autômata? Bom! Deixe-me em paz, então — disse Rose, falando de um canto, onde ela estava sentada no tapete aos pés de uma estante de livros, com um volume aberto em seus joelhos. — Srta. Helstone, como tem passado? — acrescentou ela, dirigindo um olhar rápido para a pessoa com quem falara, e então abaixando novamente seus belos olhos cinzentos para o livro e retornando à apreciação de suas páginas.

Caroline lançou um olhar discreto na direção dela, concentrando-se em sua fisionomia jovem e absorta, e notando certo movimento inconsciente da boca enquanto ela lia — um movimento cheio de personalidade. Caroline tinha tato, e tinha instintos aguçados: ela sentiu que Rose Yorke era uma criança peculiar — uma das poucas; ela sabia como tratá-la. Aproximando-se em silêncio, ela se ajoelhou no tapete ao lado dela e olhou por cima dos ombros pequenos o livro que ela lia. Era uma narrativa da Sra. Radcliffe — "O Italiano".

Caroline continuou a ler com ela, sem fazer comentários; em seguida, Rose fez-lhe a gentileza de perguntar, antes de virar a página:

— A senhorita já terminou?

Caroline respondeu com um gesto.

— Gosta dele? — perguntou Rose antes que se passasse muito tempo.

— Há muito tempo, quando eu o li e era criança, fiquei muito encantada com ele.

— Por quê?

— Ele parecia começar com tamanha promessa… tamanho prenúncio de uma história das mais estranhas a ser desvendadas.

— E ao ler a senhorita sentiu como se estivesse muito longe da Inglaterra... realmente na Itália... sob um céu diferente... aquele céu azul do sul, que os viajantes descrevem.

— Você tem essa sensação, Rose?

— Ele me faz sentir vontade de viajar, Srta. Helstone.

— Quando você crescer, talvez possa satisfazer seu desejo.

— Eu tenciono fazer algo para conseguir isso, se alguma coisa não for feita por mim. Não posso viver para sempre em Briarfield. O mundo inteiro não é muito grande se comparado à criação: eu preciso ver a parte externa de nosso próprio planeta redondo, pelo menos.

— E quanto dessa parte externa?

— Em primeiro lugar, o hemisfério em que vivemos; depois, o outro. Eu já resolvi que minha vida vai ser uma vida: não um transe sombrio como o do sapo, sepultado no mármore; nem uma morte longa e lenta como a sua na casa paroquial de Briarfield.

— Como a minha! O que você quer dizer, menina?

— E a senhorita não pode estar morrendo entediada, para sempre trancada naquele presbitério... um lugar que, quando passo por ele, sempre me faz pensar em um túmulo com janelas? Eu nunca vejo nenhum movimento na porta; nunca ouço um som vindo do saguão; acho que a fumaça nunca sai das chaminés. O que a senhorita faz lá?

— Eu costuro, leio, estudo.

— A senhorita é feliz?

— Eu deveria ser mais feliz vagando sozinha em países estranhos como você quer fazer?

— Muito mais feliz, mesmo que a senhorita não fizesse nada além de vagar. Lembre-se, entretanto, de que eu terei um objetivo em vista; mas, se a senhorita somente caminhasse e caminhasse, como alguma mulher encantada em um conto de fadas, a senhorita poderia ser mais feliz que agora. Em um dia de caminhada é possível passar por tantos morros, bosques e cursos d'água, cada um deles constantemente mudando de aspecto se o sol brilhar ou estiver encoberto; se o tempo estiver úmido ou bom, escuro ou claro. Nada muda na casa paroquial de Briarfield; o gesso nos tetos das salas, o papel nas paredes, as cortinas, os tapetes e as cadeiras são sempre os mesmos.

— A mudança é necessária para a felicidade?

— Sim.

— É um sinônimo para ela?

— Não sei; mas acho que monotonia e morte são quase a mesma coisa.

Nesse momento, Jessie se manifestou:

— Ela não é insana? — perguntou ela.

— Mas, Rose — prosseguiu Caroline —, temo que uma vida de caminhada, pelo menos para mim, terminaria como essa história que você está lendo: em decepção, vaidade e aflição de espírito.

— "O Italiano" termina assim?

— Eu achei que sim, quando o li.

— É melhor experimentar todas as coisas e descobrir que todas são vazias, que não tentar nada e deixar sua vida sem sentido. Fazer isso é cometer o pecado daquele que escondeu seu talento em um pedaço de pano... vadio desprezível!

— Rose — observou a Sra. Yorke —, a verdadeira satisfação só pode ser encontrada com a realização dos nossos deveres.

— Certo, mãe! E, se meu Criador me deu dez talentos, meu dever é negociar com eles e fazer com que rendam dez talentos a mais. Não no pó das gavetas de casa deverá ser enterrada a moeda. Eu *não* vou colocá-la em um bule com bico quebrado e fechá-lo em um armário de porcelanas entre os utensílios para o chá. Eu *não* vou colocar a moeda em sua mesa de trabalho para ela ser sufocada sob pilhas de meias de lã. Eu *não* vou aprisioná-la no armário das roupas brancas para encontrar mortalhas entre os lençóis. E ainda menos, mãe (ela se levantou do chão), ainda menos vou escondê-la em uma terrina de batatas frias, para ser colocada com o pão, a manteiga, os doces e o presunto nas prateleiras da despensa.

Ela fez uma pausa, e então continuou:

— Mãe, o Senhor que deu a cada um de nós os nossos talentos virá a casa um dia, e vai pedir contas para todos. O bule, o velho pé de meia, o trapo de linho, a terrina com desenhos de salgueiros vão produzir seu penhor estéril em muitas casas; aceite que suas filhas, pelo menos, coloquem o dinheiro delas nas mãos dos negociantes, para que elas possam ter condições de, na vinda do Senhor, devolver a Ele o que é Dele e com juros.

— Rose, você trouxe seu pano de amostras, como eu mandei?

— Sim, mãe.

— Sente-se e faça um pouco de seu trabalho.

Rose sentou-se imediatamente e trabalhou conforme lhe fora ordenado. Depois de uma atarefada pausa de dez minutos, sua mãe perguntou:

— Você se considera oprimida agora, uma vítima?

— Não, mãe.

— Porém, tanto quanto eu tenha compreendido de sua invectiva, ela foi um protesto contra todas as ocupações femininas e domésticas.

— A senhora não a entendeu, mãe. Eu ficaria triste se não aprendesse a costurar; a senhora age bem ao me ensinar e me fazer trabalhar.

— Mesmo cerzindo as meias de seus irmãos e fazendo lençóis?

— Sim.

— E qual é a vantagem de vociferar e de se manifestar a respeito, então?

— Eu não devo fazer nada além disso? Eu farei isso, e então farei mais coisas. Ora, mãe, já dei minha opinião. Eu tenho doze anos de idade agora e não falarei de novo sobre talentos até ter dezesseis anos. Durante quatro anos, me comprometo a ser uma laboriosa aprendiz de tudo o que a senhora possa me ensinar.

— A senhorita vê o que são minhas filhas, Srta. Helstone — observou a Sra. Yorke —, quão precocemente sábias a seus próprios olhos! "Eu gostaria disso, eu prefiro aquilo...", essa é a cantilena da Jessie; ao passo que Rose solta a exclamação ainda mais ousada, "Eu *vou*, e eu *não* vou!".

— Eu dou uma razão, mãe: além do mais, se minha exclamação é ousada, ela só é ouvida uma vez por ano. Perto de cada aniversário o espírito me leva a pronunciar um vaticínio a respeito de minha instrução e direção. Eu o pronuncio e o deixo de lado; cabe à senhora, mãe, ouvi-lo ou não.

— Eu aconselharia todas as jovens — prosseguiu a Sra. Yorke — a estudar as personalidades de tais crianças que elas têm a oportunidade de encontrar antes de elas se casarem e terem seus próprios filhos; a pensar muito bem se elas gostariam da responsabilidade de aconselhar o desatento, o trabalho de persuadir o teimoso, o fardo e a tarefa constantes de educar os melhores.

— Mas, com amor, não tem de ser tão difícil assim — interveio Caroline. — As mães amam tanto seus filhos... quase mais do que amam a si mesmas.

— Belas palavras! Muito sentimental! O lado difícil e prático da vida ainda há de atravessar seu caminho, mocinha.

— Mas, Sra. Yorke, se eu pego um bebê nos braços... qualquer bebê de uma mulher pobre, por exemplo... eu sinto que amo aquela criatura indefesa de modo peculiar, embora não seja sua mãe. Eu seria capaz de fazer quase qualquer coisa por ele de boa vontade, se ele fosse deixado inteiramente aos meus cuidados, se ele dependesse inteiramente de mim.

— A senhorita *sente*! Sim! Sim! Ouso dizer, agora: a senhorita é bastante guiada por seus *sentimentos* e se considera uma pessoa muito sensível e refinada, sem dúvida. A senhorita está ciente de que, com todas essas ideias românticas, a senhorita conseguiu fazer com que seu rosto tenha uma expressão geralmente afetada que é mais condizente com uma heroína de romance que com uma mulher que deverá abrir seu caminho neste mundo com o uso do bom senso?

— Não; não tenho a menor consciência disso, Sra. Yorke.

— Olhe no espelho bem atrás da senhorita. Compare o rosto que a senhorita vê nele com o de qualquer moça da ordenha que acorda cedo e trabalha com afinco.

— Meu rosto é pálido, mas *não* é sentimental; e a maior parte das moças da ordenha, por mais coradas e robustas que possam ser, são mais estúpidas e menos preparadas de modo prático para abrir seu caminho no mundo que eu. Eu penso mais, e mais corretamente, que as moças da ordenha de maneira geral; consequentemente, quando elas iriam, com frequência, por falta de reflexão, agir de modo insensato, eu, por meio da reflexão, deveria agir judiciosamente.

— Oh, não! A senhorita seria influenciada por seus sentimentos. A senhorita seria guiada por impulsos.

— É claro que eu seria frequentemente influenciada por meus sentimentos: eles me foram dados com esse intuito. Quem meus sentimentos me ensinam a amar, eu *devo* e *vou* amar; e espero, se eu chegar a ter um marido e filhos, que meus sentimentos me façam amá-los. Espero, nesse caso, que todos os meus impulsos sejam imperiosos e me façam amar.

Caroline sentia prazer em dizer isso de modo enfático; ela sentia prazer em ousar dizer isso na presença da Sra. Yorke. Ela não se importava com quais sarcasmos injustos pudessem lhe ser arremessados como resposta: ela enrubesceu, não com raiva, mas com excitação, quando a pouco cordial matrona respondeu com frieza:

— Não desperdice seus efeitos dramáticos. Isso foi dito muito bem, foi muito satisfatório; mas foi desperdiçado com duas mulheres... uma velha esposa e uma velha solteirona; teria de haver presente um cavalheiro solteiro descompromissado. O Sr. Robert não está em algum canto escondido atrás das cortinas, o que a senhorita acha, Srta. Moore?

Hortense, que, durante a maior parte da conversa tinha estado na cozinha supervisionando os preparativos para o chá, não compreendeu bem o objetivo dessas palavras. Ela respondeu, com ar intrigado, que Robert estava em Whinbury. A Sra. Yorke riu sua característica risada breve.

— Honesta Srta. Moore! — disse ela, condescendente. — É típico da senhorita entender minha pergunta de modo tão literal e respondê-la com tanta simplicidade. *Sua* mente nada compreende das intrigas. Coisas estranhas podem acontecer ao seu redor sem que a senhorita perceba; a senhorita não pertence àquela classe que o mundo chama de atilada.

Esses cumprimentos ambíguos não pareceram agradar a Hortense. Ela se levantou, franziu suas sobrancelhas negras, mas ainda parecia intrigada.

— Eu sempre tenho sido reconhecida por sagacidade e discernimento, desde a infância — replicou ela, que, na verdade, particularmente se orgulhava da posse dessas características.

— A senhorita jamais tramou para conquistar um marido, eu tenho plena certeza — prosseguiu a Sra. Yorke —, e a senhorita não tem o benefício da experiência prévia para ajudá-la a descobrir quando outras estão fazendo isso.

Caroline sentiu essas gentis palavras onde a caridosa falante tencionava que ela a sentisse — em seu coração. Ela não poderia nem mesmo se esquivar dos ataques; ela estava indefesa naquele momento: responder seria conceder que a carapuça servia. A Sra. Yorke, olhando para ela enquanto Caroline se sentava com olhos perturbados e baixos, e as faces dolorosamente em fogo, e o corpo expressando em sua postura recurvada e tremor inconsciente toda a humilhação e o chagrin[2] por que ela passava, sentiu que a sofredora era presa fácil. A estranha mulher sentia uma antipatia natural por uma personalidade arredia e sensível — um temperamento nervoso; tampouco era uma face bonita, delicada e jovem um convite para suas afeições. Era raro ela encontrar todas essas qualidades desagradáveis combinadas em uma criatura; ainda mais raramente ela encontrava essa criatura à sua mercê, em circunstâncias nas quais ela poderia derrotá-la completamente. Casualmente, naquela tarde ela estava particularmente irritadiça e taciturna — tão inclinada a ferir quanto qualquer maldoso "tigre enjaulado": abaixando sua grande cabeça, ela atacou outra vez:

— Sua prima Hortense é uma excelente irmã, Srta. Helstone: tais senhoras como as que vêm tentar a sorte aqui no chalé do Hollow podem, com só um pouquinho de artifícios femininos, lisonjear a dona da casa e ter as cartas nas mãos. A senhorita gosta da companhia de seus parentes, ouso dizer, senhorita?

— De qual parente?

— Oh, da sua prima, *naturalmente*.

— Hortense é, e sempre tem sido, muito gentil comigo.

— Toda irmã com um irmão solteiro e casadouro é considerada muito gentil por suas amigas solteiras.

— Sra. Yorke — disse Caroline, erguendo lentamente os olhos, suas pupilas azuis ao mesmo tempo ficando livres de perturbação e brilhando firmes e límpidas, enquanto o rubor da vergonha abandonava suas faces e sua cor ficava pálida e uniforme. — Sra. Yorke, posso perguntar o que a senhora pretende?

— Dar-lhe uma lição sobre o cultivo da retidão, fazer a senhorita se enojar de artimanhas e de falsos sentimentos.

— Eu preciso dessa lição?

— Muitas moças dos dias de hoje precisam dela. A senhorita é uma moça muito moderna... doentia, delicada, afirma gostar da solidão; o que implica, suponho eu, que a senhorita encontre poucas coisas dignas de sua apreciação no mundo comum. O mundo comum, com suas pessoas honestas e corriqueiras, é melhor do que a senhorita o julga, muito melhor que qualquer fiapinho de mocinha romântica que gosta de leituras e que raramente põe o nariz por cima do muro do jardim de seu tio, o pároco, pode ser.

— Consequentemente, de quem a senhora nada conhece. Desculpe-me (na verdade, não importa se a senhora me desculpa ou não), a senhora me atacou sem provocação; eu vou me defender sem desculpas. Do meu relacionamento com meus dois primos a senhora não tem o menor conhecimento; em um ataque de mau humor a senhora tentou envenená-lo com insinuações infundadas, que são mais tacanhas e falsas que qualquer coisa de que a senhora possa me acusar com justiça. Que eu seja pálida e às vezes aparente ser tímida, não é problema seu; que eu goste de livros e não aprecie a tagarelice quotidiana, é ainda menos problema seu; que eu seja um "fiapinho de mocinha romântica" é mera conjectura de sua parte: eu nunca usei uma linguagem romanceada ao falar com a senhora nem com qualquer pessoa que a senhora conheça. Que eu seja a sobrinha do pastor não é crime, embora a senhora seja ignorante o suficiente para assim pensar. A senhora não gosta de mim; a senhora não tem motivos justos para não gostar de mim; portanto, conserve a sua aversão para si mesma. Se em qualquer ocasião no futuro a senhora a demonstrar de uma maneira que me perturbe, responderei com menos escrúpulos do que eu o fiz agora.

Ela parou, e ficou sentada com uma excitação pálida e imóvel. Ela havia falado com o tom de voz mais claro, nem rápido nem alto; mas suas entonações cristalinas cortaram o ar. O sangue fluía em suas veias naquele momento de modo tão rápido quanto imperceptível.

A Sra. Yorke não se irritara com a censura, dita com uma severidade tão simples, ditada por um orgulho tão discreto. Voltando-se com frieza para a Srta. Moore ela disse, balançando sua rede de cabelos com aprovação:

— Ela tem sangue nas veias, afinal de contas. Sempre fale com tanta honestidade quanto agora — prosseguiu ela —, e a senhorita há de vencer.

— Eu rejeito um elogio tão ofensivo — foi a resposta, dada com a mesma voz pura, com o mesmo olhar límpido. — Eu rejeito conselhos envenenados pela insinuação. É meu direito falar como eu considero adequado; nada me obriga a conversar conforme a senhora determina. Longe de sempre me expressar como eu acabei de fazer, jamais vou me dirigir a ninguém com um tom tão severo ou uma linguagem tão ríspida, a não ser como resposta a um insulto não provocado.

— Mãe, a senhora encontrou quem lhe faça frente — disse a pequena Jessie, a quem a cena parecia edificar imensamente. Rose havia ouvido tudo com uma face impassível. Ela disse então:

— Não, a Srta. Helstone não faz frente a minha mãe, pois ela sempre permite que outros a perturbem: minha mãe iria derrotá-la em poucas semanas. Shirley Keeldar se sai melhor. Mãe, a senhora jamais magoou os sentimentos da Srta. Keeldar. Ela tem sob o vestido de seda uma couraça que a senhora não consegue perfurar.

A Sra. Yorke sempre reclamava que seus filhos eram rebeldes. Era estranho que, com toda a sua severidade, com toda sua "força de espírito", ela não conseguisse exercer controle sobre eles: um olhar do pai deles tinha mais influência sobre eles que um sermão feito por ela.

A Srta. Moore — a quem a posição de testemunha de uma altercação na qual ela não tomava parte era extremamente desagradável, pois era um posto secundário sem qualquer importância —, recobrando sua dignidade, se preparou para fazer um discurso que deveria provar às duas partes que elas estavam erradas e deixar claro para cada uma das litigantes que elas tinham razão de se envergonhar de si mesmas, e deveriam se submeter com humildade ao bom senso superior da pessoa que se dirigia a elas. Felizmente para sua plateia, ela não havia arengado mais de dez minutos quando a entrada de Sarah com a bandeja do chá chamou sua atenção, em primeiro lugar para o fato de aquela donzela ter um pente dourado em seus cabelos e um laço de fita vermelha no pescoço, e, em segundo lugar, e logo depois de uma clara admoestação, para o dever de preparar o chá. Depois da refeição, Rose fez com que ela recuperasse seu bom humor trazendo seu violão e pedindo uma música, e depois a envolvendo em um interrogatório inteligente e arguto sobre tocar violão e música em geral.

Enquanto isso, Jessie dirigia suas atenções a Caroline. Sentada em um escabelo aos pés da moça, ela conversou em primeiro lugar sobre religião e depois sobre política. Em casa, Jessie estava acostumada a absorver muita coisa do que seu pai falava sobre tais assuntos e posteriormente, com outras pessoas, a relatar minuciosamente, com mais espírito e fluência que consistência ou discrição, as opiniões, antipatias e preferências dele. Ela censurou Caroline veementemente por ser um membro da Igreja Anglicana e por ter um tio clérigo. Ela informou Caroline que ela vivia na região e deveria trabalhar para ter uma vida honesta, em vez de levar uma vida inútil e comer o pão da ociosidade sob a forma de dízimos. Desse ponto Jessie passou a uma análise do ministério da época e uma reflexão sobre o que ele merecia. Ela mencionou com familiaridade os nomes de Lorde Castlereagh e do Sr. Perceval. Cada um desses senhores ela adornou com uma personalidade que poderia ter sido individualmente adequada para Môlek e Belial. Ela proclamou a guerra como um assassinato por atacado, e Lorde Wellington como um "carniceiro mercenário".

Sua ouvinte escutava com edificação crescente. Jessie tinha algo do gênio do humor em sua natureza: era indizivelmente cômico ouvi-la repetindo as denúncias de seu genitor com seu excitado sotaque do norte, a jacobinazinha mais entusiasmada que jamais confinou seu espírito livre e rebelde em um vestidinho de musselina com avental. Não sendo maldosa por natureza, sua linguagem não era tão amarga como era picante, e o rostinho expressivo dava uma mordacidade a cada frase que aprisionava o interesse de quem a ouvia.

Caroline censurou-a quando ela insultou Lorde Wellington; mas ouviu deliciada uma invectiva subsequente contra o Príncipe Regente. Jessie percebeu rapidamente, no brilho dos olhos de sua plateia e na risada que pairava em seus lábios, que finalmente havia tocado em um assunto que agradava. Muitas vezes ela havia ouvido o gordo "Adônis de cinquenta" sendo discutido pelo pai à mesa do café da manhã, e agora ela transmitia os comentários do Sr. Yorke sobre o tema — tão genuínos como os pronunciados pelos lábios de Yorkshire dele.

Porém, Jessie, não escreverei mais a seu respeito. Este é um entardecer de outono, úmido e bravio. Há apenas uma nuvem no céu, mas ela o cobre de polo a polo. O vento é incapaz de cessar; ele se apressa, soluçante sobre morros de contornos carrancudos e sem cor por causa do crepúsculo e da névoa. A chuva caiu o dia inteiro sobre a torre daquela igreja. Esta se ergue escura dos limites de pedra de seu cemitério: as urtigas, o mato alto e os túmulos, todos eles estão gotejando. Este entardecer me faz pensar com muita força em outro entardecer de alguns anos passados, um entardecer desolado e chuvoso de outono também — quando as pessoas que haviam naquele dia feito uma peregrinação a um túmulo recém-cavado em um cemitério herege se sentaram perto do fogo de lenha da lareira de uma habitação estrangeira. Elas estavam alegres e sociáveis, mas todas sabiam que uma lacuna, que jamais seria preenchida novamente, havia sido criada em seu grupo. Elas sabiam que haviam perdido algo cuja ausência jamais poderia ser compensada enquanto elas vivessem; e sabiam que a chuva pesada estava penetrando na terra úmida que cobria a pessoa amada, e que a ventania triste e suspirosa estava se lamentando sobre a cabeça enterrada dela. O fogo as aqueceu; Vida e

Amizade ainda as abençoavam, mas Jessie jazia, fria, enterrada, solitária — apenas a lama protegendo-a da tempestade.

******

A Sra. Yorke guardou seu tricô, interrompeu a aula de música e o sermão sobre política e concluiu sua visita ao chalé, cedo o suficiente para garantir seu retorno a Briarmains antes que o rubor do ocaso estivesse desbotado no céu, ou que o caminho através dos campos estivesse completamente molhado com o orvalho do anoitecer.

A senhora e suas filhas tendo ido para casa, Caroline também achou que deveria pegar seu xale, beijar as faces da prima e retornar para casa. Se ela ficasse até muito mais tarde, a noite acabaria caindo, e Fanny precisaria ter o trabalho de vir buscá-la; era dia tanto de fazer pão quanto de passar roupa na casa paroquial, ela lembrou — Fanny estaria ocupada. Mesmo assim, ela não conseguia se levantar de sua cadeira perto da janela da sala. De nenhum ponto de vista o oeste parecia tão belo quanto daquela gelosia com a guirlanda de jasmins ao seu redor, cujas estrelas brancas e folhas verdes não pareciam então mais que contornos cinzentos desenhados a lápis — graciosas na forma, mas desprovidas de cor — contra o dourado enrubescido de um anoitecer de verão — contra o azul tingido de vermelho de um céu de agosto às oito horas da noite.

Caroline olhou o portãozinho, em cujas laterais as malvas se erguiam, altas; ela olhou a sebe compacta de alfeneiros e loureiros delimitando o jardim; seus olhos ansiavam por ver algo mais que os arbustos antes de eles se afastarem daquela perspectiva limitada: eles ansiavam por ver uma figura humana, de certa constituição e altura, passar pela sebe e entrar pelo portão. Uma figura humana ela finalmente viu — não, duas: Frederic Murgatroyd passou, carregando um balde de água; Joe Scott vinha em seguida, balançando em seu dedo indicador as chaves da tecelagem. Eles estavam indo fechar a tecelagem e os estábulos para a noite, e então iriam para casa.

"E eu também preciso", pensou Caroline, enquanto se soerguia e suspirava.

"Isso é tudo insensatez — uma insensatez de partir o coração", acrescentou ela. "Em primeiro lugar, embora eu possa ficar aqui até o anoitecer, ninguém chegará; porque sinto isso em meu coração, o Destino escreveu na página de hoje de seu livro eterno que eu não vou ter o prazer pelo qual tanto anseio. Em segundo lugar, se ele entrasse neste momento, minha presença aqui seria um *chagrin* para ele, e a consciência disso iria transformar parte de meu sangue em gelo. As mãos dele iriam, talvez, estar flácidas e frias se eu colocasse a minha nelas; os olhos dele estariam enevoados se eu procurasse sua luz. Eu iria procurar aquela centelha, algo que vi em dias passados, quando meu rosto, ou o que eu dizia, ou meu temperamento, tinham-no, em algum momento agradável, deixado feliz; eu só iria descobrir a escuridão. É melhor eu ir para casa."

Ela pegou sua touca da mesa onde ela estava colocada e estava atando as fitas quando Hortense, dirigindo sua atenção para um esplêndido buquê de flores em um vaso na mesma mesa, mencionou que a Srta. Keeldar as mandara naquela mesma manhã de Fieldhead; e passou então a fazer comentários sobre os hóspedes que a moça estava recebendo, sobre a vida agitada que ela levava ultimamente; acrescentando inúmeras conjecturas de que ela não gostava tanto assim disso, e muito espanto pelo fato de que uma pessoa que apreciava tanto fazer o que queria como a herdeira não descobrisse algum jeito de se livrar mais cedo desse cortège[3] de parentes.

— Mas dizem que ela na verdade não vai permitir que o Sr. Sympson e sua família partam — acrescentou ela. — Eles queriam demais voltar para o sul na semana passada, pois queriam estar prontos para receber o único filho, que está sendo esperado em casa vindo de uma viagem. Ela insiste que seu primo Henry venha e se junte aos amigos aqui em Yorkshire. Ouso dizer que ela faz isso em parte para ser gentil com Robert e comigo.

— Como assim, ser gentil com você e Robert? — perguntou Caroline.

— Ora, minha menina, você é uma tonta. Você não sabe... você deve ter ouvido falar tanto...

— Com licença, senhora — disse Sarah, abrindo a porta —, as compotas que a senhora me mandou ferver no melaço... os *congfiters*, como a senhora os chama... queimou tudo na panela.

— Les confitures! Elles sont brûlées? ah, quelle négligence coupable! coquine de cuisinière, fille insuportable![4]

E *mademoiselle*, tirando apressada de uma gaveta um grande avental de linho, e amarrando-o sobre seu avental negro, correu éperdue[5] para a cozinha, de onde, para dizer a verdade, exalava um odor de doces calcinados mais forte que saboroso.

A patroa e a empregada tinham andado às turras o dia inteiro sobre como fazer conservas com certas cerejas negras, duras como mármore, amargas como abrunhos. Sarah sustentava que açúcar era o único condimento ortodoxo a ser usado no processo; *Mademoiselle* sustentava — e provou isso com a prática e a experiência de sua mãe, de sua avó e de sua bisavó — que melaço, mélasse,[6] era infinitamente preferível. Ela havia cometido a imprudência de deixar Sarah encarregada da panela de conservas, pois a falta de simpatia dela pela natureza de seu conteúdo a havia induzido a um grau de descuido na vigilância de seu preparo; e cujo resultado eram ruínas escuras e parecidas com cinzas. Um tumulto se seguiu; grandes repreensões e soluços mais altos que profundos ou verdadeiros.

Caroline, voltando-se uma vez mais para o espelhinho, estava afastando os cachos de sua face para ajeitá-los sob sua touca doméstica, certa de que não seria somente inútil, mas desagradável, permanecer por mais tempo, quando, com o abrir súbito da porta dos fundos, se seguiu uma calma repentina na cozinha: as línguas foram contidas, refreadas como por um freio e rédeas. "Seria... seria... Robert?". Ele frequentemente — quase sempre — entrava pela cozinha ao voltar do mercado. Não; era somente Joe Scott, que, tendo pigarreado significativamente três vezes — cada "hm" sendo concebido como uma altiva censura ao mulherio litigante —, disse:

— Ora, eu acho qu'eu ouvi uma tagarelação?

Ninguém respondeu.

— E — continuou ele, de modo pragmático — como o patrão chegô, e como ele vai entrá por este canto, eu *con*siderei convenente entrá e avisar vosmecê. Uma casa cheia de mulher nunca é boa pra s'entrá sem aviso. Olha ele aqui. Entra, patrão. Elas tava numa briga feia, mas acho que eu fiz elas ficá quieta.

Dava para ouvir que outra pessoa entrara. Joe Scott continuou com suas censuras.

— O que vosmecês pensa ficando com tudo às escura? Sarah, sua desavergonhada, vosmecê num pode acendê uma vela? Já faz uma hora que o sol se pôs. O patrão vai quebrá os tornozelo em um desses seus pote, e mesa, e coisa. Presta tenção nesse tacho, patrão; elas colocaro ele no seu caminho, como se elas tivesse feito isso de popósito.

Às observações de Joe se seguiu um tipo confuso de pausa, que Caroline, embora estivesse ouvindo com toda a atenção, não conseguiu entender. A pausa foi muito rápida. Um grito a interrompeu — um som de surpresa, seguido pelo som de um beijo; exclamações, mal pronunciadas, se seguiram.

— Mon Dieu! Mon Dieu! Est-ce que je m'y attendais?[7] — foram as palavras que mais puderam ser entendidas.

— Et tu te portes toujours bien, bonne sœur?[8] — perguntou outra voz — a de Robert, com certeza.

Caroline estava perplexa. Obedecendo a um impulso, cuja sensatez ela não teve tempo de julgar, ela fugiu da sala, com o intuito de deixar a área desimpedida e, correndo escada acima, assumiu um posto no alto, de onde ela poderia continuar a observar antes de se apresentar. Já havia passado bastante do pôr do sol então; a escuridão tomava conta do corredor, contudo, não estava tão escuro a ponto de ela não poder ver em seguida Robert e Hortense passando por ele.

— Caroline! Caroline! — chamou Hortense, logo em seguida. — Venez voir mon frère![9]

"Estranho", pensou a Srta. Helstone, "muito estranho! O que representa essa excitação pouco costumeira por causa de um acontecimento quotidiano como o retorno do mercado? Ela não perdeu o juízo, perdeu? Certamente o melaço queimado não a enlouqueceu?"

Ela desceu em um alvoroço contido: porém, mais alvoroçada ela ficou quando Hortense pegou-a pela mão na porta da sala e, levando-a até Robert, que estava presente, alto e escuro contra a única janela, apresentou-a com uma mistura de agitação e de formalidade, como se eles fossem completos estranhos e esse fosse o primeiro encontro deles.

Enigma cada vez maior! Ele fez uma mesura um tanto desajeitada e, afastando-se dela com o embaraço de um estranho, se postou perto da luz indecisa vinda da janela. Ela incidiu sobre o rosto dele, e o enigma do sonho (um sonho aquilo parecia) chegou ao ponto máximo. Ela viu um rosto semelhante e dessemelhante — Robert, e não Robert.

— O que está acontecendo? — disse Caroline. — Meus olhos me traem? É meu primo?

— Certamente é seu primo — afirmou Hortense.

Então, quem é que estava vindo pelo corredor... entrando agora no cômodo? Caroline, olhando ao redor, se deparou com um novo Robert — o Robert verdadeiro, como ela percebeu na hora.

— Bem — disse ele, sorrindo para a face inquisitiva e perplexa dela —, quem é quem?

— Ah, é *você*! — foi a resposta.

Ele riu.

— Acredito que seja *eu:* e você sabe quem *ele* é? Você nunca o viu antes, mas ouviu falar dele.

Ela havia recobrado a calma nesse momento.

— Só *pode* ser uma pessoa... seu irmão, já que se parece tanto com você; meu outro primo, Louis.

— Pequeno Édipo esperto! Você teria desorientado a Esfinge! Mas, agora, veja-nos juntos. Troque de lugar; troque de novo, para confundi-la, Louis. Quem é o velho favorito agora, Lina?

— Como se fosse possível cometer um erro quando você fala! Você deveria ter dito a Hortense que perguntasse. Mas vocês não se parecem tanto; apenas a altura, o corpo e a cor da pele que são tão parecidos.

— E eu sou Robert, não sou? — perguntou o recém-chegado, fazendo um primeiro esforço para superar o que parecia ser sua timidez natural.

Caroline balançou a cabeça gentilmente. Um raio doce e expressivo de seus olhos brilhou sobre o verdadeiro Robert; ele era muito revelador.

Ela não teve permissão para deixar seus primos logo: o próprio Robert foi categórico ao obrigá-la a ficar. Alegre, simples e afável em seu comportamento (feliz por aquela noite, pelo menos), com um estado de espírito leve e luminoso naquele momento, ela era um acréscimo agradável demais ao círculo familiar do chalé para que qualquer um deles a deixasse partir de boa vontade. Louis parecia naturalmente ser um homem bastante sério e retraído; mas a Caroline daquela noite, que não era (como você sabe, leitor) a Caroline de todos os dias, abrandou a reserva dele, e logo alegrou sua seriedade. Ele sentou-se ao lado dela e conversou com ela. Caroline já sabia que a profissão dele era o ensino; ela ficou sabendo então que, já fazia alguns anos, ele era o tutor do filho do Sr. Sympson; que ele estivera viajando com o jovem e o havia acompanhado ao norte. Ela perguntou se ele gostava de seu posto, mas recebeu como resposta um olhar que não convidava a maiores perguntas nem as permitia. O olhar despertou a imediata simpatia de Caroline: ela o julgou uma expressão muito triste para passar sobre um rosto tão sensível quanto o de Louis; porque ele *tinha* um rosto sensível, embora não belo, ela pensou, quando visto perto do de Robert. Ela se voltou para comparar. Robert estava recostado à porta, um pouco atrás de Caroline, folheando as páginas de um livro de gravuras, e provavelmente ouvindo, ao mesmo tempo, a conversa entre ela e Louis.

"Como eu pude achar os dois parecidos?" ela se perguntou. "Vejo agora que é com Hortense que Louis se parece, e não com Robert."

E isso era em parte verdade. Ele tinha o nariz mais curto e o lábio superior mais longo de sua irmã em vez dos traços finos de seu irmão; ele tinha o mesmo formato da boca e do queixo dela — ambos menos decididos, precisos e nítidos que os do jovem proprietário da tecelagem. A aparência dele, embora firme e pensativa, mal poderia ser considerada diligente e arguta. Dava para sentir, ao se sentar perto dele e olhá-lo, que uma natureza mais lenta e provavelmente mais benigna que a do Sr. Moore mais velho lançava sua calma nas impressões do observador.

Robert — talvez ciente de que o olhar de Caroline havia se dirigido à sua pessoa e nela se detido, embora ele não o tivesse nem encontrado nem respondido — colocou de lado o livro de gravuras e, aproximando-se, sentou-se ao lado dela. Ela retomou a conversa com Louis, mas, enquanto falava com ele, seus pensamentos estavam em outro lugar: o coração dela batia do lado de que seu rosto estava parcialmente afastado. Ela reconhecia um ar firme, viril e cordial em Louis; mas ela se inclinava perante o poder secreto de Robert. Estar tão perto dele — embora ele estivesse em silêncio, embora ele não tocasse sequer a franja do lenço dela ou a bainha branca de seu vestido — afetou-a como um encanto. Tivesse ela sido obrigada a falar *somente* com ele, a sensação teria se dissipado, mas, tendo a liberdade de se dirigir a outro, a excitava. As palavras dela fluíam livremente; elas eram alegres, brincalhonas e eloquentes. O olhar indulgente e os modos plácidos de seu ouvinte encorajaram-na a se sentir à vontade; o prazer discreto manifestado pelo sorriso dele extraiu tudo o que havia de brilhante na natureza dela. Ela sentia que naquela noite ela aparecia sob seu melhor aspecto, e, como Robert era um espectador, essa consciência a deixava contente. Tivesse ele sido chamado para fora da sala, o colapso teria imediatamente se seguido ao estímulo.

Porém, o prazer dela não deveria brilhar em todo seu esplendor por muito tempo; uma nuvem logo passou por ele.

Hortense, que por certo tempo estivera agitada dando ordens para a ceia e agora estava tirando da mesa alguns livros, etc., para abrir espaço para a bandeja, chamou a atenção de Robert para o vaso de flores, o carmesim e o branco e o ouro de suas pétalas pareciam mesmo radiantes à luz das velas.

— Elas vieram de Fieldhead — disse ela —, pensadas como um presente para você, sem dúvida. Nós sabemos quem é o favorito lá; não sou eu, com certeza.

Era espantoso ouvir Hortense gracejar — sinal de que seu estado de espírito estava realmente no ponto mais alto.

— Temos de concluir então que Robert é o favorito? — observou Louis.

— Mon cher — respondeu Hortense —, Robert... c'est tout ce qu'il y a de plus précieux au monde; à côté de lui le reste du genre humain n'est que du rebut. N'ai-je pas raison, mon enfant?[10] — acrescentou ela, dirigindo-se a Caroline.

Caroline foi obrigada a responder, "Sim", e seu fulgor se apagou; sua estrela se eclipsou enquanto ela falava.

— Et toi, Robert?[11] — perguntou Louis.

— Quando você tiver uma oportunidade, pergunte à própria Srta. Keeldar — foi a resposta tranquila. Se ele enrubesceu ou empalideceu, Caroline não determinou. Ela descobriu que estava tarde e deveria ir para casa. E para casa ela iria; nem Robert teria poder de detê-la então.

XXIV. O VALE DA SOMBRA DA MORTE

Às vezes o futuro parece soluçar um grave presságio dos acontecimentos que ele nos está trazendo, como uma tempestade que está se avolumando embora ainda esteja distante e que, no soar do vento, nos rubores do firmamento, em nuvens estranhamente dilaceradas, anuncia uma ventania forte o suficiente para semear o oceano com destroços; ou incumbida de trazer com a neblina a nódoa amarelada da pestilência que cobre as brancas ilhas do Ocidente com as envenenadas exalações do Oriente, assombrando os postigos dos lares ingleses com o hálito da peste indiana. Em outras ocasiões, esse Futuro irrompe de repente, como se os rochedos tivessem se fendido, e neles um túmulo tivesse se aberto, de onde surge o corpo de alguém que dormia. Antes que você se dê conta, está parado face a face com uma Calamidade amortalhada e impensada — um novo Lázaro.

Caroline Helstone saiu do Chalé do Hollow e foi para casa com boa saúde, conforme ela pensava. Ao despertar na manhã seguinte, ela se sentiu oprimida com um langor pouco costumeiro: no café da manhã, em todas as refeições do dia seguinte, ela perdeu toda sensação de fome. A comida saborosa sabia a cinzas e a serragem para ela.

"Estarei doente?", ela se perguntou, e se olhou no espelho. Seus olhos estavam brilhantes, as pupilas dilatadas, as faces pareciam mais coradas e mais cheias que de costume. "Eu estou com boa aparência; por que não consigo comer?"

Ela sentiu uma pulsação batendo rápida em suas têmporas; ela sentiu, também, o cérebro em uma atividade estranha. Seu estado de espírito era agitado; centenas de pensamentos atarefados e fragmentados, porém fúlgidos, ocupavam sua mente. Um brilho pairava sobre eles, tal como o que tingia sua face.

Então se seguiu uma noite quente, ressecada, sedenta e desassossegada. Perto do amanhecer, um sonho terrível se apoderou dela como um tigre; quando ela acordou, ela se sentia doente, e sabia que estava.

Como ela apanhara a febre (e era febre), ela não sabia dizer. Provavelmente na caminhada tardia para casa, alguma brisa suave e envenenada, recendente a melado e a miasma, havia entrado em seus pulmões e veias, e, já encontrando nelas a febre da excitação mental e o langor de um longo conflito e uma tristeza habitual, tinha atiçado a centelha e deixado atrás de si um fogo bem aceso.

Parecia, contudo, ser somente um fogo calmo: depois de dois dias quentes e noites perturbadas, não havia violência nos sintomas, e nem seu tio, nem Fanny, nem o médico, nem a Srta. Keeldar, quando veio visitá-la, sentiram o menor receio por ela. Uns poucos dias a restabeleceriam, todos acreditavam.

Os dias passaram e — embora ainda se pensasse que ele não poderia tardar — o restabelecimento ainda não começara. A Sra. Pryor, que havia visitado Caroline diariamente — estando presente no quarto dela certa manhã, quando já fazia quinze dias que ela adoecera —, a observou atentamente durante alguns minutos: ela pegou a mão da jovem e colocou o dedo em seu pulso; então, saindo silenciosamente do quarto, foi ao gabinete do Sr. Helstone. Com ele, ela ficou fechada por longo tempo — metade da manhã. Ao voltar para sua jovem amiga doente, colocou de lado o xale e a touca; ficou parada por algum tempo ao lado da cama, uma das mãos apoiada na outra, gentilmente se balançando para lá e para cá, em uma atitude e em um movimento costumeiros dela. Finalmente, ela disse:

— Mandei Fanny até Fieldhead para pegar algumas coisas para mim, de que vou precisar durante uma curta permanência aqui: é meu desejo ficar até a senhorita melhorar. Seu tio gentilmente permite a minha permanência; isso será aceitável para você, Caroline?

— Eu sinto muito por a senhora se dar a tal trabalho desnecessário; não me sinto tão doente, mas não posso recusar decididamente. Será um conforto tão grande saber que a senhora estará na casa, vê-la de vez em quando no quarto; mas não fique confinada por minha causa, cara Sra. Pryor. Fanny cuida muito bem de mim.

A Sra. Pryor, inclinando-se sobre a pequena e pálida sofredora, estava então ajeitando o cabelo sob sua touca e gentilmente erguendo o travesseiro. Enquanto ela realizava essas tarefas, Caroline, sorrindo, ergueu o rosto para beijá-la.

— Você não está sentindo dor? Está razoavelmente confortável? — foi perguntado em uma voz baixa e ansiosa, enquanto a autoproclamada enfermeira cedia à carícia.

— Acho que estou quase feliz.

— Deseja beber algo? Seus lábios estão ressecados.

Ela levou um copo cheio de uma bebida refrescante à boca de Caroline.

— Você comeu alguma coisa hoje?

— Não consigo comer.

— Mas logo seu apetite vai voltar; ele *tem de* voltar... quer dizer, eu peço a Deus que volte.

Ao colocá-la deitada de novo na cama, a Sra. Pryor envolveu-a em seus braços; e, enquanto o fazia, com um movimento que mal parecia voluntário, ela aproximou a moça do coração e a segurou bem perto por um instante.

— Eu mal vou desejar sarar, para poder tê-la sempre por perto — disse Caroline.

A Sra. Pryor não sorriu por causa dessas palavras: por sua fisionomia passou um tremor, o qual, por alguns minutos, ela se concentrou para reprimir.

— Você está mais acostumada com Fanny que comigo — ela observou, logo em seguida. — Acredito que meus cuidados possam parecer estranhos, importunos?

— Não, muito naturais, e muito calmantes. A senhora deve ter se acostumado a cuidar de pessoas doentes. A senhora anda pelo quarto tão silenciosa, e fala com tanta doçura, e me toca com tanta gentileza.

— Não sou hábil em nada, minha cara. Você com frequência vai descobrir que sou desajeitada, mas nunca negligente.

E, na verdade, negligente ela não era. A partir daquele momento, Fanny e Eliza passaram a ser nulidades no quarto da doente. A Sra. Pryor o transformou em seus domínios; ela desempenhava todas as tarefas; ela vivia nele dia e noite. A paciente a censurava — fracamente, contudo, a princípio, e nem um pouco antes que se passasse muito tempo. A solidão e a tristeza foram então banidas dos pés de sua cama; proteção e consolo se instalaram lá. Ela e sua enfermeira se mesclaram em uma maravilhosa união. Geralmente, Caroline ficava pesarosa por precisar de muitos cuidados, ou por recebê-los: a Sra. Pryor, em circunstâncias normais, não tinha nem o costume nem o talento de desempenhar pequenas tarefas; mas tudo então transcorria com tanta facilidade, tão naturalmente, que a paciente estava tão disposta a ser acalentada quanto a enfermeira estava inclinada a acalentar; nenhum sinal de cansaço nesta jamais lembrava à doente que ela deveria ficar ansiosa. Na verdade, não havia uma tarefa muito difícil para desempenhar; mas uma pessoa que fosse paga para fazê-la poderia tê-la considerado difícil.

Com todo esse cuidado, parecia estranho que a menina doente não melhorasse; contudo, tal era o caso. Ela definhava como qualquer amontoado de neve no degelo; ela enfraquecia como qualquer flor durante a seca. A Srta. Keeldar, em cujos pensamentos o perigo ou a morte raramente se imiscuíam, não havia, a princípio, sentido quaisquer temores por sua amiga;

mas, vendo-a se alterar e decair a cada vez que a visitava, teve seu coração tomado pelo susto. Ela se dirigiu ao Sr. Helstone e se manifestou com tanta energia que o cavalheiro foi finalmente forçado, ainda que não com muita boa vontade, a admitir a ideia de que sua sobrinha tivesse adoecido por causa de qualquer coisa além de uma dor de cabeça; e quando a Sra. Pryor veio e discretamente pediu a presença de um médico, ele disse que ela poderia mandar chamar dois, caso quisesse. Um veio, ele foi um oráculo. Ele proferiu algumas palavras obscuras, cujo mistério o futuro resolveria, fez algumas prescrições, deu algumas instruções — tudo isso com ar de autoridade esmagadora —, embolsou seu pagamento e foi embora. Provavelmente, ele sabia muito bem que não poderia fazer nenhum bem, mas não gostava de admitir.

Mesmo assim, nenhum boato sobre uma doença séria foi espalhado pelas redondezas. No chalé do Hollow pensavam que Caroline tinha apenas um forte resfriado, ela tendo escrito um bilhete para Hortense com essa informação; e Mademoiselle se contentou em mandar dois potes de geleia de groselha, uma receita de tisana e um bilhete com conselhos.

A Sra. Yorke, ao saber que um médico havia sido convocado, fez pouco caso das fantasias hipocondríacas dos ricos e ociosos, que, ela disse, nada tendo a fazer além de pensar em si mesmos, precisam mandar chamar um médico mesmo que apenas o seu dedinho doesse.

Os "ricos e ociosos", personificados por Caroline, estavam entrementes caindo em uma condição de prostração, e a rapidez com que a debilidade se estabeleceu intrigou todos que a testemunharam, com exceção de uma pessoa; pois somente ela pensou quão suscetível é a estrutura enfraquecida de se extinguir em uma ruína súbita.

Pessoas doentes muitas vezes têm manias insondáveis para as pessoas comuns que delas cuidam, e Caroline tinha uma que nem mesmo sua terna enfermeira conseguiu, a princípio, explicar. Em determinado dia da semana, em determinada hora, ela — quer estivesse melhor, quer estivesse pior — insistia que a tirassem do leito e a vestissem, e a fizessem se sentar em sua cadeira perto da janela. Essa posição ela mantinha até passar o meio-dia: qualquer que fosse o grau de cansaço ou de debilidade que seu aspecto abatido traísse, ela mesmo assim ignorava todos os argumentos para ir repousar até que o relógio da igreja soasse as doze horas; as doze batidas tendo soado, Caroline ficava dócil e se deitava sem protestar. Voltando para a cama, ela geralmente afundava a face no travesseiro e aconchegava as cobertas bem junto de seu corpo, como se fosse para afastar o mundo e o sol, dos quais estivesse cansada. Mais de uma vez, enquanto ela ficava assim deitada, uma ligeira convulsão abalou o leito da doente; e um débil soluço quebrava o silêncio ao redor. Essas coisas não deixavam de ser percebidas pela Sra. Pryor.

Certa manhã de terça-feira, como sempre, ela havia pedido licença para se levantar e estava então sentada na espreguiçadeira, envolta em seu roupão branco, inclinada para a frente e olhando fixamente e com paciência pelos postigos. A Sra. Pryor estava sentada um pouco atrás, ao que parecia tricotando, mas, na verdade, a observando. Uma alteração passou pela fronte pálida e tristonha de Caroline, animando sua languidez; uma luz se acendeu em seus olhos sem viço, revivendo o brilho deles; ela se soergueu e olhou ansiosa para fora. A Sra. Pryor, aproximando-se em silêncio, olhou por sobre os ombros dela. Dessa janela era possível ver o cemitério, além dele, a estrada; e lá, cavalgando rapidamente, apareceu um cavaleiro. A pessoa não estava ainda tão distante que não pudesse ser reconhecida. A Sra. Pryor enxergava bem de longe; ela conhecia o Sr. Moore. Assim que uma elevação do terreno o ocultou, o relógio bateu as doze horas.

— Posso me deitar de novo? — perguntou Caroline.

Sua enfermeira ajudou-a a ir para a cama; tendo-a colocado deitada e puxado as cortinas, ela ficou parada perto, ouvindo. A caminha tremeu, o soluço reprimido atravessou o ar. Uma contração, como se fosse de angústia, alterou a fisionomia da Sra. Pryor; ela contorceu as mãos; um gemido contido escapou de seus lábios. Ela então se lembrou de que terça-feira era o dia do mercado em Whinbury: o Sr. Moore sempre tinha de passar pela casa paroquial a caminho de lá, perto do meio-dia daquele dia.

Caroline trazia sempre ao pescoço uma delicada fita de seda trançada, na qual estava pendurado um simples medalhão. A Sra. Pryor havia visto algo dourado brilhar, mas ainda não havia conseguido olhá-lo com atenção. Sua paciente jamais se afastava dele: quando estava vestida, o medalhão ficava escondido em seu peito; deitada, ela sempre o mantinha em sua mão. Naquela tarde de terça-feira o cochilo passageiro — mais como uma letargia que sono — que às vezes encurtava os dias longos se apossara dela. O tempo estava quente; enquanto se revolvia em uma agitação febril, ela havia empurrado as cobertas um pouquinho para o lado; a Sra. Pryor se inclinou para tornar a arrumá-las; a mãozinha emaciada, que jazia inerte no seio da doente, agarrava, como sempre, seu tesouro ciosamente guardado. Aqueles dedos, cuja magreza era doloroso testemunhar, estavam então relaxados no sono. A Sra. Pryor gentilmente soltou a fita, pegando o pequeno medalhão — era uma coisinha sem valor, tal como os poucos recursos financeiros permitiam que Caroline comprasse; sob sua face cristalina aparecia um cacho de cabelos negros, muito curtos e encaracolados para terem sido cortados da cabeça de uma mulher.

Um movimento agitado ocasionou um agitar da fita de seda; a doente adormecida se sobressaltou e acordou. Seus pensamentos estavam nessa época um pouco desconexos quando ela acordava, seu olhar geralmente vagueando. Ela exclamou, se soerguendo, como se estivesse apavorada:

— Não o tire de mim, Robert! Não! É meu último consolo; permita que eu o conserve. Eu nunca digo para ninguém de quem é esse cabelo; eu nunca o mostro!

A Sra. Pryor já havia se ocultado atrás do cortinado; profundamente reclinada em uma grande poltrona ao lado da cama, ela estava fora do alcance da visão. Caroline olhou ao redor do quarto e achou que ele estava vazio. Enquanto suas ideias desconexas lentamente se organizavam, cada uma delas fechando suas frágeis asas nas praias desoladas da mente, como pássaros exaustos, se deparando com o vazio e percebendo o silêncio ao seu redor, ela achou que estava sozinha. Contida ela ainda não estava; talvez os saudáveis autocontrole e domínio de si mesma não lhe pertencessem mais; talvez aquele mundo em que os fortes e prósperos vivem já tivesse rolado de sob seus pés para sempre: pelo menos, assim lhe parecia com frequência. Na saúde, ela jamais tivera o hábito de pensar em voz alta, mas então as palavras escaparam de seus lábios inconscientemente.

— Oh, eu *tenho* de vê-lo uma vez mais antes de tudo se acabar! Os Céus *poderiam* me conceder essa bênção! — exclamou ela. — Que Deus me conceda um pequeno consolo antes de eu morrer! — foi sua humilde súplica.

— Mas ele não vai saber que estou doente até eu morrer, e ele virá quando tiverem me preparado para o enterro e eu estiver insensível, fria e rígida.

— O que minh'alma, tendo abandonado o corpo, poderá sentir então? Ela será capaz de ver ou de saber o que acontece com o barro? Os espíritos, através de qualquer meio, podem se comunicar com a carne viva? Os mortos conseguem revisitar aqueles a quem deixaram? Eles podem vir junto com os elementos? Vão o vento, a água, o fogo, abrir um caminho para mim até Moore?

— É em vão que o vento às vezes sopra de modo quase articulado... canta como eu ultimamente o tenho ouvido cantar à noite... ou passa pelos postigos soluçando, como se fosse pelo pesar vindouro? Nada então o persegue, nada o inspira?

— Ora, ele me sugeriu palavras certa noite; ele verteu uma melodia que eu poderia ter escrito; porém eu estava amedrontada, e não ousei me levantar e procurar lápis e papel à fraca luz da lamparina.

— O que é essa eletricidade de que eles falam, cujas mudanças nos fazem ficar bem ou doentes, cuja ausência ou excesso arrasa, cujo equilíbrio reanima? Quais são todas essas influências que estão ao nosso redor na atmosfera, que ficam brincando com nossos nervos como dedos em instrumentos de cordas e extraem ora um som doce, ora um lamento... ora um crescendo exultante, ora a mais triste das cadências?

— *Onde se encontra* o outro mundo? A outra vida consiste em *quê*? Por que eu pergunto? Não tenho eu razão para pensar que está se precipitando, porém rápido demais, a hora em que o véu tiver de se rasgar para mim? Não sei que o Grande Mistério provavelmente vai irromper de modo prematuro sobre mim? Grande Espírito, em cuja bondade eu confio, a quem, como meu Pai, tenho suplicado à noite e de manhã desde a mais tenra infância, auxiliai a frágil criação das Vossas mãos! Sustentai-me através do ordálio que eu temo e pelo qual tenho de passar. Dai-me forças! Dai-me paciência! Dai-me... oh, *dai-me* FÉ!

Ela recaiu em seu travesseiro. A Sra. Pryor deu um jeito de sair silenciosamente do quarto e tornou a entrar logo em seguida, aparentemente tão tranquila como se realmente não tivesse ouvido aquele estranho solilóquio.

No dia seguinte, vários visitantes vieram. Todos ficaram sabendo que a Srta. Helstone havia piorado. O Sr. Hall e sua irmã Margaret chegaram; ambos, depois de terem estado no quarto da doente, saíram em lágrimas; eles haviam encontrado a paciente mais alterada do que haviam esperado. Hortense Moore veio. Caroline pareceu estimulada pela presença dela; ela garantiu, sorrindo, que não estava perigosamente doente; falou com a prima em voz baixa, mas alegre. Durante a permanência de Hortense, a excitação conservou o rubor das faces de Caroline; ela parecia estar melhor.

— Como está o Sr. Robert? — perguntou a Sra. Pryor, quando Hortense estava se preparando para sair.

— Ele estava muito bem quando partiu.

— Partiu! Ele não está em casa?

Foi então explicado que certas informações da polícia sobre os revoltosos a quem ele estava perseguindo haviam, naquela manhã, o chamado para Birmingham, e provavelmente uma quinzena se passaria antes que ele retornasse.

— Ele não sabe que a Srta. Helstone está muito doente?

— Oh, não! Ele pensou, assim como eu, que ela estava apenas com um forte resfriado.

Depois dessa visita, a Sra. Pryor tomou cuidado para não se aproximar do leito de Caroline por mais ou menos uma hora: ela a ouviu chorando e não ousava olhar as lágrimas dela.

Quando a noite se aproximou, a Sra. Pryor trouxe um pouco de chá para ela. Caroline, abrindo os olhos de um sono momentâneo, fitou sua enfermeira com um olhar alheado.

— Eu senti o cheiro das madressilvas no vale nesta manhã de verão — disse ela — enquanto estava à janela do escritório.

Palavras estranhas como essas, vindas de lábios pálidos, atravessam o coração de um ouvinte amoroso mais dolorosamente que o aço. Elas soam românticas, talvez, em livros; na vida real elas são lancinantes.

— Minha querida, você sabe quem eu sou? — perguntou a Sra. Pryor.

— Eu fui chamar Robert para o café da manhã; eu estive com ele no jardim. Ele me pediu para ir; um orvalho abundante havia revivido as flores, os pêssegos estão amadurecendo.

— Minha querida! Minha querida! — dizia, repetidas vezes, a enfermeira.

— Eu achei que fosse dia... bem depois do nascer do sol. Parece que está escuro... A lua já surgiu?

A lua, que acabara de subir ao céu, olhava, cheia e benigna, para Caroline. Flutuando no espaço azul-escuro sem nuvens, ela observava a moça.

— Então não é de manhã? Eu não estou no chalé? Quem está aqui? Estou vendo uma forma ao lado da minha cama.

— Sou eu... sua amiga... sua enfermeira... sua... Encoste a cabeça em meu ombro; controle-se. — Em um tom mais baixo: — Oh, Deus, tende piedade! Dai-*lhe* vida, e a *mim*, forças! Enviai-me coragem! Ensinai-me palavras!

Alguns minutos se passaram em silêncio. A paciente ficou deitada muda e passiva nos braços trêmulos, no seio palpitante da enfermeira.

— Estou melhor agora — sussurrou Caroline, finalmente —, muito melhor. Estou sentindo onde estou: é a Sra. Pryor perto de mim. Eu estava sonhando... Eu falo quando acordo dos meus sonhos; as pessoas fazem muito isso quando estão doentes. Como seu coração bate rápido, senhora! Não tenha medo.

— Não é medo, menina... apenas um pouco de ansiedade, que vai passar. Trouxe um pouco de chá, Cary. Seu tio o fez pessoalmente. Eu sei que ele diz que pode fazer uma xícara de chá melhor do que qualquer dona de casa. Prove-o. Seu tio está preocupado por saber que você está comendo tão pouco; ele ficaria feliz se você tivesse mais apetite.

— Estou com sede; deixe-me beber.

Ela bebeu sofregamente.

— Que horas são, senhora? — perguntou ela.

— Passadas as nove horas.

— Não é mais tarde? Oh! Ainda tenho uma longa noite à minha frente, mas o chá me deixou forte. Vou me sentar.

A Sra. Pryor ergueu o corpo dela e arrumou os travesseiros.

— Graças a Deus! Eu não estou sempre igualmente infeliz e doente e sem esperanças. Esta tarde foi ruim desde que Hortense partiu; talvez a noite possa ser melhor. É uma bela noite, imagino? A lua está brilhando, clara.

— Muito bela... uma perfeita noite de verão. A velha torre da igreja tem um brilho branco, quase como o da prata.

— E o cemitério tem um aspecto pacífico?

— Sim, e o jardim também. O orvalho reluz na folhagem.

— A senhora consegue ver muitas ervas e urtigas altas entre os túmulos, ou eles parecem turfosos e floridos?

— Eu vejo margaridas fechadas brilhando como pérolas em algumas elevações. Thomas tirou as folhas das azedinhas e o capim e limpou tudo.

— Eu gosto que isso seja sempre feito; tranquiliza a mente da pessoa ver o local arrumado. E, ouso dizer, dentro da igreja, agora, a luz do luar brilha tão doce quanto dentro do meu quarto. Ela vai incidir através da janela do leste diretamente no monumento dos Helstone. Quando fecho meus olhos, me parece ver o epitáfio do meu pobre pai em letras negras sobre o mármore branco. Há muito espaço para outras inscrições embaixo dela.

— William Farren veio cuidar de suas flores esta manhã. Ele estava com medo, agora que você não pode mais cuidar delas, de que elas fossem negligenciadas. Ele levou duas das suas plantas favoritas para casa para cuidar delas para você.

— Se eu fosse fazer meu testamento, eu deixaria todas as minhas plantas para William; para Shirley, minhas joias... a não ser uma, que não deve ser tirada de meu pescoço; e para a senhora, meus livros. — Depois de uma pausa. — Sra. Pryor, eu desejo tanto uma coisa.

— O quê, Caroline?

— A senhora sabe que sempre me dá prazer ouvi-la cantar. Cante para mim um hino, agora. Cante aquele hino que começa assim:

Nosso Deus, nosso sustento no passado,
    Nossa esperança para o futuro,
Nosso abrigo contra a tempestade,
    Nosso refúgio, porto seguro, lar!

A Sra. Pryor concordou na hora.

Não espanta o fato de Caroline gostar de ouvi-la cantar: a voz dela, mesmo ao falar, era doce e cristalina; ao cantar, era quase divina; nem flauta nem dulcimer têm tons tão puros. Porém, o tom era secundário, comparado à expressão que perpassava — a terna vibração de um coração sensível.

As empregadas na cozinha, ouvindo o hino, foram silenciosamente ao pé das escadas para escutar. Até o velho Helstone, enquanto caminhava pelo jardim refletindo sobre a natureza incompreensível e fraca das mulheres, ficou parado entre os canteiros para ouvir a triste melodia com mais clareza. Por que ela o fazia se lembrar de sua falecida e esquecida esposa, ele não saberia dizer; nem por que ela o fez ficar mais preocupado do que estivera até então com a juventude debilitada de Caroline. Ele também ficou feliz por se lembrar de que havia prometido fazer uma visita a Wynne, o magistrado, naquela noite. Falta de ânimo e pensamentos melancólicos não eram muito de seu gosto. Quando eles o atacavam, ele geralmente encontrava modos de fazer com que fossem embora a passos rápidos. O hino o seguiu, indistinto, enquanto ele atravessava os campos. Ele apressou seu habitual passo célere para poder se afastar da influência da música.

Vossa palavra conduz nossa carne ao pó,
  "Retornai, ó vós, filhos do homem;"
Todas as nações se erguem da terra na hora;
  E então tornam ao pó novamente.

Mil eras em Vosso parecer,
  São como uma tarde que se passa;
Breves como a vigília que encerra a noite
  Antes do sol nascente.

O tempo, uma correnteza que sempre flui,
Leva todos os seus filhos embora;
Eles voam, esquecidos, como um sonho
Morre no dia nascente.

Como campos floridos, as nações se mantêm,
Claras na luz da manhã;
As flores sob a mão do ceifador
Fenecem antes que a noite caia.

Nosso Deus, nosso sustento no passado,
Nossa esperança para o futuro,
Que Vós sejais nosso guardião em tempos difíceis
Ó Pai, sede nosso lar!

— Agora cante uma canção... uma canção escocesa — sugeriu Caroline, quando o hino acabou. — "*Ye Banks and braes o' bonnie Doon*".

Uma vez mais, a Sra. Pryor obedeceu, ou tentou obedecer. Ao fim da primeira stanza,[1] ela parou. Ela não conseguia prosseguir. Seu coração amargurado não se conteve.

— A senhora está chorando por causa do *pathos* da canção. Venha cá, e eu vou consolá-la — disse Caroline, com um tom de comiseração. A Sra. Pryor se aproximou: ela se sentou na beirada da cama da paciente e permitiu que os braços magros a abraçassem.

— A senhora me acalma tantas vezes; permita que eu a acalme — murmurou a jovem, beijando as faces dela. — Espero — acrescentou — que não seja por minha causa que a senhora chora?

Nenhuma resposta foi dada.

— A senhora acha que não vou melhorar? Não me sinto *tão* doente... somente fraca.

— Mas a sua mente, Caroline... sua mente está atormentada. Seu coração está quase partido; você tem sido tão negligenciada, tão rejeitada, deixaram-na tão desolada.

— Acredito que o pesar seja, e tenha sempre sido, minha pior enfermidade. Eu às vezes acho que, se um jorro abundante de felicidade caísse sobre mim, eu poderia me restabelecer.

— Você deseja viver?

— Não tenho objetivo na vida.

— Você me ama, Caroline?

— Muito... de verdade... às vezes, de modo que não consigo expressar. Agora sinto como se quase pudesse tocar seu coração.

— Eu já volto, minha cara — observou a Sra. Pryor, enquanto colocava Caroline deitada.

Deixando-a, ela foi silenciosamente até a porta, girou suavemente a chave na fechadura, garantindo que estava fechada, e retornou. Ela se reclinou sobre a moça. Ela afastou o cortinado, para permitir que a luz da lua entrasse com maior intensidade. Ela olhou fixamente o rosto da moça.

— Então, se você me ama — disse ela, falando rapidamente, com uma voz alterada —, se você sente como se, para usar suas próprias palavras, pudesse "tocar meu coração", não será nem um choque nem causa de dor para você saber que *este* coração é a fonte a partir da qual o seu foi preenchido; que de *minhas* veias fluiu a corrente que flui nas *suas*; que você é *minha*... minha filha... minha própria filha.

— Sra. Pryor...

— Minha própria filha!

— Quer... quer dizer... que a senhora me adotou?

— Quer dizer que, se eu nada mais dei a você, pelo menos dei a vida; que eu trouxe você em meu seio, alimentei você; que eu sou sua verdadeira mãe. Nenhuma outra mulher pode reivindicar o posto; ele é *meu*.

— Mas a Sra. James Helstone... mas a esposa de meu pai, de quem eu não me lembro de jamais ter visto, ela é minha mãe?

— Ela *é* sua mãe. James Helstone era *meu* marido. Estou dizendo que você é *minha*. Eu provei isso. Achei que talvez você fosse filha só dele, o que teria sido um cruel acontecimento para mim. Percebo que *não* é assim. Deus me permitiu ser a genitora do temperamento de minha filha; ele é meu; é minha propriedade... meu *direito*. Esses traços são de James. Ele tinha um belo rosto quando era jovem e não havia sido alterado pelos erros. O papai, minha querida, deu para você seus olhos azuis e o cabelo castanho-claro; ele deu o formato oval de seu rosto e a regularidade de seus traços... o exterior *ele* transmitiu; mas o coração e o cérebro são *meus*. As sementes são *minhas*, e elas foram aprimoradas, elas se desenvolveram até o ponto mais alto. Eu estimo e aprovo minha filha com tanta força como a amo de todo o coração.

— O que estou ouvindo é verdade? Não é sonho?

— Eu gostaria que fosse tão verdadeiro que a essência e as cores da saúde fossem restauradas às suas faces.

— Minha própria mãe! Ela é alguém a quem posso amar tanto quanto amo a senhora? As pessoas geralmente não gostavam dela... assim me foi dito.

— Eles disseram isso para você? Bem, sua mãe agora diz para você que, não tendo o dom de agradar às pessoas de modo geral, ela não se importa com a aprovação delas. Seus pensamentos estão centrados em sua filha. E essa filha a acolhe ou a rejeita?

— Mas, se a senhora *é* minha mãe, o mundo está todo mudado para mim. Certamente eu posso viver. Eu gostaria de me recuperar...

— Você *tem de* se recuperar. Você extraiu vida e forças de meu seio quando era um bebê minúsculo e belo, sobre cujos olhos azuis eu costumava chorar, temendo ver em sua beleza a marca das características que haviam atravessado meu coração como ferro e transpassado minh'alma como uma espada. Filha! Nós ficamos afastadas por muito tempo; volto agora para acarinhar você de novo.

Ela a manteve junto de seu peito; ela a aconchegou em seus braços; ela a embalou com doçura, como se estivesse ninando uma criança pequena até dormir.

— Minha mãe... minha própria mãe!

A filha se aconchegou à mãe; a mãe, sentindo a ternura e ouvindo o apelo, a trouxe ainda mais para perto. Ela a cobriu com beijos silenciosos; ela murmurou palavras amorosas sobre ela, como uma ave mimando seu filhote.

O quarto ficou em silêncio por longo tempo.

******

— Meu tio sabe?

— Seu tio sabe; eu contei para ele quando vim ficar aqui com você pela primeira vez.

— A senhora me reconheceu quando nos vimos pela primeira vez em Fieldhead?

— E como não reconheceria? O Sr. e a Srta. Helstone tendo sido anunciados, eu estava preparada para ver minha filha.

— Foi isso, então, que emocionou a senhora. Eu vi que a senhora estava perturbada.

— Você não viu nada, Caroline; eu sei disfarçar meus sentimentos. Você jamais poderá imaginar quantas eras de estranhas sensações eu vivi, durante aqueles dois minutos que transcorreram entre o anúncio de seu nome e sua entrada. Você jamais poderá imaginar como sua aparência, semblante e porte me abalaram.

— Por quê? A senhora ficou decepcionada?

— Que aparência ela terá?, eu me perguntei; e, quando vi qual era sua aparência, eu poderia ter perdido os sentidos.

— Por que, mamãe?

— Eu tremi em sua presença. Eu disse: jamais vou dizer que sou sua mãe; ela nunca me conhecerá.

— Mas eu não disse nem fiz nada notável. Eu me senti um pouco tímida com a ideia de ser apresentada a estranhos — apenas isso.

— Eu logo vi que você era tímida. Esse foi o primeiro fator que me tranquilizou. Caso você fosse rústica, apalhaçada, desajeitada, eu teria ficado contente.

— A senhora me deixa perplexa.

— Eu tinha motivos para temer uma bela aparência, para desconfiar de um porte agradável, para tremer perante a distinção, a graça e a cortesia. Beleza e afabilidade haviam cruzado meu caminho quando eu era uma reclusa, desolada, jovem e ignorante, uma governanta alquebrada perdendo as forças por causa de um trabalho melancólico, fenecendo antes da hora. Essas características, Caroline, quando elas sorriram para mim, eu as interpretei erroneamente como anjos! Eu as segui para casa; e quando estava nas mãos delas, e tendo dado, sem reservas, toda a minha chance de felicidade futura, foi meu quinhão testemunhar uma transformação no ambiente doméstico, ver a máscara branca afastada, o disfarce luminoso colocado de lado, e à minha frente se sentava... Oh, Deus, eu *sofri*!

Ela se afundou no travesseiro.

— Eu *sofri*! Ninguém viu... ninguém sabia. Não havia simpatia, nem redenção, nem reparação!

— Console-se, mãe. Tudo passou, agora.

— Tudo passou, e não foi em vão. Eu tentei guardar a palavra da Sua paciência. Ele me sustentou nos meus dias de angústia. Eu tinha medo... eu estava perturbada. Por meio de uma grande tribulação Ele me conduziu a uma salvação a ser revelada no último tempo. Meu temor tinha tormento; Ele o lançou fora: Ele me deu, em seu lugar, um amor perfeito. Mas, Caroline...

Assim ela se dirigiu à filha depois de uma pausa.

— Mãe!

— Eu encarrego você, quando olhar o túmulo de seu pai, de respeitar o nome gravado lá. Para você ele só fez o bem.

Para você ele transmitiu todo o tesouro de sua beleza, e não acrescentou a ele nem um grande defeito. Tudo o que *você* herdou dele é excelente. Você deve a ele gratidão. Deixe entre mim e ele o ajuste de nossas contas mútuas. Não interfira. Deus é o árbitro. As leis terrenas jamais se aproximaram de nós... jamais! Elas eram tão impotentes quanto um junco podre para me proteger, tão impotentes quanto os balbucios de um idiota para contê-lo! Como você disse, tudo passou, agora; o túmulo jaz entre nós. Lá ele repousa, naquela igreja. Aos restos mortais dele digo esta noite o que jamais disse antes: "James, descanse em paz! Veja! Sua terrível dívida está quitada! Veja! Eu apago a longa e sombria conta com minhas próprias mãos! James, sua filha compensa. A sua imagem viva, essa criatura com seus traços perfeitos, esse único presente que você me deu se aconchegou afetuosamente em meu coração e me chamou de 'mãe' com ternura. Esposo, descanse com meu perdão"!

— Mãe querida, isso é verdade. O espírito do meu pai pode nos ouvir? Ele está consolado por saber que nós ainda o amamos?

— Eu nada disse a respeito de amor: eu falei de perdão. Preste atenção, menina; eu nada falei de amor! Na soleira da eternidade, caso ele esteja lá para me ver entrar, vou manter essas palavras.

— Oh, mãe, a senhora deve ter sofrido!

— Oh, filha, o coração humano *pode* sofrer! Ele consegue conter mais lágrimas do que o oceano contém água. Nós nunca sabemos quão profundo, quão grande ele é, até a desgraça começar a liberar suas nuvens e enchê-lo com a escuridão fragorosa.

— Mãe, esqueça.

— Esquecer! — disse ela, com a mais estranha sombra de uma risada. — O polo norte vai se arrojar para o sul, e as terras da Europa atracarão nas baías da Austrália antes que eu esqueça.

— Quieta, mãe! Descanse! Fique calma!

E a filha ninou a genitora, assim como a genitora havia em primeiro lugar ninado a filha. Finalmente, a Sra. Pryor chorou. Ela então ficou mais calma. Ela retomou aqueles ternos cuidados que a agitação havia interrompido por uns instantes. Recolocando a filha na cama, ela afofou o travesseiro e ajeitou os lençóis. Os cabelos macios, cujos cachos estavam despenteados, ela tornou a arrumar, a testa úmida ela refrescou com uma essência fresca e perfumada.

— Mamãe, deixe que tragam uma vela, para que eu possa vê-la; e diga ao meu tio que venha ao quarto depois. Quero ouvi-lo dizer que eu sou sua filha. E, mamãe, faça sua ceia aqui. Não me deixe nem por um minuto esta noite.

— Oh, Caroline, é bom que você seja gentil! Você vai me dizer " Vai", e eu irei; "Venha", e eu virei; "Faça isso", e eu farei. Você herdou certos modos, bem como certos traços fisionômicos. Sempre vai haver um "mamãe" introduzindo uma ordem, dita com doçura, embora, por você, graças a Deus! Bem — acrescentou ela, em um murmúrio —, ele falava com doçura também, certa época, como uma flauta exalando ternura; e então, quando o mundo não estava por perto para ouvir, dissonâncias que partiam os nervos e coagulavam o sangue, sons que inspiravam a insanidade.

— Parece tão natural, mamãe, pedir uma coisa ou outra para a senhora. Não quero que ninguém, além da senhora, fique perto de mim ou faça alguma coisa por mim. Mas não permita que eu seja um fardo. Contenha-me se eu for abusiva.

— Você não deve contar comigo para contê-la; você tem de ter controle sobre si mesma. Eu tenho pouca coragem moral; a falta dela é minha maldição. Foi isso que fez de mim uma mãe desnaturada, que me manteve afastada de minha filha durante os dez anos que se passaram desde que a morte de meu marido me deixou livre para reivindicá-la. Foi isso que em primeiro lugar enfraqueceu meus braços e permitiu que o bebê que eu poderia ter conservado por um tempo a mais fosse arrancado prematuramente de meu abraço.

— Como, mãe?

— Eu deixei que você se fosse quando era um bebê, porque você era bonita, e eu temia seu encanto, acreditando que ele era a marca da perversidade. Eles me mandaram seu retrato, feito quando você tinha oito anos; aquele retrato confirmou meus temores. Caso ele tivesse me mostrado uma pequena rústica queimada pelo sol, uma criança banal, com traços pesados e grosseiros, eu teria me apressado para reivindicá-la; mas lá, sob o papel branco e fino, eu vi florescendo a delicadeza de uma flor aristocrática; "uma pequena dama" estava escrito em todos os traços fisionômicos. Eu havia escapado do jugo do gentil cavalheiro fazia muito pouco tempo; me arrastado atormentada, oprimida, paralisada e moribunda, para ter coragem de encontrar sua representante ainda mais fina e mais delicada. Minha doce pequena dama me deixou apavorada; seu ar de elegância natural congelou minha própria essência. Em minha experiência, eu ainda não havia me deparado com a verdade, a modéstia e os bons princípios concomitantes com a beleza. Umas formas tão proporcionais e finas, eu julguei, teriam de ocultar uma mente pervertida e cruel. Eu tinha pouca fé no poder da educação para corrigir tal mente; ou melhor, desconfiava completamente de minha própria habilidade de influenciá-la. Caroline, não tive coragem de assumir a responsabilidade de educar você. Decidi deixá-la nas mãos de seu tio. Eu sabia que Matthewson Helstone era um homem decente, ainda que austero. Ele e todas as pessoas me julgaram mal por minha decisão estranha e não maternal, e eu mereci ser menosprezada.

— Mamãe, por que a senhora disse que seu nome era Sra. Pryor?

— Era um nome na família de minha mãe. Eu o adotei para poder viver sem ser perturbada. Meu nome de casada me fazia lembrar com muita força de minha vida de casada; eu não conseguia suportá-lo. Além do mais, ameaças foram feitas de me forçar a retornar à servidão; isso não poderia acontecer, seria melhor ter um esquife como leito e o túmulo como casa. Meu novo nome me protegeu; eu retomei sob sua proteção minha antiga profissão de ensinar. A princípio, ela mal me proporcionou os meios de manter minha vida; mas quão saborosa era a fome quando eu jejuava em paz! Quão seguros pareciam a escuridão e o gelo de uma lareira não acesa quando nenhum reflexo sinistro originado do terror enrubescia sua desolação! Quão serena era a solidão, quando eu não temia a irrupção da violência e dos maus costumes!

— Mas, mamãe, a senhora viveu neste lugar antes. Como foi que, quando a senhora voltou para cá com a Srta. Keeldar, ninguém a reconheceu?

— Eu fiz apenas uma breve visita, quando noiva, vinte anos atrás, e então eu era muito diferente do que sou hoje, esguia, quase tão esguia quanto minha filha é hoje. Minha tez e minha própria fisionomia mudaram; meu cabelo e meu modo de vestir, tudo mudou. Você não consegue me imaginar uma pessoa jovem e delgada, vestida em frágeis drapejados de musselina branca, com os braços nus, braceletes e colar de contas, e o cabelo penteado em redondos cachos gregos sobre minha testa?

— A senhora deve ter sido mesmo bem diferente. Mamãe, ouvi a porta da frente se abrir. Se for o meu tio chegando, peça-lhe que venha aqui, e deixe-me ouvir a garantia dele de que eu estou mesmo acordada e composta, e não sonhando ou delirando.

O pároco, por vontade própria, estava subindo as escadas, e a Sra. Pryor chamou-o ao quarto da sobrinha.

— Ela não está pior, espero? — perguntou ele, apressado.

— Acho que ela está melhor. Ela está com vontade de conversar; parece estar mais forte.

— Bom — disse ele, entrando rapidamente no quarto. — Ah, Cary! Como vai? Você tomou minha xícara de chá? Eu o fiz para você assim como gosto de tomá-lo.

— Eu bebi tudo, tio. Ele me fez bem; ele me reanimou muito. Eu queria companhia, então pedi à Sra. Pryor que chamasse o senhor.

O respeitado eclesiástico parecia contente, mas, ao mesmo tempo, embaraçado. Ele estava bastante disposto a oferecer sua companhia à sobrinha doente por dez minutos, já que era capricho dela desejá-la; mas quais meios empregar para entretê-la ele não sabia. Ele pigarreou — ele se agitou.

— Você vai estar em pé em um instante — observou ele, para dizer alguma coisa. — Essa ligeira fraqueza logo vai passar; e então você tem de beber vinho do Porto (um tonel, se conseguir) e comer carne e ostras. Eu vou comprá-los para você, se eles estiverem à venda em algum lugar. Deus me ajude! Nós vamos fazer você ficar forte como Sansão antes de declararmos que você está curada.

— Quem é essa senhora, tio, que está ao seu lado aos pés da cama?

— Bom Deus! — exclamou ele. — Ela não está vagueando, está, senhora?

A Sra. Pryor sorriu.

— Eu estou vagueando em um mundo agradável — disse Caroline, com voz baixa e feliz — e quero que o senhor me diga se ele é real ou uma visão. Quem é essa senhora? Dê-lhe um nome, tio.

— Nós precisamos chamar o Dr. Rile de novo, senhora; ou, melhor ainda, MacTurk. Ele é menos impostor. Thomas tem de selar o pônei e ir buscá-lo.

— Não; não quero um médico. Mamãe vai ser minha única médica. Então, o senhor entende, tio?

O Sr. Helstone empurrou os óculos de seu nariz para a testa, pegou sua caixa de rapé e administrou para si mesmo parte de seu conteúdo. Assim fortificado, respondeu conciso:

— Estou entendendo. Então a senhora disse a ela?

— E é *verdade*? — perguntou Caroline, erguendo-se de seu travesseiro. — Ela é *mesmo* minha mãe?

— Você não vai chorar, ou fazer uma cena, ou ficar histérica, se eu responder Sim?

— Chorar! Eu choraria se o senhor dissesse *Não*. Seria terrível ser desapontada agora. Mas dê-lhe um nome. Como o senhor a chama?

— Eu chamo esta robusta senhora usando um simples estranho vestido negro, que parece jovem o suficiente para usar uma indumentária muito mais elegante, se ela quisesse; eu a chamo de Agnes Helstone. Ela se casou com meu irmão James, e é viúva dele.

— E minha mãe?

— Que pequena cética ela é! Olhe para o rostinho dela, Sra. Pryor, pouco maior que a palma da minha mão, cheio de intensidade e de ansiedade. — E, para Caroline: — Ela teve o trabalho de colocá-la no mundo, de qualquer modo. Cuide para cumprir seu dever para com ela sarando logo e compensando a magreza desse rosto. Ora! Ela costumava ser roliça. O que ela fez com tudo aquilo eu não consigo, nem para salvar minha vida, adivinhar.

— Se *desejar* a cura me ajudar, eu não vou ficar doente por muito tempo. Nesta manhã eu não tinha motivos e forças para desejar isso.

Nesse momento, Fanny bateu à porta, avisando que a ceia estava pronta.

— Tio, por favor, o senhor pode mandar para mim um pouquinho da ceia... qualquer coisa que o senhor quiser, de seu próprio prato. Isso é mais sábio que ter uma crise histérica, não é?

— Você falou como uma pessoa sábia, Cary: garanto que vou fazer seu prato com muito cuidado. Quando as mulheres são sensatas e, acima de tudo, compreensíveis, eu consigo me entender com elas. São apenas as sensações vagas e muito sutis e as ideias extremamente elaboradas que me perturbam. Que uma mulher me peça que lhe dê comida ou roupa, quer seja o ovo do pássaro roca, quer seja o peitoral de Aarão, um pouco dos gafanhotos e do mel de S. João ou o cinto de couro à volta de seus rins, eu consigo, pelo menos, entender o pedido; mas quando elas sofrem por nem elas sabem o quê (simpatia, sentimentos, algumas dessas abstrações indefinidas) eu não consigo entender; eu não entendo isso, não tenho nada disso. Senhora, aceite meu braço.

A Sra. Pryor indicou que ela preferiria ficar com a filha aquela noite. Helstone, de acordo, deixou-as juntas. Ele logo retornou, trazendo uma bandeja em suas mãos consagradas.

— Isto é galinha — disse ele —, mas amanhã teremos perdiz. Coloque-a sentada, e coloque um xale nos ombros dela. Palavra de honra, eu sei cuidar de alguém. Aqui, eis o exato garfinho de prata que você usava quando veio pela primeira vez para a casa paroquial. Isso me parece ser o que você poderia chamar de uma ideia feliz; uma delicada atenção. Pegue-o, Cary, e coma direitinho.

Caroline fez o melhor possível. Seu tio fechou a cara ao ver que os poderes dela eram tão limitados; ele profetizou, entretanto, grandes feitos para o futuro; e, quando ela elogiou o bocado que ele havia trazido e sorriu grata para ele, ele se inclinou sobre o travesseiro dela, beijou-a e disse, com uma entonação entrecortada e indistinta:

— Boa noite, minininha! Deus abençoe ocê!

Caroline desfrutou de tal repouso tranquilo naquela noite, amparada pelos braços de sua mãe e recostada em seu seio, que ela se esqueceu de desejar qualquer outra coisa; e embora mais de um sonho febril se apossasse dela durante o sono, contudo, quando ela acordou ofegante, uma sensação tão feliz e satisfeita voltou com a consciência que voltava que sua agitação foi acalmada quase na mesma hora em que foi sentida.

Quanto à mãe, ela passou a noite como Jacó em Peniel. Até o dia amanhecer ela lutou com Deus em orações cheias de sinceridade.

XXV. O vento oeste sopra

Nem sempre quem desafia tal divino conflito triunfa. Noite após noite o suor da agonia pode irromper sombrio nas têmporas; o suplicante pode implorar por piedade com aquela voz silenciosa que a alma emite quando seu apelo é feito ao Invisível. "Poupai meu ente querido", ela pode implorar. "Curai a vida da minha vida. Não arranqueis de mim o que a longa afeição entrelaça com toda a minha natureza. Deus dos céus... cedei... ouvi... sede clemente!" E, depois desse apelo e dessa contenda, o sol pode nascer e encontrá-lo derrotado. Aquela manhã nascedoura, que costumava saudá-lo com o sussurro dos zéfiros, o cantar das cotovias, pode sussurrar, como suas primeiras entonações, dos lábios queridos que a cor e o calor abandonaram:

"Oh! Eu passei uma noite de sofrimento. Esta manhã, eu estou pior. Tentei me levantar. Não consigo. Sonhos com os quais não estou habituado me perturbaram."

Então quem está velando se aproxima do travesseiro do paciente e vê um novo e estranho aspecto das feições familiares, sente na hora que o momento intolerável se aproxima, sabe que é a vontade de Deus que seu ídolo seja quebrado e abaixa sua cabeça e sujeita sua alma à sentença que não consegue evitar e mal pode suportar.

Feliz Sra. Pryor! Ela ainda estava rezando, sem saber que o sol de verão pairava sobre os morros, quando sua filha despertou docemente em seus braços. Nenhum gemido lamentável e inconsciente — um som que exaure tanto as nossas forças que, mesmo que tenhamos jurado que permaneceríamos firmes, um jorro de lágrimas incontroláveis afasta o juramento — precedeu seu despertar. Nenhum momento de apatia insensível se seguiu. As primeiras palavras pronunciadas não foram aquelas de alguém que está se distanciando deste mundo e já tem a permissão de, às vezes, vaguear em esferas desconhecidas para os vivos. Caroline evidentemente se lembrava com clareza daquilo que havia acontecido.

— Mamãe, eu dormi *tão* bem. Eu só sonhei e acordei duas vezes.

A Sra. Pryor se levantou com um sobressalto, para que sua filha não pudesse ver as lágrimas de alegria trazidas a seus olhos por aquela palavra afetuosa, "mamãe", e a confiança acolhedora que a seguiu.

Durante muitos dias, a mãe ousou exultar somente com tremor. Aquele primeiro revivescer se parecia com a centelha de uma candeia que se apagava. Se a chama brilhava com força em um instante, no instante seguinte ela quase se extinguia na mecha. A exaustão vinha logo em seguida à excitação.

Sempre havia um tocante esforço para *aparentar estar* melhor, mas muitas vezes a capacidade se recusava a secundar o desejo; muitas vezes a tentativa de resistir fracassava. O esforço para comer, para falar, para aparentar estar alegre, era infrutífero. Muitas horas se passaram durante as quais a Sra. Pryor temeu que as cordas da vida jamais pudessem ser endireitadas, embora a hora de elas serem partidas pudesse ser adiada.

Durante esse período, mãe e filha pareciam ter sido quase deixadas sozinhas nas redondezas. Era fim de agosto; o tempo estava bom — quer dizer, estava muito seco e muito poeirento, pois um vento árido estivera soprando do leste durante todo o mês; muito sem nuvens também, embora uma névoa pálida, parada na atmosfera, parecesse privar de toda a profundidade o tom de azul do céu, de todo o frescor o verde da terra, e de todo o brilho a luz do dia. Quase todas as famílias de Briarfield estavam ausentes, viajando. A Srta. Keeldar e seus amigos estavam na praia; bem como a família da Sra. Yorke. O Sr. Hall e Louis Moore, entre quem uma espontânea intimidade parecia ter nascido — resultado, provavelmente, da harmonia de pontos de vista e de temperamentos —, haviam ido "lá para o norte" em uma excursão a pé pelos Lagos. Até Hortense, que teria preferido ficar em casa e ajudar a Sra. Pryor a cuidar de Caroline, havia recebido um pedido tão fervoroso da Srta. Mann para que a acompanhasse uma vez mais a Wormwood Wells, na esperança de aliviar os sofrimentos muito exacerbados pelo tempo insalubre, que ela se sentiu obrigada a ceder; na verdade, não era natural em seu temperamento recusar um pedido que ao mesmo tempo apelava para a bondade de seu coração, e, com uma confissão de dependência, lisonjeava seu amour-propre.[1] Quanto a Robert, de Birmingham ele havia ido para Londres, onde ainda permanecia.

Enquanto o sopro dos desertos asiáticos ressecava os lábios de Caroline e enfebrecia suas veias, sua convalescença física não poderia acompanhar a tranquilidade mental que retornava; mas chegou o dia em que o vento cessou de soluçar no frontão leste da casa paroquial e nas janelas da igreja. Uma nuvem pequena como a mão de um homem se elevou no ocidente; rajadas do mesmo quadrante empurraram-na e expandiram-na; tempo úmido e temporais prevaleceram por certo período. Quando eles se acabaram, o sol surgiu, luminoso, o céu recuperou seu tom de azul e a terra seu verdor; o lívido tom amarelado havia desaparecido da face da natureza; os morros se erguiam nítidos ao largo do horizonte, livres daquela pálida névoa de malária.

A juventude de Caroline podia então ser de alguma ajuda para ela, bem como os cuidados de sua mãe: ambos, coroados pelas bênçãos de Deus, enviadas pelo puro vento do ocidente soprando suave e fresco através do postigo sempre aberto do quarto, reavivaram suas energias há tanto tempo enfraquecidas.

Finalmente a Sra. Pryor viu que era permitido ter esperanças: uma convalescença genuína e visível havia começado. Não era apenas o sorriso de Caroline que era mais luminoso, ou seu estado de espírito que estava animado, mas certa expressão havia se afastado de sua face e de seus olhos — uma expressão pavorosa e indescritível, mas que é facilmente relembrada por aqueles que velaram o leito de perigosa doença. Muito antes que os traços emaciados de seu rosto começassem a ser preenchidos, ou que as cores, há tanto desaparecidas, voltassem, uma mudança mais sutil aconteceu; tudo ficou mais doce e cálido. Em vez de uma máscara marmórea e dos olhos vidrados, a Sra. Pryor via recostada no travesseiro uma face pálida e muito emaciada, talvez mais abatida que o aspecto anterior, porém, menos medonha; pois era uma moça doente e viva, não somente uma mera forma branca ou uma rígida estátua.

Agora, também, ela não estava sempre pedindo para beber. As palavras "Estou com *tanta* sede" deixaram de ser o seu lamento. Às vezes, quando ela havia engolido um bocado de comida, ela dizia que aquilo a havia reanimado; todos os tipos de comida não eram mais igualmente desagradáveis; ela podia ser levada, às vezes, a indicar uma preferência. Com que prazer trêmulo e cuidados ansiosos sua enfermeira preparava o que era selecionado! Como ela vigiava enquanto a paciente o comia!

O alimento trouxe as forças. Ela conseguia se sentar. Então, ela desejou respirar ar fresco, rever suas flores, ver como as frutas haviam amadurecido. Seu tio, sempre generoso, havia comprado uma cadeira de jardim para uso exclusivo dela. Ele a levava para baixo em seus braços e a colocava sentada na cadeira de rodas, e William Farren estava lá para levá-la pelos caminhos, para mostrar-lhe o que ele havia feito com as plantas dela, para receber instruções para trabalhos posteriores.

William e ela encontraram muitos assuntos para conversa: eles tinham vários tópicos em comum; interessantes para eles, sem importância para o resto do mundo. Eles tinham um interesse parecido por animais, pássaros, insetos e plantas; eles tinham pontos de vista semelhantes a respeito do tratamento humano para os animais e tinham uma inclinação natural semelhante para a observação detalhada de aspectos da história natural. Os ninhos e os hábitos de certas abelhas de solo, que haviam escavado na turfa sob uma velha cerejeira, eram um tema de interesse; os esconderijos de certas ferreirinhas e o bem-estar de certos ovos perolados e de filhotes inexperientes, outro.

Caso o *Chamber's Journal* existisse naqueles dias, ele teria certamente sido a publicação favorita da Srta. Helstone e de William Farren. Ela o teria assinado, e para ele cada exemplar teria sido devidamente emprestado; ambos teriam tido uma fé inabalável em suas maravilhosas histórias sobre a sagacidade animal e encontrado grande deleite nelas.

Essa foi uma digressão, mas é suficiente para explicar por que Caroline não aceitaria nenhuma outra mão além da de William para empurrar sua cadeira, e por que a companhia e a conversa dele bastavam para suscitar interesse a seus passeios no jardim para tomar a fresca.

A Sra. Pryor, acompanhando-os de perto, ficava surpresa diante do fato de sua filha ficar tão à vontade com um "homem do povo". *Ela* achava impossível conversar com ele de um modo que não fosse muito formal. Ela parecia pensar que um grande abismo se encontrava entre a casta dela e a dele, e que atravessá-lo ou se encontrar com Farren na metade do caminho seria degradar a si mesma. Ela perguntou gentilmente para Caroline:

— Você não tem medo, minha cara, de conversar com aquela pessoa de modo tão espontâneo? Ele pode tomar liberdades e ficar incomodamente loquaz.

— William tomando liberdades, mamãe? A senhora não o conhece. Ele nunca toma liberdades. Ele é de modo geral muito orgulhoso e muito sensível para agir assim. William tem sentimentos muito refinados.

E a Sra. Pryor sorriu, cética, à ideia naïve[2] de aquele palhaço de mãos rudes, cabeça grosseira e usando roupas de fustão ter "sentimentos muito refinados".

Farren, por sua vez, mostrava para a Sra. Pryor somente uma face muito carrancuda. Ele sabia quando era menosprezado e tinha a tendência de se tornar indisciplinado com as pessoas que não conseguiam dar o que lhe era devido.

A noite devolvia Caroline inteiramente para sua mãe, e a Sra. Pryor gostava da noite; pois então, sozinha com sua filha, nenhuma sombra humana aparecia entre ela e quem ela amava. Durante o dia ela mantinha seu comportamento formal e distante, como era seu costume. Entre ela e o Sr. Helstone um relacionamento muito respeitoso, mas extremamente cerimonioso era mantido: qualquer coisa parecida com familiaridade teria imediatamente gerado desdém em uma dessas criaturas, ou em ambas; mas, por meio de uma cortesia rígida e de uma distância bem mantida, eles se entendiam sem problemas.

Com relação às empregadas, o comportamento da Sra. Pryor não era descortês, mas tímido, frio e reservado. Talvez fosse timidez, mais que orgulho, que a fizesse parecer tão arrogante; mas, como era de se esperar, Fanny e Eliza não conseguiram estabelecer essa diferença e, consequentemente, ela era impopular com as duas. Ela sentia o efeito produzido; isso às vezes a deixava insatisfeita consigo mesma por causa dos defeitos que ela não conseguia evitar, e com todo o resto deprimida, fria e taciturna.

Esse temperamento se alterou sob a influência de Caroline, e por influência apenas. A ternura dependente de sua paciente e a afeição natural de sua filha se apoderaram dela com suavidade: sua frieza se dissipou, sua rigidez cedeu; ela passou a ser sorridente e maleável. Não que Caroline fizesse quaisquer declarações prolixas de amor — isso não teria sido bem recebido pela Sra. Pryor; ela teria lido nelas a prova da insinceridade —, mas Caroline se apoiava nela com uma dependência tranquila e confiava nela com uma confiança sem temor. Essas coisas alegravam o coração da mãe.

Ela gostava de ouvir sua filha dizer "Mamãe, faça isto"; "Por favor, mamãe, pegue tal coisa para mim"; "Mamãe, leia para mim"; "Cante um pouquinho, mamãe".

Nenhuma outra pessoa — nenhuma outra criatura viva — havia solicitado sua ajuda desse modo, buscado dessa forma a sua ajuda. Outras pessoas sempre haviam sido mais ou menos reservadas e formais com ela, assim como ela era também reservada e formal; outras pessoas demonstravam ter consciência de seus pontos fracos e de se aborrecer com eles. Caroline não demonstrava tamanha sagacidade contundente ou sensibilidade reprovadora quando adulta como não as demonstrara quando era uma infante de três meses de idade.

Entretanto, Caroline era capaz de perceber erros. Cega para os defeitos de constituição que eram incuráveis, ela tinha olhos muito abertos para os hábitos adquiridos que eram passíveis de conserto. A respeito de certos pontos ela fazia sermões muito sinceros para sua genitora, e essa genitora, em vez de ficar magoada, sentia uma sensação de prazer ao descobrir que a moça *ousava* fazer-lhe sermões, que a moça se sentia tão à vontade com ela.

— Mamãe, faço questão de que a senhora não use mais esse vestido velho; o corte não lhe cai bem; as saias são estreitas demais. A senhora tem de colocar seu vestido de seda preta todas as noites; com ele a senhora tem boa aparência; ele lhe cai bem; e a senhora tem de ter um vestido de cetim negro para os domingos — cetim de verdade, não uma cetineta ou qualquer outra dessas imitações. E, mamãe, quando a senhora mandar fazer o novo, veja bem, tem de usá-lo.

— Minha querida, pensei que o vestido de seda negra ainda me serviria como meu melhor vestido por muitos anos, e eu queria comprar tantas coisas para você.

— Tolice, mamãe; meu tio me dá dinheiro para eu comprar o que quero. A senhora sabe que ele é bastante generoso; e decidi que vou vê-la usando cetim negro. Compre-o logo e mande fazer com uma costureira que eu vou recomendar, e deixe-me escolher o modelo. A senhora sempre quer se disfarçar de avó; a senhora convenceria qualquer um de que é velha e feia. Nada disso! Pelo contrário, quando está bem vestida e alegre, a senhora é mesmo bastante graciosa; seu sorriso é tão agradável, seus dentes são tão brancos, seu cabelo ainda tem uma cor tão bonita. E a senhora fala como uma mulher jovem, com uma voz tão nítida e bonita, e a senhora canta melhor que qualquer moça que já ouvi. Por que a senhora usa esses vestidos e toucas, mamãe, do tipo que ninguém mais usa?

— Isso incomoda você, Caroline?

— Muito; isso até me aborrece. As pessoas dizem que a senhora é avarenta; porém, a senhora não é, pois dá esmolas generosas para os pobres e para as organizações religiosas, embora seus donativos sejam feitos com tanto segredo e discrição que eles são conhecidos por poucas pessoas além de quem os recebe. Mas eu mesma vou ser sua criada de quarto. Quando eu ficar um pouco mais forte, vou começar a trabalhar, e a senhora tem de ser gentil, mamãe, e fazer como eu disser.

E Caroline, sentada perto de sua mãe, tornou a arrumar o lenço de musselina e a ajeitar os cabelos dela.

— Minha própria mamãe — prosseguiu ela, como se se deleitasse com a ideia do relacionamento entre elas —, que me pertence, e a quem eu pertenço! Sou uma moça rica, agora. Tenho algo que posso amar muito, sem medo de amar. Mamãe, quem deu esse broche pequeno para a senhora? Deixe que eu o tire e o olhe.

A Sra. Pryor, que normalmente evitava dedos intrometidos e uma aproximação muito grande, deu a permissão com toda benevolência.

— Papai o deu para a senhora, mamãe?

— Minha irmã o deu, minha única irmã, Cary. Ah, se sua tia Caroline tivesse vivido para conhecer sua sobrinha!

— A senhora não tem nada que tenha sido do papai... nenhuma joia, nenhum presente dele?

— Eu tenho uma coisa.

— Que a senhora estima?

— Que eu estimo.

— Valiosa e bela?

— *In*estimável e doce para mim.

— Mostre para mim, mãe. Está aqui ou em Fieldhead?

— Está falando comigo agora, se apoiando em mim. Seus braços estão me rodeando.

— Ah, mamãe, a senhora se refere à sua filha enfadonha, que jamais vai deixá-la sozinha; que, quando a senhora vai para seu quarto, não consegue deixar de correr para ir procurá-la; que a segue de um lado para o outro, como um cachorro.

— E cuja fisionomia ainda me causa uma estranha emoção às vezes. Eu ainda tenho um pouco de medo de seus belos traços, filha.

— A senhora não tem, e não precisa ter. Mamãe, lamento papai não ter sido bom. Eu gostaria tanto que ele tivesse sido. A maldade estraga e envenena todas as coisas agradáveis. Ela mata o amor. Se a senhora e eu julgássemos uma à outra maldosas, não poderíamos nos amar, poderíamos?

— E se não pudéssemos confiar uma na outra, Cary?

— Como seríamos infelizes! Mãe, antes de conhecer a senhora, eu tinha medo de que a senhora não fosse boa... que eu não pudesse estimá-la. Esse temor amortecia meu desejo de vê-la. E agora meu coração está exultante porque acho que a senhora é perfeita... quase; gentil, inteligente e agradável. Seu único defeito é ser fora de moda, e disso eu vou curá-la. Mamãe, deixe seu trabalho de lado, leia para mim. Gosto de sua pronúncia do sul; é tão pura, tão doce. Ela não tem uma entonação áspera, nenhuma ressonância nasal, como quase todos aqui no norte têm. Meu tio e o Sr. Hall dizem que a senhora lê tão bem, mamãe. O Sr. Hall disse que nunca ouviu nenhuma senhora ler com tanta justeza de expressão ou pureza de pronúncia.

— Eu gostaria de poder retribuir os elogios, Cary; mas, falando sinceramente, a primeira vez que eu ouvi seu excelente amigo ler e pregar, não consegui entender a grosseira pronúncia nortista dele.

— A senhora conseguia me entender, mamãe? Eu parecia falar de modo áspero?

— Não. Eu quase desejei que você falasse, assim como desejava que você tivesse uma aparência rústica. Seu pai, Caroline, falava naturalmente bem, bastante diferente do seu estimável tio; de modo correto, gentil, delicado. Você herdou essa capacidade.

— Pobre papai! Se ele era tão agradável, por que não era bom?

— Por que ele era *como* ele era... e, felizmente, disso você não pode ter ideia, filha... eu não sei dizer. O segredo está nas mãos de seu Criador. Nelas eu o deixo.

— Mamãe, a senhora continua costurando, costurando; deixe de lado sua costura; eu sou contra ela. Ela se avoluma em seu regaço, e o quero para minha cabeça; ela ocupa seus olhos, e os quero para um livro. Eis seu favorito, Cowper.

Essas impertinências eram o prazer da mãe. Se ela tardava em ceder, era somente para ouvi-las sendo repetidas e para apreciar a doce insistência, em parte brincalhona e em parte petulante, de sua filha. E então, quando ela cedia, Caroline dizia, espevitada:

— A senhora vai me mimar, mamãe. Eu sempre achei que gostaria de ser mimada, e acho isso muito doce.

E a Sra. Pryor também achava.

XXVI. Velhos cadernos de exercício

Na época em que o grupo de Fieldhead retornou a Briarfield, Caroline estava quase restabelecida. A Srta. Keeldar, que recebera notícias da convalescença de sua amiga por carta, mal tolerou que uma hora se passasse entre sua chegada a casa e sua primeira visita à casa paroquial.

A chuva caía suavemente, porém contínua, sobre as flores tardias e os arbustos avermelhados do outono, quando se ouviu o portãozinho do jardim se abrir, e as formas tão conhecidas de Shirley passaram pela janela. Ao entrar, seus sentimentos foram demonstrados de sua maneira característica. Quando profundamente tocada por sérios temores ou alegrias, ela não era loquaz. A emoção forte raramente tinha permissão para influenciar sua língua, e até mesmo seus olhos recusavam a ela mais que uma conquista furtiva e esporádica. Ela abraçou Caroline, lançou-lhe um olhar, deu-lhe um beijo e então disse:

— Você está melhor.

E, um minuto depois:

— Vejo que você está saudável agora; mas cuide-se. Deus permita que sua saúde não tenha de enfrentar mais choques!

Ela começou a falar com fluência sobre a viagem. No meio de sua conversa animada, seus olhos ainda se voltavam para Caroline: na luminosidade deles se manifestava uma profunda solicitude, certa perturbação e certo espanto.

"Ela pode estar melhor", eles diziam, "mas quão fraca ela ainda está! Por quais perigos ela passou! Que perigos ela enfrentou!"

De repente, seu olhar se dirigiu à Sra. Pryor. Ele a trespassou.

— Quando minha governanta retornará para minha casa? — perguntou ela.

— Posso contar tudo para ela? — perguntou Caroline para a mãe. Anuência tendo sido dada com um gesto, Shirley foi imediatamente esclarecida sobre o que havia ocorrido durante sua ausência.

— Muito bom — foi o comentário tranquilo. — Muito bom! Mas isso não é novidade para mim.

— O quê! Você sabia...?

— Eu adivinhei a história toda faz muito tempo. Ouvi um pouco da história da Sra. Pryor; não dela própria, mas de outras pessoas. De todos os detalhes dos procedimentos e do temperamento do Sr. James Helstone eu tinha conhecimento: passar uma tarde sentada conversando com a Srta. Mann havia me familiarizado com o assunto; além do mais, ele é um dos exemplos preventivos da Sra. Yorke: uma das luzes vermelhas como sangue que ela usa para afugentar as jovens do matrimônio. Acredito que eu deveria ter sido cética a respeito da veracidade do retrato traçado por tais mãos (ambas as senhoras sentem um prazer sombrio em descortinar o lado sombrio da vida), porém questionei o Sr. Yorke a respeito do assunto, e ele disse: "Shirley, minha minina, se vosmecê quiser saber quarqué coisa sobre esse seu James Helstone, só posso dizer que ele era como um tigre. Ele era belo, dissoluto, agradável, traiçoeiro, cortês e cruel...". Não chore, Cary; não vamos mais falar uma palavra sobre o assunto.

— Não estou chorando, Shirley; ou, se estiver, não é nada. Prossiga; você não é minha amiga se esconder a verdade de mim. Eu odeio essa falsa ideia de disfarçar e mutilar a verdade.

— Felizmente, eu disse praticamente tudo quanto tinha a dizer, a não ser que seu próprio tio confirmou as palavras do Sr. Yorke; pois ele também desdenha as mentiras e não se imiscui em nenhum desses subterfúgios que são mais vis que as mentiras.

— Mas papai está morto; eles deveriam deixá-lo em paz, agora.

— Deveriam; e nós *vamos* deixá-lo. Chore, Cary; vai fazer bem para você; é errado reprimir lágrimas espontâneas. Além do mais, eu prefiro me deleitar compartilhando uma ideia que, neste momento, lampeja nos olhos de sua mãe enquanto ela olha para você. Cada lágrima cancela um pecado. Chore! Suas lágrimas têm a virtude que faltava aos rios de Damasco. Como o Jordão, elas podem purificar uma memória leprosa.

— A senhora — continuou ela, se dirigindo à Sra. Pryor — pensou que eu poderia todos os dias vê-la e à sua filha juntas... observando sua incrível semelhança em tantos pontos; observando (perdoe-me) suas emoções irrefreáveis na presença e, ainda mais, na ausência de sua filha, e não formar minhas próprias conjecturas? Eu as formei, e elas são literalmente corretas. Vou começar a achar que sou sagaz.

— E você não disse nada? — observou Caroline, que logo recobrou o calmo controle de seus sentimentos.

— Nada. Eu não tinha autorização para dizer uma palavra sobre o assunto. Não era assunto *meu*; eu me abstive de fazer com que passasse a ser.

— Você adivinhou um segredo tão grande e nem aludiu ao fato de tê-lo adivinhado?

— Isso é assim tão difícil?

— Não é uma característica sua.

— Como você sabe?

— Você não é reservada; você é bastante comunicativa.

— Posso ser comunicativa, contudo, sei onde me deter. Ao mostrar meus tesouros, posso deixar de lado uma ou duas pedras preciosas, uma curiosa pedra esculpida, pela qual não paguei... um amuleto, de cujo brilho místico eu raramente permito um vislumbre até a mim mesma. Bom dia.

Caroline então pareceu apreciar a personalidade de Shirley sob um novo aspecto. Pouco depois, a perspectiva foi renovada; ela se descortinou para Caroline.

Assim que ela havia recuperado forças o suficiente para aguentar uma mudança de cenário (a excitação de um pequeno grupo), a Srta. Keeldar exigiu diariamente sua presença em Fieldhead. Se Shirley estava cansada de seus honrados parentes, não se sabe: ela não dizia estar; mas solicitava e conservava Caroline com uma avidez que provava que tal acréscimo àquela venerável companhia era bem vindo.

Os Sympsons eram pessoas religiosas; naturalmente, a sobrinha do pároco foi recebida por eles com cortesia. O Sr. Sympson mostrou ser um homem de impecável respeitabilidade, temperamento ansioso, princípios piedosos e pontos de vista mundanos; sua esposa era uma mulher muito boa — paciente, gentil, bem-educada. Ela havia sido criada em um sistema de pontos de vista limitados, parcamente alimentada com umas poucas ideias preconcebidas — um mero punhado de ervas amargas; algumas preferências, maceradas até que seu sabor natural tivesse sido extraído, e sem nenhum tempero adicionado ao cozimento; alguns excelentes princípios, reunidos sob uma rígida crosta de intolerância difícil de ingerir. Ela era submissa demais para reclamar dessa dieta ou para pedir uma migalha além dela.

As filhas eram um exemplo para seu sexo. Elas eram altas, cada qual com um nariz romano. Elas haviam recebido uma educação impecável. Tudo que elas faziam era bem feito. História e os livros mais sólidos haviam cultivado suas mentes. Elas possuíam princípios e opiniões que não precisavam ser consertados. Teria sido difícil encontrar em qualquer lugar vidas, sentimentos, modos e costumes regidos com maior precisão. Elas sabiam de cor certos códigos das leis do uso da linguagem, comportamento, etc., das mocinhas bem-educadas; elas próprias nunca se desviavam das curiosas cláusulas pragmáticas dessas leis e olhavam com um horror secreto e sussurrado todos os desvios em outras pessoas. A Abominação da Desolação não era mistério para elas; elas haviam descoberto essa Coisa impronunciável na qualidade que outros chamam de Originalidade. Elas eram rápidas para reconhecer os sinais desse mal; e onde quer que vissem seus traços — em olhares, palavras ou ações; se elas a lessem no estilo inovador e vigoroso de um livro, ou ouvissem em uma linguagem interessante, não banalizada, pura e expressiva — elas tremiam, elas se retraíam. O perigo se encontrava acima da cabeça delas, o risco perto de seus passos. O que era aquela Coisa estranha? Sendo incompreensível, ela deveria ser ruim. Que ela fosse denunciada e acorrentada.

Henry Sympson, único filho e caçula da família, era um menino de quinze anos. Ele geralmente ficava com seu tutor; quando ele o deixava, procurava sua prima Shirley. Esse menino era diferente das irmãs: ele era pequeno, manco e pálido; seus grandes olhos brilhavam um tanto lânguidos em órbitas doentias; eles eram, na verdade, bastante opacos, mas eram capazes de se iluminar; às vezes eles conseguiam não só brilhar, mas resplandecer; uma emoção interior podia igualmente dar cores às suas faces e decisão aos seus movimentos imperfeitos. A mãe de Henry o amava; ela achava que as peculiaridades dele eram a marca de um eleito; ele não era como as outras crianças, ela concedia; ela acreditava que o filho era um regenerado — um novo Samuel — escolhido por Deus desde o nascimento: ele teria de ser um clérigo. O Sr. e as Srtas. Sympson, não compreendendo o jovem, o deixavam bastante sozinho. Shirley fazia dele o seu queridinho, e ele fez de Shirley sua companheira de brinquedos.

No meio desse círculo familiar, ou bastante fora dele, se movia o tutor — o satélite.

Sim, Louis Moore era um satélite do lar dos Sympsons: conectado, contudo, apartado; sempre por perto — sempre distante. Cada membro daquela família correta o tratava com dignidade adequada. O pai era austeramente educado, às vezes irritadiço; a mãe, sendo uma mulher gentil, era atenciosa, mas formal; as filhas o viam como uma abstração, não um homem.

Pelo comportamento delas, parecia que achavam que o tutor de seu irmão não tinha vida para elas. Elas eram cultas; ele também — mas não para elas. Elas eram talentosas; ele tinha talentos também, imperceptíveis para os sentidos delas. O desenho mais inspirado feito pelos dedos dele era uma folha em branco para elas; a observação mais original que partia dos lábios dele não era ouvida por elas. Nada poderia ser mais adequado que o comportamento delas.

Eu deveria ter dito que nada poderia ter se comparado ao comportamento delas; mas lembro-me de um fato que espantou demais Caroline Helstone. E foi descobrir que seu primo não tinha *um único* amigo que simpatizasse com ele em Fieldhead; que, tanto para a Srta. Keeldar quanto para as estimáveis Srtas. Sympson, ele não era mais que um mero professor, e tampouco um cavalheiro e um homem.

O que havia acontecido com a gentil Shirley, para que ela pudesse ser tão indiferente à triste situação de um ser humano assim isolado sob seu teto? Talvez ela não fosse altiva com ele, mas ela nunca o percebia — ela o deixava sozinho. Ele ia e vinha, falava ou ficava em silêncio, e ela raramente reconhecia sua existência.

Quanto a Louis Moore, ele tinha o ar de um homem acostumado com essa vida e que havia decidido tolerá-la por certo tempo. Suas características pessoais pareciam aprisionadas dentro dele e eram silenciosas em seu cativeiro. Ele nunca ria; ele poucas vezes sorria; ele não reclamava. Ele cumpria suas funções escrupulosamente. Seu pupilo o amava; ele não pedia mais que cortesia do resto do mundo. E até parecia que ele não aceitaria nada mais — pelo menos, sob aquele teto; pois quando sua prima Caroline fez gentis propostas de amizade, ele não as encorajou — ele mais a evitava que a procurava. Uma única criatura viva, além de seu aluno pálido e coxo, ele acarinhava na casa, e era o facínora Tártaro, que, carrancudo e intratável com os outros, adquirira uma singular preferência por ele —

uma preferência tão declarada que às vezes, quando Moore, chamado para uma refeição, entrava no cômodo e se sentava sem ser bem acolhido, Tártaro se levantava de seu reduto aos pés de Shirley e se dirigia ao taciturno tutor. Uma vez — mas só uma vez — ela percebeu a deserção e, estendendo sua mão branca, e falando em voz baixa, tentou persuadi-lo a voltar. Tártaro olhou, babou e suspirou, como era seu costume, mas mesmo assim ignorou o convite e se sentou tranquilamente ao lado de Louis Moore. Este cavalheiro colocou a cabeça grande e com focinho preto do cachorro em seus joelhos, o acariciou e sorriu um sorrisinho para si mesmo.

Um observador perspicaz poderia ter notado, durante a mesma noite, que depois de Tártaro ter voltado a manifestar sua fidelidade a Shirley, e estar novamente deitado perto do escabelo dela, o audacioso tutor, com uma palavra e um gesto, enfeitiçou-o de novo. Ele ficou subitamente atento ao ouvir a palavra; ele se levantou, ereto com o gesto, e foi, com a cabeça amorosamente abaixada, receber a carícia esperada. Quando ela foi dada, o sorriso significativo passou ligeiro pelo rosto quieto de Moore de novo.

* * * * * *

— Shirley — disse Caroline um dia, quando as duas estavam sentadas sozinhas no caramanchão —, você sabia que meu primo Louis era tutor na família de seu tio antes de os Sympsons virem para cá?

Shirley não respondeu tão prontamente quanto costumava fazer, mas finalmente disse:

— Sim... claro; eu sabia muito bem.

— Eu achei que você deveria ter conhecimento dessa circunstância.

— Ora! E então?

— Eu fico intrigada tentando adivinhar como você nunca mencionou o fato para mim.

— E por que isso deixaria você intrigada?

— Parece estranho. Não consigo encontrar uma resposta para isso. Você conversa tanto... você fala sem reservas. Como essa circunstância jamais foi mencionada?

— Porque nunca foi — e Shirley riu.

— Você é uma criatura singular! — observou sua amiga. — Achei que conhecia você muito bem; começo a achar que estava errada. Você ficou com os lábios tão selados como um túmulo a respeito da Sra. Pryor, e agora eis mais um segredo. Mas por que você fez disso um segredo é um mistério para mim.

— Eu nunca fiz disso um segredo; eu não tinha razões para fazê-lo. Se você tivesse me perguntado quem era o tutor de Henry, eu teria dito; além do mais, achei que você sabia.

— Eu estou intrigada a respeito de mais de uma coisa sobre esse assunto. Você não gosta do pobre do Louis — por quê? Você se irrita com o que talvez considere o posto *servil* dele? Você gostaria que o irmão de Robert tivesse uma colocação mais valorizada?

— O irmão de Robert, sinceramente! — foi a exclamação, proferida em um tom parecido com o de desdém; e com um movimento de impaciência arrogante Shirley arrancou uma rosa de um galho que espiava através das treliças.

— Sim — repetiu Caroline, com meiga firmeza. — O irmão de Robert. Ele *tem* um relacionamento muito íntimo com Gérard Moore do Hollow, embora a natureza não tenha lhe dado traços tão belos ou um ar tão nobre quanto o de seu irmão; mas seu sangue é tão bom, e ele seria igualmente cavalheiro se fosse livre.

— Sábia, humilde e piedosa Caroline! — exclamou Shirley, irônica. — Homens e anjos, ouçam-na! Nós não podemos desprezar fisionomias comuns, nem uma ocupação laboriosa, porém honesta, podemos? Olhe o tema de seu panegírico. Ele está ali no jardim — continuou ela, apontando através de uma abertura no amontoado de trepadeiras; e através dessa abertura era possível ver Moore se aproximando lentamente pelo caminho.

— Ele não é feio, Shirley — rogou Caroline —, ele não é ignóbil; ele é tristonho; o silêncio encerra a mente dele; mas acredito que ele seja inteligente; e tenha certeza, se ele não tivesse algo muito recomendável em seu temperamento, o Sr. Hall jamais procuraria a companhia dele como o faz.

Shirley riu; ela riu de novo, a cada vez com uma entonação ligeiramente sarcástica:

— Ora, ora — foi o comentário dela. — Com o pretexto de ele ser amigo de Cyril Hall e irmão de Robert Moore, nós vamos simplesmente tolerar a existência dele, não vamos, Cary? Você acha que ele é inteligente, acha? Não é exatamente um idiota... hm? Algo recomendável em seu temperamento! Id est,[1] não é um completo facínora. Bom! Suas afirmações têm valor para mim; e, para provar que elas têm, caso ele venha para cá, vou falar com ele.

Ele se aproximou do caramanchão; sem perceber que elas estavam ali, se sentou nos degraus. Tártaro, então seu companheiro habitual, o havia seguido e se deitou ao lado dos pés dele.

— Meu velho! — disse Louis, dando uma puxadinha na orelha marrom-amarelada dele, ou melhor, nos restos mutilados daquele órgão, rasgado e mastigado em centenas de brigas. — O sol de outono está brilhando tão agradável sobre nós assim como sobre os mais belos e mais ricos. Este jardim não é nem um pouco nosso, porém nós desfrutamos de seu verdor e perfume, não é?

Ele ficou sentado, silencioso, ainda acariciando Tártaro, que babou com afeição excessiva. Um ligeiro pipilar começou entre as árvores. Algo desceu voando tão ligeiro quanto as folhas. Eram passarinhos que, pousando no relvado a uma distância tímida, saltitavam como se estivessem à espera de algo.

— Os pequenos elfos castanhos lembram mesmo que eu os alimentei no outro dia — falou novamente consigo mesmo Louis. — Eles querem mais biscoitos. Hoje eu me esqueci de guardar um bocadinho. Pequenos duendes ansiosos, não tenho uma migalha para vocês.

Ele colocou a mão no bolso, e a tirou vazia.

— Uma necessidade facilmente remediada — sussurrou a Srta. Keeldar, que o ouvia.

Ela tirou de sua bolsa de mão um pedacinho de bolo; pois esse repositório nunca deixava de conter algo que se pudesse jogar às galinhas, aos patinhos ou aos pardais. Ela o fez em pedaços e, inclinando-se sobre os ombros de Louis, colocou as migalhas nas mãos dele.

— Cá está — disse ela —, eis a providência para os improvidentes.

— Esta tarde de setembro está agradável — observou Louis Moore enquanto, nem um pouco alterado, calmamente jogava as migalhas na grama.

— Até mesmo para o senhor?

— Tão agradável para mim quanto para qualquer monarca.

— O senhor tem um tipo de triunfo severo e solitário em extrair prazer dos elementos e da criação inferior animada e inanimada.

— Solitário, mas não severo. Com os animais eu sinto que sou o filho de Adão, o herdeiro daquele para quem foi dado o domínio sobre "todo animal que se move sobre a terra". Seu cachorro gosta de mim e me segue; quando saio naquele pátio, as pombas de seu pombal esvoaçam aos meus pés; sua égua no estábulo me conhece tão bem quanto à senhorita, e me obedece mais.

— E minhas rosas exalam seu doce perfume para o senhor, e minhas árvores lhe dão sombra.

— E — continuou Louis — nenhum capricho pode afastar esses prazeres de mim; eles são *meus*.

Ele se afastou. Tártaro o seguiu, como se estivesse unido a ele por dever e afeição, e Shirley ficou parada nos degraus do caramanchão. Caroline a fitou enquanto ela olhava para o rude tutor: seu rosto estava pálido, como se o seu orgulho sangrasse internamente.

— Você vê — observou Caroline, em tom de desculpa —, os sentimentos dele são magoados com tanta frequência que fazem com que ele fique taciturno.

— Você vê — retrucou Shirley, irada — que ele é um tema que levará nós duas a desentendimentos se o discutirmos muitas vezes; então, deixe-o de lado de agora em diante e para sempre.

"Acredito que ele tenha mais de uma vez agido desse modo", pensou Caroline com seus botões, "e isso faz com que Shirley seja tão fria com ele. Entretanto, me pergunto se ela não pode fazer uma concessão para o temperamento e as circunstâncias: fico pensando se a modéstia geral, a hombridade e sinceridade da natureza de Louis não intercederiam junto a ela a favor dele. Ela não é sempre assim destituída de consideração, tão irritável."

* * * * * *

O testemunho verbal de dois amigos de Caroline sobre a personalidade de seu primo aumentou a opinião favorável dela a respeito dele. William Farren, cujo chalé Louis havia visitado em companhia do Sr. Hall, declarou que ele era um "verdadeiro cavalheiro"; não havia outro igual em Briarfield. Ele — William — "podia fazer o que quer que fosse por aquele home. E ver como as criança s'encantava com ele, e como a esposa gostou dele na mesma hora que viu ele. Ele nunca entrava em nenhuma casa sem que as criança ficasse em volta dele o tempo todo: as criaturinha parecia que tinha um sentido mais fino que os adulto pra descobrir o caráter das pessoa."

O Sr. Hall, respondendo a uma pergunta da Srta. Helstone sobre o que ele pensava do Sr. Moore, respondeu na hora que ele era a melhor criatura que ele conhecera desde que tinha saído de Cambridge.

— Mas ele é tão sério — objetou Caroline.

— Sério! A melhor companhia deste mundo! Ele tem um grande senso de humor, pouco comum, discreto e notável. Nunca aproveitei tanto uma viagem em minha vida como a que eu fiz com ele para os Lagos. O discernimento e os gostos dele são tão superiores, faz bem para a pessoa estar sob a influência deles; e, quanto a seu temperamento e caráter, eu os acho excelentes.

— Em Fieldhead ele parece melancólico e, acredito, é considerado um misantropo.

— Oh! Acredito que ele se sinta como um peixe fora d'água lá; em uma posição falsa. Os Sympsons são uma gente de muito valor, mas não são do tipo que o compreenda: eles pensam muito em convenções e cerimônia, o que está muito em desacordo com os hábitos do Louis.

— Não creio que a Srta. Keeldar goste dele.

— Ela não o conhece... ela não o conhece; caso o conhecesse, ela tem bom senso o suficiente para fazer justiça aos méritos dele.

— Bem, suponho que ela não o conheça — pensou Caroline com seus botões; e, com essa hipótese ela tentou explicar o que parecia de outro modo ser inexplicável. Mas ela não pode se basear em uma solução tão simples para o problema por muito tempo. Ela foi obrigada a negar à Srta. Keeldar até mesmo essa justificativa para o preconceito dela.

Certo dia, ela casualmente estava na sala de estudos com Henry Sympson, cujo temperamento amável e afetuoso havia rapidamente feito com que ela o estimasse. O menino estava ocupado com algum aparelho mecânico; sua deficiência fazia com que ele gostasse de atividades sedentárias. Ele começou a vasculhar a mesa de seu tutor procurando um pouco de cera ou de barbante necessários para seu trabalho. Moore não estava presente. O Sr. Hall, na verdade, o havia chamado para fazer uma longa caminhada. Henry não conseguiu encontrar na mesma hora o que estava procurando: ele esquadrinhou um compartimento depois de outro; finalmente, abrindo uma gaveta interna ele se deparou, não com um rolo de barbante ou uma bola de cera de abelha, mas com um pacote não muito grande de pequenos cadernos cor de mármore, atados com uma fita. Henry olhou-os.

— Mas que lixo o Sr. Moore conserva em sua mesa! — disse ele. — Espero que ele não guarde meus velhos exercícios com tanto cuidado.

— O que é isso?

— Velhos cadernos de exercício.

Ele jogou o pacote para Caroline. O pacote parecia tão bem cuidado externamente que a curiosidade dela foi atiçada para ver o conteúdo.

— Se são apenas cadernos de exercício, eu suponho que possa abri-los?

— Ah, sim, sem maiores problemas. A mesa do Sr. Moore é em parte minha, pois ele me permite manter todos os tipos de coisa nela, e eu dou permissão para a senhorita.

Examinados, os cadernos provaram ser composições em francês, escritas em uma letra característica, mas compacta, e requintadamente nítida e legível. A escrita era reconhecível, Caroline mal precisava da evidência adicional do nome assinado no fim de cada tema para dizer a quem pertenciam. Contudo, o nome a surpreendeu: "Shirley Keeldar, Sympson Grove, ***shire" (um condado ao sul), e uma data de quatro anos antes.

Ela amarrou o pacote e o conservou nas mãos, pensando a respeito dele. Ela quase sentia como se, ao abri-lo, tivesse surpreendido um segredo.

— Eles são da Shirley, como a senhorita vê — disse Henry, despreocupado.

— *Você* os deu para o Sr. Moore? Ela fez esses exercícios com a Sra. Pryor, suponho?

— Ela os fez em minha sala de estudos em Sympson Grove, quando morava conosco. O Sr. Moore ensinou francês para ela; é a língua materna dele.

— Eu sei. Ela era boa aluna, Henry?

— Ela era uma criaturinha buliçosa e risonha, mas uma boa companhia para a sala de estudos; ela fazia com que a hora das lições fosse agradável. Ela aprendia rápido... era difícil dizer quando ou como. Francês não era nada difícil para ela; ela o falava rapidamente... tão rápido quanto o próprio Sr. Moore.

— Ela era obediente? Ela dava trabalho?

— Ela dava muito trabalho, de certo modo: era inconstante, mas eu gostava dela. Eu sou desesperadamente afeiçoado a Shirley.

— *Desesperadamente* afeiçoado... Seu tolinho! Você não sabe o que está dizendo.

— Eu *sou desesperadamente* afeiçoado a ela. Ela é a luz dos meus olhos; eu disse isso para o Sr. Moore na noite passada.

— Ele iria censurar você por falar com imoderação.

— Não ele. Ele nunca fica repreendendo, como as governantas das meninas fazem. Ele estava lendo e apenas sorriu atrás das páginas do seu livro, e disse que, se a Srta. Keeldar não fosse nada além disso, ela era menos do que ele pensava a respeito dela, pois eu não passava de um menino míope e de olhos fracos. Eu receio que eu seja um pobre infeliz, Senhorita Caroline Helstone. Eu sou manco, a senhorita sabe.

— Não fique pensando nisso, Henry, você é um rapaz simpático; e, se Deus não deu saúde e forças para você, Ele deu um bom temperamento e um coração e um cérebro excelentes.

— Eu vou ser desprezado. Às vezes penso que tanto Shirley quanto a senhorita me desprezam.

— Ouça, Henry. Geralmente, não gosto de meninos em idade escolar: tenho um grande horror a eles. Eles me parecem ser pequenos bandidos, que sentem um prazer pouco natural em matar e atormentar passarinhos e insetos e gatinhos, e qualquer coisa que seja mais fraca que eles mesmos; mas você é tão diferente que eu gosto muito de você. Você tem quase tanto bom senso quanto um homem ("muito mais, só Deus o sabe", ela disse para si mesma, "que muitos homens"); você gosta de ler e consegue conversar a respeito do que lê com sensatez.

— Eu *gosto* de ler. Sei que tenho bom senso, e sei que tenho sentimentos.

Nesse momento, a Srta. Keeldar entrou.

— Henry — disse ela —, eu trouxe seu lanche aqui; vou prepará-lo pessoalmente.

Ela colocou sobre a mesa um copo de leite fresco, um prato com alguma coisa que não tinha uma aparência muito diferente de couro e um utensílio que se parecia com um garfo para fazer torradas.

— O que vocês estão pretendendo — prosseguiu ela — remexendo na mesa do Sr. Moore?

— Olhando seus velhos cadernos de exercício — respondeu Caroline.

— Meus velhos cadernos de exercício?

— Cadernos de lições de francês. Olhe! Eles devem ser estimados; eles são conservados com cuidado.

Ela mostrou o pacote. Shirley o agarrou.

— Não sabia que algum deles ainda existisse — disse ela. — Pensei que todos tivessem há muito tempo acendido o fogo da cozinha, ou enrolado os cabelos da empregada em Sympson Grove. O que levou você a guardá-los, Henry?

— Não fui eu; nem teria pensado em guardá-los. Nunca me passou pela cabeça que cadernos de exercício fossem importantes. O Sr. Moore os colocou na gaveta interna da mesa dele; talvez ele os tenha esquecido.

— C'est cela:[2] ele os esqueceu, sem dúvida — repetiu Shirley. — Eles são muito bem escritos — observou ela, complacente.

— Que menina inconstante você era, Shirley, naqueles dias! Eu me lembro tão bem de você: uma criatura esbelta e leve, que, embora fosse tão alta, eu poderia erguer do chão. Vejo você com seus cachos longos e abundantes sobre os ombros e sua faixa na cintura que chegava até o chão. Você costumava deixar o Sr. Moore animado; quer dizer, no começo; acredito que depois de certo tempo você o tenha amargurado.

Shirley folheou as páginas cobertas de texto e nada disse. Logo em seguida, ela observou:

— Este foi escrito em uma tarde de inverno. Era a descrição de uma cena com neve.

— Eu lembro — disse Henry. — Quando ele leu, o Sr. Moore exclamou: "Voilà le Français gagné!".[3] Ele disse que estava bem feito. Depois, você o fez desenhar, em sépia, a paisagem que você descreveu.

— Então você não esqueceu, Hal?

— De jeito nenhum. Nós todos fomos repreendidos naquele dia por não termos ido para o chá quando fomos chamados. Eu me lembro do meu tutor sentado com o cavalete dele, e você parada atrás dele, segurando a vela, e observando enquanto ele desenhava o pico coberto de neve, o pinheiro, o cervo deitado sob ele e a lua crescente pairando acima.

— Onde estão os desenhos dele, Harry? Caroline deveria vê-los.

— No portfólio dele. Mas está fechado com cadeado; ele tem a chave.

— Peça para ele, quando ele entrar.

— Você deveria pedir, Shirley; você o evita agora, você se transformou em uma dama orgulhosa com relação a ele; eu percebo isso.

— Shirley, você é um verdadeiro enigma — sussurrou Caroline no ouvido dela. — Que descobertas estranhas eu faço a cada dia, agora! Eu, que pensei que você confiava em mim. Criatura inexplicável! Até mesmo este menino repreende você.

— Eu me esqueci dos dias "de moito tempo atrás", você vê, Harry — disse a Srta. Keeldar, respondendo ao jovem Sympson, e não dando atenção a Caroline.

— O que você jamais deveria ter feito. Você não merece ser a estrela-d'alva de um homem se tem uma memória tão curta.

— A estrela-d'alva de um homem, de fato! E com "um homem" você quer dizer sua respeitável pessoa, suponho? Venha, beba seu leite fresco enquanto ele ainda está morno.

O jovem coxo se levantou e mancou na direção do fogo; ele havia deixado sua bengala perto da cornija.

— Pobrezinho do meu manco querido! — murmurou Shirley, com sua voz mais doce, o ajudando.

— De quem você gosta mais, Shirley, de mim ou de Sam Wynne? — perguntou o menino, enquanto ela o colocava sentado na poltrona.

— Oh, Harry, não suporto Sam Wynne; você é meu queridinho.

— De mim ou do Sr. Malone?

— Você de novo, mil vezes.

— Eles são criaturas grandes e bigodudas, de um metro e oitenta cada um.

— Enquanto você, enquanto viver, Harry, nunca vai ser nada além de um manquinho pálido.

— Sim, eu sei.

— Você não precisa ficar triste. Eu já não disse para você tantas vezes quem era quase tão pequeno e pálido e doente quanto você, e, mesmo assim, poderoso como um gigante e corajoso como um leão?

— O Almirante Horatio?

— O Almirante Horatio, Visconde Nelson e Duque de Bronti; de coração, grande como um Titã; galante e heroico como todo o mundo e a era da cavalaria; líder da poderosa

Inglaterra; comandante de suas forças nos mares; lançador de seus trovões acima da tempestade.

— Um grande homem; mas eu não sou guerreiro, Shirley; e, no entanto, minha mente é tão inquieta que eu me sinto em brasas dia e noite... por quê, eu mal sei dizer... para ser... para fazer... para sofrer, creio.

— Harry, é sua mente, mais forte e mais velha que seu corpo, que perturba você. Ela é uma prisioneira. Ela se encontra em cativeiro físico. Mas ela ainda vai conquistar sua própria redenção. Estude atentamente não apenas livros, mas o mundo. Você ama a natureza; ame-a sem temor. Seja paciente — espere a passagem do tempo. Você não será um soldado ou um marinheiro, Henry; mas, se você viver, vai ser... ouça minha profecia... você vai ser um escritor, talvez um poeta.

— Um escritor! Isso é um lampejo... um lampejo de luz para mim! Eu vou... Eu *vou*! Eu vou escrever um livro para poder dedicar a você.

— Você vai escrevê-lo para poder dar à sua alma sua forma natural de expressão. Deus me proteja! O que estou dizendo? Mais do que entendo, creio, ou possa causar o bem. Aqui está, Hal... aqui está seu bolo de aveia tostado; coma e viva!

— Com toda a boa vontade! — exclamou nesse momento uma voz para fora da janela aberta. — Eu conheço esse aroma. Srta. Keeldar, posso entrar e compartilhar da refeição?

— Sr. Hall — pois era o Sr. Hall, e com ele estava Louis Moore, voltando de seu passeio —, uma refeição decente está servida na sala de jantar, e há pessoas decentes sentadas à mesa: o senhor pode se juntar a essa companhia e compartilhar dessa refeição, se quiser; mas, se seus gostos pouco convencionais levam o senhor a preferir procedimentos pouco convencionais, entre aqui, e faça como estamos fazendo.

— Eu aprovo o aroma e, portanto, me permitirei ser conduzido pelo nariz — replicou o Sr. Hall, que entrou na mesma hora, acompanhado por Louis Moore. O olhar deste cavalheiro caiu sobre sua mesa, saqueada.

— Ladrões! — disse ele. — Henry, você merece a palmatória.

— Dê-a a Shirley e Caroline; elas fizeram isso — foi alegado, com maior atenção ao efeito que à verdade.

— Traidor e falsa testemunha! — exclamaram as duas moças. — Nós nunca encostamos a mão em nada, a não ser no espírito de uma saudável investigação!

— Exatamente — disse Moore, com seu raro sorriso. — E o que as senhoritas descobriram, em seu "espírito da saudável investigação"?

Ele percebeu a gaveta interna aberta.

— Ela está vazia — disse ele. — Quem pegou...

— Está aqui! — apressou-se a dizer Caroline, e ela recolocou o pequeno pacote em seu lugar. Moore fechou a gaveta; ele a trancou com sua chavinha atada à corrente do relógio; ele recolocou os outros papéis em ordem, fechou a gaveta e se sentou sem maiores comentários.

— Achei que o senhor daria uma repreensão muito maior — disse Henry. — As meninas merecem uma reprimenda.

— Eu as deixo com suas próprias consciências.

— Elas acusam-nas de crimes planejados bem como perpetrados, senhor. Se eu não estivesse aqui, elas teriam tratado seu portfólio assim como trataram sua mesa; mas eu disse para elas que ele estava fechado com cadeado.

— E o senhor comerá conosco? — interrompeu Shirley nesse momento, dirigindo-se a Moore, e desejando, ao que parecia, mudar o rumo da conversa.

— Certamente, se eu puder.

— O senhor ficará limitado a leite fresco e pão de aveia de Yorkshire.

— Va... pour le lait frais![4] — disse Louis. — Mas seu pão de aveia...! — e ele fez uma careta.

— Ele não consegue comê-lo — disse Henry. — Ele acha que é parecido com farelo, fermentado com levedura.

— Venha, então; com uma licença especial nós vamos lhe permitir uns biscoitos, mas nada que seja menos caseiro.

A anfitriã tocou o sino e deu suas ordens frugais, que foram imediatamente executadas. Ela própria serviu o leite e distribuiu o pão ao redor do aconchegante grupo que estava então ao redor da pequena lareira da sala de estudos. Ela então assumiu o posto de responsável pelas torradas; e, se ajoelhando no tapete, garfo nas mãos, executou sua tarefa com destreza. O Sr. Hall, que apreciava qualquer inovação caseira nos costumes corriqueiros, e para quem o pão de aveia grosseiro era, devido ao costume, suave como maná, aparentava estar na melhor das disposições. Ele conversava e ria alegremente — ora com Caroline, a quem ele tinha colocado ao seu lado, e ora com Shirley, e de novo com Louis Moore. E Louis respondia em um estado de espírito semelhante. Ele não ria muito, mas dizia em voz baixa as coisas mais espirituosas. Frases ditas com seriedade, marcadas por reviravoltas inesperadas e um sabor original e pungente, saíam com facilidade de seus lábios. Ele demonstrou ser — o que o Sr. Hall dissera que ele era — excelente companhia. Caroline se impressionou com o estado de espírito dele, mas ainda mais com seu completo autocontrole. Nenhum dos presentes parecia impor a ele uma sensação de desagradável constrangimento, ninguém parecia ser enfadonho — um peso — um incômodo para ele; e, contudo, lá estava a fria e altiva Srta. Keeldar, ajoelhada na frente da lareira, quase aos pés dele.

Porém, Shirley não estava mais fria e altiva — pelo menos não naquele momento. Ela parecia não ter consciência da humildade de sua presente posição; ou, se tinha consciência, era apenas para saborear o encanto em sua inferioridade. Seu orgulho não se revoltava com o fato de que o grupo a quem ela servia, de modo voluntário, como criada, incluísse o tutor de seu primo. Não a assustava o fato de ela, enquanto distribuía o pão e o leite aos demais, ter de oferecê-los a ele também;

e Moore aceitou sua porção das mãos dela com tanta calma quanto se ele ocupasse a mesma posição que ela.

— A senhorita está superaquecida agora — disse ele, quando ela havia manejado o garfo por algum tempo. — Permita-me substituí-la.

E ele tirou o garfo das mãos dela com um tipo de autoridade silenciosa, à qual ela se submeteu, passiva, nem resistindo a ele nem agradecendo.

— Eu gostaria de ver seus desenhos, Louis — disse Caroline, quando a suntuosa refeição fora ingerida. — O senhor não gostaria, Sr. Hall?

— Para agradar a senhorita, eu gostaria; mas, de minha parte, já o considero um artista. Eu o vi muito sob essa luz em Cumberland e em Westmoreland. Muitas vezes ficamos molhados em meio às montanhas porque ele insistia em ficar sentado em um banquinho, pegando efeitos de nuvens de chuva, névoas que se juntavam, trêmulos raios de sol e tantas outras coisas.

— Eis o portfólio — disse Henry, trazendo-o com uma das mãos e se apoiando na muleta com a outra.

Louis o pegou, mas ainda ficou sentado como se esperasse que outra pessoa se manifestasse. Parecia que ele não iria abri-lo a não ser que a orgulhosa Shirley se dignasse a mostrar interesse pela exibição.

— Ele nos faz esperar para incitar nossa curiosidade — disse ela.

— A senhorita sabe abri-lo — observou Louis, entregando-lhe a chave. — A senhorita estragou a fechadura uma vez; tente agora.

Ele o segurava. Ela o abriu e, monopolizando o conteúdo, foi a primeira a olhar cada desenho. Ela desfrutou do regalo — se é que era um regalo — em silêncio, sem fazer um só comentário. Moore ficou parado atrás da cadeira dela e olhava por cima de seus ombros e, quando ela terminou e os demais ainda estavam olhando, ele abandonou seu posto e saiu andando pelo cômodo.

Uma carruagem foi ouvida na alameda — o sino do portão soou; Shirley teve um sobressalto.

— Temos visitas — disse ela — e eu serei chamada na sala. Uma bela figura, como dizem, eu farei ao recepcionar as visitas: Henry e eu estivemos no jardim colhendo frutas uma parte da manhã. Oh, poder descansar sob minha própria vinha e minha própria figueira! Feliz é a esposa-escrava do índio, pois ela não tem deveres de anfitriã para cumprir, mas pode ficar sentada sossegada, tecendo tapetes e enfiando contas em um cordão, e tranquilamente alisando a cabeça de seu pequenino em um canto sossegado de sua tenda. Vou emigrar para as florestas ocidentais.

Louis Moore deu risada.

— Para se casar com um Nuvem Branca ou um Grande Búfalo, e depois do casamento se dedicar à doce tarefa de cavar os campos de milho de seu senhor, enquanto ele fuma seu cachimbo ou toma bebidas alcoólicas.

Parecia que Shirley ia contestar, mas nesse momento a porta da sala de estudos se abriu, dando passagem para o Sr. Sympson. Esse senhor ficou horrorizado ao ver o grupo perto da lareira.

— Achei que estivesse sozinha, Srta. Keeldar — disse ele. — E estou vendo um grupo bem grande.

E seu ar pasmo e escandalizado deixava evidente que, se ele não tivesse reconhecido em um dos membros do grupo um clérigo, ele teria feito uma filípica extempore[5] sobre os hábitos incomuns de sua sobrinha: o respeito pelo clero o deteve.

— Eu simplesmente desejava anunciar — prosseguiu ele, com frieza — que a família de De Walden Hall, o Sr., a Sra., as Srtas. e o Sr. Sam Wynne, se encontram na sala de estar. — E ele fez uma mesura e se retirou.

— A família de De Walden Hall! Não poderia ser um grupo pior — murmurou Shirley.

Ela ficou sentada imóvel; demonstrando certa obstinação, parecia pouco inclinada a se mover. Ela estava enrubescida por causa do fogo; seu cabelo escuro havia sido despenteado mais de uma vez pelo vento matutino daquele dia; sua indumentária era um vestido de musselina esvoaçante, que lhe caía bem; o xale que ela havia usado no jardim ainda estava colocado em drapejados descuidados ao redor de seu corpo. Indolente, voluntarioso, pitoresco e singularmente belo era seu aspecto — mais belo que de costume, como se uma doce emoção interior — estimulada quem sabe como? — tivesse dado uma nova coloração e expressividade à sua fisionomia.

— Shirley... Shirley, você tem de ir — sussurrou Caroline.

— Fico me perguntando por quê...

Ela ergueu os olhos, e viu no espelho sobre a lareira tanto o Sr. Hall quanto Louis Moore olhando-a com ar sério.

— Se... — disse ela, com um sorriso submisso — se a maioria dos presentes declara que as pessoas de De Walden Hall têm direitos sobre meus bons modos, vou sujeitar minhas inclinações ao meu dever. Que quem ache que eu devo ir levante a mão.

Consultando o espelho uma vez mais, ela constatou um voto unânime contra si mesma.

— A senhorita tem de ir — disse o Sr. Hall — e agir com cortesia, também. A senhorita tem muitos deveres para com a sociedade. Não é permitido que a senhorita agrade apenas a si mesma.

Louis Moore assentiu com um "Apoiado, apoiado!" dito em voz baixa.

Caroline, aproximando-se da amiga, alisou os seus cachos, deu à roupa dela um toque menos artístico e mais doméstico, e Shirley foi colocada para fora do cômodo, ainda protestando, fazendo bico, por ter sido mandada embora.

— Ela tem um encanto curioso — observou o Sr. Hall, depois de ela sair. — E agora — acrescentou — tenho de ir;

pois Sweeting foi visitar a mãe, e temos dois funerais.

— Henry, pegue seus livros, está na hora da aula — disse Moore, sentando-se à mesa.

— Um encanto curioso! — repetiu o pupilo, quando ele e seu professor foram deixados à sós. — É verdade. Ela não é um tipo de fada do bem? — perguntou ele.

— A quem o senhor se refere?

— À minha prima Shirley.

— Nada de perguntas irrelevantes. Estude em silêncio.

O Sr. Moore tinha uma aparência séria e falava com voz séria — amarga. Henry conhecia esse estado de espírito, era muito raro em seu tutor; mas, quando ele acontecia, Henry sentia medo: ele obedeceu.

XXVII. A PRIMEIRA MULHER INTELECTUAL

A Srta. Keeldar e seu tio tinham temperamentos que não se harmonizavam, que jamais haviam se harmonizado. Ele era irritadiço, e ela era vivaz; ele era despótico, e ela apreciava a liberdade; ele era secular, e ela, talvez, fosse romântica.

Ele não viera sem um propósito para Yorkshire: sua missão era clara, e ele tencionava cumpri-la da melhor maneira possível. Ele desejava com muita ânsia ter sua sobrinha casada, arrumar para ela um par adequado, deixá-la aos cuidados de um marido correto e lavar suas mãos com relação a ela para sempre.

O infortúnio, a começar da infância, era o fato de Shirley e ele terem discordado sobre o significado das palavras "adequado" e "correto". Ela ainda não aceitara a definição dele; e era duvidoso se, na decisão mais importante da sua vida, consentiria em aceitá-la.

A tribulação logo surgiu.

O Sr. Wynne pediu-a em casamento, da forma adequada, em nome de seu filho, Samuel Fawthrop Wynne.

— Decididamente adequado! Extremamente correto! — declarou o Sr. Sympson. — Uma bela propriedade livre de ônus, uma solidez real, boas conexões. *O casamento deve ser realizado!*

Ele mandou chamar a sobrinha no salão de carvalho; ele se fechou lá com ela, a sós; ele comunicou o pedido; ele deu sua opinião; ele exigiu o consentimento dela.

Ele foi negado.

— Não, eu não vou me casar com Samuel Fawthrop Wynne.

— Eu quero saber por quê! Preciso ter um motivo. Em todos os aspectos, ele é mais que digno da senhorita.

Ela estava parada perto da lareira. Ela estava pálida como a prateleira e a cornija de mármore branco atrás dela; seus olhos brilhavam, dilatados e sérios.

— E *eu* quero saber em que sentido esse jovem é digno de *mim*?

— Ele tem duas vezes o seu dinheiro, duas vezes o seu bom senso, as mesmas conexões, uma respeitabilidade igual.

— Tivesse ele cinco vezes o meu dinheiro, eu não daria minha palavra de que o amaria.

— Por favor, apresente suas objeções.

— Ele tem levado uma vida de devassidão banal e desprezível. Aceite essa como a primeira razão pela qual eu o recuso com desprezo.

— A senhorita me choca, Srta. Keeldar!

— Somente essa conduta o mergulha em um abismo de inferioridade incomensurável. O intelecto dele não alcança um padrão que eu possa apreciar: eis um segundo empecilho. Os pontos de vista dele são tacanhos, seus sentimentos são mesquinhos, seus gostos são grosseiros, suas maneiras, vulgares.

— O moço é uma pessoa respeitável e rica! Recusá-lo é presunção de sua parte.

— Eu o recuso peremptoriamente! Pare de me perturbar com o assunto; eu o proíbo de mencioná-lo!

— A senhorita tem a intenção de se casar, ou prefere o celibato?

— Eu nego seu direito de exigir uma resposta para essa pergunta.

— Posso perguntar se a senhorita espera que um homem com títulos... um par do reino... peça sua mão?

— Duvido que o par do reino habite naquele a quem eu a daria.

— Se houvesse insanidade na família, eu acreditaria que a senhorita é insana. Sua excentricidade e presunção chegam à beira do frenesi.

— Até eu ter terminado, talvez o senhor me veja ultrapassar essa borda.

— Não espero nada menos. Menina desvairada e intratável! Preste atenção! Eu desafio a senhorita a enlamear nosso nome com uma misalliance![1]

— *Nosso* nome! E *meu* nome é Sympson?

— Graças sejam dadas a Deus por não ser! Mas fique atenta; ninguém fará pouco de mim!

— E o que, em nome da lei e do bom senso, o senhor iria ou poderia fazer se minha vontade me levasse a uma escolha que o senhor desaprovasse?

— Cuidado! Cuidado! (avisando-a com voz e mão igualmente trêmulas.)

— Por quê? Que sombra de poder *o senhor* tem sobre mim? Por que eu deveria temê-lo?

— Cuide-se, senhora!

— Imenso cuidado eu vou tomar, Sr. Sympson. Antes de me casar, estou decidida a estimar... a admirar... a *amar*.

— Algo disparatado! Indecoroso... indigno de uma mulher!

— Amar de todo o coração. Eu sei que falo em uma língua desconhecida; mas me é indiferente se sou compreendida ou não.

— E se o objeto desse seu amor fosse um mendigo?

— Jamais um mendigo. A mendicância não é recomendável.

— Ou um caixeirinho, um ator, um autor de peças de teatro, ou... ou...

— Coragem, Sr. Sympson! Ou o quê?

— Um literato insignificante qualquer, ou um artista maltrapilho e lamuriento.

— Pelo insignificante, maltrapilho e lamuriento eu não tenho gosto; pela literatura e pelas artes, tenho. E nesse ponto fico pensando como o seu Fawthrop Wynne seria adequado para mim? Ele não consegue escrever um bilhete sem erros de ortografia; ele só lê a seção de esportes; ele era o aluno atoleimado da escola de Stilbro'!

— Linguagem imprópria para uma mulher! Bom Deus! A que ponto ela vai chegar? — exclamou ele, erguendo as mãos e revirando os olhos.

— Jamais ao altar de Himeneu com Sam Wynne.

— A que ponto ela vai chegar? Por que não há leis mais rigorosas, para que eu possa obrigá-la a ouvir a voz da razão?

— Console-se, tio. Se a Grã-Bretanha fosse uma servidão e o senhor o Tsar, o senhor não poderia me *obrigar* a dar esse passo. *Eu* escreverei para o Sr. Wynne. Não se preocupe mais com o assunto.

******

A fortuna é proverbialmente conhecida como inconstante; contudo, seus caprichos com frequência assumem a forma de repetir uma vez depois da outra um golpe de sorte semelhante no mesmo local. Parecia que a Srta. Keeldar — ou seu dinheiro — tinha, naquela época, feito furor na região e causado uma impressão em paragens sequer imaginadas por ela. Nada menos de três propostas se seguiram à do Sr. Wynne — todas mais ou menos aceitáveis. Todas foram, sucessivamente, impingidas a ela pelo tio, e todas, sucessivamente, ela recusou. Contudo, entre os pretendentes havia mais de um cavalheiro de caráter irrepreensível, bem como possuidor de vasta fortuna. Muitas pessoas, além de seu tio, se perguntavam o que ela tinha em mente e quem ela esperava engodar, já que ela era tão insolentemente fastidiosa.

Finalmente, as más-línguas julgaram ter descoberto a explicação para a conduta dela, e seu tio tinha muita certeza disso; e, além do mais, a descoberta colocou sua sobrinha em uma luz bastante nova para ele, e ele alterou todo o comportamento com relação a ela de acordo.

Nos últimos tempos, Fieldhead estava ficando inóspita demais para abrigar a ambos; a meiga tia não conseguia reconciliá-los; as filhas se petrificavam ao ver as brigas entre eles: Gertrude e Isabella sussurravam por longo tempo em seu quarto e ficavam enregeladas com um temor decoroso se por acaso fossem deixadas a sós com sua audaciosa prima. Porém, como eu disse, uma mudança aconteceu; o Sr. Sympson foi apaziguado e sua família tranquilizada.

O vilarejo de Nunnely já foi mencionado: sua antiga igreja, sua floresta, suas ruínas monásticas. Ele também tinha seu solar, chamado de Priorado — uma residência mais antiga, maior e mais senhorial que quaisquer encontradas em Briarfield ou Whinbury e que, além disso, possuía seu homem com um título — seu baronete, algo de que nem Briarfield ou Whinbury poderiam se vangloriar. Essa posse — a mais altiva e mais valorizada — tinha, por muitos anos, sido apenas nominal: o atual baronete, um jovem até então morador de uma província distante, não era conhecido em sua propriedade em Yorkshire.

Durante a permanência da Srta. Keeldar na elegante estação de águas de Cliffbridge, ela e seus amigos haviam se encontrado com Sir Philip Nunnely e sido apresentados a ele. Eles o encontraram repetidas vezes na praia, nos penhascos, nas diversas caminhadas, às vezes nas festas públicas do local. Ele parecia solitário; os modos dele eram muito despretensiosos — simples demais para serem chamados de afáveis; mais tímidos que orgulhosos. Ele não *condescendia* em ter a companhia deles; ele parecia *feliz* por desfrutá-la.

Com qualquer pessoa modesta, Shirley era capaz de estabelecer um relacionamento facilmente, e com rapidez. Ela caminhava e conversava com Sir Philip; ela, sua tia e suas primas às vezes velejavam no iate dele. Ela o apreciava porque o considerava gentil, atencioso e modesto, e ficava encantada ao ver que tinha o poder de diverti-lo.

Havia apenas um ligeiro inconveniente — e onde está a amizade sem ele? — Sir Philip tinha veleidades literárias: ele escrevia poesia — sonetos, stanzas,[2] baladas. Talvez a Srta. Keeldar o considerasse um pouco afeiçoado demais à leitura e à declamação dessas composições; talvez ela desejasse que a rima tivesse maior acurácia — a métrica mais música — os tropos mais frescor — a inspiração mais fulgor. De qualquer modo, ela sempre se retraía quando ele lançava mão do tema de suas poesias, e geralmente fazia os maiores esforços para desviar a conversa para outros assuntos.

Ele a persuadia a fazer caminhadas à luz da lua com ele sobre a ponte, com o único propósito, ao que parecia, de verter nos ouvidos dela a mais longa de suas baladas; ele a conduzia a isolados assentos rústicos, onde o som das ondas quebrando na praia era ouvido, doce e tranquilizante; e quando ele a tinha só para si, e o mar se estendia à frente dele, e a sombra perfumada dos jardins se espalhava ao redor, e a alta proteção dos penhascos se erguia atrás deles, ele sacava seu último lote de sonetos e os lia com voz trêmula de emoção. Ele não parecia saber que, embora pudessem ser rima, eles não eram poesia. A julgar pelos olhos baixos de Shirley e pelo rosto perturbado dela, parecia que ela se dava conta disso e se sentia profundamente mortificada com o único ponto fraco desse cavalheiro bondoso e amável.

Tantas vezes ela tentava, com tanta gentileza quanto possível, afastá-lo dessa adoração fanática das Musas. Era a monomania dele; com relação a todos os outros assuntos corriqueiros ele era bastante sensato, e feliz ela se sentia ao levá-lo a falar de tópicos corriqueiros. Ele às vezes lhe fazia perguntas sobre a propriedade dele em Nunnely; ela ficava muito feliz por responder às questões em detalhes; ela nunca se cansava de descrever o antigo Priorado, o parque com sua floresta natural, a igreja e vilarejo antigos; nem ela deixava de aconselhá-lo a ir e ficar mais perto de seus arrendatários em seu lar ancestral.

Um pouco para surpresa dela, Sir Philip seguiu seu conselho ao pé da letra e, na verdade, perto do fim de setembro, chegou ao Priorado.

Ele logo fez uma visita a Fieldhead, e sua primeira visita não foi a última: ele disse — quando havia completado seu giro pelas redondezas — que sob nenhum teto ele encontrara abrigo tão agradável como sob as maciças vigas de carvalho do solar cinzento de Briarfield, uma habitação bastante mirrada e modesta em comparação com a sua própria, mas ele gostava dela.

Logo em seguida, não era suficiente sentar-se com Shirley em seu salão de carvalho, onde outras pessoas entravam e saíam, e onde ele raramente conseguia encontrar um momento de tranquilidade para mostrar-lhe a mais recente produção de sua fértil musa; ele tinha de ter a companhia dela em meio às agradáveis pastagens e conduzi-la pelas margens das águas tranquilas. Caminhadas tête-à-tête[3] ela evitava, então ele organizava encontros em seu próprio terreno, em sua floresta gloriosa; em cenários mais isolados — bosques atravessados pelo Wharfe, vales irrigados pelo Aire.

Tal assiduidade dava à Srta. Keeldar o cunho da distinção. A alma profética de seu tio antecipou um futuro esplêndido: ele já via à distância a época em que, com aparência indiferente e pé esquerdo repousando no joelho direito, ele poderia fazer alusão bastante familiar ao seu "sobrinho, o baronete". Então, sua sobrinha lhe apareceu não mais como uma "menina insana", mas como "uma mulher muito sensata". Ele se referia a ela, em conversas privadas com a Sra. Sympson, como "uma pessoa realmente superior; peculiar, mas muito inteligente". Ele a tratava com extrema deferência; levantava-se reverente para abrir e fechar portas para ela; ficava com as faces enrubescidas e com dores de cabeça por se abaixar para pegar luvas, lenços e outros bens perdidos, dos quais Shirley geralmente não tinha mais que uma posse pouco segura. Ele pilheriava, misterioso, a respeito da superioridade do discernimento da mulher em relação à sabedoria do homem; começava obscuros pedidos de desculpas pelo erro grosseiro que havia cometido, relacionado à capacidade de liderança e às táticas de "uma pessoa que não estava a cento e sessenta quilômetros de Fieldhead". Resumindo, ele parecia tão exultante quanto qualquer "pavão que está exibindo as penas da cauda".

Sua sobrinha via suas manobras e acolhia suas insinuações com frieza; aparentemente, ela mal compreendia a qual objetivo elas visavam. Quando tachada claramente de ser a favorita do baronete, ela dizia acreditar que ele a apreciava, e, da parte dela, ela o apreciava: ela jamais pensara que um homem de prestígio (o único filho de uma mãe orgulhosa e amorosa, o único irmão de irmãs devotadas) pudesse ser tão bondoso e, de modo geral, ter tanto bom senso.

O tempo provou, mesmo, que Sir Philip a apreciava. Talvez ele tivesse encontrado nela aquele "encanto curioso" percebido pelo Sr. Hall. Ele procurava a companhia dela cada vez mais, e, finalmente, com uma frequência que atestava que Shirley havia se tornado para ele um estímulo indispensável. Mais ou menos nessa época, sentimentos estranhos pairavam sobre Fieldhead; esperanças desassossegadas e ansiedades desvairadas assombravam alguns de seus cômodos. Havia um perambular inquieto de alguns de seus habitantes através dos campos silenciosos ao redor da mansão; havia uma sensação de expectativa que mantinha os nervos tensos.

Uma coisa parecia clara. Sir Philip não era um homem a ser desprezado: ele era amável; se não fosse um grande intelectual, era inteligente. A Srta. Keeldar não podia dizer dele o que havia pronunciado com tanta amargura a respeito de Sam Wynne, que os sentimentos dele eram mesquinhos, seus gostos grosseiros e suas maneiras vulgares. Havia sensibilidade na natureza dele; havia um amor verdadeiro, se não muito judicioso, às artes; o comportamento geral dele indicava um cavalheiro inglês. Quanto à sua linhagem e riqueza, ambos estavam, na verdade, muito além do que ela poderia esperar.

A aparência dele havia, a princípio, suscitado certas observações risonhas, embora não maldosas, da jovial Shirley. Era uma aparência infantil; os traços dele eram comuns e miúdos, seu cabelo castanho-alourado, sua estatura insignificante. Porém, logo ela conteve seu sarcasmo quanto a esse ponto; ela chegava mesmo a se exaltar se alguma outra pessoa fizesse uma alusão pouco lisonjeira a esse respeito. Ele tinha "uma fisionomia agradável", afirmava ela, "e havia algo no coração dele que era melhor que três narizes romanos, que a cabeleira de Absalão ou a estatura de Saul". Uma alfinetada ocasional e rara ela ainda reservava para a infeliz propensão poética do rapaz; mas até mesmo nesse ponto ela não admitia nenhuma ironia além da sua.

Resumindo, a questão havia chegado a um ponto que parecia justificar completamente uma observação feita mais ou menos nessa época pelo Sr. Yorke para o tutor, Louis.

— Aquele seu irmão Robert me parece ser ou um tolo ou um louco insano. Dois meses atrás eu podia ter jurado que ele estava com as cartas na mão; e então ele foge da região, e se aloja em Londres por semanas a fio; e quando voltar, ele vai descobrir que foi derrotado. Louis, "há um momento na vida de um homem que, se for aproveitado na hora certa, leva à boa sorte; mas, se você deixa escapar, ele nunca mais volta". Eu escreveria para o Robert, se estivesse em seu lugar, e o faria se recordar disso.

— Robert tinha pretensões com relação à Srta. Keeldar? — perguntou Louis, como se a ideia fosse nova para ele.

— Pretensões que eu próprio sugeri para ele, e pretensões que ele poderia ter concretizado, pois ela gostava dele.

— Como vizinho?

— Como mais que isso. Eu vi a fisionomia dela se alterar e se enrubescer com a simples menção do nome dele. Escreva para o minino, estou dizendo, e diga para ele voltar para casa. Ele é um cavalheiro mais fino que esse fiapo de baronete, afinal de contas.

— Sr. Yorke, o senhor não percebe que um mero aventureiro sem um tostão aspirar à mão de uma mulher rica é presunção, uma atitude desprezível?

— Oh, se o senhor defende ideias elevadas e sentimentos muito refinados, num tenho nada que dizer. Eu sou um homem simples e prático, e, se o Robert está disposto a ceder esse prêmio valioso a um rival-minino, um fedelho aristocrata, eu estou totalmente de acordo. Na idade *dele*, no lugar *dele*, com os estímulos que ele tem, eu tinha agido de modo diferente. Nem baronete, nem duque, nem príncipe teriam me arrancado a namorada das mão sem eu lutar. Mas vocês tutores são umas criatura tão solene; conversar com o senhor é quase como conversar com um pastor.

* * * * * *

Mesmo lisonjeada e acarinhada como Shirley estava sendo então, parecia que isso não a estragara — que suas melhores inclinações não a haviam abandonado. Comentários gerais haviam de fato deixado de ligar o nome dela ao de Moore, e esse silêncio parecia sancionado pelo fato de ela aparentemente ter esquecido o ausente; mas que ela não o havia esquecido *por completo* — que ela ainda pensava nele, se não com amor, pelo menos com interesse — parecia provado, quando a situação se encontrava nesse ponto, pelas crescentes atenções que um súbito ataque de enfermidade levou-a a mostrar àquele tutor--irmão de Robert, com quem ela normalmente se comportava com estranhas alternâncias de reserva fria e respeito submisso: ora passando por ele com toda a dignidade de uma herdeira endinheirada e provável Lady Nunnely, e ora se aproximando dele assim como tímidas meninas de escola têm o costume de se aproximar de seus rígidos professores; em um instante erguendo seu pescoço de alabastro e franzindo os lábios rubros, se os olhos dele se encontravam com os dela, e no instante seguinte se submetendo à séria censura do olhar dele com quase tanta contrição como se ele tivesse o poder de infligir-lhe castigo em caso de contumácia.

Talvez Louis Moore tivesse contraído a febre, que por alguns dias o mantivera acamado, em um dos pobres chalés do distrito, que ele, seu pupilo manco e o Sr. Hall tinham o costume de visitar juntos. De qualquer modo, ele adoeceu e depois de opor à doença uma resistência taciturna por um ou dois dias, foi obrigado a permanecer em seu quarto.

Ele jazia se revirando em seu leito de espinhos certo anoitecer; Henry, que não o deixava um segundo qualquer, fielmente velando ao lado dele, quando uma batida — ligeira demais para ser a da Sra. Gill ou da empregada — levou o jovem Sympson à porta.

— Como o Sr. Moore se encontra esta noite? — perguntou uma voz baixa vinda do corredor escuro.

— Entre e veja por si mesma.

— Ele está dormindo?

— Eu gostaria que ele conseguisse dormir. Venha e fale com ele, Shirley.

— Ele não apreciaria.

Mas ela entrou, e Henry, vendo-a hesitar na soleira da porta, pegou a mão dela e levou-a até a cama.

A pouca luz mostrava as formas da Srta. Keeldar de modo imperfeito; contudo, a revelava em indumentária elegante. Havia um grupo reunido no andar de baixo, incluindo Sir Philip Nunnely; as senhoras estavam então na sala de estar e sua anfitriã havia saído discretamente para visitar o tutor de Henry. Seu vestido branco imaculado, os belos braços e pescoço e a trêmula correntinha de ouro que rodeava a garganta dela e palpitava em seu seio tinham um brilho estranho em meio à escuridão do quarto do doente. A expressão dela era recatada e pensativa. Ela falou com voz gentil:

— Como o senhor está esta noite, Sr. Moore?

— Eu não estive muito doente, e agora estou melhor.

— Eu ouvi dizer que o senhor se queixou de sede: trouxe umas uvas para o senhor; o senhor consegue provar uma?

— Não; mas agradeço por ter se lembrado de mim.

— Só uma.

Do opulento cacho que enchia uma cestinha em sua mão, Shirley tirou uma e a aproximou dos lábios dele. Ele balançou a cabeça e virou de lado o rosto afogueado.

— Mas o que então posso trazer para senhor? O senhor não quer frutas; porém, vejo que seus lábios estão ressecados. Que bebida o senhor prefere?

— A Sra. Gill me traz torradas e água: eu prefiro.

O silêncio predominou por alguns minutos.

— O senhor se sente mal? Sente dor?

— Muito pouco.

— O que fez o senhor ficar doente?

Silêncio.

— Fico pensando o que causou essa febre... A que o senhor a atribui?

— Miasma, talvez... malária. Estamos no outono, uma estação fértil em febres.

— Soube que o senhor visita os doentes em Briarfield, e em Nunnely também, com o Sr. Hall. O senhor deveria tomar cuidado; a temeridade não é prudente.

— Isso me faz lembrar, Srta. Keeldar, que talvez a senhorita não devesse entrar neste quarto, ou se aproximar deste leito. Não creio que minha doença seja infecciosa. Eu mal temo — com um tipo de sorriso — que a *senhorita* vá contraí-la; mas, por que deveria a senhorita correr até mesmo a sombra de um risco? Saia daqui.

— Seja paciente, eu irei logo; mas gostaria de fazer algo pelo senhor antes de sair... qualquer favor...

— Eles sentirão falta da senhorita lá embaixo.

— Não; os cavalheiros ainda estão à mesa.

— Eles não ficarão por muito tempo. Sir Philip Nunnely não tem costume de beber muito, e acabei de ouvi-lo passando da sala de jantar para a sala de estar.

— É uma empregada.

— É Sir Philip; conheço os passos dele.

— Sua audição é muito boa.

— Ela nunca é imprecisa, e o sentido parece ter se aguçado ultimamente. Sir Philip esteve aqui ontem à noite para o chá. Eu ouvi a senhorita cantar para ele uma canção que ele havia trazido. Eu o ouvi, quando ele se despediu às onze horas, chamar a senhorita até o caminho, para olhar a estrela vésper.

— O senhor deve estar dolorosamente sensível.

— Eu o ouvi beijar sua mão.

— Impossível!

— Não: meu quarto se localiza acima do saguão, a janela bem acima da porta da frente; a janela estava um pouco erguida, pois eu me sentia febril. A senhorita ficou dez minutos com ele nos degraus; eu ouvi sua conversa, cada palavra, e ouvi a despedida. Henry, me dê um pouco de água.

— Deixe-me dá-la para ele.

Mas ele se levantou um pouco para pegar o copo do jovem Sympson e recusou o auxílio dela.

— E eu nada posso fazer?

— Nada; pois a senhorita não pode me garantir uma noite de descanso tranquilo e, no momento, é tudo que desejo.

— O senhor não está dormindo bem?

— O sono me abandonou.

— O senhor disse que não estava muito doente?

— Eu geralmente não tenho sono quando estou com boa saúde.

— Se eu pudesse, iria envolver o senhor no mais pacífico dos sonos... muito profundo e silencioso, sem um sonho.

— Aniquilação completa! Não desejo isso.

— Com os sonhos de tudo o que o senhor mais deseja.

— Ilusões monstruosas! O sonho seria um delírio; o despertar, a morte.

— Seus desejos são pouco quiméricos; o senhor não é um visionário.

— Suponho que a senhorita assim pense; mas meu temperamento não é, talvez, tão legível para a senhorita quanto a página do último romance publicado possa ser.

— Isso é possível. Mas esse sono... eu *gostaria* de persuadi-lo a alcançar seu travesseiro, de conseguir para o senhor o benefício dele. E se eu pegasse um livro e me sentasse e lesse algumas páginas? Eu posso muito bem dispor de meia hora.

— Obrigado, mas não vou retê-la.

— Eu leria em voz baixa.

— Não adiantaria. Estou demasiadamente febril e excitável para tolerar uma voz doce, meiga e sonora perto de meus ouvidos. Seria melhor a senhorita se afastar de mim.

— Bem, irei.

— Sem um boa-noite?

— Sim, senhor, sim. Boa noite, Sr. Moore. — Shirley sai.

— Henry, meu rapaz, vá dormir agora; é hora de você descansar um pouco.

— Senhor, eu gostaria muito de passar a noite inteira ao seu lado.

— Nada menos necessário; estou melhorando. Então, vá.

— Dê-me sua benção, senhor.

— Deus o abençoe, meu melhor aluno!

— O senhor nunca me chama de seu aluno mais querido!

— Não, e jamais o farei.

* * * * * *

Possivelmente a Srta. Keeldar se ofendeu por seu ex-professor ter rejeitado sua cortesia. É certeza ela não ter repetido sua oferta. Por mais que seus passos leves cruzassem com frequência o corredor durante o dia, eles não pararam outra vez na porta dele; tampouco a sua "voz meiga e sonora" perturbou uma segunda vez o silêncio do quarto do doente. E quarto do doente, na verdade, ele logo deixou de ser; a boa constituição do Sr. Moore rapidamente venceu sua indisposição. Em poucos dias ele se recuperou e retomou seus deveres como tutor.

Que os dias "de moito tempo atrás" ainda exerciam sua autoridade tanto sobre o preceptor quanto sobre a pupila foi provado pelo modo como ele às vezes rapidamente ultrapassava a distância que ela geralmente mantinha entre eles, e dava cabo da extrema compostura dela com mãos firmes e discretas.

Certa tarde a família Sympson havia saído para dar um passeio de carruagem. Shirley, que nunca lamentava poder se afastar um pouco da companhia deles, havia permanecido em casa, detida por certos negócios, como ela disse. Os negócios — escrever algumas cartas — logo foram resolvidos depois de os portões do pátio terem se fechado atrás da carruagem; a Srta. Keeldar se encaminhou para o jardim.

Era um tranquilo dia de outono. O dourado daquele dia ameno, seco e brumoso dava um toque aveludado às pastagens distantes. Os bosques castanho-avermelhados estavam prontos para ser desnudados, mas ainda estavam repletos de folhagens. O tom arroxeado da floração das urzes, esmaecido, mas não ressecado, tingia as colinas. O rego corria pelo Hollow, através de uma região silenciosa; nenhum vento seguia seu curso ou assombrava suas margens cobertas de árvores. Os jardins de Fieldhead traziam as marcas de uma doce decadência. Nas alamedas, varridas naquela manhã, folhas amareladas haviam caído novamente. Sua temporada de flores, e mesmo de frutas, havia acabado; não mais que uma pequena quantidade de maçãs enriquecia as árvores. Somente uma flor aqui e acolá se abria pálida e delicada entre um amontoado de folhas desbotadas.

Essas flores solitárias — as últimas de sua espécie — Shirley colhia enquanto caminhava pensativa entre os canteiros. Ela estava colocando em seu cinto um buquê desprovido de cor e de perfume quando Henry Sympson chamou-a enquanto vinha mancando da casa.

— Shirley, o Sr. Moore ficaria feliz em recebê-la na sala de estudos e ouvir você ler um pouco de francês, se você não tiver ocupação mais urgente.

O mensageiro entregou seu recado com muita simplicidade, como se fosse algo muito natural.

— O Sr. Moore pediu-lhe que dissesse isso?

— Certamente; e por que não? Ora, venha, e vamos uma vez mais ser como éramos em Sympson Grove. Nós costumávamos ter horas de estudo agradáveis naqueles tempos.

A Srta. Keeldar talvez pensasse que as circunstâncias haviam mudado desde aquela época; contudo, ela nada disse; mas, depois de refletir por uns instantes, seguiu Henry em silêncio.

Ao entrar na sala de estudos, ela inclinou a cabeça com uma correta reverência, como havia sido seu costume em outras épocas; tirou a touca e pendurou-a ao lado do boné de Henry. Louis Moore estava sentado à sua mesa, folheando um livro, aberto à frente dele, e marcando trechos com seu lápis. Ele simplesmente se moveu, em resposta à cortesia dela, mas não se levantou.

— A senhorita se ofereceu para ler para mim há algumas noites — disse ele. — Eu não conseguiria ouvi-la, então; agora minha atenção está ao seu dispor. Retomar um pouquinho a prática do francês pode não ser um desperdício: sua pronúncia, eu tenho observado, começa a enferrujar.

— Que livro devo pegar?

— Eis as obras póstumas de St. Pierre. Leia algumas páginas do "Fragments de l'Amazone".[4]

Ela aceitou a cadeira que ele deixara pronta para ela ao lado da sua; o volume estava sobre a mesa dele — era um único volume para ser usado por ambos; os cachos dela caíam tão baixo a ponto de esconder as páginas.

— Coloque seus cabelos para trás — disse ele.

Por um instante, Shirley olhou sem ter muita certeza se obedeceria ao pedido ou o ignoraria: um lampejo de seus olhos brilhou furtivo sobre o rosto do professor; talvez se ele estivesse olhando para ela com ousadia ou com timidez, ou se um ar indeciso tivesse marcado a fisionomia dele, ela teria se rebelado, e a lição teria acabado naquele mesmo instante; mas ele estava apenas esperando a aquiescência dela — tão impassível quanto o mármore, e igualmente frio. Ela jogou o véu de longos cachos para trás das orelhas. Era muito bom que seu rosto tivesse linhas agradáveis, e que suas faces tivessem o viço e o vigor do começo da juventude, ou, assim despidos de tal doce proteção, os contornos teriam perdido sua graça. Mas isso tinha importância na atual companhia? Nem Calipso nem Eucharis se importavam em fascinar Mentor.

Ela começou a ler. O idioma havia se tornado estranho para sua língua; ela hesitou; a leitura fluía desigual, atrapalhada por uma respiração apressada e por tons anglicizados. Shirley se interrompeu.

— Não consigo. Leia um parágrafo para mim, por favor, Sr. Moore.

O que *ele* leu *ela* repetiu: ela pegou a pronúncia dele em três minutos.

— Très bien[5] — foi o comentário aprobativo no fim do texto.

— C'est presque le Français rattrapé, n'est-ce pas?[6]

— A senhorita não seria capaz de escrever francês como conseguia antes, me arrisco a dizer...?

— Oh! Não. Eu faria coisas estranhas com minha concordância agora.

— A senhorita não conseguiria escrever o devoir[7] de "La Première Femme Savante"?[8]

— O senhor ainda se lembra daquela tolice?
— De cada linha.
— Não acredito.
— Eu me comprometo a repeti-lo, palavra por palavra.
— O senhor pararia na primeira linha.
— Desafie-me a tentar.
— Eu desafio o senhor.

Ele começou a recitar o que vem a seguir. Ele o fez em francês, mas nós temos de traduzir, sob pena de ser ininteligível para alguns leitores.

* * * * * *

"Quando os homens tinham começado a se multiplicar na superfície do solo e lhes nasceram filhas, os filhos de Deus viram que as filhas de homem eram belas e tomaram por mulheres as suas escolhidas."

Isso aconteceu na aurora dos tempos, antes de as estrelas matutinas terem desaparecido, e enquanto elas cantavam juntas.

Essa época é tão remota, a névoa e o tom cinzento e úmido do lusco-fusco matutino cobrem-na com uma obscuridade tão vaga, que todas as características típicas dos costumes e todas as linhas precisas da localidade se furtam à percepção e confundem a análise. Basta saber que o mundo então existia; que os homens o povoavam; que a natureza do homem, com suas paixões, simpatias, dores e prazeres dava forma ao planeta e instilava-lhe alma.

Determinada tribo colonizou determinado local no globo; de qual raça essa tribo — não se sabe; em qual região ficava o local — não foi dito. Nós geralmente pensamos no Oriente quando nos referimos a acontecimentos daquela época; mas quem vai declarar que não havia vida no Ocidente, no Sul, no Norte? O que existe para refutar que essa tribo, em vez de acampar sob palmeiras na Ásia, caminhava sob insulares florestas de carvalho localizadas em nossos próprios mares da Europa?

Não é nenhuma planície arenosa, nem qualquer limitado e raro oásis que eu pareço perceber. Um vale em uma floresta, com escarpas rochosas e uma profundidade de sombras castanhas, formada por árvores que se superpunham a outras árvores, desce profundo à minha frente. Aqui, de fato, habitam seres humanos, mas tão poucos, e em alamedas tão cobertas por galhos de árvores frondosas, que não são nem vistos nem ouvidos. Serão eles selvagens? Indubitavelmente. Eles vivem do anzol e do arco; parte pastores, parte caçadores, seus grupos vagueiam selvagens como suas presas. Serão eles felizes? Não, não mais felizes do que nós somos nos dias atuais. Serão eles bons? Não, não melhores que nós. A natureza deles é a nossa natureza — ambas humanas. Há alguém nessa tribo que é infeliz grande parte do tempo — uma criança que perdeu ambos os pais. Ninguém cuida dessa criança. Ela é às vezes alimentada, mas com maior frequência esquecida. Uma choupana raramente a acolhe; a árvore oca e a caverna gelada são seu lar. Abandonada, perdida e errante, ela vive mais com as bestas selvagens e com os pássaros que com seus semelhantes. Fome e frio são seus companheiros; a tristeza paira sobre ela, e a solidão a envolve. Despercebida e desvalorizada, ela deveria morrer; mas ela vive e cresce. A selva verdejante a alimenta, e passa a ser para ela uma mãe; a alimenta com frutas sumarentas, com raízes doces e nozes.

Há algo no ar deste clima que abriga a vida com gentileza: deve haver algo, também, em seus orvalhos, que cura com um bálsamo soberano. Suas estações amenas não exageram paixões e sentidos; sua temperatura tende à harmonia; suas brisas, poder-se-ia dizer, trazem do céu o germe do pensamento puro e de um sentimento ainda mais puro. Não são grotescamente fantásticas as formas dos penhascos e das folhagens; nem violentamente vívidas as cores das flores e dos pássaros. Em toda a grandeza dessas florestas, há paz; em todo o seu frescor, há ternura.

O encanto gentil concedido às flores e árvores, outorgado aos gamos e às pombas, não foi negado à infante humana. Completamente sozinha, ela cresceu ereta e graciosa. A natureza moldou suas feições em uma forma requintada; elas amadureceram em suas originais linhas puras e precisas, inalteradas pelos choques das doenças. Nenhuma rajada feroz de vento seco tratou com rudeza a superfície de seu corpo; nenhum sol calcinante frisou ou ressecou seus cachos. Sua forma reluz com um branco marmóreo por entre as árvores; seu cabelo flui abundantemente longo e sedoso; seus olhos, não ofuscados por fogos verticais, cintilam nas sombras, grandes e abertos, cheios de emoção e úmidos. Acima desses olhos, quando a brisa desnuda sua testa, brilha uma testa bela e ampla — uma página pura e clara, na qual o conhecimento, se o conhecimento jamais se produzisse, poderia escrever um relato dourado. É possível ver que na desolada jovem selvagem nada há de maligno ou de apático. Ela vive nos bosques, inofensiva e pensativa, embora o que uma criatura tão inculta possa pensar não seja fácil de adivinhar.

No anoitecer de um dia de verão, antes do Dilúvio, estando completamente sozinha — pois ela havia perdido todos os vestígios de sua tribo, que havia se afastado a quilômetros de distância, ela não sabia onde —, ela subiu o vale, para ver o Dia se despedir e a Noite chegar. Um rochedo encimado por uma árvore era seu posto. As raízes do carvalho, cobertas de turfa e de musgo, ofereciam um assento; os ramos do carvalho, cheios de folhas, teciam um dossel.

Lento e majestoso o Dia se retirou, se acabando em fogo purpúreo, e se despedindo ao som de um coro baixo e selvagem vindo dos bosques. Então a Noite chegou, silenciosa como a morte. O vento soprou, os pássaros deixaram de cantar. Então, cada ninho abrigava casais felizes, e cervos e corças dormiam tranquilos em seus covis.

A menina se sentava, o corpo imóvel, a alma excitada; muito mais ocupada, contudo, em sentir que em pensar, em desejar que em esperar, em imaginar que em projetar. Ela achava o mundo, o céu e a noite incomensuravelmente poderosos. Ela parecia ser, para si mesma, o centro de todas as coisas — um pequeno e esquecido átomo de vida, uma centelha de alma, lançada inadvertida da grande fonte criativa, e agora queimando incógnita até desaparecer no centro de um vazio negro. Ela se perguntava, deveria ela se consumir assim e perecer, sua luz viva não fazendo bem nenhum, jamais vista, jamais necessária — uma estrela em um firmamento sem estrelas, que nem pastor, nem caminhante, nem sábio nem sacerdote seguiam como guia ou liam como profecia? Poderia isso acontecer, ela perguntou, quando a chama de sua inteligência queimava tão viva; quando sua vida pulsava tão verdadeira e real e potente; quando algo dentro dela se agitava, inquieto, e afirmava incansavelmente uma força conferida por Deus, para a qual esse algo insistia que ela deveria encontrar um uso?

Ela olhou amplamente para o Céu e o Anoitecer: Céu e Anoitecer responderam ao seu olhar. Ela se inclinou, inspecionando margens, colinas e rio, que se estendiam indistintos lá embaixo. Qualquer coisa a que ela dirigisse uma pergunta respondia por oráculos. Ela escutava — ela estava impressionada; mas não conseguia entender. Ela ergueu as mãos juntas acima de sua cabeça.

"Orientação... ajuda... conforto... venham!", foi a sua súplica.

Não havia uma voz, nem nada que respondesse.

Ela esperou, ajoelhada, olhando firmemente para o alto. O céu distante estava lacrado; as estrelas solenes cintilavam estranhas e remotas.

Finalmente, uma fibra muito retesada de sua agonia relaxou; ela pensou que Algo acima dela se abrandava; ela sentia como se esse Algo muito distante se aproximasse; ela ouviu como se o Silêncio falasse. Não havia linguagem, nenhuma palavra, só um tom.

Outra vez — um tom refinado, difuso e fascinante, um som profundo e doce, como uma tempestade sussurrando, fez o crepúsculo se agitar.

Outra vez, mais profundo, mais próximo, mais distinto, ele soou harmonioso.

E mais uma vez — uma voz nítida passou entre Céu e Terra.

"Eva!"

Se Eva não fosse o nome dessa mulher, ela não teria outro. Ela se levantou. "Aqui estou."

"Eva!"

"Oh, Noite (não pode ser nada além da Noite que fala), cá estou eu!"

A voz, descendo, chegou à Terra.

"Eva!"

"Senhor", exclamou ela, "eis a vossa serva!"

Ela tinha sua religião — todas as tribos tinham alguma crença.

"Estou vindo — um Paráclito!"

"Senhor, vinde em breve!"

A Noite brilhou repleta de esperança; o Ar ofegava; a Lua — que surgira antes — subiu aos céus, grande, mas sua luz não mostrava nenhuma forma.

"Inclina-te na minha direção, Eva. Sê acolhida em meus braços; descansa assim."

"Assim eu descanso, Oh, Invisível, porém percebido! E o que vós sois?"

"Eva, eu trouxe do céu um cordial que dá a vida. Filha do Homem, bebe do meu cálice!"

"Eu bebo: é como se o mais doce dos orvalhos passasse por meus lábios em um jorro contínuo. Meu coração ressecado revive; minha aflição diminui; minhas dificuldades e lutas se acabaram. E a noite muda! Os bosques, as colinas, a lua, o vasto céu... tudo muda!"

"Tudo muda, e para sempre. Eu afasto de teus olhos a escuridão; da tua habilidade eu afasto as amarras! Eu aplaino os obstáculos em teu caminho; eu, com minha presença, preencho o vazio. Eu tomo como meu o átomo perdido de vida. Eu pego para mim a centelha da alma — que ardia até então esquecida!"

"Oh, levai-me! Oh, reivindicai-me! Este é um deus."

"Este é o Filho de Deus — o que sente a si mesmo na centelha de vida que te incita. Ele pode exigir como seu o que lhe pertence, e assim amparar e auxiliar para que isso não pereça sem esperanças."

"Um Filho de Deus! Fui eu verdadeiramente escolhida?"

"Apenas tu nesta terra. Eu vi que tu eras bela; eu sabia que tu eras minha. A mim me é dado resgatar, dar sustento, amar o que é meu. Reconhece em mim aquele Serafim que na terra recebeu o nome de Gênio."

"Meu glorioso Noivo! Verdadeiro Astro Nascente vindo do alto! Tudo quanto eu queria ter eu finalmente possuo. Eu recebo uma revelação. A alusão misteriosa e o sussurro obscuro, que me perseguiram desde a infância, são interpretados. Vós sois Aquele a quem eu procurava. Nascido de Deus, recebei-me, vossa esposa!"

"Glorificado, posso receber o que é meu. Eu não ofereci do altar a mesma chama que iluminou o ser de Eva? Volta de novo para os céus de onde foste enviada."

Aquela Presença, invisível, porém poderosa, acolheu-a como um cordeiro em um aprisco; aquela voz, doce, porém onipresente, vibrava através do coração dela como música. Os olhos dela não recebiam imagem; contudo, um sentido visitou a visão dela e seu cérebro como da serenidade do ar impoluto, o poder dos mares soberanos, a majestade das estrelas caminhantes, a energia dos elementos que colidiam, a resistência enraizada das colinas com bases profundas, e, acima de tudo, como o lustro da beleza heroica se precipitando vitoriosa na Noite, conquistando suas sombras como um Sol adivinho.

Tal foi a hora das núpcias do Gênio e da Humanidade. Quem deverá tentar a narrativa de depois do enlace deles? Quem deverá ilustrar sua doçura e seu tormento? Quem vai dizer como Ele, entre o qual e a Mulher Deus pôs hostilidade, inventou conluios mortais para quebrar as amarras ou conspurcar sua pureza? Quem vai registrar o longo combate entre Serpente e Serafim: Quão imóvel o Pai das Mentiras insinuou o bem dentro do mal, o orgulho na sabedoria, a vulgaridade na glória, a dor na felicidade, o veneno na paixão? Como o "Anjo destemido" desafiou, resistiu e rechaçou? Como, uma vez depois da outra, ele purificou o cálice maculado, exaltou a emoção aviltada, corrigiu o impulso pervertido, detectou a peçonha à espreita, desconcertou a tentação impudente — purificou, justificou, observou e resistiu? Como, com sua paciência, com sua força, com aquela inexprimível superioridade que ele adquirira de Deus — sua Origem —, esse fiel Serafim combateu, ao longo dos tempos e em nome da Humanidade, um bom combate; e, quando o passar do Tempo se encerrou, e a Morte foi confrontada no final, embargando com braços descarnados os portais da Eternidade, como o Gênio ainda conservou junto de si sua esposa moribunda, sustentou-a através da agonia da passagem, carregou-a triunfante até seu próprio lar, o Céu; restituiu-a, redimida, a Jeová — seu Criador; e, finalmente, perante Anjo e Arcanjo, coroou-a com a coroa da Imortalidade?

Quem vai desses fatos escrever a crônica?

* * * * * *

— Eu nunca pude corrigir esse dever — observou Shirley, quando Moore concluiu. — Seu lápis-censor marcou-o com traços condenatórios, cujo significado eu lutei em vão para compreender.

Ela havia tirado um lápis da mesa do tutor e estava desenhando folhinhas, fragmentos de pilares e cruzes quebradas nas margens do livro.

— O francês pode ter sido parcialmente esquecido, mas os hábitos da aula de francês foram mantidos, estou vendo — disse Louis. — Meus livros não vão, agora assim como antes, ficar seguros em suas mãos. Meu recém-encadernado St. Pierre logo vai ficar igual ao meu Racine... Srta. Keeldar, suas marcas, traçadas em cada página.

Shirley deixou cair o lápis como se ele queimasse seus dedos.

— Diga-me, quais eram os erros desse devoir? — perguntou ela. — Eram eles erros de gramática ou o senhor fazia objeções ao conteúdo?

— Eu nunca disse que os traços que fiz fossem indicações de erros. A senhorita supunha que esse era o caso, e eu me abstive de contradizê-la.

— E que outra coisa eles indicavam?

— Agora não importa.

— Sr. Moore — exclamou Henry —, faça Shirley repetir alguns dos textos que ela costumava declamar tão bem e de cor.

— Se eu for pedir algum, será o "Le Cheval Dompté"[9] — disse Moore, apontando com seu canivete o lápis que a Srta. Keeldar havia usado até ele ficar sem ponta.

Ela voltou o rosto para o lado; abandonados por seu véu natural, dava para ver seu pescoço e o rosto claro enrubescendo profundamente.

— Ah! Ela não esqueceu, o senhor vê — disse Henry, exultante. — Ela sabe quão desobediente ela era.

Um sorriso, que Shirley não permitiria que se expandisse, fez seus lábios tremerem; ela inclinou o rosto e o escondeu em parte com os braços, em parte em seus cachos, que, quando ela se inclinou, caíram soltos de novo.

— Certamente eu era rebelde — respondeu ela.

— Rebelde! — repetiu Henry. — Sim; você e papai haviam brigado demais, e você desafiou tanto ele quanto a mamãe, e a Sra. Pryor, e todos. Você disse que ele insultara você...

— Ele *tinha* me insultado — interrompeu Shirley.

— E você queria ir embora de Sympson Grove na mesma hora. Você colocou todas as suas coisas na mala, e papai jogou-as para fora; mamãe chorava... a Sra. Pryor chorava; as duas ficaram paradas retorcendo as mãos e suplicando para você ser paciente; e você se ajoelhou no chão com suas coisas e sua mala aberta à sua frente, parecendo, Shirley, parecendo... ora, em um de *seus* momentos de exaltação. Sua fisionomia, em tais momentos, não fica distorcida; ela fica fixa, mas muito bela. Você mal dava a impressão de estar com raiva, somente decidida, e com um pouco de pressa; contudo, dá para sentir que nessas ocasiões um empecilho que aparecesse em seu caminho iria ser destruído como por um relâmpago. Papai se desencorajou e chamou o Sr. Moore.

— Já basta, Henry.

— Não, não basta. Eu mal sei como o Sr. Moore conseguiu, só lembro que ele sugeriu para papai que a agitação iria acarretar uma crise de gota nele; e então ele falou gentilmente com as senhoras e mandou-as embora; e depois ele disse para você, Senhorita Shirley, que seria inútil ficar falando ou fazendo sermões então, mas que haviam acabado de trazer os apetrechos do chá para a sala de estudos, e que ele estava com muita sede e ficaria feliz se você deixasse de arrumar suas coisas naquela hora e fosse fazer uma xícara de chá para ele e para mim. Você foi; você não dizia uma palavra no começo, mas logo se acalmou e ficou alegre. O Sr. Moore começou a nos falar sobre o Continente, a guerra e Bonaparte, assuntos que nós dois gostávamos de escutar. Depois do chá, ele disse que nenhum de nós iria sair de perto dele naquela noite; ele não iria permitir que nós nos afastássemos das vistas dele, ou então nós iríamos nos envolver em problemas de novo. Nós nos sentamos um de cada lado dele. Estávamos tão felizes. Eu nunca passei uma noite tão agradável. No dia seguinte ele fez um sermão de uma hora para você, mocinha, e encerrou-o estipulando que você aprendesse uma obra do Bossuet como uma lição-castigo, "Le Cheval Dompté". Você a aprendeu de cor em vez de fazer as malas, Shirley. Nós não ouvimos nenhuma palavra mais a respeito de você ir embora. O Sr. Moore ficou aborrecendo você com esse assunto por um ano depois disso.

— Ela jamais declamou uma lição com maior ânimo — acrescentou Moore. — E então, pela primeira vez, ela me deu o prazer de ouvir minha língua nativa falada sem sotaque por uma menina inglesa.

— Ela ficou tão doce como mel por um mês depois disso — interveio Henry. — Uma briga terrível sempre deixou o temperamento de Shirley melhor do que antes de acontecer.

— Vocês falam de mim como se eu não estivesse presente — observou a Srta. Keeldar, que ainda não erguera o rosto.

— A senhorita tem certeza de que *está* presente? — perguntou Moore. — Houve ocasiões desde minha chegada aqui em que eu me senti tentado a perguntar à senhora de Fieldhead se ela sabia o que havia acontecido com minha antiga pupila.

— Ela está aqui, agora.

— Eu a vejo, e ela é bastante modesta; mas não aconselharia nem Henry nem as outras pessoas a acreditar muito implicitamente na humildade que em um instante pode ocultar seu rosto enrubescido como uma criancinha tímida e no instante seguinte erguê-lo pálido e altivo como uma Juno de mármore.

— Um homem, em tempos antigos, é o que dizem, deu vida à estátua que ele havia esculpido. Outros podem ter o talento oposto de transformar a vida em pedra.

Moore refletiu sobre essa observação antes de dar-lhe uma resposta. O olhar dele, ao mesmo tempo impressionado e pensativo, dizia: "Uma frase estranha; o que ela pode significar?". Ele a revirou em seu cérebro, com pensamentos profundos e lentos, assim como um alemão refletindo sobre metafísica.

— A senhorita quer dizer — disse ele, finalmente — que alguns homens inspiram repugnância e, desse modo, enregelam o coração gentil.

— Engenhoso! — respondeu Shirley. — Se a interpretação o satisfaz, o senhor pode muito bem considerá-la válida. *Eu* não me importo.

E, ao dizer isso, ela ergueu a cabeça, com olhar altivo e aparência de estátua, como Louis a havia descrito.

— Eis a metamorfose! — disse ele. — Mal imaginada antes de ser concretizada: uma modesta ninfa se transforma em uma deusa inacessível. Mas Henry não deve ser privado de sua declamação, e Olympia vai se dignar a fazer-lhe a vontade. Vamos começar.

— Eu esqueci o primeiro verso.

— Que eu não esqueci. *Minha* memória, ainda que seja lenta, é retentiva. Eu adquiro deliberadamente tanto o conhecimento quanto o gosto. A aquisição cresce em meu cérebro, e o sentimento em meu coração; e não é como a planta que cresce rapidamente e que, não tendo ela própria raízes, floresce verdejante por certo tempo, mas cedo demais cai, ressecada. Attention,[10] Henry! A Srta. Keeldar consente em favorecer você. "Voyez ce cheval ardent et impétueux",[11] assim começa.

A Srta. Keeldar consentiu em fazer o esforço; mas logo ela se interrompeu.

— A não ser que ouça tudo, eu não consigo continuar — disse ela.

— Entretanto, foi aprendido rapidamente; "o que a água dá, a água leva" — filosofou o tutor. Ele declamou o trecho com deliberação e acurácia, com ênfase lenta e impressionante.

Shirley, aos poucos, inclinou a cabeça à medida que ele prosseguia. O rosto dela, antes voltado para o lado oposto, *tornou* a se voltar na direção dele. Quando ele acabou, ela começou, como se as palavras saíssem dos lábios dele; ela adquiriu a própria entonação dele; ela se apropriou da pronúncia dele; ela dizia as frases como ele as dissera; ela reproduzia os modos, a pronúncia e a expressão dele.

Foi a vez de ela fazer uma solicitação.

— Lembre-se de "Le songe d'Athalie"[12] — pediu ela — e declame-o.

Ele declamou-o para ela. Ela se apropriou dele; ela sentia uma profunda excitação no prazer de fazer da língua dele a sua própria. Ela pediu mais favores; todos os antigos textos escolares foram relembrados e, com eles, os velhos tempos de Shirley como aluna.

Moore havia declamado algumas das mais belas passagens de Racine e Corneille, e havia então ouvido o eco de sua entonação profunda na voz da moça, que se modulava fielmente pela dele. "Le chêne et le Roseau",[13] a mais bela das fábulas de La Fontaine, havia sido declamada, e bem declamada, pelo tutor, e a pupila havia, com animação, se beneficiado da lição. Talvez um sentimento mútuo se apoderasse dos dois naquele momento, que o entusiasmo deles tivesse atiçado até arder e que o combustível ligeiro da poesia francesa não conseguia mais alimentar; talvez eles ansiassem por um tronco de carvalho inglês para ser lançado como dádiva de Yule às chamas devoradoras. Moore observou:

— E essas são nossas melhores obras! E nós não temos nada mais dramático, vigoroso, natural!

E então ele sorriu e ficou em silêncio. Todo o temperamento dele parecia tranquilamente excitado: ele ficou parado junto da lareira, apoiando o cotovelo na cornija, refletindo, com alegria.

O crepúsculo estava se aproximando no curto dia de outono. As janelas da sala de estudos — obstruídas por plantas trepadeiras, das quais nenhum vento forte de outubro havia arrancado a ressequida folhagem — mal permitiam a entrada de lampejo do céu; mas o fogo proporcionava luz suficiente para uma conversa.

E então Louis Moore se dirigiu à sua pupila em francês, e ela respondeu a princípio com uma hesitação risonha e com frases entrecortadas; Moore encorajou-a enquanto a corrigia; Henry se juntou à lição; os dois alunos ficaram na frente do professor, um com os braços na cintura do outro. Tártaro, que muito tempo antes havia suplicado permissão para entrar e a conseguido, sentava-se comportado no centro do tapete, olhando fixamente as chamas que irrompiam incertas de fragmentos de carvão entre as brasas avermelhadas. O grupo estava bastante feliz, porém...

Os prazeres são como papoulas espalhadas;
Você colhe a flor — sua pujança é derrotada.

O som surdo e estrondeante de rodas foi ouvido no pátio.

— É a carruagem voltando — disse Shirley — e o jantar deve estar quase pronto, e eu não estou vestida.

Uma empregada entrou com a vela e o chá do Sr. Moore; pois o tutor e o pupilo geralmente jantavam na hora do lanche.

— O Sr. Sympson e as senhoras voltaram — disse ela —, e Sir Philip Nunnely está com eles.

— Como você se sobressaltou, e como suas mãos tremeram, Shirley! — disse Henry, depois de a empregada ter fechado as persianas e ido embora. — Mas eu sei o porquê, o senhor não sabe, Sr. Moore? Eu sei o que papai tenciona. Ele é um homenzinho feio, esse Sir Philip; eu gostaria que ele não tivesse vindo. Eu gostaria que as irmãs e todos eles tivessem ficado em De Walden Hall para jantar. Shirley teria uma vez mais feito chá para o senhor e para mim, Sr. Moore, e nós teríamos tido uma noite feliz com isso.

Moore estava fechando sua mesa e colocando seu St. Pierre de lado.

— Era esse *seu* plano, não era, meu rapaz?

— Ele não tem sua aprovação, senhor?

— Eu não aprovo nada Utópico. Olhe a Vida em sua face férrea; encare a Realidade com sua fisionomia brônzea. Faça o chá, Henry; eu voltarei em um minuto.

Ele saiu do cômodo; e Shirley também, por outra porta.

XXVIII. Phœbe

Shirley provavelmente se entendeu muito bem com Sir Philip naquela noite, pois na manhã seguinte ela desceu em um de seus melhores estados de espírito.

— Quem vai dar um passeio comigo? — perguntou ela, depois do café da manhã. — Isabella e Gertrude, vocês querem ir?

Tão raro era esse tipo de convite vindo da Srta. Keeldar para suas primas que elas hesitaram antes de aceitá-lo. Entretanto, a mamãe delas dando consentimento para o projeto, elas pegaram suas toucas e o trio saiu.

Essas três jovens não gostavam de ficar juntas por muito tempo: a Srta. Keeldar apreciava a companhia de poucas senhoras; na verdade, ela somente sentia um prazer cordial na da Sra. Pryor e na de Caroline Helstone. Ela era cortês, gentil, até atenciosa com suas primas; mas mesmo assim ela pouco tinha a lhes dizer. No estado de espírito feliz dessa manhã específica, ela conseguiu entreter até as Senhoritas Sympson. Sem se afastar de sua regra habitual de conversar com elas somente a respeito de temas banais, ela deu a esses temas um interesse extraordinário; a centelha de seu espírito se via em suas frases.

O que a deixava tão alegre? Toda a causa deveria se encontrar nela própria. O dia não estava bonito; era um dia opaco — um dia pálido e desbotado de outono: os caminhos através dos bosques escuros estavam úmidos; a atmosfera estava pesada e o céu encoberto; e, mesmo assim, parecia que no coração de Shirley se encontravam toda a luz e o azul da Itália, assim como todo o seu fervor sorria em seus cinzentos olhos ingleses.

Algumas ordens que ela precisava dar para seu capataz, John, fizeram-na ficar para trás de suas primas quando elas se aproximaram de Fieldhead ao retornar; talvez um intervalo de vinte minutos tenha se passado entre a separação delas e a chegada de Shirley a casa: nesse ínterim, ela havia falado com John e então havia se demorado na alameda no portão. O toque para o lanche chamou-a para dentro de casa: ela avisou que não faria a refeição e subiu.

— Shirley não vai vir para o lanche? — perguntou Isabella. — Ela disse que estava com fome.

Uma hora mais tarde, como ela não saía de seu quarto, uma de suas primas foi procurá-la lá e encontrou-a sentada aos pés da cama, a cabeça apoiada nas mãos; ela parecia muito pálida, muito pensativa, quase triste.

— Você não está doente? — foi a pergunta feita.

— Um pouco indisposta — respondeu a Srta. Keeldar.

Certamente a mudança ocorrida nela em relação a duas horas antes não era pequena.

A mudança, justificada somente por essas três palavras, não explicava nada mais; essa mudança — de onde quer que ela se originasse, ocorrida em breves dez minutos — não passou como uma nuvem de verão. Shirley conversou quando se reuniu com os amigos na hora do jantar, conversou como sempre; ela ficou com eles durante a noite. Quando lhe perguntaram outra vez a respeito de sua saúde, ela se declarou perfeitamente recuperada: tinha sido uma mera fraqueza passageira, uma sensação momentânea, que não tinha a menor importância; contudo, dava para sentir que havia uma diferença em Shirley.

No dia seguinte — no dia — na semana — na quinzena seguintes — essa sombra nova e peculiar pairava na fisionomia, nos modos da Srta. Keeldar. Uma estranha quietude se apoderou de seu olhar, de seus movimentos, de sua própria voz. A alteração não era tão evidente a ponto de ocasionar ou permitir perguntas frequentes; contudo, ela *estava* lá, e não passava: ela pairava sobre Shirley como uma nuvem a que nenhuma brisa consegue mover ou dispersar. Logo ficou evidente que perceber essa mudança significava aborrecê-la. A princípio ela evitava as observações; e, se persistissem, ela, com sua peculiar hauteur,[1] as repelia. "Ela estava doente?" A resposta vinha com firmeza:

— Eu *não estou.*

"Alguma coisa oprimia sua mente? Alguma coisa havia acontecido que afetara seu humor?"

Ela ridicularizava desdenhosamente a ideia. "O que eles queriam dizer com humor? Ela não tinha humor, negro ou branco, azul ou cinza, para ser afetado."

"Tinha de haver algum problema — ela estava tão alterada."

"Ela supunha ter o direito de se alterar conforme bem entendesse. Ela sabia que estava menos atraente: se lhe caía bem ficar feia, por que outros teriam de se preocupar com o assunto?"

"Tinha de haver uma causa para essa mudança — qual era?"

Ela solicitou peremptoriamente ser deixada em paz.

Então ela fazia todos os esforços para aparentar estar muito feliz, e parecia indignada consigo mesma por não ter êxito. Breves epítetos autodepreciativos irrompiam de seus lábios quando estava sozinha. "Tola! Covarde!", ela se denominava. "Fracalhona!", ela dizia. "Se você tem de tremer, que trema em segredo! Desanime onde olhos não a vejam!"

"Como você ousa", ela se perguntava, "como você ousa demonstrar sua fraqueza e deixar transparecer suas estúpidas ansiedades? Livre-se delas; fique acima delas: se você não consegue fazer isso, esconda-as, então."

E ela fez o melhor possível para escondê-las. Uma vez mais, ficou resolutamente animada na companhia dos demais. Quando estava cansada do esforço e era forçada a relaxar, buscava a solidão: não a solidão de seu quarto — ela se recusava a se deprimir, trancada entre quatro paredes —, mas aquela solidão mais bravia que se encontra a céu aberto e que ela podia perseguir, montada em sua égua, Zoë. Ela dava longas cavalgadas, que duravam metade do dia. Seu tio desaprovava, mas não ousava objetar: nunca era agradável se deparar com a raiva de Shirley, mesmo quando ela estava saudável e alegre; mas agora, que o rosto dela estava fino e seus grandes olhos pareciam fundos, havia algo no ensombrecer daquele rosto e no fulgor daqueles olhos que emocionava bem como alarmava.

Para todas as pessoas relativamente estranhas que, inconscientes das alterações no estado de espírito dela, comentavam sobre a alteração em sua aparência, ela tinha uma resposta:

— Estou perfeitamente bem; não tenho nenhum incômodo.

E saúde, de fato, ela deve ter tido, para conseguir suportar a exposição ao tempo que ela então enfrentava. Úmido ou bom, calmo ou tempestuoso, ela dava sua cavalgada diária pela Charneca de Stilbro', Tártaro ao seu lado, com seu galope semelhante ao de um lobo, longo e incansável.

Duas — três vezes, os olhos das más-línguas — aqueles olhos que estão em todos os lugares, no armário e no alto dos morros — perceberam que, em vez de dar a volta em Rushedge, o ponto mais alto de Stilbro' Moor, ela seguia adiante, até a cidade. Não faltaram espiões para observar qual era o destino dela lá. Foi verificado que ela apeava à porta de certo Sr. Pearson Hall, um advogado, parente do vigário de Nunnely. Esse cavalheiro e seus antepassados haviam sido procuradores da família Keeldar por várias gerações: algumas pessoas afirmavam que a Srta. Keeldar havia se envolvido em especulações financeiras relacionadas à Tecelagem do Hollow; que ela havia perdido dinheiro e havia sido forçada a hipotecar sua terra. Outros conjecturavam que ela ia se casar e que os acordos estavam sendo preparados.

* * * * * *

O Sr. Moore e Henry Sympson estavam juntos na sala de estudos: o tutor estava esperando uma lição, em cujo preparo o pupilo parecia ocupado.

— Henry, apresse-se! A tarde está passando.

— Está, senhor?

— Certamente. Sua lição está quase pronta?

— Não.

— Nem *quase* pronta?

— Eu não escrevi uma linha.

O Sr. Moore ergueu os olhos; o tom de voz do rapaz era bastante significativo.

— A lição não apresenta dificuldades, Henry; ou, se apresenta, mostre-as para mim: trabalharemos juntos.

— Sr. Moore, não consigo trabalhar.

— Meu rapaz, você está doente.

— Senhor, não estou pior quanto à saúde física que o habitual, mas meu coração está oprimido.

— Feche o livro. Venha cá, Harry. Venha para perto do fogo.

Henry se adiantou, mancando; seu tutor colocou-o em uma cadeira; os lábios do rapaz estavam trêmulos, os olhos cheios de lágrimas. Ele colocou a bengala no chão, abaixou a cabeça e chorou.

— Essa aflição não é causada por dor física, é o que você diz, Henry? Você tem um desgosto, conte-o para mim.

— Senhor, eu tenho tal desgosto como jamais tive antes. Gostaria que de algum modo ele fosse aliviado; mal posso suportá-lo.

— Quem sabe se, conversando a respeito, nós possamos aliviá-lo? Qual é a causa? A quem ele se refere?

— A causa é Shirley, senhor; o desgosto se refere a Shirley.

— É mesmo? Você acha que ela está diferente?

— Todos que a conhecem acham que ela está diferente; o senhor também, Sr. Moore.

— Não seriamente... não. Não vejo alteração que uma mudança favorável não possa reparar em poucas semanas; além do mais, a palavra dela deve valer alguma coisa; ela diz que está bem.

— É esse o problema, senhor: enquanto ela dizia que estava bem, eu acreditei nela. Quando eu estava triste longe dela, eu logo me reanimava quando nos aproximávamos. Agora...

— Bem, Harry, agora...? Ela disse alguma coisa para você? Você e ela estiveram juntos no jardim duas horas esta manhã: eu a vi falando, e você escutando. Agora, meu caro Harry, se a Srta. Keeldar disse que está doente e pediu que você guardasse o segredo dela, não obedeça. Por amor à vida dela, conte tudo. Fale, meu rapaz!

— *Ela* dizer que está doente! Acredito, senhor, que, se ela estivesse morrendo, ela iria sorrir e afirmar: "Nada me incomoda".

— O que você ficou sabendo então? Qual é a nova circunstância...?

— Fiquei sabendo que ela acabou de fazer o testamento dela.

— Ela fez o testamento?

Tutor e pupilo ficaram em silêncio.

— Ela disse isso para você? — perguntou Moore, quando alguns minutos haviam se passado.

— Ela me falou com bastante alegria, não como se fosse uma circunstância agourenta, o que eu achei que fosse. Ela disse que eu era a única pessoa, além do advogado dela, Pearson Hall, e do Sr. Helstone e do Sr. Yorke, que sabia tudo a respeito; e para mim, ela declarou, ela queria explicar detalhadamente suas disposições.

— Continue, Harry.

— "Porque", disse ela, olhando para mim com seus lindos olhos... oh! Eles *são* lindos, Sr. Moore! Eu os amo... Eu amo Shirley! Ela é minha estrela! O céu não pode querê-la! Ela é adorável neste mundo, e o lugar dela é neste mundo. Shirley não é um anjo; ela é uma mulher, e ela há de viver entre os homens. Serafins não podem tê-la! Sr. Moore, se um dos "filhos de Deus" com asas amplas e luminosas como o céu, azuis e ressoantes como o mar, tendo visto que ela era bela, descesse para reivindicá-la, a reivindicação dele seria combatida... combatida por mim... menino e aleijado como sou.

— Henry Sympson, continue a falar, quando eu ordeno.

— "Porque", disse ela, "se eu não fizesse testamento e morresse antes de você, Harry, toda a minha propriedade iria para você; e eu não tenciono que isso aconteça, embora seu pai pudesse gostar disso. Mas você", disse ela, "vai herdar toda a propriedade dele, que é grande — maior que Fieldhead. Suas irmãs não terão nada; então eu deixei para elas um pouco de dinheiro, embora eu não as ame, juntas, metade do que eu amo um cacho de seus lindos cabelos, Henry." Ela disse essas palavras, e me chamou de "querido", e me deixou beijá-la. Ela continuou me dizendo que havia deixado um pouco de dinheiro para Caroline Helstone também; que esta herdade, com sua mobília e livros, ela havia deixado para mim, já que ela não queria tirar o velho lar ancestral de sua própria família; e que todo o resto de sua propriedade, que tem um valor de cerca de doze mil libras, com exceção dos legados para minhas irmãs e a Srta. Helstone, ela havia deixado, não para mim, pois eu já era rico, mas para um homem bom, que iria fazer melhor uso do que qualquer outro ser humano poderia fazer; um homem, disse ela, que era tanto gentil quanto corajoso, forte e misericordioso... um homem que poderia não afirmar que era piedoso, mas que ela sabia que tinha o segredo da religião pura e imaculada perante Deus. O espírito de amor e de paz estava com ele: ele visitava os órfãos e as viúvas em sua aflição e se guardava do mundo para não se manchar. Então ela perguntou: "Você aprova o que eu fiz, Harry?". Eu não conseguia responder. Minhas lágrimas me sufocavam, como sufocam agora.

O Sr. Moore deu ao pupilo um momento para lutar contra sua emoção e controlá-la. Então perguntou:

— O que mais ela disse?

— Quando eu dei meu pleno consentimento para as disposições do testamento dela, ela me disse que eu era um rapaz generoso e que tinha orgulho de mim. "E agora", ela acrescentou, "caso alguma coisa aconteça, você vai saber o que dizer para a Maldade quando ela vier sussurrando coisas ruins em seus ouvidos, insinuando que Shirley enganou você, que ela não ama você. Você vai saber que eu amei *mesmo* você, Harry; que nenhuma irmã poderia ter amado mais você, meu tesouro." Sr. Moore, quando eu me lembro da voz dela, e recordo o olhar dela, meu coração bate como se ele fosse romper as suas cordas. Ela *pode* ir para o céu antes de mim... se Deus assim o ordenar, ela *deve* ir; mas o resto de minha vida... e minha vida não será longa, estou feliz com isso agora... será uma jornada sem desvios, rápida e atenta pelo caminho que os pés dela trilharam. Eu pensei em entrar na cripta dos Keeldars antes dela; caso aconteça algo diferente, coloque meu caixão ao lado do de Shirley.

Moore respondeu com uma calma ponderada, que oferecia um estranho contraste para a comoção perturbada do menino.

— Vocês dois estão errados, vocês fazem mal um ao outro. Se a juventude cede sob a influência de um terror sombrio, ela imagina que nunca mais haverá a luz do sol outra vez; sua primeira calamidade ela imagina que vai durar a vida inteira. O que mais ela disse? Alguma coisa mais?

— Nós acertamos uma ou duas questões familiares.

— Eu gostaria muito de saber o quê...?

— Mas, Sr. Moore, o senhor está sorrindo. *Eu* não era capaz de sorrir vendo Shirley em tal estado de espírito.

— Meu rapaz, não estou nervoso, nem sou poético, nem inexperiente. Eu vejo as coisas como elas são; você ainda não. Fale-me sobre essas questões familiares.

— Senhor, ela apenas me perguntou se eu me considerava mais um Keeldar ou um Sympson; e eu respondi que eu era Keeldar do fundo do meu coração e até a medula dos ossos.

Ela disse que ficava feliz com isso; pois, além dela, eu era o único Keeldar que havia na Inglaterra. E então nós chegamos a um acordo sobre alguns pontos.

— Então?

— Bem, senhor, que, se eu vivesse e herdasse a propriedade do meu pai e a casa dela, eu deveria assumir o nome Keeldar e fazer de Fieldhead minha residência. Henry Shirley Keeldar eu disse que passaria a me chamar; e serei. O nome e a propriedade dela são muito antigos, e Sympson e Sympson Grove são recentes.

— Ora, nenhum de vocês dois vai para o céu ainda. Eu tenho as melhores esperanças para ambos, com sua altiva superioridade (um par de filhotes de águia recém-saídos do ninho). Então, qual é sua suposição, a partir de tudo que você me contou? Diga-me.

— Que Shirley acha que vai morrer.

— Ela mencionou a saúde dela?

— Nem uma vez; mas eu garanto que ela está fenecendo. As mãos dela estão tão finas, e o rosto dela também.

— Ela reclama de algo para sua mãe ou suas irmãs?

— Nunca. Ela ri delas quando elas fazem perguntas. Sr. Moore, ela é uma criatura estranha, tão bela e juvenil; não uma mulher parecida com um homem, como uma amazona, e, no entanto, ela ergue a cabeça acima tanto da ajuda quanto da simpatia.

— Você sabe onde ela está agora, Henry? Ela está em casa, ou cavalgando?

— Com certeza não saiu, senhor. Está chovendo forte.

— É verdade; o que, entretanto, não é garantia de que ela não esteja neste momento trotando no alto de Rushedge. Recentemente ela não tem permitido que o tempo seja um empecilho para suas cavalgadas.

— O senhor se lembra, Sr. Moore, como a quarta-feira passada estava úmida e tempestuosa; tão bravia, na verdade, que ela não permitiu que Zoë fosse selada; contudo, o vento que ela considerou tempestuoso demais para a égua ela própria enfrentou a pé; naquela tarde ela andou quase até Nunnely. Eu perguntei para ela, quando voltou, se não tinha medo de se resfriar. "Não eu", ela disse. "Seria muita sorte para mim. Não sei, Harry, mas a melhor coisa que poderia acontecer comigo agora seria apanhar um bom resfriado e febre, e assim ir embora como os outros cristãos." Ela é imprudente, o senhor vê.

— É mesmo imprudente! Vá e descubra onde ela está, e, se você tiver uma oportunidade de falar com ela sem chamar a atenção, peça-lhe que venha aqui um minuto.

— Sim, senhor.

Ele pegou sua muleta e se levantou para sair.

— Harry!

Ele voltou.

— Não dê o recado de modo formal. Fale como, em tempos passados, você teria apresentado uma convocação comum para a sala de estudos.

— Entendo, senhor. É mais provável que ela obedeça.

— E, Harry...

— Senhor?

— Eu o chamo quando quiser você; até então, você está dispensado das aulas.

Ele saiu. O Sr. Moore, deixado a sós, levantou-se de sua mesa.

— Eu consigo ser muito frio e muito desdenhoso com Harry — disse ele. — Eu consigo fingir que não me importo com as apreensões dele e olhar du haut de ma grandeur[2] para seus ardores juvenis. Com *ele* eu consigo falar como se, aos meus olhos, ambos fossem crianças. Vamos ver se mantenho o mesmo rôle[3] com ela. Já me deparei com o momento em que eu parecia me esquecer disso, quando a Confusão e a Submissão pareciam prestes a me esmagar com sua doce tirania; quando minha língua hesitou, e eu quase deixei a máscara cair, e fiquei na presença dela, não o senhor... não... mas algo mais. Eu espero jamais me fazer de bobo desse jeito: está muito bom para um Sir Philip Nunnely enrubescer quando se depara com os olhos dela; ele pode se permitir a indulgência da submissão... Ele até pode, sem desonra, tolerar que suas mãos tremam quando tocam as dela; mas, se um dos arrendatários dela se mostrasse suscetível e sentimental, ele iria simplesmente provar que precisava de uma camisa de força. Até então, eu sempre procedi bem. Ela se sentou ao meu lado, e eu não me abalei, não mais que minha mesa. Eu tenho me deparado com os olhares e sorrisos dela como... ora, como um tutor, como eu sou. As mãos dela eu ainda não toquei — nunca passei por esse teste. Seu camponês ou seu lacaio eu não sou, nem servo nem empregado dela eu jamais fui; mas sou pobre, e é necessário que eu pense em meu autorrespeito, não comprometer nem uma polegada dele. O que ela quis dizer com aquela alusão às pessoas frias que transformam a carne em mármore? Ela me agradou, eu mal sei por quê... Eu não me permitiria indagar... Eu jamais me dou o prazer de examinar ou a linguagem ou a fisionomia dela; pois, se o fizesse, eu poderia às vezes esquecer o bom senso e acreditar em romance. Um êxtase estranho e secreto se intromete em minhas veias de vez em quando; eu não vou encorajar... não vou me lembrar disso. Estou decidido, tanto quanto possível, a conservar o direito de dizer, como Paulo, "Eu não estou louco, mas faço ouvir a linguagem da verdade e do bom senso".

Ele fez uma pausa e ficou escutando.

— Ela virá ou não? — ele se perguntou. — Como ela vai receber o recado? De modo ingênuo ou desdenhoso? Como uma criança ou como uma rainha? Ambas as personagens fazem parte da natureza dela.

— Se ela vier, o que devo lhe dizer? Como dar contas, em primeiro lugar, da liberdade da solicitação? Deverei pedir-lhe desculpas? Eu poderia, com toda a humildade; mas iria um pedido de desculpas tender a nos colocar nas posições que nós deveríamos ocupar relativamente neste assunto? Eu *tenho de* agir como professor, caso contrário... Estou ouvindo o barulho de uma porta.

Ele esperou. Vários minutos se passaram.

— Ela vai me recusar. Henry está insistindo para que ela venha; ela rejeita. Meu pedido é uma presunção aos olhos dela. Ah, que ela *venha*, e posso mostrar-lhe que ela está errada. Eu preferiria que ela fosse um pouco perversa; isso me fortaleceria. Eu a prefiro em sua armadura de orgulho, munida de sarcasmo. O desdém dela me arranca dos meus sonhos; eu me controlo. Um sarcasmo dos olhos ou dos lábios dela dá forças a cada nervo e tendão que eu tenho. Passos estão se aproximando, e não são do Henry...

A porta se abriu; a Srta. Keeldar entrou. O recado, ao que parece, a encontrara bordando; ela trouxe seu trabalho nas mãos. Naquele dia ela não saíra para cavalgar, ela evidentemente o havia passado com tranquilidade. Ela usava seu simples vestido caseiro e avental de seda. Não era uma Taléstris dos campos, mas uma tranquila personagem doméstica ao pé da lareira. O Sr. Moore levava vantagem sobre ela: ele poderia ter se dirigido a ela na mesma hora com um tom de voz solene e com uma fisionomia rígida; talvez ele o fizesse, caso ela tivesse uma aparência petulante; mas a expressão dela jamais mostrou menos crânerie[4]. Um doce tipo de timidez juvenil mantinha suas pálpebras baixas e cobria suas faces. O tutor permaneceu em silêncio.

Ela parou entre a porta e a mesa dele.

— Queria falar comigo, senhor? — perguntou ela.

— Eu tive a ousadia, Srta. Keeldar, de mandar chamá-la... quero dizer, pedir-lhe uma conversa de alguns minutos.

Ela esperou; ela pegou sua agulha.

— Bem, senhor — disse ela, sem erguer os olhos —, a respeito de quê?

— Sente-se, em primeiro lugar. O assunto que eu gostaria de abordar é de certa importância; talvez eu mal tenha o direito de abordá-lo; é possível que eu deva apresentar uma justificativa; é possível que nenhuma justificativa possa me desculpar. A liberdade que tomei surge de uma conversa com Henry. O rapaz está infeliz por causa de sua saúde, Srta. Keeldar; todos os seus amigos estão infelizes por causa disso. É sobre sua saúde que desejo conversar.

— Eu estou muito bem — disse ela, rapidamente.

— Entretanto, alterada.

— Isso não importa a ninguém a não ser minha pessoa. Todos nós nos alteramos.

— A senhorita não quer se sentar? Antes, Srta. Keeldar, eu exercia certa influência sobre a senhorita: exerço-a agora? Posso crer que o que estou dizendo não seja considerado uma verdadeira presunção?

— Permita-me ler um pouco de francês, Sr. Moore, ou então tentarei até mesmo um pouco de gramática latina, e vamos chegar a um acordo de paz a respeito de todas as discussões sobre a saúde.

— Não... não. É hora de haver uma conversa.

— Conversemos, então, mas não me escolha como seu tema. Eu sou uma criatura saudável.

— A senhorita não considera errado afirmar e reafirmar o que é substancialmente incorreto?

— Eu digo que estou bem: eu não tenho nem tosse, nem dores, nem febre.

— Não há um equívoco nessa afirmativa? Ela é a pura verdade?

— A pura verdade.

Louis Moore olhou-a, sério.

— Pessoalmente — disse ele — não consigo encontrar indicadores de uma doença real. Mas por que então a senhorita está diferente?

— Eu *estou* diferente?

— Vamos ver. Vamos procurar provas.

— Como?

— Eu pergunto, em primeiro lugar, a senhorita está dormindo como costumava dormir?

— Não durmo; mas não por estar doente.

— A senhorita tem o apetite que tinha antes?

— Não; mas não por estar doente.

— A senhorita se lembra deste anelzinho preso à minha corrente do relógio? Ele pertenceu à minha mãe, e é pequeno demais para passar pela articulação de meu dedinho. Muitas vezes a senhorita o surrupiou, por brincadeira. Ele cabia em seu indicador. Experimente-o agora.

Ela aceitou fazer o teste; o anel caiu da mãozinha emaciada. Louis o pegou e o recolocou na corrente. Um rubor intranquilo coloriu sua face. Shirley repetiu:

— Não é por eu estar doente.

— A senhorita não somente perdeu o sono, o apetite e o peso — continuou Moore —, mas seu estado de espírito está constantemente mais enfraquecido. Além disso, há uma ansiedade nervosa em seus olhos, uma inquietação nervosa em seus modos; essas peculiaridades não eram características da senhorita anteriormente.

— Sr. Moore, vamos interromper aqui. O senhor tocou exatamente no ponto: estou nervosa. Agora, vamos falar de outros assuntos. Mas que tempo temos tido... uma chuva forte e incessante!

— A *senhorita* nervosa? Sim; e, se a Srta. Keeldar está nervosa, não é sem uma causa. Permita-me conhecê-la. Permita-me examiná-la mais de perto. O problema não é físico. Eu suspeitava disso. Ele aconteceu em um instante. Eu sei qual foi o dia. Eu percebi a mudança. Sua dor é mental.

— De modo algum. Não é nada tão digno... somente nervoso. Oh! Esqueça o assunto.

— Quando ele for discutido até o fim; não antes disso. Ansiedades nervosas sempre devem ser comunicadas, para que possam ser dissipadas. Eu gostaria de ter o dom da persuasão e poder levar a senhorita a falar de boa vontade. Acredito que a confissão, no seu caso, seria quase equivalente à cura.

— Não — disse Shirley, abrupta. — Eu gostaria que isso fosse provável; mas receio que não seja.

Ela parou de trabalhar por um momento. Ela estava então sentada. Apoiando o cotovelo na mesa, ela apoiou a cabeça na mão. O Sr. Moore dava a impressão de sentir que finalmente ganhara um pouco de terreno nesse caminho difícil. Ela estava séria, e em seu desejo se encerrava uma importante admissão; depois disso, ela não poderia mais afirmar que *nada* a incomodava.

O tutor concedeu-lhe alguns minutos para descansar e refletir antes de voltar à carga. Ele chegou a mover os lábios para falar, mas pensou melhor e prolongou a pausa. Os olhos de Shirley se encontraram com os dele: tivesse ele manifestado uma emoção pouco sensata, talvez uma obstinada persistência no silêncio tivesse sido o resultado; porém, ele parecia calmo, forte e confiável.

— É melhor eu contar para o *senhor* que para minha tia — disse ela —, ou para minhas primas, ou meu tio. Todos eles fariam tanto alvoroço, e é exatamente o alvoroço que eu temo, o alarme, a agitação, o éclat;[5] resumindo, eu nunca gostei de ser o centro de um pequeno rodamoinho doméstico. O senhor é capaz de suportar um pequeno choque... eh?

— Um grande, se preciso for.

Nenhum músculo do corpo do homem se mexeu; e, mesmo assim, seu grande coração batia rápido no fundo de seu peito. O que ela iria lhe dizer? Um mal irremediável fora causado?

— Caso eu tivesse considerado certo procurar o senhor, eu jamais teria mantido segredo sobre o assunto um só instante — prosseguiu ela. — Eu teria dito ao senhor na hora, e pedido um conselho.

— E por que não era certo vir falar comigo?

— Poderia ser *certo*... Não quero dizer isso; mas eu não seria capaz de fazê-lo. Eu achava que não tinha direito de perturbar o senhor; o contratempo só dizia respeito à minha pessoa, eu queria manter tudo em segredo, e as pessoas não me permitiam. Estou lhe dizendo, detesto ser o objeto de atenção consternada, ou tema para tagarelice nas redondezas. Além do mais, tudo pode passar sem nenhum resultado... só Deus sabe!

Moore, embora torturado pelo suspense, não exigiu uma explicação rápida; ele não permitiu que nem gesto, nem olhar, nem palavras traíssem sua impaciência. A tranquilidade dele tranquilizou Shirley; a confiança dele acalmou-a.

— Grandes consequências podem surgir de causas triviais — observou ela, enquanto desafivelava um bracelete de seu pulso. Então, desabotoando a manga do vestido e erguendo-a parcialmente, disse. — Olhe aqui, Sr. Moore.

Ela mostrou uma marca em sua pele branca; ou melhor, um corte profundo, embora cicatrizado; algo entre uma queimadura e um corte.

— Eu não mostraria isto para ninguém em Briarfield a não ser o senhor, porque o senhor consegue reagir discretamente.

— Certamente não há nada nessa pequena marca para chocar; sua história vai explicar.

— Pequena como ela é, ela me tirou o sono e me deixou nervosa, magra e insensata; pois, por causa dessa pequena marca, sou forçada a antecipar uma possibilidade que oferece seus terrores.

A manga foi rearrumada, o bracelete recolocado.

— A senhorita sabe que está me submetendo a uma prova? — disse ele, sorrindo. — Sou um homem paciente, mas meu pulso está batendo mais rápido.

— O que quer que aconteça, o senhor vai me proteger, Sr. Moore? O senhor me concederá o benefício de seu autocontrole e não me deixará à mercê de covardes agitados?

— Não faço promessas agora. Conte-me o fato, e então exija a promessa que a senhorita desejar.

— É uma história curta. Eu dei um passeio com Isabella e Gertrude certo dia, há umas três semanas. Elas voltaram para casa antes de mim; eu fiquei para trás para falar com John. Depois de deixá-lo, eu me concedi o prazer de ficar na alameda, onde tudo estava tão quieto e cheio de sombras: eu estava cansada de tagarelar com as meninas e não tinha pressa de voltar para a companhia delas. Enquanto eu estava recostada no pilar do portão, pensando alguns pensamentos muito felizes a respeito de minha vida futura... pois, naquela manhã, imaginei que os acontecimentos estivessem começando a se dirigir para onde eu por tanto tempo havia desejado que eles se dirigissem...

"Ah! Nunnely tinha estado com ela na noite anterior!", pensou Moore em um aparte.

— Eu ouvi o som de um ofegar; um cachorro veio correndo pela alameda. Eu conheço quase todos os cachorros da vizinhança; era Phœbe, um dos pointers do Sr. Sam Wynne. A pobre criatura corria com a cabeça baixa, a língua pendurada; ela parecia estar machucada e ter apanhado muito. Eu a chamei; eu tencionava fazê-la vir para dentro de casa e dar-lhe um pouco de água e de comida. Eu tinha certeza de que ela havia sido maltratada; o Sr. Sam com frequência açoita seus pointers com crueldade. Ela estava agitada demais para me reconhecer; e quando eu tentei acariciar a cabeça dela, ela se voltou e agarrou meu braço. Ela o mordeu até tirar sangue, e então continuou a correr, ofegante. Logo em seguida, o vigia do Sr. Wynne apareceu, trazendo uma espingarda. Ele me perguntou se eu havia visto um cachorro. Eu disse que tinha visto Phœbe.

— É melhor a senhora acorrentar o Tártaro, madame — disse ele —, e dizer para seu pessoal ficar dentro de casa. Estou atrás da Phœbe para dar um tiro nela. Ela está louca.

O Sr. Moore se recostou em sua cadeira e cruzou os braços sobre o peito. A Srta. Keeldar retomou seu pedaço de tela de seda e continuou a criação de uma coroa de violetas de Parma.

— E a senhorita não contou para ninguém, não procurou ajuda, nem cura? A senhorita não falaria comigo?

— Eu cheguei até a porta da sala de estudos; lá minha coragem me abandonou. Eu preferi abafar o assunto.

— Por quê? O que mais eu posso pedir neste mundo além de ser útil para a senhorita?

— Eu não tinha o direito.

— Absurdo! E a senhorita não fez nada?

— Sim. Fui direto para a lavanderia, onde estão passando roupas a maior parte da semana, agora que tenho tantos convidados em minha casa. Enquanto a empregada estava ocupada frisando ou engomando, eu peguei um ferro do fogo, e coloquei a ponta escarlate e em brasas no meu braço. Eu a enfiei fundo. Ela cauterizou o pequeno ferimento. Então eu fui para o andar de cima.

— Eu me arrisco a dizer que a senhorita não gemeu uma única vez?

— Tenho certeza de que não sei. Eu estava me sentindo infeliz... Não firme ou tranquila de jeito nenhum, creio; não havia calma em minha mente.

— Havia calma em sua pessoa. Eu me lembro de ficar prestando atenção o tempo todo em que nós nos sentamos para o lanche, para ouvir se a senhorita se movia no quarto acima: tudo estava em silêncio.

— Eu estava sentada aos pés da cama, desejando que Phœbe não tivesse me mordido.

— E sozinha! A senhorita gosta da solidão.

— Desculpe-me.

— A senhorita despreza simpatia.

— Desprezo, Sr. Moore?

— Com sua mente poderosa, a senhorita precisa sentir que não necessita de ajuda, ou de conselhos, ou de companhia.

— Que assim seja, se lhe agrada.

Ela sorriu. Ela continuou a bordar com atenção e rapidez, mas seus cílios se agitaram, e então brilharam, e então uma lágrima caiu.

O Sr. Moore se inclinou em sua mesa, moveu a cadeira, mudou de atitude.

— Se não é assim — perguntou ele, com uma mudança peculiar e doce em sua voz —, como é, então?

— Não sei.

— A senhorita sabe, mas não vai falar: tudo tem de ficar encerrado em sua pessoa.

— Porque não vale a pena compartilhar.

— Porque ninguém pode pagar o alto preço que a senhorita exige para ter sua confiança. Ninguém é rico o suficiente para comprá-la. Ninguém tem a honra, o intelecto, o poder que a senhorita espera de um conselheiro. Não há um ombro na Inglaterra em que a senhorita apoiaria sua mão para ter apoio, muito menos um peito em que a senhorita se permitisse repousar a cabeça. É claro que a senhorita tem de viver sozinha.

— Eu *posso* viver sozinha, se preciso for. Mas a questão não é como viver... e sim como morrer sozinha. Isso me atinge com uma luz mais sinistra.

— A senhorita teme os efeitos do vírus...? A senhorita antecipa um destino indefinidamente ameaçador...?

Ela inclinou a cabeça.

— A senhorita está nervosa e muito sensível.

— O senhor me cumprimentou há dois minutos pela minha mente poderosa.

— A senhorita está muito sensível. Se o assunto todo fosse examinado e discutido friamente, tenho certeza de que resultaria que não há o menor perigo de a senhorita morrer.

— Amém! Estou com muita vontade de viver, se for a vontade de Deus. A vida tem sido doce para mim.

— E como pode ser ela algo além de doce com seus dotes e natureza? A senhorita realmente espera ser atacada pela hidrofobia e morrer completamente louca?

— Eu *espero* isso, e tenho tido *medo* disso. Agora, não tenho medo de nada.

— Nem eu, por sua causa. Duvido que a menor partícula do vírus tenha se misturado ao seu sangue; e, se o fez, permita-me garantir-lhe que, sendo a senhorita jovem e saudável e estando em excelente estado, nenhum mal vai se seguir. Quanto ao resto, vou perguntar se a cachorra estava mesmo louca. Eu acho que ela não estava louca.

— Não diga a ninguém que ela me mordeu.

— E por que eu deveria, se acredito que a mordida tenha sido tão inofensiva quanto um corte deste canivete? Fique tranquila. *Eu* estou tranquilo, embora preze sua vida tanto quanto prezo minhas próprias chances de felicidade eterna. Olhe para mim.

— Por que, Sr. Moore?

— Quero ver se a senhorita está alegre. Deixe de lado seu trabalho, erga a cabeça.

— Ora...

— Olhe para mim. Obrigado! E as nuvens se dissiparam?

— Não tenho medo de nada.

— Sua mente foi restaurada ao seu natural clima ensolarado?

— Estou muito contente; porém, quero sua promessa.

— Diga.

— O senhor sabe, caso o pior que eu *tenho* temido possa acontecer, eles vão me sufocar. Não há necessidade de sorrir: eles vão; eles sempre o fazem. Meu tio ficará cheio de horror, fraqueza e precipitação; e essa será a única atitude que vai se apresentar para ele. Ninguém na casa vai ficar calmo além do senhor; então, prometa me proteger... manter o Sr. Sympson longe de mim e não permitir que o Henry se aproxime, pois temo machucá-lo. Veja bem... *veja bem* para que o senhor tome conta de si mesmo também; mas não vou feri-lo; eu sei que não vou. Feche a porta na cara dos médicos; mande-os embora se eles vierem aqui. Não permita que nem o jovem nem o velho MacTurk encostem um dedo em mim; nem o Sr. Graves, o colega deles; e, finalmente, se eu der trabalho, com suas próprias mãos me dê um narcótico forte... uma dose tão certeira de láudano que não possa deixar dúvidas. *Prometa-me fazer isso.*

Moore abandonou sua mesa e se deu ao luxo de dar uma ou duas voltas pelo cômodo. Parando atrás da cadeira de Shirley, ele se inclinou sobre ela e disse, com voz baixa e enfática:

— Prometo tudo o que a senhorita pede... sem comentários, sem reservas.

— Se ajuda feminina for necessária, chame minha caseira, a Sra. Gill. Deixe que ela me prepare se eu morrer. Ela é apegada a mim. Ela me enganou uma vez depois da outra, e uma vez depois da outra eu a perdoei. Agora ela me ama e não iria me roubar um alfinete. A confiança fez com que ela ficasse honesta; a indulgência fez com que ela ficasse bondosa. Hoje, posso confiar tanto na integridade quanto na coragem e na afeição dela. Chame-a; mas mantenha minha boa tia e minhas tímidas primas longe. Uma vez mais, prometa.

— Eu prometo.

— É muita bondade sua — disse ela, olhando-o enquanto ele se inclinava na direção dela, e sorrindo.

— É bondade? Isso lhe proporciona conforto?

— Muito.

— Eu ficarei ao seu lado, somente eu e a Sra. Gill, em toda e qualquer circunstância extrema em que calma e fidelidade sejam necessárias. Nenhuma mão imprudente ou covarde vai interferir.

— E mesmo assim o senhor me considera infantil?

— Considero.

— Ah, o senhor me despreza.

— Nós desprezamos as crianças?

— Na verdade, não sou nem tão forte nem tenho tanto orgulho de minha força como as pessoas pensam, Sr. Moore; nem sou tão insensível à simpatia; porém, quando tenho algum pesar, temo comunicá-lo àqueles a quem amo, caso ele possa dar-lhes preocupação; e não posso me dar ao luxo de reclamar com quem me é indiferente. Afinal, o senhor não deveria troçar de mim por eu ser infantil, pois, se estivesse tão infeliz quanto eu tenho estado pelas últimas três semanas, o senhor também iria querer ter um amigo.

— Todos nós queremos um amigo, não queremos?

— Todos nós que temos algo de bom em nossa natureza.

— Bem, a senhorita tem Caroline Helstone.

— Sim... E o senhor tem o Sr. Hall.

— Sim... A Sra. Pryor é uma mulher sábia e boa; ela pode aconselhar quando a senhorita precisar de um conselho.

— Por sua vez, o senhor tem seu irmão Robert.

— Para quaisquer deserções por parte dos amigos à sua direita, se pode confiar no Rev. Matthewson Helstone, M.A.; para qualquer diminuição dos amigos à sua esquerda, temos Hiram Yorke, Esq. Os dois senhores são dedicados à senhorita.

— Eu nunca vi a Sra. Yorke agindo de forma tão maternal com qualquer homem mais jovem como ela age com o senhor. Não sei como o senhor conquistou o coração dela, mas ela é mais gentil com o senhor que com os próprios filhos. Além disso, o senhor tem sua irmã Hortense.

— Parece que nós dois estamos bem providos.

— É o que parece.

— Quão gratos devemos ser!

— Sim.

— Quão satisfeitos!

— Sim.

— Quanto a mim, estou quase satisfeito agora, e muito grato. A gratidão é uma emoção divina. Ela enche o coração, mas não a ponto de transbordar; ela o aquece, mas não o faz ter febre. Gosto de saborear tranquilamente a felicidade. Se a felicidade é devorada às pressas, não sinto o seu sabor.

Ainda se reclinando sobre o espaldar da cadeira da Srta. Keeldar, Moore observou o rápido movimento dos dedos dela, enquanto a guirlanda verde e roxa crescia sob eles. Depois de uma pausa prolongada, ele perguntou de novo:

— A sombra se afastou *mesmo*?

— Completamente. Como eu me *sentia* duas horas atrás, e como me *sinto* agora, são dois estados diferentes de existência. Creio, Sr. Moore, que os pesares e os temores alimentados em silêncio crescem como infantes Titãs.

— A senhorita não vai mais nutrir tais sentimentos em silêncio?

— Não se eu ousar falar.

— E, ao usar a palavra "ousar", a quem a senhorita se refere?

— Ao senhor.

— Como ela se aplica à minha pessoa?

— Por causa de sua austeridade e timidez.

— Por que sou austero e tímido?

— Porque o senhor é orgulhoso.

— E por que sou orgulhoso?

— Gostaria de saber. O senhor teria a bondade de me dizer?

— Talvez o fato de eu ser pobre seja um motivo. Pobreza e orgulho frequentemente andam lado a lado de mãos dadas.

— Essa é uma bela razão; eu ficaria encantada em descobrir outra que fizesse companhia a essa. Arrume um par para ela, Sr. Moore.

— Agora mesmo. O que a senhorita pensa de casar a sóbria Pobreza com o Capricho tão matizado?

— O senhor é caprichoso?

— A *senhorita* é.

— Uma calúnia. Sou firme como uma rocha e fixa como a estrela polar.

— Eu olho, em certa hora do dia, e vejo um arco-íris belo e perfeito, com o brilho da promessa, gloriosamente se expandindo sobre a enevoada abóbada da vida. Uma hora depois, olho novamente: metade do arco desapareceu, o restante está desbotado. Ainda mais tarde, o céu severo nega jamais ter portado tão benigno símbolo de esperança.

— Bem, Sr. Moore, o senhor deveria lutar contra esses humores cambiantes: eles são seu pecado mais persistente. Nunca se sabe como lidar com o senhor.

— Srta. Keeldar, certa vez eu tive, pelo espaço de dois anos, uma aluna que passou a ser muito estimada por mim. Henry é estimado, mas ela era ainda mais. Henry jamais me causa preocupação; ela... bem, ela causava. Acho que ela me aborrecia vinte e três das vinte e quatro horas do dia...

— Ela jamais ficava com o senhor por mais de três horas, ou, no máximo, seis de cada vez.

— Ela às vezes derramava a bebida de minha xícara e tirava a comida de meu prato; e, quando ela havia me mantido em jejum por um dia (e isso não me caía bem, pois sou um homem acostumado a fazer minhas refeições com um razoável deleite, e a dar a devida importância à fruição dos confortos pessoais)...

— Sei que o senhor dá. Sei dizer que tipo de jantar o senhor mais aprecia... sei muito bem. Sei exatamente quais pratos o senhor prefere...

— Ela tirou o sabor desses pratos e, além disso, fez de mim um tolo. Gosto de dormir bem. Em meus dias tranquilos, quando era senhor de mim mesmo, eu jamais litiguei com a noite por ser longa, nem amaldiçoei meu leito por ser espinhoso. Ela transformou tudo isso.

— Sr. Moore...

— E, tendo tirado minha paz de espírito e a tranquilidade de minha vida, ela tirou de mim sua própria pessoa; com muita frieza, como se, quando ela tivesse partido, o mundo ainda fosse ser o mesmo para mim. Eu sabia que a veria de novo, em alguma ocasião. No fim de dois anos, aconteceu de nós nos encontrarmos novamente sob o teto dela, onde ela era a senhora. Como a senhorita acha que ela se comportou comigo, Srta. Keeldar?

— Como alguém que havia aproveitado bem as lições aprendidas com o senhor.

— Ela me recebeu com altivez; ela colocou um espaço amplo entre nós e me manteve afastado com o gesto reservado, o olhar raro e indiferente, a palavra friamente educada.

— Ela era uma excelente aluna! Tendo visto o senhor distante, ela na mesma hora aprendeu a se retrair. Por favor, senhor, admire na hauteur dela uma cuidadosa melhoria de sua própria frieza.

— Consciência, honra e a mais despótica necessidade arrastaram-me para longe dela e me mantiveram afastado com pesados grilhões. Ela estava livre: ela poderia ter sido clemente.

— Jamais livre para comprometer o autorrespeito dela, para ir buscar onde ela havia sido recusada.

— E então ela foi inconsistente; ela martirizou como antes. Quando eu achava que já me havia decidido a ver nela somente uma arrogante estranha, ela subitamente me mostrava um lampejo de adorável simplicidade... ela me aquecia com tais raios de simpatia revivescente, ela alegrava uma hora com uma conversa tão gentil, alegre e amável... que eu não era mais capaz de fechar meu coração à imagem dela do que seria capaz de fechar aquela porta contra a presença dela. Explique por que ela me afligia tanto.

— Ela não conseguia suportar o fato de ser ignorada; e então ela às vezes ficava pensando, em um dia frio e úmido, que a sala de estudos não era um local alegre, e sentia que era seu dever ir e ver se o senhor e Henry estavam com um bom fogo aceso; e, uma vez estando lá, ela gostava de ficar.

— Mas ela não deveria ser inconstante. Se ela vinha, deveria vir com maior frequência.

— Existe algo que se chama intrusão.

— Amanhã a senhorita não será o que é hoje.

— Não sei. O senhor será?

— Eu não estou louco, excelente Berenice! Nós podemos dedicar um dia aos sonhos, mas no dia seguinte temos de despertar; e eu devo despertar na manhã em que a senhorita estiver casada com Sir Philip Nunnely. O fogo brilha sobre a senhorita e sobre mim e nos mostra com muita clareza no espelho, Srta. Keeldar; e eu tenho olhado para essa imagem enquanto estou falando. Olhe! Que diferença entre seu rosto e o meu! Eu pareço velho para trinta anos!

— O senhor é tão sério; o senhor tem uma testa tão reta; e seu rosto é pálido. Eu nunca penso no senhor como um homem jovem, nem como irmão mais novo de Robert.

— Não pensa? Achei que não. Pense no rosto belo e com traços finos de Robert olhando por sobre meus ombros. Essa aparição não destaca a forma obtusa de meus traços pesados? Ouça! — ele teve um sobressalto. — Estive esperando esse sino soar nesta última meia hora.

O sino para o jantar soou, e Shirley se levantou.

— Sr. Moore — disse ela, ao guardar suas sedas —, o senhor tem tido notícias de seu irmão recentemente? O senhor sabe quais são as intenções dele ficando tanto tempo na cidade? Ele fala em voltar?

— Ele fala em voltar; mas o que causou a longa ausência dele eu não posso dizer. Para falar a verdade, pensei que ninguém em Yorkshire saberia melhor que a senhorita por que ele tem relutado em voltar para casa.

Uma sombra rubra passou pela face da Srta. Keeldar.

— Escreva para ele e insista para que volte — disse ela. — Sei que não foi por falta de cortesia que a ausência dele foi prolongada até este ponto. É bom deixar a tecelagem parada, enquanto os negócios estão tão ruins; porém, ele não pode abandonar o condado.

— Eu sei — disse Louis — que ele teve uma entrevista com a senhorita na noite antes de sua partida e o vi deixar Fieldhead em seguida. Eu vasculhei a fisionomia dele, ou *tentei* vasculhá-la. Ele afastou o rosto. Eu adivinhei que ele ficaria muito tempo longe daqui. Certos dedos finos e esguios têm uma maravilhosa aptidão para pulverizar o orgulho frágil de um homem. Suponho que Robert tenha confiado demais em sua beleza máscula e em sua educação inata. Estão em melhor situação aqueles que, sendo destituídos de vantagens, não podem alimentar ilusões. Mas eu vou escrever e dizer que a senhorita aconselha a volta dele.

— Não diga que *eu* aconselho a volta dele, mas que a volta dele é aconselhável.

O segundo sino soou, e a Srta. Keeldar obedeceu ao seu toque.

XXIX. Louis Moore

Louis Moore estava acostumado a uma vida tranquila: sendo um homem tranquilo, ele a suportava melhor do que a maioria dos homens; tendo um grande mundo só seu em sua cabeça e em seu coração, ele tolerava o confinamento a um canto pequeno e tranquilo do mundo com muita paciência.

Quão silenciosa está Fieldhead esta noite! Todos, com exceção de Moore — a Srta. Keeldar, toda a família Sympson, até mesmo Henry —, foram até Nunnely. Sir Philip queria que eles fossem; ele desejava que eles travassem conhecimento com sua mãe e irmãs, que estão no Priorado. Homem gentil como é o Baronete, convidou o Tutor também; mas o Tutor teria preferido marcar um compromisso com o fantasma do Conde de Huntingdon para se encontrar com ele e um sombrio grupo de seus galantes cavalheiros sob o dossel do mais frondoso, escuro e antigo carvalho na Floresta de Nunnely. Sim, ele teria preferido um encontro marcado com o fantasma de uma abadessa, ou de uma freira pálida como a neblina, entre as úmidas e herbosas relíquias daquele santuário derrocado delas, tombando em ruínas no coração da floresta. Louis Moore anseia por ter algo ao seu lado essa noite; mas não o baronete-rapaz, nem sua mãe benevolente, porém severa; nem suas aristocráticas irmãs, nem uma alma da família Sympson.

Esta noite não está tranquila; o equinócio ainda se debate em suas tempestades. As chuvas abundantes do dia amainaram; a grande nuvem solitária se desfaz e desaparece do céu; ela não passa e deixa um mar todo cor de safira, mas sim agitado antes de uma tempestade contínua, reverberante e torrencial iluminada pela luz do luar. A Lua reina gloriosa, orgulhosa do aguaceiro, tão orgulhosa como se ela se entregasse às suas rudes carícias com amor. Nenhum Endimião vai ficar à espera de sua deusa esta noite; não há rebanhos soltos nas montanhas; e ainda bem, pois esta noite ela recebe Éolo.

Moore, sentado na sala de estudos, ouviu o temporal rugir ao redor do outro torreão e na fachada frontal; aquele recanto estava abrigado. Ele não queria abrigo; ele não desejava sons sufocados ou um posto resguardado.

"Todas as salas estão vazias", disse ele. "Estou enfastiado com esta cela."

Ele saiu dela e foi até onde os postigos, maiores e mais desimpedidos que as gelosias de seus próprios aposentos, cobertas por galhos de árvores, permitiam livremente a impressionante e abrangente visão do céu noturno de outono de um tom azul-escuro, salpicado de prata. Ele não levava velas; desnecessários eram a luz ou o fogo; os raios da lua, amplos e claros, embora flutuantes quando atravessados pelas nuvens, brilhavam em todas as paredes e no chão.

Moore caminha por todos os cômodos: ele parece estar seguindo um fantasma de um salão para outro. No salão de carvalho ele faz uma pausa; ali não está úmido e lustroso e sem fogo como o salon:[1] a lareira está quente e avermelhada; as cinzas reluzem no calor intenso de seu brilho; perto do tapete está uma mesa de trabalho, uma caixa com material para escrita sobre ela, uma cadeira perto dela.

A visão que Moore perseguia ocupa essa cadeira? Você pensaria que sim, se pudesse vê-lo parado na frente dela. Há tanto interesse agora em seus olhos, e quase tanta expressividade em sua face, como se nessa solidão doméstica ele tivesse encontrado uma companhia viva e fosse falar com ela.

Ele descobre coisas. Uma sacola, uma pequena sacola de cetim, está pendurada nas costas da cadeira. A caixa com material de escrita está aberta, as chaves estão na fechadura;

um belo lacre, uma pena de prata, um ou dois bagos rubros de fruta madura sobre folhas verdes, uma luva pequena, limpa e delicada — essas ninharias ao mesmo tempo decoram e desarrumam o local em que se encontram. A ordem proíbe detalhes em um retrato; ela os deixa de lado com muito cuidado; mas os detalhes acrescentam encanto.

Moore falou:

— Sua marca — disse ele. — Ela esteve aqui... Criaturinha descuidada e atraente! Foi chamada às pressas, sem dúvida, e se esqueceu de voltar e de arrumar tudo. Por que ela deixa fascínio em seus rastros? De onde ela adquiriu o talento de ser estouvada e jamais ofender? Sempre há algo a censurar nela, e a reprimenda nunca termina em desgosto no coração, mas, para seu amado ou seu marido, quando ela tivesse fluído por certo tempo através de palavras, iria naturalmente se dissipar dos lábios dele com um beijo. É melhor passar meia hora repreendendo-a que um dia admirando ou elogiando qualquer outra mulher viva. Estou murmurando? Monologando? Pare com isso.

Ele parou mesmo. Ficou ali, pensando, e então arranjou algumas coisas para seu conforto noturno.

Ele abaixou as cortinas sobre a ampla janela e a lua régia; deixou para fora a Soberana e a Corte e os Exércitos Estrelados; acrescentou lenha ao fogo quente, mas que estava se extinguindo; acendeu uma vela — havia duas delas sobre a mesa —, colocou uma cadeira oposta àquela que estava perto da mesa de trabalho; e então se sentou. Seu movimento seguinte foi o de tirar do bolso um caderno pequeno e grosso, com folhas em branco, arrumar um lápis e começar a escrever com uma letra pouco legível e compacta. Aproxime-se, com certeza, leitor. Não seja tímido. Incline-se sobre os ombros dele sem temor e leia enquanto ele escreve às pressas.

"São nove horas; a carruagem não retornará antes das onze, tenho certeza. A liberdade é minha, até lá; até lá posso ocupar a sala dela, sentar-me do lado oposto à cadeira dela, apoiar meu cotovelo na mesa dela, ter as pequenas lembranças dela ao meu redor."

"Eu costumava apreciar a Solidão — imaginá-la uma ninfa um tanto quieta e séria e, contudo, bela; uma Oréade, que descia até mim dos solitários desfiladeiros nas montanhas, alguma coisa da névoa azulada das colinas em sua indumentária e da brisa gelada delas em seu hálito, mas também muito mais da solene beleza delas em seu semblante. Certa época, eu era capaz de cortejá-la com serenidade e imaginar meu coração mais tranquilo quando eu a segurasse perto dele — tudo em silêncio, porém, majestoso."

"Desde o dia em que chamei S. na sala de estudos, e ela veio e sentou-se tão perto de mim; desde que ela descortinou para mim o que perturbava a mente dela, pedindo-me minha proteção, apelando para minha força — desde aquela hora eu abomino a Solidão. Abstração gélida, esqueleto sem carne, filha, mãe e companheira da Morte!"

"É agradável escrever a respeito do que é tão íntimo e caro como o âmago do meu coração; ninguém pode me despojar deste caderninho, e por meio deste lápis eu posso dizer para ele o que desejo — dizer o que não ouso pronunciar para nenhuma criatura viva — dizer o que não ouso *pensar* em voz alta."

"Nós mal nos encontramos desde aquela noite. Certa vez, quando eu estava sozinho na sala de estar, procurando um livro do Henry, ela entrou, vestida para um concerto em Stilbro'. Timidez — a timidez *dela*, não a minha — lançou um véu prateado entre nós. Muitas asneiras tenho ouvido e lido a respeito da "modéstia virginal"; mas, adequadamente usadas, e não banalizadas, as palavras são boas e são palavras apropriadas: quando ela se encaminhou para a janela, depois de me reconhecer em silêncio, mas graciosamente, eu não me referiria a ela em pensamentos a não ser como "virgem imaculada": a meu ver, um delicado fulgor a envolvia, e a modéstia da juventude era o resplendor dela. Posso ser um dos mais presunçosos, assim como sou um dos mais banais dos homens, mas, na verdade, aquela timidez dela me emocionou delicadamente; ela lisonjeou minhas sensações mais refinadas. Arrisco-me a dizer que eu aparentava ser um rematado pateta; uma vida do Paraíso me animava, quando ela afastou *seu* olhar do *meu*, e docemente virou o rosto para esconder o rubor de suas faces."

"Sei que estas são palavras de um sonhador — de um lunático arrebatado e romântico. Eu sonho *mesmo*. Eu *vou* sonhar de vez em quando; e, se ela inspirou o romance em minha prosaica escritura, como posso evitar?"

"Que criança ela é às vezes! Que criaturinha pouco sofisticada e espontânea! Eu a vejo agora olhando para meu rosto, e suplicando-me que eu não permitisse que eles a sufocassem, e que fosse firme e lhe administrasse um narcótico forte; eu a vejo confessando que não era tão autossuficiente e tão independente de simpatia como as pessoas pensavam; vejo a lágrima secreta cair lentamente de seus cílios. Ela disse que eu a achava infantil, e acho. Ela imaginou que eu a desprezasse. Desprezá-la! Era indizivelmente doce sentir-me ao mesmo tempo perto dela e superior a ela — ter a consciência de um direito e poder natural de apoiá-la, como um marido deveria apoiar sua esposa."

"Eu idolatro as perfeições dela; mas são os defeitos dela, ou, pelo menos, as fraquezas dela, que a trazem para perto de mim, que a aconchegam em meu coração, que a envolvem com meu amor — e isso pela razão mais egoísta, porém profundamente natural: esses defeitos são os degraus pelos quais eu me elevo para ter ascendência sobre ela. Se ela se erguesse como uma elevação bem-acabada e artificial, sem desigualdades, que vantagem iria ela oferecer para os pés? É a colina natural, com suas falhas e suas concavidades cobertas de musgo, cujas encostas convidam à subida, cujo topo é um prazer conquistar."

"Abandonando a metáfora. Meus olhos se deliciam olhando-a: ela é perfeita para mim. Se eu fosse um rei e ela a camareira que varresse as escadarias de meu palácio, através de todo aquele espaço entre nós meus olhos iriam reconhecer suas qualidades; uma genuína pulsação bateria em meu coração por ela, embora um abismo intransponível tornasse o contato impossível. Se eu fosse um cavalheiro e ela me atendesse, como empregada, eu não poderia deixar de gostar dessa Shirley. Tirem dela sua educação; tirem seus ornamentos, seus vestidos suntuosos, todas as vantagens extrínsecas; tirem toda a graça, a não ser aquelas que a simetria de suas formas torna inevitáveis; apresentem-na para mim à porta de um chalé, em um vestido simples; permitam que ela me ofereça um pouco de água com aquele sorriso, com aquela cálida boa vontade com a qual ela agora oferece hospitalidade senhorial — eu gostaria dela. Eu gostaria de ficar lá uma hora; eu gostaria de ficar para conversar com aquela mulher rústica. Eu não me sentiria como me sinto *agora*; eu não encontraria nela nada divino; mas, sempre que eu encontrasse aquela jovem camponesa, seria com prazer; sempre que eu a deixasse seria com pesar."

"Quão culpavelmente descuidado da parte dela deixar aberta sua gaveta, na qual eu sei que ela tem dinheiro! Na fechadura estão as chaves de todos os receptáculos dela, de sua própria caixa de joias. Há uma carteira naquela bolsinha de cetim; vejo a borla de contas de prata pendurada para fora. Esse espetáculo provocaria meu irmão Robert: todas as pequenas falhas dela, eu sei, seriam uma fonte de irritação para ele. Se elas me aborrecem, é um aborrecimento dos mais agradáveis. Eu me delicio ao apanhá-la em erro; e, se eu morasse sempre com ela, tenho consciência de que ela não seria parcimoniosa ao assim contribuir para meu deleite. Ela simplesmente me daria algo para fazer, para corrigir — um tema para meus sermões de tutor. Eu nunca faço sermões para Henry, nunca me sinto inclinado a fazê-lo. Se ele erra — e isso acontece raramente, caro e excelente rapaz! — uma palavra é suficiente, com frequência não faço mais do que balançar a cabeça. Mas no momento em que o minois mutin[2] dela encontra os meus olhos, palavras de gentil repreensão se avolumam em meus lábios; acredito que ela me transformaria de homem taciturno em falante. De onde surge o deleite que sinto com essa conversa? Isso às vezes me intriga. Quanto mais crâne, malin, taquin[3] é o estado de espírito dela, e, consequentemente, uma oportunidade mais clara ela me proporciona para desaprovação, mais eu a procuro, mais gosto dela. Ela nunca é tão impetuosa como quando está paramentada com seu costume de montaria e chapéu; nunca menos dócil que quando ela e Zoë chegam arrebatadas de uma corrida contra o vento nas colinas; e eu confesso — a esta página muda eu posso confessar — esperei uma hora no pátio pela chance de testemunhar a chegada dela e pela chance ainda mais doce de recebê-la em meus braços ajudando-a a apear. Eu tenho percebido (uma vez mais, é apenas para esta página que faço a observação) que ela nunca permite que nenhum outro homem além de mim preste a ela esse favor. Eu já a vi educadamente recusar o auxílio de Sir Philip Nunnely; ela é sempre extremamente gentil com seu jovem baronete, extremamente terna para com os sentimentos dele, na verdade, e com seu tão frágil amour-propre;[4] eu a tenho observado rejeitar, altiva, a ajuda de Sam Wynne. Agora eu sei — meu coração sabe disso, pois ele sentiu — que ela se entrega a mim sem relutar: tem ela consciência de como minha força se rejubila ao servi-la? Eu não sou escravo dela — declaro isso —, mas minhas faculdades mentais se voltam para a beleza dela, como os gênios se inclinam para o cintilar da Lâmpada. Na presença dela, todo o meu conhecimento, toda a minha prudência, toda a minha calma e todo o meu poder ficam esperando humildemente uma tarefa. Quão felizes eles se sentem quando uma ordem é dada! Que alegria eles sentem nas labutas de que ela me encarrega! Ela sabe disso?"

"Eu disse que ela é descuidada. É notável o fato de o descuido dela jamais comprometer seu refinamento; na verdade, por meio dessa própria falha de caráter, a realidade, a profundidade e a autenticidade desse refinamento podem ser verificadas. Uma indumentária às vezes cobre a pobreza e a má-formação; através de uma manga rasgada, um belo braço alvo pode ser revelado. Eu tenho visto e manipulado muitas das coisas de propriedade dela, porque elas estão tantas vezes fora de lugar. Eu jamais vi algo que não anunciasse uma dama — nada sórdido, nada maculado. Em certos aspectos ela é tão escrupulosa quanto, em outros, é irrefletida; se fosse uma camponesa, ela sempre estaria bem-arrumada e limpa. Veja só a pureza da pelica desta luvinha, o cetim novo e sem manchas da sacola."

"Que diferença existe entre S. e aquela pérola, C.H.! Caroline, imagino, é a essência da pontualidade conscienciosa e da precisão agradável. Ela seria perfeitamente adequada para os hábitos domésticos de certo melindroso parente meu — tão terna, jeitosa, cativante, ativa, quieta — tudo feito em um minuto, tudo arrumado nos mais mínimos detalhes. Ela seria adequada para Robert; mas o que *eu* faria com alguém praticamente impecável? *Ela* é minha igual, pobre como eu; ela certamente é bonita: uma cabecinha rafaelita — rafaelita nos traços, muito inglesa na expressão, toda a graça e pureza insulares; mas onde há algo que possa ser alterado, algo a ser tolerado, algo a ser repreendido, para se sentir ansioso a respeito? Lá está ela, um lírio do vale, sem colorido, sem precisar de cores. Que mudanças poderiam melhorá-la? Que lápis ousaria pintá-la? *Minha* amada, se um dia eu tiver uma, deve ter uma maior afinidade com a rosa — um deleite doce e cheio de vida protegido com um perigo espinhoso. *Minha* esposa, se eu um dia me casar, deve atiçar meu temperamento com uma aguilhoada de vez em quando; ela deve providenciar um uso para a vasta massa de paciência de seu esposo. Eu não fui feito tão tolerante para ser unido a um cordeirinho; eu teria uma responsabilidade mais de meu agrado tendo sob meus cuidados uma pequena leoa ou pantera. Eu gosto de poucas coisas doces que não sejam igualmente pungentes — poucas coisas luminosas que não sejam igualmente intensas. Gosto dos dias de verão, cujo sol faz com que as frutas se enrubesçam e o milho empalideça. A beleza nunca é tão bela como nos momentos em que, se eu a importuno, ela se volta contra mim com ímpeto. O fascínio jamais é tão imperial como nos momentos em que, excitado e parcialmente irado, ameaça se transformar em ferocidade. Receio que eu me cansasse da silenciosa e monótona inocência do cordeirinho; antes que muito tempo se passasse, eu julgaria cansativa a pombinha aninhada que nunca se agitasse em meu peito; porém, minha paciência exultaria ao apaziguar a agitação e treinar as energias do inquieto falcão. Ao controlar os instintos não domesticáveis da "bête fauve"[5] pouco controlável, os meus poderes se deleitariam."

"Oh, minha aluna! Oh, Peri! Desobediente e rebelde demais para o céu, inocente demais para o inferno, eu nada farei além de te ver, e te idolatrar e ansiar por ti. Ai de mim! sabendo que eu poderia te fazer feliz, será meu destino ver-te possuída por quem não tem tal poder?"

"Por mais gentis que sejam as mãos, se forem fracas, não poderão subjugar Shirley; e ela tem de ser subjugada. Elas não poderão contê-la; e ela tem de ser contida."

"Acautele-se, Sir Philip Nunnely! Nunca vejo o senhor caminhando ou sentando-se ao lado dela, sem observar os lábios dela comprimidos, ou a testa dela franzida em uma resoluta transigência de algum traço de sua personalidade que ela nem admira nem aprecia, em uma determinada tolerância de alguma fraqueza que ela acredita compensada por uma virtude, mas que a perturba apesar dessa crença; eu nunca noto o grave brilho do rosto dela, a centelha severa dos olhos dela, o ligeiro retraimento de todo o corpo dela quando o senhor se aproxima um pouco demais, e olha de um modo um pouco expressivo demais, e sussurra de um modo um pouco veemente demais — eu nunca testemunho esses fatos sem que eu pense na história de Sêmele invertida."

"Não é a filha de Cadmo que eu vejo, nem percebo seu desejo fatal de olhar Júpiter em todo o seu esplendor. É um sacerdote de Juno que está à minha frente, vigiando tarde da noite e solitário em um santuário de um templo de Argos. Durante anos de sacerdócio solitário ele viveu de sonhos. Há uma loucura divina nele: ele ama o ídolo a quem serve e reza dia e noite para que sua loucura seja alimentada, e que a deusa dos olhos de vaca sorria para seu devoto. Ela ouviu; ela será benigna. Toda Argos dorme. As portas do templo estão cerradas; o sacerdote espera no altar."

"Um choque entre o céu e a terra é sentido — não pela cidade adormecida, somente por aquele solitário vigilante, corajoso e inabalável em seu fanatismo. Em meio ao silêncio, sem nenhum som introdutório, ele está envolto em uma súbita luz. Através do teto, através do insondável e vasto azul com brilho esbranquiçado do céu lá no alto, jorra um caudal prodigioso, temível como a precipitação das estrelas. Ele tem aquilo que pediu: retirar-me… abster-me de olhar... estou cego. Eu ouço naquele templo um som indizível — oh, se eu pudesse não o ouvir! Eu vejo uma glória insuportável queimando terrivelmente entre os pilares. Deuses, sede clementes e apagai-a!"

"Um piedoso argivo entra para fazer uma oferenda matutina na fresca aurora do dia. Houve trovões durante a noite; o raio caiu aqui. O santuário está estilhaçado, o pavimento de mármore ao redor se partiu e se enegreceu. A estátua de Satúrnia se ergue, casta, impressionante, intocada; aos seus pés, cinzas empilhadas jazem pálidas. Não há nenhum sacerdote; aquele que vigiava não será mais visto."

* * * * * *

"Eis a carruagem! É hora de eu trancar a gaveta e guardar as chaves. Ela as procurará amanhã; ela terá de vir até mim. Eu a ouço: 'Sr. Moore, o senhor viu minhas chaves?'."

"Assim ela vai se expressar, com sua voz clara, falando com relutância, aparentando estar envergonhada, consciente de que essa será a vigésima vez em que ela pergunta. Eu vou atraí-la, mantê-la perto de mim, esperando, duvidando; e, quando eu as *devolver*, não será sem um sermão. Eis a sacola, também, e a carteira; as luvas... lápis... lacre. Ela vai tirar todos eles da minha mão, lentamente, um por vez: somente por meio de confissão, penitência, súplicas. Eu nunca posso tocar a mão dela, ou um cacho de seus cabelos, ou uma fita de seu vestido, mas vou me conceder privilégios. Cada traço do rosto dela, seus olhos brilhantes e seus lábios passarão por todas as mudanças de que são capazes, para meu prazer — apresentar cada sofisticada variedade de olhares e de curvas, para deleitar, atiçar, talvez para me acorrentar ainda mais desesperadamente. Se eu *tenho* de ser escravo dela, não vou perder minha liberdade por nada."

Ele trancou a mesa, guardou todas as coisas e saiu.

XXX. Rushedge — Uma confissão

Todos diziam que era mais do que tempo de o Sr. Moore voltar para casa: toda Briarfield se intrigava com sua estranha ausência, e Whinbury e Nunnely ofereceram sua contribuição separada de espanto.

E se sabia por que ele ficava afastado? Sim. Era sabido vinte — quarenta vezes, havendo pelo menos quarenta razões plausíveis apresentadas para explicar a circunstância inexplicável. Não eram negócios — com *isso* as más-línguas concordavam; ele havia resolvido os negócios que o haviam levado a partir fazia bastante tempo. Os quatro líderes da revolta ele havia logo farejado e perseguido; ele estivera presente no julgamento deles, ouvido sua condenação e sentença, e os visto devidamente despachados antes da deportação.

Isso era sabido em Briarfield: os jornais haviam relatado o fato. O *Stilbro' Courier* dera todos os detalhes, com acréscimos. Ninguém aplaudiu a perseverança ou aclamou o sucesso dele, embora os proprietários de tecelagem ficassem felizes com isso, esperando que os terrores da Lei defendida fossem, a partir de então, paralisar o sinistro valor da deslealdade. Contudo, ainda se ouvia a deslealdade resmungando com seus botões. Ela rogava pragas ameaçadoras por cima dos canecos da cerveja envenenada das tabernas e fazia estranhos brindes com ardente gim britânico.

Um relato afirmava que Moore não *ousava* voltar para Yorkshire; ele sabia que sua vida não valia dois caracóis se ele voltasse.

— Eu vou lhe dizer isso — falou o Sr. Yorke, quando seu capataz mencionou os rumores —, e se *isso* não o trouxer de volta a pleno galope, nada trará.

Ou esse ou algum outro motivo finalmente foi suficiente para trazê-lo de volta. Ele informou para Joe Scott o dia em que deveria chegar a Stilbro', solicitando que sua carruagem fosse mandada para o "George" para seu conforto; e, tendo Joe Scott informado o Sr. Yorke, este cavalheiro arrumou um modo de se encontrar com Moore.

Era dia de mercado; Moore chegou com tempo para assumir seu posto habitual no jantar que aqueles profissionais realizavam. Os manufatureiros reunidos receberam-no com certa distinção, como se ele fosse até certo ponto um estranho, além de homem importante e ativo. Alguns, que em público mal teriam ousado reconhecer nele um amigo, temendo que um pouco do ódio e da vingança reservados para ele pudesse por acaso ter recaído sobre eles, no ambiente fechado saudaram-no como um tipo de defensor. Quando o vinho havia circulado, o respeito deles poderia ter se inflamado ao ponto do entusiasmo, se a inabalável indiferença de Moore não o tivesse mantido em um estado de umidade, contido e latente.

O Sr. Yorke — permanente presidente desses jantares — testemunhou o comportamento de seu jovem amigo com excessiva satisfação. Se alguma coisa fosse capaz de atiçar seu temperamento ou excitar o desprezo dele mais que outra, era ver um homem iludido por lisonjas ou exultante por causa da popularidade. Se alguma coisa o aplacava, acalmava e encantava de modo especial, era o espetáculo de uma personalidade pública incapaz de se deleitar com sua publicidade — *incapaz*, eu digo; o desdém teria apenas atiçado; era a indiferença que serenava sua índole inflexível.

Robert, recostado em sua cadeira, quieto e quase carrancudo, enquanto os comerciantes de tecidos e fabricantes de lã alardeavam as proezas dele e repetiam os seus feitos — muitos deles entremeando suas lisonjas com grosseiras invectivas contra a classe operária — era uma visão aprazível para o Sr. Yorke. Seu coração comichava com a agradável convicção de que esses elogios grosseiros envergonhavam Moore profundamente e faziam-no em parte desdenhar a si mesmo e seu trabalho. É fácil sorrir do insulto, da reprimenda, da calúnia; mas verdadeiramente doloroso é o panegírico daqueles que menosprezamos. Tantas vezes Moore havia olhado com uma fisionomia iluminada para as multidões vociferantes em comícios hostis; ele havia enfrentado a tempestade da impopularidade com um comportamento galante e uma alma jubilosa; porém, ele baixava a cabeça diante dos cumprimentos dos comerciantes pouco educados e se retraía, embaraçado, perante as congratulações deles.

Yorke não pôde deixar de lhe perguntar o que ele achava de seus defensores, e se ele não pensava que eles honravam a sua causa.

— Mas é uma pena, minino — acrescentou ele —, que você não tenha enforcado esses quatro espécimes da Ralé. Se você tivesse conseguido realizar *essa* proeza, a sociedade local teria arrancado os cavalos da carruagem, atrelado um par de jumentos e levado você para Stilbro' como um general vencedor.

Moore logo deixou de lado o vinho, se afastou do grupo e se dirigiu para a estrada. Em menos de cinco minutos, o Sr. Yorke o seguiu; eles foram para Stilbro' juntos.

Era cedo para voltar para casa, porém já era o fim do dia: os últimos raios de sol já haviam desaparecido das bordas das nuvens, e a noite de outubro estava lançando sobre as charnecas as sombras de sua aproximação.

O Sr. Yorke, moderadamente animado por causa de suas moderadas libações, e nem um pouco insatisfeito por ver o jovem Moore uma vez mais em Yorkshire, e por tê-lo como companhia durante o longo trajeto para casa, falou durante a maior parte do tempo. Ele mencionou brevemente, porém em tom de zombaria, os julgamentos e a sentença; daí ele passou a tagarelar sobre a vizinhança, e em pouco tempo estava atacando Moore em seus problemas pessoais.

— Bob, eu acho que ocê foi derrotado, e ocê merece. Estava tudo correndo bem. A Fortuna havia se apaixonado por ocê. Ela havia decretado pr'ocê o prêmio máximo em sua roda, vinte mil libras; ela somente pedia que ocê estendesse a mão e as pegasse. E o que ocê fez? Ocê pediu um cavalo e foi caçar em Warwickshire. Sua namorada... a Fortuna, eu quero dizer — foi muito indulgente. Ela disse: "Eu vou perdoá-lo; ele é jovem". Ela esperou, como "a própria estátua da paciência", até a caçada terminar e a gentalha ser capturada. Ela esperou que ocê fosse voltar então, e ser um bom minino: ocê ainda podia ter obtido o primeiro prêmio dela. Ela num tinha palavra para dizer quanto ficou embasbacada, e eu também não, ao descobrir que, em vez de estrondear para casa em um galope enlouquecido e colocar seus devidos louros aos pés dela, ocê friamente pegou uma carruagem para Londres. O que ocê fez por lá, só o diabo sabe; nada neste mundo, eu acredito, além de ficar sentado e emburrado. Vosso rosto nunca foi de uma brancura como a dos lírios, mas ele está esverdeado agora. Ocê não está fermoso como costumava ser, homem.

— E quem vai receber esse prêmio de que o senhor tanto fala?

— Apenas um baronete, só isso. Cá com os meus botões, não tenho a menor dúvida de que ocê a perdeu; ela será Lady Nunnely antes do Natal.

— Hm! Muito provável.

— Mas ela não precisaria ter sido. Minino insensato! Eu juro que ocê poderia tê-la conquistado.

— E baseado em quê, Sr. Yorke?

— Baseado em todos os sinais. Pela luz nos olhos dela, pelo rubor das faces dela: vermelhas elas ficavam quando seu nome era mencionado, embora normalmente sejam pálidas.

— Suponho que minha chance tenha se acabado?

— Deve ter acabado; mas tente: vale a pena tentar. Eu digo que esse Sir Philip é insulso. E ainda por cima ele escreve versos, dizem... faz rimas. *Ocê* está acima disso, Bob, de qualquer modo.

— O senhor me aconselha a pedir a mão dela, assim tão tarde, Sr. Yorke, na undécima hora?

— Ocê pode experimentar, Robert. Se ela tem uma inclinação por ocê... e, palavra de honra, eu acredito que ela tenha, ou tenha tido, ela vai perdoar muita coisa. Mas, meu minino, você está rindo: é de mim? seria melhor ocê rir da vossa própria estultice. Entretanto, estou vendo que ocê está ficando com ar envergonhado. Ocê está com uma expressão tão azeda agora quanto alguém pode querer ver.

— Eu tenho lutado tanto comigo mesmo, Yorke. Eu tenho recalcitrado tanto contra os aguilhões, e me debatido em uma camisa de força, e machucado meus pulsos forçando-os contra as algemas, e ferido minha cabeça dura de tanto batê-la contra uma parede ainda mais dura.

— Ah! Fico feliz ao ouvir isso. Um belo de um exercício, o vosso! Espero que tenha feito bem pr'ocê... acabado com um pouco dessa vossa presunção?

— Presunção? O que é isso? Autorrespeito, tolerância com relação a nós mesmos, o que são eles? O senhor vende essas mercadorias? O senhor conhece alguém que o faça? Dê-me uma indicação; eles descobririam em mim um generoso comprador. Eu gastaria meu último guinéu neste instante para comprá-los.

— É isso que está acontecendo com ocê, Robert? Essas palavras são mordazes. Gosto de um homem que diz o que pensa. O que aconteceu de errado?

— O mecanismo de toda a minha natureza; todas as máquinas deste moinho humano; a caldeira, que eu considero ser o coração, está pronta para explodir.

— Isso devia de sê colocado em livro; é impressionante. É quase que verso sem rima. Ocê vai acabar fazeno poesia logo despois. Se a inspiração vim, deixe vir, Robert. Num se preocupe comigo; eu vou dar uma enchança (chance) desta vez.

— Hediondo, horrível e ordinário disparate! Você pode fazer em um instante algo de que pode se arrepender por anos... o que a vida não pode apagar.

— Minino, continue. Eu chamo isso de torta, nozes e doces. Aprecio demais esse gosto. Continue: vai fazer bem pr'ocê falar. A charneca está à nossa frente agora, e não tem um ser vivo por muitos quilômetros ao nosso redor.

— Eu *vou* falar. Não tenho vergonha de contar. É como se houvesse um gato selvagem em meu peito, e eu quero que o senhor ouça como ele pode urrar.

— Isso é música para mim. Que vozes imponentes ocê e Louis têm! Quando Louis canta, soa como um sino doce e profundo, eu sinto que estremeço de novo. A noite está em silêncio; ela ouve, ela está apenas se reclinando sobre ocê, como um sacerdote negro sobre um penitente ainda mais negro. Confesse, minino: num refreie nada; seja tão honesto como um Metodista convicto, justificado e santificado em uma reunião de experiências. Seja tão maligno quanto Belzebu: isso vai deixar ocê mais tranquilo.

— Tão avarento quanto Mammon, o senhor diria. Yorke, se eu apeasse do cavalo e me deitasse no meio da estrada, o senhor faria a gentileza de galopar por cima de mim, para frente e para trás, umas vinte vezes?

— Com todo o prazer da vida, se num tivesse uma coisa chamada interrogatório da polícia.

— Hiram Yorke, eu com certeza acreditava que ela me amava. Eu via os olhos dela brilharem, radiantes, quando ela me localizava no meio da multidão; ela enrubescia profundamente quando me oferecia a mão e dizia: "Como tem passado, Sr. Moore?".

"Meu nome exercia uma influência mágica sobre ela: quando outros o pronunciavam, a expressão dela se alterava; eu sei que ela se alterava. Ela própria o pronunciava com a mais musical de suas muitas entonações musicais. Ela era cordial comigo; ela se interessava por mim; ela ficava ansiosa por minha causa; ela me desejava o bem; ela procurava, ela agarrava cada oportunidade para me beneficiar. Eu refleti, parei, observei, avaliei, me espantei. Eu só podia chegar a uma conclusão: aquilo era amor.

"Eu a olhei, Yorke: eu vi nela juventude e um tipo de beleza. Eu vi poder nela. A riqueza dela me proporcionava a redenção de minha honra e de minha situação. Eu era grato a ela. Ela havia me ajudado de modo considerável e eficaz com um empréstimo de cinco mil libras. Eu era capaz de me lembrar dessas coisas? Eu era capaz de acreditar que ela me amava? Eu era capaz de ouvir a sabedoria insistindo comigo para eu me casar com ela, e ignorar cada vantagem, deixar de acreditar em cada sugestão lisonjeira, desdenhar cada conselho ponderado, voltar-me e abandoná-la? Jovem, elegante e graciosa, minha benfeitora, apegada a mim, enamorada por mim. Eu costumava dizer isso para mim mesmo; me demorar nas palavras; pronunciá-las repetidas vezes; orgulhar-me delas com uma complacência aprazível e pomposa, com uma admiração dedicada inteiramente a mim, e que não era prejudicada nem mesmo pela minha estima por ela; na verdade, eu sorria secretamente por causa da naïveté[1] e simplicidade dela em ser a primeira a amar, e demonstrar isso. Esse seu chicote parece ter um cabo bem pesado, Yorke; o senhor pode girá-lo acima de sua cabeça e me derrubar da sela, se quiser. Eu bem que gostaria de uma bela de uma coça."

— Tem paciença, Robert, até a lua surgir e eu poder ver ocê. Fale claramente: ocê a amava ou não? Eu gostaria de saber: estou curioso.

— Senhor... senhor... eu digo... ela é muito bonita, à maneira dela, e muito atraente. Ela tem um olhar, às vezes, algo feito de fogo e de ar, perante o qual eu fico parado e me espanto, sem pensar em tentar pegá-lo e beijá-lo. Sinto nela um ímã poderoso que atrai meu interesse e minha vaidade: eu nunca senti como se a natureza a tivesse destinado a ser minha cara metade. Quando um questionamento a esse respeito se me apresentou, eu o coloquei de lado, dizendo brutalmente que eu seria rico com ela e arruinado sem ela; prometendo que eu seria prático, e não romântico.

— Uma resolução muito sensata. E o que aconteceu de errado nessa história, Bob?

— Com essa resolução sensata eu fui até Fieldhead uma noite em agosto passado: foi exatamente a véspera de minha partida para Birmingham; pois, o senhor sabe, eu queria garantir o esplêndido prêmio da Fortuna. Eu havia enviado previamente um bilhete solicitando uma entrevista particular. Eu a encontrei em casa e sozinha.

"Ela me recebeu sem constrangimento, pois achava que eu havia ido a negócios. *Eu* estava bastante envergonhado, mas determinado. Mal sei como dei conta do recado; mas me desincumbi da tarefa de uma maneira rígida e firme; bastante aterrorizante, ouso dizer. Eu me ofereci friamente: minha bela pessoa (com minhas dívidas, naturalmente) como um acordo.

"Deixou-me irritado e atiçou minha ira perceber que ela nem se ruborizava, nem tremia, nem mantinha os olhos baixos. Ela respondeu: 'Não sei se entendi suas palavras, Sr. Moore'.

"E eu tive de fazer o pedido duas vezes, e expressá-lo de modo tão claro quanto o ABC, antes de ela compreender toda a questão. E então, o que ela fez? Em vez de gaguejar um meigo Sim, ou de manter um silêncio doce e confuso (o que teria sido igualmente bom), ela se levantou de repente, andou a passos rápidos pela sala duas vezes, do modo que só *ela* faz, e nenhuma outra mulher, e exclamou: 'Deus me perdoe!'.

"Yorke, eu fiquei parado na frente da lareira, escorado pela cornija; nela eu me apoiei e me preparei para qualquer coisa, tudo. Eu conhecia o meu destino, e eu me conhecia. Não havia como se equivocar com o aspecto e a voz dela. Ela parou e me olhou.

"'Deus me perdoe!', repetiu ela lamentosa, com aquele tom chocado, indignado, e ao mesmo tempo entristecido. 'O senhor fez uma estranha proposta; estranha vinda do *senhor*; e se o senhor soubesse como a pronunciou de modo estranho e como era estranha sua aparência, o senhor se espantaria com sua própria pessoa. O senhor falou como um salteador que exigisse minha bolsa e não como um apaixonado que desejasse meu coração.'

"Uma frase inusitada, não foi, Yorke? E eu sabia, enquanto Shirley falava, que ela era verdadeiramente inusitada. As palavras dela eram um espelho, no qual eu me via.

"Eu olhei para ela, mudo e bravio; ela na mesma hora me deixou irado e envergonhado.

"'Gérard Moore, o senhor sabe que não ama Shirley Keeldar.' Eu poderia ter irrompido com falsos juramentos; assegurando que a amava de verdade; porém, não conseguia mentir na frente daquele rosto puro; eu não seria capaz de jurar em falso na honesta presença dela. Além do mais, tais juras sem sentido teriam sido tão vãs quanto vazias: ela teria acreditado em mim tanto quanto teria acreditado no fantasma de Judas caso ele tivesse irrompido no meio da noite e parado à frente dela. O coração feminil dela tinha uma percepção sutil demais para ser levado a acreditar que minha admiração em parte grosseira e em parte fria fosse um amor viril e palpitante.

"'O que aconteceu em seguida?', o senhor vai perguntar, Sr. Yorke. Ora, ela se sentou no recanto da janela e chorou. Chorou desesperadamente; os olhos dela não apenas vertiam lágrimas, mas relampejavam. Eles luziam, abertos, grandes, escuros e altivos, sobre mim. Eles diziam: 'O senhor me magoou; o senhor me insultou; o senhor me enganou'.

"Logo ela acrescentou palavras aos olhares.

"'Eu o *respeitava... admirava... gostava* do senhor', ela disse, 'sim... quase tanto como se o senhor fosse meu irmão; e *o senhor... o senhor* quer fazer de mim uma especulação. O senhor me imolaria em oferenda àquela tecelagem, seu Môlek!'.

"Eu tive o bom senso de me abster de quaisquer palavras de desculpas, quaisquer tentativas de dissimulação. Fiquei ali parado para ser escarnecido.

"Tendo me vendido para o diabo naquele momento, eu certamente estava arrogante; quando eu falei, o que o senhor acha que eu disse?

"'Quaisquer que fossem meus sentimentos, eu tinha certeza de que a *senhorita me* amava, Srta. Keeldar.'

"Lindo, não foi? Ela ficou sentada, bastante perplexa. 'É Robert Moore quem está falando?', eu a ouvi murmurar. 'É um homem... ou algo mais vil?'

"'O senhor quer dizer', ela perguntou em voz alta, 'o senhor quer dizer que achou que eu o amava assim como amamos a pessoa com quem desejamos nos casar?'

"*Era* o que eu pensava, e eu o disse.

"'O senhor teve uma ideia ofensiva para os sentimentos de uma mulher', foi a resposta dela, 'o senhor a anunciou de uma maneira revoltante para a alma de uma mulher. O senhor insinua que toda a gentileza franca que eu lhe tenho demonstrado tem sido uma manobra complexa, ousada e impudente para enlear um marido; o senhor sugere que finalmente veio aqui, por piedade, oferecer-me sua mão, porque eu o cortejei. Permita-me dizer o seguinte: sua visão é malsã, o senhor enxergou erroneamente. Sua mente é deturpada; o senhor julgou erroneamente. Sua língua o trai, agora o senhor fala erroneamente. Eu nunca o amei. Fique tranquilo quanto a isso. Meu coração é tão puro de paixão pelo senhor quanto o seu é estéril de afeição por mim'.

"Suponho que eu tenha ouvido minha resposta, Yorke?

"'Eu pareço ser uma pessoa cega e arrogante', foi minha resposta.

"'*Amar* o senhor!', exclamou ela. 'Ora, eu tenho sido tão franca com o senhor quanto uma irmã... Jamais me esquivei do senhor... jamais o temi. O senhor não é capaz', ela afirmou, triunfante, 'o senhor não é capaz de me fazer tremer com sua chegada, nem de acelerar minha pulsação com sua influência'.

"Eu aleguei que tantas vezes, quando ela falava comigo, ela enrubescia, e que o som do meu nome a emocionava.

"'Não por sua causa!', ela afirmou, seca. Eu solicitei uma explicação, mas não consegui obter nada.

"Quando me sentei ao seu lado na festa da escola, o senhor achava que eu o amava então? Quando fiz o senhor parar em Maythorn Lane, o senhor achava que eu o amava então? Quando eu ia falar com o senhor no escritório, quando eu caminhava com o senhor pela aleia, o senhor achava que eu o amava então?'

"Assim ela me questionou; e eu disse que achava.

"Por Deus! Yorke, ela se levantou, a estatura dela aumentou, ela se expandiu e se purificou quase ao ponto das chamas: havia um tremor por todo o corpo dela, assim como no carvão queimando, quando seu vermelhão vívido é mais intenso.

"'Isso quer dizer que o senhor tem a pior opinião possível a meu respeito; que o senhor me nega a posse daquilo que mais prezo. Isso quer dizer que sou uma traidora de todas as minhas irmãs; que tenho agido como nenhuma mulher pode agir sem degradar a si própria e ao seu sexo; que me esforcei para conseguir algo onde as incorruptas de minha espécie naturalmente desdenham e odeiam procurar.' Ela e eu ficamos em silêncio por vários minutos. 'Lúcifer, Filho da Aurora', ela prosseguiu, 'tu caíste! O senhor, a quem outrora eu tinha em alta estima, é arremessado para baixo; o senhor, outrora gozando de minha amizade, é expulso. Saia!'

"Eu não saí. Eu tinha ouvido a voz dela tremer, tinha visto seus lábios palpitando. Eu sabia que outra tempestade de lágrimas iria cair e então achei que um pouco de calma e de luz do sol deveriam se seguir; e eu esperaria por elas.

"Tão rápida, mas mais tranquilamente que antes, a chuva cálida fluiu; havia outro som no soluçar dela, um som mais ameno, mais pesaroso. Enquanto eu observava, os olhos dela me lançaram um olhar mais reprovador que altivo, mais doloroso que irado.

"'Oh, Moore!', ela disse. Foi pior que 'Et tu, Brute!'[2]

"Eu me extravasei com o que deveria ter sido um suspiro, mas se transformou em um gemido. Uma sensação semelhante à desolação de Caim fez meu peito doer.

"'Houve um erro em meu procedimento', eu disse, 'e ele me trouxe amargas recompensas, e eu vou partir e gastá-las muito longe daquela que as proporcionou.'

"Peguei meu chapéu. O tempo todo, eu não seria capaz de partir daquele modo, e eu acreditava que ela não me permitiria. Tampouco ela permitiria, se não fosse pelo golpe mortal que eu infligira ao seu orgulho, que intimidava sua compaixão e a mantinha em silêncio.

"Eu fui forçado a me voltar por vontade própria quando cheguei à porta, a me aproximar dela e dizer: 'Perdoe-me'.

"'Eu poderia, se não houvesse também a mim para perdoar', foi a resposta dela; 'para induzir em erro um homem sagaz a esse ponto, eu devo ter procedido mal'".

"Eu a interrompi de repente com alguma afirmação da qual não me lembro: eu sabia que ela era sincera, e que meu desejo e meu objetivo eram o de absolvê-la a seus próprios olhos. Na verdade, no caso dela, a autoacusação era uma quimera.

"Finalmente ela me estendeu a mão. Pela primeira vez eu desejei pegá-la em meus braços e beijá-la. E eu *beijei* a mão dela, várias vezes.

"'Um dia, nós seremos amigos de novo', ela disse, 'quando o senhor tiver tido tempo para entender minhas ações e motivos sob uma luz verdadeira, e não as interpretar equivocamente e de modo tão horrível. O tempo vai lhe dar a verdadeira resposta para tudo. Então talvez o senhor me compreenda e então nós nos reconciliaremos'.

"Lágrimas de despedida caíram lentamente pelo rosto dela. Ela as secou.

"'Eu sinto muito por tudo o que aconteceu... sinto muito', ela soluçou. E eu também sentia, Deus o sabe! E assim nós nos separamos."

— Uma história estranha — comentou o Sr. Yorke.

— Não vou mais fazer isso — garantiu seu companheiro. — Nunca mais vou mencionar casamento para uma mulher a não ser que eu ame. Doravante, crédito e comércio podem cuidar de si mesmos. A falência pode vir quando assim o desejar. Eu já me libertei do temor servil do desastre. Eu tenciono trabalhar com diligência, esperar com paciência, suportar com transigência. Se o pior acontecer, vou pegar meu machado e uma cabine de imigrante e irei com Louis para o Oeste; ele e eu já decidimos isso. Nenhuma mulher jamais vai olhar para mim de novo como a Srta. Keeldar olhou; jamais vai se sentir com relação à minha pessoa como a Srta. Keeldar se sentiu. Na presença de nenhuma mulher jamais tornarei a ser ao mesmo tempo tamanho tolo e tamanho patife, tamanho brutamontes e tamanho parvo.

— Hm! — disse o imperturbável Yorke. — Você está dando muito importância a isso; mas ainda assim, eu digo, estou estonteado: em primeiro lugar, por ela não amar você; e, em segundo lugar, por você não amar Shirley. Vocês dois são jovens, os dois são belos, vocês dois são bastante inteligentes e têm o mesmo temperamento; vamos tentar entender a situação: o que incomoda vocês e faz com que não se entendam?

— Nós jamais nos *sentimos*... jamais *poderíamos* nos sentir *íntimos* um do outro, Yorke. Por mais que nós nos admirássemos à distância, mesmo assim nós não nos harmonizávamos quando ficávamos perto um do outro. Eu fiquei sentado em um lado de uma sala e a observei no outro lado, talvez em um momento de excitação e cordialidade, quando ela estava com alguns de seus favoritos ao redor dela... os velhos beaux[3] dela, por exemplo, o senhor e Helstone, com quem ela é tão alegre, agradável e eloquente. Eu a observei quando ela estava mais natural, mais vivaz e mais adorável; meu julgamento decretou que ela é bela: bela ela é às vezes, quando seu estado de espírito e sua vestimenta estão próximos do esplendor. Eu me aproximei um pouco mais, sentindo que nosso relacionamento dava-me o direito de me aproximar; eu me juntei ao grupo ao redor dela, atraí o olhar dela e dominei a atenção dela; e então nós conversamos; e os outros, talvez me achando particularmente privilegiado, se afastaram aos poucos, e nos deixaram a sós. Nós estávamos felizes deixados nessa situação? De minha parte, devo dizer Não. Um sentimento de constrangimento sempre se apoderou de mim; eu estava sempre inclinado a ser severo e cerimonioso. Nós falamos de política e de negócios; nenhuma doce sensação de intimidade familiar jamais abriu nossos corações, ou abrandou nossas palavras e fez com que elas fossem fluentes e límpidas. Se nós trocamos confidências, eram confidências do escritório, não do coração. Nada nela acalentou a afeição em mim, fez de mim alguém melhor e mais gentil; ela somente instigou meu cérebro e atiçou minha perspicácia; ela nunca se insinuou em meu coração ou influenciou os batimentos dele; e isso por bons motivos, sem dúvida, porque eu não possuía o segredo de fazer com que ela me amasse.

— Bem, minino, essa é uma coisa estranha. Eu podia rir d'ocê, e pensar em escarnecer desses vossos refinamento; mas, como é uma noite escura e estamos sozinhos, não me importo em dizer pr'ocê que vossas palavras me trazem uma recordação do meu passado. Vinte e cinco anos atrás, tentei fazer uma mulher bonita me amar, e ela não me amou. Eu não tinha o segredo para entender a natureza dela; ela era um muro de pedra pra mim, sem porta e sem janelas.

— Mas o senhor *a* amava, Yorke; o senhor idolatrava Mary Cave. Sua conduta, afinal, foi a de um homem; nunca a de um caçador de dotes.

— É, eu amava *mesmo*; mas ela era bela como a lua que nós *não* estamos vendo esta noite; num tem ninguém como ela hoje. A Srta. Helstone, talvez, se pareça um pouco com ela, mas ninguém mais.

— Quem se parece um pouco com ela?

— A sobrinha daquele tirano encasacado de preto, aquela quieta e delicada Srta. Helstone. Muitas vezes eu coloquei os óculos pra olhar a minina na igreja, porque ela tem uns zoio azul lindo, com cílios comprido; e quando ela se senta à sombra, e está muito quieta e muito pálida, e está, talvez, quase dormindo por causa do tamanho do sermão e do calor da igreja, ela se parece com uma das estátua de mármore do Canova mais do que ninguém.

— Mary Cave tinha essa aparência?

— Muito mais bonita! Não se parecia tanto com uma minina e com gente de carne e osso. Você ficava pensando por que ela não tinha asas e uma coroa. Ela era um anjo majestoso e tranquilo, a minha Mary.

— E o senhor não conseguiu persuadi-la a amá-lo?

— Não com tudo o que eu fui capaz de fazer, embora eu tenha pedido aos Céus muitas vezes, de joelhos, para me ajudar.

— Mary Cave não era o que o senhor pensa dela, Yorke. Eu vi o retrato dela na casa paroquial. Ela não era um anjo, mas uma mulher bonita, com belos traços e aparência taciturna, muito branca e sem vida para meu gosto. Porém, supondo que ela tenha sido algo melhor do que ela era...

— Robert — interrompeu Yorke —, eu poderia derrubar você de seu cavalo agora mesmo. Entretanto, vou me conter. A razão me diz que você está certo e que eu estou errado. Eu sei muito bem que a paixão que ainda sinto é apenas o que sobrou de uma ilusão. Se a Srta. Cave tivesse tido ou sentimentos ou bom senso, ela não poderia ter permanecido tão perfeitamente impassível em relação a mim quanto ela demonstrou estar; ela teria preferido a mim e não àquele déspota descarado.

— Supondo, Yorke, que ela tivesse sido educada (nenhuma mulher recebia educação naqueles tempos); supondo que ela tivesse tido uma mente reflexiva e original, um amor pelo conhecimento, um desejo por informações que ela sentisse um deleite natural em receber de seus lábios e que tivessem sido adequadas a ela por suas mãos, Yorke; supondo que a conversa dela, quando ela se sentasse ao seu lado, fosse fértil, diversificada, cheia de uma graça pitoresca e um interesse cordial, bastante fluente, porém clara e generosa; supondo que, quando você estivesse ao lado dela por acaso, ou quando você se sentasse ao lado dela de propósito, na mesma hora sua atmosfera passasse a ser a do conforto, e a alegria o seu elemento; supondo que, todas as vezes em que o rosto dela estivesse sob a mira de seus olhos, ou a imagem dela ocupasse seus pensamentos, o senhor gradualmente deixasse de ser rígido e ansioso, e uma afeição pura, o amor ao lar, o desejo de ouvir palavras gentis, um anseio desprendido de proteger e acarinhar, substituíssem os sórdidos e corruptos cálculos de sua profissão; supondo, com tudo isso, que muitas vezes, quando o senhor fosse tão feliz a ponto de segurar a mãozinha de sua Mary, o senhor a tivesse sentido tremer enquanto a segurava, assim como um cálido passarinho treme quando o senhor o tira de seu ninho; supondo que o senhor tivesse percebido que ela se retraía em um canto quando o senhor entrasse em um cômodo, contudo, se o senhor a procurasse em seu esconderijo, ela recebesse o senhor com o mais doce dos sorrisos que já iluminou um belo rosto virgem, e somente afastasse os olhos dela do confronto com os seus caso a limpidez deles pudesse revelar muita coisa; supondo, resumindo, que sua Mary não tivesse sido fria, mas modesta; não ausente, mas reflexiva; não insensível, mas sensível; não tola, mas inocente; não pudica, mas pura... o senhor a teria deixado para cortejar outra mulher por causa da fortuna dela?

O Sr. Yorke tirou o chapéu, secou a testa com o lenço.

— A lua surgiu — foi a primeira e não muito relevante observação dele, enquanto apontava com seu chicote ao longo da charneca. — Lá está ela, se erguendo em meio à névoa, olhando pra nós com um estranho brilho avermelhado. Ela não é mais prateada do que a testa do velho Helstone é cor de marfim. O que ela tenciona inclinando sua face sobre Rushedge desse jeito, e olhando pra gente com uma carranca e uma ameaça?

— Yorke, se Mary tivesse amado o senhor em silêncio, porém com constância; castamente, porém com fervor, assim como o senhor desejaria que sua esposa amasse, o senhor teria a deixado?

— Robert! — ele ergueu o braço, o manteve erguido e fez uma pausa. — Robert! Este é um mundo estranho, e os homens são feitos dos mais estranhos farrapos que o Caos remexeu em seu fermento. Eu poderia proferir pragas sonoras, pragas que teriam feito os invasores pensar que havia um abetouro estrondeando em Bilberry Moss; que, nas circunstâncias que você apresentou, somente a morte teria me separado da Mary. Mas eu estou vivendo neste mundo já faz cinquenta e cinco anos; tenho sido forçado a estudar a natureza humana; e, para dizer a verdade mais sombria, é possível que, se Mary tivesse me amado e não me desdenhado, se eu tivesse a garantia da afeição dela, a certeza da constância dela, não tivesse ficado irritado por dúvidas, atingido por humilhações... é possível que... (ele deixou cair a mão, pesadamente, na sela) é possível que eu a tivesse deixado!

Eles cavalgaram lado a lado em silêncio. Antes que um deles falasse de novo, eles estavam do outro lado de Rushedge. As luzes de Briarfield iluminavam as bordas cor de púrpura da charneca. Robert, sendo o mais jovem, e tendo menos do passado para absorvê-lo que o seu companheiro, foi o primeiro a falar.

— Eu acredito (isso é provado para mim diariamente) que nós não conseguimos obter nada neste mundo que valha a pena manter, nem mesmo um princípio ou uma convicção, a não ser por meio das chamas purificadoras ou de um perigo fortalecedor. Nós vagueamos, nós caímos, nós somos rebaixados; então caminhamos com mais cuidado. Avidamente, nós comemos e bebemos veneno do cálice dourado do vício ou da carteira da avarícia do mendigo. Nós ficamos enojados, degradados; tudo que há de bom em nós se rebela contra nós; nossas almas se elevam amargamente indignadas contra nossos corpos; há um período de guerra civil; se a alma tem forças, ela conquista e domina a partir de então.

— O que ocê vai fazer agora, Robert? Quais são vossos planos?

— Quanto aos meus planos pessoais, vou mantê-los em segredo; o que é muito fácil, pois atualmente não tenho nenhum. Nenhuma vida pessoal é permitida para um homem em minha posição, um homem endividado. Quanto aos meus planos públicos, minhas perspectivas estão um pouco alteradas. Enquanto estava em Birmingham, refleti um pouco a respeito da realidade, pensei cuidadosamente sobre as causas dos problemas atuais deste país e suas origens. Eu fiz o mesmo em Londres. Sem ser conhecido, eu poderia ir aonde quisesse; misturar-me com quem escolhesse. Fui aonde havia falta de comida, de carvão, de roupas; onde não havia trabalho nem esperança. Vi pessoas, com tendências naturalmente elevadas e bons sentimentos, rebaixadas em meio a privações sórdidas e pesares incômodos. Eu vi muitas pessoas originalmente inferiores, e a quem a falta de educação deixava pouco além das necessidades animais, decepcionadas quanto a essas necessidades, famintas, sedentas e desesperadas como animais esfomeados. Eu vi algo que ensinou uma nova lição ao meu cérebro e encheu meu peito de sentimentos novos. Não tenho intenção de alegar maior doçura ou sentimento do que tenho até então demonstrado; revolta e ambição eu considero como sempre os considerei. Eu resistiria a uma multidão revoltosa assim como fiz até então; eu iria seguir os rastros de um líder fugitivo com a mesma ansiedade de sempre, e capturá-lo sem piedade, e fazer com que ele recebesse uma punição condigna com o mesmo rigor; mas eu iria fazer isso agora principalmente por causa daqueles a quem ele enganou e pela segurança deles. Há algo a se considerar, Yorke, além dos interesses pessoais de um homem, além da antecipação de planos bem elaborados, além mesmo da quitação de dívidas desonrosas. Para respeitar a si mesmo, um homem tem de acreditar que ele faz justiça aos seus semelhantes. A não ser que eu seja mais tolerante com relação à ignorância e mais compassivo com o sofrimento do que tenho sido até então, vou desdenhar a mim mesmo como alguém extremamente injusto. O que foi? — disse ele, se dirigindo ao seu cavalo, que, ouvindo o marulhar da água e sentindo sede, se voltou para uma vala lateral, onde os raios de luar estavam brincando em um redemoinho cristalino.

— Yorke — prosseguiu Moore —, vá em frente; preciso deixar o cavalo beber água.

Yorke foi cavalgando lentamente; enquanto avançava se ocupou identificando, entre as muitas luzes que então salpicavam à distância, as de Briarmains. A Charneca de Stilbro' foi deixada para trás; plantações se erguiam escuras de ambos os lados; eles estavam descendo os morros; abaixo deles se encontrava o vale com sua populosa paróquia: eles já se sentiam em casa.

Não estando mais rodeado pelas urzes, o Sr. Yorke não se surpreendeu ao ver um chapéu se erguer e ao ouvir uma voz falando por trás do muro. As palavras, contudo, eram peculiares.

— Perecendo os ímpios, há júbilo — disse a voz, e acrescentou: — Como passa a tempestade, assim desaparece o perverso (com um rosnado mais profundo): pavores se apoderam dele como águas; o inferno está nu perante ele. Ele expirará sem conhecimento.

Um clarão cegante e um estalo penetrante violaram a calma da noite. Yorke, antes de se voltar, sabia que os quatro condenados de Birmingham haviam sido vingados.

XXXI. Tio e sobrinha

A sorte estava lançada. Sir Philip Nunnely sabia; Shirley sabia; o Sr. Sympson sabia. Aquela noite, quando toda a família de Fieldhead jantou no Priorado de Nunnely, decidiu o assunto.

Duas ou três coisas levaram o baronete a agir. Ele havia notado que a Srta. Keeldar tinha a aparência pensativa e delicada. Essa nova fase no comportamento dela o atingiu em seu ponto fraco ou poético: um soneto espontâneo fermentou em seu cérebro; e, enquanto o poema ainda estava se manifestando lá, uma de suas irmãs persuadiu a amada dele a se sentar ao piano e cantar uma balada — uma das baladas do próprio Sir Philip. Foi o menos elaborado, o menos afetado — sem comparação, o melhor de seus numerosos esforços.

Casualmente, momentos antes, Shirley estivera olhando pela janela para o parque. Ela havia visto aquele luar tempestuoso que "le Professeur Louis"[1] estava, talvez, naquele mesmo instante contemplando dos próprios postigos do salão de carvalho dela; ela havia visto as árvores isoladas da propriedade — carvalhos grossos, fortes e vastos, e as heroicas faias altas como torres — lutando contra o vento. Seus ouvidos haviam captado o rugir da floresta lá embaixo; o rápido avanço das nuvens; a lua, aparentemente avançando com maior rapidez, havia cruzado seu campo de visão. Ela se afastou da visão e do som — comovida, se não arrebatada; consciente, se não inspirada.

Ela cantou, como fora solicitado. Falava-se muito de amor na balada — amor fiel que se recusava a abandonar seu objeto;

amor que um desastre não poderia abalar; amor que, na calamidade, ficava ainda mais terno, na pobreza, mais afetuoso. Os versos eram adaptados a uma bela e antiga ária; por si só eles eram simples e delicados; talvez, quando lidos, eles carecessem de força; quando *bem* cantados, não lhes faltava nada. Shirley cantou bem: ela transmitiu doçura ao sentimento; ela incutiu na paixão a força; sua voz era bela naquela noite, sua expressão, dramática; ela impressionou a todos e encantou uma pessoa.

Ao se afastar do instrumento, ela se dirigiu à lareira e se sentou em uma poltrona baixa; as senhoras estavam ao redor dela; nenhuma delas falou. As Srtas. Sympson e as Srtas. Nunnely olharam-na como modestas aves domésticas poderiam olhar para um flamingo, um íbis ou qualquer outra ave estranha. O que a fazia cantar daquele jeito? *Elas* nunca cantavam assim. Era *correto* cantar com tanta expressão, com tanta originalidade — tão diferente de uma menina de escola? Decididamente, não: era estranho, era pouco usual. O que era *estranho* deveria ser *errado*; o que era *pouco usual* deveria ser *incorreto*. Shirley foi julgada.

Além do mais, a velha Lady Nunnely olhou-a fixamente de sua grande poltrona ao lado da lareira. O olhar dela dizia:

"Essa mulher não é do meu tipo, ou do das minhas filhas. Eu me oponho a ela como esposa de meu filho."

Seu filho, surpreendendo o olhar, entendeu seu significado. Ele ficou assustado: havia o risco de ele perder o que tanto desejava conquistar. Ele deveria se apressar.

O cômodo em que eles se encontravam havia sido antes uma saleta onde ficavam pendurados quadros. O pai de Sir Philip — Sir Monckton — o havia transformado em salão; mas ele ainda tinha uma aparência sombria e reclusa. Um recanto fundo com uma janela — um recanto que continha um sofá, uma mesa e uma pequena cristaleira — formava um cômodo dentro de um cômodo. Duas pessoas que ficassem lá poderiam conversar e, desde que não fosse uma conversa nem longa nem em voz alta, ninguém saberia do que se tratava.

Sir Philip induziu duas de suas irmãs a perpetrar um dueto; ele arrumou ocupação para as Senhoritas Sympson; as senhoras de idade estavam conversando juntas. Ele ficou feliz ao observar que, enquanto isso, Shirley se levantou para olhar os quadros. Ele tinha uma história para contar sobre uma ancestral, cuja beleza morena parecia a de uma flor do sul; ele se juntou a ela e começou a contar a história.

Havia recordações dessa mesma senhora na cristaleira que enfeitava o recanto; e, enquanto Shirley se inclinava para examinar o missal e o rosário na prateleira ornamentada, e enquanto as Senhoritas Nunnely se entregavam a um prolongado guincho, destituído de expressão, despido de originalidade, perfeitamente convencional e absolutamente sem sentido, Sir Philip também se inclinou e sussurrou algumas frases apressadas. A princípio a Srta. Keeldar ficou tão imóvel que se poderia pensar que o sussurro era um sortilégio que a havia transformado em estátua; mas ela logo em seguida ergueu o olhar e respondeu. Eles se separaram. A Srta. Keeldar voltou para perto do fogo e tornou a ocupar seu assento; o baronete ficou olhando-a e então se postou atrás de suas irmãs. O Sr. Sympson — somente o Sr. Sympson — havia percebido a pantomima.

Esse cavalheiro tirou suas próprias conclusões. Fosse ele tão perspicaz quanto era abelhudo, tão profundo quanto era intrometido, ele poderia ter descoberto informações no rosto de Sir Philip com as quais corrigir suas inferências. Sempre superficial, apressado e positivo, ele foi para casa no sétimo céu.

Ele não era um homem que guardasse bem segredos: quando entusiasmado com um assunto, ele não conseguia deixar de falar nele. Na manhã seguinte, tendo oportunidade de empregar o tutor de seu filho como seu secretário, ele tinha de anunciar para Moore, com empolgação crescente, e com muita pompa artificial, que seria melhor ele se preparar para um retorno ao sul antes da data prevista, já que o importante negócio que detivera a ele (Sr. Sympson) por tanto tempo em Yorkshire estava prestes a chegar a um feliz desenlace. Era muito provável que seus esforços ávidos e laboriosos finalmente fossem coroados com o mais auspicioso dos sucessos: um acréscimo realmente conveniente estava para ser feito às relações familiares.

— Na pessoa de Sir Philip Nunnely? — conjecturou Louis Moore.

Na mesma hora o Sr. Sympson se concedeu o prazer de uma pitada de rapé e de uma risadinha, interrompida apenas por uma repentina sufocação de dignidade e uma ordem para que o tutor continuasse com sua tarefa.

Por um ou dois dias o Sr. Sympson continuou macio como o veludo, mas também parecia estar sentado em alfinetes, e seus passos, quando ele andava, imitavam os de uma galinha pisando em brasas. Ele estava sempre olhando pela janela, e tentando ouvir rodas de carruagem; a esposa do Barba Azul — a mãe de Siserá — nada significavam para ele. Ele esperou até quando a questão fosse devidamente colocada, quando ele próprio fosse consultado, quando advogados fossem convocados, quando discussões sobre acordos e todo o delicioso alvoroço fosse começar de modo pomposo.

Finalmente, chegou uma carta. Ele a deu pessoalmente à Srta. Keeldar assim que ela foi entregue. Ele conhecia a letra; ele conhecia o brasão no lacre. Ele não a viu sendo aberta e lida, pois Shirley levou-a para seu quarto; tampouco ele a viu respondida, pois ela escreveu sua resposta fechada no quarto e demorou muito tempo para fazê-lo — a maior parte do dia. Ele lhe perguntou se a carta havia sido respondida, ela disse "Sim".

Uma vez mais, ele esperou — esperou em silêncio, não ousando falar, mantido em silêncio por algo no rosto de Shirley — um algo muito ruim mesmo — inescrutável para ele como a escrita na parede para Belshasar. Ele foi levado mais de uma vez a invocar Daniel, na pessoa de Louis Moore, e pedir-lhe uma interpretação; porém, sua dignidade proibiu a familiaridade. O próprio Daniel, talvez, tivesse suas próprias dificuldades particulares relacionadas àquele desconcertante trecho de tradução; ele parecia um estudante para o qual as gramáticas são páginas em branco, e os dicionários, mudos.

* * * * * *

O Sr. Sympson havia saído para passar uma hora cheia de ansiedade na companhia de seus amigos em De Walden Hall. Ele retornou um pouco antes do esperado. Sua família e a Srta. Keeldar estavam sentadas no salão de carvalho. Dirigindo-se à sobrinha, ele lhe pediu que fosse com ele a outra sala; ele desejava ter com ela uma "conversa *estritamente* particular".

Ela se levantou, sem fazer perguntas e sem demonstrar surpresa.

— Pois não, senhor — disse ela, com o tom de uma pessoa determinada que recebe a informação de que o dentista veio para extrair o imenso dente dela, por cuja causa ela viveu em tamanho inferno no último mês. Ela deixou sua costura e dedal no banco junto à janela e seguiu o tio aonde ele a conduzia.

Fechados na sala de estar, os dois sentaram-se, cada um em uma poltrona, um na frente do outro, a poucos metros de distância.

— Estive em De Walden Hall — disse o Sr. Sympson. Ele fez uma pausa. Os olhos da Srta. Keeldar estavam fixos no belo tapete verde e branco. *Essa* informação não precisava de resposta; ela não a deu.

— Eu fiquei sabendo — prosseguiu ele, lentamente —, eu fiquei sabendo de uma circunstância que me surpreende.

Apoiando o rosto no dedo indicador, ela esperou que ele lhe dissesse *qual* era a circunstância.

— Parece que o Priorado de Nunnely está fechado... que a família voltou para sua casa em ***shire. Parece que o baronete...

que o baronete... que Sir Philip acompanhou pessoalmente sua mãe e irmãs.

— É mesmo! — disse Shirley.

— Posso perguntar se a senhorita compartilha a surpresa com a qual eu recebi essa notícia?

— Não, senhor.

— *Isso* é novidade para a senhorita?

— Sim, senhor.

— Eu tenciono... eu tenciono... — prosseguiu o Sr. Sympson, se remexendo em sua poltrona, abandonando sua fraseologia até então concisa e razoavelmente clara e retomando seu habitual estilo prolixo, confuso e irascível. — Eu tenciono ter uma explicação *detalhada*. Eu *não* serei ignorado. Eu... eu... devo *insistir* em ser ouvido, e que... que minha vontade seja feita. Minhas perguntas *têm* de ser respondidas. Eu quero ter respostas claras e satisfatórias. Eu não vou ser enganado.

Silêncio.

— É um fato estranho e extraordinário... uma coisa muito singular... muito curiosa! Eu pensei que tudo estivesse certo, não tinha outra ideia; e então... a família foi embora!

— Suponho, senhor, que eles tivessem o direito de ir.

— *Sir Philip foi embora!* — (com ênfase).

Shirley ergueu as sobrancelhas.

— Bon voyage![2] — disse ela.

— Isso não pode ficar assim; isso tem de ser alterado, senhora.

Ele puxou a poltrona para a frente; ele empurrou-a para trás; aparentava estar completamente exaltado e perfeitamente desamparado.

— Ora, ora, tio — censurou-o Shirley —, não comece a se agitar, ou nós não vamos conseguir nos entender. Pergunte-me o que o senhor quer saber. Estou tão ansiosa por uma explicação quanto o senhor. Prometo dar-lhe respostas honestas.

— Eu quero... eu exijo saber, Srta. Keeldar, se Sir Philip pediu sua mão?

— Pediu.

— A senhorita admite isso?

— Eu admito. Agora, continue; considere esse ponto encerrado.

— Ele pediu sua mão naquela noite em que nós jantamos no Priorado?

— Basta dizer que ele o fez. Continue.

— Ele pediu sua mão no recanto... no salão que havia sido uma saleta onde ficavam os quadros... que Sir Monckton transformou em salão?

Nenhuma resposta.

— Os dois estavam olhando uma cristaleira. Eu vi. Minha sagacidade não se enganou... ela nunca se engana. Em seguida, a senhorita recebeu uma carta dele. Sobre qual assunto... qual era a natureza de seu conteúdo?

— Não importa.

— Senhora, é esse o jeito de falar comigo?

Os pés de Shirley bateram rapidamente no tapete.

— E a senhorita fica aí sentada, silenciosa e soturna... a *senhorita*, que prometeu respostas honestas.

— Senhor, até o momento eu respondi. Continue.

— Eu gostaria de ver essa carta.

— O senhor *não pode* vê-la.

— Eu *devo* e *vou* vê-la, senhorita. Sou seu guardião.

— Tendo deixado de ser uma tutelada, eu não tenho guardião.

— Criatura ingrata! Criada por mim como minha própria filha...

— Uma vez mais, tio, tenha a bondade de se ater ao assunto. Vamos ficar tranquilos, os dois. Quanto a mim, não estou com vontade de me exaltar; mas, o senhor sabe, se sou levada a ultrapassar certos limites, pouco me importa o que eu diga; não sou então facilmente contida. Ouça! O senhor me perguntou se Sir Philip pediu a minha mão; essa questão foi respondida. O que o senhor deseja saber em seguida?

— Desejo saber se a senhorita o aceitou ou recusou. E eu vou saber isso.

— Certamente, o senhor deve saber disso. Eu o recusei.

— Recusou-o! A senhorita... a *senhorita*, Shirley Keeldar, *recusou* Sir Philip Nunnely?

— Recusei.

O pobre cavalheiro saltou de sua poltrona, e primeiro correu e depois trotou pela sala.

— Veja só! Veja só! Veja só!

— Falando sinceramente, sinto muito, tio, por o senhor ficar tão desapontado.

Concessão e contrição nunca fazem nenhum bem para algumas pessoas. Em vez de abrandar e conciliar, elas apenas as deixam mais ousadas e inflexíveis: o Sr. Sympson pertencia a essa categoria.

— *Eu*, desapontado? O que isso significa para mim? E *eu* tenho interesse nisso? A senhorita iria insinuar, talvez, que eu tivesse motivos?

— A maior parte das pessoas tem algum tipo de motivo quando age.

— Ela me acusa em minha própria cara! Eu... que tenho sido um pai para ela... ela acusa de ter motivos ruins!

— Motivos *ruins* eu não falei.

— E agora a senhorita age com má fé. A senhorita não tem princípios!

— Tio, o senhor está me cansando. Eu quero sair daqui.

— Sair a senhorita não vai! Eu vou ter uma resposta. Quais são suas intenções, Srta. Keeldar?

— A respeito de quê?

— A respeito de matrimônio?

— Ficar em paz, e fazer exatamente o que eu quero.

— Como a senhorita quer! Essas palavras são indecorosas em um grau máximo.

— Sr. Sympson, eu aconselho o senhor a não se tornar insultuoso; o senhor sabe que não vou tolerar isso.

— A senhorita lê francês. Sua mente está envenenada com romances franceses. A senhorita adquiriu princípios franceses.

— O terreno em que o senhor está pisando agora ressoa com um formidável som oco sob seus pés. Cuidado!

— Isso vai acabar na infâmia, mais cedo ou mais tarde; eu previ isso o tempo todo.

— É sua opinião, senhor, que algo em que *eu* esteja envolvida vai acabar em infâmia?

— Vai acabar... vai acabar. A senhorita acabou de dizer que agiria conforme desejasse. A senhorita não reconhece regras... nem limites.

— Palavras tolas, e tão vulgares quanto tolas!

— Independentemente do decoro, a senhorita está preparada para ir contra o que é correto.

— O senhor está me cansando, tio.

— Quais, senhora... *quais* poderiam ser suas razões para recusar Sir Philip?

— Finalmente outra pergunta sensata; vou sentir prazer em respondê-la. Sir Philip é jovem demais para mim; eu o considero um menino. Todos os parentes dele, sobretudo sua mãe, ficariam aborrecidos se ele se casasse comigo. Tal passo iria fazer com que ele entrasse em desacordo com eles. Eu não estou à altura dele aos olhos do mundo.

— Isso é tudo?

— Nossos temperamentos não são compatíveis.

— Ora, um cavalheiro mais amável jamais viveu.

— Ele é muito amável... muito excelente... verdadeiramente estimável; mas *não é meu senhor*... em nenhum aspecto. Eu não poderia me responsabilizar pela felicidade dele. Eu não aceitaria essa responsabilidade nem por muito dinheiro. Eu não vou aceitar alguém que não seja capaz de me controlar.

— Achei que a senhorita gostasse de agir a seu bel-prazer. A senhorita é extremamente inconsistente.

— Quando eu prometer obedecer, será com a convicção de que posso manter essa promessa. Eu jamais poderia obedecer a um jovem como Sir Philip. Além do mais, ele jamais iria me dar ordens. Ele sempre esperaria que eu governasse... que eu conduzisse... e não tenho a menor inclinação para tal tarefa.

— *A senhorita* não tem gosto por se vangloriar, e controlar, e dar ordens e governar?

— Não ao meu marido; apenas ao meu tio.

— E onde está a diferença?

— *Há* uma ligeira diferença, com certeza. E eu sei muito bem que qualquer homem que deseje viver em relativo conforto como meu marido tem de ter condições de me controlar.

— Gostaria que a senhorita tivesse um verdadeiro tirano.

— Um tirano não iria me manter por um dia, nem por uma hora. Eu me rebelaria... fugiria dele... o desafiaria.

— A senhorita não se cansa de confundir a cabeça das pessoas com suas contradições?

— É evidente que eu confundo sua cabeça.

— A senhorita diz que Sir Philip é jovem. Ele tem vinte e dois anos.

— Meu marido precisa ter trinta, com o tino de quarenta.

— Seria melhor a senhorita escolher um homem velho... um galanteador de cabelos brancos ou careca.

— Não, obrigada.

— A senhorita poderia dar ordens a algum tolo apaixonado; a senhorita poderia trazê-lo à barra de sua saia.

— Eu poderia fazer isso com um menino; mas não é minha vocação. Eu não disse que prefiro um *senhor*? Alguém em cuja presença eu me sinta obrigada e disposta a ser boa. Alguém cujo poder meu temperamento impaciente possa reconhecer. Um homem cuja aprovação possa recompensar, cujo desprazer possa me punir. Um homem que eu considere impossível não amar, e muito possível temer.

— O que a impede de fazer tudo isso com Sir Philip? Ele é um baronete... um homem com posição, propriedades e parentesco muito acima dos seus. Se a senhorita fala de intelecto, ele é poeta: escreve versos; o que a senhorita, eu assumo, não é capaz de fazer, com toda a sua esperteza.

— Nem o título, a riqueza, a origem nem a poesia dele ajudam a dotá-lo com o poder que eu descrevo. Esses têm o peso de uma pena; eles precisam de lastro. Um pouco de bom senso e praticidade o teria deixado em uma posição melhor aos meus olhos.

— A senhorita e Henry são loucos por poesia: os dois costumavam ficar como em brasas por causa desse assunto quando a senhorita era uma menina.

— Oh, tio, não há nada que realmente tenha valor neste mundo, não há nada glorioso no mundo vindouro, que não seja poesia!

— Case-se com um poeta, então, pelo amor de Deus!

— Mostre-me um, e eu me casarei.

— Sir Philip.

— De jeito nenhum. O senhor é quase tão bom poeta quanto ele.

— A senhora está se afastando do assunto.

— Na verdade, tio, eu queria fazer isso, e ficarei feliz por levar o senhor comigo. Não vamos ficar zangados um com o outro, não vale a pena.

— Zangados, Srta. Keeldar! Eu gostaria de saber quem está zangado.

— *Eu* não, por enquanto.

— Se a senhorita tenciona insinuar que *eu* estou, considero que a senhorita possa ser acusada de impertinência.

— O senhor logo ficará, se continuar desse modo.

— Veja só! Com sua língua atrevida, a senhorita iria acabar com a paciência de Jó.

— Eu sei que iria.

— Nada de leviandade, mocinha! Este não é assunto para brincadeira. É um caso que eu estou decidido a examinar em detalhes, convencido de que há algo errado no fundo disso tudo.

A senhorita acabou de descrever, com liberdade excessiva para sua idade e seu sexo, o tipo de indivíduo que preferiria ter como marido. Por favor diga-me, a senhorita tem um modelo real?

Shirley abriu a boca, mas, em vez de responder, ela apenas enrubesceu profundamente.

— Exijo uma reposta para essa pergunta — afirmou o Sr. Sympson, assumindo imensa coragem e importância por causa da intensidade desse sintoma de confusão.

— Foi um retrato histórico, tio, tirado de diversos originais.

— Diversos originais! Deus me proteja!

— Eu estive apaixonada diversas vezes.

— Isso é muito cinismo.

— Por heróis de muitos países.

— E o que vem depois...?

— E filósofos.

— Ela enlouqueceu...

— Não toque o sino, tio; o senhor vai alarmar minha tia.

— Sua pobre tia, que sobrinha ela tem!

— Certa época, eu amava Sócrates.

— Hmf! Nada de brincadeiras, senhorita.

— Eu admirava Temístocles, Leônidas, Epaminondas.

— Srta. Keeldar...

— Pulando alguns séculos, Washington era um homem feio, mas eu gostava dele; mas, para falar do tempo presente...

— Ah! O tempo presente!

— Abandonando fantasias grosseiras de menina em idade escolar e passando à realidade.

— Realidade! Esse é o teste pelo qual a senhora há de passar.

— Confessar o altar perante o qual eu agora me ajoelho... revelar o atual ídolo de minh'alma...

— A senhora vai revelar isso depressa, por favor; está chegando a hora do lanche, e a senhorita *há de* confessar.

— Confessar eu devo. Meu coração pesa com meu segredo. Ele deve ser revelado. Eu somente gostaria que o senhor fosse o Sr. Helstone, em vez de o Sr. Sympson; o senhor simpatizaria mais comigo.

— Senhora, esta é uma questão de bom senso e de prudência, não de simpatia e de sentimentos, e assim por diante. A senhorita disse que era o Sr. Helstone?

— Não exatamente, mas quase tão perto quanto possível; eles são bastante parecidos.

— Eu vou saber o nome; eu vou conhecer os detalhes.

— Eles realmente *são* bastante parecidos. Os rostos deles não são diferentes... um par de falcões humanos... e duros, diretos, decididos, os dois. Mas meu herói é o mais poderoso dos dois: a mente dele tem a clareza do mar profundo, a paciência de suas rochas, a força de suas ondas.

— Palavras vãs e empoladas!

— Eu me arrisco a dizer que ele pode ser áspero como as bordas de um serrote e grosseiro como um corvo faminto.

— Srta. Keeldar, essa pessoa reside em Briarfield? Responda-me.

— Tio... eu vou lhe dizer... o nome dele está tremendo em meus lábios.

— Pronuncie-se, menina!

— Isso foi muito bem dito, tio. "Pronuncie-se, menina!" é bem trágico. A Inglaterra uivou selvagemente contra esse homem, tio, e um dia ela irá rugir exultante com ele. Ele mostrou não temer os uivos, e ele não terá ligações com os gritos.

— Eu disse que ela enlouqueceu. Ela enlouqueceu.

— Esta nação há de alterar e tornar a alterar seu comportamento com relação a ele; ele jamais vai se alterar em seu dever para com ela. Ora, não fique irritado, tio, eu vou dizer o nome dele.

— A senhorita há de dizer, ou...

— Ouça! Arthur Wellesley, Lord Wellington.

O Sr. Sympson se levantou, furioso: ele saiu correndo da sala, mas na mesma hora voltou correndo, fechou a porta e tornou a se sentar.

— A senhora *há de* me dizer *isto*: seus princípios permitirão que a senhora se case com um homem sem dinheiro, um homem abaixo de sua condição?

— Jamais um homem abaixo de minha condição.

— Srta. Keeldar, a senhorita se casaria com um homem pobre? — disse ele em voz alta.

— Que direito o senhor tem, Sr. Sympson, de me fazer essa pergunta?

— Eu insisto em saber.

— O senhor não tem o direito de saber.

— A respeitabilidade de minha família não será comprometida.

— Uma boa resolução; mantenha-a.

— Quem deverá mantê-la é a *senhora.*

— Impossível, senhor, já que não faço parte de sua família.

— A senhorita nos renega?

— Eu desprezo seu espírito ditatorial.

— Com quem a senhorita *vai* se casar, Srta. Keeldar?

— Não com o Sr. Sam Wynne, porque eu o desdenho; não com Sir Philip Nunnely, porque eu *apenas* o estimo.

— Quem a senhora tem em vista?

— Quatro candidatos rejeitados.

— Tamanha teimosia não existiria a não ser que a senhorita se encontrasse sob influência indevida.

— O que o senhor quer dizer? Há certas frases que fazem o meu sangue ferver. Influência indevida! Que falatório de mulher velha é esse?

— A senhorita é uma dama?

— Sou mil vezes melhor: sou uma mulher honesta, e como tal serei tratada.

— A senhorita sabe... — disse ele inclinando-se misteriosamente para a frente, e falando com uma sinistra solenidade — a senhorita sabe que toda a vizinhança fervilha com rumores a seu respeito e um seu arrendatário falido, o estrangeiro Moore?

— Ela fervilha?

— Fervilha. Seu nome está em todas as bocas.

— Ele honra os lábios pelos quais passa, e quisera Deus ele pudesse purificá-los.

— É *essa* pessoa que tem o poder de influenciá-la?

— Mais que qualquer outro cuja causa o senhor defendeu.

— É com ele que a senhorita vai se casar?

— Ele é belo, e viril e se impõe.

— A senhorita fala isso nas minhas barbas! O pilantra belga! O comerciantezinho!

— Ele é talentoso, e arrojado, e decidido. A realeza está marcada em sua fronte, e o comando em seu porte.

— Ela se vangloria com isso! Ela não esconde nada! Não tem vergonha, nem medo!

— Quando nós pronunciamos o nome de Moore, a vergonha tem de ser esquecida e o medo deixado de lado: os Moores conhecem apenas a honra e a coragem.

— Estou dizendo que ela enlouqueceu.

— O senhor me provocou até meu sangue ferver; o senhor me perturbou até eu me exaltar de novo.

— Esse Moore é o irmão do tutor de meu filho. A senhorita permitiria que o mestre-escola a chamasse de irmã?

Grandes e luminosos os olhos de Shirley brilharam enquanto ela os fixava em seu interrogador.

— Não, não. Nem por um reino de riquezas, nem por cem anos de vida.

— A senhorita não pode separar o esposo da família.

— E então?

— A senhorita será irmã do Sr. Louis Moore.

— Sr. Sympson... estou enojada com toda essa baboseira; não vou tolerar mais. Seus pensamentos não são meus pensamentos, seus objetivos não são meus objetivos, seus deuses não são meus deuses. Nós não encaramos as coisas sob a mesma luz; nós não as julgamos pelos mesmos padrões; nós mal falamos a mesma língua. Vamos nos separar.

— Não é — continuou ela, muito excitada — não é que eu odeie o senhor; o senhor é um bom tipo de homem: talvez o senhor tenha boas intenções, ao seu modo. Mas nós não conseguimos nos entender; estamos sempre em desacordo. O senhor me perturba com sua bisbilhotice, com sua tirania mesquinha; o senhor exaspera meu ânimo e me faz ficar exaltada e me mantém assim. Quanto às suas pequenas máximas, sua regras restritivas, seus pequenos preconceitos, aversões, dogmas, dê fim neles: Sr. Sympson, vá, ofereça-os em sacrifício à divindade que o senhor idolatra; não tenho nada com isso; lavo minhas mãos dessa história toda. Eu me guio por crenças, luz, fé e esperança diferentes das suas.

— Outra crença! Acredito que ela seja uma pagã.

— Pagã quanto à *sua* religião, uma ateísta para *seu* deus.

— *Uma... ateísta!!!*

— Seu deus, senhor, é o Mundo. Aos meus olhos, o senhor também, se não for um pagão, é um idólatra. Eu suponho que o senhor venere de modo ignorante; em todos os aspectos o senhor me parece ser supersticioso. Senhor, seu deus, seu grande Bel, seu Dagon com cauda de peixe, se ergue à minha frente como um demônio. O senhor, e pessoas do seu tipo, colocaram-no em um trono, coroaram-no, deram-lhe um cetro. Veja como ele governa de modo pavoroso! Veja-o ocupado com a tarefa que ele mais aprecia: arrumar casamentos. Ele une o jovem ao velho, o forte ao imbecil. Ele estende os braços de Mezêncio e acorrenta os mortos aos vivos. No reino dele existe o ódio, ódio sagrado; há a repugnância, indizível repugnância; há traição, traição familiar; há a maldade, a maldade profunda, fatal e doméstica. Em seus domínios, as crianças crescem sem ser amadas entre pais que jamais amaram; os bebês são alimentados com logros desde o nascimento; eles são criados em uma atmosfera corrompida pelas mentiras. Seu deus governa nos casamentos dos reis; olhe suas dinastias reais! Sua divindade é a divindade das aristocracias estrangeiras; examine o sangue azul da Espanha! Seu deus é o Himeneu da França; o que é a vida doméstica dos franceses? Tudo que rodeia seu deus se precipita para a decadência; tudo se corrompe e degenera sob o cetro dele. *Seu* deus é uma Morte mascarada.

— Essa linguagem é horrível! Minhas filhas e a senhorita não podem mais ter um relacionamento, Srta. Keeldar; tal companhia é perigosa. Se eu tivesse conhecido a senhorita um pouquinho antes... Mas, por mais incomum que eu considerasse a senhorita, eu não teria conseguido acreditar...

— O senhor agora começa a ter consciência de que é inútil fazer planos para mim; que, ao fazer isso, o senhor apenas semeia ventos para colher tempestades? Eu afasto seus frágeis projetos de meu caminho, para que eu possa passar sem ser conspurcada. Estou apoiada em uma decisão que o senhor não tem condições de abalar. Meu coração e minha consciência me darão em casamento a alguém, *somente eles*. Entenda isso de uma vez.

O Sr. Sympson estava ficando um pouco perplexo.

— Jamais ouvi tal linguajar! — ele murmurava repetidas vezes. — Jamais falaram comigo dessa maneira em minha vida... jamais fiquei tão exausto!

— O senhor está muito confuso. É melhor o senhor se retirar, ou então eu me retiro.

Ele se levantou apressadamente.

— Nós temos de ir embora deste lugar; eles devem fazer as malas imediatamente.

— Não apresse minha tia e meus primos; dê-lhes tempo.

— Nada mais de relacionamentos; ela não é correta.

Ele se encaminhou para a porta. Ele voltou para pegar o lenço; ele derrubou a caixa de rapé, deixando o conteúdo espalhado pelo tapete; ele saiu tropeçando. Tártaro estava deitado no tapete fora da porta; o Sr. Sympson quase caiu por cima dele; no auge do desespero, ele lançou uma praga para o cachorro e um epíteto grosseiro à sua dona.

— Pobre Sr. Sympson! Ele é fraco e vulgar — disse Shirley com seus botões. — Minha cabeça dói e estou cansada — acrescentou ela e, apoiando a cabeça em uma almofada, passou da excitação ao repouso suavemente. Uma pessoa, entrando na sala uns quinze minutos depois, encontrou-a adormecida. Quando Shirley se sentia agitada, ela geralmente lançava mão desse paliativo natural; ele se apoderava dela quando ela queria.

O intruso parou em sua presença inconsciente e disse:

— Srta. Keeldar.

Talvez a voz dele se harmonizasse com algum sonho que ela estivesse tendo. A voz não a sobressaltou, ela mal despertou a moça. Sem abrir os olhos, ela voltou um pouquinho a cabeça, de modo que sua face e perfil, antes escondidos pelo braço, ficaram visíveis. Ela tinha uma aparência rósea, feliz, quase sorridente, mas seus cílios estavam úmidos. Ela havia chorado durante o sono; ou talvez, antes de adormecer, algumas poucas lágrimas naturais tivessem caído depois de ela ter ouvido aquele epíteto. Nenhum homem — nenhuma mulher — é sempre forte, sempre pronto a fazer frente à opinião injusta, à palavra difamadora: a calúnia, mesmo vindo da boca de um tolo, às vezes atinge sentimentos sem defesa. Shirley parecia uma criança que havia sido travessa e tinha sido punida, mas fora então perdoada e estava descansada.

— Srta. Keeldar — disse novamente a voz. Desta vez, ela a acordou. Shirley ergueu o olhar e viu ao seu lado Louis Moore, não muito perto dela, mas parado a uns dois ou três metros dela.

— Oh, Sr. Moore! — disse ela. — Eu receei que fosse meu tio de novo: ele e eu brigamos.

— O Sr. Sympson deveria deixá-la em paz — foi a resposta. — Ele não consegue ver que a senhorita ainda está longe de se sentir forte?

— Posso garantir que ele não me encontrou fraca; eu não chorei quando ele estava aqui.

— Ele está prestes a abandonar Fieldhead; ou é o que ele diz. Ele está agora dando ordens para a família; ele esteve na sala de estudos dando ordens de uma maneira que, eu suponho, era uma continuação dos modos com que ele importunou a senhorita.

— O senhor e Henry têm de ir?

— Acredito que, no que diz respeito a Henry, foi esse o teor das pouco inteligíveis ordens dele; mas ele pode mudar tudo amanhã. Ele está naquele estado de espírito em que não se pode confiar na firmeza dele por duas horas seguidas; duvido que ele vá sair de sua casa antes de algumas semanas ainda. A mim ele dirigiu algumas palavras que precisarão de um pouco de atenção e de comentários mais tarde, quando eu tiver tempo para dispensar a elas. No momento em que ele entrou, eu estava ocupado com um bilhete que eu tinha recebido do Sr. Yorke; tão inteiramente ocupado que eu interrompi a conversa com ele de modo um tanto abrupto. Eu o deixei muito excitado. Eis o bilhete; eu gostaria que a senhorita o visse. Ele se refere ao meu irmão Robert — completou ele, olhando para Shirley.

— Ficarei feliz em ter notícias dele. Ele vai voltar para casa?

— Ele voltou. Ele está em Yorkshire. O Sr. Yorke foi ontem a Stilbro' para encontrá-lo.

— Sr. Moore, alguma coisa está errada...

— Minha voz tremeu? Ele está agora em Briarmains, e eu estou indo vê-lo.

— O que aconteceu?

— Se a senhorita fica assim tão pálida, vou sentir muito ter falado. Poderia ter sido pior: Robert não morreu, mas está muito ferido.

— Oh, é o senhor que está pálido. Sente-se ao meu lado.

— Leia o bilhete. Permita-me abri-lo.

A Srta. Keeldar leu o bilhete: ele informava rapidamente que, na noite anterior, Robert Moore tinha levado um tiro vindo de trás do muro da fazenda Milldean, aos pés do Brow; que ele havia sido muito ferido, mas se esperava que não fosse fatal. Do assassino, ou assassinos, nada se sabia; eles haviam escapado. "Sem dúvida", o Sr. Yorke observou, "isso foi feito como vingança. Foi uma pena a inimizade ter sido suscitada; porém, isso não poderia ser evitado agora".

— Ele é meu único irmão — disse Louis, quando Shirley devolveu o bilhete. — Não consigo ouvir, sem me emocionar, que salteadores ficaram esperando por ele de tocaia e atiraram nele, como se num animal selvagem, por trás de um muro.

— Console-se, tenha esperanças. Ele vai ficar melhor... eu sei que vai.

Shirley, desejando acalmar, colocou a mão sobre a do Sr. Moore, que estava apoiada no braço da cadeira. Ela apenas a tocou ligeiramente, de modo quase imperceptível.

— Bem, dê-me sua mão — disse ele. — Vai ser pela primeira vez, em um momento de desespero. Me dê sua mão!

Sem esperar nem consentimento nem recusa, ele pegou o que solicitara.

— Estou indo para Briarmains agora — prosseguiu ele. — Gostaria que a senhorita fosse até a casa paroquial e contasse a Caroline Helstone o que aconteceu. A senhorita fará isso? É melhor ela ouvir a notícia da senhorita.

— Agora mesmo — disse Shirley, com uma solicitude dócil. — Devo dizer que não há perigo?

— Diga.

— O senhor voltará logo e me dará mais notícias?

— Eu virei, ou escreverei.

— Pode confiar em mim para cuidar de Caroline. Eu vou falar com sua irmã também; mas, sem dúvida, ela já está com Robert?

— Sem dúvida está, ou estará logo. Bom dia.

— O senhor vai enfrentar, aconteça o que acontecer.

— Nós veremos isso.

Os dedos de Shirley foram forçados a se afastar dos dedos do tutor. Louis foi forçado a abandonar a mão contida, apertada, escondida na dele.

"Eu achei que teria de apoiá-la", disse ele, enquanto caminhava na direção de Briarmains, "e foi ela quem me deu forças. Aquele olhar de piedade, aquele toque gentil! Nenhuma pluma jamais foi mais macia, nenhum elixir mais potente! Ela tocou como um floco de neve; ela agitou como um relâmpago. Mil vezes ansiei possuir aquela mão, tê-la entre as minhas. Eu a *possuí*; por cinco minutos eu a segurei. Os dedos dela e os meus jamais poderão se estranhar. Tendo se encontrado uma vez, eles deverão se encontrar de novo".

Os relatos de Emily foram [illegible] esclarecedores [illegible] [illegible] [illegible] [illegible] [illegible] [illegible] [illegible].

"Era algo que [illegible]."

XXXII. O estudante e a ninfa dos bosques

Como Briarmains ficava mais perto que o Hollow, o Sr. Yorke havia transportado seu jovem companheiro para lá. Ele havia providenciado para que Moore fosse colocado na melhor cama da casa, com tanto cuidado como se ele fosse um de seus próprios filhos. A visão do sangue dele, brotando do ferimento infligido à traição, fez com que ele realmente fosse o filho do coração do cavalheiro de Yorkshire. O espetáculo do acontecimento súbito, da forma alta e ereta prostrada em seu orgulho na estrada, da bela cabeça sulina caída no pó, daquele jovem no auge da vida atirado à sua frente pálido, inerte e indefeso — essa era exatamente a combinação de circunstâncias para atrair para a vítima o mais vívido interesse do Sr. Yorke.

Nenhuma outra mão estava lá para erguer — para ajudar; nenhuma outra voz para inquirir com gentileza; nenhum outro cérebro para tomar providências; ele tivera de fazer tudo sozinho. Essa extrema dependência do jovem sem fala e sangrando (jovem o Sr. Yorke o considerava) à sua benevolência garantiu essa benevolência do modo mais eficaz. Bem que o Sr. Yorke gostava de ter poder, e de usá-lo. Ele tinha então, entre suas mãos, poder sobre a vida de um semelhante. Isso lhe agradava.

Isso não era menos agradável para sua saturnina alma-gêmea: o incidente condizia com seu temperamento e seu gosto. Algumas mulheres teriam ficado aterrorizadas vendo um homem ensanguentado trazido através da porta de sua casa e colocado em seu saguão na "calada da noite". Aí, se poderia supor, havia motivo para histeria. Não: a Sra. Yorke ficava histérica quando Jessie não queria sair do jardim para fazer tricô, ou quando Martin propunha partir para a Austrália, com o intuito de conseguir a liberdade e fugir da tirania de Matthew; mas uma tentativa de assassinato perto de sua porta — um homem quase assassinado em sua melhor cama — deixou-a alerta, alegrou seu temperamento, deu à sua touca um toque marcial.

A Sra. Yorke era bem o tipo de mulher que, enquanto tornava infeliz a cansativa vida de uma simples camareira, iria cuidar, como uma heroína, de um hospital cheio de pacientes de peste. Ela quase amou Moore: seu coração inflexível quase se sentiu atraído por ele quando ela o viu entregue aos seus cuidados — deixado em seus braços, tão dependente dela quanto seu filho recém-nascido no berço. Caso ela tivesse visto uma empregada ou uma de suas filhas dando-lhe um gole de água ou afofando o travesseiro dele, ela teria puxado as orelhas da intrusa. Ela afugentou Jessie e Rose dos domínios superiores da casa; ela não permitiu que as empregadas pusessem o pé lá.

Bem, se o acidente tivesse ocorrido nos portões da casa paroquial, e o velho Helstone tivesse acolhido o mártir, nem Yorke nem sua esposa teriam se compadecido dele. Eles teriam julgado que ele recebera o merecido por sua tirania e intromissão. Na situação atual, ele se transformou, naquela ocasião, na menina dos olhos deles.

Estranho! Louis Moore tinha permissão para vir — para se sentar à beira da cama e se reclinar sobre o travesseiro; para segurar a mão de seu irmão e tocar a testa pálida com seus lábios fraternais; e a Sra. Yorke suportava isso muito bem. Ela tolerou que ele passasse metade do dia lá; certa vez ela tolerou que ele ficasse a noite inteira velando no quarto; ela mesma se levantou às cinco horas da manhã em uma úmida manhã de novembro e, com suas próprias mãos, acendeu o fogo da cozinha, e fez o café da manhã para os irmãos, e o serviu pessoalmente para eles. Majestosamente paramentada em um infindável roupão de flanela, um xale e sua touca de dormir, ela se sentou e ficou olhando os dois comendo, tão complacente quanto uma galinha observando seus filhotes se alimentando. Entretanto, ela repreendeu a cozinheira naquele dia por ter se aventurado a fazer e a levar para o Sr. Moore uma tigela de sagu; e a camareira perdeu as boas graças dela porque, quando o Sr. Louis estava indo embora, ela lhe trouxe seu sobretudo, que ficara arejando na cozinha, e, como uma "assanhada" que ela era, ajudou-o a vesti-lo, e aceitou, em troca, um sorriso, um "Obrigado, minha menina" e um xelim. Duas senhoras apareceram naquele dia, pálidas e ansiosas, e suplicaram séria e humildemente para ter permissão de ver o Sr. Moore um instante; a Sra. Yorke endureceu seu coração e as mandou embora incontinente — não sem opróbrio.

Mas qual foi a reação quando Hortense Moore veio? Não tão ruim quanto possa ser esperado: toda a família Moore parecia realmente agradar a Sra. Yorke assim como nenhuma outra família jamais parecia tê-la agradado. Hortense e ela tinham um infindável tema mútuo para conversa relacionado às inclinações corruptas das empregadas. Os pontos de vista delas sobre essa classe eram semelhantes; elas as vigiavam com a mesma suspeita e as julgavam com a mesma severidade. Hortense, também, desde o início, não mostrou ter ciúmes dos cuidados dispensados pela Sra. Yorke a Robert — ela a deixou manter o posto de enfermeira com pouca interferência; e, quanto a ela própria, encontrou infinita ocupação andando sem parar pela casa, mantendo a cozinha sob vigilância, relatando o que acontecia por lá e, resumindo, tornando-se, de modo geral, útil. As duas concordaram em excluir com diligência visitantes do quarto do doente. Elas mantiveram o jovem proprietário da tecelagem cativo e mal permitiam que o vento soprasse ou o sol brilhasse sobre ele.

O Sr. MacTurk, o médico a quem o caso de Moore havia sido entregue, declarou que o ferimento dele era do tipo perigoso, porém, ele acreditava, não de um tipo fatal. A princípio, ele desejava colocar junto dele uma enfermeira especialmente escolhida por ele; mas a Sra. Yorke e Hortense não queriam nem ouvir falar nisso: elas prometeram seguir cegamente as instruções. Moore foi deixado, portanto, por certo tempo, nas mãos delas.

Sem dúvida elas cumpriram a promessa da melhor maneira possível; mas algo não deu certo: as ataduras foram tiradas do lugar, ou alguém mexeu nelas; uma grande hemorragia se seguiu. MacTurk, sendo chamado, veio a todo galope. Ele era um daqueles médicos a quem é perigoso aborrecer: abrupto no melhor dos temperamentos; nos piores, selvagem. Ao ver o estado de Moore, ele deu vazão a seus sentimentos com uma linguagem um tanto florida, com a qual não é necessário salpicar esta página. Um ou dois buquês das flores especialmente selecionadas caíram sobre a imperturbável cabeça do Sr. Graves, um impassível jovem assistente que MacTurk sempre trazia em suas visitas; com um segundo raminho ele presenteou outro jovem cavalheiro em seu cortejo — uma interessante cópia dele próprio, sendo, na verdade, seu filho; mas a corbeille[1] completa de flores rubras caiu nos pés das mulheres intrometidas en masse.[2]

Durante grande parte de uma noite de inverno, ele e seus satélites ficaram ocupados com Moore. Lá, ao lado de seu leito de doente, fechados com ele em seu quarto, eles se desvelaram e discutiram sobre o corpo exausto dele. Os três estavam de um lado do leito, e a Morte do outro. O combate foi árduo; ele durou até o amanhecer, quando o equilíbrio entre os beligerantes parecia tão igual que ambos os lados poderiam ter declarado a vitória.

De madrugada, Graves e o jovem MacTurk foram deixados cuidando do paciente, enquanto o mais velho foi pessoalmente buscar reforços adicionais, e os garantiu na pessoa da Sra. Horsfall, a melhor enfermeira sob suas ordens. Moore foi deixado aos cuidados dessa mulher, com as mais rígidas recomendações referentes à responsabilidade deixada nas mãos dela. Impassível, ela assumiu essa responsabilidade, bem como a espreguiçadeira ao lado da cama. A partir desse momento, ela começou seu reinado.

A Sra. Horsfall tinha uma virtude — ordens recebidas de MacTurk eram seguidas ao pé da letra por ela: os Dez Mandamentos eram menos imperativos aos olhos dela que o dictum[3] de seu médico. Em outros aspectos, ela não era uma mulher, mas um dragão. Hortense Moore foi aniquilada perante ela; a Sra. Yorke se afastou — derrotada; contudo, ambas as mulheres eram pessoas de certa dignidade em sua própria estimativa, e de certa importância na estimativa dos outros. Completamente intimidadas pelo tamanho, altura, ossatura e musculatura da Sra. Horsfall, elas se recolheram ao salão. Ela, por sua vez, sentava-se no andar de cima quando queria e no andar de baixo quando preferia; ela tomava seu golinho de bebida três vezes ao dia, e fumava seu cachimbo quatro vezes.

Quanto a Moore, ninguém se arriscava a perguntar dele: a Sra. Horsfall o mantinha sob seus cuidados; era ela quem devia se ocupar dele; e a conjectura geral era a de que ela se ocupava adequadamente.

De manhã e à noite, MacTurk vinha vê-lo: o caso dele, tendo sido complicado por uma nova fatalidade, havia se tornado interessante na opinião do médico; ele o considerava como um relógio danificado, e colocá-lo em funcionamento de novo seria um crédito para as habilidades dele. Graves e o jovem MacTurk — as únicas outras visitas de Moore — contemplavam-no com a perspectiva pela qual eles tinham o costume de observar o eventual ocupante da sala de autópsia no Hospital de Stilbro'.

Robert Moore passou por momentos agradáveis: com dores, correndo perigo, fraco demais para se mover, quase tão fraco para falar, um tipo de giganta cuidando dele, os três médicos sua única companhia. Assim ele ficou durante os dias cada vez mais curtos e as noites cada vez mais longas de todo o triste mês de novembro.

No começo de seu cativeiro, Moore costumava resistir fracamente à Sra. Horsfall: ele odiava a vista de seu corpo grandalhão e temia o contato de suas mãos ásperas; mas ela o fez aprender a ser dócil em um piscar d'olhos. Ela não deu a menor importância ao metro e oitenta dele, à sua ossatura e musculatura viris: ela o virava em sua cama como qualquer outra mulher teria virado um bebê em seu berço. Quando ele estava calmo, ela se dirigia a ele como "meu caro" e "meu doce", e quando ele estava nervoso ela às vezes o chacoalhava. Caso ele tentasse falar quando MacTurk estava lá, ela erguia a mão e lhe dizia "Shhh!" como uma enfermeira contendo uma criança impertinente. Se ela não fumasse, se ela não bebesse gim, teria sido melhor, ele pensava; mas ela fazia ambos. Certa vez, durante a ausência dela, ele declarou para MacTurk que "essa mulher gostava de uma bebida".

— Hmmh! Meu caro senhor, todas elas gostam — seus esforços não lhe valeram mais que essa resposta. — Mas a Horsfall tem essa qualidade — acrescentou o médico —, bêbada ou sóbria, ela sempre se lembra de *me* obedecer.

* * * * * *

Finalmente, o outono tardio passou; seus nevoeiros e suas chuvas afastaram da Inglaterra seu luto e suas lágrimas; seus ventos foram suspirar sobre terras mais distantes. Atrás de novembro veio o inverno profundo — claridade, calmaria e gelo acompanhavam-no.

Um dia calmo havia se transformado em uma noite cristalina; o mundo apresentava um colorido do Polo Norte; todas as suas luzes e tons se pareciam com os *reflets** de pedras preciosas

* Encontre para mim uma palavra em inglês tão boa, leitor, e eu deixo de lado a palavra francesa com alegria. "Reflexos" não serve. (N. A.)

brancas, ou violáceas ou de um verde pálido. Os morros se recobriam de um azul arroxeado; o sol poente tinha um tom de púrpura em seu vermelho; o céu estava gelado, todo de um azul prateado; quando as estrelas surgiam, elas eram de um branco cristalino, e não douradas; tonalidades cinzentas, ou celestes ou de um esmeralda pálido — frias, puras e transparentes — coloriam o conjunto da paisagem.

O que se encontra em um bosque não mais verde, nem mesmo castanho-avermelhado, um bosque com cores neutras — esse objeto movente azul-escuro? Ora, é um menino em idade escolar — um menino da escola de Briarfield — que se separou de seus companheiros, então voltando penosamente para casa pela estrada, e está procurando certa árvore, com certa elevação coberta de musgo em suas raízes, conveniente como local para se sentar. Por que ele está se demorando aqui? O ar está frio e está ficando tarde. Ele se senta. Em que ele está pensando? Ele sente o casto encanto que a Natureza traz esta noite? Uma lua de um branco perolado sorri através das árvores cinzentas; ele se importa com o sorriso dela?

Impossível dizer; pois ele está em silêncio, e sua fisionomia não é reveladora. Por enquanto, ela não é um espelho para refletir sensações, mas, pelo contrário, uma máscara para escondê-las. O menino é um rapaz de quinze anos — esguio e alto para sua idade; em seu rosto há tão pouca afabilidade quanto servilismo, seus olhos parecem preparados para notar qualquer tentativa incipiente de controlá-lo ou superá-lo, e seus demais traços indicam qualidades prontas para resistir. Mestres-escolas sensatos evitam interferência desnecessária com esse rapaz. Domá-lo por meio da severidade seria uma tentativa inútil; conquistá-lo com lisonjas seria um esforço pior que inútil. É melhor deixá-lo em paz. O tempo vai educá-lo, e a experiência, treiná-lo.

Ostensivamente, Martin Yorke (é um jovem Yorke, claro) escarnece da poesia. Falem em sentimento para ele, e recebam como resposta o sarcasmo. Cá está ele, caminhando sem rumo, sozinho, servindo respeitosamente a Natureza, enquanto ela desdobra uma página de poesia severa, silenciosa e solene sob seus olhos atentos.

Tendo se sentado, ele tira de sua sacola um livro — não a gramática latina, mas um volume contrabandeado de contos de fadas. Vai haver luz suficiente ainda por uma hora para servir sua vista jovem e aguçada. Além do mais, a lua o ajuda; seus raios, difusos e vagos até então, inundam a clareira onde ele está sentado.

Ele lê. Ele foi conduzido a uma solitária região montanhosa; tudo ao redor dele é rude e desolado, amorfo e quase sem cor. Ele ouve sinos repicando no vento; cavalgando, surgindo das ondulações informes da neblina aparece na frente dele a mais bela das visões — uma dama vestida de verde, em um palafrém branco como a neve. Ele vê o vestido dela, suas joias e seu corcel; ela o atrai com uma pergunta misteriosa. Ele está enfeitiçado e tem de segui-la à Terra das fadas.

Uma segunda lenda o leva à beira-mar: lá, ondas fortes quebram, furiosas, aos pés dos rochedos vertiginosos: chove e venta. Recifes de rochas, negros e rudes, se estendem mar adentro; ao longo, e entre, e sobre esses despenhadeiros, amontoados de espuma esbranquiçada se chocam e cintilam, revoluteiam e fervilham, se avolumam e se espiralam. Um andarilho solitário caminha nesses rochedos, pisando com passos cautelosos as algas marinhas úmidas e grosseiras; olhando para baixo, nas concavidades onde a água salgada se encontra a muitos pés de profundidade e com um tom verde esmeralda, e vendo lá uma vegetação mais grosseira e incomum e grandiosa que a encontrada na terra, com um tesouro de conchas — algumas verdes, outras cor de púrpura, outras peroladas — apinhadas nas espirais das plantas serpenteantes. Ele ouve um grito. Olhando para cima e para a frente, ele vê, no cume soturno dos rochedos, uma coisa alta e pálida — com as formas de um homem, mas feita de espuma — transparente, trêmula, terrível: ela não está sozinha; são todas figuras humanas que se divertem nos rochedos — uma multidão de mulheres feitas de espuma — um grupo de Nereidas brancas e evanescentes.

Shhh! Feche o livro, esconda-o na sacola. Martin ouve passos. Ele presta atenção. Não... sim. Uma vez mais as folhas mortas, esmagadas por pés ligeiros, sussurram na trilha do bosque. Martin olha, as árvores se afastam, e uma mulher surge. É uma dama vestida de seda negra, um véu cobrindo sua face. Martin nunca viu uma dama no bosque antes — nem qualquer mulher, a não ser, de vez em quando, uma menina camponesa que vem colher nozes. Esta noite, a aparição não lhe é desagradável. Ele observa, enquanto ela se aproxima, que ela não é nem velha nem feia, mas, pelo contrário, muito jovem; e, se não fosse por ele reconhecer nela alguém a quem ele tantas vezes chamou intencionalmente de feia, ele teria julgado descobrir traços de beleza por trás do fino tecido daquele véu.

Ela passa por ele e nada diz. Ele sabe que ela faria isso: todas as mulheres são macaquinhas arrogantes, e ele não conhece uma bonequinha mais convencida que Caroline Helstone. O pensamento mal foi elaborado em sua mente quando a jovem retrocede os dois passos que dera para além dele e, erguendo o véu, pousa o olhar no rosto dele, enquanto pergunta em voz baixa:

— Você é um dos filhos do Sr. Yorke?

Nenhuma evidência humana jamais teria sido capaz de persuadir Martin Yorke de que ele havia enrubescido quando fora assim interpelado; contudo, ele enrubesceu, até as orelhas.

— Sou — disse ele, abrupto, e se encorajou a ficar pensando, altivo, no que viria em seguida.

— Você é Martin, creio? — foi a observação seguinte.

Ela não poderia ter sido mais oportuna: foi uma simples frase — pronunciada de modo muito natural e tímido; mas ela se harmonizou com o temperamento do jovem; ela o tranquilizou como uma nota musical.

Martin possuía uma forte percepção de sua personalidade; ele considerava correto e sensato que a jovem pudesse diferenciá-lo de seus irmãos. Como seu pai, ele odiava cerimônias: era aceitável ouvir uma dama se dirigir a ele como "Martin", e não Sr. Martin ou Master Martin, formas que teriam feito com que ela perdesse as boas graças dele para sempre. Pior, se possível, que a cerimônia era o outro extremo, a familiaridade desajeitada; o ligeiro tom de timidez e a hesitação que mal dava para se perceber foram considerados perfeitamente adequados.

— Eu sou Martin — disse ele.

— Seu pai e sua mãe estão bem? (Foi sorte ela não dizer *papai* e *mamãe*; isso teria arruinado tudo.) E Rose e Jessie?

— Acho que sim.

— Minha prima Hortense ainda está em Briarmains?

— Oh, sim!

Martin deu um meio sorriso e um meio gemido cômicos. O meio sorriso foi correspondido pela jovem, que era capaz de imaginar sob qual prisma era possível que Hortense fosse considerada pelos jovens Yorkes.

— Sua mãe gosta dela?

— Elas se entendem tão bem a respeito das empregadas que não podem deixar de gostar uma da outra.

— Está fazendo frio esta noite.

— Por que a senhorita está fora de casa tão tarde?

— Eu me perdi neste bosque.

Nesse momento, na verdade, Martin se permitiu uma salutar risada de desdém.

— Se perdeu na poderosa floresta de Briarmains! A senhorita merece nunca mais se encontrar.

— Eu nunca estive aqui antes e acho que estou invadindo agora. Você pode me denunciar se quiser, Martin, e fazer com que eu seja multada: o bosque é de seu pai.

— Acho que eu já sabia disso. Mas, já que a senhorita é tão inexperiente a ponto de se perder, vou mostrar-lhe o caminho.

— Não precisa. Eu encontrei o caminho agora; vou ficar bem. Martin (um pouco apressada), como está o Sr. Moore?

Martin havia ouvido alguns rumores; pareceu-lhe que poderia ser divertido fazer uma experiência.

— Vai morrer. Nada pode salvá-lo. Toda esperança perdida!

Ela afastou o véu. Ela olhou nos olhos dele e disse:

— Morrer!

— Morrer. Mesmo com todas as mulheres, minha mãe e o resto: elas fizeram alguma coisa com as ataduras que acabaram com tudo; ele poderia ter melhorado, se não fosse por elas. Tenho certeza de que elas serão presas, confinadas, julgadas e levadas para Botany Bay, no mínimo.

Quem o questionava talvez não tenha ouvido esse julgamento: ela ficou imóvel. Em dois minutos, sem dizer outra palavra, ela saiu andando; sem boa-noite, sem mais perguntas. Isso não era divertido, não como o que Martin havia antecipado: ele esperava algo dramático e cheio de sentimentos; mal valia a pena assustar a moça se ela não iria diverti-lo como resposta. Ele chamou:

— Srta. Helstone!

Ela não ouviu nem se voltou. Ele foi correndo atrás dela e a ultrapassou.

— Ora; a senhorita ficou preocupada com o que eu disse?

— Você não sabe nada a respeito da morte, Martin; você é jovem demais para que eu fale com você a respeito desse assunto.

— A senhorita acreditou em mim? É tudo um disparate! Moore está comendo como três homens. Elas estão sempre fazendo sagu ou tapioca ou alguma coisa boa para ele. Eu nunca entro na cozinha sem ver uma panela no fogo, com alguma coisa gostosa para ele. Acho que vou me fazer de doente, para ser alimentado com as primícias da terra, como ele.

— Martin, Martin! — a voz dela tremeu, e ela parou. — Foi um erro muito grande da sua parte, Martin, você quase me matou.

Ela parou de novo. Ela se apoiou em uma árvore, tremendo e se agitando, pálida como a morte.

Martin contemplou-a com indizível curiosidade. Em certo sentido era, como ele teria dito, "loucura" para ele testemunhar aquilo: aquilo lhe dizia tantas coisas, e ele estava começando a sentir um grande deleite em descobrir segredos. Em outro sentido, aquilo fez Martin lembrar o que havia sentido uma vez quando ouvira um melro lamentando seus filhotes, que Matthew havia esmagado com uma pedra, e esse não era um sentimento agradável. Incapaz de achar qualquer coisa apropriada para *dizer* com o intuito de confortá-la, ele começou a revirar em sua cabeça o que ele poderia *fazer*. Ele sorriu: o sorriso do minino deu uma incrível transparência à fisionomia dele.

— Eureca! — exclamou ele. — Eu vou consertar tudo isso em breve. A senhorita está se sentindo melhor agora, Srta. Caroline, vá em frente — instou ele.

Sem refletir que seria mais difícil para a Srta. Helstone que para ele subir em um muro ou atravessar uma sebe, ele guiou-a por um atalho que não levava a portão nenhum. O resultado foi que ele teve de ajudá-la a transpor obstáculos impressionantes e, enquanto ele a censurava por precisar de ajuda, ele gostava muito de se sentir útil.

— Martin, antes de nós nos separarmos, diga-me, com seriedade, e dando sua palavra de honra, que o Sr. Moore está melhor.

— Como a senhorita pensa nesse Moore!

— Não... mas... muitos amigos podem me pedir notícias dele, e eu quero poder dar uma resposta verdadeira.

— A senhorita pode lhes dizer que ele está muito bem; apenas indolente. Pode lhes dizer que ele come costeletas de carneiro no jantar, e a melhor araruta na ceia. Eu interceptei uma tigela certa noite, a caminho do andar de cima, e comi metade do conteúdo.

— E quem o atende, Martin? Quem cuida dele?

— Cuidar dele? Aquele bebê imenso! Ora, uma mulher tão redonda e grande quanto nosso maior tonel, uma velhota ríspida e feia. Eu não tenho dúvidas de que ela o trata a vela de libra: ninguém mais pode chegar perto dele, ele fica a maior parte do tempo no escuro. Acredito que ela o maltrata demais naquele quarto. Eu fico com o ouvido grudado na parede às vezes, quando vou dormir, e acho que ouço quando ela dá uns socos nele. A senhorita precisava ver os punhos dela: ela conseguiria segurar meia dúzia de mãos como a sua em uma das mãos dela. Afinal de contas, apesar do cordeiro e dos doces que ele recebe, eu não queria estar no lugar dele. Na verdade, é minha opinião que ela come a maior parte do que vai na bandeja para o Sr. Moore. Eu espero que ela não o esteja matando de fome.

Profundo silêncio e meditação da parte de Caroline, e uma observação astuta da parte de Martin.

— Suponho que você nunca o veja, Martin?

— Eu? Não. Não me importo em vê-lo, no que me diz respeito.

Silêncio novamente.

— A senhorita não veio até nossa casa certa vez, com a Sra. Pryor, há umas cinco semanas, para perguntar do estado dele? — perguntou novamente Martin.

— Sim.

— Eu me arrisco a dizer que a senhorita gostaria de ser levada ao andar de cima?

— *Nós* queríamos. Nós suplicamos para ser levadas; mas sua mãe não permitiu.

— Ah! Ela não permitiu. Eu ouvi tudo; ela tratou a senhorita como ela gosta de tratar as visitas de vez em quando. Ela agiu de forma rude e ríspida com a senhorita.

— Ela não foi gentil; pois, você sabe, Martin, nós somos parentes, e é natural que tenhamos interesse pelo Sr. Moore. Mas aqui temos de nos separar; estamos na porta da casa de seu pai.

— Muito bem, e qual é o problema? Vou acompanhar a senhorita até sua casa.

— Eles vão sentir sua falta e ficar pensando onde você está.

— E que pensem... Eu posso cuidar de mim, suponho.

Martin sabia que ele já estava sujeito ao castigo de um sermão e de pão seco para o chá. Não importava; o anoitecer havia proporcionado para ele uma aventura; era melhor que bolinhos e torradas.

Ele acompanhou Caroline até sua casa. No caminho, ele prometeu ver o Sr. Moore, apesar do dragão que vigiava o quarto dele, e marcou uma hora no dia seguinte quando Caroline deveria vir ao Bosque de Briarmains e ter notícias; ele a encontraria em certa árvore. O plano não levava a nada; ainda assim, Martin gostava dele.

Quando ele chegou em casa, o pão seco e o sermão lhe foram devidamente administrados, e ele foi mandado para a cama mais cedo. Ele aceitou sua punição com o maior estoicismo.

Antes de subir para seu quarto, ele fez uma visita secreta à sala de jantar, um cômodo silencioso, frio e imponente, pouco usado, pois a família normalmente jantava na sala de estar dos fundos. Ele ficou parado na frente da cornija e ergueu sua vela na altura de dois quadros pendurados acima dele — dois rostos femininos: um, um espécime de beleza serena, bela e inocente; o outro, mais gracioso, mas desamparado e desesperado.

— Ela se parecia com *esse* — disse ele, olhando o segundo quadro —, quando ela soluçou, ficou branca e se apoiou na árvore.

— Acho — continuou ele, quando estava em seu quarto, e sentado à beira de sua cama muito simples — acho que ela está, como dizem, "*amando*"... sim, *amando* aquela coisa comprida que está no quarto ao lado. Shhhh! É a Horsfall dando uns socos nele? Só me pergunto como é que ele não grita. Parece que ela caiu por cima dele com unhas e dentes; mas acho que ela está arrumando a cama. Eu a vi fazendo isso uma vez, ela bateu no colchão como se estivesse brigando. É estranho, Zillah (eles a chamam de Zillah)... Zillah Horsfall é uma mulher, e Caroline Helstone é uma mulher; elas são dois indivíduos da mesma espécie... Não muito parecidas, entretanto. Ela é uma moça bonita, essa Caroline? Suponho que seja; é muito agradável olhar para ela... qualquer coisa tão pura no rosto, tão doce nos olhos. Eu gosto dela olhando para mim; me faz bem. Ela tem cílios longos. A sombra deles parece se deter onde ela olha e instilar paz e reflexão. Se ela se comportar bem e continuar a ser conveniente para mim como foi hoje, posso fazer um favor para ela. Eu bem que gosto da ideia de lograr minha mãe e aquela bruxa velha da Horsfall. Não que eu goste de fazer as vontades do Moore; mas, o que quer que eu faça, sei que vou ser pago, e do jeito que eu escolher. Eu sei qual recompensa vou pedir; uma que vai ser desagradável para o Moore, e agradável para mim.

Ele se virou na cama.

XXXIII. As táticas de Martin

Para o plano de Martin dar certo, era necessário que ele ficasse em casa naquele dia. Assim sendo, ele não tinha apetite no café da manhã e, perto da hora de ir para a escola, sentiu uma dor forte perto do coração, o que tornou aconselhável que, em vez de ir para a escola com Mark, ele tivesse acesso à poltrona de seu pai ao pé do fogo, e também ao jornal matutino dele. Esse ponto tendo sido satisfatoriamente arranjado, e Mark tendo ido para a aula do Sr. Summer, e Matthew e o Sr. Yorke se retirado para o escritório, três outras façanhas — não, quatro — ainda deviam ser realizadas.

A primeira delas era tomar o café da manhã que ele nem provara, e sem o qual seu apetite de quinze anos mal podia ficar; a segunda, terceira e quarta, afastar sua mãe, a Srta. Moore e a Sra. Horsfall, com êxito, antes das quatro horas daquela tarde.

A primeira era, naquele momento, a mais premente, já que o trabalho que o esperava exigia uma dose de vigor que a atual condição de vacuidade de seu estômago juvenil não parecia inclinada a fornecer.

Martin sabia o caminho para a despensa e, conhecendo-o, ele o trilhou. As empregadas estavam na cozinha, solenemente tomando o café da manhã a portas fechadas; sua mãe e a Srta. Moore estavam tomando um pouco de ar no gramado e discutindo as já mencionadas portas fechadas. Martin, seguro na despensa, fez uma meticulosa seleção de seu conteúdo. Seu café da manhã havia sido atrasado e o rapaz havia determinado que ele seria recherché:[1] parecia-lhe que uma variação em sua normalmente insípida ração de pão e leite seria tanto desejável quanto aconselhável; o saboroso e o salutar ele pensou que poderiam ser combinados. Havia um estoque de maçãs rubras acomodadas em palha em uma prateleira; ele pegou três. Havia doces em um prato; ele selecionou um doce de massa folhada com abricó e uma torta de cerejas. No pão caseiro comum seus olhos não se detiveram; mas ele inspecionou com interesse certos pãezinhos doces com geleia de groselha e condescendeu em escolher um. Graças à sua faquinha, ele conseguiu se apropriar de uma asa de ave assada e uma fatia de presunto; uma fatia de pudim de creme frio ele achou que iria se harmonizar com esses itens; e, tendo feito o acréscimo final ao seu butim, finalmente se encaminhou para o saguão.

Ele já havia feito metade do caminho — mais três passos o teriam ancorado no porto seguro da sala de estar dos fundos — quando a porta da frente se abriu, e lá estava Matthew. Teria sido muito melhor se fosse o Coisa-Ruim, com todo o aparato de chifres, cascos e rabo.

Matthew, cético e caçoísta, já havia tido dificuldades para aceitar imediatamente aquela dor perto do coração. Ele havia resmungado algumas palavras, entre as quais a frase "pretenso doente" havia sido perfeitamente ouvida, e o acesso à poltrona e ao jornal pareciam ter-lhe causado espasmos mentais. O espetáculo que se apresentava à sua frente — as maçãs, os doces, os pãezinhos, a ave, o presunto e o pudim — oferecia evidência boa demais para exacerbar sua opinião a respeito de sua própria sagacidade.

Martin parou interdit[2] um minuto, um instante; no momento seguinte ele sabia em que terreno pisava e se comportou condignamente. Com a verdadeira perspicácia "des âmes élites",[3] ele na hora viu como o acontecimento — à primeira vista inconveniente — poderia dar um excelente resultado. Ele viu como o fato poderia ser manipulado de modo a garantir a execução de sua segunda tarefa — a saber, se ver livre de sua mãe. Ele sabia que um confronto entre ele e Matthew sempre sugeria para a Sra. Yorke o ensejo de uma crise de histeria; ele também sabia que, segundo o ditado de que a calma sucede a tempestade, depois de uma manhã de histeria sua mãe com certeza se dava ao luxo de uma tarde passada na cama. Isso serviria muito bem para ele.

O confronto aconteceu no saguão. Uma risada seca, um sarcasmo ultrajante, um insulto desdenhoso, que se depararam com uma resposta desinteressada, porém muito mordaz, foram os sinais. Eles começaram a brigar. Martin, que geralmente fazia pouco barulho nessas ocasiões, fez um escândalo dessa vez. Vieram correndo as empregadas, a Sra. Yorke, a Srta. Moore: mãos femininas não conseguiram separá-los; o Sr. Yorke foi convocado.

— Filhos — disse ele —, um de vocês vai ter de deixar meu teto se isto acontecer de novo; não vou ter um confronto entre Caim e Abel aqui.

Martin então concordou em ser acalmado: ele havia sido ferido; ele era o mais novo e o mais magro; estava bastante tranquilo, de modo nenhum irritado; ele até sorriu, contente por ter terminado a parte mais difícil da tarefa que ele havia se imposto.

Uma vez ele pareceu titubear durante a manhã.

"Não vale a pena eu me incomodar por causa daquela Caroline", ele observou. Mas, um quarto de hora mais tarde, ele estava de novo na sala de jantar, olhando para o rosto com os cachos desfeitos e os olhos turvos de desespero.

"Sim", ele disse, "eu a fiz soluçar, tremer, quase desmaiar. Vou vê-la sorrir antes de ter me livrado dela; além do mais, quero ser mais esperto que todo esse mulherio".

Logo depois da refeição, a Sra. Yorke concretizou o raciocínio de seu filho retirando-se para seu quarto. Era hora de lidar com Hortense.

Essa senhora estava cerzindo meias, confortavelmente instalada no sala de estar dos fundos, quando Martin — deixando de lado um livro que estivera lendo com toda a tranquilidade voluptuosa de um paxá ainda inexperiente, deitado no sofá (ele ainda estava indisposto, segundo seu próprio relato) — indolentemente introduziu algumas frases a respeito de Sarah, a empregada do Hollow. Durante longos rodeios verbais, ele insinuou que diziam que essa senhorita tinha três pretendentes — Frederic Murgatroyd, Jeremiah Pighills e John-do-Mally--da-Hannah-da-Deb; e que a Srta. Mann havia afirmado estar segura de que, agora que a moça era a única responsável pelo chalé, ela sempre recebia seus admiradores na hora das refeições, e os tratava com o que a casa tinha de melhor para oferecer.

Nada mais foi necessário. Hortense não conseguiria ter ficado mais uma hora sem se dirigir ao cenário dessas transações nefandas e inspecionar como estava a situação pessoalmente. Ainda sobrava a Sra. Horsfall.

Martin, senhor da situação, extraiu da cesta de trabalho de sua mãe um molho de chaves; com elas abriu o aparador lateral, extraiu de lá uma garrafa preta e um pequeno copo, colocou-os sobre a mesa, subiu agilmente as escadas, se dirigiu ao quarto do Sr. Moore, bateu à porta; a enfermeira abriu.

— Com licença, a senhora está convidada a se dirigir à sala de estar dos fundos e ingerir algum alimento. A senhora não será perturbada; a família não está em casa.

Ele a observou descer; ele a observou entrar; ele pessoalmente fechou a porta. Ele sabia que ela estava segura.

O trabalho árduo havia sido realizado; agora, a parte prazerosa. Ele agarrou seu boné e se encaminhou para o bosque.

Ainda eram três e meia; a manhã tinha sido bonita, mas o céu estava escuro agora. Estava começando a nevar; o vento soprava frio, o bosque tinha uma aparência sombria e a da velha árvore era austera. Entretanto, Martin aprovou as sombras em seu caminho. Ele percebeu um encanto no aspecto espectral do velho carvalho.

Ele teve de esperar. Ele andou de lá para cá, enquanto os flocos caíam mais rápido; e o vento, que a princípio só havia gemido, uivava lamentosamente.

“Ela está demorando a vir”, murmurou ele, enquanto olhava pelo caminho estreito. “Fico pensando”, acrescentou, “por que eu desejo tanto vê-la? ela não está vindo por minha causa. Mas eu tenho poder sobre ela e quero que ela venha para que eu possa usar esse poder.”

Ele continuou sua caminhada.

“Bem”, retomou ele, quando mais um pouco de tempo havia passado, “se ela não vier, vou odiá-la e desdenhá-la.”

Soaram as quatro horas. Ele ouviu o relógio da igreja à distância. Passos tão ligeiros, tão leves que, se não fosse pelo rumorejar das folhas, mal teriam soado na trilha do bosque, contiveram a impaciência de Martin. O vento soprava com muita força então, e a tempestade branca que ficava cada vez mais forte ia ficando assustadora; mas Caroline vinha vindo, e não estava apavorada.

— Bem, Martin — disse ela, ansiosa —, como ele está?

“É estranho como ela pensa *nele*”, refletiu Martin. “A neve cegante e o vento forte não representam nada para ela, acho; entretanto, ela não é nada mais que um ‘fiapinho de gente’, como diria minha mãe. Dá para eu sentir, em meu coração, o desejo de ter um casaco para agasalhá-la com ele.”

Assim pensando com seus botões, ele deixou de responder a Srta. Helstone.

— Você o viu?

— Não.

— Oh! Você prometeu que o veria.

— Tenciono fazer mais pela senhorita do que isso. Eu não disse que *eu* não faço questão de vê-lo?

— Mas agora vai se passar tanto tempo antes de eu ter informações confiáveis a respeito dele, e estou cansada de esperar. Martin, *vá* vê-lo, e dê para ele as lembranças de Caroline

Helstone, e diga que ela gostaria de saber como ele está, e se qualquer coisa pode ser feita para ajudá-lo.

— Não vou.

— Você mudou; você estava tão amável na noite passada.

— Vamos, não podemos ficar parados neste bosque, está frio demais.

— Mas, antes de eu ir, prometa que você vai voltar amanhã trazendo notícias.

— Nada disso. Eu sou frágil demais para marcar tais encontros durante o inverno e comparecer a eles. Se a senhorita soubesse a dor que eu senti no peito hoje de manhã, e como eu fiquei sem café da manhã e, além disso, fiquei prostrado, a senhorita compreenderia quão inadequado é me fazer vir aqui na neve. Vamos, estou dizendo.

— Você é mesmo frágil, Martin?

— Não pareço ser?

— Seu rosto é corado.

— Isso é febre. A senhorita vem... ou não?

— Aonde?

— Comigo. Fui um tolo por não trazer um casaco; eu teria deixado a senhorita mais confortável.

— Você está indo para casa; o caminho mais curto para mim fica na direção oposta.

— Apoie o braço no meu; eu vou cuidar da senhorita.

— Mas o muro... a sebe... é tão difícil de escalar, e você é esguio e jovem demais para me ajudar sem se machucar.

— A senhorita vai entrar pelo portão.

— Mas...

— Mas!... mas! A senhorita vai confiar em mim ou não?

Ela examinou o rosto dele.

— Acho que sim. Qualquer coisa a ter de voltar tão ansiosa como eu vim.

— Não posso garantir isso. Isto, entretanto, eu prometo para a senhorita: fique aos meus cuidados, e a senhorita verá Moore pessoalmente.

— Vê-lo pessoalmente?

— Pessoalmente.

— Mas, caro Martin, ele sabe?

— Ah! Agora eu sou caro. Não, ele não sabe.

— E sua mãe e os outros?

— Está tudo tranquilo.

Caroline mergulhou em uma longa e silenciosa série de reflexões, mas, mesmo assim, foi andando com seu guia. Eles se aproximaram de Briarmains.

— A senhorita se decidiu? — perguntou ele.

Ela ficou em silêncio.

— Decida; estamos chegando. Eu *não* vou vê-lo... isso posso lhe garantir... a não ser para anunciar sua chegada.

— Martin, você é um menino estranho, e esta é uma decisão estranha; mas tudo que eu sinto *é* e *tem* sido, por um bom tempo, estranho. Eu vou vê-lo.

— Tendo dito isso, a senhorita não vai hesitar, nem retroceder?

— Não.

— Cá estamos, então. Não fique com medo de passar pela janela da sala, ninguém vai vê-la. Meu pai e Matthew estão na fábrica; Mark está na escola; as empregadas estão na cozinha, a Srta. Moore está no chalé, minha mãe na cama e a Sra. Horsfall no Paraíso. Veja: não preciso bater à porta. Eu abro a porta; o saguão está vazio, a escadaria, silenciosa; o corredor também; toda a casa e todos os seus moradores estão sob um encantamento, que eu não vou quebrar até a senhorita ter ido embora.

— Martin, confio em você.

— A senhorita nunca disse nada mais justo. Permita que eu pegue seu xale; vou sacudir a neve e secá-lo para a senhorita. A senhorita está gelada e molhada. Não importa; lá em cima tem uma lareira. Está pronta?

— Sim.

— Siga-me.

Ele deixou os sapatos no capacho e subiu as escadas descalço. Caroline foi silenciosamente atrás, com passos inaudíveis. Havia um corredor, e havia um saguão; no fim dele, Martin parou e bateu a uma porta. Ele teve de bater duas — três vezes. Uma voz, conhecida de uma das pessoas que escutava, finalmente disse:

— Entre.

O rapaz entrou cheio de energia.

— Sr. Moore, uma senhora veio perguntar do senhor. Nenhuma das mulheres estava por perto. É dia de lavar roupa, e as empregadas estão com água e sabão até o pescoço na cozinha externa, então eu pedi que ela viesse.

— Até aqui, senhor?

— Até aqui, senhor; mas, se o senhor se opuser, ela vai descer novamente.

— E este é um lugar, ou eu sou uma pessoa que uma senhora possa visitar, minino insensato?

— Não; então eu vou conduzi-la à porta.

— Martin, você vai ficar aqui. Quem é ela?

— Sua avó, lá do château[4] no Scheldt, de quem a Srta. Moore fala.

— Martin — disse o mais suave dos sussurros à porta —, não seja tolo.

— Ela está aqui? — perguntou Moore, apressado. Ele havia percebido um som indistinto.

— Está aqui, prestes a desmaiar; ela está em pé, no tapete, chocada com sua falta de atenção filial.

— Martin, você é um cruzamento maligno entre um diabrete e um escudeiro. Qual é a aparência dela?

— Mais parecida comigo que com o senhor, porque ela é jovem e bonita.

— Você tem de fazê-la entrar. Você ouviu bem?

— Venha, Srta. Caroline.

— Srta. Caroline! — repetiu Moore.

E, quando Caroline entrou, ela foi recebida no meio do quarto por uma figura alta, magra e emaciada, que segurou as duas mãos dela.

— Eu lhe dou um quarto de hora — disse Martin, enquanto saía — e nada além. Diga o que tiver a dizer nesse período; até o tempo acabar, eu vou ficar esperando no corredor; nada vai se aproximar; eu vou conduzir a senhorita embora em segurança. Caso a senhorita insista em ficar mais tempo, entrego-a ao seu destino.

Ele fechou a porta. No corredor, ele estava tão exaltado quanto um rei. Jamais estivera envolvido em uma aventura de que gostasse tanto, pois nenhuma aventura jamais lhe havia conferido tanta importância ou inspirado nele tamanho interesse.

— Finalmente você veio — disse o homem descarnado, olhando sua visitante com olhos fundos.

— Você me esperava antes?

— Durante um mês, quase dois meses, estivemos muito próximos; e eu passei por muita dor, perigo e tristeza, Cary.

— Eu não podia vir.

— Não podia? Mas a casa paroquial e Briarmains são tão perto... nem três quilômetros de distância.

Havia dor — havia prazer no rosto da moça enquanto ela ouvia essas reprimendas implícitas: era doce, era amargo se defender.

— Quando eu disse que não podia vir, eu queria dizer que não podia ver você; pois vim com mamãe no mesmo dia em que soubemos o que havia acontecido. O Sr. MacTurk então nos disse que era impossível admitir quaisquer estranhos.

— Mas depois... todas as belas manhãs destas últimas semanas eu tenho esperado e escutado. Algo aqui, Cary (colocando a mão no peito) me disse que era impossível você não pensar em mim. Não que eu merecesse ser lembrado; mas nós somos velhos amigos... somos primos.

— Eu vim outra vez, Robert; mamãe e eu viemos de novo.

— Vieram? Vamos, isso vale a pena ser escutado. Já que você veio de novo, nós vamos nos sentar e falar a respeito disso.

Eles se sentaram. Caroline puxou a cadeira para perto da dele. O ar agora estava escuro por causa da neve; rajadas polares estavam agitando-o selvagemente. Os dois nem ouviram os fortes "ventos uivantes", nem viram o fardo branco que eles carregavam. Cada um deles só parecia ter consciência de uma coisa — da presença do outro.

— Então mamãe e você vieram de novo?

— E a Sra. Yorke nos tratou de modo estranho. Nós pedimos para ver você. "Não", ela disse, "não em minha casa. Agora, sou responsável pela vida dele; ela não vai ser comprometida por uma meia hora de tagarelice fútil." Mas não devo dizer para você tudo o que ela falou, foi muito desagradável. Contudo, nós viemos mais uma vez, mamãe, a Srta. Keeldar e eu. Dessa vez, nós achamos que sairíamos vencedoras, já que éramos três contra uma, e Shirley estava do nosso lado. Porém, a Sra. Yorke partiu para um ataque extremamente brusco.

Moore sorriu.

— O que ela disse?

— Coisas que nos espantaram. Shirley acabou rindo; eu chorei; mamãe ficou muito aborrecida; nós três fomos expulsas do campo de batalha. Desde essa vez, eu tenho passado uma vez por dia pela casa, só pelo prazer de olhar para sua janela, que eu podia distinguir por causa das cortinas fechadas. Eu realmente não ousei vir.

— Eu *tenho* sentido sua falta, Caroline.

— Eu não sabia disso; eu nunca sonhei, nem por um instante, que você pensasse em mim. Se eu tivesse tido a mais remota ideia...

— Mesmo assim, a Sra. Yorke teria derrotado você.

— Ela não teria. Um estratagema teria sido tentado, se a persuasão falhasse. Eu teria ido bater à porta da cozinha; as empregadas teriam me deixado entrar, e eu teria subido as escadas na mesma hora. Na verdade, foi muito mais o medo da intrusão, o medo de você, que me desconcertou que o medo da Sra. Yorke.

— Somente na noite passada eu perdi as esperanças de tornar a ver você. A fraqueza me fez ficar muito deprimido — muito deprimido mesmo.

— E você fica sozinho?

— Pior que sozinho.

— Mas você deve estar se sentindo melhor, já que não precisa mais ficar de cama?

— Eu não sei se vou viver. Não vejo nada à minha frente, depois de tamanho esgotamento, a não ser a ruína.

— Você... você precisa ir para casa, para o Hollow.

— A tristeza me acompanharia, não há nada que me alegre perto de mim.

— Eu *vou* alterar essa situação. Ela *tem* de ser alterada, nem que houvesse dez Sras. Yorke com quem eu tivesse de lutar.

— Cary, você me faz sorrir.

— Sorria; sorria novamente. Devo dizer do que eu gostaria?

— Diga-me qualquer coisa, só fique falando. Eu sou Saul; se não fosse pela música, meu espírito ficaria atormentado.

— Eu gostaria que você fosse levado à casa paroquial, e deixado aos meus cuidados e de mamãe.

— Um precioso presente! Desde que atiraram em mim eu não dou risada.

— Você sente dor, Robert?

— Não tanta dor, agora; mas estou lamentavelmente fraco, e meu estado de espírito é indizível — sombrio, estéril, impotente. Você não vê tudo isso em meu rosto? Eu me pareço com um fantasma.

— Mudado; contudo, eu reconheceria você em qualquer lugar. Mas compreendo seus sentimentos, eu passei por algo parecido. Desde que nós nos encontramos, eu também estive muito doente.

— *Muito* doente?

— Achei que eu ia morrer. A história da minha vida já parecia ter sido contada. Todas as noites, exatamente à meia-noite, eu costumava acordar de sonhos pavorosos; e o livro jazia aberto à minha frente, na última página, onde estava escrito "Finis".[5] Eu tinha estranhas sensações.

— Você fala do que eu estou sentindo.

— Eu achava que nunca mais iria ver você; e fiquei tão magra... tão magra quanto você está agora. Eu não podia fazer nada por mim, nem me levantar, nem deitar; e não conseguia comer. Entretanto, você vê que estou melhor.

— Consolador! Tão triste quanto doce. Estou fraco demais para expressar o que sinto; mas, enquanto você fala, eu *sinto*.

— Estou aqui, ao seu lado, onde eu acreditava que nunca mais estaria. Aqui eu falo com você. Vejo você me ouvindo com boa vontade... me olhando com gentileza. Eu esperava por isso? Eu perdi as esperanças.

Moore suspirou — um suspiro tão profundo que era quase um gemido. Ele cobriu os olhos com a mão.

— Que eu possa ser poupado para fazer uma reparação!

Tal foi sua oração.

— Por quê?

— Não vamos falar nesse assunto agora, Cary; desencorajado como estou, ainda não tenho forças para lidar com esse tema. A Sra. Pryor esteve com você durante sua doença?

— Sim — disse Caroline, sorrindo feliz —, você sabe que ela é mamãe?

— Ouvi dizer... Hortense me contou; mas também vou ouvir essa história de você. Ela faz você mais feliz?

— O quê! Mamãe? Eu a *amo*; *quanto*, não posso dizer. Eu estava completamente exausta, e ela me apoiou.

— Eu mereço ouvir isso em uma ocasião em que mal consigo levar minha mão à cabeça. Eu mereço isso.

— Não é uma censura feita a você.

— São brasas ardentes amontoadas sobre minha cabeça; assim como cada palavra que você me diz, e cada olhar que ilumina seu rosto tão doce. Chegue mais perto, Lina, e me dê sua mão... se meus dedos finos não assustarem você.

Ela pegou esses dedos magros em suas mãozinhas; ela inclinou a cabeça "et les effleura de ses lèvres"[6] (escrevo isso em francês porque a palavra "effleurer"[7] é uma palavra requintada). Moore ficou muito emocionado, uma ou duas grandes lágrimas correram por suas faces encovadas.

— Vou conservar isso em meu coração, Cary; esse beijo eu vou reservar para o futuro, e você vai ouvir a respeito dele outro dia.

— Saia! — exclamou Martin, abrindo a porta. — Venha; a senhorita ficou vinte minutos em vez de um quarto de hora.

— Ela não vai sair daqui, seu basbaque.

— Não tenho coragem de ficar mais, Robert.

— Você promete voltar?

— Não, ela não pode prometer — respondeu Martin. — Isso não pode virar um hábito. Não posso ser perturbado. Uma vez não faz mal; eu não vou permitir que se repita.

— *Você* não vai permitir que se repita.

— Shhh! Não o aborreça; nós não teríamos nos encontrado hoje se não fosse por ele. Mas eu vou voltar, se você quer que eu venha.

— *É* o que quero... a *única* coisa que quero... quase a única coisa que consigo sentir.

— Venha agora mesmo. Minha mãe tossiu, se sentou na cama, colocou os pés no chão. Imagine se ela surpreender a senhorita nas escadas, Srta. Caroline. A senhorita não vai se despedir dele — ficando entre ela e Moore —; a senhorita tem de ir embora.

— Meu xale, Martin.

— Está comigo. Eu ajudo a senhorita a colocá-lo quando estiver no saguão.

Ele fez com que os dois se separassem. Ele não permitiria despedidas além das que poderiam se manifestar com olhares. Ele quase carregou Caroline escada abaixo. No saguão, ele a agasalhou com o xale e, se não fosse pelos passos da mãe soando naquele instante no corredor, e se não fosse por uma sensação de acanhamento — o impulso correto, natural e, portanto, nobre, do seu coração de menino — que o continha, ele teria exigido sua recompensa; ele teria dito: "Agora, Srta. Caroline, por tudo isso, dê-me um beijo". Mas, antes que as palavras tivessem passado por seus lábios, ela estava andando pelo caminho cheio de neve, mais roçando sobre os montes de neve que andando com dificuldade através deles.

"Ela é minha devedora, e eu *vou* ser pago."

Ele se consolou com a ideia de que fora a oportunidade, e não a audácia, que lhe havia faltado: julgou mal a têmpera de sua própria natureza e a avaliou como algo menos valioso do que era.

XXXIV. Caso de perseguição doméstica — notável exemplo de piedosa perseverança no cumprimento de deveres religiosos

Martin, tendo conhecido o sabor da excitação, queria uma segunda dose; tendo sentido a dignidade do poder, detestava renunciar a ela. A Srta. Helstone — a moça que ele sempre havia chamado de feia, e cujo rosto estava então o tempo todo na frente de seus olhos, dia e noite, no escuro ou sob a luz do sol — havia por uma vez ficado submetida a ele; pensar que a visita nunca mais poderia ser repetida o deixava perturbado.

Embora fosse um estudante, ele não era um estudante comum; ele estava destinado a crescer e ser uma pessoa excêntrica. Alguns anos mais tarde, ele fez grandes esforços para se moldar e se dar um polimento que o adequasse ao padrão do resto do mundo, mas jamais conseguiu; uma marca única sempre o caracterizou. Ele então se sentava ocioso à sua carteira na escola, elaborando em sua mente os meios de acrescentar outro capítulo ao seu romance iniciado. Ele ainda não sabia quantos romances iniciados nesta vida são condenados a jamais passar do primeiro, ou, no máximo, do segundo capítulo. Seu dia de folga parcial no sábado ele passou no bosque com seu livro de histórias de fadas, e aquele outro livro não escrito em sua imaginação.

Martin nutria uma relutância irreligiosa em testemunhar a aproximação do domingo. Seu pai e sua mãe, ao mesmo tempo que se recusavam a participar ativamente da Igreja, não falhavam em, uma vez no dia sagrado, lotar condignamente seu grande banco na Igreja de Briarfield com toda a sua florescente família. Teoricamente, o Sr. Yorke colocava todas as seitas e igrejas no mesmo nível. A Sra. Yorke dava o prêmio aos Morávios e aos Quacres, por causa daquela coroa de humildade usada por essas distintas pessoas. Jamais se soube, contudo, que um dos dois tivesse colocado os pés em um conciliábulo.

Martin, eu estava dizendo, não gostava do domingo, porque o culto matutino era longo, e normalmente o sermão não era de seu agrado. Naquela tarde de sábado, entretanto, suas reflexões silvícolas descortinaram para ele um encanto recém-descoberto no dia vindouro.

Ele demonstrou ser um dia de neve profunda — tão profunda que a Sra. Yorke, durante o café da manhã, anunciou sua convicção de que as crianças, tanto os meninos quanto as meninas, ficariam melhor em casa; e sua decisão de que, em vez de ir à igreja, eles deveriam ficar sentados em silêncio por duas horas no salão, enquanto Rose e Martin alternadamente leriam uma sucessão de sermões — os "Sermões" de John Wesley. Este, sendo um reformista e um agitador, merecia a consideração tanto dela quanto a do marido.

— Rose vai fazer o que ela quiser — disse Martin, sem erguer os olhos do livro que, segundo seu costume então, e na vida futura, ele estava estudando enquanto tomava seu leite com pão.

— Rose vai fazer o que for mandado, e Martin também — observou a mãe.

— Eu vou à igreja.

Assim respondeu seu filho, com a indizível quietude de um verdadeiro Yorke, que sabe o que quer e vai conseguir o que quer, e que, se pressionado contra a parede, vai permitir ser esmagado até a morte, desde que nenhum modo de fugir possa ser encontrado, mas jamais vai ceder.

— O tempo não está bom — disse o pai.

Nenhuma resposta. O jovem lia com afinco; ele lentamente partiu seu pão e bebeu seu leite.

— Martin odeia ir à igreja, mas ele odeia ainda mais obedecer — disse a Sra. Yorke.

— Suponho que eu seja influenciado por pura perversidade?

— Sim, você é.

— Mãe, eu não *sou.*

— Então, você é está influenciado por quê?

— Por um emaranhado de razões, cujas complexidades seria possível explicar para a senhora assim como seria possível eu me virar do avesso para exibir o mecanismo interno de meu corpo.

— Ouçam Martin! Ouçam-no! — exclamou o Sr. Yorke. — Eu preciso providenciar pra que esse meu minino seja advogado: a Natureza o destinou a viver da habilidade de sua língua. Hesther, seu terceiro filho certamente tem de ser um advogado; ele tem o aparato: impudência, arrogância e palavras... palavras... palavras.

— Um pouco de pão, Rose, por favor — solicitou Martin, com gravidade, serenidade e calma intensas. O menino tinha naturalmente uma voz baixa e lamentosa, que em seus momentos "de obstinação" mal se erguia acima do sussurro de uma senhora. Quanto mais rigidamente obstinado o estado de espírito, mais doce e triste era o tom. Ele tocou o sino e gentilmente pediu que trouxessem seus sapatos de neve.

— Mas, Martin — insistiu seu genitor —, a neve está se amontoando por todo o caminho; um homem mal conseguiria atravessá-la. Entretanto, minino — continuou ele, vendo que o filho se erguia enquanto o sino da igreja começava a tocar —, este é um caso em que eu não tentaria de jeito nenhum impedir que essa criatura obstinada faça sua vontade. Vá à igreja, claro. Está soprando um vento inclemente, e a neve cai forte, além da quantidade de neve sob os pés. Vá lá pra fora, já que ocê prefere isso a uma lareira quente.

Martin silenciosamente vestiu seu casaco, cachecol e boné e saiu deliberadamente.

— Meu pai tem mais senso que minha mãe — sentenciou ele. — Como as mulheres se enganam! Elas enfiam o prego na carne, achando que o estão pregando em uma pedra insensível.

Ele chegou cedo à igreja.

"Bem, se ela se assustar com o tempo (e é uma verdadeira tempestade de dezembro), ou se aquela Sra. Pryor se opuser a que ela saia, e eu não puder vê-la afinal, isso vai me aborrecer; mas, tempestade ou tornado, granizo ou gelo, ela *tem* de vir e, se ela tem uma mente digna de seus olhos e fisionomia, ela *vai* vir. Ela vai vir aqui para ter a chance de me ver, assim como estou aqui pela chance de vê-la. Ela vai querer ter notícias de seu desgraçado namorado, assim como eu quero sentir uma vez mais o que eu considero a essência da vida — um gosto da existência, com a essência preservada nela, e não evaporada. A aventura é em relação à estagnação o que o champanhe é para a cerveja escura."

Ele olhou ao redor. A igreja estava fria, silenciosa, vazia, a não ser por uma mulher idosa. À medida que os carrilhões emudeciam e o sino isolado dobrou lentamente, outros paroquianos mais velhos chegaram aos poucos e ocuparam modestamente os lugares vazios. São sempre os mais frágeis, os mais velhos e os mais pobres que enfrentam as piores temperaturas para provar e manter sua constância para com a querida e velha mãe Igreja: nessa manhã tempestuosa, nenhuma família importante compareceu, nem um grupo trazido por uma carruagem apareceu — todos os bancos decorados e almofadados estavam vazios; somente nos simples bancos de carvalho sentavam-se os idosos de cabelos grisalhos e os pobres frágeis.

"Eu vou desdenhá-la se ela não vier", murmurou Martin, de modo conciso e irado, com seus botões. O chapéu anglicano do pároco passou pelo pórtico: o Sr. Helstone e seu ajudante estavam na sacristia.

Os sinos pararam de tocar — o púlpito estava ocupado — as portas foram fechadas — o serviço começou. Vazio estava o banco da casa paroquial — ela não estava lá. Martin a desdenhava.

"Criatura indigna! Criatura insípida! Impostora banal! Como todas as outras meninas — fraca, egoísta, fútil!"

Essa era a liturgia de Martin.

"Ela não é igual ao nosso retrato. Seus olhos não são grandes e expressivos; seu nariz não é reto e delicado, helênico; sua boca não tem aquele encanto que eu achei que tinha e que imaginei que pudesse me tirar da misantropia que caracteriza meus piores estados de espírito. O que ela é? Uma magricela, uma boneca, um brinquedo, uma *menina*, resumindo."

Tão absorto estava o jovem cínico que se esqueceu de se levantar no momento adequado, e ainda estava em uma exemplar atitude de devoção, de joelhos, quando, terminada a litania, o primeiro hino foi cantado. Ser assim flagrado não ajudou a acalmá-lo. Ele se levantou, enrubescido (pois ele era tão sensível ao ridículo quanto qualquer menina). Para tornar a situação pior, a porta da igreja tornara a se abrir, e os corredores estavam se enchendo: tap, tap, tap, uma centena de pezinhos entrou trotando. Eram os alunos da escola dominical. Segundo o costume de inverno em Briarfield, essas crianças haviam até então sido mantidas onde havia aquecimento, tendo sido levadas para a igreja apenas antes do sacramento e do sermão.

Os menorzinhos foram acomodados em primeiro lugar e finalmente, quando os meninos e as meninas menores estavam todos organizados — quando o órgão estava ressoando, e o coro e a congregação estavam se levantando para cantar um hino —, um grupo alto de jovens moças entrou em silêncio, encerrando a procissão. A professora delas, tendo-as acomodado em seus lugares, passou para o banco da casa paroquial. O manto cinza pálido e a pequena touca de castor eram conhecidos de Martin; era exatamente a indumentária que seus olhos haviam ansiado em perceber. A Srta. Helstone não havia permitido que a tempestade se tornasse um empecilho.

Afinal, ela viera à igreja. Martin provavelmente sussurrou sua satisfação para seu livro de hinos; de qualquer modo, ele escondeu seu rosto nele por dois minutos.

Satisfeito ou não, ele teve tempo de ficar muito irritado com ela de novo antes de o sermão terminar. Ela não havia nem uma vez olhado para o lado dele; pelo menos ele não tinha sido felizardo a ponto de responder a um olhar.

"Se...", disse ele, "se ela não prestar atenção em mim, se ela mostrar que não estou nos pensamentos dela, terei uma opinião pior e inferior dela do que antes. Seria muita mesquinharia vir por causa desses estúpidos alunos da escola dominical, e não por minha causa, ou daquele esqueleto comprido que é o Moore."

O sermão chegou ao fim; a bênção foi dada; a congregação se dispersou. Ela não estivera perto dele.

E então, de fato, quando Martin se voltou para dirigir seus passos na direção de casa, ele sentiu que a neve estava forte e o vento do leste frio.

O caminho mais curto para ele passava através de alguns campos: era perigoso, porque era um caminho pouco percorrido. Ele não se importava; ele iria por ali. Perto da passagem na segunda cerca se erguia um amontoado de árvores. Era uma sombrinha esperando ali? Sim, uma sombrinha, segurada com evidente dificuldade contra as rajadas de vento; atrás dela esvoaçava um manto cinza pálido. Martin sorriu enquanto subia laboriosamente o campo íngreme e cheio de obstáculos, difícil para os pés como uma encosta nos píncaros do Etna. Havia uma aparência inimitável em seu rosto quando, tendo alcançado a passagem, ele se sentou tranquilamente nela e assim iniciou uma conversa que, de sua parte, ele estava inclinado a prolongar indefinidamente.

— Acho que seria melhor a senhorita fazer uma barganha. Troque-me pela Sra. Pryor.

— Eu não tinha certeza se você viria ou não por este caminho, Martin, mas resolvi arriscar. Não há um jeito de trocar umas palavras com tranquilidade na igreja ou no cemitério.

— A senhorita concorda? Entregar a Sra. Pryor à minha mãe, e me vestir com as saias dela?

— Como se eu conseguisse entender você! O que colocou a Sra. Pryor em sua cabeça?

— A senhorita a chama de "mamãe", não chama?

— Ela *é* minha mamãe.

— Impossível... ou uma mamãe tão ineficiente e descuidada; eu daria uma mamãe cinco vezes melhor. A senhorita *pode* dar risada. Não me oponho a vê-la sorrir. Seus dentes... Odeio dentes feios; mas os seus são bonitos como um colar de pérolas, e um colar cujas pérolas são muito belas, até mesmo parelhas, e bem-arrumadas também.

— Martin, o que é isso? Eu pensei que os Yorkes jamais fizessem elogios?

— Eles não os fizeram até esta geração; mas eu sinto como se fosse minha vocação produzir uma nova variedade da espécie Yorke. Estou muito cansado de meus ancestrais; nós temos tradições que remontam quatro gerações, histórias do Hiram, que era o filho do Hiram, que era filho do Samuel, que era o filho do John, que era o filho do Zerubbabel Yorke. Todos, do Zerubbabel até o último Hiram, eram assim como a senhorita vê meu pai. Antes disso tinha um tal de Godfrey. Nós temos o retrato dele; ele está pendurado no quarto do Moore; ele é parecido comigo. Da personalidade dele nós não sabemos nada; mas tenho certeza de que era diferente da de seus descendentes. Ele tem cabelos longos e encaracolados e escuros; ele está vestido com apuro e elegância. Tendo dito que ele é parecido comigo, não preciso acrescentar que ele é bonito.

— Você não é bonito, Martin.

— Não; mas espere um pouco... deixe apenas que eu faça as coisas a meu modo. Tenciono começar, a partir de hoje, a me aprimorar, a me refinar, e nós vamos ver.

— Você é um menino muito estranho, muito incompreensível, Martin. Mas não pense que você um dia será bonito; você não pode ser.

— Pretendo tentar. Mas estávamos falando da Sra. Pryor. Ela deve ser a mamãe mais insensível deste mundo, para deixar friamente a filha sair com este tempo. A minha mãe estava com muita raiva porque eu queria vir à igreja; ela estava pronta para jogar a vassoura da cozinha em mim.

— Minha mãe estava muito preocupada comigo; mas receio que eu estivesse obstinada. Eu *tinha de* vir.

— Para me ver?

— Isso mesmo; eu não pensava em mais nada. Eu estava com muito medo de que a neve fosse impedir sua vinda. Você não imagina como eu fiquei satisfeita ao ver você sozinho no banco.

— *Eu* vim para cumprir meu dever, e para dar um bom exemplo à paróquia. E então a senhorita estava obstinada, não estava? Gostaria de vê-la obstinada, gostaria mesmo. Eu não manteria a senhorita muito disciplinada se estivesse sob meu controle? Permita que eu pegue sua sombrinha.

— Não posso ficar dois minutos; nosso jantar logo vai estar pronto.

— E o nosso também; e sempre temos uma refeição quente aos domingos. Ganso assado hoje, com torta de maçã e arroz-doce. Eu sempre consigo saber o cardápio. Bem, eu gosto demais dessas comidas; mas farei o sacrifício, se a senhorita quiser.

— Nós teremos uma refeição fria. Meu tio não permite que se cozinhe sem necessidade no dia do Senhor. Mas tenho de voltar; todos ficariam preocupados se eu deixasse de aparecer.

— E Briarmains também, bendita seja! Acho que estou ouvindo meu pai mandando o capataz e cinco dos tintureiros para procurar em seis direções o corpo de seu filho pródigo na neve; e minha mãe se arrependendo das suas inúmeras más-criações com relação a mim, agora que estou morto.

— Martin, como está o senhor Moore?

— Foi *por isso* que a senhorita veio, só para dizer essa palavra.

— Vamos, diga-me, rápido.

— Maldito seja! Ele não está pior; mas tão maltratado quanto jamais... Trancado, mantido em isolamento solitário. Eles querem fazer dele ou um idiota ou um maníaco, e conseguir uma ordem para verificar se ele é insano. A Horsfall o mata de fome; a senhorita viu como ele está magro.

— Você foi gentil no outro dia, Martin.

— Em qual dia? Eu sou sempre gentil… um modelo.

— Quando você vai ser tão gentil de novo?

— Eu sei o que a senhorita quer; mas a senhorita não vai me lisonjear... Eu não sou um joguete.

— Mas isso tem de ser feito. É uma coisa muito certa, e necessária.

— Como a senhorita abusa! Lembre-se, eu cuidei da situação de livre e espontânea vontade antes.

— E vai fazer de novo.

— Não vou. Essa história me deu muito trabalho; gosto de minha tranquilidade.

— O Sr. Moore quer me ver, Martin, e eu quero vê-lo.

— Acredito que sim — concordou ele com frieza.

— É errado da parte da sua mãe excluir os amigos dele.

— Diga isso para ela.

— Os próprios parentes dele.

— Vá lá e diga para ela.

— Você sabe que isso não facilitaria nada. Bem, eu vou manter minha opinião. Eu vou vê-lo. Se você não me ajudar, vou conseguir sem ajuda.

— Faça isso; nada como autoconfiança e independência.

— Não tenho tempo para argumentar com você agora; mas acho que você é provocador. Bom dia.

Ela foi embora, a sombrinha fechada, pois ela não conseguia segurá-la contra o vento.

“Ela não é insípida, ela não é fútil”, disse Martin. “Eu gostaria de vigiar, e ver como ela vai conseguir o que quer sem ajuda.

Se a tempestade não fosse de neve, mas de fogo — igual à que caiu refrescante sobre as cidades da planície —, ela a atravessaria para conseguir cinco minutos de conversa com aquele tal de Moore. Bem, eu acho que tive uma manhã agradável. As decepções foram acalmadas; os temores e as manifestações de raiva só deixaram a curta conversa mais agradável, quando ela finalmente aconteceu. Ela esperava me convencer na hora. Ela não vai conseguir isso na primeira vez. Ela vai vir de novo, de novo, e mais uma vez. Eu gostaria de fazê-la perder o controle — fazê-la chorar. Eu quero descobrir até que ponto ela vai — o que ela vai fazer e ousar — para conseguir o que quer. Parece estranho e uma novidade encontrar um ser humano pensando tanto em outro como ela pensa no Moore. Mas é hora de voltar para casa; meu apetite me diz as horas. Eu não vou me deparar com aquele ganso? E nós vamos ver se sou eu ou Matthew quem vai conseguir a maior fatia da torta de maçã hoje."

XXXV. No qual a situação faz algum progresso, mas não muito

Martin havia feito bons planos: ele havia concebido um esquema cuidadosamente elaborado para sua diversão particular; porém, planejadores mais velhos e mais sábios que ele, com frequência, são condenados a ver seus projetos mais requintados sendo varridos para a aniquilação pela inesperada vassoura da Sorte, essa mortal dona de casa cujo braço rubro ninguém é capaz de controlar. Na atual situação, essa vassoura foi produzida com as rígidas fibras do propósito teimoso do próprio Moore e firmemente atada pelo desejo dele. Moore estava então recuperando suas forças e fazendo estranha oposição à Sra. Horsfall. A cada manhã ele surpreendia essa matrona com uma novidade espantosa. Em primeiro lugar, ele a demitiu dos seus encargos de criada de quarto; ele se vestiria sozinho. Depois, recusou o café que ela lhe levou; ele tomaria o café da manhã com a família. Finalmente, ele proibiu o acesso dela ao seu quarto. Nesse mesmo dia, em meio aos gritos de todas as mulheres que o rodeavam, ele colocou os pés para fora de casa. Na manhã seguinte, ele foi com o Sr. Yorke até seu escritório e solicitou que um mensageiro fosse buscar uma carruagem da Estalagem Red House. Ele estava decidido, ele disse, a voltar para o Hollow naquela mesma tarde. O Sr. Yorke, em vez de se opor, o ajudou e o encorajou: a carruagem foi chamada, embora a Sra. Yorke declarasse que aquela atitude seria a morte dele. A carruagem veio. Moore, pouco inclinado a falar, fez com que seus bolsos cumprissem o dever no lugar da língua: com o tilintar de suas moedas, ele expressou sua gratidão às empregadas e à Sra. Horsfall. Esta aprovou e compreendeu a linguagem à perfeição; ela serviu de reparação a toda a contumácia anterior. Ela e seu paciente se separaram como os melhores amigos do mundo.

A cozinha tendo sido visitada e apaziguada, Moore se dirigiu ao salão: ele tinha de acalmar a Sra. Yorke; não era uma tarefa tão fácil quanto pacificar as empregadas dela. Lá estava ela sentada, mergulhada em uma indignação taciturna, as mais sombrias reflexões relativas à profundidade da ingratidão dos homens absorvendo seus pensamentos. Ele se aproximou e se inclinou sobre ela; ela foi obrigada a erguer o olhar, ainda que fosse apenas para dizer-lhe que "fosse embora". Ainda havia beleza na fisionomia pálida e emaciada dele; havia sinceridade e um tipo de doçura — pois ele estava sorrindo — em seus olhos fundos.

— Adeus! — disse ele, e, enquanto falava, o sorriso cintilou e se desfez. Ele não tinha um completo controle de suas sensações naquele momento; uma emoção trivial se fez evidente em seu atual estado de fraqueza.

— E por que o senhor está nos abandonando? — perguntou ela. — Nós vamos cuidar do senhor, e fazer todo o possível pelo senhor, se o senhor ficar até estar um pouco mais forte.

— Adeus! — disse ele de novo; e acrescentou. — A senhora tem sido uma mãe para mim; dê ao seu filho voluntarioso um abraço.

Como estrangeiro que era, ele ofereceu primeiro uma face, depois a outra; ela o beijou.

— Que trabalho... que fardo tenho sido para a senhora! — murmurou ele.

— O senhor dá mais trabalho agora, jovem teimoso! — foi a resposta. — Só fico me perguntando quem vai cuidar do senhor no Chalé do Hollow; sua irmã Hortense entende do assunto tanto quanto uma criança.

— Graças a Deus!, pois eu recebi cuidados suficientes para durar por toda minha vida.

Então as meninas entraram — Jessie chorando, Rose quieta, mas séria. Moore levou-as para o saguão para acalmar, acarinhar e beijar as duas. Ele sabia que não era do temperamento da mãe delas tolerar ver qualquer criatura viva acariciada a não ser por ela mesma; ela teria se aborrecido se ele tivesse acariciado um gatinho na presença dela.

Os meninos estavam parados perto da carruagem quando Moore entrou nela; porém, para eles ele não tinha despedidas. Para o Sr. Yorke ele apenas disse:

— O senhor está se livrando de mim: foi um tiro desastroso para o senhor, Yorke; ele transformou Briarmains em um hospital. Venha me visitar logo lá no chalé.

Ele fechou a janela; a carruagem partiu. Em meia hora, ele apeou no portão de seu jardim. Depois de pagar o condutor e mandar o veículo embora, ele se apoiou naquele portão por uns instantes, ao mesmo tempo para descansar e refletir.

"Seis meses atrás, eu passei por este portão", disse ele, "como um homem orgulhoso, irado e desapontado. Volto mais triste e mais sensato; muito fraco, mas não perturbado. Um mundo frio, cinzento, entretanto, tranquilo, está ao meu redor — um mundo em que, se eu pouco espero, nada temo. Todos os terrores servis da vergonha me abandonaram; se o pior acontecer, posso trabalhar, como Joe Scott, para ganhar um salário honroso; em tal sentença eu ainda vejo algumas dificuldades, mas não degradação. Antes, a ruína financeira era equivalente, aos meus olhos, à desonra pessoal. Agora não é mais; eu conheço a diferença. A ruína *é* um infortúnio, mas para o qual estou preparado; o dia de sua chegada eu sei qual é, pois fiz meus cálculos. Eu posso postergá-lo por seis meses — nem uma hora a mais. Se, até lá, a situação mudar, o que não é provável; se os grilhões, que agora parecem ser indissolúveis, forem arrancados de nossa profissão (de todas as coisas, a mais impossível de acontecer), ainda posso sair vitorioso nessa longa batalha... eu posso... bom Deus! O que eu não posso fazer? Mas a ideia é uma loucura passageira; deixe-me analisar a situação com olhos sensatos. A ruína virá, deixará cair seu machado nas raízes de minha fortuna, e as deceparás. Eu vou arrancar um broto, vou atravessar o oceano e plantá-lo em um bosque na América. Louis irá comigo. Ninguém mais além de Louis irá? Não posso dizer... não tenho o direito de perguntar.

Ele entrou na casa.

Era o entardecer, o crepúsculo ainda do lado de fora das portas — um crepúsculo sem estrelas e sem luar; pois, embora estivesse muito frio com uma geada seca e escura, o céu estava coberto por uma máscara de nuvens congeladas e aglomeradas. A represa que abastecia a tecelagem também estava congelada: o Hollow estava em completo silêncio. Dentro, já estava escuro. Sarah havia acendido um bom fogo no salão; ela estava fazendo o chá na cozinha.

— Hortense — disse Moore, enquanto sua irmã se apressava para ajudá-lo a tirar o casaco —, estou feliz por voltar para casa.

Hortense não sentiu o peculiar insólito dessa expressão partindo de seu irmão, que jamais havia chamado o chalé de casa antes, e para quem seus limites estreitos sempre tinham, até então, parecido mais restritivos que protetores. Mesmo assim, qualquer coisa que contribuísse para a felicidade dele a alegrava, e ela assim o disse.

Ele se sentou, mas logo se levantou. Ele foi até a janela; ele voltou para perto do fogo.

— Hortense!

— Mon frère?[1]

— Este pequeno salão está muito limpo e agradável... inusitadamente brilhante, de certo modo.

— É verdade, irmão; eu mandei fazer uma limpeza completa e meticulosa em sua ausência.

— Irmã, acho que neste primeiro dia de sua volta para casa, você deveria chamar uma ou duas amigas para o chá, nem que fosse para elas verem como você deixou esta casinha tão limpa e arrumada.

— É verdade, irmão. Se não fosse tarde, eu mandaria chamar a Srta. Mann.

— Poderia; mas já está muito tarde mesmo para perturbar aquela boa senhora, e a noite está fria demais para ela sair de casa.

— Quão gentil de sua parte, querido Gérard! Vamos deixar isso para outra ocasião.

— Eu queria alguém hoje, querida irmã... um convidado tranquilo, que não cansasse nenhum de nós dois.

— A Srta. Ainley?

— Uma excelente pessoa, dizem; mas ela vive muito longe. Diga para Harry Scott ir até a casa paroquial com um convite seu para que Caroline Helstone venha passar a noite com você.

— Não seria melhor amanhã, querido irmão?

— Eu gostaria que ela visse a casa como ela está agora; sua limpeza luminosa e a arrumação perfeita fazem honra a você.

— E isso poderia servir para ela como um exemplo.

— Poderia e deve; ela tem de vir ver.

Ele foi até a cozinha.

— Sarah, atrase o chá por meia hora. — Ele então lhe deu ordens para enviar Harry Scott à casa paroquial, dando-lhe um bilhete amarrotado escrito às pressas por ele mesmo e endereçado à "Srta. Helstone".

Sarah mal tinha tido tempo de ficar impaciente com a ameaça de estragar suas torradas já prontas quando o mensageiro voltou, e com ele a convidada.

Ela entrou pela cozinha, subiu silenciosamente os degraus da Sarah para tirar sua touca e suas peles e desceu igualmente silenciosa, com seus belos cachos muito bem penteados, seu gracioso vestido de merino e a delicada gola muito arrumados e imaculados, sua alegre cestinha de trabalho em suas mãos. Ela ficou uns momentos para trocar algumas palavras gentis com Sarah, e para olhar a nova gatinha casco-de-tartaruga se aquecendo ao pé do fogo, e para falar com o canarinho, que havia ficado assustado em seu poleiro por um repentino fulgor da lareira; e então ela se dirigiu ao salão.

A cordial saudação e a acolhida amistosa foram trocadas de um modo tranquilo como convém a primos que se encontram; uma sensação de prazer, sutil e discreta como um perfume, se expandiu pelo salão; o lampião recém aceso brilhava; a bandeja e a chaleira foram trazidas.

— Estou feliz por voltar para casa — repetiu o Sr. Moore.

Eles se sentaram à mesa. Hortense falou a maior parte do tempo. Ela parabenizou Caroline pela evidente melhora em sua saúde: suas cores e suas faces cheias estavam voltando, ela observou. Era verdade. Havia uma mudança óbvia na Srta. Helstone. Tudo nela parecia estar cheio de vida; a depressão, o temor e a solidão haviam desaparecido. Não mais derrotada e entristecida e apática e abatida, ela parecia ser alguém que tinha provado o cordial da tranquilidade do coração e sido elevado nas asas da esperança.

Depois do chá, Hortense foi para o andar de cima: ela não havia arrumado suas gavetas por um mês, e o impulso de realizar essa operação estava se tornando irresistível. Durante a ausência dela, o controle da conversa passou para Caroline. Ela o assumiu com facilidade; ela passou ao seu melhor tom de conversação. Uma facilidade agradável e uma elegância de linguagem deram um encanto diferente a tópicos familiares; uma nova música na voz sempre doce surpreendeu gentilmente e cativou agradavelmente o ouvinte; tonalidades e elegância de expressão pouco habituais enobreceram a jovem fisionomia com personalidade e a iluminaram com animação.

— Caroline, você parece alguém que recebeu boas notícias — disse Moore, depois de olhar com seriedade para ela por alguns minutos.

— Pareço?

— Eu chamei você para vir aqui esta noite para que eu pudesse ser animado; mas você me anima muito mais do que eu havia esperado.

— Fico feliz com isso. E eu *realmente* animo você?

— Você tem um ar animado, se movimenta com graça e fala de modo musical.

— É bom estar aqui de novo.

— É muito bom mesmo; eu também sinto isso. E ver a saúde em seu rosto e a esperança em seus olhos é agradável, Cary; mas o que é essa esperança, e qual é a origem dessa luz do sol que eu percebo em você?

— Por um lado, estou feliz com mamãe: eu a amo tanto, e ela me ama. Ela cuidou de mim por muito tempo, e com ternura; agora que os cuidados dela me deixaram com saúde, posso me ocupar dela e com ela o dia todo. Eu digo que é minha vez de cuidar dela, e *cuido* dela. Eu sou a dama de companhia dela, bem como sua filha. Eu gosto... Você daria risada se soubesse que prazer eu sinto ao fazer vestidos e costurar para ela. Ela está com tão boa aparência agora, Robert; eu não vou deixar que ela fique fora de moda. E, além do mais, é um prazer conversar com ela... cheia de sabedoria, com um julgamento ponderado, rica em informações, inesgotável nas provisões que a capacidade de observação dela acumulou discretamente. Cada dia que vivo com ela eu gosto mais dela, e eu a estimo ainda mais, a amo com maior ternura.

— *Esse* é um motivo, então, Cary; você fala de tal modo a respeito da "mamãe" que é suficiente para deixar alguém com ciúmes da velha senhora.

— Ela não é velha, Robert.

— Da jovem senhora, então.

— Ela não finge ser jovem.

— Bem, da matrona. Mas você disse que o afeto da "mamãe" era *uma* das coisas que deixavam você feliz; agora, a outra coisa.

— Estou feliz por você estar melhor.

— E o que mais?

— Estou feliz por sermos amigos.

— Você e eu?

— Sim. Certa época, pensei que nunca poderíamos ser.

— Cary, um dia eu pretendo contar para você algo a respeito de mim que não me honra, e, consequentemente, não vai lhe agradar.

— Ah, não! Não sou capaz de pensar mal de você.

— E eu não consigo aceitar que você possa ter a meu respeito uma ideia melhor do que eu mereço.

— Bem, mas sei uma parte desse "algo"; na verdade, acho que sei tudo a respeito.

— Não sabe.

— Acho que sei.

— E a quem isso diz respeito, além de mim?

Ela enrubesceu; ela hesitou; ela ficou em silêncio.

— Fale, Cary! A quem diz respeito?

Ela tentou dizer um nome e não conseguiu.

— Diga-me; não há nenhuma pessoa presente além de nós. Seja franca.

— Mas e se eu adivinhar errado?

— Eu vou perdoar. Sussurre, Cary.

Ele inclinou o rosto perto dos lábios dela. Mesmo assim, ela não queria, ou não conseguia, falar com clareza sobre o assunto. Vendo que Moore esperava e estava decidido a ouvir alguma coisa, ela finalmente disse:

— A Srta. Keeldar passou um dia na casa paroquial cerca de uma semana atrás. A noite ficou muito fria, e nós a persuadimos a ficar a noite toda.

— E você e ela enrolaram seus cabelos juntas?

— Como você sabe disso?

— E então vocês conversaram, e ela disse para você...

— Não foi na hora de enrolar os cabelos, então você não é tão esperto quanto pensa; e, além do mais, ela não me disse.

— Vocês dormiram juntas depois?

— Nós ocupamos o mesmo quarto e cama. Nós não dormimos muito; conversamos a noite toda.

— Seria capaz de jurar que vocês conversaram! E então tudo foi revelado, tant pis.[2] Eu preferiria que você tivesse sabido de mim.

— Você está muito enganado; ela não me disse o que você suspeita, ela não é o tipo de pessoa que divulga tais coisas; porém, mesmo assim eu deduzi algo de partes do que ela disse. Eu fiquei sabendo de mais coisas por meio dos boatos e adivinhei o resto instintivamente.

— Mas, se ela não contou para você que eu queria me casar com ela por causa do dinheiro, e que ela me recusou, indignada e cheia de desdém (você não precisa se sobressaltar ou enrubescer; nem precisa espetar seus dedos trêmulos com sua agulha. Essa é a verdade nua e crua, quer você goste ou não dela); se esse não foi o tema das solenes confidências dela, a que ponto elas se dirigiram? Você disse que vocês conversaram a noite toda; a respeito de quê?

— A respeito de coisas que nós nunca tínhamos discutido antes, mesmo tendo sido amigas íntimas; mas você realmente não espera que eu conte?

— Sim, sim, Cary, você vai me dizer. Você disse que nós éramos amigos, e os amigos sempre devem confiar um no outro.

— Mas você tem certeza de que não vai contar para ninguém?

— Certeza absoluta.

— Nem para o Louis?

— Nem mesmo para o Louis. E por que Louis se importaria com segredos de moças?

— Robert, Shirley é uma criatura curiosa e magnânima.

— Eu também diria. Consigo pensar que há tanto aspectos estranhos quanto aspectos grandiosos nela.

— Eu descobri que ela é prudente ao mostrar seus sentimentos; mas quando eles jorram, como um rio, e passam abundantes e potentes à sua frente... quase sem permissão dela... você olha, se espanta; você admira, e... eu acho... a ama.

— Você presenciou esse espetáculo?

— Sim, na calada da noite, quando toda a casa estava em silêncio, e a luz das estrelas e o frio reflexo da neve cintilavam em nosso quarto, então vi o coração de Shirley.

— O fundo do coração dela? Você acha que ela mostrou isso para você?

— O fundo do coração dela.

— E como era ele?

— Como um templo, porque era sagrado; como a neve, porque era puro; como as chamas, porque era cálido; como a morte, porque era forte.

— Ela é capaz de amar? Conte-me.

— O que você acha?

— Ela não amou ninguém que a tenha amado.

— Quem são esses que a amaram?

Ele fez uma lista de cavalheiros, encerrando com Sir Philip Nunnely.

— Ela não amou nenhum deles.

— Contudo, alguns deles eram dignos dos afetos de uma mulher.

— De algumas mulheres, mas não da Shirley.

— Ela é melhor que outras de seu gênero?

— Ela é peculiar, e mais perigosa para ter como esposa... precipitadamente.

— Dá para eu pensar nisso.

— Ela falou de você...

— Oh, ela falou! Achei que você tinha negado.

— Ela não falou de você do jeito que você imagina; mas eu perguntei para ela e fiz com que me dissesse sua opinião a seu respeito; ou melhor, como ela se sentia a seu respeito. Eu queria saber; fazia muito tempo que eu queria saber.

— Eu também; mas vamos ouvir. Ela tem péssima ideia, ela sente desdém, sem dúvida?

— Ela tem a seu respeito uma opinião quase tão alta quanto uma mulher pode ter de um homem. Você sabe que ela pode ser eloquente; eu ainda pareço sentir o brilho da linguagem com que a opinião dela foi dada.

— Mas como ela se sente?

— Até você chocá-la (ela disse que você a chocou, mas não me disse como), ela se sentia como uma irmã se sente com relação a um irmão por quem ela tem ao mesmo tempo estima e orgulho.

— Não vou mais chocá-la, Cary, pois o choque repercutiu em mim até eu vacilar outra vez. Mas essa comparação entre irmã e irmão é tudo tolice. Ela é muito rica e orgulhosa para ter sentimentos fraternos por mim.

— Você não a conhece, Robert; e, de algum modo, eu imagino *agora* (antes eu tinha outras ideias) que você não é capaz de conhecê-la. Você e ela não foram feitos de modo que um pudesse conhecer muito bem o outro.

— Pode ser. Eu a estimo, eu a admiro; e, contudo, minhas impressões a respeito dela são severas, talvez pouco caridosas. Acredito, por exemplo, que ela seja incapaz de amar...

— Shirley incapaz de amar!

— Que ela jamais vai se casar. Eu imagino que ela se ressente de fazer concessões a seu orgulho, de abrir mão de seu poder, de compartilhar sua propriedade.

— Shirley feriu seu amour-propre.[3]

— Ela o feriu mesmo; embora eu não tivesse nem um sentimento de ternura, nem uma centelha de paixão por ela.

— Então, Robert, foi muita maldade sua querer se casar com ela.

— E muita mesquinharia, meu pastorzinho, minha linda sacerdotisa. Eu nunca quis beijar a Srta. Keeldar em minha vida, embora ela tenha belos lábios, rubros e cheios como cerejas maduras; ou, se eu quis, foi apenas o desejo dos olhos.

— Eu não sei, agora, se você está falando a verdade. As uvas ou as cerejas estão verdes... "penduradas muito alto".

— Ela tem belas formas, um belo rosto e lindos cabelos. Eu reconheço todos os encantos dela, e não sinto nenhum deles, ou os sinto apenas de um modo que ela desprezaria. Suponho que eu tenha sido verdadeiramente tentado pelo mero brilho da isca. Caroline, que criatura nobre é seu Robert, grande, bom, desinteressado e, além disso, tão puro!

— Mas não perfeito. Ele cometeu um grande erro uma vez, e nós não vamos mais falar nisso.

— E não vamos mais pensar nisso, Cary? Não vamos desprezá-lo em nosso coração gentil, porém justo; cheio de compaixão, porém correto?

— Nunca! Nós vamos lembrar que, como nós julgamos, assim seremos julgados, e então não vamos sentir desdém, somente afeição.

— Que não vai ser suficiente, estou avisando você. Algo além de afeição... algo muito mais poderoso, doce, cálido... será exigido um dia. Ele existe para ser dado?

Caroline ficou emocionada, muito emocionada.

— Fique calma, Lina — disse Moore, apaziguador. — Não tenho intenção, porque não tenho o direito, de perturbar sua mente agora, nem pelos próximos meses. Não me olhe como se você fosse me deixar. Nós não vamos mais fazer alusões perturbadoras; vamos retomar nossa tagarelice. Não trema; olhe no meu rosto. Veja que pobre, pálido e sombrio fantasma eu sou, mais lamentável que formidável.

Ela tinha um ar tímido.

— Ainda há alguma coisa formidável, pálido como você está — disse ela, quando seu olhar se encontrou com o dele.

— Voltando à Shirley — prosseguiu Moore —, você acha que ela um dia chegará a se casar?

— Ela ama.

— Platonicamente... teoricamente... tudo tolice!

— Ela ama de um modo que eu chamaria de sincero.

— Ela disse isso?

— Não posso afirmar que ela tenha dito. Nenhuma confissão do tipo "eu amo este ou aquele homem" passou pelos lábios dela.

— Eu achava que não.

— Mas o sentimento se manifestou mesmo contra a vontade dela, e eu o vi. Ela falou sobre um homem de um modo que não poderia ser mal interpretado. Somente a voz dela era um testemunho suficiente. Tendo arrancado dela uma opinião sobre seu caráter, Robert, eu pedi uma segunda opinião sobre... outra pessoa, a cujo respeito eu tinha minhas conjecturas, embora elas fossem as conjecturas mais complicadas e confusas deste mundo. Eu a *faria* falar. Eu a sacudi, eu a censurei, eu belisquei os dedos dela quando ela tentou me ignorar com zombarias e gracejos com aqueles modos estranhamente provocantes dela, e finalmente a opinião foi dada. A voz, eu digo, bastava; ela mal se erguia acima de um sussurro, e, no entanto, havia tanta doce veemência em sua entonação. Não havia confissão, nem confidência, nessa questão. Com relação a isso, ela não cedeu; mas tenho certeza de que a felicidade desse homem é tão importante para ela quanto a própria vida.

— Quem é ele?

— Eu a acusei do fato. Ela não negou, ela não admitiu, mas me olhou. Eu vi os olhos dela à luz do reflexo da neve. Foi o suficiente. Eu triunfei sobre ela impiedosamente.

— E que direito *você* tinha de triunfar? Você quer dizer que *você* é livre de sentimentos?

— O que quer que *eu* seja, Shirley é uma cativa. Leoa, ela encontrou seu captor. Ela pode ser senhora de todos ao redor dela, mas sua própria senhora ela não é.

— Então você exultou ao reconhecer alguém que é escrava como você em alguém tão belo e imperial.

— Exultei; Robert, você disse muito bem, em alguém tão belo e imperial.

— Você confessa... Uma escrava *como você*?

— Eu nada confesso; mas digo que a altiva Shirley é tão livre quanto era Hagar.

— E quem, diga-me, por favor, é o Abraão, o herói de um patriarca que alcançou tão grande feito?

— Você ainda fala de modo desdenhoso, e cínico, e magoado; mas vou fazer você mudar seu jeito de falar antes de termos terminado esta conversa.

— Vamos ver. E ela pode se casar com esse Cupidon?

— Cupidon! Ele é tão Cupidon quanto você é um Ciclope.

— Ela pode se casar com ele?

— Você vai ver.

— Quero saber o nome dele, Cary.

— Adivinhe.

— É alguém destas redondezas?

— Sim, na paróquia de Briarfield.

— Então é alguma pessoa indigna dela. Não conheço uma criatura na paróquia de Briarfield que se equipare a ela.

— Adivinhe.

— Impossível. Suponho que ela seja vítima de uma ilusão, e vá incorrer em um grave erro, afinal de contas.

Caroline sorriu.

— *Você* aprova a escolha? — perguntou Moore.

— Muito, *muito*.

— Então *eu* estou intrigado; pois a cabeça que possui essa abundância de cachos castanhos é uma excelente maquininha de pensar, muito precisa em seu funcionamento. Ela se vangloria de um julgamento correto e firme, herdado, suponho, de "mamãe".

— E eu aprovo *muito*, e mamãe ficou encantada.

— "Mamãe" encantada... A Sra. Pryor! Não pode ser romântico, então?

— *É* romântico, mas também é correto.

— Diga-me, Cary... diga-me, por piedade; eu estou fraco demais para ser submetido a um suplício.

— Você será submetido a um suplício, isso não vai lhe fazer nenhum mal; você não está tão fraco quanto finge estar.

— Duas vezes esta noite eu cheguei a pensar em cair no chão, aos seus pés.

— É melhor não. Eu vou me recusar a ajudar você.

— E idolatrar você francamente. Minha mãe era Católica Romana. Você se parece com o mais adorável dos retratos da Virgem que ela tinha. Eu acho que vou adotar a fé de minha mãe e me ajoelhar e adorar.

— Robert, Robert, sente-se; não seja tolo. Vou ficar com Hortense se você fizer extravagâncias.

— Você roubou meus sentidos. Agora, nada me vem à cabeça com exceção de les litanies de la sainte Vièrge. Rose céleste, reine des anges![4]

— Tour d'ivoire, maison d'or:[5] não é esse o jargão? Bem, sente-se quieto e adivinhe seu enigma.

— Mas, "mamãe" encantada... eis o enigma!

— Eu vou lhe dizer o que mamãe disse quando eu contei para ela. "Pode ter certeza, minha querida, tal escolha fará a felicidade da vida da Srta. Keeldar."

— Eu vou adivinhar uma vez, e só. É o velho Helstone. Ela vai ser sua tia.

— Vou contar para meu tio; vou contar para Shirley! — exclamou Caroline, rindo cheia de alegria. — Adivinhe de novo, Robert; seus erros são encantadores.

— É o pastor... Hall.

— Não mesmo; ele é meu, por favor.

— Seu! Ai, todas as mulheres de Briarfield parecem ter transformado esse sacerdote em um ídolo. Fico me perguntando por quê: ele é careca, catacego e grisalho.

— Fanny vai estar aqui para me acompanhar antes de você ter resolvido a charada, se você não se apressar.

— Não vou mais adivinhar... estou cansado; e, além do mais, não me importa. Por mim, a Srta. Keeldar pode se casar com le grand Turc.[6]

— Devo sussurrar?

— Você deve, e rápido. Eis a Hortense vindo; aproxime-se, um pouquinho mais, minha querida Lina. Eu me importo mais com o sussurro que com as palavras.

Ela sussurrou. Robert se sobressaltou, um brilho nos olhos, uma breve risada. A Srta. Moore entrou, e Sarah veio logo atrás, informando que Fanny havia chegado. A hora de conversar havia se acabado.

Robert encontrou uns instantes para trocar mais algumas frases sussurradas. Ele estava esperando ao pé da escada enquanto Caroline descia depois de colocar o xale.

— Devo chamar Shirley de nobre criatura agora? — perguntou ele.

— Se você quiser falar a verdade, certamente.

— Devo perdoá-la?

— Perdoá-la? Robert malcriado! Ela estava errada, ou você?

— Devo finalmente amá-la sem restrições, Cary?

Caroline ergueu os olhos, atenta, e fez um movimento na direção dele, algo entre o amoroso e o petulante.

— Só dê suas ordens, e tentarei obedecer você.

— Na verdade, você não deve amá-la; a simples ideia é perversa.

— Mas ela é bela, peculiarmente bela. A beleza dela é do tipo que se apodera de você. Você a julga somente graciosa quando a vê pela primeira vez; você descobre que ela é bela quando a conheceu por um ano.

— Não é você que deve dizer essas coisas. Agora, Robert, seja bom.

— Oh, Cary, não tenho amor para dar. Se a deusa da beleza me cortejasse, eu não poderia corresponder às investidas dela. Não existe um coração que eu possa chamar de meu neste peito.

— Tanto melhor; você está muito mais seguro sem um. Boa noite.

— Por que você sempre tem de ir, Lina, no exato instante em que eu mais desejo que você fique?

— Porque você mais deseja conservar quando está com a maior certeza de que vai perder.

— Ouça; só mais uma palavra. Cuide de seu próprio coração... está me ouvindo?

— Não existe perigo.

— Não tenho certeza disso. O pastor platônico, por exemplo.

— Quem? Malone?

— Cyril Hall. Eu já senti mais de uma pontada de ciúmes vindo daquela direção.

— Quanto a você, você tem andado flertando com a Srta. Mann. Outro dia, ela me mostrou uma planta que você lhe deu. Fanny, estou pronta.

XXXVI. Escrito na sala de estudos

As dúvidas de Louis Moore quanto à imediata desocupação de Fieldhead pelo Sr. Sympson acabaram se revelando perfeitamente corretas. No dia seguinte depois da grande altercação a respeito de Sir Philip Nunnely, um tipo de reconciliação foi arrumado entre tio e sobrinha. Shirley, que jamais tivera dentro de si o impulso de ser ou dar a impressão de ser pouco hospitaleira (exceção feita ao único caso do Sr. Donne), suplicou ao grupo todo que ficasse um pouco mais. Ela suplicou com tanta sinceridade que ficou evidente que ela tinha razões para desejar isso. Eles acreditaram nas palavras dela. Na verdade, o tio não era capaz de deixá-la tão sem vigilância — com toda a liberdade para se casar com Robert Moore assim que o cavalheiro estivesse em condições (o Sr. Sympson piedosamente rezou para que esse nunca fosse o caso) de tornar a afirmar suas supostas pretensões à mão dela. Todos eles ficaram.

Em sua raiva inicial contra toda a família Moore, o Sr. Sympson havia se comportado de tal modo com relação ao Sr. Louis que esse cavalheiro — paciente quanto ao trabalho ou sofrimento, mas intolerante quanto à insolência — havia na mesma hora pedido demissão de seu posto, e pôde então ser persuadido a reassumir e manter suas funções apenas até o momento em que a família fosse partir de Yorkshire. As súplicas da Sra. Sympson levaram a melhor sobre ele até esse ponto; o apego dele ao seu pupilo constituía um motivo adicional para ceder; e provavelmente ele tinha um terceiro motivo, mais forte que qualquer um dos outros dois. Provavelmente ele teria achado muito difícil mesmo partir de Fieldhead naquela ocasião.

A situação ficou muito tranquila por certo tempo. A saúde da Srta. Keeldar se restabelecera; seu estado de espírito voltou a ser o que era. Moore havia encontrado meios de aliviá-la de qualquer apreensão nervosa; e, de fato, a partir do momento em que ela confidenciara com ele, todos os temores pareciam ter desaparecido. O coração dela ficou tão alegre e seus modos tão despreocupados quanto os de uma criança, que, sem pensar em sua própria vida ou morte, deixa toda a responsabilidade aos seus pais. Moore e William Farren — por cujo intermédio ele fizera perguntas relacionadas ao estado de Phœbe — concordaram que a cachorra não estava louca, que foram apenas os maus-tratos que a haviam afastado de casa, pois foi provado que seu dono tinha o hábito de castigá-la de modo violento com frequência. A afirmativa deles poderia ou não ser verdadeira: o cavalariço e o vigia afirmaram o contrário; ambos garantindo que, se o caso dela não fosse um caso claro de hidrofobia, tal doença seria uma fantasia. Mas a essas informações Louis Moore fez ouvidos moucos. Ele transmitiu a Shirley somente o que era encorajador. Ela acreditou nele; e, correto ou não, era certo que, no caso dela, a mordida provara ser inócua.

Novembro se passou; dezembro chegou. Os Sympsons estavam indo mesmo embora, então. Era imprescindível que eles estivessem em casa para o Natal. As bagagens deles estavam prontas; eles deveriam partir em poucos dias. Certa noite de inverno, durante a última semana da permanência deles, Louis Moore pegou uma vez mais seu caderninho e confidenciou às suas páginas como se segue:

* * * * * *

"Ela está mais bela que nunca. Desde que a pequena nuvem foi dissipada, toda a magreza e a palidez temporárias desapareceram. Foi maravilhoso ver quão rapidamente a energia mágica da juventude deixou-a ágil e reviveu as cores dela."

"Hoje, depois do café da manhã, quando eu a tinha visto e ouvido e, por assim dizer, a havia sentido em todos os átomos sensíveis de meu corpo, eu passei da ensolarada presença dela para a gélida sala de estar. Pegando um pequeno livro dourado, descobri que ele continha uma seleção de poesias. Li um poema ou dois; quer o fascínio estivesse em mim, que estivesse nos versos, não sei; porém, meu coração se rejubilou; meu pulso se acelerou. Eu resplandecia, apesar do ar frio. Eu também sou jovem. Embora ela tenha dito que jamais me considerou novo, mal tenho trinta anos. Há momentos em que a vida, por nenhuma outra razão além da minha própria juventude, brilha com tonalidades doces sobre mim."

"Era hora de ir para a sala de estudos. Eu fui. Essa mesma sala de estudos é agradável na parte da manhã. O sol brilha através da gelosia baixa; os livros estão em ordem; não há papéis espalhados; a lareira está livre e limpa; escórias não caíram, cinzas não se acumularam. Encontrei Henry lá, e ele havia trazido a Srta. Keeldar. Eles estavam juntos."

"Eu disse que ela estava mais bela que nunca. Ela está. Um sutil rubor, não profundo, mas delicado, surge em suas faces. Seus olhos, sempre escuros, límpidos e expressivos, pronunciam agora uma linguagem que não sou capaz de traduzir; é a forma de expressão, vista e não ouvida, por meio da qual os anjos devem ter comungado quando havia 'silêncio no céu'. O cabelo dela sempre foi escuro como a noite e fino como seda, o pescoço dela sempre foi alvo, flexível, cinzelado; porém, ambos têm agora um novo encanto. Os cachos são macios como as sombras, os ombros sobre os quais eles caem têm uma graça divina. Certa época eu somente *via* a beleza dela; agora eu a *sinto*."

"Henry estava dizendo as lições dele para ela antes de entregá-las para mim; uma das mãos dela estava ocupada com o livro; ele segurava a outra. Esse rapaz consegue mais que sua quota de privilégios; ele ousa acariciar e é acariciado. Que indulgência e compaixão ela demonstra por ele! Demais. Se isso continuasse, em poucos anos, quando sua alma estivesse formada, Henry a ofereceria no altar dela, assim como eu ofereci a minha."

"Vi as pálpebras dela se agitando quando entrei, mas ela não ergueu os olhos; *agora* ela mal me dirige um olhar. Ela parece ficar mais quieta também; *comigo* ela raramente fala e, quando estou presente, ela pouco diz aos demais. Em meus momentos sombrios, atribuo essa mudança à indiferença, à aversão, e ao que mais? Em meus momentos alegres, dou a ela outro sentido. Digo que, se eu tivesse as mesmas condições dela, eu poderia ter descoberto nessa timidez o recato, e no recato, amor. Na presente situação, ouso procurar esse sentimento? O que eu poderia fazer com ele, se ele fosse encontrado?"

"Esta manhã, ousei pelo menos conseguir uma hora de comunhão para ela e para mim; ousei não somente *desejar*, mas *solicitar* uma conversa com ela. Ousei convocar a solidão para nos proteger. Com muita decisão, chamei Henry até a porta. Sem hesitar, eu disse: 'Vá para onde você quiser, meu rapaz; porém, até eu chamá-lo, não volte para cá'."

"Henry, eu pude notar, não gostou de ser mandado embora. O rapaz é jovem, mas é um pensador; seus olhos pensativos brilham sobre mim de modo estranho, às vezes. Ele entende em parte o que me liga a Shirley; ele adivinha em parte que há um prazer ainda maior na reserva com que sou tratado que em todas as ternuras que lhe são dispensadas. O leão jovem, manco e ainda não adulto rugiria para mim de vez em quando, porque eu domei a leoa dele e sou o guardião dela, se o hábito da disciplina e o instinto da afeição não o mantivessem submisso. Vá, Henry; você precisa aprender a engolir sua parte do amargor da vida com toda a raça de Adão que precedeu você ou virá depois de você. Seu destino não pode ser exceção ao fado comum; fique grato por seu amor ser ignorado assim tão cedo, antes que ele possa alegar qualquer afinidade com a paixão. Uma hora de inquietação e um espasmo de inveja são suficientes para expressar o que você sente. Os ciúmes quentes como o sol sobre a linha do Equador, a raiva destrutiva como a tempestade tropical, o clima de suas sensações ignora — por enquanto."

"Assumi meu posto habitual à mesa, bem do meu modo costumeiro. Sou abençoado por essa capacidade de ocultar toda a ebulição interna com uma calma externa. Ninguém que olhe para meu rosto lento consegue adivinhar o vórtice que às vezes revoluteia em meu coração, e engole os pensamentos e faz a prudência naufragar. É agradável ter o dom de proceder de modo pacífico e poderoso em seu percurso sem chamar a atenção com um movimento invulgar. Não era minha presente intenção pronunciar uma palavra de amor para ela ou revelar um lampejo do fogo em que eu me consumia. Presunçoso eu jamais fui; presunçoso jamais serei. Em vez de até mesmo *parecer* egoísta e interessado, eu resolutamente me levantaria, me prepararia para um grande esforço, partiria e a deixaria, e buscaria, do outro lado do globo, uma nova vida, fria e estéril como a rocha que a maré salgada lava diariamente. Minha intenção esta manhã era a de examiná-la mais detidamente — ler umas frases na página do coração dela. Antes de ir embora eu estava determinado a saber *o que* eu estava deixando para trás."

"Eu tinha de preparar algumas penas. As mãos da maior parte dos homens teria tremido quando seus corações estivessem tão agitados; as minhas começaram a trabalhar com firmeza, e minha voz, quando eu a fiz se manifestar, estava firme."

"Neste dia, na próxima semana, a senhorita estará sozinha em Fieldhead, Srta. Keeldar."

"Sim: acho que a intenção de meu tio de ir embora é definitiva, agora."

"Ele deixa a senhorita insatisfeito."

"Ele não está contente comigo."

"Ele parte assim como veio — sem ganhar nada com sua viagem. Isso é mortificante."

"Acredito que o fracasso dos seus planos vai tirar dele toda a tendência de criar novos planos."

"Do modo dele, o Sr. Sympson honestamente deseja o seu bem. Ele acredita que tudo o que ele tem feito ou tencionado fazer tenha tido em vista o melhor."

"O senhor é gentil por assumir a defesa de um homem que se permitiu tratar o senhor com tanta insolência."

"Eu nunca me sinto chocado com o que uma pessoa diz e que está de acordo com seu caráter, nem guardo rancor por esse motivo; e perfeitamente de acordo com o caráter foi aquele vulgar e violento ataque contra minha pessoa, depois de ele ter deixado a senhorita, derrotado."

"O senhor deixa então de ser o tutor de Henry?"

"Eu deverei ficar afastado de Henry por certo tempo (e, se ele viver, nós nos encontraremos de novo de algum modo, pois amamos um ao outro) e ser expulso do seio da família Sympson para sempre. Felizmente, essa mudança não me deixa sem recursos; ela apenas levou a uma execução prematura de planos há longo tempo feitos."

"Nenhuma mudança pega o senhor desprevenido. Eu tinha certeza de que, com seus modos calmos, o senhor estaria preparado para uma alteração súbita. Eu sempre achei que o senhor ficava neste mundo como um arqueiro solitário, porém vigilante, em um bosque. E a aljava em seu ombro contém mais do que uma flecha; seu arco está munido de uma segunda corda. Esse também é o costume de seu irmão. Os dois poderiam se dirigir, caçadores sem lar, para os mais selvagens e solitários locais no oeste; tudo ficaria bem com ambos. A árvore cortada lhes proporcionaria um abrigo, a floresta derrubada lhes ofereceria campos em seu seio desnudado, o búfalo sentiria os tiros de seu rifle, e com chifres e corcova abaixados prestaria homenagem aos seus pés."

"E qualquer tribo de índios Pés-Pretos ou Cabeças-Chatas nos proporcionaria uma esposa, talvez?"

"Não (hesitando), creio que não. O selvagem é sórdido. Acho... quer dizer, *espero*... que nenhum dos dois compartilhasse seu coração com alguém a quem nenhum pudesse entregar seu coração."

"O que sugeriu o Velho Oeste em sua mente, Srta. Keeldar? A senhorita esteve comigo em espírito, quando eu não a vi? A senhorita entrou em meus devaneios diurnos e observou meu cérebro ocupado com seus planos para o futuro?"

"Ela havia transformado um pedaço de papel para acender velas — uma mecha, como ele é chamado — em fragmentos. Ela jogou um pedaço depois do outro no fogo e ficou pensativa vendo-os se consumindo. Ela não falou."

"Como a senhorita tomou ciência do que parece saber a respeito de minhas intenções?"

"Eu nada sei. Estou descobrindo somente agora. Eu falei por acaso."

"Seu acaso parece adivinhação. Não serei mais um tutor; jamais aceitarei um pupilo depois de Henry e da senhorita; não me sentarei mais habitualmente à mesa de outro homem — não serei mais o acessório de uma família. Agora sou um homem de trinta anos; jamais fui livre desde que era um menino de dez anos. Eu tenho uma sede tão grande de liberdade, um desejo tão profundo de conhecê-la e de dizer que ela é minha, um desejo diurno e um anseio noturno tão grandes de conquistá-la e possuí-la, que não me recusarei a cruzar o Atlântico em nome dela; eu a seguirei ao coração da mata virgem. Não está em mim aceitar uma moça selvagem como escrava — ela não poderia ser uma esposa. Não conheço nenhuma mulher branca a quem eu ame que me acompanhasse; mas tenho certeza de que a Liberdade estará à minha espera, sentada sob um pinheiro. Quando eu a chamar, ela virá à minha cabana de troncos e ocupará meus braços."

"Ela não conseguia me ouvir falar desse modo sem se comover, e ela *estava* comovida. Foi muito bom — eu tencionava comovê-la. Ela não conseguia me responder, nem me olhar. Eu teria ficado triste se ela fosse capaz de fazer um dos dois. O rosto dela brilhava como se uma flor vermelha, através de cujas pétalas o sol brilhasse, lançasse sua luz sobre ele. Nas pálpebras brancas e nos cílios escuros de seus olhos palpitavam tudo que é gracioso na ideia da vergonha em parte dolorosa e em parte agradável."

"Logo ela controlou sua emoção e manteve todos os seus sentimentos sob suas ordens. Eu vi que ela havia sentido a rebelião, e estava despertando para a conquista. Ela se sentou. Havia em seu rosto algo que eu consegui ler. Ele dizia: Eu vejo a linha que é meu limite; nada me fará ultrapassá-la. Eu sinto — sei até que ponto posso revelar meus sentimentos, e quando devo contê-los. Eu avancei até certo ponto, tão longe quanto a verdadeira e soberana e não degradada natureza de meu sexo permite; agora fico aqui, imóvel. Meu coração pode se partir se ele ficar perplexo; que ele se parta. Ele jamais vai me desonrar; jamais vai desonrar minhas irmãs em mim. Sofrimento antes da degradação! Morte antes da desonra!"

"Eu, por minha vez, disse: 'Se ela fosse pobre, eu estaria aos pés dela; se ela fosse humilde, eu a pegaria em meus braços. O Dinheiro e a Posição dela são dois grifos que a vigiam de cada lado. O amor olha e anseia, e não ousa; a Paixão paira ao redor, e é mantida à distância; a Verdade e a Devoção estão assustadas. Não há nada a perder conquistando-a, nenhum sacrifício a ser feito. Tudo é ganho claro e, portanto, inimaginavelmente difícil'."

"Difícil ou não, algo tem de ser feito, algo tem de ser dito. Eu não poderia, e não iria, permanecer em silêncio com toda essa beleza recatadamente calada em minha presença. Eu me manifestei, e ainda assim falei com calma. Tranquilas como eram minhas palavras, eu podia ouvi-las pronunciadas em um tom distinto, sonoro e profundo."

"Ainda assim, sei que ficarei em uma situação estranha com essa ninfa das montanhas, a Liberdade. Ela é, suspeito, parente daquela Solidão que eu certa vez cortejei, e da qual agora procuro me divorciar. Essas Oréades são peculiares. Elas se aproximam de nós com um encanto que não é terreno, como uma noite iluminada pelas estrelas; elas inspiram um deleite intenso, mas não arrebatado; a beleza delas é a beleza dos espíritos; a graça delas não é a graça da vida, mas de estações ou de cenas na Natureza. Delas é o florescer orvalhado da manhã, o lânguido enrubescer do ocaso, a paz da lua, a mutabilidade das nuvens. Eu quero ter e hei de ter algo diferente. Esse esplendor élfico parece gelado aos meus olhos, e tem o toque do gelo sob meus dedos. Não sou um poeta; não consigo viver com abstrações. A senhorita, em suas caçoadas alegres, tem às vezes me chamado de filósofo materialista, Srta. Keeldar, e insinuou que eu vivo de modo adequado para o que é essencial. Certamente eu me sinto materialista da cabeça aos pés; e, gloriosa como é a Natureza, e profundamente como a idolatro com os firmes poderes de um coração firme, eu preferiria observá-la através dos ternos olhos humanos de uma esposa amada e amável, que através das órbitas selvagens da mais poderosa deusa do Olimpo."

"'Juno não seria capaz de preparar carne de búfalo assim como o senhor aprecia', disse ela."

"Ela não seria; mas eu vou lhe dizer quem seria: uma menina órfã sem dinheiro e sem amigos. Eu gostaria de encontrar uma, bonita o bastante para que eu a amasse, que tivesse algo na mente e no coração adequados ao meu gosto; não iletrada, honesta e modesta. Não me importo com talentos, porém eu me alegraria por ter a semente desses poderes naturais e ternos que nada adquirido pode superar; qualquer temperamento que o Destino ordenasse, eu consigo lidar com o mais forte deles. De uma criatura como essas eu gostaria, em primeiro lugar, de ser tutor, e depois marido. Eu ensinaria minha língua, meus hábitos e meus princípios, e então a recompensaria com meu amor."

"'*Recompensá-la*, Deus dos céus — *recompensá-la*!', exclamou ela, com lábios franzidos."

"E ser pago mil vezes."

"Se ela assim o desejasse, Monseigneur.[1]"

"E ela *iria* desejar."

"O senhor estipulou qualquer temperamento que o Destino ordenar. A compulsão é a pederneira e o sopro para o metal de certas almas."

"E o amor a centelha que ele faz surgir."

"Quem se importa com o amor que não é mais que uma centelha; é visto, se eleva e desaparece?"

"Tenho de encontrar minha menina órfã. Diga-me como, Srta. Keeldar."

"Ponha um anúncio; e garanta que o senhor acrescente, quando descrever as qualidades, que ela tem de ser uma boa e comum cozinheira."

"Tenho de encontrá-la; e, quando eu a encontrar, me casarei com ela."

"'Não o senhor!', e a voz dela assumiu um repentino tom de peculiar desdém."

"Eu apreciei isso. Eu a havia despertado do estado de espírito pensativo em que eu a encontrara. Eu a incitaria ainda mais."

"Por que duvidar disso?"

"O *senhor* se casar!"

"Sim, claro; nada mais evidente do que o fato de eu poder me casar e fazê-lo."

"O contrário é evidente, Sr. Moore."

"Ela me encantava nesse estado de espírito — ficando desdenhosa, quase insultuosa; orgulho, temperamento e escárnio misturados em seus grandes e belos olhos, que tinham naquele instante a aparência dos olhos de um falcão."

"Faça-me a gentileza de dar suas razões para tal opinião, Srta. Keeldar."

"Como o *senhor* conseguirá se casar, eu me pergunto?"

"Eu conseguirei com facilidade e presteza quando encontrar a pessoa certa."

"Aceite o celibato! (e ela fez um gesto com a mão como se me desse alguma coisa) Receba-o como seu destino!"

"Não, a senhorita não pode me dar o que eu já tenho. O celibato tem sido meu por trinta anos. Se a senhorita desejar me oferecer um presente, um presente de despedida, uma recordação, a senhorita tem de mudar a dádiva."

"Aceite algo pior, então!"

"Como... o quê?"

"Eu então me sentia e falava cheio de ansiedade e aparentava estar ansioso. Eu fui precipitado ao abandonar minha grande âncora de calma até mesmo por um instante; ela me privou de uma vantagem, transferindo-a para ela. A ínfima centelha de excitação se desfez em sarcasmo, e passou sobre a fisionomia dela com as ondulações de um sorriso caçoísta."

"Arrume uma esposa que aceitou sua corte para salvar sua modéstia e se jogou em seus braços para poupar seus escrúpulos."

"Apenas mostre-me onde."

"Qualquer viúva robusta que já teve alguns maridos e que seja capaz de lidar com essas coisas."

"Ela não poderá ser rica, então. Oh, essas riquezas!"

"O senhor jamais poderia fazer a colheita do jardim que produz os pomos de ouro. O senhor não tem coragem para enfrentar o dragão insone; o senhor não tem a astúcia para obter a ajuda de Atlas."

"A senhorita tem uma aparência ardente e arrogante.

"E o senhor, muito mais arrogante. O seu é o orgulho monstruoso que simula humildade."

"Eu sou um agregado; conheço meu lugar."

"Eu sou uma mulher; conheço o meu."

"Sou pobre; tenho de ser orgulhoso."

"Foi-me dada uma posição na sociedade, e tenho obrigações tão rigorosas quanto as suas."

"Nós havíamos atingido um ponto crítico então, e fizemos uma pausa e olhamos um para o outro. *Ela* não iria ceder, eu senti. Algo além disso eu não conseguia nem sentir nem ver. Alguns momentos, contudo, ainda eram meus. O fim estava se aproximando (eu ouvi seu avanço), mas não veio. Eu iria me demorar, esperar, falar e, quando o impulso se fizesse sentir, eu iria agir. Eu nunca tenho pressa; nunca tive pressa em toda a minha vida. Pessoas precipitadas bebem o néctar da existência fervendo; eu o provo frio como o orvalho. Eu continuei: 'Ao que parece, a senhorita tem tão poucas probabilidades de se casar quanto eu, Srta. Keeldar. Sei que a senhorita recusou três — não, quatro — propostas vantajosas, e acredito que uma quinta. A senhorita recusou Sir Philip Nunnely?'."

"Eu fiz essa pergunta de modo repentino e firme."

"O senhor acha que eu deveria aceitá-lo?"

"Achei que a senhorita poderia."

"Com que base, posso perguntar?"

"Igualdade de circunstâncias, idade, um agradável contraste de temperamentos — pois *ele* é meigo e amável —, harmonia de gostos intelectuais."

"Uma bela frase! Vamos analisá-la em partes. 'Igualdade de circunstâncias.' Ele está muito acima de mim. Compare minha granja com o palácio dele, por favor. Eu sou desprezada pelos amigos e parentes dele. 'Idade adequada.' Nós nascemos no mesmo ano; consequentemente, ele ainda é um menino, enquanto eu sou uma mulher — dez anos mais velha que ele para todos os propósitos. 'Contraste de temperamentos.' Meigo e amável ele é; eu... o quê? Diga-me."

"Irmã do pintado, resplandecente, ágil e feroz leopardo."

"E o senhor queria que eu me deitasse com um cabrito* — o milênio estando ainda milhões de séculos distante da

* Referência ao texto de Isaías 11:6 — "O lobo viverá com o cordeiro, o leopardo se deitará com o bode, o bezerro, o leão e o novilho gordo pastarão juntos; e uma criança os guiará."

humanidade; sendo ainda, na verdade, um Arcanjo no ápice do sétimo céu, sem autorização para descer? Bárbaro injusto! 'Harmonia de gostos intelectuais.' Ele ama poesia, e eu a odeio..."

"Odeia? Isso é novidade."

"Eu tremo profundamente só de pensar em métrica ou com o som de rimas sempre que estou no Priorado ou Sir Philip está em Fieldhead. Harmonia, de fato! Quando foi que eu produzi insossos sonetos ou enfileirei stanzas[2] frágeis como fragmentos de vidro? E quando foi que demonstrei uma crença de que aquelas contas de vidro fossem diamantes verdadeiros?"

"A senhorita pode ter a satisfação de levá-lo a um padrão mais alto, de aperfeiçoar os gostos dele."

"Levar e aperfeiçoar! Ensinando e supervisionando! Sendo tolerante e tolerando! Hm! Meu marido não há de ser meu bebê. Eu não vou dar-lhe sua lição diária e fazer com que ele a aprenda, e dar-lhe doces se ele for bom, e um sermão paciente, ponderado e patético se ele for mau. Mas é bem típico de um tutor falar sobre a 'satisfação de ensinar'. Eu suponho que o *senhor* pense que esse é o melhor emprego do mundo. Eu não. Eu o rejeito. Aperfeiçoar um marido! Não. Eu devo insistir que meu marido me aperfeiçoe, ou então nos separamos."

"Deus sabe que isso é necessário!"

"O que o senhor quer dizer com isso, Sr. Moore?"

"O que estou dizendo. O aperfeiçoamento é extremamente necessário."

"Se o senhor fosse uma mulher o senhor iria educar Monsieur, votre mari,[3] de modo encantador. Seria muito adequado para o senhor; educar é sua vocação."

"Posso perguntar se, em seu atual estado de espírito gentil, a senhorita tenciona me insultar por ser um tutor?"

"Sim, amargamente; e com qualquer outra coisa que o senhor queira; qualquer defeito do qual o senhor tenha uma dolorosa consciência."

"Ser pobre, por exemplo?"

"Claro; isso vai ferir o senhor. O senhor se ressente da sua pobreza; o senhor fica pensando nisso."

"Nada tendo além de uma pessoa comum para oferecer à mulher que possa dominar meu coração?"

"Isso mesmo. O senhor tem o costume de chamar a si próprio de comum. O senhor se ressente por causa de seus traços fisionômicos, porque eles não seguem exatamente o padrão de Apolo. O senhor os avilta mais do que é necessário, na frágil esperança de que outros possam dizer algo a favor deles; o que não vai acontecer. Seu rosto não é nada de que se possa orgulhar, certamente: nem um traço bonito nem uma cor bonita para serem encontrados nele."

"Compare-o com o seu."

"Ele se parece com um deus do Egito: uma grande cabeça de pedra enterrada na areia; ou melhor, não vou compará-lo a nada tão grandioso. Ele se parece com Tártaro. O senhor é primo de meu mastim. Acho que o senhor se parece tanto com ele quanto um homem pode se parecer com um cão."

"Tártaro é seu fiel companheiro. No verão, quando a senhorita se levanta cedo e sai correndo para os campos para molhar seus pés com o orvalho, e refrescar suas faces e desmanchar os cachos de seus cabelos com a brisa, a senhorita sempre o chama para segui-la. A senhorita às vezes o chama com um assobio que aprendeu comigo. Na solidão de seus bosques, quando a senhorita pensa que ninguém além de Tártaro está ouvindo, a senhorita assobia exatamente as mesmas músicas que costumava imitar de meus lábios, ou cantar as mesmas canções que a senhorita aprendeu ouvindo minha voz. Eu não pergunto de onde flui o sentimento que a senhorita coloca nessas músicas, pois sei que ele flui de seu coração, Srta. Keeldar. Nas noites de inverno, Tártaro se deita aos seus pés. A senhorita aceita que ele descanse a cabeça em seu regaço perfumado; a senhorita permite que ele se deite na barra de seu vestido de cetim. Os pelos ásperos dele estão familiarizados com o contato das suas mãos. Uma vez eu a vi beijando-o naquela marca branca como a neve que ilumina a grande testa dele. É perigoso dizer que sou como Tártaro; isso me sugere um direito de ser tratado como Tártaro"

"Talvez o senhor possa extorquir tudo isso de sua menina órfã sem dinheiro e sem amigos, quando encontrá-la."

"Ah, se eu pudesse encontrar alguém como eu imagino! Alguém a quem eu domesticasse em primeiro lugar, e ensinasse depois; sobrepujasse, e depois acariciasse. Tirar a criatura desamparada e orgulhosa da pobreza; garantir que eu a dominasse, e depois ser indulgente com os modos caprichosos que nunca haviam sido influenciados e favorecidos antes; vê-la alternadamente irritada e submissa umas doze vezes nas vinte e quatro horas do dia; e talvez, finalmente, quando o treinamento dela tivesse terminado, observar nela a mãe exemplar e paciente de umas doze crianças, apenas de vez em quando dando no pequeno Louis um cordial safanão como modo de pagar os juros da imensa dívida que ela tem com o pai dele. Oh (eu prossegui), minha menina órfã me daria tantos beijos; ela iria esperar à soleira da porta minha chegada a casa à noite; ela iria correr para os meus braços; ela manteria minha lareira tão luminosa quanto quente. Deus abençoe a doce ideia! Preciso encontrá-la."

"Os olhos dela lançaram uma centelha impaciente, os lábios dela se entreabriram; mas ela os cerrou, e se voltou, impetuosa."

"Diga-me, diga-me onde ela está, Srta. Keeldar."

"Outro movimento, pura altivez e ardor e impulso."

"Eu tenho de saber. A senhorita *pode* me dizer; a senhorita *vai* me dizer."

"Eu *jamais direi.*"

"Ela se voltou para me deixar. Eu poderia deixá-la se afastar, assim como ela sempre havia se afastado de mim? Não. Eu havia ido longe demais para não concluir; eu havia me aproximado demais do fim para não me dirigir a ele. Todo o embaraço da dúvida e todo o disparate da indecisão teriam de ser removidos na hora, e a verdade nua e crua teria de ser determinada. Shirley teria de fazer sua parte, e dizer-me o que era; eu teria de fazer a minha e manter-me firme nela."

"'Um momento, senhora', eu disse, mantendo a mão na maçaneta da porta antes de abri-la. 'Nós tivemos uma longa conversa esta manhã, mas a última palavra ainda não foi dita. Cabe à senhora dizê-la."

"Posso passar?"

"Não, eu estou de vigia. Eu preferiria morrer a permitir que a senhorita se afastasse de mim agora; sem dizer a palavra que eu exijo."

"O que o senhor ousa esperar que eu diga?"

"O que estou me angustiando e me consumindo por ouvir; o que *tenho* e *hei* de ouvir; o que a senhorita não ousa reprimir agora."

"Sr. Moore, eu mal entendo o que o senhor está querendo dizer. O senhor não está se comportando da maneira habitual."

"Suponho que eu realmente não me comportasse da maneira habitual, pois eu a assustei — isso eu podia ver. Isso era bom: ela teria de ficar amedrontada para ser conquistada."

"A senhorita *sabe* o que quero dizer, e pela primeira vez fico à sua frente como *eu mesmo*. Eu jogo o tutor de lado, e tomo a liberdade de apresentar para a senhorita o homem. E, lembre-se, ele é um cavalheiro."

"Ela tremia. Ela colocou a mão na minha, como se fosse para tirá-la da maçaneta. Seria o mesmo se ela tivesse tentado soltar, com seu toque delicado, metal soldado a metal. Ela sentiu que não tinha forças e recuou; e novamente tremeu."

"Por qual mudança eu passei, não posso explicar, mas a emoção de Shirley me transmitiu um novo ímpeto. Eu não estava nem humilhado pelas terras e pelo dinheiro dela nem exaltado com eles; eu não pensava neles, não me importava com eles. Eles nada significavam — imundície que não poderia me assustar. Eu via apenas Shirley — suas formas jovens e belas, a graça, a majestade, a modéstia da juventude dela."

"'Minha pupila', eu disse."

"'Meu mestre', foi a resposta em voz baixa."

"Tenho algo a dizer para a senhorita."

"Ela aguardou com o rosto abaixado e os cachos caídos."

"Eu tenho de dizer que, por quatro anos, a senhorita se apoderou cada vez mais do coração de seu tutor, e que a senhorita está enraizada nele agora. Eu tenho de declarar que a senhorita me enfeitiçou, apesar do bom senso e da experiência, e da diferença de posição social e de circunstâncias. A senhorita tem tal aparência, e de tal forma tem falado e se movido; tem de tal modo mostrado para mim seus defeitos e suas virtudes — ou melhor, suas belezas, elas dificilmente são tão rígidas quanto virtudes — que eu amo a senhorita — amo com minha vida e minhas forças. Já falei agora."

"Ela tentou achar o que dizer, mas não conseguiu encontrar uma só palavra. Ela tentou recuperar as forças, mas em vão. Eu repeti impetuosamente que a amava."

"'Bem, Sr. Moore, e então?', foi a resposta que recebi, dita em um tom que teria sido petulante se não tivesse um toque de hesitação."

"A senhorita nada tem a me dizer? Não tem amor por mim?"

"Um pouquinho."

"Não vou ser torturado. Não vou nem mesmo gracejar agora."

"Não quero gracejar; quero sair daqui."

"Espanta-me o fato de a senhorita ousar dizer que quer sair daqui agora. *A senhorita*, sair daqui! O quê!, com meu coração em suas mãos, para colocá-lo em seu toucador e trespassá-lo com seus alfinetes? A senhorita não se move de minha presença, para fora de meu alcance a senhorita não se afasta, até eu receber uma garantia — penhor por penhor — seu coração em troca do meu."

"O que o senhor deseja está extraviado — foi perdido já faz um tempo. Permita-me ir procurá-lo."

"Diga que ele se encontra onde suas chaves estão tantas vezes — em minhas mãos."

"O senhor deveria saber. E onde estão minhas chaves, Sr. Moore? Na verdade, eu as perdi de novo; e a Sra. Gill precisa de dinheiro, e eu não tenho nada, a não ser esta moeda de seis pence."

"Ela tirou a moeda do bolso de seu avental e mostrou-a na palma da mão. Eu poderia ter zombado dela, mas não seria correto; vida e morte estavam em jogo. Apossando-me ao mesmo tempo da moeda e da mão que a segurava, eu perguntei: 'Devo morrer sem a senhorita, ou viver pela senhorita?'."

"Faça o que quiser. Longe de mim ditar suas escolhas."

"A senhorita tem de me dizer com seus próprios lábios se a senhorita me condena ao exílio ou me conduz à esperança."

"Vá; eu posso suportar ser deixada."

"Talvez eu também *possa* suportar deixá-la. Mas responda-me, Shirley, minha pupila, minha soberana — responda."

"Morra sem mim se quiser; viva por mim se ousar."

"Não estou com medo de você, minha leoa. Eu *ouso* viver por você e com você, a partir deste instante e até minha morte. Ah, agora eu a tenho em minhas mãos. Você é minha, nunca vou deixá-la se afastar. Onde quer que seja meu lar, eu escolhi minha esposa. Se eu ficar na Inglaterra, na Inglaterra você fica; se eu cruzar o Atlântico, você vai cruzar também. Nossas vidas estão unificadas, nossos destinos entrelaçados."

"Estamos em pé de igualdade, então, senhor? Finalmente somos iguais?"

"Você é mais jovem, mais frágil, mais fraca, mais inocente que eu."

"O senhor será bom para mim, e nunca um ser tirânico?"

"E você vai me deixar respirar, e não me deixar perplexo? Você não deve sorrir agora. O mundo flutua e se altera ao meu redor. O sol é um fulgor escarlate entontecedor, o céu um vórtice violeta revoluteando sobre mim."

"Eu sou um homem forte, mas cambaleei enquanto falava. Toda a criação se intensificou. As cores ficavam mais vivas, os movimentos mais rápidos, a própria vida mais vital. Eu mal a vi por uns instantes, mas ouvi a voz dela — impiedosamente doce. Ela não iria diminuir um de seus encantos por compaixão. Talvez ela não soubesse o que eu sentia."

"'O senhor me chama de leoa. Lembre-se, a leoa é indomável', disse ela."

"Domesticada ou feroz, selvagem ou submissa, você é *minha*."

"Fico feliz por conhecer meu guardião e estar acostumada com ele. Somente sua voz vou seguir; apenas suas mãos vão me controlar; somente aos seus pés vou repousar."

"Eu a levei de volta para a cadeira dela e sentei-me ao seu lado. Eu queria ouvi-la falar de novo. Eu jamais poderia me cansar da voz dela e de suas palavras."

"'Quanto você me ama?', perguntei."

"Ah! Você sabe. Não vou satisfazer sua vontade... não vou lisonjear."

"Eu não sei nem a metade; meu coração anseia por ser alimentado. Se você soubesse quão faminto e feroz ele está, você se apressaria a acalmá-lo com uma ou duas palavras gentis."

"'Pobre Tártaro!', ela disse, tocando minha mão e acariciando-a, 'pobre criatura, amigo leal, o queridinho e favorito da Shirley, fique calmo.'"

"Mas eu não vou ficar calmo até ser alimentado com uma palavra doce."

"E finalmente ela a disse."

"Caro Louis, seja fiel a mim; nunca me abandone. Não me importo com a vida a não ser que possa vivê-la ao seu lado."

"Algo mais."

"Ela me deu algo diferente; não era costume dela oferecer o mesmo manjar duas vezes."

"'Senhor', ela disse, se levantando, 'o senhor se arrisca se mencionar mais uma única vez coisas tão sórdidas quanto dinheiro ou pobreza ou desigualdade. Vai ser extremamente perigoso me atormentar com esses escrúpulos enlouquecedores. Eu o desafio a fazê-lo.'"

"Meu rosto ficou quente. Uma vez mais, eu desejei não ser tão pobre, ou que ela não fosse tão rica. Ela percebeu a infelicidade passageira; e então, na verdade, ela me acariciou. Eu senti o êxtase misturado ao tormento."

"'Sr. Moore', ela disse, olhando para mim com uma fisionomia gentil, franca e sincera, 'ensine-me e ajude-me a ser boa. Eu não peço que tire de meus ombros todas as preocupações e todos os deveres ligados à propriedade, mas peço que compartilhe o fardo e me mostre como desempenhar bem minha parte. Seu julgamento é equilibrado, seu coração é gentil, seus princípios são honestos. Sei que o senhor é sensato; sinto que o senhor é benevolente; acredito que seja consciencioso. Seja meu companheiro ao longo da vida; seja meu guia quando eu demonstrar não ter conhecimento; seja meu mestre quando eu cometer erros; seja sempre meu amigo!"

"Com a ajuda de Deus, eu serei!"

* * * * * *

Mais uma vez, um trecho do livrinho se você quiser, leitor; se não gostar, pule este pedaço:

"Os Sympsons foram embora, mas não antes da descoberta e das explicações. Meus modos devem ter traído algo, ou meus olhares. Eu estava tranquilo, mas às vezes me esquecia de manter a discrição. Eu ficava no cômodo mais tempo que o habitual; não conseguia ficar longe da presença dela; eu voltava para ela e me aquecia nela, assim como Tártaro ao sol. Se ela saísse do salão de carvalho, instintivamente eu me levantava e saía também. Ela me repreendeu por esse procedimento mais de uma vez. Eu o fazia com uma vaga e disparatada ideia de trocar umas palavras com ela no saguão ou em outro lugar. Ontem, perto do crepúsculo, ela foi minha por cinco minutos ao pé da lareira. Nós ficamos lado a lado; ela estava me censurando, e eu estava desfrutando do som da voz dela. As jovens senhoritas passaram, e olharam para nós; nós não nos separamos. Logo em seguida elas tornaram a passar e olharam novamente. A Sra. Sympson veio; nós não nos movemos. O Sr. Sympson abriu a porta da sala de jantar. Shirley respondeu à altura o olhar inquisidor dele. Ela franziu os lábios e agitou os cachos. O olhar que ela lançou era ao mesmo tempo explicativo e desafiador. Ele dizia: 'Eu gosto da companhia do Sr. Moore e desafio o senhor a descobrir problemas no meu gosto'."

"Eu perguntei: 'Você tenciona fazê-lo entender qual é a situação?'."

"'Sim', disse ela; 'mas deixo o desenrolar ao acaso. Vai haver uma cena. Eu nem a desejo nem a temo; porém, o senhor deve estar presente, pois estou indizivelmente cansada de enfrentá-lo solus.[4] Não gosto de vê-lo com raiva. Ele então deixa de lado todas as suas requintadas qualidades e disfarces convencionais, e o verdadeiro ser humano que está abaixo da superfície é o que o senhor chamaria de commun, plat, bas... vilain e um peu méchant.[5] As ideias dele não são puras, Sr. Moore; elas precisam de uma limpeza com sabão e barrela. Acho que, se ele pudesse acrescentar a imaginação dele ao conteúdo do cesto de roupas da Sra. Gill, e deixar que ela fervesse tudo nos tachos dela, com água da chuva e anil (espero que o senhor me considere uma lavadeira razoável), isso lhe faria um bem imenso.'"

"Esta manhã, imaginando tê-la ouvido descer um pouco mais cedo, desci na mesma hora. Eu não me havia enganado.

Lá estava ela, ocupada na sala onde tomávamos o café da manhã, cuja arrumação e limpeza a camareira estava terminando. Ela havia se levantado cedo para terminar uma pequena recordação que tencionava dar a Henry. Eu recebi apenas uma fria recepção, que aceitei até a empregada sair, indo com meu livro para o assento no recanto da janela em silêncio. Mesmo quando estávamos a sós, eu demorei a perturbá-la. Ficar sentado na presença dela era uma felicidade, e a verdadeira felicidade, para um começo de manhã — serena, incompleta, mas progressiva. Caso eu tivesse sido importuno, sabia que teria recebido uma censura. 'Sem tempo para atender pretendentes' estava escrito na face dela. Portanto, continuei a ler, lancei de vez em quando um olhar furtivo, observei a fisionomia dela se suavizar e desanuviar quando ela percebeu que eu respeitava seu estado de espírito e desfrutava do gentil contentamento da ocasião."

"A distância entre nós diminuiu, e a ligeira camada de geada se derreteu insensivelmente. Antes que uma hora transcorresse, eu estava ao lado dela, observando-a costurar, recolhendo seus doces sorrisos e suas palavras cheias de alegria, que caíam para mim em abundância. Nós nos sentamos, como tínhamos o direito de nos sentar, lado a lado; meu braço se apoiava na cadeira dela; eu estava perto o suficiente para contar os pontos do seu trabalho, e para ver o buraco da sua agulha. A porta se abriu de repente."

"Acredito que, se eu tivesse naquele momento me afastado dela, ela teria me desprezado; graças à fleuma da minha natureza, eu raramente me sobressalto. Quando me encontro em circunstâncias tranquilas, bien,[6] confortável, não me sobressalto facilmente. Bien eu estava — très bien[7] — consequentemente, imóvel. Nenhum músculo se moveu. Eu mal olhei para a porta."

"'Bom dia, tio', disse ela, dirigindo-se àquela pessoa, que ficou parada na soleira em um estado de petrificação."

"'Faz muito tempo que a senhorita está aqui embaixo, Srta. Keeldar, e sozinha com o Sr. Moore?'"

“‘Sim, muito tempo. Ambos descemos mais cedo; o dia mal havia clareado.’”

“‘O procedimento é impróprio...’”

“ ‘Foi mesmo! A princípio, eu estava muito irritada, e não fui educada; mas o senhor há de perceber que agora estamos em bons termos.’”

“‘Eu percebo mais do que a senhorita gostaria que eu percebesse.’”

“‘Dificilmente, senhor’, disse eu, ‘nós não usamos de subterfúgios. Permita-me anunciar que quaisquer observações posteriores que o senhor tenha a fazer podem ser dirigidas à minha pessoa. De agora em diante, eu me interponho entre a Srta. Keeldar e todas as inconveniências.’”

“‘*O senhor*! O que *o senhor* tem que ver com a Srta. Keeldar?’”

“‘Protegê-la, cuidar dela, servi-la.’”

“‘O senhor…? O senhor, o tutor?’”

“‘Nem uma palavra insultuosa, senhor’, interferiu ela; ‘nem uma sílaba desrespeitosa com relação ao Sr. Moore nesta casa.’”

“‘A senhorita toma a defesa dele?’”

“‘A defesa *dele*? oh, sim!’”

“Ela se voltou para mim com um súbito movimento de ternura, a que eu correspondi envolvendo-a com meu braço. Ambos nos levantamos.”

“‘Ai, medeus!’, foi a exclamação vinda do roupão que estava parado trêmulo à porta. *Medeus*, eu suponho, deve ser o cognome do Lares do Sr. Sympson. Em situações difíceis, ele sempre invocava esse ídolo.”

“‘Aproxime-se, tio; o senhor há de saber tudo. Diga-lhe tudo, Louis.’”

“‘Eu o desafio a falar! O mendigo! O tratante! O hipócrita enganador! O vil, pérfido e infame empregado! Afaste-se de minha sobrinha, senhor. Solte-a!’”

“Ela se agarrou a mim com vigor. ‘Estou ao lado de meu futuro marido’, ela disse. ‘Quem ousa encostar a mão nele ou em mim?’”

"'Marido dela!' Ele ergueu as mãos e as afastou. Ele se deixou cair em um assento."

"'Não faz muito tempo, o senhor queria tanto saber com quem eu tencionava me casar. Minha intenção já estava então tomada, mas não madura o suficiente para ser comunicada. Agora ela está madura, adoçada pelo sol, perfeita. Aceite o pêssego rosado... aceite Louis Moore!'"

"'Mas' (com violência) 'a senhorita *não vai* tê-lo; ele *não terá* a senhorita.'"

"'Eu morreria antes de ter outro. Eu morreria se não pudesse tê-lo.'"

"Ele proferiu palavras com as quais esta página jamais será maculada."

"'Shirley ficou pálida como a morte; o corpo todo dela tremia; ela perdeu as forças. Eu a coloquei deitada no sofá; apenas olhei para garantir que ela não havia desmaiado — e isso, com um doce sorriso, ela me garantiu. Eu a beijei; e então, mesmo que eu tivesse de perecer, não conseguiria fazer um relato preciso do que aconteceu no decorrer dos cinco minutos seguintes. Shirley, a partir daquele momento — entre lágrimas, gargalhadas e tremores — disse-me que eu me transformei em algo terrível e fiquei sob a influência do demônio. Ela diz que eu saí do lado dela, dei um salto através do cômodo; que o Sr. Sympson desapareceu pela porta como se tivesse sido disparado por um canhão. Eu também desapareci, e ela ouviu a Sra. Gill gritar."

"A Sra. Gill ainda estava gritando quando eu recuperei o controle. Eu estava então em outro cômodo — o salão de carvalho, acho. Eu mantinha Sympson à minha frente amarrotado em uma cadeira, e minha mão estava no lenço do pescoço dele. Os olhos dele rolavam em sua face; eu o estava estrangulando, acho. A caseira ficou parada torcendo as mãos, suplicando-me que eu desistisse. Eu desisti naquele instante e na mesma hora me senti frio como uma pedra.

Porém, mandei a Sra. Gill chamar a carruagem da Estalagem Red-House imediatamente, e informei ao Sr. Sympson que ele teria de partir de Fieldhead assim que a carruagem chegasse. Embora estivesse bastante perturbado, ele declarou que não iria. Repetindo a ordem anterior, eu acrescentei a ordem de ir buscar um policial. Eu disse: 'O senhor *vai ter de* partir, por bem ou por mal'."

"Ele ameaçou me processar; eu não me importava com nada. Eu havia me imposto a ele uma vez antes, não com tanta bravura como agora, mas com a mesma austeridade. Isso havia acontecido uma noite em que ladrões tentaram entrar na casa em Sympson Grove e, em sua infeliz covardia, ele teria dado um alarme inútil, sem ousar resistir. Eu havia então sido obrigado a proteger a família e a propriedade dele me controlando — e fui bem-sucedido. Eu fiquei ao lado dele até a carruagem chegar. Eu o escoltei até ela; ele censurando o tempo todo. Ele estava terrivelmente perplexo, bem como enraivecido. Ele teria resistido a mim, mas não sabia como. Ele chamou a esposa e as filhas. Eu disse que elas iriam assim que pudessem se preparar. O furor, a cólera, a agitação do comportamento dele eram indizíveis, mas era uma fúria incapaz de produzir resultados. Aquele homem, adequadamente controlado, deve permanecer para sempre impotente. Eu sei que ele nunca vai me atingir com a lei. Eu sei que sua esposa, a quem ele tiraniza por causa de ninharias, o aconselha em questões importantes. Eu há muito tempo conquistei a gratidão imorredoura da mãe pela minha devoção ao seu filho. Em algumas das doenças do Henry, eu cuidei dele — melhor, ela disse, que qualquer mulher poderia cuidar. Ela jamais se esquecerá disso. Ela e suas filhas me deixaram hoje com uma ira e consternação silenciosas; porém, ela me respeita. Quando Henry se pendurou em meu pescoço enquanto eu o colocava na carruagem ao lado da mãe, quando arrumei a manta dela para deixá-la aquecida, embora ela afastasse o rosto de mim, eu vi as lágrimas encherem seus olhos. Ela vai com zelo ainda maior defender minha causa porque se despediu de mim com raiva. Fico feliz por isso — não por minha causa, mas por amor à minha vida e ídolo — minha Shirley."

Uma vez mais, ele escreve, uma semana depois:

"Encontro-me agora em Stilbro'. Estou agora hospedado temporariamente na casa de um amigo — um homem profissional, em cujos negócios posso ser útil. Todos os dias cavalgo até Fieldhead. Quanto tempo vai se passar antes de eu poder dizer que esse lugar é minha casa, e sua dona, minha? Não estou sossegado, nem tranquilo; estou submetido a um suplício, às vezes torturado. Se alguém a visse agora, pensaria que ela jamais encostara sua face em meus ombros, ou se chegara a mim com ternura ou confiança. Eu me sinto inseguro; ela me deixa infeliz. Eu sou ignorado quando a visito; ela se mantém longe de meu alcance. Uma vez hoje eu ergui o rosto dela, decidido a olhar diretamente seus olhos profundos e escuros. É difícil dizer o que li neles! Leoa! Linda criatura nascida na floresta! Criatura astuta, indomável e incomparável! Ela morde sua corrente; eu vejo os dentes brancos se ocupando com o aço! Ela sonha com seus bosques selvagens e anseia pela liberdade virginal. Eu gostaria que Sympson voltasse e a obrigasse de novo a enlaçar meu corpo com seus braços. Eu gostaria que houvesse o risco de ela me perder, assim como há o risco de eu perdê-la. Não; perda final eu não temo, mas a longa procrastinação..."

"Agora é noite — meia-noite. Eu passei a tarde e a noite em Fieldhead. Há algumas horas ela passou por mim, descendo a escadaria de carvalho até o saguão. Ela não sabia que eu estava parado no lusco-fusco, perto da janela da escadaria, olhando para as constelações com um brilho glacial. Como ela deslizava tão perto do corrimão! Com quanta timidez seus grandes olhos brilharam sobre mim! quão evanescente, fugitiva, vacilante ela parecia — esbelta e vivaz como os fulgores setentrionais!"

"Eu a segui até a sala de estar. A Sra. Pryor e Caroline Helstone estavam lá; ela as havia convidado para fazer-lhe um pouco de companhia. Em seu vestido de noite branco, com seus longos cabelos caindo bastos e ondulados, com seus passos silenciosos, suas faces pálidas, seus olhos repletos de escuridão e de luzes, ela se parecia, eu pensei, com uma entidade sobrenatural — algo feito de um dos elementos, a progênie da brisa e das chamas, a filha do raio e das gotas de chuva — algo que jamais pode ser alcançado, aprisionado, fixado. Eu desejei poder evitar o ato de segui-la com meu olhar enquanto ela andava de um lado para o outro, mas era impossível. Eu conversei com as outras senhoras tão bem quanto pude, mas ainda olhava para ela. Ela estava muito quieta; acho que não falou comigo — nem mesmo quando me ofereceu chá. Casualmente, ela foi chamada por uns minutos pela Sra. Gill. Eu fui para o saguão iluminado pela lua, com o intuito de trocar umas palavras com ela quando ela voltasse; e nem nessa ocasião eu falhei."

"'Srta. Keeldar, fique um instante', eu disse, ao encontrá-la."

"'Por quê? O saguão está frio demais.'"

"'Não está frio para mim; ao meu lado, ele não deveria ser frio para a senhorita.'"

"'Mas estou tremendo.'"

"'De medo, creio. O que faz a senhorita me temer? A senhorita está quieta e distante. Por quê?'"

"'Eu posso muito bem temer o que parece ser um duende grande e sombrio me encontrando à luz da lua.'"

"'*Não... não* passe! Fique comigo um pouco. Vamos conversar um pouco, tranquilamente. Faz três dias que falei a sós com a senhorita. Tais mudanças são cruéis.'"

"'Não tenho intenção de ser cruel', respondeu ela, com muita doçura. Na verdade, havia doçura em todo o comportamento dela — em sua face, em sua voz; mas havia também reserva, e um ar fugaz, evasivo, intangível."

"'A senhorita certamente me causa dor', eu disse. 'Mal faz uma semana que a senhorita me chamou de seu futuro marido e me tratou como tal. Agora sou uma vez mais o tutor para a senhorita. Sou chamado de Sr. Moore e tratado com reservas. Seus lábios se esqueceram de Louis.'"

"'Não, Louis, não. É um nome agradável, líquido — que não é facilmente esquecido.'"

"'Seja cordial com Louis, então; aproxime-se dele — permita que ele se aproxime.'"

"'Eu *sou* cordial', ela disse, pairando indiferente como uma sombra branca."

"'Sua voz é muito doce e muito baixa', respondi, aproximando-me discretamente. 'A senhorita aparenta estar submissa, mas mesmo assim sobressaltada.'"

"'Não... muito calma, e sem medo de nada', garantiu-me ela."

"'De nada além de seu devoto.'"

"Ajoelhei-me e coloquei um joelho nas lajes aos pés dela."

"'O senhor vê que me encontro em um mundo novo, Sr. Moore. Não me conheço; não conheço o senhor. Mas levante-se. Quando o senhor age assim, me sinto perturbada e confusa.'"

"Obedeci. Não teria me agradado manter aquela atitude por muito tempo. Eu procurava serenidade e confiança para ela, e não foi inutilmente. Ela confiou e se aconchegou em mim novamente."

"'Bem, Shirley', eu disse, 'você pode imaginar que eu estou longe de me sentir feliz em minha atual condição incerta e indecisa.'"

"'Oh, sim, o senhor *está* feliz!', exclamou ela, apressada. 'O senhor não sabe quão feliz está. Qualquer mudança será para pior.'"

"'Feliz ou não, não aguento continuar desse jeito por muito mais tempo. Você é generosa demais para exigir isso.'"

"'Seja sensato, Louis; seja paciente! Gosto de você porque você é paciente.'"

"'Não goste mais de mim, então; em vez disso, me ame. Marque a data do nosso casamento; pense nisso à noite, e decida.'"

"Ela soltou um murmúrio, inarticulado, porém expressivo; afastou-se depressa, ou desapareceu, de meus braços — e eu a perdi."

XXXVII. O Encerramento

Sim, leitor, precisamos acertar as contas agora. Eu tenho apenas de relatar de modo resumido os destinos finais de algumas das personagens com quem travamos conhecimento nesta narrativa, e então você e eu podemos trocar um aperto de mãos e, para o momento presente, nos separar.

Vamos voltar aos Coadjutores — tão amados, embora há tanto negligenciados. Adiante, mérito modesto! Malone, eu vejo, responde rapidamente à solicitação: ele conhece sua própria descrição quando a ouve.

Não, Peter Augustus; não temos nada a dizer para você: não pode ser. É impossível que nos responsabilizemos pela tocante história de seus feitos e destinos. Você não sabe, Peter, que um público perspicaz tem suas manias; que a verdade sem disfarces não responde; que os simples fatos não são digeridos? Você não sabe que o menino que gritava "Lobo!" não merece crédito hoje assim como não merecia nos dias de antanho? Fosse eu contar a catástrofe de sua vida e de seu jeito de viver, o público iria romper em gritos histéricos, e haveria uma insana demanda por sais de cheiro e espírito de cânfora. "Impossível!", seria dito aqui; "falso!", seria respondido lá; "não artístico!" seria solenemente decretado. Veja bem! Sempre que você apresenta a simples verdade, de algum modo ela é denunciada como uma mentira — eles a renegam, descartam, ignoram; ao passo que o produto de sua própria imaginação, a simples invenção, a pura ficção, é adotada, mimada, declarada bela, adequada, docemente natural — um infeliz bastardo consegue todas as iguarias; o honesto e correto todas as pancadas. É assim que o mundo funciona, Peter; e como você é o legítimo diabrete, rude, sujo e travesso, você tem de se afastar.

Abra caminho para o Sr. Sweeting.

Ei-lo que vem, de braços com sua esposa — a mais esplêndida e robusta mulher de Yorkshire: a Sra. Sweeting, antes Srta. Dora Sykes. Eles se casaram sob os melhores auspícios, o Sr. Sweeting tendo acabado de receber um confortável benefício eclesiástico, e o Sr. Sykes estando em condições de dar à filha um belo dote. Eles viveram por muito tempo e foram muito felizes juntos, amados por seus paroquianos e por um numeroso círculo de amigos.

Ora! Acho que o verniz foi muito bem aplicado.

Avance, Sr. Donne.

Esse cavalheiro acabou tendo um fim admirável: muito melhor do que você ou eu poderíamos ter esperado, leitor. Ele também se casou com uma mulher muito sensata, calma e com modos de dama; o casamento foi o melhor que poderia acontecer para ele: ele se transformou em uma figura doméstica exemplar, e em um membro do clero verdadeiramente ativo (como pastor ele, até o dia de sua morte, conscienciosamente se recusou a atuar). Ao exterior da taça e do prato ele deu brilho com o melhor pó para lustrar; dos acessórios do altar e do templo ele cuidou com o zelo de um tapeceiro, com o cuidado de um carpinteiro. Sua pequena escola, sua pequena igreja, seu pequeno presbitério, todos deveram sua construção a ele; e lhe renderam créditos. Cada um era, a seu modo, um modelo. Se uniformidade e gosto na arquitetura tivessem sido a mesma coisa que consistência e sinceridade na religião, que pastor de rebanho cristão o Sr. Donne teria sido! Havia uma arte em cuja perícia nenhum mortal jamais superou o Sr. Donne: era a de pedir. Com seus próprios esforços, ele pediu todo o dinheiro para todas as suas construções. Nesse assunto ele tinha um poder de planejar e uma esfera de ação ímpares. Ele pedia para ricos e pobres — do moleque do chalé com pés descalços ao duque nobiliárquico. Ele enviou cartas pedindo dinheiro a torto e a direito — para a velha Rainha Charlotte, para as princesas suas filhas, para seus filhos, os duques reais, para o Príncipe Regente, para Lorde Castlereagh, para todos os membros do ministério da época; e, o que é mais notável, ele arrancou alguma coisa de cada uma dessas pessoas. Consta que ele obteve cinco libras da sovina velha senhora, Rainha Charlotte, e dois guinéus do libertino real, filho mais velho dela. Quando o Sr. Donne saía em expedições pedincheiras, ele se ataviava com uma armadura completa de descaramento. O fato de você ter dado cem libras ontem não era, para ele, razão para você não dar duzentas hoje. Ele diria isso na sua cara, e, com toda a probabilidade, tiraria o dinheiro de você. As pessoas doavam para se verem livres dele. Afinal, ele fez algum bem com o dinheiro: ele foi útil em sua época e em sua geração.

Talvez eu tenha de mencionar que, com o prematuro e repentino desaparecimento do Sr. Malone do cenário da paróquia de Briarfield (você não pode saber como isso aconteceu, leitor; sua curiosidade tem de ser roubada para pagar seu elegante amor pelo belo e agradável), veio como seu sucessor outro coadjutor irlandês, Sr. Macarthey. Fico feliz por informar a você, *com sinceridade*, que esse cavalheiro honrou tanto seu país como Malone o havia desonrado. Ele mostrou ser tão decente, decoroso e consciencioso como Peter era exaltado, violento e... (Este último adjetivo eu prefiro suprimir, porque revelaria o segredo.) Ele trabalhou com lealdade na paróquia: as escolas, tanto a dominical quanto a regular, floresceram sob a administração dele como uma planta vigorosa. Sendo humano, é claro que ele tinha seus defeitos; estes, contudo, eram defeitos clericais corretos, confiáveis; o que muitos chamariam de virtudes. A circunstância de descobrir ter sido convidado para tomar chá com um Dissidente lhe tiraria o equilíbrio por uma semana. O espetáculo de um Quacre usando seu chapéu na igreja, a ideia de uma criatura não batizada sendo enterrada com ritos cristãos — estas coisas poderiam causar um peculiar estrago na economia física e mental do Sr. Macarthey. Em todos os outros aspectos, ele era são e racional, diligente e caridoso.

Não duvido que um público amante da justiça terá observado que, até o momento, eu demonstrei um descuido criminoso na perseguição, captura e punição condigna do quase assassino do Sr. Robert Moore. Essa seria uma boa ocasião para levar meu solícito leitor a dançar, uma dança ao mesmo tempo decorosa e excitante — uma dança da lei e da religião, do calabouço, do banco dos réus e dos "estertor da morte". Você poderia tê-la apreciado, leitor, mas *eu* não. Eu e meu tema teríamos logo em seguida brigado, e então eu teria ficado arrasado. Eu me sinto feliz por descobrir que os fatos me eximiram à perfeição dessa tentativa. O assassino jamais foi punido, pelo bom motivo de ele nunca ter sido apanhado — resultado da circunstância de ele nunca ter sido perseguido. Os magistrados arrastaram os pés, como se fossem se levantar e fazer coisas valorosas; mas já que o próprio Moore, em vez de incitá-los e liderá-los como o fizera antes, ficou imóvel em seu pequeno leito no chalé, rindo à socapa, e fazendo ar de desdém com cada traço de seu rosto pálido e estrangeiro, eles pensaram melhor e, depois de cumprir certas formalidades indispensáveis, prudentemente resolveram deixar que o assunto caísse no esquecimento, o que foi feito.

O Sr. Moore sabia quem havia atirado nele, e toda Briarfield sabia. Era ninguém mais que Michael Hartley, o tecelão um tanto desequilibrado já referido, um desvairado antinomiano quanto à religião e um insano nivelador quanto à política. A pobre alma morreu de delirium tremens[1] um ano depois do atentado contra Moore, e Robert deu à desgraçada viúva dele um guinéu para enterrá-lo.

* * * * * *

O inverno já se acabou; a primavera o seguiu com uma pressa ensolarada e cheia de sombras, florida e chuvosa. Estamos agora no auge do verão — no meio de junho — junho de 1812.

O calor é causticante. O ar é de um azul profundo e ouro avermelhado. Ele é adequado ao tempo; ele é adequado à época; ele é adequado ao atual espírito das nações. O século XIX age de modo indiscriminado em sua adolescência gigantesca; o menino Titã arranca montanhas em suas brincadeiras e atira rochas em um jogo insano. Neste verão, Bonaparte está a cavalo; ele e suas tropas atravessam rapidamente os desertos russos. Ao seu lado, ele tem franceses e poloneses, italianos e filhos do Reno, seiscentos mil homens fortes. Ele marcha sobre a velha Moscou. Sob as muralhas da velha Moscou o rude Cossaco espera por ele. Estoico bárbaro! Ele espera, sem medo da ruína incomensurável que se aproxima. Ele deposita suas esperanças em uma nuvem de nevasca; a Vastidão selvagem, o Vento e a Tempestade de granizo são seu refúgio; seus aliados são os elementos — Ar, Fogo, Água. E o que são eles? Três terríveis arcanjos que jamais pararam perante o trono de Jeová. Eles estão parados, vestidos de branco, cingidos com cintos de ouro; eles erguem taças, repletas do furor de Deus. O tempo deles é o dia da vingança; o sinal deles, a palavra do Senhor das hostes, "ribombando com a voz de Sua majestade".

"Chegaste aos depósitos da neve? Ou viste as reservas de granito, que guardei para o tempo da aflição, para o dia da luta e da batalha?"

"Segui vossos caminhos. Derramai as taças do furor de Deus sobre a Terra."

Foi consumado. A terra está ressequida pelo fogo; o mar fica "como o sangue de um homem morto"; as ilhas fogem; as montanhas não são encontradas.

Nesse ano, Lorde Wellington assumiu o controle na Espanha. Eles o nomearam generalíssimo, para sua própria salvação. Nesse ano, ele conquistou Badajoz, ele combateu no campo de Vittoria, ele capturou Pampeluna, ele irrompeu em San Sebastián; neste ano ele conquistou Salamanca.

Homens de Manchester, peço-lhes desculpas por este ligeiro résumé[2] de acontecimentos bélicos, mas ele não faz diferença. Lorde Wellington é, para vocês, somente um cavalheiro decadente agora; eu até penso que alguns de vocês chamaram-no de "caduco"; vocês o têm insultado por causa da idade e da perda do vigor físico. Que belos heróis vocês mesmos são! Homens como vocês têm o direito de escarnecer do que é mortal em um semideus. Ridicularizem à vontade; seu desdém não tem o poder de alquebrar o grande e velho coração dele.

Mas venham, amigos; quer sejam Quacres, quer sejam Tecelões, vamos fazer um encontro pacífico e destilar nosso veneno discretamente. Nós estivemos falando com zelo inapropriado a respeito de batalhas sangrentas e generais carniceiros; nós chegamos agora a um triunfo segundo seu ponto de vista. No dia 18 de junho de 1812, as Ordens do Conselho foram revogadas, e os portos bloqueados foram abertos. Vocês sabem muito bem — aqueles dentre vocês que são velhos o suficiente para lembrar — vocês fizeram Yorkshire e Lancashire tremer com seus gritos naquela ocasião: os sineiros racharam um sino na torre de Briarfield; ele está dissonante até hoje. A Associação dos Comerciantes e dos Manufatureiros jantou reunida em Stilbro', e todos eles voltaram para casa em um estado que suas esposas jamais desejariam testemunhar novamente. Liverpool ressoou e resfolegou como um hipopótamo despertado entre as algas pelo trovão. Alguns dos comerciantes norte-americanos sentiram começo de apoplexia e pediram que lhes fizessem sangrias — todos, como homens sábios, nesse primeiro momento de prosperidade, se prepararam para se jogar nas entranhas da especulação, e para mergulhar em novas dificuldades, em cujas profundidades eles poderiam se perder em algum dia vindouro. Estoques que estiveram se acumulando por anos desapareceram em um instante, em um piscar de olhos; depósitos foram esvaziados, navios foram carregados; o trabalho era abundante, os salários aumentaram; os bons tempos pareciam ter chegado. Essas perspectivas poderiam ser ilusórias, mas eram luminosas — para alguns, elas eram até mesmo verdadeiras. Naquela época, naquele único mês de junho, muitas fortunas estáveis foram feitas.

******

Quando toda uma província se rejubila, o mais modesto de seus habitantes experimenta um sentimento festivo; o som de sinos públicos incita o mais recluso domicílio, como se fosse com um apelo para a felicidade. E assim Caroline Helstone pensava, quando ela se vestiu com mais esmero que o habitual no dia desse triunfo comercial e foi, usando sua musselina mais bela, passar a tarde em Fieldhead, para supervisionar lá certos preparativos de chapelaria para certo grande acontecimento, a decisão final nesses assuntos sendo reservada para o gosto impecável dela. Ela tomou decisões sobre a grinalda, o véu, o vestido que seria usado no altar. Ela escolheu diversos vestidos e modelos para ocasiões mais corriqueiras, sem levar muito em conta a opinião da noiva — essa senhora, na verdade, se encontrando em um estado de espírito um tanto intratável.

Louis havia previsto dificuldades, e ele as havia encontrado — na verdade, sua senhora havia se mostrado estranhamente provocante, adiando seu casamento dia após dia, semana após semana, mês após mês, a princípio o persuadindo com doces fingimentos de procrastinação, e no fim despertando a natureza deliberada, porém determinada, dele a se revoltar contra a tirania dela, ao mesmo tempo tão doce e tão intolerável.

Fora preciso um tipo de choque tempestuoso para fazê-la chegar a um acordo; mas lá estava ela, finalmente, acorrentada a um dia marcado. Lá se encontrava ela, conquistada pelo amor e presa a um juramento.

Assim vencida e confinada, ela sofria, assim como qualquer outra acorrentada habitante dos desertos. Somente seu captor conseguia alegrá-la; somente a companhia dele poderia compensar o perdido privilégio da liberdade. Na ausência dele ela ficava sentada ou caminhava sozinha, falava pouco e comia menos ainda.

Ela não fez nenhum preparativo para suas núpcias; Louis foi obrigado a conduzir pessoalmente todos os detalhes. Ele era virtualmente patrão de Fieldhead semanas antes de o ser nominalmente — o patrão menos arrogante e mais gentil que já existiu, mas com sua senhora absoluta. Ela abdicou sem uma palavra ou luta. "Vá ter com o Sr. Moore, pergunte ao Sr. Moore", era a resposta dela quando lhe perguntavam sobre como proceder. Jamais foi um pretendente de noiva rica tão completamente eximido da parte subalterna, tão inevitavelmente forçado a assumir um papel da maior importância.

Em tudo isso, a Srta. Keeldar cedia parcialmente ao seu temperamento; mas uma observação que ela fez um ano depois provou que ela havia, em parte, agido de propósito. "Louis", disse ela, "jamais teria aprendido a mandar se ela não tivesse deixado de governar. A incapacidade do soberano desenvolveu os poderes do primeiro-ministro."

A intenção era a que a Srta. Helstone deveria ser a dama de honra nas núpcias vindouras, mas a Sorte havia destinado outro papel para ela.

Ela voltou para casa a tempo de regar suas plantas. Ela havia cumprido essa pequena tarefa. A última flor a receber cuidados era uma roseira, que florescia em um recanto quieto e verdejante da parte de trás da casa. Essa planta havia recebido o banho refrescante; Caroline estava então descansando. Perto do muro havia um fragmento de pedra esculpida — uma relíquia monástica — outrora, talvez, a base de uma cruz. Ela subiu na pedra para poder ter uma vista melhor da paisagem. Ela ainda tinha o regador na mão; com a outra mão seu belo vestido era mantido ligeiramente de lado, para evitar os respingos. Ela olhou por cima do muro, ao longo de alguns campos solitários; mais além de três árvores escuras, que cresciam lado a lado contra o céu; mais além de um solitário espinheiro no topo de uma alameda solitária à distância. Ela inspecionou as charnecas sombrias, onde fogueiras estavam acesas. A noite de verão era quente; o soar do sino era alegre; a fumaça azulada do fogo parecia ser macia, suas chamas vermelhas, brilhantes. Acima delas, no céu de onde o sol desaparecera, luzia um ponto prateado — a estrela-d'alva.

Caroline não estava triste naquela noite — muito pelo contrário; mas enquanto ela olhava ela suspirou, e quando ela suspirou umas mãos a envolveram e repousaram docemente na sua cintura. Caroline achou que sabia quem havia se aproximado; ela acolheu o toque sem se sobressaltar.

— Estou olhando Vênus, mamãe. Veja, ele é lindo. Quão branco é o seu brilho, comparado com o profundo vermelho das fogueiras!

A resposta foi uma carícia maior; Caroline se voltou e olhou não para o rosto matronal da Sra. Pryor, mas para o alto, para um rosto moreno e viril. Ela soltou seu regador e desceu do pedestal.

— Eu estive sentado com "mamãe" por uma hora — disse o intruso. — Eu tive uma longa conversa com ela. Onde, nesse meio-tempo, você esteve?

— Em Fieldhead. Shirley está mais malcriada que nunca, Robert. Ela não diz nem Sim nem Não para qualquer pergunta que façam. Ela fica sentada sozinha. Não sei dizer se está melancólica ou desinteressada. Se você a instiga ou repreende, ela lança um olhar, em parte triste, em parte indiferente, que faz você ir embora tão estranho e insensato quanto ela. Como Louis vai lidar com ela, não sei dizer. Quanto a mim, se eu fosse um cavalheiro, acho que não ousaria me casar com ela.

— Não se preocupe com eles. Eles foram talhados um para o outro. Louis, é estranho dizer, gosta ainda mais dela por causa desses arroubos. Ele vai controlá-la, se é que alguém vai conseguir fazer isso. Ela o atormenta, entretanto. Ele tem feito uma corte tempestuosa para uma pessoa tão calma; mas você vai ver que ele vai acabar vencendo. Caroline, eu vim procurar você para solicitar uma entrevista. Por que esses sinos estão tocando?

— Pela revogação de sua terrível lei... as Ordens que você tanto odeia. Você está satisfeito, não está?

— Ontem à noite, neste horário, eu estava arrumando alguns livros para uma viagem marítima. Eles eram as únicas coisas, com exceção de algumas roupas, sementes, raízes e ferramentas que eu tinha liberdade para levar comigo para o Canadá. Eu ia deixar você.

— Ia me deixar? Ia *me* deixar?

Os dedinhos dela se agarraram ao braço dele; a aparência dela era de aflição ao falar.

— Não agora... não agora. Olhe para o meu rosto... sim, olhe-me detidamente. O desespero da partida é visível nele?

Ela olhou uma fisionomia iluminada, cujos traços estavam todos resplandecentes, embora a própria página estivesse sombria. Esse rosto, potente na majestade de seus traços, lançou uma luz na esperança, na ternura e no deleite dela.

— A revogação vai fazer bem para você... *muito* bem, um bem *imediato*? — perguntou ela.

— A revogação das Ordens do Conselho me salva. Agora não vou ficar arruinado; agora não preciso abrir mão do negócio; agora não preciso partir da Inglaterra; agora não serei mais pobre; agora posso pagar minhas dívidas; agora, todos os tecidos que tenho em meus depósitos serão tirados de minhas mãos, e pedidos serão feitos para muito mais. Este dia cria uma fundação ampla e firme para minha fortuna, uma fundação sobre a qual, pela primeira vez na vida, posso construir com segurança.

Caroline devorava as palavras dele; ela segurava a mão dele nas suas; ela inspirou profundamente.

— Você está salvo? Suas grandes dificuldades estão sanadas?

— Elas estão sanadas. Posso respirar. Posso agir.

— Finalmente! Oh, a Providência é generosa! Agradeça-lhe, Robert.

— Eu agradeço mesmo à Providência.

— E eu também, por sua causa! — ela olhou para o alto, com devoção.

— Agora posso contratar mais trabalhadores, pagar salários melhores, fazer planos mais sensatos e liberais, fazer o bem, ser menos egoísta. *Agora*, Caroline, eu posso ter uma casa... um lar que poderei realmente chamar de meu... e *agora*...

Ele fez uma pausa, pois a voz profunda dele estava embargada.

— E *agora* — continuou ele — agora eu posso pensar em casamento, *agora* posso procurar uma esposa.

Esse era o momento para ela falar. Ela não falou.

— E a Caroline, que docemente espera ser perdoada assim como ela perdoa, vai perdoar tudo o que eu a fiz sofrer, toda a longa dor que eu lhe causei com tanta maldade, toda a doença do corpo e do espírito que ela deveu a mim? Ela vai esquecer o que ela sabe a respeito de minha pobre ambição, de meus planos sórdidos? Ela me permitirá expiar isso? Ela vai permitir que eu prove que, assim como certa vez eu a abandonei cruelmente, a tratei mal irrefletidamente e a magoei desprezivelmente, agora sou capaz de amar fielmente, estimar carinhosamente e valorizar ternamente?

A mão dele ainda estava entre as dela; um aperto gentil foi a resposta.

— Caroline é minha?

— Caroline é sua.

— Eu vou valorizá-la. A noção do valor dela está aqui, em meu coração; a necessidade da companhia dela está misturada à minha vida. Não terei mais cuidados com o sangue cujo fluir move minhas pulsações que com a felicidade e o bem-estar dela.

— Eu também amo você, Robert, e vou cuidar de você fielmente.

— Você vai cuidar de mim fielmente? Cuidado fiel! Como se essa rosa pudesse prometer abrigar da tempestade esta rocha cinzenta e sólida! Mas ela *vai* cuidar de mim, à maneira dela. Essas mãos serão as gentis ministrantes de todo o conforto que eu possa experimentar. Sei que a criatura que desejo entrelaçar em minha vida vai me trazer o conforto, uma caridade e uma pureza, aos quais, de minha parte, sou um estranho.

Subitamente, Caroline ficou perturbada; seus lábios tremeram.

— O que agita minha pombinha? — perguntou Moore, enquanto ela se aconchegava a ele e então se afastou dele inquieta.

— Pobre da mamãe! Eu sou tudo o que ela tem! Devo abandoná-la?

— Você sabe, eu pensei nesse empecilho. Eu e "mamãe" discutimos o assunto.

— Diga-me o que você deseja, de que você gostaria, e eu vou ver se é possível consentir. Mas não posso abandoná-la, nem mesmo por você. Não posso partir o coração dela, nem mesmo por sua causa.

— Ela foi fiel quando eu fui falso, não foi? Eu jamais me aproximei de seu leito de doente, e ela velou você incessantemente.

— O que devo fazer? Qualquer coisa, menos abandoná-la.

— Por minha vontade, você jamais vai abandoná-la.

— Ela pode viver perto de nós?

— Conosco, ela apenas tem de ter seus próprios aposentos e empregada. Isso ela própria estipula.

— Você sabe que ela tem um rendimento, que, com os hábitos dela, deixam-na bastante independente?

— Ela me disse isso, com um orgulho gentil que me fez pensar em outra pessoa.

— Ela não é abelhuda de jeito nenhum, e é incapaz de tagarelar.

— Eu a conheço, Cary. Mas se, em vez de ser a personificação da reserva e da discrição, ela fosse exatamente o oposto, eu não a temeria.

— E mesmo assim ela será sua sogra? — e quem falava fez um pequeno gesto malicioso. Moore sorriu.

— Louis e eu não somos o tipo de homem que tem medo de suas sogras, Cary. Nossos inimigos nunca foram, nem jamais serão, as pessoas do nosso próprio lar. Eu não duvido que minha sogra vá me dar muita importância.

— E ela vai, do jeito tranquilo dela, você sabe. Ela não é expansiva; e quando você a vir silenciosa, ou mesmo distante, não deve imaginar que ela está insatisfeita; é apenas um costume que ela tem. Permita que eu seja a intérprete dela sempre que ela deixar você intrigado; sempre acredite em meu relato da situação, Robert.

— Oh, implicitamente! Deixando de lado as zombarias, eu sinto que ela e eu nos entenderemos bem, on ne peut mieux.[3] Hortense, você sabe, é extremamente suscetível, no nosso sentido francês da palavra — e talvez não seja sempre razoável em suas exigências; contudo, minha cara e honesta menina, eu jamais magoei excessivamente os sentimentos dela ou tive uma briga séria com ela em minha vida.

— Não; você é generosamente cheio de consideração, na verdade, indulgente para com ela com tanta ternura; e você vai ser cheio de consideração com minha mãe. Você é um cavalheiro em todos os sentidos, Robert, até a medula dos ossos, e em nenhum lugar é um cavalheiro tão perfeito quanto em seu próprio lar.

— Um elogio que eu aprecio; é muito doce. Fico muito feliz por minha Caroline me ver sob essa luz.

— Mamãe pensa exatamente como eu a seu respeito.

— Não exatamente, espero?

— Ela não quer se casar com você, não seja vaidoso; mas ela me disse no outro dia: "Minha querida, o Sr. Moore tem modos agradáveis; ele é um dos poucos cavalheiros que eu conheço que combinam a polidez com um ar de sinceridade".

— "Mamãe" é bastante misantropa, não é? Não tem a melhor opinião a respeito do sexo forte?

— Ela se abstém de julgá-los de modo geral, mas ela tem suas exceções, a quem ela admira: Louis, o Sr. Hall e, recentemente, você. Ela não gostava de você certa época; eu sabia disso, porque ela jamais falava a seu respeito. Mas, Robert...

— Bem, o que foi agora? Qual é o novo pensamento?

— Você ainda não esteve com meu tio?

— Estive. "Mamãe" o chamou na sala. Ele consente sem reservas. Se eu provar que posso sustentar uma esposa, eu posso tê-la; e eu *tenho condições* de mantê-la melhor do que ele pensa, melhor do que eu desejaria me vangloriar.

— Se você ficar rico, você vai fazer o bem com seu dinheiro, Robert?

— Eu *vou* fazer o bem; você vai me dizer como. Na verdade, tenho alguns planos meus, sobre os quais você e eu vamos conversar ao pé de nossa própria lareira um dia. Eu vi a necessidade de fazer o bem; aprendi que é rematada loucura ser egoísta. Caroline, eu prevejo o que vou predizer agora. Esta guerra *tem de* acabar antes que se passe muito tempo. O comércio há de prosperar por alguns anos no futuro. Poderá haver um ligeiro desentendimento entre a Inglaterra e os Estados Unidos, mas isso não vai durar. O que você acharia de, um dia, talvez antes que outros dez anos se passem, Louis e eu dividirmos a paróquia de Briarfield entre nós? Louis, de qualquer modo, tem a certeza do poder e da propriedade. Ele não vai enterrar seus talentos. Ele é uma pessoa benevolente e tem, além do mais, um intelecto que não é de pouca monta. A mente dele é lenta, mas forte: ela tem de funcionar, ela pode funcionar deliberadamente, mas vai funcionar bem. Ele será eleito magistrado do distrito, Shirley diz que ele tem de ser. Ela poderia proceder de modo impetuoso e prematuro para conseguir essa dignidade para ele, se ele permitisse, mas ele não permitirá. Como sempre, ele não vai ter pressa. Antes que ele tenha sido senhor de Fieldhead por um ano, todo o distrito vai sentir a influência discreta dele e reconhecer sua superioridade despretensiosa. Um magistrado é necessário; eles vão, com o tempo, empossá-lo na função de modo voluntário e sem hesitar. Todos admiram a futura esposa dele, e todos vão, com o tempo, gostar dele. Ele é do pâte[4] geralmente aprovado, bon comme le pain[5]... o pão nosso de cada dia para os mais exigentes, bom para as crianças e os idosos, nutritivo para os pobres, saudável para os ricos. Shirley, apesar de seus caprichos e manias, de suas evasivas e atrasos, tem uma imensa ternura por ele. Um dia ela vai ver que ele é universalmente amado tanto como *ela* desejaria que fosse. Ele também será universalmente estimado, considerado, consultado, confiável... em demasia. O conselho dele sempre será sensato, sua ajuda sempre bem-intencionada. Antes que muito tempo se passe, ambos serão uma requisição inconveniente, ele terá de impor restrições. Quanto a mim, se eu for bem-sucedido como tenciono ser, meu sucesso será acrescentado ao rendimento dele e da Shirley. Posso dobrar o valor da propriedade deles. Posso encher seu inóspito Hollow com fileiras de chalés e de jardins de chalés...

— Robert! E acabar com o bosque?

— O bosque será combustível para a lareira antes que cinco anos se passem. A bela ravina selvagem será uma descida suave; o terraço verde e natural será uma estrada pavimentada. Haverá chalés na ravina escura, e chalés nas encostas solitárias. O desigual caminho calçado com pedregulhos será uma estrada plana, sólida, ampla, escura e fuliginosa, coberta com as cinzas da minha tecelagem; e minha tecelagem, Caroline, minha tecelagem vai ocupar o seu atual pátio.

— Horrível! Você vai transformar o ar azul da nossa região montanhosa na atmosfera fumacenta de Stilbro'.

— Eu vou verter as águas de Pactolo pelo vale de Briarfield.

— Eu gosto mil vezes mais do rego.

— Eu vou conseguir passar uma lei para fechar o Nunnely Common e dividi-lo em fazendas.

— Stilbro' Moor, entretanto, desafia você, graças aos céus! O que você pode plantar em Bilberry Moss? O que vai florescer em Rushedge?

— Caroline, os desabrigados, os famintos, os desempregados virão para a Tecelagem do Hollow dos quatro cantos do mundo; e Joe Scott vai lhes dar trabalho, e Louis Moore, Esq., vai arrendar terras para eles, e a Sra. Gill lhes dará comida até o primeiro dia de pagamento.

Caroline sorriu para ele.

— E que escola dominical você há de ter, Cary! Que coletas você terá! Uma escola que você e Shirley e a Srta. Ainley terão de administrar entre as três! A tecelagem dará salários para um professor e uma professora, e o *squire* ou o comerciante de tecidos vão dar um presentinho uma vez ou outra.

Ela ofereceu um beijo em silêncio — uma oferta de que foi tirado proveito, com a extorsão de uns cem beijos.

— Extravagantes devaneios diurnos — disse Moore, com um suspiro e um sorriso —; entretanto, talvez nós possamos concretizar alguns deles. Enquanto isso, o orvalho está caindo. Sra. Moore, devo conduzi-la para casa.

* * * * * *

É o mês de agosto: os sinos repicam novamente, não apenas por todo Yorkshire, mas por toda Inglaterra; da Espanha, a voz do trompete soou; ela agora fica cada vez mais forte; ela proclama a conquista de Salamanca. Nessa noite é Briarfield que será iluminada. Nesse dia, os rendeiros de Fieldhead jantam juntos; os trabalhadores da Tecelagem do Hollow serão reunidos para um propósito festivo semelhante; as escolas têm um belo presente. Nessa manhã, dois casamentos foram realizados na igreja da Briarfield — Louis Gérard Moore, Esq., antigo morador de Antuérpia, com Shirley, filha do falecido Charles Cave Keeldar, Esq., de Fieldhead; e Robert Gérard Moore, Esq., da Tecelagem do Hollow, com Caroline, sobrinha do Reverendo Matthewson Helstone M.A., pároco de Briarfield.

A cerimônia, no primeiro caso, foi celebrada pelo Sr. Helstone; Hiram Yorke, Esq., de Briarmains, entrou na igreja com a noiva. No segundo caso, o Sr. Hall, vigário de Nunnely, oficiou. Entre o cortejo nupcial as duas personagens mais notáveis eram os jovens pajens, Henry Sympson e Martin Yorke.

Suponho que as profecias de Robert Moore tenham sido, ao menos parcialmente, realizadas. Outro dia passei pelo Hollow, que a tradição diz que era antes verde e solitário e selvagem; e lá vi os devaneios diurnos do manufatureiro corporificados em substanciais pedras e tijolos e cinzas — a estrada negra como as cinzas, os chalés e os jardins dos chalés; lá eu vi uma imensa tecelagem e uma chaminé ambiciosa como a torre de Babel. Eu contei para minha velha caseira, quando voltei para casa, onde eu tinha estado.

— Ah — disse ela —, este mundo passa por umas mudanças estranhas. Eu consigo me lembrar da velha tecelagem sendo construída, a primeira em todo o distrito; e então eu consigo me lembrar dela sendo demolida e de ir com minhas cupinchas [minhas companheiras] ver a pedra de fundação na nova tecelagem sendo colocada. Os dois Srs. Moore fizeram um grande alvoroto por causa disso; eles tava lá, e mais uma porção de gente fina, e as duas senhoras; muito fermosas e importantes elas pareciam ser; mas a Sra. Louis era a mais imponente; ela sempre usava uns vestidos tão lindo. A Sra. Robert era mais quieta. A Sra. Louis sorria quando falava. Ela tinha um olhar feliz, alegre e muito gentil mesmo; mas ela tinha uns zoio que atravessava o corpo da gente. Não tem senhoras como elas hoje.

— E como era então o Hollow, Martha?

— Diferente do que é agora; mas eu posso falar dele ainda muito diferente, quando não tinha nem tecelagem, nem chalé, nem mansão, a não ser Fieldhead, a uns cinco quilômetro dele. Eu posso contar, uma noite de verão, uns cinquenta ano atrás, minha mãe vindo correno bem no comecinho da noite, bastante apavorada, dizendo que ela tinha visto uns elvos [elfos] no Hollow de Fieldhead; e esses foi os último elvo que foi visto nesta região (apesar que ouviram falar deles nesses quarenta ano). Um lugar solitário ele era, e muito fermoso, cheio de carvalho e de nogueira. Agora, tá mudado.

A história foi contada. Acredito que agora vejo o leitor judicioso colocando seus óculos para procurar a moral. Seria um insulto para sua sagacidade dar-lhe conselhos. Eu só digo; Deus o ajude nessa demanda!

TRADUÇÃO DAS PALAVRAS E FRASES EM FRANCÊS E LATIM

CAPÍTULO I

[1] ennui — tédio

[2] "C'en est trop" — assim é demais

CAPÍTULO II

[1] Ah, que le diable emporte! — Ah, que o diabo os carregue!

[2] Billet — bilhete.

CAPÍTULO III

[1] connoisseur — conhecedor, expert

[2] mauvaise tête — cabeça dura, teimoso

[3] Mauvaise tête vous-même; je ne fais que mon devoir; quant à vos lourdauds de paysans, je m'en moque! — Cabeça dura é o senhor; eu não estou fazendo mais que cumprir meu dever; quanto aos seus camponeses rústicos, estou rindo da cara deles!

[4] En ravanche, mon garçon, nos lourdauds de paysans se moqueront de toi; sois en certain — Por outro lado, meu rapaz, nossos camponeses rústicos vão rir da sua cara, pode ter certeza disso

[5] C'est bon! C'est bon! Et puisque cela m'est égal, que mes amis ne s'en inquiètent pas. — Muito bom! Muito bom! E, como para mim tanto faz, que meus amigos não se preocupem com isso.

[6] Tes amis! Où sont-ils, tes amis? — Seus amigos! Onde eles estão, seus amigos?

[7] Je fais écho, où sont-ils? et je suis fort aise que l'écho seul y répond. Au diable les amis! Je me souviens encore du moment où mon père et mes oncles Gérard appellèrent autour d'eux leurs amis, et Dieu sait si les amis se sont empressés d'accourir à leur secours!

Tenez, M. Yorke, ce mot, ami, m'irrite trop; ne m'en parlez plus. — Eu repito, onde eles estão? E eu não me importo que somente o eco responda. Para os diabos com os amigos! Eu ainda me lembro da ocasião em que meu pai e meus tios Gérard chamaram seus amigos, e só Deus sabe se esses amigos fizeram questão de correr ajudá-los! Veja, M. Yorke, essa palavra, amigo, me irrita sobremaneira; não a mencione mais para mim.

[8] Comme tu voudras. — Como você quiser.

Capítulo IV

[1] par excellence — essencialmente

[2] belles — beldades

[3] débauché — devasso

Capítulo V

[1] à fleur de tête — salientes

[2] anversois / anversoise — anverrense

[3] Eh, bien! Tu ne déjeûnes pas ce matin? — Então! Você não toma o café da manhã hoje?

[4] camisole — roupão

[5] mademoiselle — a senhorita

[6] "des moyens" — talentos

[7] tartine — fatia de pão com manteiga ou geleia

[8] Quelle idée! [...] Quelle action honteuse! On voyait bien que les ouvriers de ce pays étaient à la fois bêtes et méchants. C'était absolument comme les domestiques anglais, les servantes surtout: rien d'insupportable comme cette Sara, par exemple! — Mas que ideia! [...] Que ação vergonhosa! Dava muito bem para ver que os trabalhadores deste país eram, ao mesmo tempo, estúpidos e maus. Assim como os empregados ingleses, sobretudo as criadas: nada mais insuportável que essa tal de Sara, por exemplo!

[9] mais elle est d'une insolence! — mas ela é de uma insolência!

[10] bouilli — carne cozida

[11] bouillon — sopa

[12] choucroute — chucrute
[13] pauvre cher frère — coitado do meu querido irmão!
[14] jupon — saiote
[15] sabots — tamancos
[16] noirs, très propres, très convenables. — negros, muito limpos e muito convenientes.
[17] chaussées — estradas
[18] brodequins — botas amarradas com cadarços
[19] on m'en dirait des nouvelles — seria novidade para mim!
[20] Chaussures — sapatos
[21] Ma cousine, tout cela m'ennuie à la mort. — Minha prima, tudo isso me entedia mortalmente.
[22] Dieu! Il n'y a donc deux lignes de poësie dans toute la littérature française? — Meu Deus! Então não há duas linhas de poesia em toda a literatura francesa?
[23] La Jeune Captive — A Jovem Cativa

Capítulo VI

[1] Mademoiselle — senhorita
[2] un esprit positif — um espírito positivo
[3] analyses logiques — análises sintáticas
[4] analyses — análises
[5] propositions, principales, et incidentes — orações principais e subordinadas
[6] incidente déterminative — orações relativas
[7] incidente applicative — orações relativas não restritivas
[8] pleine, elliptique ou implicite — completas, elípticas ou implícitas
[9] grand'mère — avó
[10] mélasse — melado
[11] fichu — lenço
[12] beaucoup plus convenable — muito mais conveniente
[13] hauts faits — grandes êxitos
[14] café au lait — café com leite

[15] un breuvage royal — uma bebida digna de um rei

[16] conduite indigne de cette méchante créature — conduta indigna dessa criatura maldosa

[17] ces paysannes Anglaises étaient toutes insupportables — essas camponesas inglesas eram todas insuportáveis

[18] bonne cuisinière Anversoise — boa cozinheira anverrense

[19] sabots — tamancos

[20] coquette — coquete, fútil

[21] Merci du cadeau! — agradeço a oferta!

[22] coquines — infames

[23] sourire plein de bonté — sorriso cheio de bondade

[24] naïve — ingênuo

[25] Dieu! Que dit-elle? — Meu Deus! O que ela está dizendo?

[26] Ainsi soit-il! — Assim seja!

[27] Fi, donc! Quel enfantillage! — Ora, ora! Que leviandade!

[28] Mon beau voyage encore est si loin de sa fin!
Je pars, et des ormeaux qui bordent le chemin
J'ai passé les premiers à peine.
Au banquet de la vie à peine commencé,
Un instant seulement mes lèvres ont pressé
La coupe en mes mains encore pleine.

Je ne suis qu'au printemps — je veux voir la moisson;
Et comme le soleil, de saison en saison,
Je veux achever mon année.
Brillante sur ma tige, et l'honneur du jardin
Je n'ai vu luire encore que les feux du matin,
Je veux achever ma journée!

Tão longe de seu fim a minha bela viagem!
Eu parto, e dos olmeiros à margem da paisagem
Mal passei uma fileira.
No banquete da vida há pouco iniciado

Meus lábios mal um gole sorveram da sagrada
Taça que ainda ergo cheia.

Só estou na primavera — e quero ver a colheita
E como o sol que cada estação espreita
Quero cumprir minha idade
Brilhando em minha haste a honra do jardim,
Não vi brilhar ainda os fogos da manhã
Quero cumprir a jornada.

Capítulo VII
[1] ennui — tédio, aborrecimento
[2] rendezvous — encontro
[3] au fait — inteirado
[4] meuble — peça de mobília
[5] vis-à-vis — pessoa sentada à sua frente
[6] ennuis —aborrecimentos
[7] rôle — papel
[8] Con amore — cheio de zelo
[9] bourgeois — burguês

Capítulo VIII
[1] café au lait — café com leite
[2] tartines — fatias de pão com manteiga ou geleia

Capítulo IX
[1] stiletto — punhal
[2] Voilà, qui devient intéressant! — Isso está ficando interessante!
[3] mignonne — pequena
[4] poulet — termo afetuoso para se referir a uma menina ou mocinha, poderia ser "gatinha", "lindinha"
[5] Ma foi! Mon ami, ce sont vraiment des enfants terribles, que les vôtres! — Homessa! Meu amigo, esses seus filhos são realmente uns diabretes!
[6] lourdauds de paysans — camponeses rústicos

Capítulo X

[1] i.e. — id est, ou seja

[2] brusquerie — brusquidão, grosseria

[3] chapeau — chapéu

Capítulo XI

[1] clair comme le jour — claro como o dia

[2] embonpoint — gordura

[3] aplomb — autoconfiança, segurança

[4] fins, gracieux, spirituels — finos, graciosos e espirituais

Capítulo XII

[1] beaux — galantes

[2] imprimis — em primeiro lugar

[3] ditto — o mesmo

[4] Mesdames — as senhoras

[5] réveillé — som

[6] ennui — tédio, aborrecimento

[7] stanza — estrofe

Capítulo XIII

[1] delirium tremens — delírio alcoólico

[2] courroucée — irritada

[3] pis aller — substituto, paliativo

[4] lochs — lagos

[5] Sic transit et cetera — "e assim passa", et cetera.

[6] Diable! — Diabos!

[7] protégé — protegido

Capítulo XIV

[1] tête-à-tête — a sós, face a face

[2] aides-de-camp — ajudante de campo

[3] bonne petite femme — boa mulherzinha, boa alma

[4] bon vivant — alguém que gosta de conforto, de se alimentar bem
[5] recherchée — sofisticada, refinada

Capítulo XV
[1] naïveté — ingenuidade
[2] éclat — barulho, estrondo
[3] avec explosion — com estrondo
[4] Deo volente — se Deus quiser
[5] souvenir — caderno de recordações
[6] exaltation — arroubo, ímpeto

Capítulo XVI
[1] rendezvous — encontro
[2] fête — festa
[3] chaperon — acompanhante
[4] aide-de-camp — ajudante de campo
[5] grande tenue — roupa de festa
[6] voix de poitrine — voz profunda
[7] en masse — em grupo

Capítulo XVII
[1] élite — elite
[2] manège — comportamento
[3] chapeau en satin jaune — chapéu de cetim amarelo
[4] robe de soie noire — vestido de seda negra
[5] schall gris de lin — xale de linho cinzento
[6] vis-à-vis — pessoa que está na frente da outra
[7] tête-à-tête — em particular, a dois
[8] fête — festa
[9] adieu — despedida

Capítulo XVIII
[1] rendezvous — encontro

Capítulo XIX

[1] tout éperdue — completamente desvairada

[2] mêlée — luta, combate

Capítulo XXI

[1] adieux — despedidas

Capítulo XXIII

[1] "meilleure amie, Hortense Gérard Moore" — melhor amiga, Hortense Gérard Moore

[2] chagrin — tristeza, pesar

[3] cortège — séquito

[4] Les confitures! Elles sont brûlées? ah, quelle négligence coupable! coquine de cuisinière, fille insuportable! — As compotas! Elas queimaram? Ah, que negligência criminosa! Cozinheira infame, menina insuportável!

[5] éperdue — desvairada, atarantada

[6] "mélasse" — melaço

[7] Mon Dieu! Mon Dieu! Est-ce que je m'y attendais? — Meu Deus! Meu Deus! Será que eu esperava por isso?

[8] Et tu te portes toujours bien, bonne sœur? — E você está bem, minha boa irmã?

[9] venez voir mon frère! — venha ver meu irmão!

[10] Mon cher, Robert... c'est tout ce qu'il y a de plus précieux au monde; à côté de lui le reste du genre humain n'est que du rebut. N'ai-je pas raison, mon enfant? — Meu caro, Robert... é tudo que há de mais precioso neste mundo; comparado com ele, o resto da espécie humana não é mais que refugo. Não tenho razão, minha menina?

[11] Et toi, Robert? — E você, Robert?

Capítulo XXIV

[1] stanza — estrofe

Capítulo XXV

[1] amour-propre — amor próprio

[2] naïve — ingênua

Capítulo XXVI

[1] id est — ou seja

[2] C'est cela — É isso.

[3] "Voilà le Français gagné!" — Eis o francês conquistado!

[4] Va... pour le lait frais! — Que seja... posso beber leite fresco!

[5] extempore — não premeditado

Capítulo XXVII

[1] misalliance — casamento inadequado, indigno da posição social de um dos cônjuges

[2] stanzas — estrofes

[3] tête-à-tête — a dois

[4] "Fragments de l'Amazone" — Fragmentos do Amazonas

[5] Très bien — muito bem

[6] C'est presque le Français rattrapé, n'est-ce pas? — É quase o francês conquistado, não é?

[7] devoir — composição, trabalho escrito

[8] "La Première Femme Savante" — "A Primeira Mulher Intelectual"

[9] "Le Cheval Dompté" — O Cavalo Domesticado

[10] Attention — atenção

[11] "Voyez ce cheval ardent et impétueux" — Vede esse cavalo ardente e impetuoso

[12] "Le songe d'Athalie" — O Sonho de Atália

[13] "Le Chêne et le Rouseau" — "O Carvalho e o Junco"

Capítulo XXVIII

[1] hauteur — arrogância, altivez

[2] "du haut de ma grandeur" — do alto de minha grandeza

[3] rôle — papel

[4] crânerie — audácia

[5] éclat — estardalhaço

Capítulo XXIX

[1] salon — salão

[2] minois mutin — rostinho rebelde

[3] crâne, malin, taquin — audacioso, malvado, malicioso

[4] amour-propre — amor próprio

[5] bête fauve — animal selvagem com pelagem cor de ouro (como os leões e os cervos)

Capítulo XXX

[1] naïveté — ingenuidade

[2] Et tu, Brute! — E tu também, Brutus!

[3] beaux — galantes

Capítulo XXXI

[1] "le professeur Louis" — "o professor Louis"

[2] bon voyage! — boa viagem!

Capítulo XXXII

[1] corbeille — corbelha

[2] en masse — de modo geral

[3] dictum — as palavras, as ordens

Capítulo XXXIII

[1] recherché — sofisticado, fino

[2] interdit — imóvel

[3] des âmes élites — das almas superiores

[4] château — casa de campo, propriedade senhorial

[5] finis — fim

[6] et les effleura de ses lèvres — e os roçou com seus lábios

[7] effleurer — roçar

Capítulo XXXV

[1] Mon frère? — Meu irmão?

[2] tant pis — que se há de fazer

[3] amour propre — amor próprio

[4] les litanies de la sainte Vièrge. Rose céleste, reine des anges! — as litanias da santa Virgem. Rosa celeste, rainha dos anjos!

[5] Tour d'ivoire, maison d'or... — Torre de marfim, morada de ouro...

[6] le grand Turc — o grande turco (o sultão)

Capítulo XXXVI

[1] monseigneur — meu senhor

[2] stanzas — estrofes

[3] Monsieur, votre mari — o senhor seu marido

[4] solus — sozinho

[5] commun, plat, bas... vilain e um peu méchant — comum, banal, vulgar... desprezível e um pouco maldoso

[6] bien — bem

[7] très bien — muito bem

Capítulo XXXVII

[1] delirium tremens — delírio alcoólico

[2] résumé — resumo

[3] on ne peut mieux — à perfeição

[4] pâte — temperamento, constituição (uso figurativo)

[5] bon comme le pain — bom como o pão

Título original: *Shirley*

direção Martin Claret

produção editorial Carolina Marani Lima
Mayara Zucheli

direção de arte e capa José Duarte T. de Castro

diagramação Giovana Quadrotti

revisão técnica Lenita Maria Rimoli Esteves

revisão Alexander Barutti Siqueira

impressão e acabamento Geográfica Editora

Este livro segue o novo Acordo Ortográfico da Língua Portuguesa.

Dados Internacionais de Catalogação na Publicação (CIP)
(Câmara Brasileira do Livro, SP, Brasil)

Brontë, Charlotte.
Shirley / Charlotte Brontë; tradução: Solange Pinheiro. –
1. ed. – São Paulo – Martin Claret, 2020.

Título original: *Shirley*.
ISBN 978-65-5910-003-3

1. Ficção Inglesa I. Título.

20-47747 CDD-823

Índices para catálogo sistemático:

1. Ficção: Literatura Inglesa 823
Aline Graziele Benitez – Bibliotecária – CRB-1/3129

EDITORA MARTIN CLARET LTDA.
Rua Alegrete, 62 – Bairro Sumaré – CEP: 01254-010 – São Paulo, SP
Tel.: (11) 3672-8144 – www.martinclaret.com.br
Impresso em 2022